磨铁经典第二辑·金色的青春

所有的失去都是应该失去，

唯有知识和希望属于青春，不应失去。

红
与
黑

[法] 司汤达
Stendhal
_著

胡博乔 _ 译

Le Rouge et
Le Noir

浙江人民出版社

图书在版编目（CIP）数据

红与黑 / （法）司汤达著；胡博乔译 . —杭州：
浙江人民出版社，2022.8
　ISBN 978-7-213-10616-3

　Ⅰ . ①红… Ⅱ . ①司… ②胡… Ⅲ . ①长篇小说—法
国—近代 Ⅳ . ① I565.44

中国版本图书馆 CIP 数据核字（2022）第 085052 号

红与黑
HONG YU HEI

[法] 司汤达　著　胡博乔　译

出版发行	浙江人民出版社（杭州市体育场路347号　邮编　310006）
责任编辑	张世琼
责任校对	陈　春
封面设计	艾　藤　王雪纯
电脑制版	冉　冉
印　　刷	河北鹏润印刷有限公司
开　　本	787 毫米 × 1092 毫米　1/32
印　　张	20.75
字　　数	465 千字
插　　页	2
版　　次	2022 年 8 月第 1 版
印　　次	2022 年 8 月第 1 次印刷
书　　号	ISBN 978-7-213-10616-3
定　　价	49.80 元

如发现图书质量问题，可联系调换。质量投诉电话：010-82069336

目录

上卷

真实，粗粝刺耳的真实。

——丹东 [1]

1　乔治·雅克·丹东（Georges Jacques Danton，1759—1794），法国大革命时期的活动家。

第一章
外省[1] 小城

把所有生灵放置于一处，

去掉那些恶劣的，

笼子里便减少了许多热闹。

——霍布斯[2]

韦里叶城算得上弗朗什 - 孔泰大区[3]最美的地方之一。山坡上红瓦尖顶的白色房屋错落分布，生机盎然的栗子树层层簇簇，令山坡最细微的蜿蜒曲折都清晰可见。老城墙外几百步就是杜河，城墙是很多年前西班牙人修建的，现在已沦为废墟。

一座高山从北面环抱着韦里叶城。那是维拉山，属于汝拉山

---

1 在法国，"外省"是与"巴黎"相对的概念，指的是巴黎之外的地区。巴黎人所处的文化圈与外省差别很大，在二战前，"外省"在巴黎人眼中多少带有歧视意味。从书中的描写中，也可以看出外省与巴黎的文化风俗、生活习惯、居民性格的巨大差异。
2 霍布斯（Thomas Hobbes, 1588—1679），英国哲学家，建立了近代第一个机械唯物主义体系，在政治思想上提出"自然状态"和国家起源说，反对君权神授，主张君主专制。
3 弗朗什 - 孔泰大区是法国东部一个外省大区，东邻瑞士，韦里叶城在现实中并不存在，是作者虚构的城市。

支脉。从十月初寒的日子起，维拉山的多座险峰就被皑皑白雪覆盖。一条激流从山顶奔腾而下，穿过小城，涌入杜河，为城中的多家锯木工厂提供了水力。锯木这个相当简单的活计给韦里叶城的多数居民带来了生计，却使得这里的居民更像农民而不像城里人。不过，令小城富足的并不是锯木业，而是一种被称作"米卢斯"的彩绘织布。正是靠织造这种布料，小城居民才过上了宽裕舒适的生活。自拿破仑倒台以后，他们凭借织布赚来的财富，几乎将所有的房屋外墙都修缮一新。

刚一进城，就能听到一阵震耳欲聋的轰隆声。噪声是由一台声音嘈杂、外表骇人的机器发出的。机器上有二十个重锤，由一个被湍急水流驱动的大铁轮带动着，上上下下地砸落，连带着地面也一起震动。数名年轻美貌的少女将小铁块放到锤下，巨锤起落之间，铁块就被砸成了钉子，每个大锤每天要砸出不知几千枚钉子。这看似机械的活儿，却足以让第一次来到法国和瑞士边界山区的游客震惊不已。倘若城中游客对这座发出震耳欲聋的噪声的漂亮制钉厂感到好奇，并问起它的主人是谁，那么人们就会用拖长的音调回答："欸！那是市长先生的。"

韦里叶城中有一条宽阔的街道，从杜河河岸一直延伸到山顶。若游客在这条街上停留片刻，十有八九会看到一个步履匆忙、神态倨傲的高大男性。

这个男人一出现，所有人都赶忙脱帽致意。他头发灰白，身着灰衣，得过好几枚骑士徽章，有宽阔的额头和鹰钩鼻子。总的来说，他的相貌不失端正，一眼望去，还会觉得他既有小城市长的庄重，也有四五十岁中年男子身上的某种魅力。然而，倘若游客是从巴黎来的，则很快就会对这位市长产生反感，因为他身上总有一股子踌躇满志的气息，还带着点我说不清的狭隘和缺乏想象力。最终人们很快明白：这个人的真实才干，仅限于向人索债时斤斤计较，自己还账时百般拖延。

这就是韦里叶市长德·雷纳先生[1]。他踏着庄严的脚步，穿过街道，步入市政厅，消失在游客眼前。倘若这个游客继续溜达，再往上走百来步，就会看到一座美轮美奂的宅子，透过宅邸旁的铁栅栏，还可以窥见一座精美绝伦的花园。再远处，可以望到地平线上的勃艮第山脉，仿佛此情此景专是为了供人观赏而存在。见此情景，游客会顿时忘却刚刚因这里追逐蝇头小利的俗气铜臭而感到的窒息。

人们会告诉游客，这座宅邸就是市长的，是他用那座庞大的制钉工厂赚的钱修建的。这座用巨石铸造的豪华大宅刚刚完工。据说市长的祖先来自西班牙一个古老的家族，在路易十四征服勃艮第之前就已定居于此了。

一八一五年[2]，德·雷纳先生因缘际会当上了韦里叶的市长，自此以后，他就为自己曾经做过工厂主而感到脸红了。这座宏伟瑰丽的花园自上而下，一层一层，一直延伸到杜河的边上，花园各个部分都有重重护墙支撑着。这也是他在铁器生意上经营得当的回报。

在法国，不要指望能见到德国工业城市，如莱比锡、法兰克福、纽伦堡的那种美景如画的环城花园。在弗朗什-孔泰，谁家建造的围墙越长，在自家地产上用财富堆积的石砖越高，谁家就越能获得邻居的尊敬。德·雷纳先生的花园竖起了重重围墙，更

---

1 "德"字是贵族的标志，法语名字中有"德"字的人就是出身贵族。
2 1815年，滑铁卢战役，拿破仑战败，之后波旁王朝复辟。

令人羡慕的是，他花重金购置了花园所占据的几块土地。例如，一进入韦里叶城，你就会注意到盘踞在杜河河岸上的锯木厂，你能看到屋顶上写有"索雷尔"三个大字的木板。而这家锯木厂六年前的位置，如今已经竖起高高的围墙，成了德·雷纳先生宅邸花园的第四层平台。

尽管市长先生为人倨傲，但还是跟老索雷尔这个倔强而顽固的农民做了多次交涉。为了让这个老头儿把工厂迁走，德·雷纳先生不知道拿出了多少个金路易。至于为锯木厂提供动力的公共河流，德·雷纳动用了他在巴黎的关系，终于令其成功改道。这份特权是他在一八二×年[1]选举之后才获得的。

他用距此五百步的杜河下游的四阿尔邦[2]的土地，才换得老索雷尔这一阿尔邦的地。虽然那片土地对松木板生意更加有益，但是索雷尔老爹——他发迹之后人们都这样称呼他——还是凭借着独门诀窍，利用他那位邻居的急不可待和对这块土地的狂热，从中成功赚得了六千法郎。

这次交易确实遭到了当地一些有识之士的诟病。四年前的一个星期天，德·雷纳先生穿着市长礼服从教堂出来，远远地望见被三个儿子簇拥着的索雷尔老爹，正堆着满脸笑意望着他。这个微笑让德·雷纳的心咯噔一下，仿佛明白了什么。自那之后，他就一直在忖度，他原本是可以用更划算的价格换到这块地的。

春天的时候，一些石匠会穿越汝拉山的山谷，前往巴黎。在韦里叶城，要想获得众人的尊敬，你的房子除了需要高大的围墙

——

1　作者并没有标明具体年份，在这里应该指的是 1821 年的选举，这场选举让极端保皇党大获全胜。
2　阿尔邦，法国旧时土地面积单位，相当于 2000 ～ 5000 平方米。

之外，还要注意一定不能采纳他们从意大利带来的设计图，这种新颖式样会给莽撞的业主带来挥之不去的"傻帽"的坏名声，让他们在聪明而保守的人们那里颜面尽失，而正是这些人左右着弗朗什－孔泰的舆论风向。

事实上，这些所谓的"聪明人"在小城之内行使着最令人厌憎的专制。正因如此，对于那些曾居住在被称作"伟大的共和之都"的巴黎的人来说，这样的小城镇会变得让人难以忍受。舆论专制（都是些怎样的舆论啊！），无论是在法国的小城镇，还是在美国，都是一样愚不可及。

第二章

市长先生

权势！先生，难道什么都算不上吗？它让你获得
愚人的尊敬，儿童的惊奇，富人的羡慕，智者的蔑视。

——巴纳夫 [1]

幸运的是，对于提高德·雷纳先生作为行政者的名声来说，为公共步行大道建造一堵巨大的挡土墙势在必行。这条步行大道沿山坡而建，高于杜河河道一百来尺。由于位置得天独厚，它成了法国一道如画的风景线。然而，每年春天，雨水在这条路上纵横交错，形成泥泞的坑洼，令人无处落脚。所有人都苦于这种不便，因此，德·雷纳先生必须建造一堵高二十尺、长三十或四十特瓦兹 [2] 的墙，以使他的政绩永垂不朽。

为了修建挡土墙的护栏，德·雷纳先生不得不亲自去了三趟巴黎。前前任内政部长曾经竭力反对建造这一步行大道，然而，

---

1 巴纳夫（Antoine Barnave, 1761—1793），法国政治家，主张君主立宪制。
2 这里的尺、特瓦兹都是法国旧长度单位，1 尺约为 0.33 米，1 特瓦兹约为 1.95 米。

如今这条步行大道的护栏都已比地面高出四尺了，并且仿佛无视现任和前任部长一样，人们正用方石板来建造它。

有多少次，我胸口紧贴着这些灰蓝色的美丽的大石块，目光投向杜河的河谷回味着前一晚参加的巴黎舞会。远处的左岸，五六个山谷蜿蜒而去，山下流淌着清晰可辨的条条小溪，它们在瀑布之间穿梭而去，最终注入杜河。山里的阳光显得格外强烈，当太阳直射时，行人可以在葱郁美丽的梧桐树投下的树荫里陷入如梦的遐思。这些梧桐树快速地生长繁茂，浓重绿意中竟透出些许的蓝色。这要归功于市长在巨大挡土墙后堆置的泥土，当时他不顾市议会的反对，执意把大道拓宽了六尺多（尽管我们的政治理念不同——他是极端保皇党，而我是自由党，但我还是要为此对他表示赞颂）。他和韦里叶城的乞丐收容所[1]所长、幸运的瓦莱诺先生在这个问题上的观点也是一致的：这个观景平台可以与圣日耳曼昂莱[2]的观景台一争高低。

这条大道的官方名称叫"忠诚大道"，在大道上，人们可以在其中十几二十块大理石石板上看到这个名字。"忠诚大道"让德·雷纳先生再次赢得一枚十字勋章。对于这条步道，我只有一件事情看不过眼：市政府以一种野蛮的方式对这些生机勃勃的梧桐树进行修剪，令树冠低矮、圆润、扁平，像是粗俗的烹饪用蔬菜，丝毫没有人们在英国见到的梧桐树的那种华美之姿。但是市长的决定是不可动摇的，每年所有这些属于市政府的树木都要遭

——

1　乞丐收容所，法国的一种政府机构，主要收容乞丐、流浪者、妓女和精神病患者等，是法国当时消除贫困的核心机构，影响巨大，在某些地方甚至取代了公立医院的作用。同时，它也是滋生腐败的温床。书中的德·雷纳市长、乞丐收容所所长瓦莱诺先生正是通过侵吞政府拨给乞丐收容所的福利款而发家致富。
2　圣日耳曼昂莱（Saint-Germain-en-Laye），位于法国西北部，是一座艺术与历史名城。

遇两次残酷无情的修剪。当地的自由党人甚至夸张地断言，自从该教区的副本堂神父马斯隆先生养成把修剪下来的树枝据为已有的习惯后，市政府的园丁们对树木的修剪工作就更不留情了。

这位年轻的神职人员是几年前从贝桑松[1]被派遣到这里的，为的是监视修道院院长谢兰和这个地区的几位本堂神父[2]。这里还有一位曾随军远征意大利、退休后定居于此的外科医生。据市长说，他既是雅各宾派[3]，又是波拿巴主义者[4]，有一天，因为不满这些美丽的树木所遭受的定期破坏，他竟然当面跟市长德·雷纳抱怨起来。

"我喜欢阴凉，"德·雷纳先生用一种略带傲慢但不会对这位得过荣誉的外科医生失礼的口吻回应道，"我喜欢阴凉，我修剪我的树，是为了给人们提供阴凉。它们不像那些多产的核桃树能带来收益，除了遮阴，我认为它们没有别的用途。"

"带来收益"是韦里叶城中举足轻重的关键词，足以代表这里四分之三以上居民的惯性思维。

"收益"是这座看上去风光秀丽的小城的重中之重，来到这里的异乡人，被周围清丽幽深的山谷之美深深吸引，起初还以为这里的居民对美是敏感的，因为他们过于频繁地诉说这里的美，对美有着显而易见的重视。然而，实际上，这种重视仅仅因为"美"可以吸引游客，让这里的客栈老板因此发家致富，并通过

----

1 法国东部弗朗什－孔泰大区的首府，位于巴黎东边，东邻瑞士，南接意大利，扼守着法国的东大门，是法国的军事重地。本书的许多重要情节在这座城市中发生。
2 本堂神父，天主教的神职之一，负责一个教区的宗教事务。本堂神父由主教任命，是主教在教区的代表与委托人。副本堂神父是本堂神父的副职助手。
3 雅各宾派，法国大革命时期最大的政治组织。
4 波拿巴主义者，支持拿破仑·波拿巴及其政治意识形态，他们希望恢复波拿巴王朝及其政府风格。

纳税给整座城市带来收益。

一个晴美的秋日，德·雷纳市长夫妇手挽着手在"忠诚大道"上散步。德·雷纳夫人风韵犹存，看上去只有三十岁。她一边听着丈夫一脸严肃谈论的事情，一边不安地注视着周围三个正在玩闹的小男孩。其中最大的那个看上去有十一岁，他屡次靠近护栏，作势要爬上去。但德·雷纳夫人一声温柔的"阿道夫"，便让这个孩子放弃了爬墙这个雄心勃勃的计划。

"那位从巴黎来的漂亮先生一定会后悔的！"德·雷纳先生对夫人说道，他显然是被得罪了，脸色比平时更加苍白，"我在王宫里也不是没有朋友……"

尽管我乐于用两百页的篇幅来跟您聊聊外省的事儿，但是我不会那么粗暴地让您忍受外省人惯用的那种冗长不堪、狡黠迂回的谈话方式的折磨。

令韦里叶市长如此厌憎的"从巴黎来的漂亮先生"，不是别人，正是阿佩尔先生。就在两天前，他不仅想方设法闯入了韦里叶城的监狱和乞丐收容所，还参观了由市长和乡绅们义务管理的医院。

"不过，既然您以最一丝不苟的廉洁管理着穷人们的福利，那么这位从巴黎来的先生又能给您带来怎样的伤害呢？"德·雷纳夫人怯生生地问道。

"他来这里就是为了到处散播责难批评，再把它们写成文章发表在自由派的报纸上。"

"可您从来不读报啊，亲爱的。"

"但别人会到处宣扬这些雅各宾派的文章，让我们分心，不能好好地搞慈善。我啊，绝对不会原谅那个本堂神父！"

第三章

穷人的福利

> 一个光明磊落、不搞小动作的本堂神父，是全村人的福德。
>
> ——弗勒里[1]

　　说到韦里叶城的这位本堂神父，虽然已是一位八十岁的老人，但山中的新鲜空气给了他健康的身体和坚毅的性格。他有权在任何时候造访这里的监狱、医院甚至是乞丐收容所。巴黎方面向本堂神父推荐的阿佩尔先生十分聪明，知道这座小城的居民对生人十分好奇，好打听。为了避免麻烦，他清晨六点到达此地后便径直赶往这位神父的居所。

　　读完该省最富有的地主、法国贵族德·拉莫尔侯爵的亲笔信，谢兰神父陷入了沉思。过了良久，他才小声嘟囔着："我已经这么老了，而且在这里受人爱戴，那些人不敢把我怎么样！"他

1　弗勒里（André de Fleury, 1653—1743），通常被称为弗勒里主教（Bishop of Fréjus），法兰西王国波旁王朝政治家，路易十五时代的枢机主教与首席大臣，有"路易十五的黎塞留"之称。

立刻转身看着这位从巴黎来的先生。尽管他年事已高，但眼睛里却闪耀着神圣的火焰，透出将要投身一件伟大冒险的激越神采。

"跟我来，先生。记住，当着狱卒，特别是乞丐收容所的看门人，无论您看到什么，都请不要发表任何意见。"听到这些话，阿佩尔先生明白，此刻他正在跟一个热心肠的人打交道。随后，他跟着这位可敬的牧师参观了监狱、收养院和乞丐收容所，向那里的人提了一些问题，尽管许多回答让他感到奇怪，但他努力忍住，不让自己流露出丝毫责备的神态。

这次造访持续了几个小时，阿佩尔婉拒了神父的午餐邀请，说有一些信件要写，其实是不想让他慷慨的同伴进一步受到连累。三点左右，这两个人结束了对乞丐收容所的造访，再次回到监狱。他们发现一个狱卒守在门口。他足有六尺高，像个巨人一般，生着罗圈腿，丑陋肮脏的相貌因恐惧变得令人厌恶。

"啊，先生，"狱卒一看到神父就对他说，"和您在一起的这位，是不是阿佩尔先生？"

神父说："是又怎么样呢？"

"昨天我接到一条明确的指令，是省长先生派一个宪兵连夜送来的，他不允许阿佩尔先生进入监狱参观。"

"我就告诉你吧，诺瓦鲁先生，"神父说，"和我在一起的这个旅人正是阿佩尔先生。而我，有权在任何时候、由我希望的任何人陪同进入监狱，无论早晚。这点你不会不清楚吧？"

"是的，神父先生。"狱卒低下了头，小声地说着，就像一只看见棍棒就认怂服软的斗牛犬，"不过神父，我家中还有妻小，如果有人向上级告发，我就会被解雇。我们一家可都靠着我的这份工作过活啊！"

"如果我失去了工作，不也会很恼火吗？"善良的神父回答着，声音逐渐激动起来。

"完全不一样！"狱卒赶忙说，"神父先生，大家都知道您有块相当不错的地产，能赚八百里弗尔[1]的年金……"

事情就是这样发生的，它在两天中被添油加醋，传出了二十种不同的版本，在韦里叶这座小城里激起了大家的仇恨情绪。德·雷纳先生和夫人的谈话正是围绕着这件事情展开的。早上，在乞丐收容所所长瓦莱诺先生的陪同下，德·雷纳市长去了本堂神父家，向他表达了最强烈的不满。没有后台的谢兰神父感受到了他们言辞的严峻。

"好吧，先生们，我都年过八十了，我将是第三位被你们罢黜职位的神父。我在这里已经工作了五十六年，我几乎给全镇居民都做过洗礼。我刚来的时候，这里还只是个小村落。我每天都要为年轻人们证婚，而当年他们爷爷的婚礼也是我主持的。韦里叶就是我的家。当我看到这个外来客的时候，我想：这个从巴黎来的先生或许真的是个自由党人，现在这样的人太多了，但是他又能对我们的穷人和囚犯们做出什么坏事呢？"

然而，德·雷纳市长，特别是乞丐收容所所长瓦莱诺先生对神父的指责却越来越咄咄逼人。

"那好，先生们，把我撤职吧！"老神父用颤抖的声音喊道，"可我不会离开这里。你们都知道，四十八年前我继承了一块土地，它每年可以给我带来八百里弗尔的收入，我可以靠它过活。先生们，我靠着自己的本职工作没攒到一分钱的积蓄，这或许就

1　里弗尔，法国古代货币单位，1金路易等于24里弗尔，1埃居等于6里弗尔。

是为什么我一点都不害怕你们把我撤职！"

德·雷纳夫妇平时一向是夫唱妇随，然而此时市长却不知该如何回答妻子怯生生地反复提出的问题："这位从巴黎来的先生能对囚犯们做出什么坏事呢？"德·雷纳先生正要发脾气，忽地听到妻子发出一声惊呼，他们的二儿子刚刚爬上平台的护栏，还在上面跑——这座护栏足足高出另一边的葡萄园二十多尺。由于害怕惊吓到儿子令其跌落，德·雷纳夫人不敢出声。最后，对自己的壮举沾沾自喜的孩子终于望向了母亲，看到她脸色苍白，于是跳到了步道上，向她跑去，随后被结结实实地训斥了一番。

这一小小的突发状况，改变了两人的话题。

"我得把锯木工索雷尔老爹的儿子于连雇来，"德·雷纳先生说，"孩子们越来越不像话了，该找个人来照看他们了。于连是个年轻牧师，即便不是也差不离。他拉丁语讲得不错，能把孩子们教好，神父还说他性格顽强。我出三百法郎的工资，提供伙食。我原本对他的品性是有所怀疑的，他是那个荣誉加身的随军外科医生最宠爱的孩子。这医生声称是于连的叔叔，寄宿在他们家，但我觉得他很可能是自由党的秘密间谍。他说山里的空气可以治疗他的哮喘，所以才到这里定居，但真实原因谁知道呢？他参加了布奥那巴尔特[1]在意大利的所有战役，据说还曾签字反对王朝的复辟。这位自由主义者教了于连拉丁语，并把带来的书籍留给他。我从来没有想过把咱们的孩子交给锯木工的儿子照看，但是神父在跟我闹翻之前告诉过我，于连已经学习了三年的神学，打算进入神学院，因此我断定他不是自由党的一分子，他是

——

1. 布奥那巴尔特，波拿巴的意大利语念法，是拿破仑的反对者对他的戏谑称呼。

个拉丁语的研习者。"

"这样安排还有原因，"德·雷纳先生以一种外交家的神气望着妻子，继续说道，"那个瓦莱诺刚刚购置了两匹诺曼底骏马来配他的马车，得意坏了，但他还没来得及给他的孩子找家庭教师呢。"

"那他就很有可能从我们手上抢走这个老师！"

"所以你赞同我的计划喽？"德·雷纳先生笑着朝妻子说道，算是对她这个想法的赞赏，"那么，就这样定了。"

"噢，天哪！亲爱的，您这么快就做出了决定！"

"这是因为我有个性、有主张，那个神父也算是见识到了！我可不愿凡事都藏着掖着，我们这儿可到处都是自由党人。我很确定，城里的布料商都对我的生活羡慕之至，他们中的两三个就要变成有钱人了，那我可是很乐意让他们看到我们德·雷纳家的孩子在家庭教师的陪同下散步的样子，这将让他们印象深刻。我爷爷常跟我们说，他小时候就有专门的家庭教师。这件事要花掉我一百埃居[1]，为了维持我们的身份，有些钱是必须花的。"

这个突如其来的决定让德·雷纳夫人陷入沉思。她身材高挑，风姿绰约，正如山区居民常说的那样，她曾是远近闻名的美人。她有一种天真的风致，一举一动颇具活力。对巴黎人来说，这种天真的优雅充盈着单纯与活力，甚至会令人产生一种甜蜜的情欲。倘若知道自己的美丽有如此的功效，德·雷纳夫人一定会羞愧不安，她从没想过要做出矫饰做作、风情万种的样子。富有的乞丐收容所所长瓦莱诺先生曾向她大献殷勤，却没有成功，这令她的贞洁品行又增添了一层特别的光辉。因为这位瓦莱诺先生

——

1 埃居，法国古货币单位。

年轻健壮、高大魁梧，面泛红光，有着浓密的胡须，粗鲁、放肆、讲话大声，是外省人眼中的标准美男子。

德·雷纳夫人非常害羞，性格看上去十分平和，她对瓦莱诺先生的躁动不安和大声喧哗很是反感。韦里叶城的人们越着迷的东西，她就越远离，这让人们觉得她是因为自己出身高贵才过于骄矜。德·雷纳夫人对此并不在意，看到登门与她攀交情的人越来越少，她还颇为开心。她被当地的女士们认为是个蠢女人，因为她从来没有利用自己丈夫的职权获得好处，错过了很多次差人从巴黎或贝桑松捎回漂亮帽子的绝佳机会。只要让她独自在别致的花园里悠然信步，她就没有什么可抱怨的了。

德·雷纳夫人是个简单纯朴的人儿，从未想过去评价自己的丈夫，也从没承认她对丈夫的厌倦。她想夫妻间的关系本就该是这个样，只是她从来没有说出来。她特别喜欢聆听丈夫谈论他为孩子们计划的未来：德·雷纳先生打算让一个孩子成为军官，一个孩子成为法官，另一个孩子成为教士。简而言之，她觉得在她认识的所有男人中，德·雷纳先生是最不令人讨厌的那一个。

德·雷纳夫人对她配偶的评价是合理的。韦里叶市长以机智，特别是良好的幽默感而享有盛名，这全靠他从一位叔叔那里继承来了半打笑话。他的这位叔叔是名老上尉，革命前曾在奥尔良公爵先生的步兵团服役，在巴黎曾获许参加王子举办的沙龙。他见过蒙特松夫人[1]、著名的德·让利斯夫人[2]、巴黎大皇宫[3]里的发

1　蒙特松夫人（Madame de Montesson，1738—1806），法国贵族、沙龙女主人和女性文学家，她也是奥尔良公爵路易 – 菲利普的情妇。
2　德·让利斯夫人（Madame de Genlis，1746—1830），侯爵夫人，法国小说家、剧作家、回忆录作家和教育家。
3　巴黎大皇宫，位于法国首都巴黎第一区的宫殿建筑，与卢浮宫的北翼遥遥相对。

明家杜克雷斯特先生[1]。这些人物常常出现在德·雷纳先生讲的故事中。但渐渐地，讲述这种颇为微妙的回忆对他来说已经成为一项工作，一段时间以来他只在特殊场合才会说起与奥尔良家族[2]有关的逸事。此外，只要不谈到钱，他就是一个非常有礼貌的绅士。因此，他被认为是韦里叶城最具贵族气派的人物，可谓合情合理。

---

1 杜克雷斯特先生（Charles-Louis Ducrest，1747—1824），德·让利斯夫人的兄弟，奥尔良公爵的重臣。
2 奥尔良家族，波旁王朝的一个分支，由法王路易十四的弟弟菲利普一世创建。

第四章

父子关系

若真的是这样，

难道是我的错？

——马基雅弗利 [1]

"我的妻子真的很有头脑！"第二天早上六点，韦里叶市长一边下坡往索雷尔老爹的锯木厂走，一边自忖，"不管为了维持我的优越地位，我都告诉了她什么，但此前我真的没想到她说的这点——如果我不赶紧抢走于连这个据说像天使一样精通拉丁语的小神父，乞丐收容所所长，那个总是满腹心机的人很可能跟我想到一块儿去，并把他从我这里夺走。如果得逞，他会多么扬扬得意地在我面前炫耀他给孩子请的家庭教师啊！对了，我把这个家庭教师请来后，他还会穿黑色教士长袍吗？"

德·雷纳先生正沉浸在这个疑问中，远远地看到一个农民，

---

1 马基雅弗利（Niccolò Machiavelli，1469—1527），意大利政治思想家、历史学家、外交官，意大利文艺复兴时期的重要人物，被称为"近代政治学之父"，代表著作有《君主论》。

有将近六尺高，他似乎一大早就在忙着测量沿杜河纤道铺设的木块。这个农民看到市长走过来，显得不是很高兴，因为这些木头挡住了道路，这么放是违反规定的。

这个农民就是索雷尔老爹。得知德·雷纳先生要聘请他儿子于连当家庭教师，他感到十分惊讶，同时又暗自兴奋，但依旧装出一副忧愁沉闷、漠不关心的样子来听。这是山里的人们惯用的掩饰精明的伎俩。在早先的西班牙统治时期，他们曾经是奴隶，如今依然保持着古埃及佃农的那种面貌。

索雷尔老爹用早就熟稔于心的长篇客套话回应着，脸上露出看似笨拙的笑容，这更增添了他相貌中与生俱来的虚伪和近乎奸诈的神情。同时，这个老农民思量着，这个如此有分量的人物究竟为何会提出聘请他家那个总是惹麻烦的儿子当家庭教师。索雷尔老爹对儿子于连非常不满，但没想到市长先生竟会愿意付三百法郎的年薪来聘请他，并且提供伙食和衣服——这一项还是索雷尔老爹急中生智临时提出来的，德·雷纳先生竟然也答应了。

索雷尔老爹的要求令德·雷纳市长有些措手不及。他原本认为给他儿子提供这样一个优差，索雷尔老爹会乐翻天，但他看上去丝毫没有开心满意的样子。德·雷纳先生思量：很明显，肯定有其他人也给他儿子提供了相同的职位。如果不是那个瓦莱诺，又会是谁？德·雷纳先生敦促索雷尔老爹立即决定，但这是徒劳的，这位精明的老农民固执地拒绝了这个要求，他说他想先征求儿子的意见，就好像在外省，一个富有的父亲真的会尊重一贫如洗的儿子的意见，而非仅仅是做个样子。

锯木厂由河岸边的一个棚子搭建而成。棚顶由四个大木柱上的框架支撑着。在棚子中间的八尺或十尺高处，有一个锯子在上下移动，一套简易的机械装置将木头推到锯子下。水流驱动轮子，让这套二重装置运作起来：第一，它将木头传送到锯子下；第二，锯子上下移动，将传送过来的一块块木头切割成木板。

索雷尔老爹一走近锯木厂，就用他那洪亮的声音呼唤着小儿子于连，但没人应声。他只看到另外两个强壮得像巨人一样的大儿子，他们正举着沉重的斧头把冷杉树干砍成方形，再将它们运到锯子那边。他们正全神贯注地沿着画在树干上的黑线劈砍，劈下的每一斧都带出巨大的木头碎片。他们没有听到父亲的喊声。索雷尔老爹径直走进棚子，在木锯旁找寻于连，他本该守在那里的，然而没有找到人。随后，他看到于连跨坐在一个五六尺高的横梁上，不仅没有认真监督机器的运行，反而拿着一本书在读。没有什么比这个更让索雷尔老爹反感的了。于连天生瘦弱，不适合做体力活儿，与他那两个强壮的哥哥不同，这点尚可原谅。然而，他对阅读的热爱让索雷尔老爹厌恶之至，因为索雷尔老爹一个大字也不识。

索雷尔老爹又喊了于连两三声，但还是没有得到回应。且不论锯子发出的噪声，单是这个年轻人的聚精会神，就让他根本听不到父亲那愤怒可怖的叫喊。索雷尔老爹不顾年迈，迅速地跨上正要被锯开的木材，随后再跳到支撑屋顶的横梁上，先是猛烈一击，将于连的书打飞到河里，再朝着于连的头重重地打了一巴掌。于连重心不稳，马上就要从十二到十五尺的高处跌下，万一正好摔在运行中的锯子上，肯定会被四分五裂。千钧一发间，他的父亲用左手把他拉了过来。

"你这个废物！总是在看锯子的时候读那些该死的书。你难道不能晚上在神父家鬼混时再读那些东西吗？"

于连被打得眼冒金星、鼻血直流，只得爬到机器上的木锯旁边，回到他应该坚守的岗位上。他的眼中饱含泪水，不是因为被打得很痛，而是因为失去了心爱的书本。

"下来，畜生！有事跟你说。"

机器的噪声依然使于连听不见父亲的命令。索雷尔老爹从房梁上下来之后，不想再费劲爬上机器，便找了一根摘胡桃用的长竿，伸过去敲打于连的肩膀。于连刚刚落地，索雷尔老爹就走到他面前，粗暴地推搡着他往家里走。

"天晓得他要对我做什么！"于连边走边想。经过书本掉落的小河边的时候，这个年轻人心里满怀惆怅，因为这是他最为珍视的一本书：《圣赫勒拿岛回忆录》[1]。

于连脸颊绯红，眼睛低垂。他是个十八九岁的青年，个子不高，外表柔弱。他的五官并不是标准的端正，但极为精致清秀，鼻子英挺，一双眼睛大而漆黑。在安静的时候，这双眼睛常常闪烁着思索与热情的光芒，而此时此刻却流露出最强烈的憎恨。于连有着深棕色的头发，发际线很低，这让他的额头显得很小，生起气来看着有些凶狠。在人类千姿百态的相貌中，恐怕没有任何一种相貌如他这般特别而深具魅力。纤细瘦削的腰身凸显了他的敏捷，而不是一身蛮力。从小他就有一种热爱沉思的独特气质，再加上极为苍白的脸色，令他的父亲觉得他不会活得太久，即使活着也是家庭的累赘。因此，他成了家里所有人嫌弃的对象。于连恨父亲和哥哥们。星期天，在公共广场上玩游戏时，他常常是被欺负和痛打的那一个。

———

1 《圣赫勒拿岛回忆录》记录了拿破仑被放逐在圣赫勒拿岛上的生活和思想，叙述了拿破仑光辉灿烂的一生。这本书在后文中会反复出现，是于连最为钟爱的一本书，带给他无穷的力量。

不到一年前，于连俊俏的外表才开始在年轻女孩中获得一些青睐。人人都觉得他弱不禁风，对他不屑一顾，然而于连却十分崇拜那位年迈的随军外科医生——就是那个敢于当着市长的面指责他过度修剪梧桐树的人。

外科医生有时会向索雷尔老爹支付于连一日的工钱，这样就可以利用这一日教授于连拉丁语和历史，历史的内容仅限于医生了解的部分，即一七九六年意大利战争[1]。外科医生在弥留之际，将自己的十字荣誉勋位勋章、尚未到账的半饷薪金和三四十本书都留给了于连，其中最珍贵的书，就是刚刚被父亲打落、掉到市长凭借自己的权势使之改道的河流中的那本。

刚刚进屋，于连的肩膀就被父亲那有力的双手死死摁住。他浑身颤抖，准备迎接一顿胖揍。

"回答我，别想扯谎！"老农民那严厉的声音在于连耳边喊道，同时用手将他的身子转了过来，就像小孩子玩弄自己的铅制玩具小兵。于连那噙满泪水的黑色大眼睛迎上老木匠小而凶狠的灰色眼睛，他看着于连的样子仿佛是要看清楚儿子灵魂深处到底有些什么秘密。

1　即1796年拿破仑率军攻打意大利的战争。

第五章

你来我往

能拖则拖，才会获得主动权。

——恩纽斯 [1]

"如果知道的话就老实回答，别净想着说瞎话，你这个只会读书的废物。你是怎么认识德·雷纳夫人的？你什么时候跟她讲过话？"

"我从来没有和她说过话，"于连回答说，"我只在教堂里见过这位女士。"

"但是你肯定偷窥她了，你这个下流坏子！"

"绝对没有！"紧接着他又补充道，"您知道的，在教堂里我只看得见上帝！"同时做出毕恭毕敬的样子，他认为这样做能避免再次被打。

"肯定有点问题。"精明的老农民回答道。他沉默了一会儿，随后道："我从你这里是问不出什么了，你这个该死的谎话精。

---

1 恩纽斯（Quintus Ennius，前239—前169），罗马共和国时期的作家，被认为是最具影响力的早期拉丁语诗人和古罗马文学的奠基人。

这下好了，我终于可以摆脱你了，没有你，我的锯木厂会更好。你笼络到了神父或者其他什么人，他们给你讨了一份好工作，走吧，收拾好你的东西，我带你到德·雷纳先生那里，他请你当他孩子的家庭教师。"

"这份工作会给我什么？"

"给你饭吃，给你衣服穿，还有三百法郎的薪水。"

"我不想去当奴仆。"

"混账东西，谁跟你说要当奴仆了？我会让我的儿子给别人当仆人吗？"

"那我在那边会跟谁在一起吃饭呢？"

这个问题让索雷尔老爹感到有些为难，他感到再说下去，就可能会另生枝节，于是大发雷霆，痛骂于连是个贪吃鬼，并把他撇在一边，去找另外两个儿子商量。

不一会儿，于连看到两个兄长靠在各自的斧子上，正在密切地商谈着什么。于连朝他们望了很久，依然一头雾水，猜不出个所以然，索性走到木锯的另一边，避免被他们发现。他反复思考着这个突如其来的、足以改变他命运的消息，但是头脑始终无法冷静，他不自觉地用全部想象力幻想着市长先生的漂亮宅邸里究竟会有些什么。

"不，应该拒绝这一切，"他想着，"我绝不能自轻自贱到与佣仆一起吃饭。倘若父亲再逼我，我宁愿去死。目前我手头有十五法郎八苏的存款。我避开那些宪兵，沿着小路今晚就走的话，两天后就会到达贝桑松。在那里我可以应征入伍。如果需要的话，我会去瑞士。但这样我的前途就会一片渺茫，那些雄心壮志也将毁于一旦，成为神职人员、获得想要的一切的计划也会彻底泡汤。"

于连对与佣仆同桌吃饭的厌恶并不是与生俱来的。事实上，为了获得财富，比这更令人难受的事他都做得到，他的这种厌恶是从卢梭[1]的《忏悔录》中学到的。正是《忏悔录》赋予了他对这个世界的所有想象。拿破仑军队的《帝国公报汇编》，以及《圣赫勒拿岛回忆录》《忏悔录》这三本书共同构成了于连生命中的金科玉律。为了这三本书，他可以将生死置之度外。他从未相信过除这三本书外其他的书。就像那位年迈的随军外科医生告诉他的一样：其他的书全都布满了谎言，都是欺诈之辈为了飞黄腾达而编出来的鬼话。

于连有着如火焰般热烈的灵魂，还有超乎寻常的记忆天赋，但这天赋常被用来记一些蠢话。于连很清楚自己的前途需要仰仗老神父谢兰，因此为了赢得老神父的欢心，他把拉丁语版的《新约》背得滚瓜烂熟，同时也把德·迈斯特的《教皇论》背了下来 —— 尽管他一点都不相信这两本书上的内容。

仿佛心照不宣一般，整整一个白天，索雷尔老爹和他的儿子于连都没有讲话。傍晚，于连去神父家学习神学。他认为将别人向父亲提出的这一奇怪请求告诉神父是冒失之举，因此选择缄默不言。"这或许是个陷阱，"他对自己说，"我必须做出已经将它抛在脑后的样子。"

第二天一早，德·雷纳先生就派人去请索雷尔老爹。他等了一两个小时，终于等到这个老木匠的到来。索雷尔老爹刚到达

——

1　卢梭（Jean-Jacques Rousseau，1712—1778），法国启蒙时代思想家、哲学家、教育家、文学家、民主政论家和浪漫主义文学流派的开创者。《忏悔录》是他的自传，是文学史上最有影响的自传作品之一，书中毫不掩饰个人的丑行，对后世影响深远。

门口就开始连连致歉，找了无数个迟到的借口，还连连鞠躬。在一大通百转千绕的迂回沟通之后，索雷尔老爹终于搞清楚了，他的儿子将会与男女主人一同吃饭，当有宾客到来的时候，他的儿子就会在专门的房间里与孩子们一起吃饭。看到市长急迫的样子中充满了紧张和不信任，索雷尔老爹就更想搞些事情出来。他要求看看为儿子预备的卧房。这是一间家具齐备、干净整洁的大房间，用人们正忙着把三个小孩子的床也搬进来。

看见这种情势，索雷尔老爹忽然灵机一动，提出想要确认一下为儿子准备的衣服样式。德·雷纳先生打开他的书桌抽屉，取出了一百法郎交给老木匠。

"拿着这笔钱，您的儿子可以去找呢绒店的杜朗先生定做一整套黑色的衣服。"

老木匠一下子就忘记了所有的繁文缛节，直接问道："如果之后我把他带回了家，这套衣服还能留着吗？"

"这是当然。"

"那行，"索雷尔老爹拖着长腔说道，"现在我们就剩最后一件事需要商量了——您决定给他多少钱的报酬？"

"您怎么能这样呢？"德·雷纳先生愤愤不平地叫道，"我们昨天不是说好了吗？我给他三百法郎。这已经够多了，也许太多了！"

"这是您的出价。我并不否认。"索雷尔老爹这种精明算计的才能，一定会让不了解弗朗什–孔泰大区农民的人瞠目结舌。他紧紧盯着德·雷纳先生，更加慢悠悠地说道："别的地方给我们提供的价格更高。"

他话音刚落，市长就脸色大变，然而，他还是恢复了镇定。

经过两个多小时的你来我往，其间每句话都经过了精心斟酌，最终乡巴佬的精明还是胜过了富人一筹，毕竟富人不需要这样的心机来求个活路。有关于连新生活的众多条款都经一一商讨决定好了。他的年薪不仅升到了四百法郎，而且每月一号必须预先付清。

"好吧，我先给他三十五法郎。"德·雷纳先生说。

"凑个双数吧，"老木匠用一种撒娇似的谄媚语调说，"像我们市长这样既富有又慷慨的大人物，一定会给到三十六法郎的。"

"好吧，"德·雷纳先生说，"但是不要再啰唆了。"

老木匠听出了市长因愤怒而变得严厉的语气，觉得是时候见好就收了。接下来轮到德·雷纳先生发起进攻了。他始终不想将第一个月的三十六法郎交给迫切想替儿子把钱领走的索雷尔老爹。德·雷纳先生忽然想到自己一会儿还得向妻子吹嘘自己在谈判中赢得的优势呢。

"把我给您的一百法郎还给我。"德·雷纳先生带着情绪说道，"杜朗先生还欠我钱呢。我随后跟您儿子一起去那边裁黑色布料。"

市长施展了他的魄力。索雷尔老爹又回到那种满口恭敬之词的谦卑状态之中，客套了足足有一刻钟的时间。最后，看到实在没有什么好处可捞了，他起身告辞，最后谦恭地说："我会把我儿子送到您的城堡里来。"

当韦里叶城的居民想要奉承他们的市长时，便会用"城堡"来称呼他的华美宅邸。

回到锯木厂之后，索雷尔老爹遍寻不到儿子于连。于连因为担心会发生不好的事情，想妥善保存那些书和那枚荣誉军团的十字勋章，就连夜出门，把它们都送去朋友福盖那里保管。福盖是一个年轻的木材商人，住在俯瞰韦里叶城的高山中。

当于连回到家时，他的父亲朝他吼道："该死的懒东西，老天知道你有没有这个出息来补偿我这么多年供你的吃喝。带着你的破烂玩意儿去市长那里吧！"

于连颇为惊讶，父亲这次竟然没有打他，于是匆匆收拾出门。但刚离开他那可怕父亲的视线，他就放慢了脚步，内心忖道："先去教堂那边停一下，或许会对练习虚伪有所助益。"

这个词让您惊讶了吗？要知道，这个年轻的农民经历了数不清的心路历程，才终于对这个可怕的词达到心领神会的程度。

儿时的于连，有一次看到几个从意大利凯旋的第六团的龙骑兵，身披长长的白色披风，头上戴着用又长又黑的棕毛装饰的头盔。他们把马拴在于连父亲家的格子窗棂上，这个画面令他发疯般地向往着军人的职业。后来，他怀着激动的心情聆听了老外科医生对洛迪战役、阿尔柯拉战役和里沃利战役[1]的讲述。于连真真切切地看见了老人投向十字功勋荣誉勋章的火热眼神。

然而，在于连十四岁的时候，人们开始在韦里叶建造教堂，对于这样一个小城镇来说，它已经算得上是相当宏伟的了，尤其教堂中的四根大理石柱子，让于连震惊不已。很快，这四根柱子就因激起了当地的治安法官和副本堂神父之间莫大的仇恨而声名大噪。后者是从贝桑松派来的，被认为是"圣会"[2]的密探。为了此事，治安法官还差点被革职，至少大家普遍认为是这样。这位副本堂神父几乎每两周就要去贝桑松觐见主教大人，谁胆敢跟这

----

1 三次战役均在意大利发生，拿破仑战绩辉煌。
2 这里的圣会指的是波旁王朝复辟后耶稣会的秘密组织，当时势力极大，足以左右政治方向。

样的人物较劲儿？

治安法官也是个拖家带口的父亲，不得不服软。这段时间，他似乎一反常态，对几个案子做出了不公正的判决，针对的都是那些阅读《立宪报》[1]的居民。结果有势力的一方获得了胜利。其实这些是仅涉及几个法郎的小案子，其中的一笔罚款罚到了一个钉子工人的头上，他是于连的教父，他愤怒地喊着："如今世道真是不同了。试想，这二十几年里，我们都把治安法官看作一个诚实的人呢！"正是这个时候，那位随军外科医生——于连的忘年之交，刚好过世了。

突然之间，于连就不再谈论拿破仑了，他宣布想成为一名牧师。从那以后，人们常常看到他在父亲的锯木厂中勤勤恳恳地背诵着神父借给他的拉丁语版《圣经》。年迈而善良的神父被他的飞速进步所震惊，于是整夜不休地向他传授神学知识。在神父面前，于连只流露出对宗教的忠诚信仰。然而谁能想到，在这张如此苍白而温柔、如同年轻女孩般俊俏的脸庞下，隐藏着的却是一颗不可撼动的决绝之心：为了实现人生的飞黄腾达，就算死一千次，他也毫不畏惧。

对于连来说，要想飞黄腾达，首先要离开家乡韦里叶城。他对自己的家乡深恶痛绝。在这里他所看到的一切，都将他的想象力冻结成冰。

很小的时候，于连就常常陷入兴奋的幻想：终有一天他会被引荐给那些美丽的巴黎女性，通过自己卓绝的英雄之举获得她们的青睐。为什么他不能捕获其中一位尊贵的女性的芳心呢？就像

1　19世纪资产阶级自由派办的报纸，反对波旁王朝复辟。

拿破仑，在还一文不名的时候，他不就被光芒闪耀的约瑟芬女士深深爱上了吗？这么多年来，于连没有一刻不在脑海中想着：拿破仑，一个曾经毫不起眼、身无分文的中尉，正是靠着手中的剑，成了这个世界的主宰。

这个念头安慰了自认为深陷巨大不幸中的于连，又令他在获得成就时感到加倍的愉悦。

教堂的建造和治安法官因妥协而做出的裁决忽然使于连开窍了，一个念头出现在他的脑海中，令他沉迷了好几个星期。这个充满激情的灵魂自认为是第一个有了这一发现的人，最后，这个念头用无敌的力量完全占据了他的所思所想。

"拿破仑声名鹊起的时候，法国正担心会受到外敌侵犯，加入军队显得尤为必要且顺应潮流。而如今，四十岁的神父就能拿到高达十万法郎的薪水，足足是拿破仑治下名将酬劳的三倍。神父们需要有人给他们帮忙。看看城里的这位治安法官吧，虽然有着聪慧的头脑和诚实的心肠，但因为害怕得罪一个三十岁的副本堂神父，年迈的他还是做出了让自己声名扫地的事情。因此，还是必须当教士！"

于连投入了新的信仰之中。然而有一次，在学习神学已经两年的时候，他曾经被一场忽然迸发的、仿佛要吞噬他灵魂的火焰泄露了内心的真实想法。那是一次在神父谢兰的家中举行的晚宴，好心的神父正把他作为学习神学的奇才介绍给众人，不知怎的，他忽然狂热地称颂起拿破仑来。这次之后，为了惩罚自己，他就把右臂吊在胸前，谎称它因为搬动枞树树干而脱臼了，并将这种难受的姿势维持了两个月。在这次痛苦的自我惩罚之后，他才原谅了自己。这个仅仅十九岁的年轻人，外表瘦弱得看上去顶多只有十七岁。此时此刻，他腋下夹着一个作为行李的小包裹，走进了韦里叶城宏伟的教堂。

他感到教堂中的氛围幽深而孤独。正值节庆，所有窗户都用深红色的布盖着，一束束阳光穿过，形成了炫目的光影效果，让这座教堂显得极为庄严肃穆，充满宗教的氛围。于连打了个寒战。他独自在教堂里，坐在那个看起来最为华丽的座位上，其上刻着德·雷纳市长的徽章。

在跪凳之上，于连发现了一张印着字的纸片，平摊在那里，仿佛就是为了让他读似的。他向上面瞟了几眼，看到以下的文字：

"在贝桑松被处决的路易斯·让雷尔，其行刑过程和最后时刻的细节……"

纸张已被撕碎。反面写有一行字，前三个字是"第一步"。

"谁把这张纸放在这儿的？"于连思索，"可怜的人，"他发出了一声叹息，"我姓索雷尔，他姓让雷尔，我们的姓氏只有一字之差……"随后他揉碎了纸片。

出门的时候，于连以为在圣水缸的附近看到了一摊血，凑近一看，才发现原来是人们施洒的圣水：覆红色幕布的玻璃反光让这摊水看起来殷红如血。

于连为刚刚心中的恐惧而感到羞耻。

"我是个胆小鬼吗？"他对自己说，"拿起武器来！"[1]

这是老外科医生向于连讲述战争历史时常常重复的话，在于连听来充满了英雄气概。于是他抖擞精神，快步向德·雷纳先生——

1　"拿起武器来"是《马赛曲》中的一句著名的歌词，这首歌诞生于法国大革命，后成为法国国歌。

的宅邸走去。

尽管已经鼓足了勇气，但是在市长家门口大约二十步远的时候，于连的内心还是被一种不可战胜的羞怯占据了。铁门大开着，在于连的眼中它们是如此壮观，而他必须走进去。

"必须进入那里！"

于连并不是唯一一个对他的到来而感到心烦意乱的人。极度羞涩的德·雷纳夫人想到这个人为了履行职责，日后会经常出现在她与孩子们之间，她就更加心烦意乱了。她已经习惯了孩子们睡在她的卧室里。今天早上，当她看到孩子们的小床被抬到家庭教师的卧室里的时候，她泪流不止。她请求丈夫将最小的孩子斯坦尼斯·格萨维耶的床留在自己的房间里，然而却是徒劳的。

在德·雷纳夫人身上，女性的细腻敏感已经达到了某种极致。她为这个即将到来的家庭教师设想出了一副最令人不快的形象：粗鲁不堪，蓬头垢面，常常粗暴地训斥孩子们。只因为这个家庭教师懂拉丁语这门野蛮的语言，孩子们就要遭受他的无情折磨。

第六章

恼人的忧烦

我不知道自己究竟是谁了，

我也不知道我到底在做什么。

——莫扎特《费加罗的婚礼》[1]

只要远离人们注视的目光，德·雷纳夫人就能无拘无束地展现出天生的活泼与优雅。今天，她从朝向花园的落地窗走出来，发现大门旁边有一个乡下年轻人的身影。他几乎还是个孩子，脸色极其苍白，好像刚刚哭过，穿着一件白色衬衫，腋下夹着一件非常干净的紫色呢子外套。

这个乡下小伙子皮肤雪白，眼神温柔，以至于有些浪漫、喜欢幻想的德·雷纳太太最初还以为是个乔装打扮的女孩想要来向市长讨些恩惠。看到他在大门口踌躇不前，甚至不敢举手按门铃，德·雷纳夫人对这个小家伙产生了怜悯之心。她走上前去，

1 指奥地利作曲家莫扎特根据法国剧作家博马舍的作品《费加罗的婚礼》改编的著名喜歌剧，该剧对贵族进行了讽刺。

一时间忘记了因家庭教师即将到来而产生的苦涩忧虑。于连面对着大门，没有留意到德·雷纳夫人的靠近。当她的温柔声音在于连耳边响起的时候，他不由得浑身一颤。

"我的孩子，您来这里做什么？"

于连猛地转过身来，被德·雷纳夫人那温柔的目光所打动，心中的怯懦瞬间消失了大半。一时间，他被她的美貌震惊了，竟忘记了自己究竟为何而来。德·雷纳夫人重复了一遍她的问题。

"我是来当家庭教师的，夫人。"他终于稳下心神，开口回答，并为脸上挂着泪而羞愧不已，赶紧将其拭去。

德·雷纳夫人一时间目瞪口呆，说不出话来。他们两个靠得很近，互相看着对方。于连从未见过打扮得如此漂亮的人，尤其是这个如此光彩照人的女人，如此温柔地对他讲着话。德·雷纳夫人打量着这个脸颊上还挂着大颗泪珠的乡下小伙子，刚刚脸色还如此苍白，一下子就变得满脸绯红。很快，她咯咯地笑了起来，流露出年轻女孩般的放肆欢快。她笑自己之前的杞人忧天，无法想象此刻的她有多么幸福：这就是我们的家庭教师吗？她之前还把他想象成一个肮脏、衣衫不整、会责骂和鞭打孩子们的教士呢！

"怎么，先生，您懂拉丁语？"她终于开口问道。

"先生"这个称呼让于连震惊不已，他细细琢磨了一会儿。

"懂，夫人。"他羞涩地回答。

德·雷纳夫人非常开心，大着胆子问于连："您不会过多地责骂我可怜的孩子们吧？"

"我？责骂他们？"于连惊讶地问，"为什么要这样做呢？"

"您不会的，对吗，先生？"在短暂的沉默之后，她又补充道，声音变得越来越激动，"您会对他们好的，您答应我好吗？"

再次被郑重地称呼为"先生"，而且是被一位衣着如此华美的女士这样称呼，这完全超乎了于连的预料。在年少不切实际的幻想中，他曾告诉自己，只有穿上一套笔挺的军装，那些体面的女士才会愿意与他交谈。而德·雷纳夫人则完全被于连秀美的面孔、大大的黑色眼眸和一头漂亮的鬈发迷住了——刚刚为了让自己冷静下来，他把头浸在公共喷泉的水盆里，所以他的头发比平时更加卷曲了。德·雷纳夫人在这个必定到来的家庭教师身上发现了一种属于年轻女孩的羞怯，她感到一阵开心，因为她曾如此担心这位家庭教师会对孩子们过于严苛，令人厌恶。她所担心的和她眼前所见的形成了强烈的对比，这对德·雷纳夫人温和的性情来说可是一件大事。终于，她从惊喜的状态中恢复理智，忽地发现，自己就这样在家门口和这个几乎只穿着衬衫的年轻小伙子站在一起，而且距离那么近。

"我们进去吧，先生。"她带着相当尴尬的神色说道。

在德·雷纳夫人的一生中，还从未感受过这种将她深深打动的纯粹愉悦，从未体验过这种不安和恐惧都烟消云散后浮现的感恩与心安。受她悉心呵护的漂亮孩子们不会落入一个肮脏和暴躁的牧师手中了。一走进前厅，她就转身去看于连，后者正怯生生地跟着她。看到他对如此华美的屋子露出的惊讶神色，德·雷纳夫人对他又增添了一份好感。直到现在，她还有些不敢相信这件事情的真实性。在她看来，一位正规的家庭教师一定得有套黑色的衣服。

"这是真的吗，先生？您懂拉丁语吗？"她又停了下来，向于连确认道。她非常害怕自己搞错了，而她的那些设想让她多么开心啊。

这个问题一下子刺伤了于连的骄傲自尊，让他在一刻钟前还沉醉其中的兴奋顿时烟消云散。

"是的，夫人，"他回答，试图表现出一副冷漠的面孔，"我和神父一样懂拉丁语，甚至有时他还会好意地说我的拉丁语比他的好。"

于连在距她两步远的地方停住不走了。德·雷纳夫人察觉到了他的怒意，走近之后，小声地问道："刚开始的时候，倘若孩子们听不明白课程，您也不会责打他们，对吧？"

一位如此美丽的女士近乎哀求的温柔话语，让于连忘记了作为拉丁语学者该有的骄傲。她的面孔离他如此之近，他甚至能够闻到女子夏装所散发的芬芳，这对一个贫穷的乡下人来说是前所未有的体验。于连顿时脸红到了耳朵根，叹了口气，轻声低语道："不必担心，夫人，我将凡事都听从您的吩咐。"

德·雷纳夫人对孩子们的焦虑完全消散，就在此时，她终于注意到于连那令人倾倒的美貌。作为一个性格异常害羞的女性，德·雷纳夫人一点都不觉得于连如女孩般清秀的五官和尴尬的神情很可笑，而人们通常认为英俊男子应当具备的阳刚孔武反而会令她害怕。

"您多大了，先生？"她对于连说。

"快要十九岁了。"

"我的大儿子已经十一岁了，他几乎可以和您当朋友了。"德·雷纳夫人说道，她现在已经完全放下心来，"您可以跟他讲道理。有一次他父亲责罚了他，只是轻轻地打了一下，这孩子就病了整整一个星期。"

于连思索道："我跟他真是天差地别。昨天父亲还打了我。这些有钱人是多么幸福啊！"

德·雷纳夫人觉察到了这位家庭教师灵魂深处的细微变化，认为于连露出的悲伤神情是因为害羞，于是想鼓励他一下。

"您叫什么名字，先生？"她用温柔的语气问道。于连享受着她语气中蕴含的无限魅力，却没有意识到自己正徜徉其中。

"我叫于连·索雷尔，夫人，这是我人生中第一次进入外人的宅邸，这让我胆战心惊，我需要您的保护。在一开始，倘若我的行为有何不当之处，希望您能原谅我。我没有上过学，我太穷了。除了我的远方亲戚，那位得过荣誉勋章的外科医生，以及神父谢兰先生，我从未跟外人讲过话。神父可以向您证明我的人品。我的哥哥们总是打我，如果他们向您说我的坏话，请不要相信他们。若我犯下了什么无心之失，请您原谅我。夫人，我永远不会有任何坏心眼的。"

这段话很长，于连慢慢地说着，心缓缓定了下来。他打量着德·雷纳夫人，心中思量，完美的优雅就应该有如此魅力。这种天然去雕饰的优雅，丝毫没有矫揉造作的成分，特别是在拥有如此魅力的人根本没想过刻意追求这种效果的时候。天生便深谙女性之美的于连，此时此刻可以发誓，德·雷纳夫人看上去也不过二十岁而已。他立刻有了一个僭越的想法，就是吻她的手。很快，他被这个想法吓到了。不一会儿，他思忖道："像这样美貌的太太一定会看不起我这个刚刚走出锯木厂的小工人，若不做出些行动让她高看我一眼，那我就是个懦夫。"于连或许是被"漂亮男孩"这个称呼所鼓舞——六个月以来，他常常在礼拜日的时候听到有些年轻的姑娘这样叫他。正当他进行着激烈的心理斗争时，德·雷纳太太告诉了他几条关于如何教育孩子的建议。他极力克制着自己，脸色再次变得异常苍白，用一种不自然的语调回答道："夫人，我绝对不会体罚您的孩子，我向上天发誓。"

说着这句话时，于连鼓起勇气，抓着德·雷纳夫人的手，送到自己的唇边。夫人起初对他的这一举动感到惊讶，略一思索，更觉得受到了冒犯。由于天气很热，她赤裸的双臂外只有一层披肩，于连将她的手移到他唇边的这一拉扯，让她的手臂完全露了出来。过了一会儿，她独自生起闷气，责怪自己当时没能及时表明自己的气愤。

德·雷纳先生听到了二人的谈话，从书房里走了出来。带着在市政厅主持婚礼时常有的威严和慈祥，他对于连说："在孩子们见您之前，我必须和您谈谈。"

他领着于连走进一个房间，德·雷纳夫人本想告辞，留他们二人细谈，但是市长留住了她。德·雷纳先生把门关上，一脸严肃地坐了下来。

"神父告诉我，您是个不错的人，在这里大家都会对您以礼相待，如果我对您的表现满意的话，之后兴许还会帮您谋个不错的差事。希望您不要再与您的亲戚和朋友来往，他们的说话谈吐与我的孩子们并不相配。这里是第一个月的三十六法郎的工资，但我要求您保证，不会将任何一分钱交给您的父亲。"

一想起索雷尔老爹，德·雷纳先生便满心不快，在这件事上，那个老头子比他狡猾多了。

"现在，先生，我会命令这里的所有人都称呼您为'先生'，您将感受到住在一个体面人的房子里的好处。现在让孩子们看到您只穿着衬衫是极不合适的。"德·雷纳先生问妻子："仆人们都见过他了吗？"

"还没有呢，亲爱的。"德·雷纳夫人还沉浸在沉思中，没回过神来。

"很好。先穿上这件。"他对这个满脸惊讶的年轻人说，同时递过去一件自己的男士礼服，"走吧，我们现在去找那个呢绒商人杜朗先生。"

一个多小时后，当德·雷纳先生带着身穿黑色礼服的新任家庭教师回来时，他发现妻子仍坐在原地。看到于连再次出现，德·雷纳夫人心下已是一片宁静。端详着眼前的于连，她已经忘记了自己刚开始对他的担心。而此刻的于连则根本顾不上她。尽管他既不相信命运，也对旁人充满戒备，但他毕竟还保留着孩子的心性。三个小时前，他还独自在教堂里瑟瑟发抖，而现在回过头去想，只觉得恍如隔世。于连注意到德·雷纳夫人冷冰冰的样子，忽然意识到她正为他之前的唐突行为生气。然而，这一身衣服的布料与他以往习惯穿的衣服的布料是如此不同，让他油然生出一股得意，不禁有些飘飘然。他努力想掩饰这种快乐，却反倒让他的举动显得有些冒失和张狂。德·雷纳夫人望着他，眼里露出惊讶的神色。

"庄重些，先生！"德·雷纳先生说，"倘若您想得到孩子和仆从们的尊重。"

"先生，"于连回答道，"这些新衣服让我觉得很难为情。我本是个贫穷的农民，除了短上衣，从没穿过别的衣服。如果您允许的话，我这就回房间待着。"

于连走后，德·雷纳先生对妻子说："你对这笔买卖有什么看法？"

几乎是出于自己也未曾发现的某种本能，德·雷纳夫人向丈夫掩饰了自己真实的想法："我可不像您一样如此乐于见到这位小农民。您对他的关怀体贴会让他变得目中无人，不出一个月的时间，您就得将他打发走。"

"那好！如果真是这样的话，到时候就将他打发走，不过就花我百来个法郎而已。但是韦里叶城的人们会习惯于看到德·雷纳家的孩子是有专属家庭教师的。不过，倘若于连还穿得像个工人，这种效果就完全达不到了。打发他走的时候，我当然要把刚才在呢绒商那里定制的那套黑色礼服留下。他只能带走我从裁缝那里买的成衣，就是他刚刚穿的那套。"

于连在房间里待了一阵，在德·雷纳夫人看来只是一瞬间的工夫——孩子们在被告知家庭教师到了之后，围着母亲问东问西说个不停。终于，于连从房间里走了出来，仿佛换了一个人，用"气质庄严"来形容好像力度有些不够——他仿佛变成了庄严的化身。在被介绍给孩子们的时候，于连讲话的态度完全变了，就连德·雷纳先生也吓了一跳。

"先生们，我来这里，是要教你们学习拉丁语。"他在结束讲话时说道，"你们应当知道背诵经文是件怎样的事。这就是《圣经》，"他一边说，一边把一本三十二开黑色封皮的精装小册子展示给孩子们，"尤其是我们的主耶稣的故事，即我们称之为《新约》的部分，我会经常让你们来背诵，现在你们先来考考我。"

大儿子阿道夫将书接了过来。

"随意翻开一页，"于连继续说，"告诉我任意一段的第一个单词，我就能背出这本圣典剩下的部分。这本书是我们所有人的行为准则。您说何时停我就何时停。"

阿道夫随意翻开一页，念了一个词，于连就像说母语一样，轻松地把接下来一整页的内容都背了出来。德·雷纳先生一脸得意地看着他的妻子。孩子们看到父母惊讶的样子，都睁大了眼睛。一个仆人来到客厅门口，听到于连背诵拉丁语。他起初一动不动，接着不见了踪影。很快，夫人的女仆和厨娘也都来到了门口。这时阿道夫已经将书翻开了八次，每一处于连都是一样地倒背如流。

"噢，我的上帝！这个俊俏的小神父！"厨娘高声叫道，她是一个非常虔诚的女人。

一向自尊心强的德·雷纳先生有些焦虑，他没有试图去考考这位家庭教师，反倒开始搜肠刮肚地寻找记忆中存留的拉丁语单词。终于，他背出了一句贺拉斯[1]的诗。于连所学仅限于《圣经》，他皱着眉头回答道："我命定的志业不允许我读这些世俗诗人的作品。"

德·雷纳先生见状，又引用了许多他自称是贺拉斯的诗歌，随即向孩子们解释贺拉斯到底是谁。但是孩子们都对于连的才华钦佩不已，没有注意到父亲讲了些什么，只是盯着于连看。

发现仆人们围在门口观看，于连决定让这场考试再持久一些，他对最小的孩子说道："格萨维耶先生也该考我一段圣书中的内容。"

小格萨维耶满脸神气，含含糊糊地勉强读出了一段话的第一个单词，而于连又接着将这一页的内容背诵了出来。仿佛老天要

---

1 贺拉斯（Quintus Horatius Flaccus，前65—前8），古罗马诗人，对欧洲古典主义文学理论影响很大，是古罗马文学"黄金时代"的代表人物之一，代表作有《诗艺》等。

让德·雷纳先生把面子赢得彻底，于连背诵《圣经》的时候，诺曼底俊美马匹的所有者瓦莱诺先生和专区区长沙尔科·德·莫吉隆先生刚好一同进屋。这一次，于连为自己赢得了"先生"的称号，就连仆人们也不敢不这样称呼他了。

傍晚时分，人们纷纷涌向德·雷纳先生宅邸的门口，整个韦里叶城都在争相目睹这个奇观。于连用冷静阴沉、生人勿近的态度应对众人。他的光辉事迹一下子就在城中传开了。没过几天，德·雷纳先生怕有人将他挖走，就提出与他签订两年的合同。

"先生，这可不成。"于连冷冷地回答，"如果您想把我赶走，我没的选择，只能离开。这个合同仅对我有约束力，您却不承担任何义务，这是不平等的，我拒绝。"

不到一个月的时间，于连就对一切应付自如，以至于德·雷纳先生都对他产生了几分敬意。幸好神父早已同德·雷纳先生和瓦莱诺先生闹翻，无人能够泄露于连曾经对拿破仑的崇拜，而如今于连再谈到拿破仑时，也总是带着一种厌恶之至的语气。

第七章

心有独钟

他们知道，唯有让人心碎，才能打动人心。

——一个现代人

　　孩子们崇拜于连，于连却对他们并不上心，他的心思放到了别的地方。无论孩子们做了什么，他从不表露出不耐烦的样子。他冷酷、公正、沉着，却备受大家的喜爱——他是一个称职的家庭教师，可以说他的到来将市长宅邸中原有的沉闷气氛一扫而空。然而，对这个上流社会，他只感到憎恨、厌恶。他们接受了他，而事实上，也只是让他在用餐时居于餐桌的末端，这或许可以解释他的憎恨、厌恶。在某些重大的晚宴上，他几乎无法抑制对周围一切事物的憎恨。尤其是圣路易节的那晚，在德·雷纳先生宅邸的餐桌上，瓦莱诺成了谈话的焦点。于连几乎按捺不住了，便借口照看孩子，逃向了花园。"对廉洁的称赞还真是动听！好像这是唯一的美德！"于连大叫，"他自从管理政府资助穷人的福利后，自己的财富反而翻了两倍甚至三倍，对于这样的人，人们竟如此尊敬，如此卑躬屈膝！我敢打赌，甚至在专门用于救济被遗弃儿童的福利金中，他也刮了不少油水。这些可怜的弃儿，他们的苦难比其他人的更加神圣。啊！残忍的畜生！残忍的畜生！我不也是一个被遗弃的孩子吗？我爸爸、我哥哥，我的全家都对我恨之入骨。"

就在圣路易节的前几天，于连独自在名叫"美景林"的小树林中散步并念诵日课经。在这座小树林，正好能俯瞰忠诚大道。他远远看到两个哥哥从一条僻静的小径走来，想要避开却为时已晚。于连一身漂亮的黑衣、整洁的外表和难以掩饰的蔑视，让这两个粗鄙的工人升起嫉妒的怒火。他们把他痛打了一顿。他昏倒在路旁，满身血污。这时，德·雷纳夫人正与瓦莱诺先生和专区区长一起散步，偶然间来到了这座小树林。看到于连直挺挺地躺在地上，德·雷纳夫人以为他已经死了，不禁惊慌失措，那种关切之情甚至让瓦莱诺先生妒忌不已。

实际上，瓦莱诺的嫉妒之情其实为时过早。于连的确觉得德·雷纳夫人异常貌美，但正是这种美让他心生厌憎。德·雷纳夫人的美是于连遇到的第一块暗礁，之前他差点撞在上面，毁掉大好前程。于连尽可能地不与她讲话，就是为了让她淡忘第一天促使他吻她手的那种激动。

德·雷纳夫人的贴身女仆伊莉莎对这位年轻的家庭教师芳心暗许，她经常向女主人谈论于连。伊莉莎小姐的爱慕招致了一位男仆对于连的仇恨。有一天，于连听到这人跟伊莉莎抱怨："自从这个脏兮兮的家庭教师住进来以后，你都不愿意跟我讲话了。"于连并不肮脏，这样讲他实属污蔑。然而出于一个帅气男孩的爱美天性，于连对自己的外表更加在意了。瓦莱诺先生对于连的仇恨也愈演愈烈。他公开地说，一个年轻的教士不应该如此喜欢打扮。于连平时没有穿教士袍，穿的是套装。

德·雷纳夫人发现，于连与女仆伊莉莎接触得越来越频繁，随后她意识到，这些对话都是因为于连的衣服太少。他的内衣只有那么几件，为了及时替换，只能频繁地送去给人清洗，正是在这些琐事上，伊莉莎可以提供有用的照顾。德·雷纳夫人从未见过如此一贫如洗的人，因而感到十分震惊。她盘算着送给于连一些礼物，却一直不敢贸然行事。这种内心的挣扎纠结，是于连给她带来的第一份痛苦。在此之前，对她而言，于连的名字还与一种纯粹的精神愉悦连在一起。一想起于连贫穷的窘境，她内心就备受折磨。她终于向丈夫开口，让他赠给于连几件内衣。

"愚蠢的想法！"德·雷纳先生回道，"为什么要给把我们服务得很好、令我们非常满意的人送礼？只有在他干活儿不怎么尽心的时候送礼物，这样才能激励他继续为我们卖命。"

德·雷纳夫人对丈夫这样的看法感到有些羞愧。要不是于连的到来，她都不会注意到丈夫的这些缺点。每次看到这位年轻神父极其整洁却简单的衣着，她都会对自己说："这个可怜的孩子该怎么办啊？"

渐渐地，她对于连所缺乏的一切，感到的不再是震惊，而是深深的怜悯。

如果你跟某些外省女人相处，在认识她们的头两周里，可能会把她们看作傻子，德·雷纳夫人就是这样一个女性。她缺乏生活的经验，也不喜言谈，性情生来就敏感而冷淡。命运令她生活在一群粗鲁之徒当中。然而，每个人与生俱来的追求幸福的天性，令她在大多数时间里对这些人的行为和言语视而不见、听而不闻。

德·雷纳夫人哪怕接受过一点教育，都会凭借纯朴的天性和头脑的灵动而出类拔萃。然而，作为贵族家庭的女继承人，她是在修道院中被养大的。教导她的修女们都是耶稣圣心会[1]的狂热崇拜者，对与耶稣会[2]为敌的法国人有着强烈的憎恨。德·雷纳夫人足够理智，认为在修道院学到的清规戒律都很荒唐，很快就将它们全部忘记，却没有用其他东西填补内心的空白，所以变得一无所知。作为巨额财富的继承人，过早地获得众人的奉承，以及内心无比的虔诚，让她过着一种完全内向型的生活。她表面上极其随和，并且乐于奉献。这让韦里叶城的男人们视她为妻子的典范，德·雷纳先生对此骄傲不已。然而她这种惯性的操守其实出自极其高傲的个性。打个比方，一位以骄傲著称的公主所给予周遭仆从的关注，也比这个如此温柔谦逊的女人对丈夫言行的关注要多出不知多少。在于连到来之前，她真正关心的只有她的孩子。他们身体上的一切病痛、精神上的一切痛苦与欢乐，占据了她的全部思绪。而她这一生，只爱过上帝，那还是她在贝桑松的圣心修道院的时候。

她从不愿意对别人提起，哪怕孩子发一场烧也会让她的世界崩塌，仿佛孩子已经死去一般。在结婚的头几年里，倾诉的需求曾令她将这些说给丈夫听，而那些细碎的悲伤情绪往往得到的

1　圣心会，18世纪天主教修道女玛德兰·索菲成立于法国的天主教会，旨在教育年轻女孩。圣心会与耶稣会联系紧密。

2　耶稣会，天主教重要的修会之一，重视神学教育、对教会的忠诚度以及向青年传教。书中描写的18世纪的耶稣会，以绝对效忠天主教会和教宗为宗旨，降伏一切"异端"，其实主要是遏止宗教改革的新教势力扩张，并与封建王权势力沆瀣一气，因此在当时引起争议和批评，"耶稣会士"一词在那时就同"伪善者""阴险者"。

是丈夫粗鲁而响亮的笑声、无奈的耸肩，还掺杂着几句讽刺女人有多么蠢的粗俗格言。这样的揶揄，尤其当它们涉及孩子病痛的时候，就像一把匕首扎在德·雷纳夫人的心上。曾经在耶稣会修道院里，年轻的她的周围都是甜言蜜语和阿谀奉承，现在却被这些取而代之。她所受的教育是通过痛苦完成的。因为生性过分高傲，她不屑于将这些悲伤说与其他人，甚至对好友德尔维夫人都缄口不语。她认为所有男人都像她丈夫、瓦莱诺先生和专区区长莫吉隆一样，粗俗不堪，对除金钱、特权和十字勋章以外的所有事情都麻木不仁，对一切与他们的想法相异的观点都盲目仇恨。德·雷纳夫人甚至认为，男人的天性就是如此，跟戴毡帽和穿靴子一样自然而然。

在很多年后，德·雷纳夫人还是无法接受这些见钱眼开之人，却不得不生活在他们之中。

这就能解释于连这一小农民何以会让夫人青睐有加。面对他高贵而骄傲的灵魂，德·雷纳夫人仿佛觅得知音，感受到一种温柔的愉悦和新鲜事物带来的光芒四射的魅力。她很快就原谅了于连之前鲁莽无知的行为，在她看来，这种鲁莽也有可爱之处。此外，她也并不责怪于连不懂礼数，还一一帮他纠正。她发现于连的言语很值得聆听，哪怕他讲的都是些日常之事，哪怕是一只过马路时被疾驰的运货马车轧死的可怜小狗。这个悲惨景象引得她的丈夫哈哈大笑，而她却注意到于连蹙紧了两道浓黑弯眉。在她看来，似乎只有这位年轻的教士才拥有慷慨、高尚的灵魂与人性。德·雷纳太太渐渐对于连产生了一种意气相投的情感，她欣赏他善良的心灵中产生的美德。

倘若在巴黎的话，他们二人的关系很快便可以简单定性，因为巴黎的小说偏爱描写这样的爱情。年轻的家庭教师和他害羞的女主人之间的情事，可以在三到四部小说中，或是在吉姆纳丝剧院里演唱的情歌中寻得一些蛛丝马迹。小说能够为他们提供模仿和演绎的模板。不管这些事是否真正有趣，也不管是不是真的情愿，于连的虚荣心迟早会让他去效仿这些故事。

倘若在阿韦龙[1]或比利牛斯山[2]的小城里，如火般炎热的气候可以让男女间最轻微的暧昧发展成一场痴恋。而在我们这种阴沉的天空之下，一个贫穷年轻人之所以野心勃勃，仅仅是因为他敏感的心渴望得到一些金钱可以带来的愉悦。他每天都能见到一位三十岁的女人，她循规蹈矩，没有杂念，一心只想照顾好孩子，从没想过在爱情小说中寻找生活的榜样。在外省，一切都在缓慢地发生着，反倒显得更加自然。

因为挂念这位年轻家庭教师的贫穷与困苦，德·雷纳夫人常常不由自主地落下眼泪。有一天于连无意间看到了她涕泪涟涟的样子。

"啊！夫人，发生了什么悲伤的事吗？"

"没有，我的朋友，"她回答道，"把孩子们叫来，一起出去走走吧。"

德·雷纳夫人挽着于连的胳膊，靠着他的身体，这个动作让他感到讶异。这是他第一次被德·雷纳夫人以"朋友"相称。

在散步结束的时候，于连注意到德·雷纳夫人满脸通红。她放慢了脚步。

"可能有人跟您讲过，"她说道，眼睛并不看他，"我有一——

1　阿韦龙，法国南部省份，位于中央高原。
2　比利牛斯山，位于欧洲西南部，是法国和西班牙交界处的山脉。

位富有的姑母住在贝桑松，我是她唯一的继承人。她经常馈赠我许多礼物……孩子们在您的指导下进步很大……进步如此惊人……我想请您接受一件小小的礼物，以表达我的感激之情。就是几个金路易而已，您可以用它们来添置一些衣物。但是……"夫人补充道，她的脸更红了，随即停下不说了。

"但是什么，夫人？"于连问。

德·雷纳夫人低下头，继续说道："您没有必要对我丈夫说起这些。"

"我的地位是很卑微，夫人，但我并不卑贱。"于连停下脚步，眼中闪烁着怒火，把身板挺得直直的，"您这样做是不合适的。倘若我向德·雷纳先生隐瞒一丝一毫关于金钱报酬的事情，岂不是连个用人都不如！"

德·雷纳夫人一下子惊呆了。

"自从我住进来以后，"于连继续说道，"市长先生已经五次支付给我三十六法郎，我随时可以向他和其他任何人，甚至是对我满怀厌憎的瓦莱诺先生出示我的收支记录。"

于连说完这番话后，德·雷纳夫人一直脸色苍白，浑身发抖。直到散步结束，两人都没能够找到话题来打破沉默。这次过后，在于连高傲的心中更不可能存留对德·雷纳夫人的爱意。而德·雷纳夫人却相反，虽遭到了于连的拒绝与训斥，心中却对他萌生了更多的敬佩与欣赏。为了补偿自己无意间对他造成的羞辱，德·雷纳夫人允许自己给于连更加温柔的照顾。她内心对于连产生了某种崭新的情感，这让她连续一周都沉浸在幸福之中。德·雷纳夫人的温柔态度在一定程度上平息了于连的愤怒，但他也没有在其中寻找到任何令他欢喜的地方。

他心想:"瞧吧,这些富人就是这样。他们羞辱别人,然后认为装装样子就能弥补所做的一切。"

德·雷纳夫人满腹心事,又太过单纯,虽然决心向丈夫隐瞒此事,但最终还是把试图馈赠于连金钱并遭到拒绝的过程说给了德·雷纳先生听。

"什么?"德·雷纳先生十分不快地说,"你怎么能够容忍被一个仆人拒绝?"

听到"仆人"这个字眼,德·雷纳夫人忍不住叫了出来。

德·雷纳先生解释道:"听我说,夫人,已故的康德亲王给他的新婚妻子介绍身边侍从的时候曾说:'所有的这些人,都是我的仆人。'《贝桑瓦尔[1]回忆录》的这一段,我是给你读过的。认清身份的尊卑高低至关重要——只要他没有贵族身份,寄宿在我们家,领着我们发的薪水,那他就是我们的仆人。我去跟这个于连先生说说,赏他一百法郎。"

"啊,亲爱的!"德·雷纳夫人颤抖地说,"千万别当着仆人们的面把钱给他。"

"这倒是,那些仆人有充分的理由妒忌。"德·雷纳先生走开了,同时心里想着一百法郎是不是太多了。

德·雷纳夫人倒在椅子上,几乎因为内心的痛苦而昏厥过去。"他这样做会让于连倍感羞辱的,而这一切都是我的错!"她用手捂住自己的脸,内心对丈夫产生了厌恶,并暗暗发誓,再也不将内心的秘密轻易示人。

当德·雷纳夫人再次见到于连的时候,她哆嗦着,心都皱紧

———

1　贝桑瓦尔(Besenval, 1722—1791),瑞士籍将军,曾担任为法国王室效力的将军。

了，以至于讲不出一句话来。她尴尬地紧紧握着于连的手。

"我的朋友，我的丈夫没让您不高兴吧？"她终于出声问道。

"怎么会不高兴呢？"于连苦笑着回答，"他给了我一百法郎呢。"

德·雷纳夫人望着于连，内心半信半疑。

"把您的胳膊给我。"她说道，口吻中充满了于连之前从未见识过的勇敢。

就这样挽着于连的胳膊，德·雷纳夫人鼓足勇气走进了韦里叶城的书店，不顾这家书店有着自由党的可怕名声。在书店里，她给孩子们选购了价值十个金路易的书籍。但是她心中明白，这些书都是于连想读的。德·雷纳夫人要求每个孩子就在书店里，在分到的书的封面上写下自己的名字。在德·雷纳夫人对自己壮着胆子向于连赔罪的举动感到心满意足之际，于连则因为第一次见到数量如此繁多的书籍而惊呆了。他从来都不敢进入这种亵渎神明的地方，心脏突突地跳着。他顾不上猜测德·雷纳夫人复杂的内心世界，而是深深地琢磨着，作为一个年轻的神学学生，要用怎样的方法才能获得这些世俗的书。最后他灵机一动，或许可以说服德·雷纳先生，把讲述几位本省贵族绅士的历史书籍作为孩子们练习拉丁语的材料。经过一个月的精心策划，于连的这个建议被采纳了。甚至不久之后，在与德·雷纳先生的一次谈话中，于连鼓起勇气，提出了一个令出身贵族的市长颇感为难的请求：他希望德·雷纳先生向书店提供一定的款项，来订购那里的图书——尽管这就给那家自由党人的书店提供了生意。德·雷纳先生觉得这个提议有几分道理：倘若他的大儿子以后进了军队，听到别人谈及一些书名时，若他亲眼见过，那也是不错的。但是于连发现，市长似乎只是口头答应，实际上却不肯往前再走一步。嗯，他猜想其中必有什么隐秘的原因，却猜不出个所以然来。

"我想，先生，"有一天于连对市长说，"像德·雷纳这样一个高贵可敬的名字，出现在书商的肮脏登记簿上，是非常不合适的。"

德·雷纳先生皱着的眉头随即舒展开来。

于连继续用更为谦卑的口吻说道："对于一个贫穷的神学学生来说，如果有人在书商的租借登记簿上发现我的名字，也是一件很糟的事情。自由党人可能会指责我读过那些最为臭名昭著的书——谁知道他们会不会栽赃陷害我，把那些卑劣书籍的名称写到我的名字后面呢？"

于连似乎把话说得过头了。他看到市长的表情看起来有些尴尬和生气，就闭上了嘴，心里想道："我搞定了这个人。"

几天后，最大的孩子当着德·雷纳先生的面，向于连问起《每日新闻》上提到的一本书。

"为了解答阿道夫的问题，"年轻的家庭教师向市长说道，"又不让那些雅各宾派的人感到得意，您可以让府上最为低贱的用人以他们的名字去书店订购。"

"这个主意不错。"德·雷纳先生回答，显然非常乐意。

"不过应该立个规矩，"于连带着那种严肃和有些不乐意的神情说道——这种神情属于那些看到渴望已久的事情终于成真的人，"应该规定，这些书不能拿给仆人们阅读。一旦危险的书进入家中，就会腐蚀夫人的女仆和下人们的心灵。"

"您忘了说那些抨击政事的小册子了。"德·雷纳先生补充道，一副傲慢的样子。他内心暗暗赞赏这位家庭教师提出的聪明的解决方法，却不想将其表现出来。

于连的生活正是由这种一次次小谈判组成的。于连想从这些谈判中获胜，从而导致他对此的关注力度大大超过了对德·雷纳夫人内心情愫的察觉——尽管这种感情只要他稍加留意就能感觉到。

他从小到大的精神状态在韦里叶市长的府邸之中再次得到延续。在这里，就像在他父亲的锯木厂里一样，他深深地鄙视身边的人，也受到了身边人的憎恨。他每天都能从专区区长、瓦莱诺先生和其他来访的宾客口中听到对发生在眼皮底下的事件的各种议论。于连明显感到，他们的想法与现实是多么不相称啊！凡是他内心赞赏的事情，恰恰会遭到身边人的批评挞伐。他在心里总是默默回应道："都是些什么怪物和傻瓜！"有趣的是，尽管于连自视甚高，却常常对人们讨论的话题根本不了解。

在生活中，他只与那位随军外科医生推心置腹地聊过天，而后者所知道的仅限于拿破仑在意大利的战役，或是一些外科手术的知识。一身少年胆气的他最乐于听医生讲述那些痛苦残忍的外科手术细节，他对自己说："倘若我在现场，眉头都不会皱一下。"

当德·雷纳夫人第一次尝试与他聊些跟教育孩子无关的话题时，他开始大谈自己所知道的外科手术。德·雷纳夫人吓得脸色苍白，求他赶紧停止。

除此之外，于连一无所知。就这样，他们两个生活在同一屋檐下，只要单独相对，就会有一种最为奇特的沉默横亘在二人之间。在客厅里，无论于连的姿态多么谦虚，德·雷纳夫人总能从他的眼中发现，于连自觉在学识上比那些到她家里来的人都要更胜一筹。而在独处的时候，哪怕只是一小会儿，德·雷纳夫人都能发觉他的窘迫不安。德·雷纳夫人为此感到忧虑，女人的直觉告诉她，于连的窘迫之中并不包含温情。

年老的外科医生向于连描绘过上流社会，这让他产生了一种莫名其妙的想法，认为男女在一起的场合，倘若两人无话可说，便是男士的责任。受到这个观点的影响，只要遭逢冷场，于连便会感到羞愧万分，仿佛这沉默全都是他一个人的过错。若是只有他们二人独处，这种不适就会强烈百倍。作为一个男人，和女人单独相对时，究竟该跟她说些什么？于连的脑子中充满了最夸张的、如空中楼阁般虚幻缥缈的幻想，而它们只能给局促不安的他提供最不切实际的念头。他的灵魂好似深陷云雾之中，让他始终无法打破这种令他困窘万分的沉默。因此，在陪伴德·雷纳夫人和孩子们长时间散步时，于连那本就很严肃的脸色，由于内心的痛苦，又罩上了一层严霜。因为这一点，他极其厌憎自己。倘若不幸，他硬找话题来说，那他就会讲出最可笑的蠢话。更糟的是，他比别人更能意识到自己的丑态，并在心中将其夸大。然而，他始终无法看见的，是自己那双生来多情的眼眸。他的眼睛如此美丽，映照出一颗炽烈的心，就像那些优秀的演员赋予事物本来没有的迷人意义。德·雷纳夫人注意到，当于连跟她在一起时，似乎永远无法说出轻松得体的言语。除非某件突然发生的事情分散了他的注意力，让他无暇字斟句酌地讲出尴尬的恭维话。由于德·雷纳夫人无法从家中的宾客那里享受到思想上新颖的真知灼见，所以怀着极大的乐趣去欣赏于连思想中的闪光点。

自从拿破仑倒台之后，外省再也没有男人向女人大献殷勤的风俗习惯。人们都害怕被革职。那些奸诈之徒纷纷进入宗教团体寻找靠山，而虚伪甚至在自由党的群体里也得到了极大的发展。生活的无趣四处蔓延，除了读书和干农活儿，再无任何其他消遣。

德·雷纳夫人是她虔诚的姑母的财富继承人，十六岁的时候嫁给了体面的贵族德·雷纳先生。然而从小到大，对于爱情这种东西，她既没有目睹过，也没有感受过。只有善良的谢兰神父跟她讲述过爱情，在她向神父倾诉瓦莱诺先生的不厌其烦的屡次骚扰时。神父向她描述了一幅令人作呕的画面。因此"爱情"这个词，对她而言，就是下流、放纵的象征。她也曾凑巧读过几本偶然发现的爱情小说。她将书中描写的美好爱情视作一种例外，一种绝非出于自然的状况。幸好对爱情一无所知，德·雷纳夫人才可以在对于连不停地投以关切的过程中，只感受到了完美的幸福，却没有丝毫自责的念头。

第八章

小小意外

随后是叹息声，越压抑越深沉，

偷偷望上一眼，越隐秘越甜蜜，

没有犯错，脸颊却红得发烫。

——《唐璜》第一章第七十四节[1]

德·雷纳夫人因为天性纯粹、生活顺遂，而有着天使般的温柔。然而唯有念及自己的女仆伊莉莎的时候，她的温柔才会减损几分。这个姑娘继承了一笔遗产，去谢兰神父那里坦承自己想与于连结婚。神父替他的小友于连感到由衷的开心。但令他意外的是，于连果断地拒绝了婚事，说伊莉莎与他并不合适。

"小心，我的孩子，您心里到底在想什么？"神父皱着眉头说，"倘若您是因为想一心侍奉上帝才拒绝这笔不错的财富，我

1　唐璜（Don Juan）是西班牙家喻户晓的传说人物，以英俊潇洒及风流著称，一生中周旋于无数贵族妇女之间，在文学作品中多作为"情圣"的代名词使用。书中引用的描写唐璜的作品，是英国诗人拜伦创作的同名长诗。

祝贺您。我在韦里叶担任神父已经足足五十六年了。然而根据所有迹象来看，我马上将被撤职。虽然这令我痛苦不堪，但我终归有每年八百里弗尔的收入。我告诉您这些细节，是为了让您不要对神职人员抱有不切实际的幻想。倘若您总想着巴结逢迎那些手握权力的人，那您必定会永远地失去一切。您或许能够因此发财，但这意味着会损害穷人的利益，对那些手握权柄的人，像是专区区长和市长，逢迎拍马，供他们任意驱策。这种行为，在这个世界上被称作'处世之道'。对于世俗之人来说，这种处世之道并非一定与灵魂得救互不相容。然而对于我们这些神职人员，就必须做出选择，要么在尘世之中飞黄腾达，要么在天堂之中获得真福，二者没有中间地带。去吧，我亲爱的朋友，好好想想，三天后再来找我，给我一个明确的答复。在您内心深处，我窥见了一种阴郁的热切欲望，这让我难过，因为它与一个教士应具备的自我克制和对尘世繁华的断然弃绝并不相符。我预言您的聪明才智一定会使您成功，但容我向您说一句，"老神父两眼噙满泪水地补充道，"作为一名教士，对于您的灵魂是否能够得救，我满怀忧虑。"

于连为自己此时的感受羞愧不已。此生第一次感受到被人关爱，他高兴得眼泪直淌，跑到韦里叶城山上的浓密树林深处放声大哭。

"可我为什么要这样？"哭罢，他对自己说，"为了善良的神父谢兰先生，我曾愿意一百次付出我的生命，但他却向我证明了我不过是个蠢材。我最想骗过的人就是他，然而他却把一切都猜中了。他所看到的我心中的阴郁欲望，不就是我想要飞黄腾达的计划吗？我原本以为放弃这桩婚姻和五十个金路易的收入，会让他赞赏我对神的虔诚和矢志不渝，没想到他却直接指出我不配当一个教士！"

"今后，"于连想着，"我将只依靠经受过考验的那部分性格，看看谁还能说我只在眼泪中寻找慰藉！我敬爱那些证明了我不过就是个蠢货的人！"

三天后，于连向神父说明了他辞婚的理由。他本应在第一天就想好这个借口，这算是个造谣中伤，但那又如何？他装出迟疑的样子，向神父坦承有一个说不出口的原因——它会伤害到某个第三者，而正是因此，他才一口回绝了这桩婚事。他这样说，意味着隐晦地捏造了伊莉莎行为不端。在这个年轻人的言谈举止中，谢兰神父发现了某种世俗的火焰，它与一个年轻牧师应该具有的热情大相径庭。

"我的朋友，"神父对他说，"做一个善良的乡绅，体面而有教养，也是很好的事，比当一个没有信仰的教士要强得多。"

于连用巧妙得体的言语回应了这些新的劝诫。他选择用一个年轻而充满热情的神学学生会使用的语言来一一应答，但他的语气，以及他眼中迸发的难以掩饰的欲望的火焰，让谢兰先生感到深深的担忧。

不应对于连的未来做出太糟糕的预判。他能够成功地编造出一套巧妙却又谨慎万分的虚伪言辞，这对他的年纪而言，已经相当不错了。然而说话的语气和手势则另当别论。因为他一直跟乡下人生活在一起，还找不到可供模仿的优秀范例。当他有机会接近那些大人物的时候，他的谈吐举止就如同他的话语一样，挑不出一点毛病了。

至于德·雷纳夫人，她起初百思不得其解：为什么她的贴身女佣明明获得了一笔不错的遗产，却一天到晚垂头丧气？她看到女佣频繁地去神父那里，回来时往往泪眼婆娑。终于，伊莉莎跟她聊起了想与于连结婚的事情。

德·雷纳夫人感觉自己仿佛生病了一样，好似发了高烧，夜不能寐。只有在看到于连和女仆伊莉莎的时候，她才有一丝活着的感受。她心心念念的全是他们两个，一直幻想他们结婚后的生活会怎样幸福。这个只能靠五十个金路易的收入过活的贫穷小家庭，在德·雷纳夫人眼中却呈现出令人心醉神迷的美丽色彩。结婚后的于连，或许可以在距离韦里叶城两法里[1]的专区首府博莱谋得一个律师的职位，这样的话她还能时不时地看见他……

德·雷纳夫人真的以为自己快要发疯了。她将自己的状态告诉了丈夫，随后便一病不起。当天晚上是贴身女仆伊莉莎在旁边伺候。她注意到女仆在偷偷啜泣。德·雷纳夫人因为内心对伊莉莎隐隐嫌恶，刚刚的态度有些恶劣，因此向女仆道了歉。伊莉莎更是泪如泉涌，请求女主人允许她将心中的苦水一吐为快。

"您说吧。"德·雷纳夫人回应道。

"好吧，夫人，他拒绝了我，一定有什么坏人向他说了我的不好，他都信了。"

"谁拒绝了您？"德·雷纳夫人问道，几乎喘不过来气了。

"不是于连先生还会是谁呢？"女仆抽抽噎噎地回答道，"神父先生的话他也不听。神父先生劝他，不应该因为我是女仆，就拒绝像我这样的好女孩。归根结底，于连先生的父亲也只是个伐木工人啊！他在来您家工作之前，又是靠什么生活呢？"

1　1法里约为4千米。

女仆接下来的言语，德·雷纳夫人都听而不闻了，一股极度幸福的洪流冲昏了她的理智。她反复向她的女仆确认，于连真的拒绝了她的结婚请求，绝不可能再回头，做出更为明智的选择。

"我想做一次最后的努力，"她对女仆说，"我去找于连先生谈谈。"

第二天午饭后，德·雷纳夫人找到于连，整整一个小时，在他面前为伊莉莎说了无数的好话，看到于连不断地拒绝她的情敌及其嫁妆，德·雷纳夫人心中感到一种妙不可言的愉悦欣慰。

渐渐地，于连终于放弃了他那套路式的回答，对德·雷纳夫人苦口婆心的规劝做出了机智风趣的应对。德·雷纳夫人在经历了这么多天灰暗的绝望之后，此时此刻，她无法抗拒这股幸福的洪流涌入她的灵魂。她真的有些支持不住了。当她恢复了过来，回到卧室之后，她屏退身边的仆从，感到一种深深的震惊。

"难道我真的爱上于连了吗？"直到现在，她才终于想到了这一点。

她的这一发现，若是换个时间，一定会令她陷入深深的懊悔和极端的不安。然而此时此刻的她，内心只有一种奇异而似乎无关紧要的感觉，她已被之前发生的一切搞得心力交瘁，再也没有精力细细体味隐藏于内心的激情。

德·雷纳夫人想找点事做，却不由自主地沉沉睡去。当她醒来的时候，她并没有像她理应表现的那样惊恐。此刻的她实在太幸福了，无法将事情往坏处去想。这个天真烂漫的外省女人从来不会因为某种感情或痛苦出现新的微妙变化而感到纠结，折磨自己的灵魂。在于连到来之前，德·雷纳夫人的生活沉浸在家庭琐事之中，在远离巴黎的外省，这是一个称职的家庭主妇的命运。

爱的激情对她而言就好像是彩票一样：是一场骗人的把戏，并且只有疯子才会去追求的幸福。

晚饭的铃声响了，于连带着孩子们走了进来。当德·雷纳夫人听到于连的讲话声时，满脸羞得通红。确认自己陷入爱情之后，她也变得精明了些。她解释道，她的脸红是因为头疼得着实厉害。

"所有女人都是这个样的，"德·雷纳先生大笑着回答，"她们就像机器，总是出现故障，需要好好修理。"

德·雷纳夫人尽管已经习惯了丈夫这样的插科打诨，却还是被这种粗鲁的口气冒犯了。她望向于连，想让自己分一分神。她心想，哪怕他现在是世界上最丑的男人，此刻也会令她感到快乐。

德·雷纳先生热衷于模仿王宫里的生活习惯，晴朗的春天刚刚到来，就举家搬到乡下韦尔吉居住。这个村子因加布里埃尔[1]的悲壮事件而闻名遐迩。在离风景如画的哥特式老教堂遗址几百步远的地方，德·雷纳先生购置了一座带有四个塔楼的古老城堡，还有一座大花园，效仿了杜伊勒里宫[2]花园的风格，有茂密的黄杨树作为围墙，有栗树装饰的步道小径，那栗树每年会修剪两次。旁边的一块平地上，苹果树亭亭而立，这里是散步的场所。果园的尽头矗立着八至十棵雄伟的胡桃树，枝干挺拔，树叶繁盛茂密，足有八十多尺高。

德·雷纳夫人十分喜爱这些雄伟的胡桃树，而德·雷纳先生

———

1　加布里埃尔（Gabrielle），中世纪传说中的女性人物，是韦尔吉城堡的女主人，在德·贝罗阿改编的悲剧中，她因为偷情，被妒火中烧的丈夫逼迫吃下情人的心脏。
2　杜伊勒里宫，法国旧王宫，位于巴黎塞纳河右岸，于1871年被焚毁。

却总是抱怨："这些被诅咒的胡桃树，每棵都让我少了半阿尔邦地的收成，因为树荫下不能种麦子。"

乡村的秀美景致在德·雷纳夫人眼中变得焕然一新，对山川河流的赞叹与欣赏，让她非常欣喜。她被内心热烈的情感点燃，萌生出了智慧与决心。到达韦尔吉的第三天，德·雷纳先生就因公务回城办事。德·雷纳夫人自己出资雇用了几个工人，开始实施一项工程。于连告诉过她，可以在果园和挺拔的胡桃树下修建一条铺着细沙的小路，这样的话，孩子们清早在园中散步时，鞋子就不会被夜里的露水打湿。听到这个想法之后，德·雷纳夫人在一天内就将它变成了现实。她与于连一起指挥工人干活儿，两人愉快地相处了整整一天。

当韦里叶市长从城中回来时，发现花园中平添了一条小路，感到相当惊讶。而他的到来也让德·雷纳夫人意外不已——她似乎已经忘记了丈夫的存在。接下来的两个月时间里，德·雷纳先生都在生气地责骂妻子的胆大妄为——她竟敢在不知会他的情况下修建这么大的工程！不过一想到妻子花的是她自己的私房钱，他心里就略感宽慰。

德·雷纳夫人成日与孩子们在果园中奔跑嬉戏、捕捉蝴蝶。他们用透明薄纱制成大网，捕捉那些可怜的"鳞翅目昆虫"。这个拗口的名字是于连告诉他们的。因为她叫人从贝桑松带来了戈达尔先生[1]的那部精美著作，因此于连可以教给大家这些可怜生物独特的生活习性。

它们被残酷无情地钉在一个用大纸板制成的框里，框子是于

---

1 戈达尔（Godart，1775—1823），法国生物学家，主要著作有《法国鳞翅目及蝴蝶的自然史》（未完稿）。

连制作的。

终于，德·雷纳夫人和于连之间有了可以谈论的话题。于连无须继续忍受沉默时刻给他带来的可怕折磨了。

两人不停地聊着天，兴致盎然，尽管交谈的内容都是一些鸡毛蒜皮之事。在这里，每个人都享受着这种充实、忙碌而愉悦的生活。除了女仆伊莉莎，她觉得自己的工作实在是太过繁重了："哪怕是在韦里叶的狂欢节上，夫人都没有这样用心地打扮过自己——她现在每天都要换两到三次衣服。"

尽管我们无意奉承任何人，但不能否认的是，德·雷纳夫人的皮肤是如此姣好，而那请人裁制的衣服恰当地露出了她的手臂和胸部。她身材窈窕，这样的穿着与她十分相称。

"您从来没有这么年轻过，夫人。"在晚宴上，韦里叶城来的朋友都这么说。（这是当地恭维女性的一句惯用语。）

这是一件相当奇特的事情，也许我们都不太相信：德·雷纳夫人对外貌如此重视，并不是出于一种特别的动机。她只是从中寻得了乐趣，没有其他任何想法。除了跟于连和孩子们捕捉蝴蝶，她就跟伊莉莎一同缝制连衣裙。在此期间，她只去过韦里叶城一趟，是为了购买从米卢斯运来的新款夏装连衣裙。

当她回到韦尔吉的时候，有另外一位年轻的女士随身相伴，那是她的表姐德尔维夫人。自从结婚后，德·雷纳夫人就不知不觉地与德尔维夫人走得很近，两个姑娘之前在圣心修道院里一同长大。

德尔维夫人常常被她这位表妹的某些疯狂念头逗得哈哈大笑："我一个人从来都想不出这些鬼点子。"这些令人意想不到的想法在巴黎或许可以被看作是独出心裁，然而当她与丈夫在一起的时候，她却耻于倾吐这些念头，怕被视为蠢货。德尔维夫人的出现带给她表达的勇气，她起先只是用胆怯的声音告诉表姐自己的想法，当二人独处的时间长了，她的思想就会活跃起来。两个人常常聊得兴味盎然，一个漫长而孤独的早晨便这样转瞬即逝。在这趟旅行中，理智的德尔维夫人发现她的表妹远没有以前那么活泼爱闹，却变得更加幸福快乐。

于连在乡下待了一段时间后，仿佛变成了个真正的孩子，跟他的学生们一样高兴地追着蝴蝶四处乱跑。从前的他必须时时警醒、步步为营，如今他独自一人，远离人们的视线，天性一股脑儿地全部释放出来。他并不畏惧德·雷纳夫人，因此可以让自己全然沉浸在生命的欢愉之中。这种欢愉在他这个年纪是那么强烈，更何况他还置身于世界上最壮美的群山之中。

德尔维夫人一到，于连就将其视为知己，迫不及待地带她去欣赏胡桃树下新修的小路尽头的风景。那片美丽的风景，不说胜过，至少也足以跟瑞士和意大利的绝美湖泊相媲美。倘若爬上几步之外的陡峭斜坡，很快就会到达一座雄伟的悬崖，周围有橡树林的环绕，几乎延伸到了河流之上。只有在这些峭壁岩石之巅，于连才是快乐的、自由的，他仿佛是这片领土的君主，带领着他的两位女性密友，享受着她们对这绝美而崇高的景致的赞美。

"对我来说，这就像莫扎特的音乐一般。"德尔维夫人说。

深怀嫉妒的兄长、如暴君一般专横易怒的父亲，让韦里叶周围的景物在于连的眼中全变了味道。而在韦尔吉，这些苦涩的回忆全都消失了踪影。有生以来第一次，他的身边找不到一个敌人。德·雷纳先生常常去城里办事，在这段时间里，于连就敢放胆读书了——从前他只能在深夜偷偷阅读，将灯藏在一个倒置的花瓶中，如今他终于可以畅然入眠。白天，在孩子们上课的间隙，他会携着书来到这里的悬崖上。这本独一无二的宝典，成了他唯一的行动准则和全部激情的对象。在挫败沮丧的时刻里，他在这本书中找到了幸福、迷醉与灵魂的慰藉。

拿破仑对女性的看法，对其当政期间的一些流行小说的评价，给予于连一系列新鲜的认知。而这些思想，其他同龄的年轻小伙子可能很早就了解了。

炎热的天气来临，人们有了新的习惯：每到夜晚，大家总会在离房子几步之遥的一棵巨大椴树下乘凉消夏。这里的光线很暗。一天晚上，于连正在这里与大家聊天，他很享受与两位年轻的太太愉悦地侃侃而谈。他一边说话，一边手舞足蹈，不小心碰到了德·雷纳夫人的一只手，她本来把那只手搁在花园里上过油漆的木头椅背上。

德·雷纳夫人快速地把手抽了回去。然而此时，于连却生出一个念头：他有一个重大责任，就是让德·雷纳夫人的手碰到他的时候不再迅速抽回。于连感到这个责任忽然重重地压在了肩上，又想到倘若没有成功履行责任，他会招致怎样的嘲笑，将萌生出怎样的自卑。思来想去，之前的快乐情绪顿时烟消云散。

第九章

夜里的战役

盖兰先生笔下的狄多，一幅充满魅力的素描画。[1]

——斯特隆贝克

次日，当于连遇到德·雷纳夫人的时候，他用古怪的眼神死死盯着她，仿佛眼前是一个即将与之战斗的敌人。与前夜大相径庭的目光令德·雷纳夫人摸不着头脑。她对于连是那么温柔，为什么于连忽然看上去如此气愤？她的目光也无法从于连的身上移开。

有德尔维夫人在场，于连可以少说几句话，好好在脑海里反复琢磨自己的心事。整个白天，他唯一做的事情就是反复阅读那本宝典，令里面的思想浸透灵魂，由此获得强健的勇气。

他让孩子们提早下课，再次看到德·雷纳夫人的时候，他那颗想要维护荣誉的心又被点燃了。他暗自下定决心：今天晚上，

1　法国历史画家盖兰的作品《狄多与埃涅阿斯》，讲述了狄多与埃涅阿斯之间的爱情悲剧故事：迦太基女王狄多与武士埃涅阿斯相恋，女巫姐妹为了破坏他们的爱情，欺骗埃涅阿斯离开迦太基去完成一项使命，狄多误以为他背叛了自己，于是自焚身死。

一定要牢牢地握住德·雷纳夫人的手，再也不松开。

太阳落山，决定性的一刻即将到来，于连的心以一种奇特的方式突突地跳动着。夜幕降临，于连高兴地觉察到，今晚月色暗淡，四处漆黑。一时间，压在他胸口的重量忽然减轻了不少。天空布满了厚重的云层，被炎热的风推着缓缓移动，似乎在宣告一场暴风雨即将到来。两位女友出去散步，很晚才回。于连觉得，这晚她们做的每件事情都如此特别。她们享受着暴雨前夕的炎热天气，对于一些心灵敏感的人来说，这样的天气仿佛可以增添爱情的喜悦。

终于，大家坐到了一起。德·雷纳夫人坐在于连身边，德尔维夫人则挨着德·雷纳夫人坐着。于连将全部心神灌注在将要付诸实施的壮举之上，因此沉默不言。大家找不到什么可说的，谈话陷入了僵局。

"难道以后我人生中的第一次决斗，也会像这样战战兢兢、可怜兮兮吗？"于连思忖道。因为他对自己、对其他人充满猜忌，让他难以看清自己的心灵深处。

在这样令人窒息的焦虑之下，其他一切危险反而令他觉得不那么难受。他多么希望有什么突如其来的事件发生，令德·雷纳夫人离开花园，回到屋中。由于过度紧张，于连不得不拼命自我压抑，以至于他讲起话来音调都变了。不一会儿，德·雷纳夫人的声音也变得颤抖起来，但是于连完全没有察觉。他的内心正在进行痛苦的交战，责任与怯懦厮打交缠在一起，这令他无暇顾及身旁的事情。城堡的大钟敲响了九点三刻，于连却依然没有勇气开始行动。他为自身的怯懦感到愤怒，心里想着："在今晚十点钟声敲响的时候，我必须做到今天一整天对自己承诺要做的事情。否则，今晚回到房间我就开枪自杀。"

于连在等待和焦灼中度过了最后的时刻。在此期间，于连的激情已经冲到了最高点，让他失去了理智。忽然，晚上十点的钟声在于连的头顶轰然敲响。这要命的钟声一下又一下地敲着，每一下仿佛都敲在于连的心坎上，让他的身体也随之惊跳颤抖。

终于，在最后一记钟声余音荡漾之时，于连伸出手，握住了德·雷纳夫人的手。她立即将手抽回，而于连也不大清楚自己在做什么，又重新把她的手抓了回来握着。在狂热的激动之余，于连惊讶地发现掌中握住的这只纤纤玉手是如此冰凉。他死死地攥住这只手，德·雷纳夫人最后一次努力试图将手抽离，但最终放弃了抵抗，把手留在了于连的掌中。

于连的整个灵魂都被一种幸福淹没，并不是因为他对德·雷纳夫人的爱，而是因为之前的那种痛苦煎熬终于消失了。为了不让德尔维夫人察觉，他自觉应找些话来说。这时他的声音变得既响亮又有力。而德·雷纳夫人却与之相反，她的声音中流露出了异样的激动，以至于她的好友认为她身体有恙，并劝她早些回去休息。于连心中发出了警报："倘若这个时候德·雷纳夫人离开这里、回到客厅，我又会重新陷入白天的紧张与恐惧。我才刚刚握住她的手不久，还不能确定我所获得的胜利。"

当德尔维夫人再次建议德·雷纳夫人回屋休息的时候，于连用力地紧握了一下德·雷纳夫人放在自己掌中的手。

本来已经准备起身的她随即又坐了下来，并用一种有气无力的声音说道："事实上我觉得有点不舒服，外面的空气能让我好受些。"

这些话令于连对自己感受到的幸福更加确信无疑。此时此刻，他感觉到一种从未有过的快乐。他开始说话，忘记了之前掩饰内心的一切装腔作势。两位太太聆听他滔滔不绝的讲话，感觉眼前这个男人变得无比惹人喜爱。不过这种突如其来的口若悬河终归缺乏一些底气，于连生怕德尔维太太因为抵挡不了越来越大的风，想在暴雨来临之前回到屋内。那样的话，他就只能与德·雷纳太太单独相对了。他是在偶然间鼓起一股盲目的勇气，才能握住德·雷纳夫人的手。然而到了现在，他已经没有勇气单独对德·雷纳夫人讲出任何一句话，倘若德·雷纳夫人流露出哪怕一点点的责备之情，于连都会大受打击，刚刚获得的胜利也会烟消云散。

　　幸运的是，这个晚上，他动人又浮夸的发言博得了德尔维太太的欢心——之前她还觉得于连幼稚得像个孩子，并不怎么有趣。至于德·雷纳夫人，她的手静静地躺在于连的手中，已经无法思考，暂且这么放任自流下去。在这棵当地传说是"大胆查理"[1]亲手栽种的椴树底下，德·雷纳夫人静静地享受着属于自己的幸福时光。她满心喜悦地聆听着晚风在椴树浓密的枝叶间发出的呻吟之声，几滴偶然落下的雨水，打在低垂的叶片上滴答作响。于连没有注意到德·雷纳夫人所做的一个动作，否则他早就彻底宽心了：风把一个花瓶吹倒在地，德·雷纳夫人不得不暂时将手从于连的掌中抽出，站起身来帮好友扶起花瓶。她刚刚坐下，甚至还没有坐稳，就自然而然地将手又递给于连握着，仿佛两个人达成了某种默契。

　　午夜的钟声早已回荡在夜空中，是时候该回屋休息了，这意

1　大胆查理（Charles le Téméraire，1433—1477），瓦卢瓦王朝的勃艮第公爵，因其在1477年鲁莽战死而得名，也可译作"莽撞查理""勇士夏尔"。

味着要分离了。德·雷纳夫人被爱情的幸福冲昏了头脑，她是如此天真无知，以至于对自己没有丝毫的责备之情。突如其来的幸福令她整夜失眠，而于连一回屋便倒头就睡。整整一天，勇敢与胆怯在他心中天人交战，已经耗尽了他的精力。

第二天清晨五点，于连就被仆人叫醒了。此时的他几乎没怎么想到德·雷纳夫人——这对德·雷纳夫人来说是多么残忍啊。于连成功地履行了承诺，这是一个英雄对自己的承诺。这种旗开得胜的感觉让他身心充满了幸福。他将自己反锁在房间里，怀着一种前所未有的乐趣，重温心目中伟大英雄的光辉事迹。

当午餐铃声响起的时候，于连正在阅读拿破仑大军的战报，这时他已将昨晚的壮举悉数抛诸脑后。他走下楼梯，进入客厅，用一种轻率的口吻对自己说道："必须告诉这个女人我爱她。"

他原本以为会看到德·雷纳夫人风情万种的眼眸，没想到却撞见了表情严厉的德·雷纳先生，他从韦里叶城回来已经两个小时了。因为于连整个上午没有照看孩子，市长先生丝毫不掩饰脸上的愠怒。每当这个大人物发了脾气，并刻意想将其表现出来的时候，就会露出无比丑陋的面目。

德·雷纳先生开始骂起于连来，每一句尖酸刻薄的话语都深深刺痛了德·雷纳夫人的心。至于于连，他依然沉浸在一种心醉神迷之中，还在回味着几小时前自己的壮举，这在一定程度上分散了他的注意力，让他听不到德·雷纳先生的激烈言辞。最后，他有些生硬地回复道："我刚刚不舒服。"

这种讲话的语气，就算用在一个比韦里叶市长脾气小得多的人身上，也会令人感到被冒犯。德·雷纳先生勃然大怒，想立刻把于连赶走，以惩罚他的大不敬。然而正在此时，他想到了自己的座右铭——凡事三思而行，便将这个念头强忍了下来。

"这个年轻的蠢材，"他心想，"他在我家建立了一定的名声，可以接受瓦莱诺先生的邀请去他家工作，或是迎娶伊莉莎，获得那笔嫁妆。无论选择哪条道路，他肯定都会嘲笑我将他赶走。"

尽管心中想得明白，但是德·雷纳先生依然用一连串粗鲁的喝骂发泄了心中的不悦，这深深激怒了于连。德·雷纳夫人表情痛苦，泪水马上就要涌出。刚吃过午饭，她就请求于连跟她一起去散步。她挽着于连的胳膊，如对待密友般地靠在他身上。对于德·雷纳夫人的一切安慰话语，于连都用一种低低的声音回复着："瞧那些有钱人的模样！"

此时，德·雷纳先生向他们走来。他的出现令于连倍感愤怒，于连忽然意识到德·雷纳夫人正亲昵地挽着自己的手臂、靠在自己身上。这个动作令于连猛然感到一阵厌恶。他粗暴地推开了德·雷纳夫人，收回了自己的手臂。

幸好德·雷纳先生没有发现他的这个新的大不敬之举。只有德尔维夫人看在了眼里，她觉察到好友正在偷偷抹泪。这个时候，德·雷纳先生正投掷石块驱赶一个乡下小女孩，这个女孩为了抄近路，从果园的一角穿过。

"于连先生，求求您了，别再生市长的气了。要知道，人人都有发脾气的时候。"德尔维夫人迅速说道。

于连冷冷地看着她，眼神透着极度的蔑视。

这目光吓到了德尔维夫人。倘若她能猜到这目光背后的真实意义，或许会更加惊恐。这目光背后隐含了一种模模糊糊却残忍异常的复仇念头。毫无疑问，正是这样的羞辱时刻，才造就了那些像罗伯斯比尔一样的人。

"您的于连真是暴躁，他让我感到害怕。"德尔维夫人对她的好友轻声说道。

"他生气是有原因的，"德·雷纳夫人回复道，"孩子们在他的教导之下取得了惊人的进步，一个早上的缺席又算得了什么？不得不承认，有些男人还真是苛刻。"

有生以来第一次，德·雷纳夫人感受到了对丈夫的强烈报复欲望。而于连对有钱人的那种极度的憎恨也即将爆发而出。幸好德·雷纳先生无暇顾及这一切。他叫上园丁，正忙着用一捆捆的荆棘将果园中可供行人穿越的那条小路堵死。在此后的散步中，德·雷纳夫人一直在给于连善意的安慰，而于连则始终不发一语。德·雷纳先生刚刚走远，两位女士就声称自己累了，两人分别挽上了于连的一只胳膊。

两位女士因羞涩而脸颊布满红晕，于连面孔苍白而高傲、气质阴沉而坚定，两者呈现出一种奇怪的对比。此时的他鄙视这些女人，看不起一切缱绻的情感。

"什么！"他思索着，"我竟然连完成学业的五百法郎年金都没有。啊！去他的吧！"

他沉浸在自己的严酷想法之中，根本听不进去两位女士对他的温言软语的安慰。这些话语令他倍感不快，觉得毫无意义、愚蠢、软弱。一言以蔽之，都是"妇人之见"。

为了让谈话持续下去，德·雷纳夫人强迫自己寻找一些话题。她提到丈夫这次从城里来，是因为他跟一个佃农做了笔生意，购买了一些玉米秸秆。（当地人习惯用玉米秸秆来填充床上的褥子。）

"我的丈夫今天不会过来了。"德·雷纳夫人补充道，"他正跟园丁和男仆一起，忙着把房间里的床铺都换上用玉米秸秆填充的新褥子。今天早上他们把一楼房间的床褥都换了，现在正忙着换二楼房间的床褥。"

于连闻言，脸色猛然一变，用一种异样的神情看着德·雷纳夫人。他快走几步，将夫人拉到一旁。德尔维夫人看着两人就这样走远。

"快救救我，"于连对德·雷纳夫人说道，"现在只有您能够救我，您知道的，那个男仆对我恨之入骨。我必须向您坦白，夫人，我在卧房的床褥夹层里藏了一张人像画。"

听到这句话，德·雷纳夫人突然变了脸色。

"夫人，此刻只有您能进入我的房间，在床褥靠窗的一角，您不露声色地搜索一下，就会发现一个光滑的黑色小纸盒……"

"那里面装着一幅人像画？！"德·雷纳夫人说道，几乎已经无法站立了。

她那沮丧失落的神态立刻被于连捕捉到了，他利用了这种情感，就势说道："我还有一个请求，希望您能够答应，夫人，求您千万不要打开看这幅人像画，这是我的秘密。"

"这是您的秘密！"德·雷纳夫人有气无力地重复道。

尽管在那些只爱炫耀财富、只对金钱感兴趣的人中间长大，对爱情有一种发自心底的宽宏大量，但她还是受到了残酷的打击。德·雷纳夫人努力表现出单纯而服从的样子，向于连询问了几个必要的问题，确保能够完成任务。

"所以，"她边走边说，"一个小圆盒，黑色纸板，十分光滑……"

"是的，夫人！"于连回答道，带着男人在面临危险时露出的那种冷峻神态。

德·雷纳夫人走上城堡的二楼，她脸色苍白，仿佛正在走向死亡。更糟的是，她发觉自己马上就要晕倒了。但是，迫切地想要帮助于连的念头又重新为她灌注了勇气。

"我一定得拿到那个盒子！"她心里想着，随即加快了脚步。

她听到丈夫跟男仆的讲话声从于连房间的门口传来。幸运的是，他们没在那里多加逗留，而是去了孩子们的房间。她掀开床垫，将手伸入了床褥。她用力过猛，以至于擦破了手指。素日里她对这种疼痛极为敏感，然而此时此刻却顾不上那么多了，因为就在同一时间，她摸到了那个光滑的纸盒。她猛地把纸盒抽出，迅速离开。

刚刚从丈夫的眼皮子底下逃脱，她还没来得及暗自庆幸，就又开始恐惧了 —— 对这纸盒的深深恐惧。这种恐惧让她似乎要病倒了。

"所以于连真的恋爱了，我所拿着的，正是他心爱女人的肖像画！"

德·雷纳夫人瘫坐在城堡前厅的一把椅子上，被交织的醋意狠狠折磨着。她极度单纯的性格在此刻反而有了益处，内心的震惊渐渐让她平息了妒火。于连出现了，一把抓过盒子，没有一声道谢，甚至什么都没有说，就跑进了房间，点起火苗，将画烧了个干净。他脸色煞白，浑身无力 —— 他将自己刚刚遇到的危险看得过重了。

"这是拿破仑的画像，"他摇了摇头，自言自语道，"它怎么能出现在一个对篡位者如此仇恨的贵族的家中？如果被德·雷纳先生发现了会怎么样？他是如此极端和易怒。而且，我还很不谨慎地在画像背后写下了几行字，这更成了我极度崇拜拿破仑的证据！我甚至还将每次萌发仰慕之情的日期都标注了出来，最近的一次就在前天！"

"倘若被发现了，我苦心建立的一切名声就会在刹那间轰然崩塌！"于连一边望着焚烧画像的熊熊火苗，一边思索着，"我的名声就是我的一切财富。我依靠它才能活下去。唉，这是怎样的人生啊，我的老天！"

一个小时后，脱险后的疲惫和对自己的怜悯，使于连渐渐平复了心情。他遇见了德·雷纳夫人，捧起她的手，用从未有过的缠绵真情温柔地亲吻着。幸福的红晕飞上德·雷纳夫人的双颊，然而几乎在同一时刻，嫉妒的怒火让她推了于连一把。早上刚刚自尊心受辱的于连，又觉得此时此刻的自己像个傻瓜，觉得德·雷纳夫人不过是个富有的女人而已。于是，他轻蔑地甩开她的手，转身走远了。于连在花园里一边散步一边沉思，不久，一个苦涩的笑容出现在他的唇边。

"我在这里悠闲地散步，就好像能主宰自己的时间似的。如果再不去照看孩子们的话，德·雷纳先生又会用言语来羞辱我了，而他这样做是有理由的。"想罢，他快步向孩子们的房间走去。

他最喜欢的德·雷纳家的小儿子对他露出亲昵的笑容，这稍稍地平息了他内心灼痛的苦楚。

"只有这个小孩还不会看不起我。"于连思忖着，然而随即就自责地想，这种自我安慰是新的弱点，"这些孩子亲近我，就像亲近昨天刚刚买来的小猎犬。"

第十章

莫欺少年穷

深深掩饰的激情，因其幽深莫测，反而最易泄露真相。

就像是乌云密布的天空，往往预示着最为狂暴的大雨。

——《唐璜》第一章第七十三节

德·雷纳先生巡遍了城堡中的每间卧房，最终与抬着玉米秸秆的仆人一起回到孩子的房间。这个男人的忽然出现，对于连而言，就像是往燃烧的火堆上再添了一块木柴。

于连冲向德·雷纳先生，脸色比平时更加苍白和阴沉。疑惑的德·雷纳先生停下脚步，看了看身旁的仆人。

"先生，"于连说道，"难道您觉得其他家庭教师能像我一样让您的孩子取得这么大的进步吗？如果您说不，"于连继续说道，丝毫不容德·雷纳先生插嘴，"那您怎么敢责备我忽视了他们？"

德·雷纳先生吓了一大跳，稍稍稳定精神，根据这个乡下小子奇怪的语气推测，他手里一定握着什么制胜的筹码，足以让他另谋高就。

于连越说火气越大。"没有您，我也能活得很好，先生。"他补充道。

"您这样激动，我真的很遗憾。"德·雷纳先生回应道，迟疑的语气让话语显得结结巴巴。仆人就在离他们大约十步远的地方忙着收拾床褥。

"这不是我想要的，先生。"于连难以压抑心中的怒火，"想想您对我说的那些侮辱言语，尤其还当着女人的面！"

德·雷纳先生对于连想要什么心知肚明，内心正在进行着激烈的斗争。愤怒让于连几近疯狂，他大叫着："先生，就算出了您家的门，我也知道要去哪儿！"

听到这句话，德·雷纳先生仿佛看到于连已经走进了瓦莱诺的家门。

"那好吧！先生，"德·雷纳先生长叹一口气，用一种请求外科医生给他做最痛苦的手术的语气说道，"我同意您的请求。下个月的一号，也就是后天，从那时起，我每个月给您五十法郎作为报酬。"

于连本想发出讥笑，却猛然被德·雷纳先生的话惊呆了。他的满腔怒火登时不见了踪影。

"这个畜生真是欠教训。"他自言自语道，"毫无疑问，这就是这个卑鄙的人能对我表现出的最大诚意了。"

目睹了这一幕的孩子们，惊得嘴巴都合不上了。他们赶忙跑向花园对母亲汇报：于连先生大发雷霆，却获得了每月五十法郎的报酬。

于连习惯性地随他们走出了房门，看都没看德·雷纳先生一眼，让他自己在那里大生闷气。

"都是因为瓦莱诺先生！"市长自言自语，"我又损失了一百六十八法郎。他想接手管理政府对弃儿的福利资助，到时候我可得说上几句硬话。"

片刻过后，于连又出现在德·雷纳先生的面前，他说道："我想去找谢兰神父做个忏悔，希望您能放我几个小时的假。"

"哦，我亲爱的于连！"德·雷纳先生用再虚伪不过的语气笑着说，"如果您需要的话，放一整天的假都没关系，明天也放假都成，我的好朋友。您可以骑园丁的马回韦里叶城。"

德·雷纳先生心想："看吧，他一定是去回瓦莱诺的话了，他还没承诺一定会留下，先不要惹这个小年轻。"

于连迅速离开，走进了山上茂密的树林，这里直通韦里叶城。他不想立即就去谢兰神父那里，不想再强迫自己上演一出虚伪的戏码。他迫切想看清楚自己的灵魂，倾听在心中激荡不已的情感洪流。

"我打赢了一场硬仗，"当他进入树林，远离人们的视线时，就立刻对自己说道，"我真的打赢了一场硬仗！"

这句话仿佛为他的胜利增添了一抹漂亮的颜色，让他的灵魂恢复了几分平静。

"德·雷纳先生竟然答应给我每月五十法郎的报酬，他一定是在害怕些什么。但他究竟在怕些什么呢？"

于连苦思冥想着。就在一个小时之前，他还对这个诸事顺遂、有权有势的大人物发了火。究竟是什么让他感到恐惧？想着想着，于连的内心渐渐平静了下来。他在树林中走着，忽然之间，对这里令人迷醉的美景有了些许的敏感。巨大的裸岩之前从山边滚落下来，落在树林的中央，挺拔的山毛榉树几乎与这些岩石一般高，岩石投下的阴影给人以倍感惬意的阴凉——三步之外，阳光暴晒，让人无法驻足。

于连在岩石的阴影中喘了一口气，然后继续登山赶路。不一会儿，他走上了一条只有牧羊人行走、几乎无人知晓的小道。很快地，他爬上一座巨大的岩石，并且确定自己已经与世隔绝，远离了所有的人，然后露出了微笑。他身处高大巨岩的顶端，而这个位置也描绘出了他内心迫切想要抵达的精神高度。高山上的纯净空气为他的性灵带来了安详与愉悦。在于连眼中，韦里叶城的市长从始至终一直是这个世界上所有富有而蛮横之人的最佳代表。刚刚还让他心绪不宁的怒火，尽管来势凶猛，却并不是针对市长本人的。倘若他不再见到德·雷纳先生，一个星期后，他就会将德·雷纳先生抛诸脑后。他，他的城堡，他的狗、孩子和全家，都会被于连忘得干干净净。"我不知道是怎么做到的，竟然能强迫他做出最大的牺牲。嚯！每年竟然多出了二十八埃居！就在片刻之前，我还处于人生最大的危险当中呢。一天之内竟然收获了两个胜利！尽管第二个胜利微不足道，但还是想知道为何会获胜。不过，这种伤脑筋的问题明天再琢磨吧。"

于连挺立在属于他的巨大的岩石上，仰望被八月炽烈的阳光簇拥着的碧蓝苍穹。岩石下方的树林中遥遥地传来了蝉鸣。当蝉鸣也停下的时候，周围一切都安静了下来。方圆二十法里的景物尽收眼底。于连看到一只苍鹰从头顶巨岩的高处起飞，在天空中缓缓地盘旋徘徊。他的双眼无意识地追随着这只猛禽，它安静却遒劲的动作触动了于连，他羡慕它的强大力量，羡慕它的遗世独立。

"拿破仑的命运就有如这雄鹰，而我终有一日是否也会这样？"

第十一章
一晚良宵

朱丽亚的冷漠中透出温情，

颤巍巍的小手，轻轻地挣脱他的掌握。

在放手之前，又轻捏了一下，平淡无奇，却惊心动魄。

在脑中留下，一个恍惚的疑问。

——《唐璜》第一章第七十一节

尽管如此，终归还是得在韦里叶城露上一面。离开神父的家后，由于一个幸运的机缘巧合，于连遇见了瓦莱诺先生，便赶紧将自己获得加薪的事情告诉了他。

回到韦尔吉后，于连等到夜色全黑才下楼走向花园。他的灵魂在这一天里饱经各种强烈情感的搅扰，已然筋疲力尽。他心下颇为不安，不知见到两位夫人时该对她们说些什么。于连不曾发觉这样一个事实：他目前阴晴不定的心绪，刚好与女性们素日里最常关注的幽微之事同属一类。德尔维夫人，甚至是德·雷纳夫人，总是猜不透于连的心思，而于连也常常听不懂这两个女人在说些什么，因此对他产生了一种强大的吸引力。我敢说，这是一股巨大而强烈的情感洪流，时时刻刻震撼着这个少年野心家的心灵。在这个奇异的男孩心中，几乎每天都有暴风雨在呼啸。

当晚，于连走进花园之时，已经准备好好听听这两位漂亮的女士的看法，她们正在焦虑不安地等待他来。于连在平日里常坐的地方坐定，就在德·雷纳夫人的身旁。不一会儿，夜色越来越深了。他心想，是时候握住那只手了。他早就看到德·雷纳夫人将纤纤玉手搁在靠近他的椅背之上。他伸手将其握住。德·雷纳夫人犹豫了片刻，便仿佛生了气似的，将手抽了回去。于连就此作罢，继续开心地交谈着。这个时候，他听到了德·雷纳先生走过来的声音。

德·雷纳先生今早粗鲁的言语至今还在于连的耳畔回响。于连心想："此人仗着有钱胡作非为。戏弄他的最好方式，难道不就是趁他在场的时候占有他妻子的手吗？是的，我会这样做的，他曾经那么看不起我！"

从这一刻起，于连天性中本就缺乏的冷静很快消失无踪。他焦急地渴望着，别的通通都不求，只希望德·雷纳夫人愿意再次将手递给他。

德·雷纳先生愤怒地谈论着政治：韦里叶城有两三个搞实业的人明显变得比他富有了，并且想在选举中把他打败。德尔维夫人全神贯注地听着。于连被市长的长篇大论惹得颇为不快，他把椅子挪了一下，更加靠近德·雷纳夫人。黑沉沉的夜色将人们的小动作全部遮盖了起来。于连壮着胆子，将手靠近了德·雷纳夫人那裸露在衣裙之外的美丽手臂。他意乱情迷、无法自持，把嘴唇贴近夫人的迷人胳膊，狠狠地吻了下去。

德·雷纳夫人打了个寒战。丈夫就在四步之外，她赶忙把手递给于连，同时轻轻将他推远了一些。在德·雷纳先生不住嘴地咒骂那些卑鄙之徒和发了财的雅各宾党人的时候，于连吻遍了德·雷纳夫人的纤纤玉手，他满怀狂热的爱慕——至少在德·雷纳夫人看来是这样的。然而，就在这个要命的日子里，这个可怜的女人确信无疑地认为于连已经心有别属。在于连离开的这段时间里，她被一种极端的不幸折磨着，这让她开始思考。

"什么？我真的爱他吗？"她对自己说，"我陷入了爱情？我，一个已婚的女人，竟然爱上了别人！"她想道："我从未在丈夫身上体验过这种隐秘的狂热，但这种狂热让我无法将情感从于连那里剥离出来。归根结底，于连不过是个对我满怀尊敬的孩子啊！这种狂热终究只会昙花一现。我对这个男孩的感情，跟我的丈夫又有什么关系？我和于连聊的都是些不切实际的空想，我的丈夫对这些也许根本就不感兴趣，他关心的只是赚钱的生意而已。我从未从他那里拿走任何东西送给于连。"

德·雷纳夫人确实被一种从未体验过的感情搅得晕头转向，但她纯洁天真的心灵没有染上一丝虚伪。她稀里糊涂地坠入情网，但这是在无意识的情况下发生的。而如今，她心中的道德本能惊醒了。于连在花园中出现的时候，正是德·雷纳夫人心中天人交战之时。她听到于连的声音，几乎在同一时刻，看到于连坐在了她的身侧，便仿佛被这种充满魅力的幸福夺走了魂魄。在两个星期之中，这种情感与其说深深地吸引了她，不如说是持续地带给她惊讶。一切都出乎她的意料。然而过了不久，她扪心自问，于连的存在是否就可以抹去他的过错呢。她感到了害怕，正因如此，她才将手从于连那里抽回。

而随后于连的那些充满热情的吻——这是她从来没有体会过的，令她一下子忘掉了于连或许还爱着其他的女人。很快，德·雷纳夫人不再对于连有所谴责。由怀疑引起的痛苦心碎停止了，随之而来的是一种做梦都不曾感受过的幸福，这令她萌生出一种爱情的激奋和疯狂的愉悦。今晚是个对所有人来说都充满了魅力的夜晚，除了韦里叶城的市长——他还是对那几个富有的实业家耿耿于怀。于连不再想着那隐秘的野心，也不再考虑那些难以实施的计划。有生以来第一次，他被一种美的力量所主宰。他迷失在一种模糊而甜蜜的遐想之中——这种遐想原本与他的天性是格格不入的。他轻轻地抚摸着这只令他喜爱的美绝了的手，迷迷糊糊地聆听着菩提树叶子被轻快的晚风吹动的声响，远处杜河畔的磨坊之中传出了几声狗吠。

然而这对于连来说，只是一种愉悦的体验，还算不上爱情。回到卧室之后，于连心心念念的只有一种幸福，就是重新拿起挚爱的拿破仑的著作反复阅读。在一个二十岁小伙子的头脑里，对世界的憧憬和做出一番大事的欲念占据着最重要的地位。

读了一会儿，于连就把书放下了。他反复思索着拿破仑的胜利，一个新的想法袭上心头。"是的，我打了一个胜仗。"他对自己说，"但为了保持战果，应该在德·雷纳先生这个骄傲的贵族已经做出让步的情况下，继续打击他的锐气。这才是拿破仑的本色。我应该乘胜追击，再向他请三天假，说要去看望我的朋友福盖。如果他拒绝的话，我就继续跟他讨价还价，直到他让步为止。"

德·雷纳夫人整晚都无法闭眼安睡。她觉得之前从没有真正地活过。她反复体味着于连在她手上印满的吻所带来的幸福，欲罢不能。

　　忽然间，一个可怕的词袭上她的心头：通奸。感官的情爱所能带来的一切最为荒淫卑劣的印象，一下子以一种令人作呕的形式在她的想象中纷至沓来。这些想法玷污了她为于连、为爱情塑造出来的神圣而温柔的形象。未来被涂上了可怕的色彩，她觉得自己是个可鄙的女人。

　　这是个可怕的时刻，她的内心进入了一片从未踏足的境地。前一天她还尝到了从未有过的幸福，现在却突然陷入了可怕的不幸。她从未体验过如此的痛苦，整个人都慌了神。曾经有一刻，她想过向丈夫坦白她担心自己爱上了于连。这就可以在丈夫面前谈论他了。幸运的是，她忽然记起在结婚前夜，姑母送给她的一句箴言：对丈夫掏心掏肺是件危险的事情，因为他毕竟是主人。在极度的痛苦中，她绞动着双手。

　　德·雷纳夫人被痛苦和矛盾的景象肆意地摆布支配，时而害怕于连根本不爱她，时而又被通奸这个可怕的念头折磨，仿佛第二天她就会被绑在韦里叶城公共广场的柱子上，身上挂着描述她通奸行为的字牌，任凭人们羞辱。

　　德·雷纳夫人没有什么生活经验，即使在完全清醒和理智的情况下，她也觉得，在上帝眼中有罪与在公众场合被大声唾骂，两者之间没有任何区别。

　　当她暂时不去思考"通奸"这个可怕的字眼、忘记这种罪行会给她带来何种羞辱的时候，她会怀念之前与于连单纯无邪的甜蜜共处。就算是这样，她也会被一个可怕的念头纠缠着，那就是于连正在爱着别的女人。于连对那张肖像画视若珍宝，如此害怕被发现后会连累那个女人。他因紧张而吓得苍白的面孔，德·雷纳夫人至今仍历历在目，她第一次在那张既宁静又高贵的脸上看到如此惊恐的表情。之前无论是对她还是对孩子们，于连都很少表现出自己的感情。想到这里，德·雷纳夫人感觉到这个最近才体验到的痛苦快要达到人类心灵所能承受的最大限度。她不由自主地大叫了起来，叫声惊醒了她的贴身女仆。她猛地看到出现在床边的灯光，认出是伊莉莎来了，就疯狂地喊道："他爱的那个人是你吗？"

幸好女仆被夫人突如其来的狂乱给吓到了，没有注意到这句奇怪的喊话。德·雷纳夫人随即发现了自己的失态，说道："我发烧了，可能说了些胡话。您能陪在我的身边吗？"意识到必须约束自己，德·雷纳夫人立刻完全清醒了过来，觉得似乎没有之前那么悲痛了。刚刚半梦半醒的状态让她发疯，而如今理性重新获得了控制权。为了避开贴身女仆的注视，德·雷纳夫人让她阅读报纸。在女仆阅读《每日新闻》的单调冗长的声音中，德·雷纳夫人做出了一个明智的决定：当她再次见到于连的时候，一定要以冷漠的态度对待他。

第十二章

一段旅程

巴黎有优雅的人，而外省则会有刚毅的人。

——西哀士[1]

第二天清晨五点，德·雷纳夫人还未露面，于连就从她丈夫那里获准了三天假期。动身之前，他竟然觉得很想见德·雷纳夫人一面，他想念她那只秀美的手，他自己都没有料到会生出这个念头。于连下楼走进花园，等了很久，德·雷纳夫人都没出现。但是，倘若于连足够爱她，就会发现楼上半开半合的百叶窗后有个倩影——德·雷纳夫人正用额头抵着玻璃，偷偷地望着他。尽管下定决心疏远于连，但她最终还是走下楼、进入花园，平素里苍白的容颜被一种红艳艳的色彩取代。这个天真烂漫的女人显然正经历着内心的躁动不安。事实上，她平常是一派温婉安详的模样，仿佛超脱于尘世的一切庸俗趣味，这令她宛若天人下凡，

———

1　西哀士（Emmanuel Joseph Sieyès，1748—1836），法国大革命时期政治活动家。

独有一种韵味。而此时，压抑和愤怒令这种气质变了样子。

看见德·雷纳夫人，于连急切地走向她，看见她匆忙搭上的披肩下露出一截秀美的手臂，顿觉爱慕不已。翻来覆去、难以入眠的夜晚让她对外界的环境更为敏感，早晨清新的空气令她美艳不可方物。她的这种美，温婉谦逊，动人心魄，又充满了底层人不曾有的深思熟虑，在于连面前展示了一位贵族女士灵魂深处的迷人特质。这种女性魅力是于连前所未见的，他完全沉浸在狂热目光所捕捉到的这种美感之中，赞叹不已。于连本期待着夫人像往常一样亲密相待，没想到大失所望，夫人竟是一种冷冰冰的态度，这让于连倍感惊讶。他甚至感觉到，德·雷纳夫人是想用这样的态度不让他再心存非分之想。

笑容从于连的唇边消逝了，他快速掂量着自己在社会上到底属于什么地位，特别是在一个高贵富有的女继承人眼中究竟算什么。顷刻间，他的脸上只剩下高傲和对自己的愠怒。于连愤恨不已，为了见她一面，他推迟了一个多小时才出发，却遭受了这般的羞辱！

"只有傻瓜才整天为了别人而气恼。石头之所以会落地，是因为它太重了。"随后他又想着，"难道我永远都这样幼稚吗？我什么时候能成熟点，对那些有钱人祖露心声只是因为想赚他们的钱？如果我想获得他们的尊重，并且拥有自尊，就必须向他们表明：与他们的财富进行交易的，是我的贫穷，而我的灵魂则高高在上，与傲慢的他们相距千里，小小的青睐或蔑视无法触及分毫。"

当种种复杂的情感纷至沓来挤进这位年轻家庭教师的内心时，他那张阴晴不定的脸上就显露出了自尊受挫和冷酷残忍的表情。德·雷纳夫人见状，感到惊慌失措。她刚刚摆出的女主人接待宾客的冷漠矜持之态，瞬间转变为一种深切的关心，因为她被于连脸色的骤然变化给吓到了。一时间，早上见面时那些关于天气和健康的客套话，他们一句都说不出来了。于连不会让自己的理性判断受到感情影响，很快找到方法向德·雷纳夫人表明，他们之间的友情其实十分淡薄、微不足道。至于自己要离开三天的事情，他只字未提，行礼过后，便转身离开了。

德·雷纳夫人就这样看着于连走远了。昨天她还在于连的眼中看到满满的温情，而如今这双眼睛透出的冷漠和高傲着实把她吓呆了。这个时候，大儿子从花园深处跑出来，抱着她说："我们今天不上课，于连先生外出旅行了。"

听到这句话，一阵致命的寒意侵袭了德·雷纳夫人的身体。她先前是因为守贞而感到难过，此时却感叹自己实在太过软弱。

于连忽然离开的这个意外之举，令她百思不得其解。她思虑过甚，甚至忘记了在刚过去的那个可怕夜晚中做出的明智决定。现在的问题，不在于是否要拒绝这个可爱的情人，而是会永远地失去他了。

与大家一起的午餐却是不得不参加的。德·雷纳先生和德尔维夫人不停地谈论于连离开的事情，这更增添了她的痛苦。市长从于连请求离开的坚定语气中，仿佛听出了什么不寻常的东西。

"毫无疑问，这个小农民的口袋里肯定揣着别人的聘书呢。但无论谁想请他——哪怕是瓦莱诺先生，面对要预支给他的六百法郎年薪，肯定也会知难而退吧。在韦里叶城想聘他的那个家伙，一定给了他三天的考虑时间。所以今天早上他就溜到山上去了，为的是先稳住我，不给我确切的回复。要这般地将就一个傲慢无礼、混账透顶的工人，瞧瞧我们沦落到了怎样的田地？"

"我的丈夫，他那么深地伤害了于连，却对此一无所知。既然连他都认为于连会离开我们，我还能有什么想法呢？唉！一切都没法挽回了！"

为了至少能随心所欲地痛哭一场，也为了躲开德尔维夫人提出的各种问题，她用头疼做借口，回屋躺上了床。

"女人就是这个样，"德·雷纳先生又开始重复那些调侃之词，"像台机器，总是要出故障的。"他满脸讥笑，起身离开了。

命运的捉弄让德·雷纳夫人陷入爱情。当她被这种可怕的激情折磨得死去活来的时候，于连正行走在野外的小路上，徜徉在这一派绝美的山间景致中。他必须穿越韦尔吉北部的广阔山脉。脚下的小径在大片的山毛榉树林中一点点地向上延伸，在北面杜河河谷的高山斜坡上形成了无尽蜿蜒的曲折。很快，于连这位旅人的目光，越过了将杜河引向南流的低矮山坡，看见了延伸至勃艮第和博若莱的肥沃平原。无论这个年纪轻轻的野心家对外面的景色有多么不敏感，也常常会忍不住停下脚步，欣赏眼前磅礴而庄严的壮丽美景。

于连终于登上了这座高山之巅。山顶一侧有条小路，直通一座幽深的山谷。他就是要穿越这条小路，去寻找居住在谷中的密友——年轻的木材商福盖。然而，于连并不着急去见朋友，甚至暂时不想见到任何人。山顶上有圈赤裸的巨岩，仿佛是山的一座冠冕。他藏身在岩石的荫庇之中，好像一只猛禽，躲在暗地里，以便随时发现敌人的靠近。在一块几乎与地面垂直的巨岩之侧，于连发现了一个小小的洞穴。他快跑几步，钻到洞室中藏了起来。"在这里任何人都不能伤害我。"他想着，眼里露出喜悦的光彩。忽然有个念头涌上心头，他迫切地想把此时此刻的感受写下来，在别的地方记录内心想法实在危险，而在这里是安全的。恰好有块方形石板可以当作书桌，他运笔如飞，周围一切都已不在眼中。写着写着，夕阳渐渐隐没在博若莱远处的群山之后。

"为什么不在这里过夜呢？"他对自己说，"我随身带了面包，而且我是自由的！""自由"，一想到这个伟大的词，他的内心便激昂起来。他太惯于掩饰自己，哪怕在老友福盖那里，他也会感到约束。坐在山洞中，双手托着腮，于连感到此生从未有过的快乐。他想入非非，躁动不安，陷入享受自由的全然幸福之中。不知不觉，暮色中的微光一一尽数退去。在无边的黑暗之中，他让思绪信马由缰，幻想有一天到了巴黎会是怎样的情景：首先他会遇到一个美人，这个美人比他在外省遇过的所有女子都更加妩媚、更加聪慧。他们两个会互相爱慕，满怀激情。倘若他非得与她短暂别离，那也是去建功立业，从而更值得她倾慕。

一个在巴黎残酷的社会现实中成长起来的年轻人，假使有像于连这样的想象力，当他生出这样的幻想时，也会被冰冷的讽刺唤醒。这一伟大的壮举和实现它的希望都不会成真，因为有句格言是这样讲的："当男人离开他的情人时，唉，就有可能被她接二连三地欺骗。"而于连这个年轻的乡下小伙子，却认为他与惊天动地的创举之间仅仅缺乏一个机会。

然而此时此刻，浓重的黑夜吞噬了全部的白昼，想要到达福盖居住的小村庄，他还有两法里的路程要走。在离开这个小山洞之前，于连点了一把火，小心翼翼地把写的东西尽数烧净。

凌晨一点的时候，他敲响了朋友家的大门。福盖正忙着记账。他是个高大的年轻人，但身形不匀称，五官粗大硬朗，尤其鼻子极大。他虽然外貌丑陋，却有着和善敦厚的心肠。

"来得这么突然，是跟你的德·雷纳先生闹翻了吗？"

于连把昨天的事情挑了些说得出口的，讲给了福盖听。

"留下来吧，"福盖说，"我看你已经尽数了解了那些人的复杂心肠——德·雷纳先生、瓦莱诺先生、专区区长莫吉隆先生、神父谢兰先生，你把他们的内心摸了个底朝天。你比我更擅长算术，你可以帮我管账。我的生意很赚钱。我一个人忙不过来，又怕遇到的合伙人是骗子，所以白白错过了好多买卖。就在一个月之前，我让住在圣阿芒的米肖赚了足足六千法郎。我六年没见他了，我们是在蓬塔利埃拍卖会上偶然遇到的。为什么这六千法郎不是由你来赚呢？哪怕是三千法郎也好啊。如果那天有你在，我就可以高价承包那片树林的采伐权了，大家都会让给我的。留下帮我的忙吧。"

听到这个提议，于连心中有些不快。因为这有悖于他一直以来的疯狂梦想。两人像荷马笔下的英雄那样，亲手准备了晚餐。[1] 福盖过着单身汉的生活，他向于连展示了账目，证明自己的生意是多么有利可图。福盖对于连的性格和才华都十分看重。

当于连独自回到为他准备的枞木房间时，忍不住思绪万千。"确实，"他对自己说，"我可以先在这里赚上几千法郎，然后再根据那时的社会风向，选择去参军或当个教士。这笔小钱能帮我解决一些生活上的困难。上流人士在沙龙里谈论的事情我大多不懂，倘若我独自待在深山中，就不用害怕因无知而出丑了。福盖没有结婚的打算，他反复跟我说这里的孤独令他郁郁寡欢。很明显，他之所以需要一个不出钱的合伙人，是想找个人在这里永远——

---

1 荷马是古希腊诗人，其作品中的英雄人物在战场上犹如猛兽般英武，在家庭中注重生活礼仪，懂得敬重他人，维持兄弟间的亲密情谊。

地陪他。"

"我怎么能欺骗我的朋友！"于连情绪激动地喊了出来。对他来说，虚伪和无情仅仅是日常的求生技能。而这一次，他不允许自己对这位爱他的朋友有一丝一毫的伪诈。

忽然间，于连高兴地找到了拒绝朋友的理由：倘若让我在这里蹉跎七八年光景，那时我就二十七八岁了，而拿破仑在这个年纪早就做出了一番了不起的事业。当我四处奔走、默默无闻地通过木材买卖赚了几个小钱、拥有几个微末之人的喜欢时，谁能保证我还保持着建功立业的神圣雄心呢？

第二天早晨，于连极其冷静地回绝了善良的福盖——后者还以为合伙的事情已经敲定了呢。于连说，他还未实现上帝赋予的神圣使命，因此无法接受福盖的邀请。

福盖大为惊讶。"你好好考虑下。"他反复说道，"如果你同意跟我合伙，我每年给你四千法郎。难道你还想回德·雷纳先生那里去吗？他鄙视你，把你视作鞋子上的脏泥巴！当你手里握着两百个金路易，谁能不让你进修道院呢？我跟你说，我能帮你谋到这个地区最好的神父职位，"福盖压低声音说，"我给×××先生、×××先生和×××先生提供木柴，我给他们顶级的橡木，他们只付我白木的价钱，但这是最好的投资。"

然而，没有什么能够动摇于连的志向。福盖放弃了劝说，觉得他似乎是疯了。第三天一大早，于连与朋友辞别，在大山的巨岩之间度过了一天的光景。他再次回到那个小山洞中，然而心绪却始终无法平复，被朋友的劝说搅扰得烦乱不堪。就像赫丘利[1]

1　赫丘利（Hercule），罗马神话中的大英雄，希腊神话中称赫拉克勒斯，神勇无敌。

一样，他面对的不是善良与邪恶的抉择，而是究竟要选择舒适却庸碌地度过一生，还是勇敢追寻年轻时的英雄梦想。"我终究还是缺乏真正坚强的意志啊！"他想，这种犹豫不决是最让他自鄙的，"我害怕用八年时间为生计奔命，就会失去实现辉煌壮举的崇高意志。我难道不是做伟人的材料？"

第十三章

网眼长筒袜

小说是面镜子，人们一边行路，一边对镜自照。

——圣雷阿尔[1]

当于连再次瞥见韦尔吉那座美丽如画的教堂遗址时，忽然发觉在这两天里，他将德·雷纳夫人完全抛在了脑后。我出发那天，这个女人待我好生冷漠，仿佛跟我隔着无尽的距离，她毕竟只把我当成工人的儿子啊！很明显，她是在向我表明，她后悔前天晚上把手递给了我……但是那只手，它真美呀！这女人眼神中的气质是多么有魅力！多么高贵！

福盖提供的发财机会，让于连在思考问题时不像之前那么纠结了，他不再被愤怒所搅扰，也不会总觉得自己在上流人的眼中贫穷卑贱、不值一提。如今的他，仿佛高居海岬之巅，放眼天下、挥斥方遒，超越了贫富的境界——虽说他眼中的"富有"

1　圣雷阿尔（Saint Réal，1639—1692），法国历史学家、神父，作品有《耶稣传》等。

不过仅仅是小康而已。他目前还无法像哲学家那般了解自己的处境，不过经历这次山中旅行，他有了足够的洞察力，对自身的认知已经大为不同了。

于连应德·雷纳夫人所请，简略地讲了他这次旅行中的见闻。然而，德·雷纳夫人在倾听时显得极度紧张在意，这让于连感到困惑不已。

福盖曾多次计划结婚，但所遇都非良人。他和密友于连就爱情这一话题进行了长时间推心置腹的谈话。福盖很容易陷入爱情，却总是发现自己并非对方唯一所爱。朋友的这些倾诉，让于连感到震惊，他从中学到了很多。他平素的生活非常孤独、充满幻想，对旁人总是满腹狐疑，因此不通世事，很少能获得旁人的启发。

于连不在的日子，生活对德·雷纳夫人来说只是一系列彼此不同，却同样让人无法忍受的酷刑折磨。她真的病倒了。

德尔维夫人看到于连回来，对德·雷纳夫人说道："你身体不适，今晚就不要去花园了，那里潮湿的空气会加重你的病情。"

德尔维夫人惊讶地看到，这位好友之前常常因为衣着过于朴素而遭到丈夫的训斥，此时却穿上了镂空的长袜和从巴黎运来的小巧而迷人的皮鞋。这三天，德·雷纳夫人唯一的消遣，就是裁了一块俏丽而时尚漂亮的布料，催促伊莉莎缝制一条夏天穿的裙子。这条裙子在于连回来后不久才完工，德·雷纳夫人立刻将它穿到了身上。她的好友不再有任何的怀疑。"这个不幸的女人，她恋爱了！"德尔维夫人心想。她一下子就明白了德·雷纳夫人一切异常行为的源头。

德尔维夫人冷眼旁观她与于连的对话，看着德·雷纳夫人的脸色从最为活泼的红晕变得惨白。德·雷纳夫人的目光充满焦虑，紧盯着这位年轻家庭教师的双眼。她每时每刻都期待着于连告诉她究竟选择留下还是离开，于连却提都没提这一茬，根本没有想到这一层。经过一番痛苦的挣扎，德·雷纳夫人终于鼓起勇气，用尽全部的激情，颤抖着声音开口询问："您是要离开您的学生们，去别的地方吗？"

于连被德·雷纳夫人迟疑的语调和关切的目光震惊了。"这个女人，她爱上了我。"于连心想，"但她的软弱只是暂时的，一旦让她振作起来，重拾骄傲，她就不再怕我离开了。"于连迅捷如闪电般地思考了二人各自的位置，便犹豫不决地答道："对我来说，离开这么乖巧又出身显赫的孩子们，是件非常痛苦的事，但也许我将不得不这样做，一个人总得对自己尽点责任吧。"

"出身显赫"这个高雅的表达是他刚刚学会的，说出这个词，他内心感到一股深深的恶心。

"在这个女人眼里，我的出身就一点都不显赫。"

德·雷纳夫人听着于连的话，被他的才华与俊美深深倾倒。听到他隐隐约约地暗示有可能离开，夫人的心刺痛了起来。于连不在的这段日子，从韦里叶城来到韦尔吉村看望她的朋友们，在晚餐时众口一词地称赞于连，羡慕她的丈夫幸运地发现了这位不世之才。这并不是因为大家看到了孩子们的进步，他们看到的是于连能够熟练地背诵《圣经》，还是用的拉丁语。这着实震撼了整个韦里叶城，人们对他的称赞可能还要再延续一个世纪。

于连从不与人交谈，因此对此一无所知。假如德·雷纳夫人的头脑稍微冷静一点，她会向于连转述这些人对他名声的夸赞。于连的骄傲一旦得到满足，对德·雷纳夫人的态度也会更加温柔和顺，何况穿着新裙子的她看上去是那么美丽动人。德·雷纳夫人对自己的裙子深感满意，于连也对这条裙子讲了一些恭维话，这令她更加心花怒放。德·雷纳夫人想在花园里转转，不一会儿，她说自己走不动了，就挽起了于连的手臂。然而这并没有给她增添力量，跟于连的身体接触反而让她身上一丝力气都没有了。

天黑了，大家刚刚坐定，于连就行使了之前的特权，把嘴唇贴在旁边德·雷纳夫人白净的手臂上，并握住了她的手。此时他心里想的不是德·雷纳夫人，而是朋友福盖跟情妇在一起时的放肆模样。"出身显赫"这个词依然重重地压在他的心头。德·雷纳夫人回握了于连的手，于连竟没感到丝毫开心，他没有因为德·雷纳夫人今晚流露出的情感而骄傲，哪怕一点点的感激之情也没有。不管德·雷纳夫人今晚多么美貌、优雅、清丽，他都无动于衷。夫人纯洁的灵魂、不懂仇恨的性格，无疑延长了她的青春美貌。要知道，对大部分漂亮姑娘而言，最先老去的就是容颜。

于连整晚闷闷不乐，之前他恼怒的只是社会的苛待和命运的不公，而自从福盖向他提供了一个并不体面的致富途径之后，他则对自己生起气来。他满腹心事，只是时不时地向两位太太敷衍应承几句，甚至最后还不知不觉地放开了德·雷纳夫人的手。这一举动让这个可怜女人的心灵感到一阵巨大的慌乱——她仿佛从中窥见了自己的命运。

倘若德·雷纳夫人确定于连对她有情，内心的道德感会令她拒绝于连。而此时此刻，德·雷纳夫人从没有如此地害怕失去于连。她已经被爱情冲昏了头，甚至主动去握了于连那因为心不在焉而搁在椅背上的手。德·雷纳夫人的举动一下子唤醒了这个野心勃勃的少年。他多么希望身边所有地位显赫的人都能目睹此情此景——平时于连用餐时坐在餐桌的末尾，而那些人则用恩赐者的眼神笑着看他。"这个女人不会再轻视我了。"他想，"既然如此，我必须注意到她的美貌，我有义务做她的情人。"要不是他的朋友福盖跟他聊了些爱情的心得，他才不会萌生出这样的想法。

一下子做出的这个重大决定，让他感到畅然欢快。他对自己说："这两个女人中，我一定要得到一个。"他意识到自己更愿意追求的是德尔维夫人，并不是因为她更讨人喜欢，而是这位夫人一直把他视为一位富有学问、值得尊敬的家庭教师，而不是像德·雷纳夫人那样，见过自己还是小木匠的穷相，那时他胳膊下夹着一件呢子上衣。

然而，在德·雷纳夫人的心中，于连最为迷人的形象，恰恰是那个满脸羞红、站在门口不敢按门铃的小木匠的样子。

于连仔细思考着目前的形势，觉得自己目前应该征服的不是德尔维夫人——她显然发现了德·雷纳夫人对他的情愫。因此，他把念头又转向了德·雷纳夫人。"我对这个女人的性格了解多少呢？"他想，"不过有一点是肯定的：在这趟旅行之前，我想握她的手，但她抽回去了；而现在，反倒是我抽回了手，她却要紧紧地握着。这真是个好机会，以前她看不起我，如今我要报复回去。天知道她有过多少情人！她看上我，或许只是因为跟我见面更容易。"

唉！这真是一种文明过度而造成的悲哀。一个二十岁的年轻男孩，倘若受点教育，远不会像于连一样由着性子肆意而为。但倘若循规蹈矩的话，爱情就会变成最无聊的义务了。

于连丝毫不懂遏制自己的小虚荣心，他想："我必须成功得到这个女人。功成名就之后，倘若有人苛责我曾经卑微的家庭教师身份，我就会让他知道，是爱情的驱使才让我选了这个工作。"

于连又一次松开德·雷纳夫人的手，随即又将它牵起，紧握在手掌中。午夜时分，大家回到客厅，德·雷纳夫人小声问道："您会离开我们吗？"

"我必须走，"于连叹息着回答，"因为我深爱着您，这对于一个年轻教士来说，是个多么严重的错误啊！"

德·雷纳夫人放任地紧靠着于连的臂膀，直到脸颊感受到于连脸上的温暖。

随后，两人各自度过了完全不同的一夜。德·雷纳夫人被一种最为高昂的精神愉悦激荡着。对于早恋的娇俏女孩而言，早就习惯了爱情带来的烦恼，长大之后会觉得恋爱毫无新意可言。而连爱情小说都没读过的德·雷纳夫人，每个幸福的细微差异，对她而言都是一种全新的体验。残酷的现实、未知的前途，统统无法冷却她此刻的激情。她认为十年之后，自己也会像现在一样幸福。守贞的道德感、对德·雷纳先生的结婚宣誓，几天之前还令她内心不安，而如今它们纷纷失效，仿佛不速之客般被她拒之门外。"我永远不会答应于连任何过分的要求，"德·雷纳夫人自言自语道，"我跟他会像这个月一样继续相处下去，他永远都只是个朋友。"

第十四章

英式剪刀

十六岁的女孩本就拥有玫瑰般的脸庞，却仍要涂脂抹粉。

——波里道利[1]

对于连来说，福盖提供的机会着实令他心头阴云笼罩，茫然无所适从。"唉！或许我就是缺乏个性，在拿破仑的手下，我算不得一个好兵。不过，"他又想道，"我跟宅子的女主人的暗通款曲，一时间能让我舒缓下郁闷的情绪。"

幸运的是，于连已经习惯了心口不一，就连调情这样细小的事情，他轻浮的话语与真正的内心也是大相径庭。面对德·雷纳夫人，他有些害怕，因为她的裙子太过漂亮。在于连眼中，这条裙子就算在巴黎也足以引领时尚。他生性骄傲，不想把成败诉诸运气和一时兴起。根据福盖跟他讲的那些指南，以及从《圣经》上读到的一点有关爱情的内容，他制订了一个非常详细的作战计

---

1 波里道利（John William Polidori，1795—1821），英国作家、医生，英国大诗人拜伦的秘书与私人医生，其创作的奇幻作品《吸血鬼》被认为是人类历史上第一部现代吸血鬼小说。

划。尽管自己不肯承认，但他的确心乱如麻，于是他将计划都写了下来。

第二天早上，在客厅里，德·雷纳夫人与于连单独相处了一会儿。

"除了于连，您还有别的名字吗？"德·雷纳夫人问道。

对这个充满着讨好意味的问题，我们的小英雄一时间竟无言以对。此类情况没有出现在他的计划当中。若不是因为愚蠢地制订了这些计划，于连精明的头脑本可以应对得当的，突发事件只会令他的反应变得更加迅捷。

然而此时他却狼狈不堪，并在心中夸大了这种狼狈的模样。德·雷纳夫人很快就原谅了他的狼狈，并将这看作一种具有魅力的坦率。在她看来，这个才华横溢的小伙子身上最缺乏的，正是这种坦诚的气质。就像德尔维夫人有天对她说的那样："你家里的这位小家庭教师，他真的没法让我信任，我觉得他行事深思熟虑，处事圆滑。他是个阴谋家。"

于连面对德·雷纳夫人的提问哑口无言，感到深深的羞愧。

"像我这样的人，绝不能容忍这样的失败，一定要扳回一城。"于是，趁着人们从一个房间走向另一个房间的空当，于连抓住机会，履行了自己的义务：他亲了德·雷纳夫人一下。

无论对德·雷纳夫人还是对于连来说，没有什么比这个吻更失礼、更令人不快、更不谨慎的了。他们甚至差点被别人撞见。德·雷纳夫人觉得于连真是疯了。她被吓坏了，更觉得受到了深深的冒犯 —— 这种蠢事让她想到了面目可憎的瓦莱诺先生。

"如果我跟他单独在一起，会发生怎样不堪的事情？"她思量着，道德感重新浮现在心头，厌恶的情绪压过了爱的激情。

于是，她在身边总留着一个孩子，不给于连跟她独处的机会。

对于连来说，这天过得异常枯燥，他把时间都用来执行那笨拙的勾引计划。他每看德·雷纳夫人一眼，都带着迷惑和问询。然而，他还没有蠢到看不出来一点：他在夫人面前丑态尽出，丝毫没有吸引力。

德·雷纳夫人发现于连如此笨拙，同时又如此大胆，内心惊讶极了。她终于弄懂了，喜不自胜地想："原来这就是一个有才华的男人腼腆的示爱啊！难道说，他从没被别的女人爱过吗？"

午饭过后，德·雷纳夫人来到客厅，迎接到访的专区区长莫吉隆先生。她坐在一台高高的织锦机前做女红，德尔维夫人陪在身侧。正是在这个显眼的位置，在光天化日之下，我们的小英雄竟然伸出靴子，去踩德·雷纳夫人的玲珑玉足。她的镂空长袜和从巴黎买的漂亮鞋子明显地暴露在专区区长的视线之中。

德·雷纳夫人万分惊恐。情急之下，她将剪刀、毛线球和针线全都碰倒在地。这样的话，于连的挑逗动作可以被看作为了阻止这些器具掉落的笨拙之举。幸运的是，那把英式小剪刀摔坏了，德·雷纳夫人不无遗憾地表示，如果于连当时离她再近些就好了。

"您比我先看到了剪刀掉落，您本可以将它挡住的，但您的热心肠没有奏效，反倒重重踩了我一脚。"

这一切骗过了专区区长，却没有骗过德尔维夫人。"这个漂亮的小伙子干出来的事情真是蠢。"她心想，"外省大城市的礼仪是绝不能容忍这类错误的。"德·雷纳夫人找了个机会，偷偷地对于连说："小心点儿，我命令您。"

于连觉察出自己的笨拙，憋了满肚子闷气。他琢磨了很长时间，到底该不该因为"我命令您"而大发雷霆。他真够蠢的，居然自言自语道:"她命令我,如果是关于孩子教育的,我倒是可以容忍,但这是关于爱情的,那就不同了。爱情必须公平!两人之间若没有平等,还谈什么爱情……"他的全部心思都迷失在那些关于平等的陈词滥调之中。他气呼呼地反复念着德尔维夫人前两天教给她的一句高乃依[1]的诗歌:

……爱情创造平等,却不追求平等。

于连从没恋爱过,却硬要扮演唐璜这样玩世不恭的角色。整整一个白天,他都在冒着傻气。他脑中冒出了千千万万的想法,其中只有一个是合情合理的,那就是他对自己、对德·雷纳夫人都感到了厌烦。看到傍晚即将到来,他更是心生恐惧,因为他将要在黑暗的花园里,坐在德·雷纳夫人的身旁。于连跟德·雷纳先生说,他想去韦里叶城看望神父。晚饭后他就起程了,直到深夜才回来。

在韦里叶,于连发现谢兰神父正在忙着搬家,他终于被撤了职,那个年轻的副本堂神父马斯隆牧师取代了他的位子。于连帮助善良的神父搬家,忽然想给福盖写一封信,在信上,他要写他之所以没有接受福盖的好意,是因为对自己的神职感到不可抗拒的使命感,但刚刚目睹了这个不公正的事件,或多或少令他改变了想法,不进教会工作反而对他的救赎更有好处。

于连为自己的精明暗自喝彩,他利用谢兰神父被解雇的这个事件,在福盖那里为自己留下一条后路:倘若他那可悲的谨慎战胜了心中的英雄主义,他还能走向经商发财的道路。

———

1　高乃依(Pierre Corneille, 1606—1684),法国古典主义戏剧的早期代表剧作家,被认为是法国古典主义戏剧的奠基人,与莫里哀、拉辛并称法国古典戏剧三杰。

第十五章

公鸡的啼鸣

> 爱情在拉丁语中是 amor,
>
> 因此, 爱情终致死亡[1]。
>
> 此前, 还有噬人的惆怅、
>
> 痛苦、眼泪、罪孽、懊悔……
>
> ——《爱情的颂诗》

　　于连常常无缘无故地觉得自己很是机智, 倘若真是这样的话, 他应该为自己昨天动身去韦里叶城的决定鼓掌庆贺。因为昨晚的缺席, 别人忘记了他在白天做的那些蠢事。然而这天他依旧郁郁寡欢, 到了晚上, 一个可笑的念头突然在他心中升起, 他以一种罕见的无畏精神将其告诉了德·雷纳夫人。

　　他们刚在花园中坐定, 还不等夜色足够浓黑, 于连就把嘴凑到德·雷纳夫人的耳边, 顾不上这样做可能令她的名誉大为受

1　法语中的"死亡"(la mort)与拉丁语的"爱情"(amor)发音相似, 所以说"爱情终致死亡"。

损。他说道:"夫人,今晚两点,我要去你的房间,我必须告诉您些事情。"

于连提着一颗心,生怕夫人就这样答应了他的请求。充当引诱者的任务沉重地压在他的心头。倘若遵循内心本性,他会立刻回到房间,在里面待上几天都不出门,再也不见这些女人。他知道,昨天的自作聪明,破坏了前一天刚刚树立起来的美好形象。他慌了神,不知如何是好了。

面对于连如此无礼的行径,德·雷纳夫人一口回绝,并显露出了真实而绝不夸张的愤怒。于连从她短促的回绝中看到了一种蔑视。他很确定,夫人低声的回答中还带了"呸"这个表示厌恶的字眼。于连借口有话对孩子们说,起身去了他们的卧室。回来之后,他就坐到了德尔维夫人的身边,故意离德·雷纳夫人远远的。这样,他就没有牵着德·雷纳夫人的手的可能性了。大家不苟言笑地聊着天,于连很好地应付着各种交谈,除了偶尔出现的沉默——他在绞尽脑汁地寻思。"我要想个什么办法,才能迫使她再次对我表露出那种确定无疑的温柔?"他心想,"三天前,就是那些温柔让我相信她已对我一往情深。"

于连感到张皇不安,因为他似乎把所有的事情都搞砸了。但是,倘若他成功了,他就会陷入更加难为情的境地。

午夜时分,众人散去,于连悲观地发现自己被德尔维夫人鄙视了,而在德·雷纳夫人那边,他一定也好不到哪里去。

于连的心情极度糟糕,他感觉受到了羞辱,因而辗转反侧,无法入眠。他越来越不可能放下自己的全部伪装和野心勃勃的计划,也越来越不可能与德·雷纳夫人得过且过地生活,每日仅满足于那种如孩童般的单纯快乐。

他搜肠刮肚，想出了各种看似精明的伎俩，但片刻之后又觉得它们愚不可及。当城堡中深夜两点的钟声敲响时，他的心情只有四个字可以形容——糟糕透顶。

钟声瞬间唤醒了他，就好像公鸡的啼鸣唤醒了圣彼得[1]一样。他明白，是时候面对之前给自己设定的那项最为痛苦的任务了。自从他给自己布置这项任务后，他就将它抛在了脑后，因为它获得了那般糟糕的回应。

他猛地从床上坐起，自言自语道："我跟她讲过，两点钟的时候要去她那里。我可能毫无经验，又粗俗无理，活脱脱是个农民的儿子，德·雷纳夫人已经清楚地让我明白了这一点，但至少，我不想当个弱者。"

于连此刻对自己的勇气大加赞赏是很有道理的，因为他从未将如此痛苦的事情强加于自身。开门的时候，他浑身哆嗦不止，以至于膝盖不停地弯下来，以至于只能被迫靠在墙上。

他连鞋子也忘了穿。在德·雷纳先生的卧室门口，他侧耳倾听，听到了男主人打鼾的声音。他感到失落，因为再也没有别的理由阻止他进入德·雷纳夫人的卧室。"但是，伟大的天主啊！我进去究竟要做些什么呢？"他没有任何计划，即便有，由于内心极其局促不安，他也无法将它们付诸行动。

终于，他忍受着比死亡还难受百倍的痛苦，踏上了通往德·雷纳夫人卧室的狭窄走廊。他用颤抖的手推开了门，吱嘎一声，门发出了可怕的声响。

——

1　圣彼得，耶稣所收的十二使徒之一，基督教早期核心人物之一。《新约》记载，耶稣在被捕之前预言，彼得会连续三次不肯承认认识他，直至破晓鸡鸣的那一刻，才会承认自己是耶稣的弟子。本书借用这个典故，是想说明于连被迫想起不想承认之事。

卧室里灯光未熄，壁炉下的夜灯还亮着，于连对这个糟糕的新情况没有任何心理准备。看到他进来，德·雷纳夫人迅速地从床上跳了下来。她喊道："你这个疯子！"当时的场面有些混乱，于连一下子忘记了所有虚妄的计划，重新回到自然的状态中来：倘若无法得到这位如此迷人的女性的欢心，那真的是世上最悲哀的事情。于连不回应夫人的指责，只是匍匐在她脚边，抱着她的双膝。夫人对他做出了极其严厉的斥责，而于连则是泪流满面。

过了几个小时，当于连离开德·雷纳夫人卧室的时候，我们可以用爱情小说的口吻来形容：他已经别无所求了。事实上，他的这次成功应该归功于他在夫人心中激发的爱情，以及夫人诱人的魅力带来的出乎意料的效果。倘若一切都是按照他那笨拙的计划行事，他肯定会一事无成。

然而，在这夜最为温存甜蜜的时刻，他也被一种奇怪的骄傲所影响，让自己扮演了一个习惯于征服女人的角色——他超乎寻常地费心尽力，却将其天然的可爱之处尽数破坏了。他丝毫没有注意到德·雷纳夫人被他激发出的那股柔情，也忽视了她因此而产生的越来越强烈的自责。他眼中除了"应尽的责任"，什么都没有。他担心一旦远离了想要模仿的那种理想范例，他就会悔恨不已，就会沦为永恒的笑柄。一言以蔽之，于连总是想要令自己高人一等，这恰恰阻碍了他享受到触手可及的真正幸福。这就像一个十六岁的年轻女孩本就具备迷人的姿色，却为了参加舞会而在脸上疯狂地涂脂抹粉。

卧室里的德·雷纳夫人看到于连出现时，几乎被吓个半死，内心的警报残酷地折磨着她。而于连的眼泪和绝望又令她思绪纷乱，不能自已。

甚至她在内心再也无法拒绝于连的时候，还是带着真实的愤怒先将他远远推开，然后再无能为力地投入他的怀抱。整个过程都是自然而然发生的，没有丝毫做作的成分。她觉得自己已经罪无可恕、万劫不复，她努力以最温柔的爱抚馈赠于连，用来掩盖即将坠入地狱的可怕念头。一句话，我们的英雄获得了全部的幸福。他在刚刚征服的女人体内享受到了一种燃烧的热情——如果他真的懂得享受的话。于连离开了，德·雷纳夫人却依然无法停止翻搅内心的悸动以及撕扯灵魂的悔恨。两种极端的感情在互相战斗。

　　"上帝呀，幸福和被爱难道就是这样的吗？"于连刚刚回到自己的房间，脑中就出现了这个想法。他刚刚获得了渴望已久的东西，内心还处于惊愕和不安的混乱状态。他的灵魂已经习惯于渴望的状态，而此刻，他不知道该渴望些什么，他对这种满足还没有回过味儿来。他仿佛参加阅兵式回来的士兵，仔细地体会和回顾着这一过程中的每个细节。

　　"我没有从中遗漏些什么吗？我做得究竟够不够好？我是否胜任了我的角色呢？"

　　于连心中的这个角色，当然是一个在女性面前魅力尽显的花花公子。

第十六章

第二天

他用唇盖上她的唇，

伸手整理她纠结的长发。

——《唐璜》第一章第一百七十节

转瞬之间，于连成了德·雷纳夫人的整个世界。当于连出现在她卧室的时候，她既紧张又激动，觉察不到于连在她面前的丑态百出。这对维护于连的面子算是幸事。

德·雷纳夫人看到天色将明，便催促他尽快离开。

"哦，我的上帝，"她说，"如果我丈夫听到了声音，我就完了。"

于连抓紧时间斟酌言辞，忽然想到了这一句："您此生是否无憾？"

"啊！我现在心里就全是遗憾，但是能认识您，我并不遗憾。"

于连故意在天色大亮之后，才不紧不慢地回到房间，认为这样是不失尊严的做法。

他研究自己的举手投足，费尽心思地扮演一个经验老到的人。这样做有一个好处：当午餐时再次见到德·雷纳夫人的时候，他正襟危坐，丝毫不乱。

而在德·雷纳夫人这里，她一看到于连，脸上便羞个通红，却一刻不停地偷偷看他。她发现自己心慌意乱，便努力掩饰，反而欲盖弥彰。而于连只是抬头看了夫人一眼。起初德·雷纳夫人还对他的谨慎颇感赞赏。不一会儿，她发觉于连再也没有看过她，内心就恐慌起来。"难道他不再爱我了？"她心想，"唉！我对他来说已经很老了，大他整整十岁啊。"

从餐厅到花园的路上，德·雷纳夫人握了一下于连的手。于连因为这个非同寻常的示爱行为而感到惊喜，并充满激情地看了她一眼。在午餐时，他之所以没有看她，是因为觉得她很美，他要低下头细细品味她的魅力。于连的这个眼神慰藉了德·雷纳夫人，却没有消除她的全部焦虑，而这种焦虑压倒了她对丈夫的内疚之情。

午餐时间，她的丈夫什么都没有注意到，而德尔维夫人则不然，她察觉到德·雷纳夫人已经临近崩溃的边缘。在整整一个白天里，出于对德·雷纳夫人的友谊，她使用了最为大胆尖厉的言辞，向她描绘了她将要面临的最为凄惨的险境。

而德·雷纳夫人则迫不及待地想要与于连独处，追问于连是否还爱她如常。尽管她还是一成不变地温顺，却多次表现出不胜其烦的样子，想让她的好友知难而退。

晚上，在花园中，德尔维夫人将事情安排妥当——她坐在了德·雷纳夫人和于连中间。德·雷纳夫人原本还期待着握着于连的手、将自己的玉手送去于连唇底的美妙画面，而现在，她跟于连说句话都难。

这个挫折加剧了她的焦躁不安。她陷入了深深的悔恨。昨天夜里，在于连进入她的卧室时，她曾对于连的轻薄失礼大加责备。而如今，她生怕于连不再光临她的卧室，并为此深感不安。她早早地离开了花园，回到房间。她急切不安地将耳朵贴在于连的房门上倾听。尽管被不安和激情吞噬，她还是没有胆量走入于连的卧房。这种行为是她万万无法接受的，因为一句外省的言语描述的就是这个。

有的仆从还没有去睡，谨慎行事的念头迫使德·雷纳夫人回到自己的卧室。两个小时的等待就像受了一个世纪的折磨。

但她又何必担忧，于连对于所谓的"责任"过于执着，凡是计划好的事情，一定会事无巨细地一一照办。

一点的钟声敲响，他悄悄溜出卧房。在确定宅子的男主人已经睡熟后，他就出现在了德·雷纳夫人的卧室中。这一天，跟他的情人在一起，于连感受到了更多的幸福，因为他不需要总是端着架子演戏了。他留着眼睛去看，留着耳朵去听。德·雷纳夫人反复对他念叨关于年龄的事情，反倒让他内心更加笃定。

"唉，我足足比您大了十岁！您怎么可能爱上我呢！"她无意识地重复着，只因这个想法令她窒息。

而于连完全没有感受到年龄的这种苦恼，不过他意识到了年龄差距的存在，这个优势让他几乎忘记了害怕出丑的慌张。

他之前还因为自己出身低微，担心成为被德·雷纳夫人轻贱蔑视的情夫。这种愚蠢的念头也一并消失了。渐渐地，于连的激情让他那害羞的情人感到了踏实——她从中找到了一点幸福感，可以静下心来审视自己的爱侣了。幸运的是，于连收敛了那副装腔作势的样子。在昨晚，他将这一切看作一场必须打赢的战役，而不是一种可以享受的乐趣。倘若于连依然还这般装腔作势，就会让德·雷纳夫人异常难过，觉得他那么做是为了弥补两人年龄的不相称。

虽然德·雷纳夫人从没想过什么恋爱法则，但是在外省，当人们谈论爱情的时候，年龄的差距是继贫富差距之后大家最喜欢调侃的话题。

只过了区区几天，于连这个年纪应该具有的全部热情便蓬勃而出，令他爱得一发不可救药。

"应该承认，"于连心想，"她有着如天使般善良的灵魂，而她的美貌更是世间少有。"

他把之前那种装腔作势的念头全部抛在脑后。在激情满溢的时刻，他甚至将自己内心的焦虑和盘托出。听到这些心里话，德·雷纳夫人胸中的爱意几乎涌到了顶点。"我的情敌可没我这么幸福。"德·雷纳夫人满心快意地想着。她鼓起勇气询问于连，令他那么在意的画像画的是哪位。于连发誓说，画上是个男人。

德·雷纳夫人冷静下来仔细思量。她几乎无法相信，世界上竟然有像这样的幸福存在，那是她之前做梦都不敢想的。

"啊！"她想，"如果我十年前认识于连就好了，那时我还算得上美！"

于连却压根儿没有这样的想法。他此时的爱情还是一种野心的表现——这个如此不幸、被人如此轻贱的穷小子，竟能占有如此高贵、如此美丽的女人，他以此为荣。于连深深地拜倒在德·雷纳夫人的石榴裙下，全心全意、激情四射。这让夫人对两人的年龄差距稍感安心。倘若德·雷纳夫人稍微具备些三十岁上下的女人在文明地区长期生活积累的处事经验，她就会对于连的爱情究竟能延续多长时间而感到焦虑，因为这种情感只是靠好奇心和成就感来维持的。

在忘记自己勃勃野心的片刻，于连也会情意绵绵，从德·雷纳夫人的帽檐到裙摆，都一一欣赏个遍，对它们散发出的香气也总是闻个不够。他甚至打开德·雷纳夫人的衣柜，呆呆站立好几个小时，只是为了欣赏里面叠放整齐且美丽的女性衣衫。他的女伴靠在他的身上，深情地望着他，而他则望着这些华丽的首饰和衣服，仿佛新婚前夜的新郎望着送给新娘的结婚礼物。

"我真想嫁给这样的一个人！"德·雷纳夫人有时想，"多么炽热的心灵！和他在一起的生活是多么令人愉快！"

至于于连，他此前从未感受过女性的情意款款——这是比拿破仑的大炮还更难抵挡的武器。他对自己说："在巴黎也不可能有比她更漂亮的美女了！"他对自己的幸福没有丝毫迟疑。情人满腔真挚的倾慕与情感让他忘掉了自己那套不中用的理论，这套理论在两人交往的初期曾令他战战兢兢、丑态百出。尽管于连的性格中有虚伪的一面，但有时他也会向这位倾慕他的伟大女性坦承自己对许多事情的懵懂无知，并从中感到一种极致的甜蜜。他的情人的高贵地位似乎也让他的地位得到了提升。德·雷纳夫人也在对这位年轻人的教导中感受到了一种最为温柔的精神愉悦。于连才华横溢，人人都认为他未来必定大有前途，甚至连专区区长和瓦莱诺先生都不住口地对他表示赞赏，这让他觉得自己不那么愚蠢了。至于德尔维夫人，只有她与所有人的看法相去甚远。她非常绝望地感到自己猜测的事情似乎已成定局，看到自己明智的建议受到这个理智全失的女人的厌憎，便什么都没说，独自离开了韦尔吉，而大家对此并不在意。在她离开的时候，德·雷纳夫人掉了几滴眼泪，但很快就暗自庆幸起来。女友的离开让她得以整日地与情人单独相处了。

于连也更深切地投入到与爱人甜蜜的交往之中，因为每当他长时间地独自待着，福盖那要命的提议就会一次又一次地出现在脑海，搅得他心绪不宁。在新生活的最初几天里，他这个从未爱过、从未被人爱过的人，忽然觉得待人真诚似乎是件充满乐趣的美事，他甚至满心想要向德·雷纳夫人坦白自己的野心——这种野心迄今为止一直是他生活的目标所在。他还想问问德·雷纳夫人，为什么福盖的提议对他产生了如此奇特的诱惑，让他始终难以忘怀。然而，一件小事的发生，让他坦白内心的打算全部化为泡影。

第十七章
首席副市长

> 哦！这恋爱的春天
>
> 仿佛四月不确定的阴晴
>
> 刚刚还是阳光明媚
>
> 一朵乌云就能毁掉全部
>
> ——《维洛那二绅士》[1]

傍晚，日落时分，于连和自己的情人相互依偎着坐在果园深处，没有人来打扰，他陷入深深的遐想之中。"这样甜蜜的时刻，是否会永恒不变呢？"他思考着。于连满心想要闯出一番事业，尽管这异常艰难。贫寒的出身令他很快就结束了童年时光，青年的头几年也在庸碌中被虚耗了，他哀叹着这一切。

"啊！"他大声叹道，"拿破仑确实是上帝派来拯救法国青年的天选之人。现在还有谁能取代他呢？没有他，那些出身贫贱的

———

1　英国剧作家威廉·莎士比亚创作的一部喜剧。

人要怎么办呢？即使有人比我富有，也不过是有几个钱，获得过良好的教育。但是在二十岁的时候，他们却没有足够的钱雇用仆人，也没钱让自己走向事业巅峰。""我们该怎么做？"他深深叹了一口气补充道，"只要一想到这些无法改变的贫穷宿命，我永远都没法开心。"

这个时候，于连忽然发现德·雷纳夫人皱起了眉头。她表现出一种冰冷而倨傲的神情。在她看来，于连的这种想法是只有下人才会有的。她自小过着富人的生活，对金钱已经习惯了，理所应当地觉得于连也应如此。她爱于连，比爱自己的生命还要胜过千倍，对于金钱，她却不屑一顾。

而于连无论如何都猜不到她心中的想法。德·雷纳夫人皱眉的表情，把于连从云端又打回了现实。他稳下心神，用虚伪重新整饬自己的言语，试图让这位坐在草坪上紧挨着他的高贵太太明白，他刚刚说的这些话，只是从一个木材商人朋友那儿听来的。那些不信上帝的人，总会有这一套的歪理邪说。

"那好，请您不要再跟这些人混在一起。"德·雷纳夫人说，语气中依然带有一丝冰冷，这冰冷似乎让之前的温柔言语都冻结了。

夫人的这次皱眉让于连对自身的冒失懊悔不已，这是他美妙幻想的第一次受挫。他自忖道："她心地善良、温柔甜美，又深深地爱着我，但她终归是在仇敌阵营中长大的。那些仇敌，他们一定对像我这类志向远大却身无分文的人深恶痛绝。这些贵族，如果跟我们来一次公平交战，会怎样溃不成军啊！打个比方，如果我当上了韦里叶市长，我会满怀善意，真诚尽责，就像德·雷纳先生所做的那样。同时，我也会把副本堂神父马斯隆、瓦莱诺先生和他们所有的卑鄙行为一一根除！正义将在韦里叶大获全胜！他们始终在那里蝇营狗苟，那些小伎俩才无法对我产生阻碍。"

在这一天，于连的幸福本可以更加持久，然而我们的主人公始终缺乏显露真诚的勇气。在他看来，必须抓住时机，勇往直前。而德·雷纳夫人则对于连的这番话颇感诧异，因为她的生活圈中的人反复说，正是那些穷人家的小子读书太多，才有可能再次造就一个罗伯斯比尔。德·雷纳夫人冷漠的神态持续了很久，于连都看在了眼里。夫人首先对于连的这番话不以为然，其次她害怕自己不小心说了什么话让于连感到不舒服。这种内心的纠结强烈地展现在她的脸上，让她显得冷冰冰的，这与她平时开心时纯洁烂漫的样子大相径庭。

看到这个情景，于连再也不敢在她面前肆无忌惮地胡说了。当热情稍退，他冷静下来后便觉得在德·雷纳夫人卧室中的幽会太过冒失，夫人最好来他的房间，因为倘若被用人撞见，可以用二十种不同的借口加以解释。

但这种安排也有其缺点。于连在福盖那里拿到了几本书，而他这个学习神学的年轻教士，绝对不可能在书店里购买这些书。他只敢在晚上打开它们。读这些书的时候，他不想被人打扰。在果园发生口角的前夜，他就因为等待情人的到来而无心读书。

正是跟德·雷纳夫人的交往，才让他得以对书中的内容有了一种全新的理解。他曾经鼓起勇气，跟德·雷纳夫人谈及书中许多不解之处。有些知识超乎一个缺乏社交的年轻人的理解范畴，无论人们认为他多有才华也无济于事。

一个女人在完全没有意识到的情况下，以爱情启迪了男人的智慧，这是一件多么令人感到幸福的事。通过这一切，于连直接看到了社会真实的面貌。他的思绪没有被两千年前或者仅仅六十多年前的伏尔泰[1]和路易十五的时代所遮蔽。令他欣喜若狂的是，遮住双眼的黑布终于揭开，他明白了许多在韦里叶城正在发生的事。

首要的就是，他弄明白了在贝桑松的长官周围已经谋划了两年的复杂阴谋，一些巴黎最显要的名流人物通过信件来往出谋划策。韦里叶城有个最虔诚的人士叫莫瓦罗，有人密谋支持他做首席副市长，而不是第二副市长。

他的竞争对手是一个非常富有的制造商，现在的问题是，必须将这个人挤到第二副市长的位子上。

此时此刻于连才恍然大悟，明白了之前来市长家吃饭的名流人物们口中所说的那些隐晦之语意味着什么。这些社会名流对谁能当选首席副市长给了深切关注，这种关注是其他居民，尤其是那些自由党人没有料到的。这个阴谋之所以如此重要，是因为众所周知的一件事：韦里叶城的一条主干街道变成了国王专属的大道，其东侧必须向后移动九尺以上。

在这些需要后移的建筑中，莫瓦罗先生有三处房产。倘若当上了首席副市长，他便可以在德·雷纳先生升任议员后继任市长。这样的话，对于那些需要后移的房子，他就可以睁一只眼闭一只眼，不是将它们拆除，而是做些小小的修补，令其可以再保持个一百年。尽管莫瓦罗先生为人虔诚、正直廉洁，但大家确信：他是拖家带口之人，在此事上一定可以通融。在那

———

1　伏尔泰（Voltaire，1694—1778），法国启蒙思想家、哲学家、作家，启蒙运动公认的领袖和导师，被称为"法兰西思想之父"。

些要往后移的建筑中，有九处房产属于韦里叶城身份最为显赫的人士。

在于连眼中，这个阴谋比丰特努瓦战役[1]——这是他在福盖寄来的一本书中获知的，重要得多。在于连晚上去神父家学习的五年里，常常有一些事情让他感到惊讶。但是，谨慎和谦逊是年轻教士的首要素质，所以他一直没法对此提出疑问。

有一天，德·雷纳夫人给她丈夫的男仆，也就是于连的那个对头下了一个命令。

"但是，夫人，今天是这个月的最后一个星期五哟。"那人以一种奇特的方式回应道。

"那就算了。"德·雷纳夫人说道。

"哼，"于连心想，"他一定是到那个堆满干草的仓库去了，那里从前是教堂，最近又恢复做礼拜了。但是，常去那里要做什么？这是我一直无法参透的谜团之一。"

"这是个很有益处的组织，颇有些特别。"[2]德·雷纳夫人回答道，"女人是不能参加的。据我所知，里面的人在聊天时是不用敬称的。比如，如果这个仆人在里面遇到了瓦莱诺先生，是不会用敬称跟他讲话的。瓦莱诺尽管那么骄傲愚蠢，却也不会因为圣人约翰对他不用敬称而气恼，而是会用同样的语气来回应他。如果您想了解那里的情况，我会向莫吉隆先生和瓦莱诺先生询问详情。我们帮每个仆人支付二十法郎，为了将来的某日他们不会割

——

1　1745 年 5 月 11 日法军在丰特努瓦击败英、奥、荷联军。该战役是法军在奥地利王位继承战争中的重大战役，并取得了最大的胜利，它使得法国人再度找到了民族自信。拿破仑曾不夸张地说道："丰特努瓦战役就像一针强心剂，给风烛残年的波旁王朝输了最后一次血，使她又活了三十年！"
2　此处影射的是上文提到的圣会组织。

断我们的喉咙。"

时光飞逝。情人的魅力让于连分了神，不再每日念想他那阴暗的野心。既然分属两个不同阵营，于连就没有必要对德·雷纳夫人倾诉那些合乎情理却令人扫兴的事。于连自己也没有意识到，这样做无形之中增加了与她在一起的幸福感，也令她的魅力更加势不可当。

在早已通人事的孩子们面前，他们只说些严肃而理性的话语。这个时候，于连怀着一种完美的温顺，用闪烁爱意的眼睛看着她，听她讲着上流世界的种种。德·雷纳夫人在叙述一些她身边的人在公共修路款或政府补给上耍的一些小手段时，往往会忽然犯糊涂，说起胡话来。于连不得不对她进行一番责备，而她便像对待自己的孩子那样对于连做出亲昵的回应动作。有那么几天，她有了一种错觉，觉得自己爱于连竟像爱自己的孩子那样。她难道不是总在回答他提出的那些天真的问题吗？这些涉及各种细枝末节的问题，难道不是一个出身不错的十五岁孩子早就应该知道的吗？可是不一会儿，她就如同奴仆对主人那样对于连倾慕起来。于连实在太有才华了，德·雷纳夫人不禁因此感到害怕，每一天，她都能在这个年轻的教士身上看到那些伟大人物的影子，她把他看作教皇，看作像黎塞留[1]那样的伟大首相。

"我还能活到你荣耀满天下的那天吗？"她对于连说，"一个伟人的位置将会为你准备着，无论是君主还是宗教，都需要你的存在。"

———

1　黎塞留（Armand Jean du Plessis de Richelieu，1585—1642），法兰西国王路易十三的枢密院首席大臣，枢机主教，政绩卓著，以铁腕著称。

第十八章
国王亲临小城

难道你们只配被当作一具平民的尸首，被抛掷荒野，失去灵魂，血管中没有一滴血？

——主教在圣克莱芒教堂的演讲

九月三日晚十点，沿着大道飞驰而来的一名皇家近卫士兵惊醒了整个韦里叶城。他传来圣旨，国王陛下将于下个星期日莅临韦里叶。而此时已经是周二了。地方长官得到授权，要组建一支仪仗队，必须尽可能地铺展出隆重华丽的阵势。传令兵火速赶往韦尔吉，德·雷纳先生连夜赶回，发现全城已陷入了喧嚣与骚动。大家都心有所图，那些不太忙的人纷纷租了临街的阳台，想要瞻仰国王进城的不凡之姿。

究竟派谁来指挥整个仪仗队呢？德·雷纳先生立刻就想到，为了照顾到那些需要后移的房屋屋主的利益，莫瓦罗先生必须拥有这个指挥权，这么做与他要当选的首席副市长一职是相称的。莫瓦罗先生的奉献精神无人能及，这一点毋庸置疑，但他从来没有骑过马。这个三十六岁的男人，胆小得不行，既害怕跌倒，也害怕众人的嘲笑。

清晨五点，市长便差人将他唤了来。

"您看吧，先生，我想征求您的意见，全城老实可靠的人都想让您坐上这个职位。在这个不幸的城市里，工厂正在繁荣，自由党正在成为百万富翁，他们渴望得到权力，想用一切东西来制造武器。让我们想想国王的利益、国家的利益，以及最重要的，我们的神圣宗教的利益。依您之见，除了您，究竟谁能担当仪仗队指挥这个神圣的职责呢？"

尽管害怕骑马害怕得要死，但莫瓦罗先生还是以殉道者的姿态接受了这项荣誉。"我会尽我所能，做该做的事情。"他对市长说。而所剩的时间仅容他把礼服准备好，这件礼服还是七年前迎接一位亲王时穿过的。

七点时分，德·雷纳夫人与于连和孩子们一道从韦尔吉赶到了韦里叶城。她发现客厅里被自由党人士的妻子们挤得水泄不通。她们以各党派团结一致的名义，纷纷恳求市长为她们各自的丈夫在仪仗队里安排一个位置。其中一位太太声称，倘若丈夫落选仪仗队，她将会因为悲伤而香消玉殒。德·雷纳夫人很快就将这些女人打发走了，她内心似乎有件不得了的心事。

于连很惊讶，但更生气，因为他不解究竟何事困扰着他的情人，令其神秘兮兮的。"我早就预料到了，"于连痛苦地对自己说，"她因为要款待国王而心花怒放，把我抛在一边。这一切让她花了眼。当门第观念不再纠缠她的时候，她应该会再次爱上我吧。"

这样一来，于连竟然越发地对德·雷纳夫人着迷了。人心还

123

真是奇怪。

工人们开始涌入房间进行布置，在很长一段时间里，于连都在搜寻机会，想和她说上一句话，却总是徒劳无功。终于，于连看到德·雷纳夫人从她的房间里走出来，手里拿着一件衣服。他们单独相处时，于连想跟她说说话，却被拒绝了。随后她转身走开。"我是个傻瓜，竟然爱这样的女人，野心让她和她丈夫一样疯狂。"

的确，她是疯了，而且比于连想的更疯。她的一个最大的愿望，就是看到于连脱下身上的那袭黑色教士袍，哪怕一天也好。她从不敢向于连承认这点，怕把他给吓着了。如此天真纯朴的女人，竟用了一种令人钦佩的手段，在莫瓦罗先生和专区区长莫吉隆先生那里，为于连讨得一个仪仗队成员的位置。于连的这个位置甚至排在了另外五六个年轻人之前，他们都是城里富有的制造商的儿子，其中至少有两人是虔诚信教的典范。瓦莱诺先生原本打算把他的马车借给城里最富有魅力的小姐们乘坐，并借此炫耀属于他的诺曼底骏马。此时，他竟然也答应将其中的一匹马借给素日里最恨的于连。但所有的仪仗队队员都有自己的或借来的漂亮的天蓝色礼服，上面缀有两个银质上校肩章，它们在七年前的游行中就曾大放异彩。夫人想要一套新衣服，但她只有四天时间在贝桑松定做制服、佩刀、帽子等所有仪仗队队员必需的装备。最有意思的是，她没有在韦里叶城给于连准备这些装备的原因，是想给于连本人和整个韦里叶城的居民一个惊喜。

仪仗队和动员民众的筹备工作结束以后，德·雷纳先生又为准备一场盛大的宗教仪式而忙个不停。国王不想在途经韦里叶城的时候不去朝拜圣徒克莱芒[1]的遗骨，遗骨保存在离镇子不远的布雷勒欧修道院[2]。这场朝拜需要大量的神职人员参加，这是最不易安排的事，但是新上任的神父马斯隆先生不惜一切代价也要阻止被撤职的神父谢兰先生来参加朝拜。德·雷纳先生向他表示，他那么做是不谨慎的，而且没有效果。巴黎的德·拉莫尔侯爵的先辈曾在这个地区担任了很长时间的总督，因此他被选来陪伴国王圣驾，而他与神父谢兰有三十年的交情，等他到了韦里叶，一定会去打探神父的消息。倘若发现神父已被撤职在家，那他肯定会带上全部的随从，去神父退休居住的那栋寒酸小屋拜访。这会是多么响亮的一记耳光！

"但是，倘若他出现在我的神职人员里，我在这里和在贝桑松都会感到不光彩的，"马斯隆神父回答说，"他可是个冉森派[3]教徒啊，我的天主！"

"不管您怎么说，我亲爱的神父，"德·雷纳先生回答说，"我是不会给德·拉莫尔先生羞辱韦里叶城行政部门的机会的。您不了解他，他在宫廷里行为还算得体，但一到了我们外省，就变成了个喜欢讽刺嘲弄人的糟糕透顶的家伙，只想让别人出丑。他完全有那个本事，为了找乐子，让我们在自由派那里颜面尽失。"

为这个问题，两人谈判了三天，约莫在周六晚到周日凌晨时刻，骄傲的马斯隆神父终于被因担心而据理力争的市长德·雷纳先生说服，给谢兰神父写了一封充满甜言蜜语的信，如果年迈体

---

1 圣徒克莱芒，历史上有多位名叫克莱芒的圣徒殉道者，作者在书中并没有点明是哪一位。
2 布雷勒欧修道院，作者虚构的一座修道院。
3 冉森派，17世纪上半叶在法国流行的基督教派，因其反对耶稣会教权思想的统治，两个派别当时矛盾很深，冉森派也一度被视为异端。

弱的他身体状况允许，邀请他参加布雷勒欧的圣体瞻仰仪式。谢兰先生提出了要求，为于连求得了一份邀请函，让他作为副手陪伴在侧。

周日一大早，成千上万的农民从邻近山区赶来，涌向韦里叶城的街道。这天的天气是从未有过的晴朗，下午三点左右，人群忽然动荡起来，在离韦里叶城两法里的悬崖上，人们看见了一堆点燃的巨大火焰。这个信号向民众宣布，国王刚刚进入了本省。随即，全城所有的大钟和城中的一门古老的西班牙大炮齐声频频发出鸣响，整座小城呈现出一派喜悦与欢腾的壮丽景象。一半以上的居民都爬到了屋顶之上，所有的女性都出现在阳台上观礼。仪仗队开始行动。人们欣赏着队伍中的队员们身上辉煌灿烂的制服，并从中寻找着自己的亲戚朋友。莫瓦罗先生的出现惹得众人一阵嘲笑，他战战兢兢地拽住马鞍架，死都不放手。有个人的出现立刻让其他人黯然失色：第九队的首席骑手是个身形瘦长、面貌俊俏的男孩，一开始大家并没有认出他，但很快他便引起了全场人的关注。一些人气愤得叫了起来，另一些人则震惊得说不出话来。人们认出，这个骑着瓦莱诺先生的诺曼底骏马的年轻人，就是木匠索雷尔的小儿子于连。大家齐声谴责市长，自由派人士更是义愤填膺。什么？就因为这个伪装成神父的卑微工人是他家里几个小孩的老师，市长就胆敢厚颜无耻地任命他为仪仗队的荣誉卫士，他可是把有钱的制造商 × 先生和 × 先生的儿子们都给刷掉了！"这些先生，"一个银行家的太太说道，"应该给这个出身低微的放肆之徒一点颜色看看。"旁边一个人回答道："这个阴险小人，他或许带着佩刀，会大逆不道地将大家的脸都割下来。"

在贵族这边，对于连的议论更加激烈。太太们心里怀疑，这种大失体统的做法是市长一个人的决定。因为照一般看来，他是很看不起出身低贱的人的。

虽然成了言语攻讦的对象，于连却感到了极大的幸福。他天生胆气绝伦，马骑得比这个小山城里的大多数年轻人都好。他从女人们的眼眸里看出，大家此刻正在对他品头论足。

他的肩章最为耀眼锃亮，因为它们是新买来的。座下的骏马几乎每时每刻都在扬起前蹄、昂首直立，他内心的激越到达了顶点。

正在满怀幸福之际，于连刚好经过旧城墙附近，而小铁炮的声音令他的骏马受惊，跳出了队伍。在这千钧一发之际，他稳住身体没有跌落下马，那一时刻，他觉得自己变成了英雄，是拿破仑麾下的军官，正向敌人的炮兵阵地冲锋陷阵。

有个人比于连更加幸福。她先是在市政厅的一扇窗户后方望着于连经过，然后登上马车，快速地绕了一个大圈，刚好看到他的骏马跳出队伍，一时间心惊胆战。最后，她的马车从另一扇门驰出城外，到达国王必经之路旁。在高贵的尘土翻滚中，她以二十步的距离跟在仪仗队之后。市长荣幸地向国王致辞，随后，上万个农民齐声高呼："国王万岁！"一小时后，国王听完了所有的致辞，准备动身进城，那门小炮又开始急促地鸣响起来。但随后发生了一个意外，不是炮手造成的，他们早已在莱比锡[1]和蒙米莱尔[2]训练有素，意外出自即将上任的首席副市长莫瓦罗先生。他乘坐的马匹懒洋洋地将他甩进城里唯一一个泥坑，这真丢脸。他必须立刻被拉出来，因为国王的圣驾马上就要从这里

1　德国城市，拿破仑于 1813 年在此战胜反法联军。
2　法国城市，拿破仑于 1814 年在此战胜反法联军。

经过。

国王陛下到达了崭新的教堂，这座教堂当天被深红色的布帘装饰得美轮美奂。他先去用膳，随后立即上车赶去瞻仰著名的圣徒克莱芒的遗骨。国王刚到教堂，于连就疾驰着向德·雷纳先生的市长宅邸奔去。进入屋门，他就把漂亮的天蓝色制服脱掉，摘去佩刀和肩章，叹了一口气，穿上多处地方被磨坏的黑色教士袍。他再次策马狂奔，不一会儿就到了布雷勒欧修道院，它位于一座风景秀美的山的山顶。"这些农民都太热情了，来的人越来越多。"于连心想。韦里叶城已是寸步难行了，看看这座古老的修道院，周围应该也围了超过一万人。这座修道院在之前的革命炮火中已被毁掉大半，但自从王朝复辟以来，修复工程又将它的华丽复原，人们纷纷谈论起关于它的奇迹。于连找到了谢兰神父。神父先是狠狠地责备了他一番，然后给了他一件长袍和一袭教士穿的宽袖白色法衣。于连迅速穿戴齐备，跟着谢兰神父去觐见年轻的主教阿格德。他是德·拉莫尔先生的侄子，最近才被任命为主教，这次就是由他负责向国王展示圣人的遗骨，但此人这时却遍寻不着。

众多教士开始不耐烦了。他们在这座古老修道院哥特式的阴暗回廊里徘徊，等候着他们的主教。教士共有二十四位，都是本堂神父，因为在一七八九年之前，布雷勒欧修道院的教务会就是由二十四位神父组成。各位神父就主教年龄太轻而发了四十五分钟的牢骚，随后决定让他们这些人里资格最老的教士去提醒年轻主教，国王即将驾到，应该立刻赶去祭坛了。谢兰神父最为年长，便被推举出去觐见主教。尽管他还在生于连的气，但依然打个手势，让于连跟随其后。于连的法衣穿戴得整整齐齐，而且不知道用了教会中的什么秘法，将那头漂亮的鬈发梳得异常平整。但是，由于一时疏忽，他忘了摘掉仪仗队马刺[1]，此刻在他的教士袍底若隐若现。谢兰神父看在眼里，更觉气愤。

当他们到达主教的套间时，身材高大、衣着光鲜的仆从们言语略带不屑地告诉老神父说，主教殿下目前不会见人。谢兰神父告诉他们，作为布雷勒欧修道院里资格最老、身份最尊贵的本堂神父，他有资格在任何时间跟参加祭祀的主教见面。他的这番说辞却遭到了主教仆从们的嘲笑。

高傲不羁的于连被这些仆从的无礼给震惊到了。他在这座古老的修道院中徘徊，敲响他看到的每一扇门。他发现了一扇很小的门，用力一推就开了。他走进去，看到屋子里有一些主教大人的仆人，他们穿着黑色的衣服，颈上戴着项链。这些仆人看到于连匆忙的样子，还以为他是应主教召见而来的，便放他通行。他走了几步，进入了一间巨大的哥特式的厅室。这里光线极暗，四壁用黑橡木镶板装饰着，除了一扇窗户，其他窗户都用砖头封死了。这些粗糙的砖石没有任何装饰，与古老华丽的黑橡木镶板形成了惨淡的对比。这个厅室在勃艮第古董鉴赏家眼中很有名，是公爵"大胆查理"在一四七〇年前后为赎罪而建造的，大厅的两侧排列了雕刻精美的木质祷告席。《启示录》[2]中记载的所有神迹都被上面不同颜色的木头镶嵌的图画表现出来。

裸露的石砖、发白的灰浆，让这里原本的豪华壮丽中透出一种悲哀之美，深深地打动了于连。他呆立着，沉默不语。在厅室

1　一种较短的尖状物或带刺的轮，连在骑马者的靴后跟上，用于刺激马匹疾驰，是当时法国骑兵的标配。

2　《新约》的末卷，以"见异象""说预言"的方式描绘了一幅"世界末日"等的景象。

的另外一端，那扇唯一能透进光亮的窗户旁边，他看到一面可移动的桃花心木做成的立镜。有个年轻男子正站在镜子前约三步远的地方，他身着紫色长袍和饰有花边的白色法衣，但头上却没戴冠冕。这面镜子与此地颇不相称，无疑是从城里搬过来的。于连看到了这个年轻人懊丧的表情，他正对着镜子，用右手在做降福的动作。

"这是什么意思？"于连纳闷道，"这个年轻的牧师是在做什么准备仪式吗？他可能是主教的秘书吧。他肯定会和其他仆从一样蛮横无理，我的天……管他呢，我来试试。"

他相当缓慢地沿着厅室的长廊走过去，眼睛始终盯着那扇窗子。他看着这个年轻的教士，虽然动作缓慢，手上却不停地做着降福的动作。

随着距离越来越近，于连越来越能看清年轻教士脸上懊丧的表情。他身上繁复华丽的法衣，让于连不由自主地在离那面精美的镜子几步远的地方停了下来。

我必须得说点什么。于连终于下定决心，但是厅室里的华丽氛围让他内心发怵，想到这个人可能会对他讲出一些难听的话，内心便不禁愤愤不平。

这个教士透过镜子看到了他，于是转过身来，懊丧的表情瞬间散去。他用最温和的语气对于连说："那么，先生，事情终于解决了吗？"

于连惊呆了。当这个年轻人转向他时，于连看到了他佩戴的十字架胸饰，原来此人就是阿格德主教。

"他这么年轻啊，"于连心想，"看起来只比我大六到八岁。"

他忽然对自己还没脱去的马刺羞愧起来。

"大人，"他怯生生地回答，"我是最为年迈的神父谢兰先生派来的。"

"啊！有人曾跟我热情地介绍过他。"主教用一种彬彬有礼的语气说，这语气让于连深深着迷，"但请您原谅，先生，我以为您是来给我送主教冠的。在巴黎时它没有被包装好，上面的银丝纱网在运输过程中损坏得很厉害。我不能这样戴出去，影响会很不好。"年轻的主教神情悲伤地补充道，"所以我现在还在等着！"

"大人，如果您允许的话，我来帮您将主教冠送来。"

于连美丽的眼睛派上了用场。

"去吧，先生，"主教彬彬有礼地回答说，风姿令人倾倒，"我必须马上拿到它，让修道院的各位神父久等了，我很过意不去。"

当于连走到厅室中间时，他转向主教，看到他又在反复做着降福的手势。"这究竟是什么意思呢？"于连思忖，"一定是为即将举行的仪式做的准备吧。"他走到男仆们的房间，看到了他们手中的主教冠。这几位先生虽不甚乐意，却因为于连不容置疑的目光而让步，把主教冠递给了他。

于连手捧主教冠，内心感到万分自豪。他步伐缓慢而庄重地穿过大厅，把冠冕紧紧地抱在怀里。他看到主教还站在镜子前，尽管右手看上去有些僵硬了，却依然一次又一次不断地重复着降福的动作。

于连帮他戴上了主教冠。他把头晃了晃。

"啊！挺稳的。"主教高兴地说道，"您能退后一点吗？"

主教迅速走到房间中间，随后以缓慢的步伐走到镜子前，他脸上又显现出先前的那种懊丧，并严肃地做出降福的动作。

于连惊讶得一动不动，他很想了解究竟，却不敢开口去问。主教停了下来，望着于连，脸上的懊丧之情又迅速消失。

"您对我的冠冕怎么看，先生，它跟我相称吗？"

"跟您相称极了，大人。"

"不会戴得太靠后吗？虽显得有点傻，但也不能像军官的军帽那样把眼睛遮住。"

"在我看来，它戴得刚刚好。"

"国王已经习惯了年长有经验的神职人员，他们毫无疑问是非常庄重的。尽管我资历尚浅，但我并不想因此而显得过分轻浮。"

主教又开始在屋里走动着，反复做出降福的动作。

"很明显，"于连做了个大胆的推测，"他是在反复练习降福的动作。"

过了一会儿，主教说："我已经准备好了。去吧，先生，去通知修道院院长和教会的先生们。"

不久，谢兰先生在两位年长的本堂神父的跟随下，从一扇异常宽阔、雕刻精美的大门中进来，于连先前没有看见这扇门。这一次，他只能站在属于自己的位置上，也就是所有人中的最后一个，透过挤在门口的教士们的肩膀窥看主教的身影。

主教缓步走过大厅。当他走到门槛边时，教区的牧师们自发地排成了一列队伍。经过片刻的混乱，队伍开始行进，大家都吟唱起了赞美诗。主教走在队伍最后，在谢兰神父和另一位十分年迈的神父之间。于连以谢兰神父随从的名义，悄悄地走到主教身边。人们沿着布雷勒欧修道院的长长的走廊走着。尽管有明媚的阳光，但走廊里却显得阴暗而潮湿。终于，一行人来到了内院的柱廊。对如此华丽壮美的仪式，于连赞叹不已，目瞪口呆。他的雄心壮志被这位年轻的主教唤醒了，内心被他的敏锐善良与精致的礼节深深打动。主教的彬彬有礼与德·雷纳先生的完全不同，哪怕在心情好的时候，德·雷纳先生也绝不会表现得如此优雅得体。于连对自己说，一个人在社会上的地位越高，就越能拥有这些迷人的举止。

当他们从一个侧门进入教堂时，一阵可怕的声音突然回荡在教堂古老的拱顶，于连一时间觉得教堂要塌了。这声音又是那门礼炮发出的，它刚刚被八匹飞奔的骏马拉来。它一到，就被莱比锡的炮手架上了炮台，每分钟鸣五炮，仿佛它的前方有普鲁士敌人。

但此刻，这种震撼人心的炮声在于连心中再也激不起一丝波澜，对拿破仑和那些军事荣誉的崇拜已经被他抛诸脑后了。"他这么年轻就当上了阿格德[1]的主教！但阿格德在哪里呢？主教能有多少收入？也许有二三十万法郎吧。"

主教的仆人们带来了一顶富丽堂皇的华盖，谢兰先生擎着其中一根杆子，但实际上是于连在帮忙举着。主教进入了华盖之下。他的一举一动老练而有分寸，甚至有了一种老者的气度，这让于连的钦佩之情无以复加。他想：只要敏捷机智，还有什么做不到呢?！

国王进来了。于连有幸能非常近距离地看到他。主教热诚而温柔地向国王致辞，同时不忘在陛下面前表现出一丝细微的诚惶诚恐。

我们不再一一赘述那些发生在布雷勒欧修道院的繁文缛节，

———

1　法国南部城市奥克西塔尼大区埃罗省的一个市镇。

因为在之后的两个星期里，它们事无巨细地填满了这里所有报纸的版面。于连从主教的讲话中得知，国王是"大胆查理"的后裔。

后来，清点这次的费用账目成了于连的职责之一。德·拉莫尔先生让他的侄子担任主教，因此他想支付这次仪式的所有费用以表支持。仅布雷勒欧修道院的仪式这一项，就花费了三千八百法郎。

在主教和国王的发言完毕之后，国王陛下走到华盖下，毕恭毕敬地跪在祭台旁的垫子上。祭坛周围是神职人员的祷告席，比地面高出两个台阶。于连坐在第二个台阶上，靠近谢兰先生的脚边，就好像在罗马西斯廷教堂为红衣主教拉着长袍后裾的副手。感恩赞美诗声音响起，熏香在空气中四溢流淌，火枪和大炮的轰鸣声此起彼伏，前来观礼的乡民们顶礼膜拜，在幸福和虔诚之中心醉神迷。仅仅这样一天的宗教仪式，就足以令一百多份宣扬自由党思想的雅各宾派报纸功亏一篑。

于连离国王有六步之遥，看着他投入到忘情的祈祷之中。此外，于连还第一次注意到一个身材矮小、神情机敏智慧的人，他穿的西装上几乎没有刺绣图案，但在这件非常简朴的衣服上，系着一条天蓝色的绶带。他身边还有其他贵族，这些人的衣服上绣满了金色花纹，照于连的说法，花纹多得甚至看不清衣服本来的料子。不过，在场的众人里，只有这位衣着朴素的人离国王最近。过了一会儿，于连得知，他就是德·拉莫尔先生。于连发现他神色傲慢，甚至有些骄横无礼。

他想："这位侯爵根本不像我那位英俊的主教那样彬彬有礼。啊！只有教会的职位才会让人变得温和而明智。但是，国王明明是来瞻仰圣体的，而圣徒克莱芒的遗体究竟在哪儿呢？我怎么还没看到？"

坐在他身边的一个小教士告诉他，尊贵的圣体存放在教堂顶部的火焰殿[1]中。

"火焰殿又是什么？"于连在心中思量。

但他来不及纠结这个词的含义，重新集中了注意力。

按照礼节，在国王参拜的场合中，只有主教一人陪伴在君王身侧。而在出发去火焰殿的时候，主教却叫上了谢兰先生。于连鼓起勇气，跟随在后。

爬过一段长长的楼梯后，他们来到一扇极小的门前。门框是哥特式的，镀着光华炫目的黄金，看上去仿佛昨天才完工。

门前跪着二十四个女孩，她们来自韦里叶城中地位最为显赫的家庭。在打开门之前，主教走到这些个个都美丽无比的女孩中间，双膝跪地。他开始了高声的祈祷，姑娘们被他法袍上华丽的绣花、他的雅致风度，以及英俊可爱、年轻儒雅的脸庞深深迷住了，怎么欣赏都嫌不够。面对此情此景，我们的主人公于连仿佛失掉了魂魄。一时间，他心甘情愿为宗教而死。门突然打开了。这座小小的殿堂被光芒笼罩着。在祭坛上摆放着一千多支蜡烛，被分成八排，每排用一束鲜花相隔。纯度最高的乳香散发的甘美浓郁的芬芳一团团地从圣殿门口氤氲过来。重新镶金的殿堂面积不大，但是很高。于连注意到，祭坛上放置了超过十五尺高的蜡烛。女孩们无法抑制地发出赞叹的惊呼。只有二十四名女孩、两名牧师和于连被允许进入殿堂的小前庭。

很快，国王就到了，后面只有德·拉莫尔先生和他的内侍

1 教堂中的小房间，专门为瞻仰君主或尊贵人士的遗体所用，因存放遗体的棺材周围摆放着众多蜡烛而得名。

长。侍卫们留在厅外，跪在地上，举起佩刀致敬。

陛下向前一个疾步，不是跪倒，而是扑倒在跪凳之上。直到这时，贴着镀金门站立的于连，才从一个女孩的裸臂之下窥见了圣徒克莱芒的绝美雕像。它被藏在祭坛下面，一副年轻的罗马士兵的打扮，脖子上有个很大的伤口，血似乎正从那里流出来。创作雕像的艺术家手法格外杰出，圣徒克莱芒垂死的眼睛半闭着，充满了优雅之美。几缕淡淡的小胡子装饰着那迷人的唇，嘴半开半合，仿佛还在祈祷。看到这一幕，于连身边的女孩哭了起来，一滴眼泪正好落在他的手上。

此时此刻，一片寂静无声，所有人陷入最为深沉的祈祷之中，十法里外的村庄偶尔传来隐隐约约的钟声。过了一会儿，阿格德主教向国王请求发言。在得到允许后，他做了个简单的发言，每字每句都撼动人心，效果极佳。

"年轻的女基督徒们，永远不要忘记，你们看到了地球上最伟大的一位国王，跪在这位全能而令人恐惧的上帝的仆人面前。正如你们从圣徒克莱芒依然鲜血淋漓的伤口中看到的那样，这些柔弱的上帝之仆，在尘世间遭到了迫害和谋杀，然而他们却在天堂中获得了胜利。年轻的女基督徒们，你们将永远记住这一天，你们将憎恨不虔诚的人，你们将永远忠于如此伟大、如此令人恐惧但又如此善良的上帝。"

说着这些话，主教威严地站了起来。

"你们向我发誓吗？"他说道，同时以一种获得神恩天启的姿态伸出了他的手臂。

"我们发誓。"女孩们回答着，纷纷泣不成声。

"我接受你们的誓言，以令人恐惧的上帝之名！"主教用雷霆一般的响亮声音说道。

仪式就这样结束了。

国王自己也已泪流满面。直到过了很久，于连才从澎湃的心情之中冷静下来，打听从罗马送来给"好人菲利普"勃艮第公爵[1]的圣人遗体放在什么地方。别人告诉他，圣体被藏在那尊精致的蜡像之中。

国王陛下赐予陪同他进入火焰殿的女孩每人一条红色丝带，上面绣有以下字样："憎恨异教徒，永远崇拜神。"

德·拉莫尔先生将一万瓶葡萄酒分赠给列位乡民。晚上，韦里叶的自由党人想出一个理由来张灯结彩，比保王党阵营的灯光辉煌百倍。在离开之前，国王还去拜访了莫瓦罗先生。

---

1 瓦卢瓦王朝的第三代勃艮第公爵，"大胆查理"的父亲，百年战争末期欧洲重要的政治人物之一。

第十九章
思虑过甚之痛

荒诞的日常小事，掩盖了激情造成的真正不幸。

——巴纳夫

于连在德·拉莫尔先生逗留的房间里忙活，将那些奢华的家具换回普通家具。这个时候，他发现了一张纸，折了四折，非常紧实。他拿起来一看，发现是一封信，在信的第一页的底部，他读到以下文字："呈德·拉莫尔侯爵先生，法兰西贵族院议员，多枚骑士勋章的光荣获得者……"

原来这是一份求职信，字迹歪七扭八，仿佛粗鲁的厨子写成的：

侯爵阁下：

我毕生恪守宗教信仰，在九三年[1]令人憎恶的记忆里，我在里昂被困期间，曾在枪林弹雨中冒险。我常领圣体，每周日都会

---

1 指的是 1793 年，正值法国大革命中的雅各宾派统治时期，代表平民的雅各宾派与贵族势力和保皇党在里昂发生一系列激烈冲突。

去教区教堂做弥撒。每到复活节，我从没忘记履行职责，即使在令人憎恶的九三年也是一样。大革命前我家曾有用人，我的厨娘每逢周五必定斋戒。我在韦里叶城享有大众的尊敬，我敢说我当之无愧。在游行队伍中，我走在华盖之下，身边是神父和市长。在重大的场合，我都随身携带自费购买的蜡烛。所有这一切在巴黎财政部都有据可查。我向侯爵请求韦里叶的彩票事务所所长一职，因为这个职位即将空缺，现任者目前身患重病，而且在选举中获票情况也不佳。

德·肖兰

在这份求职信的空白处，有着德·拉莫尔侯爵的批示："左日[1]，我已经荣幸地提过这个好先生的请求了。"

"所以，即使是德·肖兰这个白痴，也在告诉我要走怎样的路。"于连心想。

关于国王途经韦里叶的这件事，前前后后涌现了无数小道消息、过火的传言、可笑的争论，国王、阿格德主教、德·拉莫尔侯爵、一万瓶葡萄酒，以及一心想着十字勋章，却从马上摔下来，一个月后才能出门的莫瓦罗先生，也都成为话题的主角。然而，有件事在此后一个星期还被人反复提起，那就是木匠索雷尔老爹的儿子于连，他竟然被人硬塞进了仪仗队，实在是不成体统之至！在这个问题上，城中那些富有的布料商人嚷得最凶，尽管他们每天早晚都在咖啡馆里声嘶力竭地宣扬平等思想，却无法容忍一个穷小子的僭越。那个傲慢的女人——德·雷纳夫人，正

---

1 表现侯爵拼写错误。侯爵在这里想写的是"hier"（昨日），却写成了"yert"，与下卷中伯爵嘲笑于连拼写错误的事件形成了对应的伏笔。

是这令人憎恶的事件的始作俑者。原因？看看小教士那双美目和鲜嫩的脸颊就知道了！

回到韦尔吉后不久，德·雷纳家最小的儿子格萨维耶就发起了高烧。忽然之间，德·雷纳夫人陷入了恐怖的悔恨之中。有生以来第一次，她不停地谴责内心对于连的爱意。她猛地明白，自己犯下了一个莫大的错误，以至于触怒了神灵。尽管怀有很深的宗教信仰，但直到这一刻，她才意识到她的罪行在上帝眼中是多么严重。

少女时期在圣心修道院时，德·雷纳夫人曾热烈地敬爱着上帝。此时此刻，她也以丝毫不亚于那种热烈的程度对上帝心怀恐惧。她的恐惧中不包含任何理性，撕裂灵魂的内心挣扎更显剧烈和可怕。于连发现，哪怕只言片语的劝慰之言也会将她激怒，无法让她安静下来，在她听来，那些话似乎是魔鬼的语言。于连自己也很疼爱小格萨维耶，当他对德·雷纳夫人谈及孩子的病时，夫人的情绪才会有所缓和。然而，孩子却一天比一天病得更加重了。持续不断的悔恨甚至夺走了德·雷纳夫人的睡眠能力。但是她始终保持着矜持的缄默，如果开口的话，她肯定就要向上帝和旁人招供自己犯下的罪孽了。

"求您了，"只要与她独处，于连就不停地说，"不要对任何人提起，让我独自成为您的痛苦的倾听者，如果您依然爱我，请什么都不要说，您的话语不能令我们的小格萨维耶痊愈。"

但他的安慰毫无效果。于连不知道德·雷纳夫人已经想清楚了，为了平息嫉妒的上帝之怒，要么憎恨于连，要么看着自己的小儿子死去。正因为她无法憎恨自己的情人，才陷入莫大的悲伤之中。

有一天，她对于连说："以上帝的名义，离开这座房子吧，您若是还在这里，我的儿子就会死。上帝在惩罚我。"她低声补充道，"他是公正的，我崇拜他的公正。我犯下如此可怕的罪孽，却还在不知廉耻地活着！这是上帝抛弃我的第一个迹象：我必须受到加倍严厉的惩罚。"

这番话深深打动了于连，因为他在其中没有发现任何虚伪和夸张。"她认为对我的爱会害死她的儿子，然而，这个悲惨的女人爱我胜过爱她的儿子。我不能再怀疑了，这悔恨会把她害死。这难道不就是真正伟大的感情吗?！但是，我一贫如洗，缺乏教养，愚钝无知，有时还这么粗鲁，怎么配得上她这样的极致之爱呢?"

有一天晚上，孩子病得一塌糊涂。大约凌晨两点的时候，德·雷纳先生来看孩子。孩子高烧不退，脸都烧红了，甚至没能认出自己的父亲。忽然，德·雷纳夫人扑倒在丈夫的脚边。于连知道她准备坦承一切，而那会让他陷入万劫不复。

幸运的是，她的这一反常举动让德·雷纳先生颇为厌烦。

"走了！走了！"他一边说一边离开了。

"不，听我说。"他的妻子哭喊着，跪在他面前，试图拦住他，"你该知道真相了，是我害死了我的孩子。我带给他生命，又夺走了他的命。是上天在惩罚我，在上帝眼中，我犯了谋杀罪。我必须自我羞辱、自我毁灭，也许这种牺牲可以安抚主。"

如果德·雷纳先生是个受动脑子的人，他会明白其中的缘由。

然而，他只是大声嚷道："你只会胡思乱想！"随即推开了抱着他双腿的妻子，"一天到晚，胡思乱想！于连，天一亮你就去把医生找来。"

然后德·雷纳先生就回房休息了。德·雷纳夫人跪倒在地，几乎要昏厥，用抽搐的动作推开想扶她起身的于连。

于连始终处在目瞪口呆的状态之中。

"这就是通奸罪吗？"他心想，"那些狡诈的教士所说的那套东西，有可能是正确的吗？他们本身就罪行累累，难道有特权懂得什么是真正的罪孽吗？真是蠢到家了！……"

在德·雷纳先生离开后的二十分钟内，于连凝视着这个他所爱的女人：她的头倚靠在孩子的小床上一动不动，整个人几乎失去了意识。"这个才华横溢的女人，因为认识了我，才悲惨到了极点。"于连心想。

时间飞一般地流过。"我可以为她做什么？我必须做出决定，这不仅仅跟我有关了。其他人和他们那些低级的装腔作势有什么重要的？我可以为她做什么？……离开她？如果我离开她的话，她就要独自承受那些最为噬人心肝的痛苦了。她的丈夫就是个无情的草包，给她带来的伤害比对她的帮助要大。他生性粗鲁，可能会对她恶语相加，她抵抗不了，也许会跳窗自尽。如果我就这么一走了之，让她离开我的视线，她或许就会向丈夫坦承一切，谁知道呢？尽管夫人会把自己继承的遗产全给丈夫，但他也一定会大吵大闹的。天哪，她还有可能把一切都告诉那个混……马斯隆神父，向他忏悔，那个家伙会以照看生病的孩子为借口，住到这栋房子中以图谋不轨！在痛苦和对上帝的恐惧中，她可能只看到马斯隆神父的身份，忘记了他也是个男人。"

"你走吧。"德·雷纳夫人突然开口说道，随即睁开了眼睛。

"如果我死上一千次就能帮到你，那我愿意那么做。"于连回答，"我从来没有这么爱过你，我亲爱的天使，或者说，从刚刚这一刻起，我才开始热爱你，因为你值得这一切。我知道你的一切痛苦皆是因我而来，倘若我离你而去，我不知道会变成什么样子！但我所有的痛苦已经不重要了。我要走了，是的，我的爱人。但如果我离开你，不再提醒你，不再经常站在你和你丈夫之间，你就会将我们的一切都告诉他，那你就把自己给毁了。想想看，他将满怀羞耻地把你赶出家门，整个韦里叶和贝桑松都会谈论这桩丑事。所有的过错都会落到你的头上，你永远都无法从羞辱中振作……"

"这就是我想要的。"德·雷纳夫人哭喊着，从床上坐了起来，"我要受苦，这样更好。"

"但是，这可恶的丑闻也会给你的丈夫带来不幸！"

"我要羞辱自己，我要把自己扔进烂泥里，也许这样做，我就能救回我的儿子。这种羞辱，在所有人眼中，也许就是一种公开的忏悔吧？就我的软弱而言，这难道不是我可以为上帝做出的最大牺牲吗？……或许他会考虑到我对自己的羞辱，把我的孩子还给我！或者，你告诉我另外一种更痛苦的牺牲的法子，我立刻照做！让我狠狠地惩罚自己吧！"

"我也一样，"于连说，"我也是有罪的，你想让我去苦修院[1]隐居吗？我愿用最艰苦难熬的生活来消除你那上帝的愤怒……啊！老天啊！为什么不把小格萨维耶的病痛惩罚在我的身上……"

"啊！你爱他，是吗？"德·雷纳夫人说着，起身扑向于连的怀抱。

---

1 这里指的是特拉伯苦修会，是天主教著名的修会，该修会的修士必须遵守非常严苛的苦修规章，包括终身吃素、永不说话、足不出院等。

与此同时，她又惊恐万分地使劲推开了他。

"我相信你！我相信你！"她双膝跪地，接着说道，"我唯一的朋友啊！啊，你为什么不是格萨维耶的父亲呢？这样的话，我爱你胜过爱你的儿子就不再是可怕的罪过了。"

"你会允许我留下来吗？从现在起，我只以弟弟的身份来爱你，这样可以吗？这是唯一理智的赎罪方法，它可以平息至高无上的神的怒火。"

"那我呢？"她喊道，起身用两只手抱住于连的头，捧到自己眼前，"我应该像爱弟弟一样爱你吗？我能做到像爱弟弟一样爱你吗？"

于连满脸是泪，痛哭不止。

"我听你的话，"他说着，匍匐在她的脚边，"无论你要我做什么，我都听你的话，这是我能做的一切。我的心盲了，我看不到我要去哪里。如果我离开你，你就会忍不住把一切都告诉你的丈夫，你不仅会毁了自己，也会一道毁了他。出了这种丑事，他永远都不可能被提名为国会议员。如果我留下，你就会将我看作导致你儿子死亡的罪魁祸首，你也会痛苦而死。你愿意试试我离开后的结果吗？如果你愿意，我会为我们的过错惩罚自己，离开一个星期。你想让我在哪里度过这个星期？无论什么地方，只要你说，我都可以去，比如布雷勒欧修道院。但是，你要答应我一件事，我不在的时候，不要对你的丈夫坦承一切。想着这一点，如果你说了，我就再也回不来了。"

她答应了他。不过，两天后，他又被叫了回来。

"你不在，我无法遵守我的誓言。如果你不在那里不断地用你的眼神命令我保持沉默，我可能立刻就会向我的丈夫坦白了。

这种让人痛苦万分的生活，一分钟对我来说就好像一天那么长。"

　　终于，上天对这位不幸的母亲施以了怜悯之情。渐渐地，小格萨维耶脱离了生命危险。不过那层坚冰终究还是被打破了。德·雷纳夫人的理智让她明白了自己犯下的罪孽是多么深重，她再也无法回到之前那种安乐的爱情之中。悔恨继续噬咬着内心如此真诚单纯的她，让她挣扎在天堂和地狱之间：看不见于连，她犹如陷入地狱；伏在于连脚边，她如置身天堂。甚至在陷入热烈激情的时刻，她也对于连说："我现在已经没有任何幻想了，我受诅咒了，我不可原谅地要下地狱了。你还年轻，是我诱惑了你，上天也许会原谅你，但我是必下地狱的，我已经看到了确定无疑的迹象。我真害怕。谁看到地狱不害怕呢？但在内心深处，我至死不悔。如果让我重新选择，我还会再犯这个错误。只要上天不要在这个世界惩罚我，也不要将惩罚落在孩子身上，我就赚到了。"然而在激情冷却的时候，她哭着说："但是你呢，我的于连？你会快乐吗？你认为我够爱你吗？"

　　之前，猜忌自卑以及高傲自负等极端情绪搅扰着于连，令他格外需要一种为他牺牲一切的爱。就算如此，于连也无法不被德·雷纳夫人如此深厚、无可怀疑、时时刻刻的爱所打动，之前的复杂情绪如过眼云烟般散去。他深深地爱着德·雷纳夫人。"她是个高贵的女性，而我只是卑贱工人的儿子，但她爱我……在她身边，我不是男仆，我被赋予了情人的职责。"消除了对身份的恐惧，于连就陷入了最愚蠢疯狂的爱情，陷入了致命的患得患失。

　　面对于连对爱情的猜忌不定，德·雷纳夫人大声说道："至少在我们在一起的这段短暂的时间里，我能给你所有的幸福！要抓紧时机啊，明天或许就不再属于我们两个。如果老天又将祸事降临在我的孩子身上，而我只是一心爱你，不顾那些罪孽会杀死他们，我又怎能做到这一切呢？我已经受不了那样的打击。即使我努力，也挺不过去，我会彻底疯掉。啊！如果我能承担你的罪过就好了，就像你之前如此慷慨地提出想要承担小格萨维耶的重病一样！"

这场道德感的精神危机，彻底改变了于连与他的情人之间的情感联结。他对她的爱，不再仅仅是对她美貌的倾慕，也不再是把她搞到手的自豪。

他们的幸福具有了更为高尚的性质，吞噬他们的火焰更加凶猛炽烈，他们内心的痴情更加疯狂。在我们眼中，他们的幸福或许会更加浓厚。但是，他们再也找不到恋爱初期那种令人愉悦的宁静、无忧无虑的幸福、轻松惬意的快乐。当时的德·雷纳夫人唯一担心的事情仅仅是得不到于连的爱，而如今，两人的幸福却笼罩了一层犯罪的阴云。

在两人最快活和表面上最宁静的时刻，德·雷纳夫人会突然地喊道："啊！上天啊！我看到了地狱！"她抽搐着，紧握着于连的手，"多么可怕的精神酷刑！我活该如此。"她紧紧抱住于连，像常春藤死死地贴墙而生。

于连试图安抚她躁动的心灵，但这是徒劳的。她拉着他的手，用吻覆盖着它，随后又跌进了黑暗的梦境。"地狱，"她说道，"如果立刻进了地狱，对我反而是一种解脱。但我还苟活在世上，苟活在他的身边。倘若地狱的惩罚落到我身边，落到我的孩子们身上，那该怎么办……孩子死了，我的罪孽或许就能抵消……啊！上帝！千万不要用这种方式抵消我的罪恶！那些可怜的孩子没有冒犯到您，唯一有罪的人是我：我爱上了一个不是我丈夫的人。"

随后，于连终于看到德·雷纳夫人在表面上平静了下来。她试图放轻松，把罪过都揽到自己身上，希望不要拖累所爱之人。

在这些爱情、悔恨和快乐的交织中，他们的日子像闪电一样飞速而逝。于连没有了之前思虑过甚的习惯。

女仆伊莉莎因为一桩小官司，去了韦里叶城。她发现瓦莱诺先生对于连十分不满。她恨这个拒绝过她的家庭教师，经常跟瓦莱诺先生提到于连。

"如果我跟您讲出实情，您会毁了我的！"有一天，伊莉莎对瓦莱诺说，"主人们之间……在某些重要的事情上，看法都是一致的，你们从不会原谅……可怜仆人的……坦诚相诉……"

好奇的瓦莱诺先生被搞得急不可待，他打断了这些陈词滥调，通过询问得知了一些情况，这令他的自尊心大为受挫。

德·雷纳夫人，我们这里最独特的女人，瓦莱诺先生曾经用了六年时间，围绕在她身旁，对她大献殷勤，甚至在众目睽睽之下也不惜这样做。但这个女人如此骄傲，她的不屑一顾常常让瓦莱诺恨不得钻到地缝里。然而，他刚刚得知，她竟然把一个装扮得像是个家庭教师的卑贱工人收作自己的情人！尤其让这位乞丐收容所所长愤恨不已的是，德·雷纳夫人还爱极了这个小子！

"而且，"女仆叹了口气补充道，"于连先生完全没有费心思就征服了夫人，之后他对夫人的态度也是冷冷淡淡的。"

直到大家住在乡下后，伊莉莎才确定无疑地觉察到二人的私情，但她认为很早之前他们就已经开始偷情了。

"这可能就是于连断然拒绝与我结婚的原因。"伊莉莎恨恨地想道，"而我这个傻瓜竟然还去求德·雷纳太太，请她帮我说情！"

　　当天晚上，德·雷纳先生收到了一封匿名信，这封信是与当日的报纸一起从城中寄来的。信中以无比详细具体的口吻，讲述了他的家宅之中发生的事情。于连看到德·雷纳先生在读一封写在淡蓝色信纸上的信，也看到了德·雷纳先生脸色异常惨白，并凶狠地盯着他看了几眼。整个晚上，市长都陷入忧烦的情绪，显得心乱如麻。于连纳闷不解，想借口询问勃艮第最显赫家庭的族谱来向他示好，却白费工夫。

第二十章

匿名信

暧昧要适度。

血液中的火焰一燃烧起来，

最坚强的誓言也就等于草秆。

——《暴风雨》[1]

午夜时分，大家离开客厅的时候，于连抓紧时间对他的情人说："您的丈夫很可疑，我敢发誓，他一边叹气一边读的那封长信，是一封告发我们的匿名信。"

幸运的是，于连当晚把自己锁在了房间里。德·雷纳夫人起先有了个愚蠢的想法，认为于连的这个警告只是为不想见她而找的借口。她完全失去了理智，在平常约会的时间来到了于连的门前。听到走廊的声音，于连立即吹灭了房中的灯。他不知道，这个想要打开他房门的人是情人德·雷纳夫人，还是妒火中烧的

———

1　英国戏剧家威廉·莎士比亚创作的戏剧。

德·雷纳先生。

第二天一大早，对于连疼爱有加的厨娘给他送来了一本书，在书的封面上，他看到了用意大利语写的一行字："Guardate alla pagina 130.[1]"

于连对夫人的轻率行为吓了一跳，他翻到了第一百三十页，发现有封信用大头针别在上面，信写得很匆忙，被泪水打湿，好多地方都因为急切而拼写错误——德·雷纳夫人平常十分注意书写规范。于连被眼前这封恳切的信件打动，从刚才的惊魂不定中稳下心来。

夜里你不想见我是吗？有的时候，我感觉从来没有读懂过你幽深的内心。你的目光让我恐慌。我害怕你。上帝啊！你会不会从来没有爱过我？既然如此，就让我的丈夫发现我们的私情，把我永远关在乡下的一座监狱里，远离我的孩子。也许上帝也希望如此。我就快要死了，而你会变成一个魔鬼。

你不爱我了吗？厌倦了我的愚蠢、我的悔恨和不虔诚了吗？你想毁了我吗？我告诉你一个简单的办法。去吧，把这封信拿去韦里叶城到处展示，或者只给瓦莱诺先生看就够了。告诉他我爱你。不，不要说这种亵渎的话，告诉他我崇拜你。我的生命，在见到你的那天才开始。在我年轻时最疯狂的时刻，我都没有梦想过你给我带来的幸福。我为你牺牲了我的生活，我愿为你牺牲灵魂。你知道我还能为你牺牲更多。

但瓦莱诺，他这个人懂什么叫牺牲吗？告诉他，激怒他，对他

———

1 大意是：请翻开到第一百三十页。

说我敢于面对所有恶人。在这个世界上，唯有一件事会让我难过，那就是那个唯一令我活在世上的男人对我变了心。倘若失去生命、将它献祭出来，不再为孩子们担惊受怕，这对我来说是多么幸福啊！

不要怀疑，亲爱的朋友，如果有一封匿名信，它一定来自这个可憎的人——瓦莱诺。六年来，他一直用那粗鲁的大嗓门向我献媚，讲他骑马纵跃的故事，讲他的自命不凡，以及他所有列不完的优点。

果真有封匿名信吗？该死的，这就是我想跟你说的。但这不是因为你，你做得很好。我想把你抱在怀里，哪怕最后一次也好。但是我要冷静下来，此时此刻，只有独处才能让我这样做。从今开始，我们的幸福不再那样容易了。这会让你感到不快吗？或许会的——在你没有收到福盖先生寄来的有趣的书的日子里。现在我必须做出牺牲。不管有没有这封匿名信，明天我也要告诉我的丈夫，我收到了一封匿名信。我会想法子让他给你一笔钱，找个什么堂皇的借口，立刻将你打发回家。

唉，亲爱的朋友。我们将要暂时分离，可能是两个星期，也可能是一个月。去吧。我能理解，你会跟我一样痛苦。但这毕竟是消除匿名信带来的坏影响的唯一办法。我丈夫不是第一次收到此类信件了，跟我有关的也不止一次。唉！对于那些，我曾是多么不屑一顾！

我计划的一切，最终目的就是让我的丈夫相信，这封信是瓦莱诺写的。而我深信不疑，他就是始作俑者。一旦你离开了这座房子，一定要去韦里叶城定居。我会想办法说服丈夫也去那里度过两个星期，以此向那些蠢货证明他跟我的关系没有冷淡。到了韦里叶城，你就要跟所有人都处好关系，甚至是那些自由党人。

我知道所有的女性都想跟你结交。

不要对瓦莱诺先生动气，也不要像你曾经说的那样割掉他的耳朵，相反，要尽心尽力地与他交好。最主要的是，你要让人们相信，在韦里叶城，你想去瓦莱诺先生家中工作，或其他任何显赫的门庭，给他们的孩子做家庭教师。

这是我丈夫最无法忍受的事情。即使他舍得放你走，至少你还住在韦里叶城，我时不时还可以看到你。我的孩子们都如此深爱你，他们也乐于去拜访你。上帝呀！一想起孩子们都这样爱你，我竟然对他们爱得更深了。多么悔恨！这一切将如何结束？……我说远了……最后，你要清楚你的所作所为，我跪着请求你，对那些粗鲁的家伙要温和、有礼貌，不要蔑视，他们将是我们命运的仲裁者。一刻也不要怀疑，我的丈夫将会依据公众的舆论来对待你。

由你来准备这封匿名信。去取一把剪刀，拿出足够的耐心。把你将要看到的这些单词从能找到的书里剪下来，再把它们组合起来，粘在我寄给你的这张蓝色信纸上，这信纸是我从瓦莱诺那里弄来的。当心我丈夫会对你的房间进行搜查，把剪下书页的书全部烧毁。如果你找不到现成的单词，要有耐心一个字母一个字母地拼凑。为了省去你的麻烦，我把匿名信写得非常短。唉！如果你不再爱我，就像我担心的那样，那这封信对你来说将是多么冗长啊！

匿名信

夫人：

您所有的小把戏都被人识破，但想要压制它们的人都知情了。出于对您残存的友谊，我敦促您果断与这个小农民一拍两散。如果您有足够的智慧照我说的做，您的丈夫就会相信他得到的消息是虚假的，我们就这样继续将他蒙骗下去。想想吧，我掌握了您的秘密，颤抖吧，不幸的女人，从今以后，在我面前，您可得规矩些了。

你一制作完这封匿名信（你从中辨认出乞丐收容所所长的语气了吗？），就从屋里出来，我会去见你。

我将去村子那边，然后慌慌张张地回来。那个时候我确实会十分慌张。老天呀！我在冒什么险？都是因为你猜测的那封匿名信。最后，我会满脸不安地将这封陌生人交给我的匿名信拿给我丈夫。你，就先带着孩子们去树林里散步，直到晚餐时间再回来。

从悬崖的顶部，你可以看到鸽子笼塔。如果我们的事情进展顺利，我就在那里放一块白手绢；如果不顺利的话，那里就什么都没有。

忘恩负义的家伙，你的心难道不会让你在去散步之前想方设法对我说声你爱我吗？无论发生什么，有一点是肯定的：倘若我们终要分离，我一日也不想独活。啊！我是个多么糟糕的母亲啊！我刚刚写下这个空荡荡的词。亲爱的于连，我感觉不到这个词。此时此刻，我心里想的全都是你，我写这个词，是为了让你不要责备我。现在我感觉我就要失去你了，隐瞒这一切还有什么用呢？是的，我宁愿让你觉得我残忍，也不想在我爱慕的人面前撒谎！我这一辈子已经说了太多谎言。去吧，如果你不再爱我，我原谅你。我没有时间重读一遍这封信。对我来说，用全部生命来交换在你怀里度过的几日快乐时光，只是不值一提的小事。你知道的，为了这些短暂的日子，我愿意付出更多。

第二十一章
与主人的交锋

唉，原因是我们的软弱，而不是我们本身。

我们生来就是这样，我们就是我们。

——《第十二夜》[1]

于连用了一个小时，带着一种孩子才有的快乐，拼凑出了那封匿名信。他走出房间，遇见了自己的学生和他们的母亲。德·雷纳夫人从容自如地接过了信，她的勇敢与镇定让于连惊诧不已。

"胶水是否干透了？"她对他说。

"这还是那个被悔恨折磨得那样疯狂的女人吗？她心里究竟盘算着什么？"于连终究还是守住了骄傲，没有开口问她，但他似乎从未像现在这样狂热地爱她。

"如果我们搞砸了，"她神色冷静地补充道，"我丈夫将从我

---

1 英国戏剧家威廉·莎士比亚创作的一部喜剧。

这里夺走一切。在山上找个地方把这笔钱财埋起来，有一天它可能是我唯一的生活来源。"

她递给于连一个红色摩洛哥皮包裹的玻璃盒子，里面装着黄金和几颗钻石。

"现在快走吧。"她对于连说道。

她挨个亲吻拥抱了孩子们，亲了最小的孩子两次。于连仍然呆立不动。她快步离开，没有再看他一眼。

话说自从打开匿名信的那一刻起，德·雷纳先生的生活就变得痛苦不堪。自从一八一六年差点跟人决斗的那次以来，他还没有这么心绪不宁过。应该说句公道话，即便当时在决斗中挨了一枪，他也不会有现在这般痛苦。他从各个角度细细琢磨这封信。"这不是一个女人的笔迹吗？"他纳闷道，"这样的话是哪个女人写的呢？"他仔细审视了在韦里叶认识的每个女人，都无法锁定嫌疑人。"莫非是由一个男人口述的？这男人又是谁呢？"他同样毫无头绪。在周围认识的男人中，大多数都嫉妒和憎恨他。"应该先去问问我妻子的看法。"他习惯性地想。他原本瘫坐在椅子上，想到这一层，立刻直起身子。

刚一起身，他就敲着自己的头说："我的老天啊，我现在正怀疑的人不就是我的妻子吗？此时此刻她可是我的敌人。"他想着想着，愤怒的泪水不禁夺眶而出。

外省人待人处事常常冷酷而不念旧情，这也是德·雷纳先生的日常习惯。现在他终于得到了报应，此时此刻，最令德·雷纳先生担心害怕的，是他曾经的两个好友。

"除了他们，我可能还有十个朋友。"他依次仔细琢磨了每个人，评估着对每个人能有几分把握。"所有人都一样！所有人都一样！"他生气地喊着。他想着：对他们所有人来说，我的可怕遭遇可以给他们带来最大的快乐。幸运的是，被人如此嫉妒，还是因为我太过优秀。德·雷纳先生在城里有一套极其华丽的房子，而且刚刚被国王亲自莅临过，令其具有了永恒的荣耀。他也将韦尔吉的城堡好好整修了一遍，外墙被漆成白色，窗户上装着漂亮的绿色百叶窗。想起自己拥有的这华丽的一切，他心下略感安慰。他的城堡在方圆三四法里都十分显眼，把旁边的房屋或所谓的城堡衬托得黯然失色，它们年代久远，又未经修葺，看起来都是灰黑一片。

德·雷纳先生想到，此时此刻，只有一个朋友，也就是教区的那位财产管理员，或许会因他的不幸而同情落泪。但此人是个笨蛋，听到什么都会哭泣。然而这个人却是德·雷纳先生唯一的指望和依靠。

"哪种不幸能与我的相比！"他愤怒地喊道，"我是怎样的孤家寡人一个！"

这个委实值得同情的人心里想："这怎么可能！难道在我的不幸时刻，没有一个朋友可以给我提供建议吗？我的理智逐渐变得混乱！""啊！法尔科兹！啊！杜克罗斯！"德·雷纳先生痛苦地喊道。这是他两个儿时好友的名字。因为他在一八一四年[1]的高傲态度，他们彼此疏远了。他们是平民出身而不是贵族，所以德·雷纳先生想让他们改变从小到大对自己说话的口气。

那个叫法尔科兹的人，聪慧而有情怀，是韦里叶城的一个纸商，在省城置办了一家印刷厂出版报纸。城里保守的宗教组织

———
1　1814年拿破仑投降，后被流放到厄尔巴岛，波旁王朝复辟。

一心想毁掉他的事业，于是他的报纸被查封了，他的印刷执照也被撤销了。在这种悲惨的情况下，他给德·雷纳先生写了一封求助信，那是十年来唯一的一次。而韦里叶市长觉得应该用罗马人的方式回复他："如果国王的大臣赏脸问我对此事的意见，我会对他说：'毫不留情地毁掉所有省级印刷商，并将印刷业置于像烟草一样的垄断地位。'"德·雷纳先生将这封写给密友的信在韦里叶城公开，并得到了所有人的赞赏。而此时此刻，想到那些措辞，德·雷纳先生不禁心生害怕。"以我的地位、我的财富、我的十字功勋，谁能想到我有一天会后悔呢？"正是在这种时而针对自己、时而针对旁人的愤懑中，德·雷纳先生度过了一个可怕的夜晚。但是，幸运的是，他没有产生去监视妻子的念头。

他想道："我已经习惯了和露易丝在一起，倘若想找个女人结婚，我明天就可以找到，但再也找不到能代替她的女人。"于是，他自我安慰地想着，妻子或许是无辜的。这种想法让他觉得没有必要生气，并且令他好受了些。"难道我们没见过被人诽谤的女人吗？"

"但是，"他激动地踱着步，大声喊道，"难道我活该像个一事无成的人那样，像个窝囊废那样，任由她和她的情人来侮辱我吗？难道让整个韦里叶城的人因为我的宽容大量而发出讥笑吗？别人是怎么在背后说夏米尔的？（夏米尔是一个众所周知的被戴绿帽的丈夫。）当人们提到他的时候，嘴角不都挂着嘲笑吗？他是个好律师，但是谁注意到他能言善辩的才华呢？啊！啊，夏米尔！他们称呼他'伯纳德的夏米尔'。为了取笑他，人们用他老婆的情夫之名来称呼他！"

德·雷纳先生稳定了一下心神，想道："谢天谢地，我没有女儿，我准备惩罚孩子母亲的方式丝毫不会影响我孩子的前途。我可以在这个小农民和我妻子幽会时，当场抓住他们并杀掉，这样这个充满悲剧性的事件也许就不会让我被别人嘲笑了。"想到这点，他笑了起来，并仔细研究起每个细节。"刑法是对我有利的。无论发生什么，圣会里的人和陪审团的朋友都会救我。"他检查了他的猎刀，这把刀非常锋利，但一想到杀人要见血，他就害怕起来。

"不然，我可以把这个无礼的家庭教师痛打一顿，然后把他赶走。但这样做会在韦里叶甚至在整个省掀起多大的波澜啊！法尔科兹的报纸被定罪后，报纸主编从监狱里放出来，我还在背后做了动作，让他失去了一份年薪六百法郎的工作。据说这个擅长舞文弄墨的小人居然又在贝桑松得势，这件事一出，他肯定会借此巧妙地抨击我，但我却没法将他告上法庭。法庭！……那浑蛋会在法庭上用一千种方法证明他对我的抨击所言非虚。一个像我这样出身显赫又获得了超群地位的人，就会被所有平民老百姓憎恨。我将在那些可怕的巴黎报纸上看到自己的名字。哦，我的上帝！多么恐怖的深渊啊！看到德·雷纳这个古老的姓氏陷入被大众嘲笑的泥潭……如果我有一天出门旅行，将不得不改名换姓……什么！我要如何丢掉这个名字？它是我的荣耀、我的力量！多么悲惨至极啊！如果不杀我的妻子，留她一条小命，只是忍气吞声地把她赶出家门，她会去贝桑松找她的姑母，得到姑母的全部财产。我的妻子会跟于连一起住在巴黎，韦里叶的人们会知道这件事。我仍旧是所有人的笑柄……"

这时，这个不幸的男人从渐弱的灯光中发现天色已经渐渐发白。他想去花园里呼吸一下新鲜空气。此时此刻，他下定决心不打草惊蛇。他甚至想到，倘若引起轰动，他在韦里叶的好朋友们会多么开心。

在花园里走了走后，他稍稍平静了些，但忽然间又激动起来。"不，"他喊道，"我不能没有我的妻子，她对我太有用了。"他惊恐地想象着，如果没有妻子，他的家会变成什么样子：他的亲戚只有 R 侯爵夫人，那个女人又老、又蠢、又邪恶。

忽然，一个极有意义的想法出现在他的脑海里。但是要想实施它，这个可怜的男人就需要展现出远超于自身本性所能拥有的勇气和力量。"我可以先留住我的妻子，"他心想，"我按兵不动，有一天，当她对我态度恶劣的时候，我就奋起指责她的这些错误。她生性高傲，我们很容易就会为此闹翻，而且极有可能是在她继承她姑母的大笔财富之前。那时，人们会如何嘲笑我呢？我的妻子爱她的孩子，所有的财产最后都会留给他们。而我就会成为韦里叶城的笑柄。他们会说：'什么？他竟然不知道怎么去报复自己的妻子？！'我是不是应该什么都不说，仅仅是保持怀疑，不去查证？这样的话，我岂不是不战而退，而且今后也找不出什么理由责备她了？"

不一会儿，德·雷纳先生又因为虚荣心受创而痛苦不堪。他费力地回忆起在韦里叶赌场或贵族俱乐部的弹子游戏桌上，那些伶牙俐齿的人在玩游戏的间歇，戏谑地嘲讽那些被戴绿帽的男人。此时此刻，这些笑话对他来说是多么残酷啊！

"天哪！我的妻子为什么没有死掉？这样的话，人们的嘲笑就对我失去效果了。倘若我当上鳏夫，就能去巴黎最美好的上流社会快活上六个月了。"成为鳏夫的想法给了他一瞬间的幸福，随后，他又跳回到想要验证事实的想法上。午夜时分，在所有人都上床睡觉后，在于连的房门口撒上一层淡淡的细糠，第二天早上天一亮，就能看到上面有没有脚印！

"但这种方式不好，"他突然愤怒地喊道，"伊莉莎那个贱女人会发现的，人们很快就会知道我在家里醋意大发。"

在赌场里讲述的另一个故事中，一个丈夫用一根头发连着一点蜡，贴在妻子和她情夫的门缝上，像封条一样，从而发现了二人的奸情。

经过这么多个小时的苦思冥想，这个方法对他来说似乎是掌握自己命运的最好方法。他正考虑如何实施这一妙招的时候，在小巷的拐弯处，他看到了那个他恨到要死的女人。

德·雷纳夫人刚从村子里回来，她去了韦尔吉教堂做弥撒。有个传说在冷静的哲学家眼中实属荒诞可笑，但她却深信不疑。这间小教堂原本是当年韦尔吉领主城堡里的小教堂，她在那间教堂里长时间地祈祷着，心中始终有个念头徘徊不去。她一直在想象一个画面：她的丈夫在打猎时杀死于连，并伪装成一场意外，晚上逼着她吃掉于连的心。

她想："我的命运会如何，全看我的丈夫听到我的话后会怎么想了。在这致命的一刻钟之后，我可能再也没有机会跟他解释了。他不是一个聪明理性的人。或许，我可以在我孱弱的理智的帮助下，猜出他想要做什么或说什么。他将决定我们的共同命运，他有能力这样做。但这种命运需要我用计谋去引导，需要艺术去驾驭这个反复无常之人的头脑。他被愤怒蒙蔽了双眼，连事情的端倪都看不明白。伟大的上帝！我需要天赋、需要冷静，在哪里可以得到它们？"

当她进入花园，远远地看到丈夫的那一刻，她如同被施了魔法，忽然重获了镇定。丈夫的头发和衣服都很凌乱，表明他一夜没有合眼。

她递给丈夫一封拆开却叠得很整齐的信件。还没打开信，德·雷纳先生就用疯狂的眼神盯着他的妻子不放。

"这是封居心叵测的信，"她对丈夫说，"当我经过公证人的花园后面时，一个相貌非常糟糕的男人把这封信递给了我，他自称认识您并欠您人情。现在，我想求您一件事，立即将那位于连先生打发回他的父母身边，不要耽误！"德·雷纳夫人急匆匆地说出这个名字，或许为时过早，但想到终归要说，早说出来可以早些摆脱沉重的负担。

看到丈夫的反应，她内心暗暗高兴。从丈夫审视她的目光中，她知道于连对匿名信所料不差。她并没有因为担忧之事成真而感到痛苦，反而想到于连：他多么有才干，有多么完美的洞察力！他此时仅仅是个没有经验的年轻人，日后还有什么事情是他干不成的呢？唉！那时候，功成名就会让他遗忘我的。

她对恋人的小小崇拜之情，使她完全从混乱中稳住了心神。

她也为自己的行动而暗暗自得。"我没有辜负于连。"她对自己说，并感到一种甜美和私密的欢愉。

德·雷纳先生一言不发，生怕过早表态而犯错。他细细查看了第二封匿名信，如果读者还有印象的话，这封信是于连剪下书上的字贴在蓝色信纸上的。"有人在用各种方式捉弄我。"德·雷纳先生疲惫不堪地自言自语道。

"总是有这么多的侮辱，而且总是因为我的妻子！"他正准备用最粗鲁的话语对妻子进行一番辱骂，然而想到她将继承贝桑松的一大笔遗产，就硬生生忍了回去。他强烈地需要在什么东西上发泄一下怒火，就狠狠地把这第二封匿名信揉作一团，大步地走开了。此时此刻，他需要远离他的妻子。过了一会儿，他回到妻子身边，整个人都冷静下来了。

"必须做出决定，把于连打发走。"妻子立刻对他说道，"毕竟他只是一个工人的儿子。你可以用几个埃居的小钱来补偿他，再说了，他学识渊博，很容易找到工作，比如在瓦莱诺先生或专区区长莫吉隆那里找到工作，他们的孩子都需要家庭教师。如此，您对他也算是问心无愧了。"

"你说这些话真的傻透了！"德·雷纳先生用可怕的声音喊道，"哪能指望女人有什么聪明的头脑？你从来都不会对合乎理性的事情有所关注，你究竟懂些什么呢？一天到晚懒散怠惰、一无是处，你这个废物，除了扑蝴蝶还会干些什么？家里有了你真是不幸！……"

德·雷纳夫人任凭丈夫辱骂。他骂了很久，用当地人的话来说，他是在拿她撒气。

"先生，"她最后回应说，"我是作为一个荣誉受到侵犯的女人而说话的，荣誉是女人最宝贵的财富。"

在这次充满了丈夫污言秽语的痛苦交谈中，德·雷纳夫人一直保持着镇定，因为这场谈话关系到她是否还能与连生活在同一屋檐下。她寻找最有可能控制丈夫盲目怒火的方法，对丈夫那些伤人的辱骂毫不计较，一心只是想着于连。"他对我的所作所为会满意吗？"

最后她说："这个我们施以恩惠，还以礼物相赠的小农民，或许是无辜的，但我却因为他而受到了侮辱……先生！当我读到这封可恶的勒索信时，我向自己发誓，倘若他不离开，那我就走。"

"你想小题大做，让我，还有你自己蒙羞吗？韦里叶城的好些人可等着看这场好戏呢。"

"这倒是真的，大家都羡慕您那卓越的管理才能给家庭、给这座城市带来繁荣……那好吧！我让于连离开一段时间，去住在山里的木材商人那里待一个月，他是这个小农民值得信赖的朋友。"

"先别着急，"德·雷纳先生相当冷静地说道，"首先，我要求你不要再跟他讲话了。你会把他激怒，跟我们翻脸，你知道那小子习惯蹬鼻子上脸。"

"这个年轻人真不知轻重，"德·雷纳夫人说，"或许他有学问，但您知道的，他实际上只是一个农民。自从她拒绝了伊莉莎和她那笔嫁妆之后，我就对他没什么好感了——况且，他竟然说伊莉莎常常偷偷去拜访瓦莱诺，并以此作为拒婚的理由！"

"啊！"德·雷纳先生高高地挑起了眉毛，"你说什么？这是于连跟你讲的？"

"他没有明确地这样说，他总是跟我谈起他那对神圣事业尽忠的志向。但是，相信我，那小子最大的志向应该是赚钱。不过他之前向我暗示伊莉莎曾经偷偷去瓦莱诺家。"

"而我，我却一无所知！"德·雷纳先生嚷道，他气坏了，把话说得很重，"家里竟然发生了一些我不知道的事……真是胡闹！伊莉莎和瓦莱诺之间究竟有些什么？"

"唉！这是很久以前的事儿了，亲爱的，"德·雷纳夫人笑着说，"也许这并没有什么坏处。就在那个时候，人们传说您那忠实的朋友对我产生了一种纯柏拉图式的小暧昧，他对此不会提出异议的。"

"我就知道！"德·雷纳先生喊道，愤怒地拍打着自己的脑袋，"而你却没有告诉我这件事！"他思虑翻涌，各种念头接连不断。

"有必要因为我们亲爱的所长一点小小的虚荣心，就让两个朋友闹翻吗？哪个上流社会的女人没有收到他写的几封风趣幽默却有点调情意味的信呢？"

"他给你写过？"

"写过很多。"

"马上给我看这些信，我命令你！"德·雷纳先生仿佛立即拔地而长高了六尺。

"现在可不行，"她用一种漫不经心的温柔语气回答道，"哪天等你没这么凶了，我再拿给你看。"

"就现在！立刻！真见鬼！"德·雷纳先生喊道。他被愤怒冲昏了头脑，但是十二个小时以来，他从没像现在这么高兴过。

"您向我发誓，"德·雷纳夫人非常严肃地说，"您永远不会因为这些信而与乞丐收容所所长争吵，可以吗？"

"争不争吵还得另算，我总可以不让他管理那些被遗弃儿童的福利。但是，"他继续愤怒地说道，"我现在就要看那些信，它们在哪里？"

"在我的写字台抽屉里，但是当然了，我不会把钥匙交给您的。"

"我这就去把它砸了！"他叫喊着，跑向妻子的房间。

他真的用一根铁棒把从巴黎买来的桃花心木的写字台砸坏了。平时，倘若他在上面发现一点污渍，都会用衣角仔细擦干净的。

德·雷纳夫人已经奔上了鸽舍塔楼的一百二十级台阶，正把一块白手绢系在小窗的一根铁杆上。此时此刻，她是最幸福的女人。她眼中含着泪水，眺望着山中的广阔树林。她想到，毫无疑问，在某棵茂密的山毛榉树下，于连正在留意着这个幸福的信号。她竖起耳朵听了很久，随后咒骂起这里单调的蝉鸣和鸟叫声来。如果没有这些扰人的噪声，她或许能够听到从远处巨岩后面传来的一声快乐的叫喊。她贪婪的目光扫视着由数不清的树冠形成的广阔而浓郁、如草地般蔓延的绿色斜坡。"他怎么不动动脑筋，想出一个回应的信号，告诉我此刻他与我一样快乐呢？"她心里激动地想着。她在塔楼上待了很久，直到担心丈夫回来找她才走下楼来。

她发现丈夫恼怒异常，正在翻阅浏览瓦莱诺先生信上写的那些无关痛痒的字句。事实上，这些轻薄的字句真不值得他产生如此强烈的情感。

德·雷纳夫人趁丈夫停止长吁短叹的那刻，赶紧说道："我总是忍不住回想刚才那个念头，于连真得出去避避风头。不管他在拉丁语方面有什么天赋，毕竟只是一个粗鲁无礼的农民，缺乏分寸。每天他都觉得自己很有礼貌，对我说一些夸张而无聊的恭维话，这些恭维话都是从一些小说里读来的。"

"他从不读什么小说，"德·雷纳先生叫道，"这点我敢肯定。你以为我这个一家之主瞎了，根本不知道自己家里发生了什么吗？"

"那好，他的那些可笑的恭维之语如果不是从书中读来的，那一定是他自己编造的，这就更糟糕了。他在韦里叶会用这样的语气谈论我，啊，不用走那么远，"德·雷纳夫人仿佛有了新的发现，"他在伊莉莎面前也会这么说，这就差不多等于他在瓦莱诺先生面前说了。"

"啊！"德·雷纳先生叫道，用前所未有的最大力气重重击打在桌子上，整间公寓都在颤抖。

"这封匿名信和瓦莱诺给你写的信用的是同样的信纸！"

"终于成功了！……"德·雷纳夫人心花怒放，但做出一副被这个发现吓坏了的样子，坐到客厅深处的沙发上，一句话都不敢说。

这场战役已经胜利了。她现在要做的，就是阻止德·雷纳先生去和那封匿名信的所谓作者去对峙。

"您怎能不明白，在没有充分证据的情况下就去找瓦莱诺先生闹事，是最愚蠢的举动啊！您是遭到了众人的嫉妒，但这又是谁的错呢？您才华横溢、执政严明，您的家宅富丽堂皇，还有我的一份嫁妆，尤其是我将要从姑母那里继承的遗产，人们总觉得是这笔巨额的财富让您成了韦里叶城首屈一指的大人物。"

"您还忘记提我的家世了。"德·雷纳先生说，并微微地笑了笑。

"您算是外省最杰出的绅士了，"德·雷纳夫人急忙补充道，"如果国王有权力对门第进行公正的对待，您无疑会被选入贵族院。您已经是高高在上的人了，难道还想给别人话柄让大家看笑话吗？倘若您当面跟瓦莱诺先生谈论他写的匿名信，这就等于在韦里叶，甚至整个贝桑松，或是整个外省地区宣布，这个小资产阶级有幸被一位德·雷纳家族的成员冒失地接纳为密友，最后反而竟敢冒犯起他来。倘若您在那些信件中看出一点我对他的爱意，您大可立即把我杀掉，我死上百次也活该，但您不应该对他发怒。想想您的邻居，他们时刻都在等待机会好对你的崇高地位进行打击报复。想想一八一六年，您曾经帮忙逮捕了几个人。[1]想想那个藏在您房顶上的家伙……"

"我觉得您对我既不尊重，也不体贴！"德·雷纳先生痛苦地喊着，仿佛又触动了自己最难过的回忆，"我没能进贵族院！……"

"我想，亲爱的，"德·雷纳夫人微笑着说道，"我将来会比您更富有，而且我已经陪伴您十二年了，出于所有这些原因，我应该在这件事上有发言权，特别是对于目前的情况。如果您比喜欢我更喜欢于连先生，"她带着不加掩饰的愠色说道，"那我就去我姑母那里过冬了。"

这句话说得刚刚好，既果断又不失礼貌，它令德·雷纳先生下定了决心。但他还是按照外省人的行事习惯，将所有的论述又从头到尾啰唆了一遍。他的妻子耐心听他说完，他的怒气都还未消退。最后，经过两小时无意义的喋喋不休，这个生了一整晚气的男人终于筋疲力尽。他确定了对瓦莱诺先生、于连甚至伊莉莎要采取怎样的行动。

在这场紧张激烈的剧情中，德·雷纳夫人有一两次几乎要同情起这个真正不幸的男人来，毕竟此人跟她做了十二年的夫妻。但真正的爱情终归是自私的。此外，她每时每刻都在等待丈夫承认前一天收到了匿名信，而德·雷纳先生对此只字不提。德·雷纳夫人心下略有不安，她很想知道那个掌握了她命运的匿名信作

1　在这里与上卷第二十三章中，作者都影射了同一件事：1816 年，在法国圣伊莱尔，一个客栈老板因支持拿破仑和自由主义，被极端保王党诬告，客栈老板躲在邻居的屋顶逃避捉拿，最终被保王党残忍射杀。

者究竟在打什么主意。因为在外省，丈夫是舆论的操控者。虽然一个发牢骚的丈夫会受人嘲笑，但这在法国一天天地变得越来越微不足道。对于他的妻子，倘若丈夫切断了她的经济来源，这个女人就只能沦为每天赚十五个苏的悲惨女工，而且人们在雇用她的时候还会心存顾忌。

土耳其后宫的姬妾会不惜一切代价地爱着苏丹。苏丹是无所不能的，她根本不可用自己的小把戏来夺走他的大权。倘若遭遇背叛，主人的报复是恐怖而血腥的，却充满了军人气概的慷慨，一刀便可以结束一切。而到了十九世纪，丈夫则是利用公众舆论的鄙视来杀死自己的妻子，他会令所有沙龙[1]的大门向她关闭。

回到卧房中，德·雷纳夫人的惊惧之情又一次涌上心头：她恐惧地发现自己的房间被丈夫砸得一片狼藉。所有漂亮小箱子的锁都被砸开了，木地板也被掀起了好几块。"他对我也会像这样毫不留情的。"她想着，"他如此珍爱这里的彩色木地板，孩子用湿底的鞋子踩上去，他都会气得满脸通红，现在竟被他自己全毁掉了！"看着这个残暴的景象，她刚刚还因为这么轻而易举就获胜而感到愧疚，但现在则完全释然了。

在晚饭铃响前，于连带着孩子们回来了。晚饭时，当仆人们退下后，德·雷纳夫人非常客气地对他说："您跟我提过想去韦里叶城待上两周，德·雷纳先生批准了您的假。您随时都可以出发。但是，为了让孩子们不虚度光阴，每天我会将他们的翻译练习寄给您，供您批改。"

---

1 "沙龙"在法语中是"客厅"的意思，从 17 世纪起，巴黎的名人（多半是名媛贵妇）常把客厅变成著名的社交场所，因此"沙龙"就是当时法国上流社会的主要社交场合。

"我同意。"德·雷纳先生用冷冰冰的语气补充道,"但是我不允许你休超过一星期的假。"

在他脸上,于连看到了一个苦恼不堪的焦虑表情。

"他还没想好要不要留你呢。"在客厅里独处的时候,德·雷纳夫人对于连说。

她很快就把早上以来发生的一切讲给了于连听。

"晚上告诉你细节。"她笑着补充说。

"奸诈的女人啊!"于连心想,"是怎样的乐趣、怎样的天赋让她们如此欺骗我们呢!"

"我发现在爱情里,您既聪明机智,又糊涂盲目。"于连带着些许冷淡对她说,"您今天的所作所为令人钦佩,但今晚我们相见,是一个谨慎的决定吗?这栋房子里布满了敌人,想想伊莉莎吧,她恨我入骨。"

"您对我的冷漠,跟她对您的恨一样浓烈。"

"即便对您冷漠,我也要把您从险境中救出来。倘若德·雷纳先生向伊莉莎问起我们的事,她只需只言片语就能让他知晓全部真相。那个时候,他一定会拿着武器,藏在我的房间里,置我于死地……"

"什么,您连这点勇气都没有了吗?!"德·雷纳夫人说道,展示出了一个贵族女人所有的高傲。

"我永远不会屈尊谈论我的勇气,"于连冷冷地说,"那是卑微的行为。让这个世界根据事实来做判断吧。但是,"他握着她的手补充道,"您无法想象,我是多么依恋您,多么高兴能在这残酷的离别之前向您道别。"

第二十二章
一八三〇年的做事风格

人类具备语言能力，就是为了掩饰思想。

——可敬的神父玛拉格里达[1]

一到韦里叶，于连就为自己对德·雷纳夫人的责怪而懊悔万分。"倘若她因为软弱，在德·雷纳先生面前把事情搞砸，我会鄙视她是个懦弱无主见的女人！而她却宛若一个外交官，对一切应对自如，我反倒同情起被欺骗的德·雷纳先生来了。他可是我的敌人啊！我这个庸俗的小市民，我责怪德·雷纳夫人，是因为自己的虚荣心受到了伤害：德·雷纳先生是男性，而我也幸运地属于这个看似杰出而庞大的团体。这样想简直傻透了。"

谢兰先生终于被撤职，并被赶出了神父住宅。当地自由派中最有名望的几个人争先恐后地要为他提供住所，他都拒绝了，自己租了两间小屋，里面堆满了书。于连想让韦里叶城的人们都看

1　玛拉格里达（Malagrida，1689—1761），意大利耶稣会传教士，1761年被宗教法庭以异端罪判处火刑。

到神父的体面，就去父亲那里拿了十二三块枞木板，扛在肩上，沿着大街行走。他从一个老朋友那里借来了一些工具，很快就制作了一个书架，将谢兰神父的书摆在上面。

"我还以为你被上流社会的虚荣给腐蚀了呢，"老人喜极而泣，"你的所作所为弥补了之前穿着华丽制服加入游行的幼稚举动，它给你招致了那么多的敌意。"

德·雷纳先生安排于连住在他的宅子里，这样才不令人生疑。到达后的第三天，于连看到一个颇有声望的人物走上楼梯，来到他的房间。此人就是专区区长莫吉隆。在莫吉隆长达两小时乏味无聊的唠叨，以及对人心险恶、管理公共资金的人缺乏诚信、可怜的法国正处于危险之中等长吁短叹之后，于连终于弄清楚了他的真实来意。这位在德·雷纳先生那里几乎失宠的可怜的家庭教师，在恭送这位未来将会担任不知道哪个幸运地区的省长的人到楼梯口的时候，后者终于开口了。他忽然关心起于连的前途来，并对他的淡泊名利大加赞赏，又啰唆地说了一大番话。最终，莫吉隆先生慈祥地将于连揽在怀里，建议他离开德·雷纳先生，去另一位有孩子的先生家中。这位先生像菲利普国王一样对上苍充满感激，不是因为上苍赐给他几个孩子，而是因为这几个孩子都出生在于连先生的近旁。这位先生将会为他的家教工作支付年薪八百法郎的工资，不是按月支付，这并不体面，莫吉隆先生说，工资会按季来付，并且提前付清。

这回终于轮到于连说话了，但他早已不耐烦地等了一个半小时。他的回答堪称完美，最重要的是，它像主教训谕那般冗长，仿佛暗示了一切，却又什么都没有讲明白，其中有对德·雷纳先生的尊敬，有对韦里叶人民的敬重，有对英明的专区区长的感激。莫吉隆惊讶地发现，于连比他还要狡诈，他试图获得一些确定的信息，却只是白费劲儿。于连很高兴，他抓住机会进行练习，又将刚刚的回答换种表达方法复述了一遍。打个比方，这就像一个热爱讲话的部长，看到会议即将结束、参会者纷纷清醒过来准备离开时，他就想把握住最后机会，再滔滔不绝一番，他所讲的话再啰唆无聊，也比不上于连此刻的冗长乏味、言之无物。莫吉隆先生一走，于连就像个疯子一样大笑不停。借着这股狡狯的虚伪，于连给德·雷纳先生写了九页的信，对他详述了莫吉隆所讲的一切，并谦卑地询问他的意见。

"这个浑蛋没说出想聘请我的人是谁。一定是瓦莱诺，他大概是将我这次被放逐到韦里叶城视作他写的匿名信的效果了。"于连心想。

给德·雷纳先生的急信寄出后，于连感到心满意足，此时的他踌躇满志，好像是个精明的猎人，在晴朗秋日的清晨来到猎物丰富的平原上狩猎。他出发去拜访神父，仿佛老天想令他的欢喜加倍，让他在半路上遇见了瓦莱诺先生。在瓦莱诺这里，他毫不掩饰地表现出心痛欲绝的样子：一个像他这样可怜的穷小子，应该完全投身于神为他安排的天职，但在俗世中，天职并不能当饭吃。为了能够在神的葡萄园中有尊严地工作[1]，并且不辜负这么多有学问的合作者，他必须接受教育，这就要去贝桑松的神学院学习两年，而学习需要很多钱，因此他必须拼命存钱。按季支付的八百法郎年薪，显然要比按月支付的六百法郎合算得多。但是从另一个方面来说，他教育德·雷纳家的孩子们，难道不是上帝的

1　指传教工作。

安排吗？尤其是他对那些孩子的爱，难道不是上帝激发的吗？应该遵从上帝的旨意，不能见异思迁。

在帝国时代，人们以行动迅速著称，而此时此刻滔滔不绝的辩论则占了上风，于连在言辩上绝对达到了完美。最后连他本人都对自己的语气和讲话内容感到厌烦了。

回家的路上，瓦莱诺先生的穿着全套华丽制服的男仆正满世界地找他，并递上一张邀请函，请他出席当天的午餐。

于连从没去过瓦莱诺家中做客，仅仅几天之前，他还一门心思地琢磨如何才能痛揍此人一顿，同时避免被法庭制裁。虽然午餐时间定在一点钟，但于连还是在十二点半就出现在了乞丐收容所所长的书房里，这样更显出他的尊敬之情。而瓦莱诺先生正坐在成堆的文件中间，摆出一副身居要位的样子。他有着厚重的黑胡须、浓密的头发，头顶斜戴着一顶希腊式无檐软帽，嘴里叼着一个硕大的烟斗，脚上套着绣花的拖鞋，胸前的好几条大金链子交叉纵横，这是一个自诩腰缠万贯的外省富翁典型的行头。但这套行头没有唬住于连，于连只想拿棍子狠狠地抽他一顿。

于连请求瓦莱诺所长赏光，将所长太太介绍给他，而太太此刻正在梳妆，无法见人。所长就留他在身旁陪自己穿衣打扮，以此作为补偿。随后，于连见到了瓦莱诺夫人。她一看到于连就眼眶湿润了，赶忙将孩子们都推出来介绍给于连。这位女士是韦里叶城最重要的夫人之一，她长了一张肖似男人的宽脸，为了这个隆重的见面会，她还在脸上涂抹了红色的胭脂。她在于连面前夸张地表演了一个母亲全部的慈爱。

这让于连想到了德·雷纳夫人。他本来对不熟的人就难以建立好感，这样一对比，他更是猛然回忆起与德·雷纳夫人的种种，一股柔情蜜意顿时涌上心头。瓦莱诺先生带他参观了自己的房子，看到乞丐收容所所长豪奢的宅邸，于连对德·雷纳家的浓厚感情就更加深了一层。瓦莱诺先生家里的一切都是如此崭新和华美，每件家具仿佛都在大声地喊出自己的价格。但是于连还是在这里感到了卑鄙下流的气氛，闻到了一股不义之财的味道。这里的每个人，甚至是仆人，似乎随时都在严阵以待，以便对别人的蔑视狠狠地予以回应。

收税官、间接税征收员、宪兵军官和其他两三个公职人员偕同妻子一起来到这里，随后又来了一些富有的自由派人士。宴席开始，本来已经难受得坐立不安的于连此刻意识到，在餐厅墙的那边居住着收容所中的穷人。瓦莱诺家中所有让人眼花缭乱、俗不可耐的奢侈品，就是从他们的每一份救助餐的油水中搜刮出来的。

想到他们此刻或许正在忍饥挨饿，于连感到喉咙发紧，吃不下饭，也说不出话。一刻钟后，发生了一件更糟的事。一阵歌声从远处传来，这是一首通俗的歌曲，可以说有些粗鄙，应该是墙那边的穷人唱的。瓦莱诺先生向一个穿着全套华丽制服的奴仆看了一眼，奴仆出去了，不一会儿，这歌声就停止了。这时，一个仆人将莱茵河的葡萄酒倒入于连的绿色杯子。瓦莱诺夫人专门向于连指出，这种酒即使在原产地购买，也要九法郎一瓶。于连端着绿色的酒杯对瓦莱诺先生说："现在没有人唱粗俗的歌了。"

"那是当然了！我敢肯定。"所长神气十足地说，"我让那些穷鬼闭嘴了。"

"穷鬼"这个词重重地刺激了于连，虽然他的举止像个有钱人，但心仍然属于穷人。尽管他善于用虚伪来隐藏自己，此时却感到一颗滚烫的泪水流过脸颊。

他想举起绿酒杯来遮掩眼泪，但这口莱茵河的葡萄酒却无论如何也咽不下去了。"阻止穷人唱歌！"他在心里想，"上帝呀，你竟然允许这一切发生！"

幸运的是，没有人发现他这种不合时宜的怜悯之情。收税官唱了一首保皇党的歌，于是大家一起合唱起副歌来。在喧闹的合唱声中，于连的良心对他说："这就是你将获得的肮脏的富贵，你只能在这种条件下和这样一群人来享受它！你或许会拥有年薪两万法郎的职位，但当你大口吃肉的时候，却要阻止一个悲惨的穷人歌唱。你从他们少得可怜的救济粮中榨取油水，用来宴请宾客。在你欢宴豪饮的时候，他们却更加痛苦！哦，拿破仑！在你的时代，想要飞黄腾达，只需在危险的战争中表现勇敢就够了。而如今，想要获取财富，就要卑鄙地把剥削和痛苦加诸穷人身上！"

我承认，于连在这段独白中表现出的弱点，让我对他的评价打了折扣。他或许可以做那些戴黄手套的阴谋家的同党[1]：他们声称要改变一个大国的所有风气，却又不愿背负任何一点对自尊受损的自责。

猛然间，于连想到了自己饰演的角色。他被邀请来做客，还有这么多重要的嘉宾陪同，不能只在这儿胡思乱想而不去应酬。

一位退休的印花布制造商，也是贝桑松学术院和乌则斯学术院的通信院士，从桌子的另一端跟于连聊天，向他询问传闻是否属实——外界都说于连在《新约》的研究方面有了惊人的进展。

1　在法国大革命的语境下，"戴黄手套的人"指的是软弱的小资产阶级。

忽然间，现场一片寂静无声，大家都闭上了口，这位肩扛两个学院院士的博学者，像变戏法般拿出了一本拉丁语版《新约》。按照于连的要求，他随意挑了个句子，只念了一半，于连就照例接着背了下去。他的记忆力从来都没有背叛过他，人们纷纷赞赏他的惊人天赋，现场呈现出只有宴会结束时才会有的热烈气氛。于连注视着在场女士们红扑扑的脸庞，其中有几个的相貌颇为标致。他特别注意到了那位有着好歌喉的收税官的妻子。

"说实话，在女士们面前这么长时间地讲拉丁语，我感到有些羞愧。"于连一边说，一边望着这位收税官的太太，"如果卢比纽先生（那个两院院士）愿意随机念出一个拉丁语的句子，我可以继续背下去，并继续将它们不间断地翻译出来。"

第二个测试让他的荣耀达到了顶点。

桌上有几个富有的自由党人士，他们的孩子有机会幸运地获得神学院的奖学金，于是在上一次布道之后，他们也跟着信了上帝。改变信仰可以算得上一步政治妙招，但德·雷纳先生从来不愿将他们邀至家中。这些正派人士对于连的声誉早有耳闻，并且在欢迎国王的仪仗队中目睹过他的身影，于是纷纷叫嚷着自称是他的崇拜者。"这些傻瓜完全不懂《圣经》的风格，却总是听不够。"于连心想，"或许正是因为无知带来的新鲜感让他们感到开心，所以才笑个不停吧。"但是于连已经厌烦了。

六点的钟声刚刚敲响，他就站起身来，提起利戈里奥神学的一个全新章节。他必须学习这个章节，以便第二天向谢兰先生背诵。"因为我的工作啊，"他补充道，"就是让别人背书的同时自己也要背书。"

人们哄堂大笑起来，纷纷吐出各种赞美之语。这就是韦里叶人所习惯的幽默感。于连已经起身，大家也不顾礼节地纷纷站了起来，天才的威力就体现在这里。瓦莱诺夫人又留了于连一刻钟的时间，让他听听孩子们背诵教理书。孩子们背得错漏百出，只有于连一个人听得出来，但他没有进行纠正，心里却想："真是连最基本的教义都一窍不通啊！"最后，他向大家致意，认为终于可以脱身了，却还得耐着性子听完孩子们背诵一篇拉封丹的寓言。

"这位作者很不道德，"于连对瓦莱诺夫人说，"他写了一篇影射约翰·舒阿尔阁下的故事[1]。竟敢对最可敬的事物口出荒谬之言，难怪它被最优秀的评论家强烈指责。"

在离开前，于连又收到了好几份晚餐邀请。"这个年轻人是我们省的骄傲！"桌上的宾客们异口同声地说。大家都很快活。他们甚至谈到要从公共资金中拿出一笔钱资助他去巴黎完成学业。

当这个轻率的想法在餐桌上引起轰动时，于连已经步伐轻快地走到门廊。"啊！恶棍！都是些恶棍！"他压低了声音轻轻地喊了两三声，同时愉快地大口呼吸着外面的新鲜空气。

在这一刻，他发现自己俨然成为一个上流社会的人物了。之前在德·雷纳先生家里，在很长一段时间里，他都被人们对他彬彬有礼的态度和微笑后面隐藏的倨傲冷漠和自以为是的优越感深深冒犯。但如今，他不由得感到一种极端的不同。"忘了吧，"他边走边想，"忘了他们从穷人身上贪污金钱的事实，甚至忘了他们禁止穷人唱歌！但是，德·雷纳先生在请人吃饭时从来没有提

1　此处指的是拉封丹创作的寓言诗《神父与死人》，讲的是一个神父在送葬过程中一心想着能捞得多少好处，一不小心被撞死的故事。

过葡萄酒的价格，这位瓦莱诺先生却一直不停地细数他的财产，不停地炫耀他的房屋、他的土地，尤其当他太太在场的时候，他就会对她不停地重复说着'你的房子''你的土地'之类。"

这位拜金的女士显然对财富极其敏感。用餐期间，一个仆人打碎了一只高脚杯，她因此发了好一通脾气，因为他让一整套酒杯缺少了一只。而那个仆人也用最为蛮横无理的方式做了回应。

"这是一帮什么乌合之众啊！"于连又想，"就算他们把搜刮来的财产分我一半，我也不想跟这种人一起生活。总有一天我会忍不住的：因为对他们的厌恶，我会无法控制地露出轻蔑的表情。"

然而，按照德·雷纳夫人的嘱咐，于连还要再参加几次类似的宴请。一时间，他成了热门人物，人们原谅了他曾穿着仪仗队的礼服，或者说，正是那次轻率之举，才是他今天成功的原因。很快，韦里叶城中的人们开始关注起一个话题来：到底谁能够最终赢得这场竞争，成功聘请到这个博学的年轻人呢？是德·雷纳市长，还是乞丐收容所所长瓦莱诺？他们两个与马斯隆神父形成三足鼎立的局面，很长时间以来共同专横地统治着这座小城。市长被众人羡慕，自由派有理由怨恨他，因为他毕竟是贵族，天生就带着一股优越感。而瓦莱诺先生的出身并不显赫，他的父亲只给他留了每年六百法郎的收入。人们对他的感情是从同情到羡慕。所有人都还记得他年轻时身上穿的那套苹果绿的穷酸衣服，而现在他坐拥诺曼底骏马，穿金戴银，身着巴黎运来的高档套装，无一不凸显出他如今的飞黄腾达。

在这一系列新认识的人中，于连发现了一个还算真诚的人。这个人名叫格罗，是位几何学家，人们认为他是个雅各宾派。于连曾经发誓，只对人说虚假的话，不吐露任何心底真言。因此，他也不得不对格罗先生表现出一些怀疑。他收到了从韦尔吉寄来的大包大包的翻译作业。人们建议他常去看望父亲，他只得遵从这个令人不快的要求。总而言之，他很好地修复了自己的声誉。一个清晨，于连感到有两只手蒙住了他的眼睛，立刻从睡梦中醒了过来。

是德·雷纳夫人。她从乡下来到了韦里叶城，先安排孩子们照看他们最爱的小兔子，然后一步四级地蹦跳着上了楼，走进了于连的卧室，想在孩子们赶来之前单独与他待上一阵。这一刻如此迷人，却如此短暂。孩子们迫不及待地想将小兔子带给于连看，当他们上楼之后，德·雷纳夫人迅速躲开了。于连向所有人，甚至向那只兔子表达了热烈的欢迎。他仿佛回到了自己的家中。他感受到自己爱这些孩子，跟他们在一起的喋喋不休让他感到无比快乐。孩子们婉转温柔的声音、简单质朴的性格和高贵的礼节让他感到惊喜。他需要通过这些将前些日子韦里叶城中的那些乌合之众印在他脑海里的粗俗行为和低劣思想全部清洗干净。在面对那些人的时候，他总是害怕行差踏错，奢华与贫苦在他心中争斗个不休。邀请他吃晚餐的人们，总是对着餐桌上的烤肉掏心掏肺地说着一些不知廉耻的话语。听着这样的话语，于连倍感恶心。

"你们这些贵族，生性高傲是有道理的。"他对德·雷纳夫人说。他把他经历的那些难熬的赴宴经历都说与她听。

"所以您成了大红人啦！"一想到瓦莱诺夫人每次见于连之前都要涂脂抹粉，德·雷纳夫人不禁开怀大笑。"我想她一定对您有什么图谋吧？"她补充道。

午餐时光无比美好。在场的孩子们看起来似乎碍事，实际上却增添了一种幸福的气氛。这些可怜的孩子再次见到于连，心中的快乐简直到了无法表达的程度。仆人一定将瓦莱诺先生想多付于连两百法郎把他挖走的事情跟他们说了。

在午餐过程中，大病初愈、脸色仍苍白的小儿子格萨维耶忽然问他的母亲，桌上的银餐具和高脚杯值多少钱。

"为什么要问这个问题？"

"我想把它们卖掉，把钱给于连先生，这样他就能继续跟我们一起，不会上当了。"

于连紧紧抱住了他，眼中满是泪水。孩子的母亲也已经泣不成声。于连把小格萨维耶抱到腿上，柔声向他说道："不应该说'上当'这个词，这是仆役们才用的措辞。"于连的这一举动让德·雷纳夫人又快乐起来。于连看在眼里，就尝试着用最为生动有趣的方法向孩子们解释什么叫"上当"，并给他们找点乐子。

"我懂的。"格萨维耶说着，"乌鸦太傻了，让自己的奶酪掉在了地上，被狐狸给拿走了。狐狸是一个阿谀奉承的家伙。"[1]

德·雷纳夫人心花怒放，不停地亲吻着孩子，而要做这些动作，她就得靠在于连身上。

忽然间，门开了，德·雷纳先生到了。他那肃杀而不悦的神情，与刚刚被他抹杀的甜蜜和欢乐形成了一种奇异的反差。德·雷纳夫人脸色苍白，无法开口辩解什么。于连抢着发言，提高声调，把小格萨维耶想要卖银杯的事情讲给市长听。尽管他心里明白，这个故事肯定不会得到市长的欢心。德·雷纳先生听到"银子"二字，先是皱起了眉头。"只要提到这种金属，"他说道，

1　出自拉封丹的寓言诗《乌鸦与狐狸》。

"就是一种想要掏空我钱包的预兆。"

但这一次，不仅仅是钱财问题，德·雷纳先生的疑心病更加严重了。他不在的时候，家里却充满了幸福的气氛，这对一个被虚荣心支配的大男子主义者来说绝不是一件开心的事。当妻子称赞于连以优雅诙谐的方式让孩子们理解新观点的时候，他说道："是的！是的！我知道，他这样做就是让孩子们讨厌我。在孩子面前做出比我讨喜百倍的样子，对他是轻而易举的，而我毕竟是一家之主。现在这个年代，合理合法的权威反而不讨人喜欢了。可怜的法兰西啊！"

德·雷纳夫人不停地默默观察着丈夫对她态度的细微变化，隐约地觉察到，似乎有可能跟于连单独待上十二个小时。她在城里有很多东西要买，便说她一定要去酒馆吃饭。无论丈夫怎么抗议、怎么规劝，她始终坚持自己的想法。孩子们对"酒馆"这个词非常感兴趣，而如今那些正人君子对这个词也是津津乐道。

德·雷纳先生把妻子送进第一家时装店后，就转身离开，去拜访了几个人。当他回来的时候，看上去比今天早上更加垂头丧气。因为他发现，整座韦里叶城都在密切关注着他和于连二人。事实上，还没人告诉他那些公众舆论中最令他反感的部分呢。人们反复向市长先生提起的，仅仅是于连会领取六百法郎的年薪并留在市长家中，还是接受八百法郎的年薪住进乞丐收容所所长的宅邸。

这位所长先生在公共场合碰到德·雷纳先生的时候，故意对他十分冷漠。这种做法不无心机。在外省，人们做事很少有轻率之举，即使有，也会藏在台面之下。而瓦莱诺先生，在这个距离巴黎仅有一百法里不到的地方，却以生性厚颜无耻和粗鄙不堪著称。自从一八一五年暴富之后，他身上的这些特点就更加显著了。可以这样说，在韦里叶城，他的统治地位仅在市长德·雷纳先生一人之下，而他比市长更加积极，更加不知脸红，什么都要横加干涉，不停地上下奔走、写信、游说，将羞耻置之度外，毫无个人尊严。终于，他成功地在教会人士那里动摇了市长的威信。瓦莱诺先生曾对这个地区的杂货商说："给我介绍两个最愚不可及的商人。"对律师们说："告诉我两个最不学无术的律师。"对卫生官员说："告诉我两个最会骗人的医生。"他把各个行业中最厚颜无耻的人召集起来，对他们说："让我们一起主宰这里吧。"

这些人的作风让德·雷纳先生深感不满，但是无人能够撼动瓦莱诺的粗俗不堪，哪怕年轻的马斯隆神父几次公开进行批评，他也从不放在眼中。

尽管如此得势，瓦莱诺先生还是需要通过一些傲慢无礼的小举动来抗议外界的各种责难。他也清楚，这些责难是人人都有权提出的，并且都是基于合理事实。自从阿佩尔先生造访这里的乞丐收容所之后，他恐惧万分，私下活动得更加频繁了。他专门去了贝桑松三趟，几乎每趟邮车都装有他写的几封信。夜幕降临后，还有一些陌生人到他家里来，帮他传递一些私密的信件。解雇老神父谢兰对他而言似乎并不是明智之举，因为这一报复行径让好几位出身高贵的虔诚女教徒认为他是个十足的恶棍。此外，他能做成这件事情，都是靠了代理主教弗里莱尔的帮忙，因此他就不得不接受后者委托的奇怪任务。当他的阴谋进行到这一步时，因无法抗拒揭发别人带来的快乐，他写了那封匿名信，从而最终让自己陷入尴尬的境地。他的妻子因为虚荣心作祟，对他宣称要聘请于连住进家中。

在这种情况下，瓦莱诺先生预见了自己将会与之前的盟友德·雷纳先生发生一次决定性的吵架。后者会用激烈的言语辱骂他，但这对他来说无伤大雅。不过，市长会给贝桑松甚至巴黎方面写信投诉他。这样的话，某个大臣的亲戚很可能会不期而至，顶替他在韦里叶城的乞丐收容所所长的职位。因此，瓦莱诺先生想要拉拢自由派人士。这就是他在于连背书的那次宴会上邀请那些人的原因所在。为了与市长一较高低，他必须得到这些人的支持。选举随时都可能进行，而显而易见的是，他要想保住乞丐收容所长的位置，人们就不能把选票投给别人。德·雷纳夫人对这些政治形势猜测得十分准确，在她挽着于连的胳膊一家又一家地逛商店的时候，将这些信息都说给于连听。不知不觉间，两人就走到了忠诚大道。他们在这里恬然惬意地散了几个小时的步，就像在韦尔吉那样。

与此同时，瓦莱诺先生试图对他的昔日恩人摆出无所顾虑的态度，并避免与他发生决定性的争吵。在这一天，他的计策生效了，却加重了市长的怒气。吞噬一切的虚荣心，以及对金钱无所不用其极的爱，在斤斤计较的德·雷纳先生心中拉扯着，让他身处一个极其局促难受的状态。他怀着满腔的怒火，走进了酒馆。而此时此刻，他看到孩子们表现出从未有过的欢欣和愉悦。这种对比让他的内心深感刺痛。

"我就说嘛，在这个家里我成了那个多余的了！"他一进门就大声说道，努力让自己的语气带有威严之势。

他的妻子没跟他计较，而是将他拉到一旁，告诉他需要立刻把于连送走。刚刚度过的一段幸福时光让她恢复了自在与笃定，她需要将两周之前就深思熟虑的行动计划贯彻到底。让这位可怜的韦里叶市长深感苦恼的是，他知道镇上的人们正在公开取笑他对现金的迷恋。瓦莱诺先生慷慨得像是个大盗，而他呢，却在圣约瑟夫兄弟会、圣母会和圣体会等机构最近举行的五六次募捐中表现得过于谨慎，不够大方。

精明的教士们按照捐款数额，将韦里叶城附近乡绅的名字巧妙地进行排序后登记在册。人们清楚地看到，德·雷纳先生的名字被列在最后一行。虽然他解释说自己赚不到什么钱，但无济于事。神职人员在这个问题上是丝毫不会开玩笑的。

第二十三章

一个公职人员的烦恼

> 　　一整年昂首挺胸的快乐，也需要挨过一时的烦恼苦闷。
>
> 　　　　　　　　　　　　——卡斯蒂[1]

　　我们暂且让德·雷纳先生这个小家子气的男人去暗自担忧吧，谁让他把一个有胆识的年轻人招到家里来了呢？他真正需要的只是一个卑微的仆人而已，为什么他连这样的识人之慧也没有呢？十九世纪的通行规则是，有权有势的贵族在遇到一个有胆识的人时，就要把他杀害，或者将其流放、囚禁，令其受尽羞辱，让他愚蠢地悲痛至死。好在此时经历痛苦的不是那个有胆识的人。然而，法国的众多小城小镇，以及那些通过选举组建的政府，例如纽约，它们最大的不幸，就是不能忽略像德·雷纳先生这样的人。在一个拥有两万居民的小镇中，正是像他这样的权势——

1　卡斯蒂（Giovanni Battista Casti, 1724—1803），意大利作家、诗人，著有讽刺诗《会讲话的动物》。

人物制造了舆论，在一个有法可依的社会中，这样的舆论是非常可怕的。一个心灵高尚、性格慷慨的人可能会愿意与您结交，但倘若你们之间相距一百里地，他就只能依据城中的舆论对你进行评判，而那些舆论都是被那些偶然诞生在贵族人家的傻瓜控制的。对那些真正优秀的人来说，这是多么不幸啊！

晚饭过后，德·雷纳全家返回韦尔吉，但是第二天，于连就看到他们又都回来了。一个小时匆匆过去，于连惊讶地发现，神神秘秘的德·雷纳夫人好像对他隐瞒了什么。只要于连一出现，她就停止与丈夫交谈，并表现出想让于连回避的态度。不用德·雷纳夫人示意第二次，于连就知趣地离开了。他变得冷漠而谨慎，虽然德·雷纳夫人注意到了他的表现，却并没有试图给他任何解释。"他是要找另一个人代替我了吗？"于连心想，"前天我们还那么亲密无间呢！但貌似这就是那些高贵的女人的做事方式。她们就像某些国王一样，对大臣万般恩宠，但转眼就把宣布失宠的信件寄到他的府上。"

于连注意到，在这些因他的出现戛然而止的谈话中，他们多次提及一座属于韦里叶市政府的大房子，它很旧，但大而宽敞，位于教堂对面，是这里的商业中心。"这座房子跟一个新情人能扯上什么关系呢？"于连琢磨着。他悲伤地一遍又一遍重复着弗朗索瓦一世[1]的那些精彩诗句。于连觉得这些句子很新鲜，它们是一个月前德·雷纳夫人念给他听的。那个时候，他们通过多少誓言和多少爱抚证明了这些诗句所言非真啊！其中有两句诗是这样的：
——

[1] 弗朗索瓦一世（François I, 1494—1547），法国国王，被视为开明的君主、多情的男子和文艺的庇护者，是法国历史上最著名也最受爱戴的国王之一。

女人生性多变，

唯独傻子才信。

德·雷纳先生乘车去了贝桑松。这次旅行是在两个小时内决定的，他看上去烦恼不堪。回来后，他把用灰纸包着的一大包东西扔在桌子上。

"这就是那个蠢东西。"他对妻子说。

一个小时过去了，于连看到一个专门张贴布告的人，将这包东西带走了。他急急地跟在这人身后。"到了第一个街拐角，我就能揭穿这个秘密了。"

贴布告的人从包中取出一张告示，用大刷子在背面反复涂抹。于连在他身后焦急地等待着。布告刚刚贴好，好奇的于连就看到了上面写着一则以公开竞标的方式出租房屋的公告，正是德·雷纳先生与妻子的谈话中多次出现的那栋房子。竞标时间为次日的凌晨两点，地点在市政府的大厅，到第三支蜡烛熄灭之时截止。于连大失所望。他觉得这个期限短得有些奇怪，那些参加竞标的租房者怎么会有时间收到信息呢？更奇怪的是，这张告示上标注的起始时间竟然是两周之前。他分别在三个地方仔细看了告示的全文，也没想出个所以然来。

于是他走去那栋出租的屋子。看门人没有看到于连到来，神神秘秘地对旁边的人说："呵！呵！完全没用！神父马斯隆先生向他保证，会让他用区区三百法郎就把这座房子租下来。但是市长不同意，于是就被代理主教弗里莱尔召唤去了主教府。"

此时，这两个人看到了于连，立刻闭嘴不讲话了。

于连没有错过这次竞标会。大厅里灯光昏暗，人却不少，大家以一种奇特的方式互相对望。所有的眼睛都盯着一张桌子，于连看过去，在一个锡盘中，有三小支点燃的蜡烛。拍卖员喊道："先生们，三百法郎起价！"

"三百法郎！这太离谱了！"一个男人压低声音对身旁的人说道，而于连就站在他们之间，"这座房子至少值八百法郎，我真想出价。"

"你这是白费工夫。你要出价，就是得罪了马斯隆先生、瓦莱诺先生、主教和那个可怕的代理主教弗里莱尔整个一伙，得罪了他们能有什么好果子吃！"

"三百二十法郎。"旁边的一个人忽然喊道。

"真是个蠢蛋！"身边的人说道。"看吧，这里有个市长的间谍呢。"他指指于连，补充道。

于连快速转身，想给这个人一点颜色瞧瞧。但这两个弗朗什－孔泰人转过脸去，不再理睬他，于连也就不好发作了。这时，最后一支蜡烛熄灭了，拍卖官以低沉的声音宣布，这座房子最终由省办公厅的主任德·圣吉罗先生租得，租期为九年，租价是三百三十法郎。

市长刚刚离开大厅，众人就开始议论纷纷。

"格罗诺真有本事，竟敢喊了一声价，这倒让市长多赚了三十法郎。"一个人说道。

"但圣吉罗先生绝对会向他报复的，"有人回答道，"格罗诺要倒霉了。"

"真是卑鄙呀。"于连左手边有个胖子说，"如果让我租下来当工厂，租金八百法郎都已经算是便宜的了。"

"呵！"一位年轻的自由派商人回答说，"圣吉罗先生，可是圣会的人。他的四个孩子可都是拿着奖学金的。这个家伙！韦里叶市政府通过这种方式又多让他省了五百法郎，就是这么件事儿！"

"市长都阻止不了这种事儿。"第三个人说道，"市长是极端保皇党，这倒没错，但是他至少不会这样公然地偷抢。"

"他不偷抢？"又有一个人说道，"难道钱是自己飞到他那里的吗？所有这些钱都装在一个公家的大口袋里，到了年底，他们全都瓜分殆尽。于连这小子还在这儿呢。别说了，快走吧。"

于连心情很差地回到了德·雷纳家，同时发现德·雷纳夫人也是一副哀伤的样子。

"您去房屋招租会了？"她问。

"是的，夫人，我在那里被看成市长先生的间谍，还真是荣幸之至。"

"如果他听我的话，本该出去躲躲的。"

这时，德·雷纳先生回来了，他的脸色非常阴沉。吃晚饭时大家脸上都没有笑容。德·雷纳先生命令于连和孩子们回韦尔吉乡下，所有人一起动身，一路上市长都心情沮丧。德·雷纳夫人安慰她的丈夫道："这种事您应该习惯的，我的朋友。"

晚上，一家人坐在炉火周围，默不作声，只能听着山毛榉噼啪燃烧的声音聊以取乐。哪怕是关系最亲密的家庭，也会有这样寥落的时刻。忽然间，一个孩子快活地叫了起来："有人敲门！有人敲门！"

"见鬼！如果是圣吉罗那个家伙以道谢的名义再来对我纠缠不清，"市长叫嚷着，"我就会让他知道，他做的混账事情实在太过分了！他真正应该感谢的人是瓦莱诺先生，我是无辜被牵扯进来的人。如果那些该死的雅各宾派报纸知道了这件事，并把我当成诺南特·辛克先生 [1]，我就真的百口莫辩了！"

此时此刻，一个相貌异常英俊、留着茂密胡子的男人跟在仆人身后走了进来。

"市长先生，我是il signor Géronimo [2]。我这里有一封那不勒斯使馆的博韦斯骑士在我出发前托我交给您的信，这已经是九天前的事了。"杰罗尼莫先生带着愉快的心情看着德·雷纳夫人，又补充道，"您的亲戚博韦斯骑士是我的好友，夫人，他说您懂意大利语。"

这位那不勒斯人的开朗心情让整个夜晚的愁云惨雾消散了，大家都开心了起来。德·雷纳夫人坚持邀请他一起用餐。她让整座屋子里的人都忙活起来，想方设法转移于连的注意力，让他忘记白天两次被别人当成间谍的坏心情。杰罗尼莫先生是一位著名的歌手，富有教养又善于逗乐别人，这些品质在法国很难出现在同一个人身上。用餐完毕，他与德·雷纳夫人合唱了一小段对唱歌曲，随后又讲了几个引人入胜的小故事。到了凌晨一点，于连让孩子们快去睡觉，而孩子们却大声嚷着不想离去。"再讲个故事吧。"最大的孩子说道。

"那我来讲个我自己的故事吧。"杰罗尼莫先生对大孩子说，"八年前，我和你一样，是那不勒斯音乐学院的一名年轻学生，我是说我的年纪和你一样，但我不像你们这般幸运，能成为美丽

——

1　根据儒勒·马尔桑在《红与黑》法语注释版中的说明，"诺南特·辛克"是马赛方言"九十五"的音译，是对马赛一位名叫德·梅林多尔的法官的嘲讽，他有一次在念判词时用马赛方言说出了"九十五"，因而受到了自由党人士的嘲笑，被他们称呼为"诺南特·辛克先生"。这里表达的是德·雷纳先生不想被自由党嘲讽的意思。
2　意大利语：杰罗尼莫先生。

的韦里叶城的杰出市长的儿子。"

听到这些话，德·雷纳先生叹了口气，看了看他的妻子。

"Le signor Zingarelli[1]，"这位年轻的意大利歌手的口音逗得孩子们大笑起来，他继续说道，"津加雷利先生是个格外严厉的老师，在学校不受欢迎，可他总是要求别人表现出喜欢他的样子。我最喜欢溜出学校去玩儿了。我去了圣卡里诺小剧院，在那里我听到了像仙乐一样的曲子，真是好听啊！但是，天哪，怎样才能凑足八分钱去买一张正厅的入场券呢？那可是笔巨款啊！"他望着孩子们说，孩子们被逗得开怀大笑，"圣卡里诺剧院院长吉奥瓦诺纳先生听到我唱的歌，当时我只有十六岁，他说：'这孩子真是个天才！'

"'想让我雇你来吗，我亲爱的朋友？'他对我说。

"'那你会给我多少钱？'

"'每月四十杜卡托[2]。'先生们，那可是一百六十法郎啊！我想我看到天堂的门为我敞开了。

"'但是怎么才能让严格的津加雷利先生常常放我出来呢？'

"'Lascia fare a me![3]'"

"这事包在我身上！"最大的孩子喊道。

"正是如此，我的小阁下。吉奥瓦诺纳先生对我说：'Caro[4]，我们先签份简单的合同。'我签了，他给了我三个杜卡托。我从没见过这么多钱。他随后告诉了我接下来该怎么做。第二天，我求见恐怖的津加雷利先生。他的老仆人让我去他的房间。

1　意大利语：津加雷利先生。
2　杜卡托，威尼斯的一种古币。
3　意大利语：这事包在我身上！
4　意大利语：亲爱的。

"'你想从我这里得到什么，你这个混账？！'津加雷利说。

"'Maestro[1],'我对他说，'我忏悔我的过错，我永远不会再翻铁栅栏逃出学院了，我会加倍努力学习的。'

"'要不是不想糟蹋了我听过的最好听的男低音，我一定会把你关禁闭，两个星期只给你面包和水喝，你这个小流氓。'

"'Maestro,'我说，'credete a me[2]，我将成为全校的榜样。但我求您给我一个恩典，如果有人来请我到外面唱歌，请帮我拒绝。您就说您绝不批准。'

"'真是见鬼了。谁会要你这样的坏小子出去唱歌呢？我怎么可能允许你溜出学院？你是在跟我开玩笑吗？快滚！快滚！'他说着，朝我的屁股上踢了一脚，'不滚的话，就把你关起来，只给你干面包吃。'

"一小时后，吉奥瓦诺纳先生就来找津加雷利先生了。

"'我来是请您赐我好运。'他对津加雷利先生说，'请把杰罗尼莫给我吧，让他到我的歌剧院唱歌，这样的话，冬天我就有钱嫁女儿了。'

"'你要这个坏家伙做什么？'津加雷利先生对他说，'我不同意，你得不到他。再说了，即使有一天我同意了，他也别想离开学院，他刚对我发过誓的。'

"'如果只是他个人意愿问题的话，'吉奥瓦诺纳严肃地说着，并从他的口袋里抽出我的合同，'carta canta[3]！这里可有他的亲笔签名。'

———

1　意大利语：老师。
2　意大利语：请相信我。
3　意大利语：唱歌合同。

"津加雷利先生立即大发雷霆，死命地摇着铃铛。'把杰罗尼莫扔出音乐学院。'他喊道，怒火中烧。于是我被赶了出来，我开怀大笑。当天晚上，我就唱了莫蒂普利科的咏叹调：驼背小丑想结婚，用手指头数着家里需要的物品，结果越算越糊涂。"

"啊！先生，请你给我们唱唱这首曲子吧！"德·雷纳夫人说道。

杰罗尼莫唱起了这首滑稽的歌，所有人都笑出了眼泪。杰罗尼莫先生直到凌晨两点才去睡觉，他得体的举止、殷勤的性格和幽默的谈吐让这一家人开心极了。

第二天，德·雷纳先生和夫人把他所求的法国宫廷的介绍信交给了他。

"所以说，到处都是虚情假意呀。"于连想着，"这样的话，杰罗尼莫先生就能拿到六万法郎的酬金去伦敦了。如果没有歌剧院院长吉奥瓦诺纳的处事手段，也许他的好嗓子要到十年后才能被人赏识。我的天啊，我宁愿做杰罗尼莫，也不愿成为德·雷纳先生。杰罗尼莫或许在上流社会并没有那么体面，但是他不必像德·雷纳先生那样为那天的房屋出租招标会苦恼。他的生活是多么快乐。"

有一件事让于连感到惊讶：在韦里叶城中的德·雷纳先生家度过的孤独的几周，对他来说竟是一段幸福的时光。他只在被人邀请的晚宴上才会感到厌烦，出现悲伤的念头。而当他独自在房间里时，他就可以在不被打扰的情况下阅读、写作和思考。以前他每时每刻都要探究那些卑鄙心肠的种种动荡，并用虚伪的言行诓骗他们，而在这个时候，他可以无忧无虑地陷入美妙的遐想。

"难道幸福就离我这么近吗？……"这样的生活其实并不难

以实现，我可以选择与伊莉莎结婚，或者当福盖的合伙人……一个攀登陡峭高峰的旅行者，在山顶坐下小憩会感到非常惬意，但是如果他被迫一直休息下去，真的会感觉幸福吗？

德·雷纳夫人的脑海中涌起一些命中注定、无法抗拒的念头。尽管曾经决心隐瞒，但她还是向于连坦白了整个招标会的情况。"这么看来，他真的会让我忘掉自己发过的誓啊。"德·雷纳夫人心想。

如果看到丈夫处于危险之中，她会毫不犹豫地牺牲自己的生命来拯救他。她是那种拥有高尚而浪漫的灵魂之人。对这种人来说，发现有扶危济急的机会而不抓住，会让他们产生一种犯罪的愧疚感。然而，时不时地，她脑海中也会冒出一些邪恶的念头，她无法控制地幻想这样的情景：如果她突然变成了寡妇，就可以嫁给于连了，这会是一种怎样极致的幸福！

于连对她的儿子们的爱，要比他们的父亲多上许多，尽管他教书严厉，但还是深受孩子们的爱戴。她心里清楚，倘若嫁给于连，就要离开韦尔吉，尽管她如此珍爱这里的树荫。他们会搬去巴黎生活，继续给孩子们令所有人都羡慕不已的教育。孩子们会跟她和于连美满幸福地生活在一起。

这就是十九世纪婚姻所造成的奇怪后果！当两个人因为爱而结婚，婚后的无聊琐碎肯定会让爱情变得令人厌倦。然而，正如一位哲学家所言，对于那些不用工作的有钱人来说，他们在一潭死水的生活中所体会到的这种厌倦尤其深刻；而对于那些女性来说，只要不是心如死灰，就一定会忍不住坠入情网。

这个哲学家的观点让我原谅了德·雷纳夫人，但是她在韦里叶城人们的眼中却成了众矢之的。大家都对她婚外情的传闻津津乐道，只有她被蒙在鼓里。因为有这个茶余饭后的重大谈资，这个秋天人们不像往常那样无聊了。

秋去冬来，时间过得飞快，转眼就到了德·雷纳一家离开韦尔吉、回到韦里叶城的日子。韦里叶城的那些上流人士，因为德·雷纳先生完全没有留意到他们的流言蜚语感到愤然不快。那些平时一本正经、却以到处说人闲话为乐的道学人士，仅用了不到八天的时间，就用最为微言谨慎的方式，让德·雷纳先生产生了满肚子的狐疑和猜忌。

瓦莱诺先生安排周密，将女佣伊莉莎安排在一个颇有声誉的贵族家里，此人家中有五个喜欢说闲言碎语的女人。伊莉莎自己说，她担心在冬天没人请她，主动要求只拿在市长家的薪水的三分之二。她还想出了一个妙计，就是分别去前任神父谢兰和新任神父马斯隆那里做了忏悔，把于连偷情的勾当事无巨细地全盘托出。

于连从韦尔吉回来的第二天，才刚早上六点，就被谢兰神父叫走了。

"我什么都不盘问你，"他说，"我请求你，如果非得这么说的话，我命令你，不要开口说话，三天之内立刻离开韦里叶，要么去贝桑松神学院学习，要么去你的朋友福盖那里，他随时会给你提供一个很不错的差事。我什么都知道了，也帮你把一切打点好了，你必须立刻离开，一年之内不要回来。"

于连一言不发，心想："谢兰先生又不是我的父亲，他的这种关心是不是对我个人幸福的一种冒犯？"

最后他对神父说："明天这个时候，我有幸再来见您。"

谢兰先生滔滔不绝地说着，想用言辞来制伏这个如此年轻的小子。无论是表情还是态度，于连都表现出了毕恭毕敬的样子，但始终闭着嘴不发一言。

终于，他从神父家告辞，赶去通知德·雷纳夫人。当他见到夫人时，发现她整个人看起来垂头丧气的。她的丈夫刚刚跟她开诚布公地谈了话。德·雷纳先生生性软弱，再加上他特别想要贝桑松姑妈的那笔遗产，于是认为自己的妻子是完全无辜的。他刚刚向她坦白了他发现韦里叶城里人们奇怪的舆论。这种舆论显然是错误的，人们被有心的嫉妒之徒引入歧途，但又该怎么办呢？

德·雷纳夫人曾有片刻的幻想，认为于连或许会接受瓦莱诺先生的聘请，留在韦里叶继续生活。但她不再是一年前那个简单而胆小的女人了，那些无法抑制的激情、折磨她内心的悔恨，让她变得更加精明。听着丈夫的话，她痛苦地意识到，与于连的分别——至少是暂别，已经无法避免了。"不在我的身边，于连就会重拾那些野心勃勃的计划。是的，当一个人一无所有的时候，这是自然而然的事。而我，天主啊，我虽然那么富有，但对我的幸福于事无补！于连会忘了我的。他这么招人爱，很快就会有别的女人爱他，他也会爱上别的女人。啊！我真可怜……我又怎么能抱怨呢？上天是公正的，我没能让这个罪孽及时停止，老天就夺走了我的判断力。我本该用金钱收买伊莉莎的，没有什么比这更容易的了。我从没留意过这些，哪怕片刻也没有，只顾把全部的时间投入到爱情的疯狂幻觉中去。这回可算完了。"

令于连震惊的是，当他把自己要动身离开这个可怕的消息告诉德·雷纳夫人的时候，她并没有自私地表示反对。很显然，她在努力克制，不让眼泪掉落。

"我们需要坚强，我的朋友。"

说着，她剪下了一缕头发。

"我不知道以后会如何，"她说，"但如果我死了，答应我，你永远不要忘记我的孩子。无论离他们远还是近，你都要竭力将他们培养成正直的人。如果大革命再次发生，所有贵族都在所难逃，他们的父亲可能会因为杀害那个藏在房顶的农民而被迫流亡海外。请照顾这个家……给我你的手。永别了，我的朋友！这是我们最后的时刻。做出了这个牺牲，我就能因为守住了声誉而敢于面对公众。"

于连本以为她会痛不欲生，而她却简单而坚定地提出道别，这让于连大为触动。

"不，我不接受就这样跟您分开。我会走的，这是他们所希望的，或许也是您希望的。但是三天之后我会回来，在夜里与您相会。"

听了这话，德·雷纳夫人心里翻江倒海。她明白了，于连确实是爱她的，否则他不会想方设法回来与她相会！那些噬心刻骨的痛苦，骤然变成了一股她有生以来感受到的最强烈的快乐。对她来说，一切都不再困难了。她确信能够再次与她的爱人相会，在最后的时刻，撕裂她的一切痛苦忽然烟消云散了。从那一刻起，德·雷纳夫人的行为和她的面容一样，高贵、坚定、从容不迫。

德·雷纳先生回来了，显得怒不可遏。他终于把两个月前收到匿名信的事告诉了妻子。

"我要把这信带到俱乐部去，让所有人都知道它出自瓦莱诺那个浑蛋之手。之前我把他从贫民窟里拉出来，让他成为韦里叶最有钱的富人。我要公开羞辱他，跟他决斗。他太过分了。"

"天哪！我有可能成为寡妇。"德·雷纳夫人心想。但几乎在同一时刻，她对自己说："我完全可以阻止这场决斗，倘若我没有阻止的话，我将成为谋杀丈夫的凶手。"

她比任何时刻都更加巧妙地迎合丈夫的虚荣心。不到两个小时，她就说服了丈夫，并让他认为是他自己这样觉得的：应该向瓦莱诺先生展示出更多的友爱，甚至应该将伊莉莎接回家中。这个女仆是德·雷纳夫人如今所有困境的根源，把她重新请回家中是需要勇气的。这个主意是于连出的。

经过妻子的再三暗示，德·雷纳先生终于通过自己的权衡得出了一个结论，这涉及一个令他痛苦万分的经济问题：在全城都议论纷纷的时候，对他最为不利的，是让于连继续留在韦里叶城，去瓦莱诺先生家当家庭教师。接受乞丐收容所所长的聘用是最符合于连利益的选择。但是，倘若他离开韦里叶城，去贝桑松或第戎的神学院进修，可以最大限度地保全德·雷纳先生的面子。但如何才能说服于连去神学院呢？他去那里又靠什么生活？

德·雷纳先生眼看着又要掏出一笔钱来，他内心的痛苦甚至比此刻的妻子更甚。至于德·雷纳夫人，在跟丈夫沟通成功之后，她的状态看起来仿佛是一个对生活厌倦透顶的人，鼓起勇气吞下一瓶曼陀罗致幻药，此后的人生听天由命，一切对她而言都如同死灰。就像路易十四临终时说的话："当年我可曾是无上之君。"多么令人心神俱醉的话啊！

第二天一大早，德·雷纳先生就收到了一封匿名信，其中充满了最具侮辱性的言语，字里行间都透着刺中他要害的粗鲁。这是一个心怀嫉妒的下属所为。这封信又点燃了德·雷纳先生想跟瓦莱诺决斗的想法。不一会儿，他鼓起勇气，采取了行动。他一个人出了门，去了兵器店，买了两把手枪，让人装好了子弹。

他心想："就算拿破仑皇帝重新用苛政来统治世界，我也问心无愧，因为我没有一分钱是诈骗得来的。我最多算是对那些事睁一只眼闭一只眼，是我办公桌里放着的那些信件让我这么做的。"

德·雷纳夫人被她丈夫那冰冷的怒火吓到了，之前好不容易忘掉的守寡的念头又一次浮现在她的脑海中。她把自己和丈夫单独关在屋里，一连几个小时，都没能成功地说服他。新的匿名信让他铁了心肠。最终她终于成功地劝说了丈夫，让他把抽瓦莱诺耳光的想法转化为向于连提供价值六百法郎的神学院一年的寄宿费用。德·雷纳先生咒骂了一千次将于连请到家中做家庭教师的那一天，暂时忘记了那封匿名信的存在。

不过有个想法让他稍感快慰，这个想法他没说给妻子听：他准备利用于连年轻人容易冲动的特征，用巧妙的方法付出较少的金钱就让他拒绝瓦莱诺先生的聘请。

而德·雷纳夫人所面临的问题则更加艰巨。她想让于连接受德·雷纳先生提供的这笔钱财。于连为她丈夫的面子而放弃了乞丐收容所所长所提供的一份有八百法郎收入的工作，因此接受这笔补偿款是不应有愧的。

"但是，"于连总是推托道，"我从来没有去瓦莱诺先生家里工作的想法啊，哪怕是一瞬间也没有。您已经让我习惯于优雅的生活了，那些人的粗俗会要了我的命。"

贫穷用残酷的铁腕让于连的意志力屈服。他的骄傲之心让他产生了一个想法：仅仅作为欠款接受韦里叶市长的资助，并向他出具一张五年之内连本带利偿还的借条。

德·雷纳夫人在山上的小山洞中还藏了几千法郎。她颤抖地提出将这笔钱赠给于连，因为她太害怕会激怒于连，被他拒绝。

"您这是希望我们爱情的回忆变得令人厌憎吗？"于连对她说。

终于，于连离开了韦里叶城。德·雷纳先生开心得要命，因为在他向于连掏钱的那个痛苦时刻，于连觉得这个男人的牺牲太大了，断然拒绝了那笔钱。德·雷纳先生高兴得满眼是泪，跳过去搂住了他的脖子。于连向德·雷纳先生求取一封可以证明他德行良好的书信，他竟然激动到找不到足够美好的词汇去赞美于连的高尚品质。我们的主人公有五个金路易的存款，并准备再向福盖讨五个金路易。

在离别的时刻，于连心潮澎湃。在韦里叶城，他留下了多少爱啊。然而，在他出发走了大约一法里之后，他就满心幸福地想着要好好见识一番像贝桑松这样的大城市和军事重地了。

在此后短短的三天中，德·雷纳夫人承受了爱情中最残酷的失望与沮丧，但生活尚可忍受，因为在这最深重的痛苦之中，还存留着能跟于连再次幽会的希望。她以分钟和小时来计算着两人分开的时间，终于，在第三天的晚上，她仿佛从远处听到了什么声音。是于连回来赴约的信号！历经了千辛万险，于连终于又出现在她的眼前。

这一刻，她脑海中只有一个想法："这是我们最后一次见面了。"她并没有对情人的热情相待做出回应，仿佛是具只剩一丝热气的尸体。她强迫自己说爱他，但那种强颜欢笑的神情产生了相反的效果。她的心中全都是即将与他永别的念头，再也无暇顾虑其他。有那么一刻，生性多疑的于连以为自己已经被她遗忘了。他的几句埋怨之语所获得的回应，是德·雷纳夫人无声而滚烫的热泪，她近乎痉挛地紧握着他的手。

"上天啊！我要怎么才能相信您呢？"于连看到他的情人做出的承诺是如此死气沉沉，便对她说，"哪怕对德尔维夫人这个普通相识，您都会表现出比这真诚百倍的热情。"

德·雷纳夫人愣在那儿，不知道该回答什么好，她只能回应道："这辈子我都不可能遭遇像现在这般的痛苦了……我真想一死了之……我的心全都冷透了……"

这就是两人分开之前，于连得到的最长的回答。

天色渐渐明朗起来，离别迫在眉睫。德·雷纳夫人完全止住了眼泪。她一言不发地看着于连将一根绳子系在窗户上打了结准备翻窗溜走。她也没有回应于连的吻。于连只能对她说："我们终于走到了您一直期望的这一步。从此以后，您可以毫无悔恨地生活了。倘若您的孩子有什么不舒服，您也不会认为他们将要进坟墓了。"

"您就这样走了，都没能再抱一抱小格萨维耶。我感到很难过。"她冷冰冰地回应道。

最后，德·雷纳夫人像具活死尸一样拥抱了于连，于连内心深深地被震撼了，在出发走出好几里地之后，他心中只是想着德·雷纳夫人，无法有别的念头。他内心苦不堪言，在翻过大山之前，只要还能望到韦里叶教堂的钟楼，他就忍不住频频回首。

第二十四章
大都市

那么多嘈杂的声音，那么多繁忙的人！在一个
二十岁的年轻人的头脑中，对未来会有多少憧憬！他又
怎能专注于爱情！

——巴纳夫

终于，于连看见了远处高山上耸立着的黑色围墙。他叹了口
气想道："这就是贝桑松的堡垒。如果我来到这个高贵的军事重
地，成为一名守城的军团少尉，那一切将会完全不同！"

贝桑松不仅是法国的一座风景秀美的城市，还住满了心地善
良、智慧超群的人。然而于连仅仅是个出身低微的农民，没有办
法接触到那些出类拔萃的人物。

他去福盖那里借了一套市民的衣装，穿着这身衣服走过入城
的吊桥。他满脑子都是一六七四年围城之战的历史，想在被关进
神学院之前先去看看这里的城墙和堡垒。有两三次他差点被哨兵
逮捕。他进入了工兵部队禁止公众进入的地方，因为工兵们每年

会将那里生长的干草拿来卖钱，售价十二到十五法郎。

高耸的城墙、深深的沟渠、阴森狰狞的大炮，不知不觉间就占据了他好几个小时的时间。他随后来到林荫大道上，看到一间咖啡馆。他呆立当地，心中满是赞叹。他能看懂两扇巨大的门上写着的"咖啡馆"三个字，却惊讶地不相信自己的眼睛。他努力克服自己的羞怯，鼓起勇气走了进去，发现自己置身于一个三四十步长、至少二十尺高的大厅里。那天对他来说，简直如梦似幻。

两张台球桌上正在进行比赛。服务员大声喊出了分数，打球的人围着桌台跑动，周围挤满了围观的顾客。每个人口中都喷吐出一股股烟雾，像一大片蓝云将人们笼罩其中。这些人高大的身材、宽阔的肩膀、沉重有力的步伐举动、浓密的胡须，以及包裹他们的长长的礼服，这一切都吸引着于连的注意力。这些古老的贝桑松的高贵子孙，他们一开口就是吼叫，露出一副彪悍骁勇的可怕模样。于连一动不动地欣赏着这一切，他想到了像贝桑松这样的大都市的广阔和宏伟。他觉得自己没有勇气向那些目光骄傲、高喊着台球比赛分数的侍应生要一杯咖啡。

然而，在吧台那边，有个姑娘注意到了这个从乡下来的年轻小伙子的俊俏身影。她站在离火炉三步远的地方，胳膊上挎着个小包，正在端详一座漂亮的白石膏雕刻的国王半身像。这个姑娘是个身材高挑的弗朗什－孔泰人，她外形姣好，穿着体面，可以为这样的咖啡厅增添光彩。她用只想让于连一个人听见的声音喊了两次："先生！先生！"于连转过头来，目光与一双温柔的蓝色大眼睛相遇了，他确定她是在跟他说话。

他立刻向吧台那边的漂亮姑娘走去，那气势仿佛冲向一个敌人。因为动作太大，他的包裹都掉落了。

于连这个外省人会引起那些巴黎中学生怎样的怜悯啊，他们十五岁时就可以气定神闲地进入这样的咖啡馆了。但是，像这种十五岁就有如此经验的孩子，到了十八岁时就泯然众人了。外省人身上会有一种涌动着激情的羞涩，他们在克服这种羞涩的同时也生出了更多的憧憬和欲望。当靠近那个肯纡尊降贵地跟他讲话的如此美丽的年轻姑娘时，于连想："我必须跟她实话实说。"战胜了羞怯之后，他陡然变得勇敢起来。

"夫人，我这辈子第一次来到贝桑松，我想买一条面包和一杯咖啡。"

这个姑娘笑了，随后脸上泛起了红晕。她害怕那些打台球的人注意到这个漂亮的年轻人并讥讽他、开他的玩笑。他会被吓到，以后再也不回来了。

"请到这里来，来我旁边。"她指着一张大理石桌子说。这张桌子几乎完全被桃花心木的吧台给遮住了。

这个姑娘弯腰将身体探出吧台，将绝美的身形展示了出来。于连看着她，内心的所有想法忽然改变了。这位美丽的女士刚刚把杯子、糖和一块小面包放在他面前。她犹豫着要不要叫服务员来送咖啡，因为她明白，当服务员来的时候，她就无法跟于连独处了。

于连若有所思，他将这位快乐的金发美女与常常在他内心泛起的回忆联系在了一起。想着他曾被别人如此深情地爱着，那些羞涩不自信就烟消云散了。只用了片刻，这位漂亮小姐就在于连的眼神中猜到了他的想法。

"这里的烟斗喷出来的烟雾真呛人。明天早上八点之前来找我吃早餐吧，那时这里只有我一个人。"

"您叫什么名字？"于连问道，脸上露出幸福羞涩、惹人怜爱的微笑。

"阿曼达·比内。"

"一小时后，我送一个跟这个一般大的提包给您作为礼物，您说好吗？"

美丽的阿曼达思考了一下，回答说："这里会被人看到，您做这种事情可能会影响到我。不过，我可以把地址写在一张卡片上，您可以把卡片放到包上，然后大胆地寄给我吧。"

"我叫于连，"年轻人说，"我在贝桑松既没有亲人，也没有朋友。"

"啊！我明白了！"她开心地说，"您是来上法学院的吧？"

"哎呀，不是！"于连回答，"有人送我来上这里的神学院。"

阿曼达的脸上立刻笼罩了一层深深的失望。她叫来了服务生，现在她无所谓了。服务生给于连倒了咖啡，却看都没看他一眼。

阿曼达是吧台后面的收银员，于连为自己敢于跟她搭讪而倍觉骄傲。这时，一张台球桌上发生了争吵。打台球的人的喊叫和争辩在这间宽阔的大厅中回荡着，形成一股喧闹的波浪，让于连震惊不已。阿曼达垂着眼睛，不知道在想些什么。

"如果您愿意的话，小姐，我可以跟别人说我是您的表亲。"

他的那股不容置疑的气场让阿曼达觉得欢喜。"这并不是一个微不足道的小子。"她心想。她在快速地跟于连讲话的同时，眼睛却忙着看是否有人接近吧台，没有正视于连。

"我是从第戎附近的让利斯镇来的，跟他们说你也来自让利斯，是我娘家的表亲。"

"我会记住的。"

"夏天，每个星期四的五点钟，神学院的那些小教士会路过咖啡厅门前。"

"如果那个时候你想我的话，当我经过的时候，记得手里拿着一枝紫罗兰。"于连说。

阿曼达惊讶地看着他，她的目光将于连的勇敢转化成了莽撞。于连的脸一直红到耳根，他对她说道："我感到自己狂热不已地爱上了您。"

"小声点儿说话。"她带着惊慌的神色说道。

于连想起他在韦尔吉读过的《新爱洛依丝》里的句子，随即背了出来。他记忆力超群，给阿曼达小姐背了足足十分钟，阿曼达听得开心极了。于连正在为自己的大无畏沾沾自喜的时候，忽然发现这个漂亮的弗朗什－孔泰姑娘的脸上突然罩上了一层寒霜。她的一个情人出现在咖啡馆的门口。

他走向柜台，一边吹着口哨，一边晃着肩膀。他看到了于连，忽然间，于连满脑子都是即将要跟他进行一场决斗的想法——他的思想总是喜欢走极端。他脸色煞白，推开杯子，摆出一副胸有成竹的样子，非常专注地看着他的对手。然而他这位情敌只是低下了头，熟练地在吧台上倒了一杯烈酒。阿曼达用眼神示意于连垂下眼睛不要看了。他听话地低下头，在原地一动不动地保持了两分钟。他面色苍白，态度坚决，心里想的都是即将发生的一切。在这一刻，他表现得真不错。那个情敌看到于连的眼神感到奇怪，一口喝干了杯中的烈酒，对阿曼达说了一句话，然后两手分别插进宽大燕尾服的侧袋，盯着于连，走到一张台球桌前。于连愤怒不已，站了起来，但是他不知道如何表现出放肆无礼的样子。他放下他的小包，表现出他能想到的最疯狂的气势，走向台球桌。

他脑中谨慎的那部分提醒自己："到达贝桑松的第一天就跟人决斗，神职人员的职业生涯就断送了。"却于事无补。

"断送又怎么样呢？"他又想，"人们又不会赞美我宽容大量地放过一个无礼之徒。"

阿曼达看到了于连的勇气，这与他的天真无辜形成了鲜明的对比。一时间，她更喜欢于连而不是那个穿着燕尾服的高个子年轻情夫。她站了起来，一边装作看街上走过的一个人，一边走过来，迅速地站在于连和台球桌之间。

"不要总是盯着这位先生，他是我的姐夫。"

"那又怎么样，他也在看着我。"

"您是想给我找麻烦吗？毫无疑问，他是在看着您，也许他甚至会来和您聊聊。我跟他说您是我的娘家亲戚，来自让利斯。他是弗朗什－孔泰人，在勃艮第的大路上从没到过离多勒[1]更远的地方。你完全不用怕，可以想到什么就说什么。"

于连还在犹豫要不要就此罢手。她又说了很多，吧台女的想象力给她提供了很多说谎的素材。

"他是在盯着您看，但那个时候他在问我您是谁。他是一个对所有人都粗鲁无礼的人，不是存心要侮辱您。"

于连的目光追随着这个所谓的姐夫，看到他买了一个号码，去了较远的第二张台球桌。于连听到他用粗鲁的嗓音语带威胁地

---

1 多勒，法国的一个市镇，位于弗朗什－孔泰大区。

喊着："让我来开球。"于连急忙走到阿曼达小姐后面，朝台球桌走近了一步。阿曼达拉住他的胳膊。

"您先来把钱付给我。"她对他说。

"这就对了，"于连想，"她害怕我不付钱就走了。"

阿曼达像他一样激动，满脸通红。她尽可能慢地为他找零钱，同时压低声音对他说道："立刻离开咖啡馆，否则我就不再爱您了，然而我是很爱您的。"

于连果然出去了，但是走得很慢。"难道我就不能吹着口哨去看看那个无礼之辈到底怎么样了吗？"他对自己说道。他犹豫不决地在咖啡馆门前又待了一个小时，但那个男人始终没有出现，于是他就离开了。

于连在贝桑松只待了短短几个小时，就发生了这件令他懊悔的事情。之前的那位老外科医生虽然患有痛风病，却还是教过他几个击剑技巧的，这就是于连想发泄自己的怒火所能使用的全部本事了。但是，倘若于连除打别人耳光之外还有其他泄愤的方法，就不会这么恼火了。但是他那位情敌是个高壮的汉子，两人若真打起架来，他一定会把于连掀翻在地，痛揍一顿。

于连心想："像我这样的可怜鬼，没有保护人，也没有钱，进了神学院和坐监狱有什么区别？我必须把这身市民的衣服先寄存在一家客栈里，然后换上黑色教士袍。如果有一天我能从神学院溜出来几个小时，我就能穿着市民的衣服再次见到阿曼达小姐了。"这个想法很美好，但是于连却没有勇气踏入任何一家客栈。

在第二次路过一家叫大使酒店的客栈时，他焦虑的目光终于与一个胖胖的女人的目光相交了。这个女人依然年轻，面色红润，神情幸福而快乐。她是这家客栈的女主人。于连走向她，对她诉说了自己的情况。

"当然可以了，我漂亮的小神父。"她对于连说，"我会好好收藏您的市民套装，还会经常抖去上面的灰尘。"在这种天气下，将这种毛呢料子的衣服放在那里不管是不对的。她拿了一把钥匙，亲自把他领入一个房间，建议他写下想要寄存的东西的名称。

"上帝啊！索雷尔先生，您长得真俊！"胖女人对下楼到厨房来的于连说道，"我去找人给您做顿美味的晚饭，"她压低了声音补充道，"只收您二十个苏，别人是要收五十个的，但是应该好好照顾一下您的小钱包。"

"我有十个金路易。"于连有些骄傲地回答。

"啊，好家伙！"好心的女主人惊慌地回答说，"别说得这么大声，贝桑松有很多坏人。他们在一瞬间就能把你所有的东西偷走。最重要的是，千万不要进入咖啡馆，那里都是坏人。"

"真是这样！"于连说道，这番话引起了他的思考。

"您以后就只到我这儿来就行，我会让人给您煮咖啡的。记住，在这儿永远有您的一个好朋友，还有只付二十个苏就能吃到的晚餐。我想咱们就这样说定了，去上桌吃饭吧，我亲自来为您服务。"

"我吃不下东西，"于连说，"我太激动了，离开您这儿后，我就要去神学院了。"

这位善良的女士用食物将于连的口袋装得满满的，才放他离开。终于，于连要去往那个可怕的地方。老板娘站在门前，给他指了路。

第二十五章

神学院

三百三十六顿价格为八十三生丁[1]的午餐，三百三十六顿价格为三十八生丁的晚餐，有资格的人可以吃巧克力，把这买卖承包出去，能赚多少？

——贝桑松的瓦莱诺

于连远远地看到了门上的镀金十字架，他慢慢走近，两条腿都在发软。"这就是那座人间地狱了，我进去后就逃不出来了！"终于，他下定决心敲响了门铃。铃声响起，仿佛在荒无人迹的空间里回荡。十分钟后，一个身穿黑衣、脸色苍白的男子来给他开了门。于连看了他一眼，然后垂下双目。这个看门人长了一副奇特的相貌，突出的绿色瞳孔像猫的一样圆润。他的眼皮轮廓一动不动，表明他可能没有什么同情心。他的薄嘴唇在龅牙上围成了一个半圆。这种相貌所展现的并不是罪恶，而是一种绝对的冷

---

1 生丁，法国辅币，100生丁合1法郎。

漠和麻木，这对于一个年轻人来说，比罪恶更加恐怖。于连抬头迅速瞥了一眼，在这张虔诚的长脸上，他只隐约感受到一种感情——只要不是关于天国的事情，他对一切都极度地嗤之以鼻。

于连努力抬起眼睛，因为心跳过快，他的声音都颤抖了，他说想和神学院的院长皮拉尔先生谈谈。穿黑衣服的看门人一言不发，打了个手势让他跟随在后。他们上了两层楼，楼梯很宽，扶手是木头做的，阶梯弯曲变形，朝与墙壁完全相反的方向倾斜，看上去好像随时都要倒塌似的。看门人困难地打开一扇小门，门上有个在墓地里常见的漆成黑色的十字架。他把于连领进一间阴暗低矮的房间，被白灰粉刷过的墙上挂着两幅因年代久远而泛黑的巨幅油画。于连被独自留在这间屋子里。他吓坏了，心脏剧烈地跳动着。如果此时此刻能哭出声来，他可能反而更好受些。整间房屋，只有死一般的寂静。

过了一刻钟——这段时间对于连来说好像一整天一样漫长，那个相貌可怖的看门人再次出现在房间另一头的一扇门的门口。他不屑于开口讲话，只是打手势让于连往前走。

于连走进了另一个房间，这房间比之前的更大、更昏暗。墙壁被粉刷成灰白色，但是没有家具。于连经过时，在靠近门的一个角落里看到了一张白木床、两把藤椅，以及一张枞木板制成的小扶手椅，其上没有坐垫。房间另一头有一扇发黄的玻璃窗，窗台上摆放着几个花瓶，里面脏乱地插着花。于连看到有个人坐在桌子前，身上穿着一件破旧不堪的教士袍，他看上去很生气，从许多裁成小方块的纸片中一张接一张地拿起来，写上几个字以后，整齐地排在桌子上。他没有注意到于连的存在。于连一动不动地站在房间中间，看门人把他单独留在那里，转身出去并关上了门。

十分钟过去了，那个衣着破旧的人还在写着什么。紧张和恐惧让于连快要昏倒了。对于此情此景，一位哲学家也许会说："这就是那种天生对美感充满爱的人，看到丑陋的东西所产生的最强烈的印象。"这种说法或许也不一定正确。

这个写字的人抬起了头——于连过了一会儿才察觉到这点，即使他看到了，也呆若木鸡、无法动弹，仿佛被投向他的那束恐怖的目光给击杀了一般。于连用自己模糊不清的眼睛艰难地分辨出一张长长的脸，上面布满了红色的雀斑。他的额头苍白得像个死人，而在布满红斑的脸庞和苍白的额头之间，两只小黑眼珠闪着光，能让最勇敢的人吓破胆。他宽阔的前额被一头乌黑、浓密而直挺的头发勾勒出了轮廓。

"您到底要不要过来？"他不耐烦地说。

于连脚步不稳地走上前去，简直就像随时要摔倒似的，脸色是此生未有的苍白。他在离摆着方格纸的白色小木桌三步远的地方停了下来。

"再走近点。"这个人说。

于连又向前走了一步，伸出手，似乎想找个地方靠住。

"您的名字？"

"于连·索雷尔。"

"您迟到了这么久。"那人说着，可怕的眼神再次降临到于连身上。

于连无法承受这目光。他伸出手，像是想找个依靠，接着就直挺挺地栽倒在地。

那人摇铃唤人。于连看不见，也动弹不得，只听到有个脚步声在向他靠近。他被抬起来，安置在一把白木做的小扶手椅上。他听到那个可怕的人对看门人说："他看来是得了癫痫，可真够呛。"

于连终于睁开眼睛了。他看到那个满脸红斑的人还在写东西，而看门人已经退下了。我们的主人公对自己说："一定要勇敢起来，尤其不能让他知道我此时的感受。"一阵剧烈的恶心正困扰着他，"如果我挺不住了，天知道他会怎么看我。"

那人终于停下了笔，斜睨着于连："您能回答我的问话吗？"

"能，先生。"于连用微弱的声音答道。

"啊！这就好。"

穿黑衣服的人半立起身子，咯吱咯吱地拉开枞木桌子的抽屉，不耐烦地翻找着一封信。找到信后，他慢慢坐下，再次看着于连，那神情仿佛要把他已经所剩不多的生命全部夺走。他说道："您是谢兰先生推荐给我的，他是教区里最好的本堂神父，世间少见的有德之人，我跟他有三十年的交情。"

"啊！您就是皮拉尔先生吗？真有幸能与您讲话。"于连用半死不活的声音说道。

"这还用问？"神学院的院长皮拉尔先生回了一句，看着他的眼神带着愠色。

他的小眼睛闪着光，嘴角肌肉不自觉地抽动着，看起来像是饿虎打算在扑食之前先品尝一下猎物的滋味。

"谢兰先生的信很短。"他仿佛在自言自语，"Intelli genti pauca[1]，现在这个时代，没有人会写这么短的信了。"他大声朗读

---

1 意大利语：聪明的人都懂。

道："我将于连·索雷尔送去您处，他属于二十年前我施洗礼的那个教区，他的父亲是个有钱的木工，却不给他一分钱。于连将成为神的葡萄园里的一个杰出服务者。他的记忆力和智力并不匮乏，并且善于思考。他的志向会持续多久？是真诚的吗？"

"真诚！"皮拉尔神父带着惊讶的神情望着于连，重复着这个词语，但他的眼神已经不似之前那么冷漠僵硬了。"真诚！"他又压低了声音重复道，随即继续读信。

"我请求您为于连·索雷尔提供奖学金。您先用必要的测试考考他，就会知道他值得这笔钱。我教给了他一些神学知识，即博絮埃[1]、阿尔诺[2]和弗勒里的古老而精妙的神学。如果您不喜欢这个孩子，就把他送回给我。您熟识的乞丐收容所所长想聘请他当孩子的家庭教师，给他年薪八百法郎的酬金。此刻我的内心一切平和，感谢上帝。对那些可怕的打击，我已经习以为常了。Vale et me ama.[3]"

皮拉尔神父在阅读信件最后的签名时，放慢了语速，叹息般地念出了"谢兰"这个名字。

"他很安详。"他说，"的确，他的美德与之相称，但愿在必要的时刻，上帝也能把这种安详恩赐予我！"

他抬头看了看天空，用手画了一个十字。看到这个神圣的手势，于连感到进入这座房子以来令他心胆俱寒的深切恐怖逐渐开始缓解了。

———

1 博絮埃（Jacques Bénigne Bossuet, 1627—1704），法国作家、演说家，1652年获神学博士学位，曾任主教和宫廷教师。
2 阿尔诺（Henri Arnauld, 1597—1692），法国神学家，冉森派代表人物之一，曾与耶稣会进行过斗争。
3 拉丁语：再会，请您爱我。

"我这里有三百二十一个人想要担任最为神圣的位置，"皮拉尔神父说着，语气严厉但不失亲切，"其中有七八位是由像谢兰神父这样的人推荐给我的。所以，在这三百二十一个人中，您将是第九个。但是，我对您的照顾不是偏袒，也不是宽容，而是加倍的关注，对您身上的恶习更加严惩不贷。去锁上那扇门。"

于连费尽力气才能迈动步子，他努力让自己不再栽倒在地。他注意到前门旁边有一扇小窗，向外望去可以看到田野的景色。他望着窗外的树木，这些景象让他感觉好受一些，就像看到了故友一般。

"Loquerisne linguam latinam?[1]"皮拉尔神父等于连回来时问他。

"Ita, pater optime.[2]"稍微回过神来的于连回答道。很明显，半个小时以来，于连觉得这个世界上的任何一个人都要比皮拉尔神父更加慈爱。

这场面试继续用拉丁语进行着。神父眼中的神情变得柔和起来，于连也恢复了一些冷静。他心想："我是多么软弱，竟然让自己被他表面上的这套道学给压制了！这人充其量是个骗子，就跟马思龙先生一样。"他为事先把随身携带的钱都藏在靴子里而暗自窃喜。

皮拉尔神父对于连的神学知识进行了考查，对他渊博的学识感到惊讶。特别是询问他关于《圣经》的问题时，他的惊讶更添一层。但在涉及各个教宗的学说时，他发现于连知之甚少，甚至

---

1 拉丁语：会讲拉丁语吗？
2 拉丁语：是的，我慈爱的神父。

没听说过圣热罗姆、圣奥古斯丁、圣博纳旺蒂尔、圣巴齐勒[1]等人的大名。

皮拉尔神父心想："说实话，这就是我对谢兰一直不敢苟同的地方，他的新教倾向太要命了。他对《圣经》钻研得那么深，甚至有些太深了。"

还没等他提问，于连便主动提及《创世记》[2]《摩西五经》[3]等著作成书的真实年代。

皮拉尔神父思忖："这种对《圣经》无休止的研究，无非是对《圣经》进行个人化的解读，把人误导进令人厌憎的新教教义。除了这种轻率的研究方式，他对那些防止冒失倾向的经典教宗理论一无所知啊。"

神学院院长向于连提问关于教皇权威的问题，他本以为于连会提到古代法国天主教的教义，没想到这个年轻人竟然把德·迈斯特[4]的整本《教皇论》背了出来。

"这个谢兰真是个怪人，"皮拉尔神父心想，"他让这小子看宣扬教皇至上的书籍，是为了教他如何嘲笑它吗？"[5]

他询问于连，试图猜测他是否真的相信德·迈斯特的学说，但这是徒劳的。这个年轻人只会背诵书中的段落。从那一刻起，于连表现得真算不错，他觉得自己可以应付自如了。经过这许久的考查，他觉得皮拉尔神父对他的疾言厉色只是装出来的。事实

——

1　此四人皆是古代基督教神学家。
2　《旧约》的首卷。
3　《旧约》的前五卷。
4　德·迈斯特（Joseph de Maistre，1753—1821），哲学家、政治家，君主制的支持者，认为波旁王朝和教皇是法国的两个最高权威。
5　冉森派不承认"教皇永无谬误"的论调，认为教皇只不过是一个主教，其地位不能被神化和偶像化。因此，冉森派与教皇不和，被后者归为异端。

也是如此，皮拉尔神父觉得于连的回答清晰、准确又明了。倘若不是因为皮拉尔神父十五年来强迫学生们遵守严肃古板的原则，他真想顺应感情拥抱于连了。

神父心想："这是个勇敢而神圣的人，但是 corpus debile（身体很虚弱）。"

"您经常这样摔倒吗？"他指着地板，用法语对于连说道。

于连说："这是我有生以来第一次，看门人的长相把我吓得浑身冰凉。"他脸红得像个孩子。

皮拉尔几乎要露出微笑了。

"这就是世俗世界的虚荣浮夸的效果。显然，您已经习惯了人们的笑脸，那里上演着各种谎言。真相是严酷的，先生。但是我们在世间的任务不也是十分严酷的吗？您必须注意，内心要警惕这个弱点，您对虚荣而空幻的外表过于敏感了。"

皮拉尔神父显得很高兴，又换了拉丁语来说话："假如您不是由像谢兰神父这样的人推荐的，我就会用这个尘世里虚妄的语言和您说话，您似乎对这种语言太习惯了。我想对您说，您要求全额奖学金，这是世界上最难获得的东西。但是，谢兰神父做了五十六年的传教工作，如果凭他也不能申请到神学院的奖学金的话，那也未免太不公平了。"

说完这些，皮拉尔神父还嘱咐于连，在未经他同意的情况下，不允许加入任何社团或秘密修会。

"我用名誉向您保证。"于连回答道，表现出一个诚实人心花怒放的样子。

神学院的院长脸上第一次露出了笑容。

"名誉这个词，在我这里并不合适，"他对于连说，"它让我们过多地想起俗世之人的虚荣心态，这导致他们犯了很多错误，甚至是犯罪。根据教皇圣庇护五世[1]圣谕的第十七段，您应当绝对服从于我，因为我是您在教会的上级。我最亲爱的孩子，在这所学校里，听话就是服从。您身上有多少钱？"

"终于来了，"于连想，"他称呼我为亲爱的孩子，就是想要我的钱。"

"三十五法郎，我的神父。"

"请您仔细记下每一笔钱的用途，必须向我报告。"

这场让人难受的对话持续了整整三个小时，随后，于连叫来了看门人。

"去把于连·索雷尔安排在一〇三号房间。"皮拉尔神父对看门人说。

为了表示极大的优待，他给于连安排了一间单独的房间。

"把他的行李箱也扛着。"他补充道。

于连低头一看，发现他的行李箱就在眼前。由于紧张过头，他之前三小时竟没看见它。

一〇三号房间是位于顶楼的一个八尺见方的小屋子。于连走进屋子，发现它朝向城墙，可以看到在城墙的另一边有一片美丽的平原，杜河将它与城市分隔开来。

"多么迷人的景色啊！"于连感叹道。他只顾着自言自语，没意识到这句话的意义。他在贝桑松的短暂时间里所经历的内心剧烈震荡，已经完全耗尽了他最后一丝力量。房间里唯一的一张椅子靠窗摆放着，他坐在上面，立刻沉沉地睡去。他没有听到晚

1　圣庇护五世（Pope St. Pius V，1504—1572），1566年至1572年的罗马教皇。

餐的钟声，也没有听到晚间祷告的钟声，人们也忘记了他。

第二天早上，当第一缕阳光唤醒他时，他发现自己正平躺在地板之上。

第二十六章

尘世或富人缺乏的东西

> 我在世上是孤独的，没有人愿意为我着想。我所
> 看到的那些发财的人，都铁石心肠、厚颜无耻，而我则
> 完全不同。他们憎恨我，因为我简朴而善良。啊！我要
> 死了，要么死于饥饿，要么死于看到世人如此残酷。
>
> ——杨[1]

于连匆匆忙忙地将衣服刷干净，就奔下楼去。他迟到了。一位学监狠狠地骂了他一顿。于连没有试图为自己辩解，而是表现出忏悔的样子，将双手交叉放在胸前说道："Peccavi, pater optime.[2]"

于连的首次亮相取得了巨大成功。神学院学生中的那些精明人发现这个人并不是刚入道的新手。休息时间，于连发现自己成了大家普遍好奇的对象，但人们在他身上只看到了矜持审慎和沉

1　杨（Edward Young, 1683—1765），英国诗人、剧作家兼文艺评论家。
2　拉丁语：我有罪，我慈爱的神父啊。

默寡言。于连遵循为自己制定的法则，把他的三百二十名同学统统视为敌人。在他眼中，最危险的敌人是皮拉尔神父。

过了几天，于连必须在一份提供给他的名单中选择一个忏悔神父。

"啊！仁慈的主啊！他们把我当作什么人了，"他心想，"以为我不懂谨言慎行是什么意思吗？"他最终选择了皮拉尔神父。

但是，于连没有想到，这是个影响巨大的决定。一位来自韦里叶城的年轻修士，从第一天起就把于连当成至交，他告诉于连，倘若选择神学院的副院长卡斯塔内德先生的话，会更加谨慎恰当。

"卡斯塔内德神父是皮拉尔神父的敌人，人们怀疑皮拉尔神父是冉森派的。"年轻的神学院学生凑到他耳边补充道。

我们的主人公自以为步步谨慎，然而自他进入神学院后做的几件事，譬如对忏悔神父的选择，就显得粗心大意。像他这样擅长想象的人士，常常会被骄傲和自负误导，将自己的主观想法视作发生的事实，并自诩是个玩弄心计的高手。他的愚蠢之处在于，他甚至会因为自己假扮弱小的伎俩取得成功而感到自责。

"唉！这是我目前唯一的武器！"他对自己说，"倘若在之前的战争年代，面对敌人，我会用实际行动说话，来赚我的活命钱。"

于连对自己的表现感到满意，环顾四周，他发现人人都表现出一副无比圣洁的道德家姿态。

有八到十个学员的确如圣者一般生活着，他们就像圣女大德肋撒[1]和在亚平宁山脉的韦尔纳山顶上受五伤时的圣方济

1　圣女大德肋撒（St. Teresa of Avila, 1515—1582），西班牙加尔默罗会的修女、神秘主义者，以能看到显圣幻象而闻名。

各 [1] 一样，曾经看见过幻象。但这是巨大的秘密，他们的朋友都对此讳莫如深。这些曾经见到异象的可怜的年轻人，几乎总是待在诊疗所中。还有一百多人将坚定的信仰与无私的奉献合为一体，刻苦学习神学直至累病，却没收获什么东西。有两三个人确实拥有真正的才能，其中包括一个叫沙泽尔的人，但于连感到跟他们距离很远，他们也与于连保持距离。

在三百二十一名神学院学生中，剩余的那些都粗糙不堪，整天都在重复那些拉丁语单词，却望文生义，不求甚解。他们几乎都是农民的儿子，宁愿通过背诵几句拉丁语来赚取面包，也不愿去挖土种地。正是基于这种观察，从一开始，于连就满怀信心，认为自己一定会迅速取得成功。"无论什么领域都需要聪明人，因为工作总要他们来做。"他对自己说，"在拿破仑统治下，我会成为一名中士。在这些未来的牧师中，我可以成为一名主教。"

"所有这些可怜鬼，"他补充道，"从小就是卑贱的劳工，在来这里之前一直吃结块的牛奶和黑面包过活。他们住在茅屋里，一年也吃不上五六回肉。就像罗马士兵将战争视作休息时间，这些粗野的农民也对在神学院读书的快乐着迷了。"

除了晚餐后饱腹的快乐和饭前期待着身体的愉悦之外，在他们呆滞的眼神中，于连什么都看不到。在他们中间，于连必须成为那个脱颖而出的人。但是有件事于连不知道，旁人也小心翼翼地向他隐瞒着，那就是在神学院的教理课、教会史课等各门考试中名列前茅会被大家视作一种哗众取宠的罪恶。自伏尔泰出现，以及施行两院政治以来，人们的思想深处掀起了怀疑和反思的潮

1　圣方济各（San Francesco di Assisi，1181—1226），方济各会的创始人。

流，这让法国人养成了凡事抱有疑心的坏习惯。因此，法国的教会似乎已经明白，书籍是真正的敌人。在教会人士眼中，内心的服从才是至关重要的。对知识的学习，哪怕是对神学教义的深入研习，也必须理所应当地加以警惕。谁知道那些杰出的人物，像是西哀士或格雷古瓦[1]，会不会倒戈去对方的阵营呢！惶恐不安的法国教会紧紧依附着教皇的统治，将其视为唯一的救赎机会。只有教皇才能试一试通过教廷的虔诚而盛大的宗教仪式震慑世人郁悒的心灵，灭绝人们内心的怀疑与反思。

对于这种种真相，于连似懂非懂，半明半昧，而神学院中的人们说的每一句话仿佛都在对其进行否认，于是他陷入了深深的疑惑。于连学习异常勤奋，很快就掌握了许多对神职人员非常有用的东西，但这些东西在他眼中却错得离谱，并且异常乏味。可他觉得没有别的事可做。

他想："难道我被关在这里，就被外面的世界彻底遗忘了吗？"然而他不知道的是，皮拉尔神父收到了几封从第戎寄来的写给于连的信件，但皮拉尔看完就把它们扔进了火里。尽管信中的措辞是得体的，但他还是发现了字里行间隐藏着最浓烈的激情，似乎写信的人正经历着爱情和自我谴责之间的天人交战。"这就好了，"皮拉尔神父心想，"这个年轻人所爱的女人至少不是个亵渎上帝的人。"

有一天，皮拉尔神父又收到一封写给于连的信，这封信已经被泪水浸透了大半，这是一封分手的诀别信。信上写道："终于，上天赐予我恩典，让我懂得了憎恨。我所恨的不是那个让我犯下

---

1 格雷古瓦（Abbé Henri Grégoire，1750—1831），法国神父，法国大革命时期的活动家，国民公会议员，常被称为"院长格雷古瓦"。

罪过的人，他将是我在世上的永恒挚爱，我恨的是自己身上的罪孽。我已经做出了牺牲，我的朋友。如你所见，这一切并非没有泪水。我所亏欠的那些人，也就是您曾如此爱着的那几个人，他们已经得救了。公正而可怕的上帝，不再因为他们母亲的罪行而将惩罚降临在他们身上。永别了，于连，请善待所有的人。"

因为被泪浸湿，信的结尾文字几乎完全无法辨认。信上还留有第戎的一个地址，但写信人希望于连永远不要回信，至少回信的时候所使用的措辞，不能再让一个回归贞洁的女人感到脸红。

于连生活在郁悒之中，再加上承包商向神学院提供的价值八十三生丁一顿的午餐确实营养堪忧，他的健康开始受到影响。有一天早上，福盖突然出现在他的房间。

"我终于进来了。没有怪你的意思，为了见你，我之前来了贝桑松五次，每次都碰了钉子。我专门派人守在神学院门口，见鬼的是，你为什么总是不出来？"

"这是我强加给自己的一项考验。"

"我发现你变了很多。不过我终于见到你了。刚刚花了两个价值六法郎的漂亮埃居之后，我才明白自己是个笨蛋，我第一次来的时候就应该想到可以通过金钱贿赂进来的。"

两个朋友间有说不完的话，而福盖提起的一件事让于连脸色大变。福盖说："对了，你知道吗，你的学生们的母亲现在已经成了最虔诚的教徒。"

福盖用轻松的口气提起的这件事情，却让于连充满激情的内心泛起了奇异的波澜，毫无疑问地触动了他心中最为珍视的那一块。

"是的，我的朋友，她现在虔诚到了狂热的地步。据说她还去朝圣了。但是你知道吗，她让那个长期监视谢兰先生的马斯隆神父羞愧不已，因为她不愿意向他做忏悔。她去第戎和贝桑松做忏悔。"

"她来了贝桑松？"于连问道，脸涨得通红。

"她经常来。"福盖回答，眼神中透出了疑惑。

"哦，你买《立宪报》了吗？"

"你说什么？"福盖回答。

"我问你有没有《立宪报》？"于连重复道，语气又恢复了极端的平静，"在这里一份卖三十个苏。"

"什么？在神学院里还有自由党？"福盖叫了出来，"可怜的法兰西啊！"他用类似马斯隆神父那样虚伪的声音和温和的语气补充道。

这次福盖的来访本可以给我们的主人公很大的触动。然而第二天，那个被于连当作孩子看待的来自韦里叶的年轻学生给他提了个醒，从而让他有了更重要的发现。

自从进入神学院以来，于连一直在伪装自己，也常常因此苦涩地嘲笑自己。事实上，于连对于那些重大的举动都做得很好，但是他并不在意细枝末节，而神学院里那些精明人士却只盯着细节不放。于连被他的同学们认为是一个拥有自由思想的人，因为他在许多小事情上露出了马脚。

在同学们的眼中，于连绝对已经犯下了巨大的罪孽，他善于思考、独立判断，而不是对权威和榜样盲目遵从。皮拉尔神父没有给他任何提醒，在忏悔室外他不曾对于连讲过一句话，而在忏悔室内，神父也是听得多、说得少。如果于连当初选择了卡斯塔内德神父做忏悔的话，情况就会大不相同。

在意识到自己的愚蠢的那一刻，于连就绷起了神经，不再感到忧烦了。他想了解自己所犯的失误的严重性，为此他打破了傲慢和顽固的沉默，不再将身边的同学拒于千里之外。然而此时，他却遭到了同学们的报复。于连主动亲近他们，而他们却对于连嗤之以鼻，甚至讥讽嘲笑他。于连忽然意识到，自从进入神学院以来，每时每刻，特别是在休息时间，他都在受到旁人或褒或贬的评价，产生或积极或消极的效果，要么令他的敌人不断增加，要么令他获得一些真诚而有德行的神学院学生或者仅仅是不那么粗鲁的人的认同。需要修复的损害是巨大的，任务实在艰巨。从现在开始，于连一直处于警戒状态，他要塑造一个全新的个人形象。

譬如，他那灵动的眼神就给他带来了很多麻烦。在这样的地方，人们总是垂着眼睛，这不是没有原因的。"我在韦里叶的时候是多么自以为是啊！"于连思忖，"那时我以为我在生活，其实只是在为真正的生活做准备啊。在这里，我终于进入了真正的社会，在我演完属于我的角色之前，我会发现身边布满了真正的敌人。每分每秒都要掩饰和伪装，这真是难如登天。"他不停地想着，"赫丘利的功绩跟这相比都会显得微不足道。现今世界的赫丘利，就是西克斯图斯五世[1]啊！连续十五年，他以谦恭的态度骗过了四十位红衣主教，这些主教可是在年轻时就已见识了他有多活络和傲慢。"

"那些神学知识，在这里一无是处！"他沮丧地想着，"学习

1　西克斯图斯五世（Sixtus V，1520—1590），罗马教皇，以严厉执法、对异教的不宽容及重建罗马而著称。在位期间恢复了教宗国的治安，着力恢复圣座的财政，并慷慨投资公共事业，使罗马的面貌接近现在的样子。

神学理论和教会史而获得的成绩，只是表面功夫而已。人们对这方面的称赞，只是为了让像我这样的傻子落入圈套。哎呀！我唯一的优点不就是学东西快吗？这些胡言乱语的知识又有何用？他们是不是真正了解这些东西的价值？还是说，他们跟我有着相同的看法？我常常在学业上获得第一名，还傻乎乎地引以为荣呢！这只会为我招来那些凶狠的敌人而已。沙泽尔学得比我好，他却总是在考试中故意写一些笨拙的东西，让自己的分数降到第五十名。倘若他得了第一名，也是由于不小心所致。啊，皮拉尔先生只要提醒一句，哪怕只说一个字，我都不会这么窘迫啊！"

从于连醒悟的那一刻起，那些曾经让他厌憎至极的死气沉沉、无休无止的虔诚修行，比如每周五次的数念珠诵经，到圣心教堂唱赞美诗等，全都变成了他最热衷的活动。于连对自己进行了严格的反思，首先不能过分夸大自己的能力，也不能总想着做一个神学院的模范生、时刻做出伟大的行为。也就是说，不要急于证明自己是个完美的基督徒。在神学院中，人们常使用一种稳妥的吃带壳的溏心鸡蛋的方式来表明自己在修行上所取得的进步。

读到这里，有的读者可能会笑，那就请你们想想德利耶神父[1]吧，他受邀出席路易十六宫廷中一位尊贵的女士举办的宴会，结果因吃鸡蛋而大出洋相。

于连首先寻求实现的，是一种 non culpa[2] 的状态。这是一名年轻的神职人员该有的状态，也就是通过诸如手臂的摆动和眼神之类的习惯动作，来证明他摆脱了世俗的气质，但还没有达到全

——

1　德利耶神父（Jacques Delille，1738—1813），法国神父，著名诗人，法兰西学院的院士。
2　拉丁语：不求有功，但求无过。

力以赴奔赴天国、完全厌弃现实世界的境界。

于连一次又一次地发现走廊的墙壁上用木炭写着这样的句子："与永恒的天堂之乐或永恒的地狱沸油之刑相比，六十年的艰辛修炼又算得了什么？"他不再对这些话嗤之以鼻，反而觉得它们应该常常出现在自己的眼前。他对自己说："我这一生要做什么呢？我要把天堂的位置卖给信徒们。如何让他们看到这个天堂的位置呢？自然是要通过我和那些世俗之人外表的差异。"

虽经过几个月认真不懈的练习，但于连仍常常露出沉思的表情，眼睛和嘴唇常无意识地做出一些动作，这些都表明他并没有准备好信仰一切、承受一切，表明他并不甘愿做一个殉道者。就连他身边最粗俗的农民出身的同学在这一点上都做得比他好，这令于连大为光火。其实，这些人做不出思考问题的表情本就是合情合理的。

那种因为热切而盲目的信仰，信仰一切、随时准备承受一切的虔诚的相貌，在意大利教堂的绘画中常常出现，圭尔奇诺[1] 的作品在这方面给世人留下了绝佳的范本。而于连为了能够拥有这样的表情，付出了多大的努力呀。[2]

在节庆日的时候，神学院的学生们可以吃到腌菜和香肠。跟于连同桌吃饭的人，发现他对这种美味竟然露出无动于衷的表情。这是于连遭到大家讨厌的一个主要原因。他们从中看到了于连最令人厌憎的虚伪之处，这给他招致了更多的敌人。"看看这个城里人吧，瞧瞧这个轻蔑的家伙，"他们说道，"连最好的食

----

1 圭尔奇诺（Guercino, 1591—1666），原名乔凡尼·弗朗切斯柯·巴尔别里，绰号为圭尔奇诺，意为"斜眼的人"，意大利著名巴洛克式画家。
2 请您到卢浮宫博物馆，欣赏那幅脱下胸甲、穿着教士服的德·阿基泰纳公爵弗朗索瓦像，第1130号。——作者原注

物，这些腌菜和香肠，他都装出一副鄙视的样子！呸！卑鄙的玩意儿！骄傲的东西！该下地狱的家伙！"

于连常常因为这些而灰心丧气，内心叹道："唉！我的同学们，这群年轻的乡巴佬，无知对他们来说倒是优点了。他们到达神学院的时候，一个个都懵懂无知，老师反而无须把他们从那些世俗观念中解放出来，而我内心充满了这些世俗的思想，它们最终都在我的脸上显现了出来。"

于连以一种近乎嫉妒的目光，专注地研究着神学院中最粗鲁的小乡巴佬的样子。当他们脱去粗布上衣，换上教士黑袍的时候，他们所受的教育仅限于对弗朗什－孔泰人所说的那种"手头具体实在的闲钱"的无限崇拜。

对他们来说，"手头具体实在的闲钱"，就是表达"现金"这个崇高概念的神圣而英武的方式。

对这些神学院的学生来说，所谓的幸福，就像伏尔泰小说中的天真汉一样，首先是能吃顿饱饭。于连发现，他们每个人都对身穿精细呢绒衣服的人有着与生俱来的崇敬。有着这种感情的人，通常低估了公平正义的价值，尤其是法庭上的公平正义。他们常常会重复地说："跟一个阔气大佬打官司，能讨到什么好处？"

"阔气大佬"是汝拉山区的人们形容一个富有的人常用的称呼。我们可以想到，他们对最富有的那拨人，也就是政府大官，会是怎样的崇拜之至。

弗朗什－孔泰的农民普遍认为，只要听到省长的名字，必须恭恭敬敬地报以微笑，否则就是冒犯之举。而穷人倘若做出此等冒犯之事，就会迅速地受到惩罚，让他们没有面包吃。

起初，于连还对这些人满是不屑之情，这种不屑几乎让他透不过气，不过到了最后，他竟然生出了怜悯之情。他的大多数同学的父亲，在冬天的晚上回到他们的茅草屋中时，经常既没有面包果腹，也没能找到栗子或土豆。于连想："在这种情况下，他们觉得幸福首先就是吃得饱、穿得暖，这又有什么奇怪？我的同学们之所以有坚定的信仰，是因为他们在教士的工作中看到了长久幸福的可能性，他们终于可以吃个饱饭，冬天也有御寒的衣服。"

有一次，于连听到一个富于幻想的同学对他的同伴说："为什么我不能像西克斯图斯五世那样成为教皇呢？他之前也是养猪的。"

"只有意大利人才有资格当教皇，"他的同伴说，"但可以肯定的是，在我们之间，会由抽签来决定谁当代理主教、议事司铎，或许还有主教呢。沙隆的主教 P. 先生是一个箍桶匠的儿子，而我爸爸就是个箍桶匠呢。"

有一天，在上教理课的半途，皮拉尔神父把于连传唤了去。这个可怜的年轻人还庆幸能暂时摆脱这种身心皆不由自主地陷入其中的学习氛围呢。

于连在院长先生的屋子里，再次感受到了刚来神学院第一天的那种令他心胆俱寒的迎接方式。

"向我解释一下这张纸牌上写的是什么。"皮拉尔神父对他说，并用一种令他无地自容的目光狠狠地盯着他。

于连念道："阿曼达·比内，长颈鹿咖啡馆，八点前见。说你从让利斯来，是我娘家的亲戚。"

于连看到了危险的严重性，卡斯塔内德神父的密探从他屋里搜到了这个地址。

"我刚来这里的那天，"他因为无法忍受那双恐怖的眼睛，只得盯着皮拉尔神父的额头看，"我吓得发抖，因为谢兰神父跟我说过，这是一个充满了告发和各种邪恶行为的地方，这里鼓励同学间的钩心斗角和互相揭发。而这是神所希望的，为的是向年轻的神学院学生展示真实生活的样貌，并激发他们对俗世浮华的厌恶之情。"

"你胆敢在我面前花言巧语！"皮拉尔神父恼羞成怒，"你这个小无赖！"

"在韦里叶城，"于连冷静地说，"我的哥哥们因为嫉妒我，经常会无缘无故地揍我。"

"少废话！说重点！"皮拉尔神父喊道，怒不可遏。

于连毫不畏惧，继续他的叙述："在我到达贝桑松那天，大约中午时分，我饿了，于是走进一家咖啡馆。我内心对这样一个亵渎神灵的地方充满了厌恶。但我想，在这里我的午餐会比在饭店里花费更少。一位似乎是老板娘的女士对我的初来乍到表示同情。'贝桑松到处是坏人，'她说，'我为您担心，先生。如果您遇到什么不好的事情，想求助于我，可以在八点之前给我送信。如果神学院的看门人拒绝帮您送信，您就说是我的表亲，从让利斯来的……'"

"你的这套花言巧语我要去一一核查。"皮拉尔神父大声地说，他无法待在原地，在房间里不停地踱步，"现在回房间去！"

神父跟在于连身后，将他锁在了房间之中。于连赶紧检查自己的箱子，那张惹祸的纸牌之前被他小心地藏在箱底。箱中的东西没有丢失，但有几处被翻乱了。尽管如此，箱子的钥匙却从未离开过他的身边。于连心想："真是万幸，在我昏头昏脑的这段时间，卡斯塔内德先生常常主动向我提供允许外出的机会，但我一次都没有接受，现在我总算明白他对我好心的意图了。倘若我抵挡不了诱惑，换上世俗的服装去看望阿曼达，我就彻底完了。见我没有中圈套，他们肯定大失所望。为了不浪费这个不易得来的证据，他们就把我告发了。"

两小时后，院长找人把他叫去。

"您没有撒谎，"他的眼神没有之前那样严厉了，"但保留这样的地址是一种轻率的行为，其严重性是您无法想象的。不幸的孩子！十年后，它也许会给您带来麻烦。"

第二十七章

第一场人生经验

神啊！如今的时代，就像是上帝的约柜[1]，谁碰到
它，谁就祸事临头。

——狄德罗[2]

关于于连这段时间的生活，我的叙述尽可能地少而模糊，对
此读者朋友或许会谅解。这并不是因为我无话可说，事实刚好相
反。但是，于连在神学院的所见所闻过于阴暗，这与我试图想在
书页中保留的温和色调不太协调。我们的同代人倘若被其中不好
的事物影响，勾起一些不适的回忆，就会变得闷闷不乐，丧失了
读一个好故事的快乐心情。

——

1 古代以色列民族的圣物，摩西奉上帝之命所造的木柜，内藏刻有上帝与犹太人所立约法
（十诫）的石板，故称约柜。约柜象征着耶和华的临在，根据《摩西五经》规定，任何人都不
得触碰约柜。根据《圣经》记载，乌撒在运送约柜期间违反上帝的律法，擅自触碰约柜而被
击杀。
2 狄德罗（Denis Diderot, 1713—1784），法国18世纪启蒙思想家、唯物主义哲学家、文学
家、美学家和作家，"百科全书派"的代表。

话说回来，于连几次三番尝试做出虚伪的样子，却几乎没有成功过，这令他陷入了自厌甚至是绝望：就连做这种卑鄙的事情，他都没能获得成功。其实，哪怕是外界的一点帮助，都能令他重新振奋，让他知道困难并不难以克服。但他始终踽踽独行，就像大海中的一叶孤舟。

"就算我获得了成功，"他心想，"我也要一辈子与这群乌合之众为伍！他们都是些馋鬼，只想着在晚餐时狼吞虎咽地吃下猪油煎蛋，或是像副院长卡斯塔内德那样的人物，对他们来说，任何罪行都不够黑暗！他们会执掌大权，但要付出怎样的代价啊，上帝啊！到处都能读到'人的意志是强大的'这句话，但意志足以帮助我克服内心的这种厌恶吗？那些大人物的任务反而容易一些，无论遇到多大的危险，他们都能从中找到壮美之感。但除了我，谁能够感受到身边围绕着那么多丑恶呢？"

这是于连生命中最为艰难的时刻。对他来说，加入一支驻扎在贝桑松的优秀军队是一件如此容易的事。他也可以成为一名拉丁语教师。只要很少的一点生活费，他就能活下去。但这样的话，他梦想中的未来和职业生涯就全部断送了，这跟死了有什么区别？让我来讲讲他所经历的悲伤日子中的一个小插曲。

有天早上，他对自己说："我常常因为自己与那些农民子弟的不同而感到庆幸不已。但是，我深刻地明白，这种与众不同只会滋生他人对我的恨意。"他刚刚遭遇的一个最令他感到刺痛的挫折，向他展示了这个伟大的真理。

于连用了一周的时间，想尽方法讨一个颇有圣人风范的同学的欢心。于连陪着他在院中散步，顺从地听他讲着各种令人昏昏欲睡的蠢话。突然间，狂风乍起，暴雨骤下，雷声隆隆，那个圣徒般的学生粗暴地把于连推到一边，叫道："听着，在这个世界上，每个人都为自己而活。这可能是上帝劈你的雷，就像劈一个不信神的人，类似伏尔泰那样的家伙，而我不想被你连累。"

于连气得牙齿咬得咯咯作响，睁大眼睛看着雷电交加的天空，在心里对自己喊道："如果我在这样的狂风暴雨中还能高枕而眠，那我活该被雷雨淹没！我要去征服其他书呆子。"

上课铃响了，是卡斯塔内德神父的圣史课。

对神学院里的那些年轻的农民子弟来说，他们父辈的艰辛劳作和穷苦生活在他们眼中是如此可怕。卡斯塔内德教导他们，政府这个令他们害怕的机构，只有通过上帝在尘世间的代理人——教皇的授权，才能拥有真正合法的权力。

他补充说："你们生活习惯的圣洁、内心的臣服，才能配得上教皇的仁慈。去做教皇手中的棍棒吧，你们将拥有极好的职位，你们将在那里大显身手，不受任何约束。这是终身俸的职位，政府支付给你们三分之一的薪水，而另外三分之二的薪水由被你们传道的信徒们支付。"

课程结束后，卡斯塔内德先生走出教室，在院子里停了下来。

他对围在身边的学生们继续讲："说到本堂神父，我想说的是，在其位，谋其事。我跟你们说，我认识一些山里教区的本堂神父，他们的收入比很多城市中的神父都要多。他们拿着一样的薪水，但这还没算上信徒赠送的肥美山鸡、鸡蛋、新鲜的黄油和数不清的小玩意儿。在那种地方，本堂神父就是毋庸置疑的首要人物，任何饮宴聚会等都必须邀请他，否则就不成体统。"

卡斯塔内德先生刚刚上楼回房，学生们立刻三三两两地散开，分成堆聊天去了。没人搭理于连，人人都孤立他，仿佛他是一只长了疥疮的羊。于连看到每一堆人中都有人将一枚铜板抛到空中，等它落地便猜是正面还是反面，倘若猜对了，其他人就会觉得他将成为一个能赚大笔外快的本堂神父。

接下来，大家开始讲那些传闻逸事。一位年轻的教士工作还没到一年，因为给一个老资格的本堂神父的女仆送了一只自家养的兔子，本堂神父就提名他当自己的副手，不到几个月，神父就过世了，这个年轻教士就取而代之，补了这个肥缺。还有一个年轻教士，侍奉一个瘫痪的老本堂神父吃每一顿饭，动作优雅地为他切下鸡肉，后来他就继承了这个神父的职位，执掌这个富得流油的教区。

这些神学院的年轻学生，就像其他所有领域的新手一样，夸大了这些小手段的非同寻常的效果，并且浮想联翩。

"我必须让自己适应这类谈话。"于连心想。这些人倘若不去谈论美味的香肠或者富裕的教区，就会去议论教理中世俗的一面，或者闲话主教和省长、市长与本堂神父之间的矛盾不和。在于连的脑海中，第二个上帝出现了，比第一个更值得敬畏，更加神力无敌，那就是教皇。人们常常在流传这样的话，如果教皇不想费心地任命法国所有的省长和市长，那是因为他将法国国王任命为教会的长子，把这些事情都委任给他做了。大家在谈论这个的时候，都压低了声音，确保不会被皮拉尔神父听见。

差不多就在此时，于连认为可以利用自己对迈斯特的《教皇论》的理解来获得大家的尊重。事实上，他的确让同学们大为震惊，但这又是一个不幸。那些本应是其他同学的观点，于连阐述得比他们自己都要更好，这让他们颇为不快。谢兰神父对自己、对于连都疏忽了一件事：他只教会于连养成了凡事讲道理、不说空话的习惯，却忽略了一点——对那些心胸狭隘的人来说，讲道理是一种罪过，因为明理之言必会得罪人。

因此，能言善辩就成了于连的一桩新的罪名。他的同学们绞尽脑汁，想找到一个词来形容于连在他们心中激起的憎恶，他们用"马丁·路德"[1]来称呼于连。据他们说，这是因为于连自以为擅长该死的逻辑推理，这让他骄傲得不行。

有几个神学院的年轻学生，肤色比于连更加鲜嫩，看上去似乎比他更俊俏。但于连有他们没有的白皙双手，并且无法掩盖一些精致的卫生习惯。然而，既然命运将他扔到这样一座阴沉的神学院中，优点也就不再是优点了。他生活在肮脏的乡下人之中，这些人公开将他的爱干净说成是生活习惯过于放肆。我们的主人公在这里受到了数之不尽的悲惨对待，——叙述出来可能会让读者疲倦。比如，他那些最孔武有力的同学将揍他一顿视作日常习惯，于连不得不随身携带一把铁圆规作为防身武器，并用动作展示给所有人看。做动作而不是用语言讲，这在密探的报告中就不会那么有分量。

---

1 马丁·路德（Martin Luther，1483—1546），16世纪欧洲宗教改革运动的发起者，基督教新教路德宗的创始人。他认为虔诚的教徒可以自行理解《圣经》，靠着上帝的义获得救赎，而不是通过教会的思想统治。他质疑和批评教皇的绝对正确和教会的权柄，挑战教宗的绝对权威，反对天主教会强调的等级制度，支持革除陈弊。

第二十八章
迎圣体的游行

每个心灵都充满激动。上帝似乎降临到这些狭窄的哥特式街道之上，这里处处悬挂着帷幔，圣徒们还细心地铺了沙子。

——杨

尽管于连做小伏低、装傻卖呆，还是无法讨人喜欢，因为他实在是与众不同。"不过，"他心想，"这里的所有老师都是千里挑一的精英，他们为什么不喜欢我的谦恭卑微呢？"在他看来，似乎只有一个人对他的殷勤讨好全盘接受，这个人对什么都相信，极易被愚弄。他就是主教教堂的司仪主管夏斯·贝纳德神父。十五年来，上面的人一直暗示他可以获得议事司铎的职位，在此期间他在神学院教授布道术。最初，于连对一切潜规则还一无所知的时候，常常在他的课堂上获得第一名的优异成绩。夏斯神父因此对其非常友善，课后喜欢挽着他的胳膊在花园里散几圈步。

而今天，于连发现，夏斯神父连续几个小时都在跟他谈论主教教堂中的装饰品。"他究竟想说什么呢？"于连思忖。在主教的大教堂里，除了丧礼所用的装饰品外，还有十七条镶着饰带的祭袍。人们对城中的吕邦普雷会长夫人寄予厚望，这位九十多岁的老妇人，在七十年中一直将她那件由里昂的上等布料做成的、镶着金线的结婚礼服细心保存。"想象一下，我的朋友，"夏斯神父停下身子，瞪大眼睛说，"这衣服的料子都是直挺挺的，可见里面镶了多少金子！"在贝桑松，人们普遍认为，这位会长夫人会在遗嘱中为大教堂馈赠十来件祭袍，还有四五件重大节日用的披风。"再说远一点，"夏斯神父压低声音补充道，"我有理由相信，会长夫人还会给我们留下八个华丽的镀金银烛台，据说它们是勃艮第公爵'大胆查理'在意大利买的，夫人的祖上曾是公爵的宠臣。"

"这人对我扯了一大篇关于旧衣服的事情，目的究竟是什么？"于连心想，"他已经巧妙地铺垫了如此之久，却还是没讲出实质内容来。他一定对我还存有疑心。他比其他人更精明，别人的心事我两周之内一定能猜到。我明白了，这个人野心勃勃，已经受了十五年的煎熬！"

有个晚上，在上击剑课的中途，于连被皮拉尔神父叫去。神父对他说："明天是 Corpus Domini[1]。夏斯·贝纳德神父需要您帮助他完成对大教堂的装饰，去吧，听他的话。"

于连正欲离开，皮拉尔神父又将他叫住，好意补充道："您自己决定是否利用这个机会去城里逛逛，假如您愿意的话。"

---

1 拉丁语：圣体瞻礼节。天主教在仪式上，将祝圣后的饼和葡萄酒视为耶稣的圣体，圣体瞻礼节即恭敬"耶稣圣体"的节日。

"Incedo per ignes."[1] 于连回答。

第二天大清早，于连就去了大教堂，一路都低垂着双眼。街道上处处都在张灯结彩，节日氛围浓厚，这让于连感到舒服。为了庆祝圣体的巡游，每户人家都在房屋正面悬挂了帷幔。此时，于连忽然觉得，他在神学院中度过的全部日子，仿佛仅仅是一瞬间的事。他心里想的全都是在韦尔吉乡下度过的时光，还在想那个漂亮的姑娘阿曼达·比内，他或许能见到她，那间咖啡馆离得并不远。远远地，于连望见了夏斯·贝纳德神父站在他心爱的大教堂门口。他身材肥胖，满面春风，一副兴高采烈的样子。这一天，他显得得意扬扬。"我一直在等您，我亲爱的孩子，"他一看到于连就朝他喊道，"欢迎您。今天要干的活儿很多，任务艰巨，我们先吃饭，这样才有精神和力气，第二顿饭在十点钟的大弥撒中间吃。"

"先生，"于连脸上显出严肃的神情，"我请求时时刻刻都有人跟着我。"他补充道，"提醒一下您，我到达的时间是五点差一分。"

"啊！您是在忌惮学院里那帮小奸细吧！您能想到他们，这很不错。"夏斯神父说，"难道一条路因为旁边树篱有刺就不美了吗？旅行者们继续上路，让那些可憎的荆棘在原地枯萎吧。总之，我们开始干活儿吧，我亲爱的朋友，开工了！"

夏斯神父说任务艰巨，所言非虚。前一天晚上，大教堂刚举行完一个盛大的葬礼，因此到现在什么都还没准备。必须在一早上的时间内用红色锦缎把所有哥特式的柱子罩起来，这些柱子分

----

1 拉丁语：我有敌人暗中窥伺。

布在三个大殿中，足足高三十尺。主教阁下从巴黎用邮车遣来四名安装帷幔的工匠，但是他们人手完全不够。这些人不仅没有出言鼓励本地的工人，反而取笑他们，让本来就笨手笨脚的他们显得更手足无措。

于连身手敏捷地用梯子爬上爬下，他的灵活帮了大忙。他负责带领本地的帷幔安装工人工作。夏斯神父满脸笑意地看着于连从一个梯子跳上另一个梯子。当所有柱子都盖上锦缎后，就要把五束巨大的羽毛装饰放在主祭台上方高高的华盖顶上。华盖是一座涂成金色的木质圆顶，由八根巨大的意大利大理石螺旋形柱子支撑。然而，要想登上圣体龛上方华盖的中央，必须得从一条古老的木头挑檐上走过去，这条挑檐离地面有四十尺高，很有可能已经被虫蛀坏了。

从巴黎来的那几个帷幔师，之前还有说有笑，看到这条艰险的道路，瞬间高兴不起来了。他们从下向上看了又看，讨论了许久，就是不敢上去。于连一把扛起羽毛装饰，三步并作两步地爬上梯子，把它们稳稳地安放在华盖中心的皇冠形状的顶饰上。当他爬下梯子时，夏斯·贝纳德神父给了他一个大大的拥抱。

"Optime[1]！"善良的神父叫道，"我会把这件事说给主教听的。"

十点钟的那餐饭吃得非常愉快。夏斯神父从来没有见过他的教堂能像今天这样美丽。

"亲爱的朋友，"他对于连说，"我母亲从前在这座可敬的大教堂中出租座椅，所以我是在这伟大的建筑中长大的。罗伯斯比尔的恐怖统治把我们给毁了，但是，在八岁的时候，我就已经帮

---

1 拉丁语：好极了。

助别人在家里做弥撒了，他们还供给我饭食。在折祭披方面，我比所有人做得都好，从来都不会弄折饰带。自从拿破仑恢复了宗教信仰，我有幸能在这个令人尊敬的大城市中主持一切圣事。每年有五次，我能看到这座教堂被美丽地装饰起来，但它从没像今天这样光辉夺目，那些锦缎从没有挂得如此整齐，与柱子如此贴合。"

"终于他要跟我说他的秘密了。"于连心想，"他一直在聊自己，这是要对我掏心掏肺啊。但这个明显已经忘乎所以的人并没有讲出什么轻率的话，可是他干了不少活儿，他很开心，上好的葡萄酒也都被他喝了。这是怎样的一个人啊，一个对我来说多么好的榜样！他真是高人一筹啊！"（"高人一筹"这样的俗话，是于连从那位老外科医生那里学来的。）

当大弥撒的圣歌响起时，于连拿上圣衣，打算跟随主教参加盛大的圣体巡游。

"当心小偷，我的朋友，有小偷啊！"夏斯神父叫道，"您没想到这个问题吗？游行队伍走出教堂，这里就空了。我们需要在这里守着，就我们俩。即便只丢几奥纳[1]装饰柱子底部的锦缎，也算够幸运的了。那也是吕邦普雷夫人的捐赠，来自她的曾祖父，是个鼎鼎大名的公爵。这是纯金的，我亲爱的朋友。"神父凑到于连耳边补充道，明显带着难以掩饰的兴奋，"一点都没有掺假！"

"你负责教堂北翼的检查，不要离开那里。我来巡查南翼和大殿。留神那些告解架，小偷的女帮手就在那里密切注意着我们

1　奥纳，法国古尺，1奥纳约1.2米。

何时转过身去。"

他的话音刚落，十一点三刻的钟声响起，教堂的大钟也随之鸣响起来。钟声响彻云霄，声音如此饱满而庄严，震撼着于连的心。那一刻，他的灵魂仿佛出离了尘世。

供神的乳香氤氲着，混合着打扮成圣约翰的小孩子们在圣体前抛出的玫瑰叶的气味，让于连感到心醉神迷。

按道理说，如此庄严的钟声，应该会唤起于连心中的各种想法。他会想到二十个敲钟人，他们每人只有五十生丁的报酬，或许还要找十五到二十个信徒来帮助他们；他本该想到绳索和木质钟架会磨损，以及大钟每两百年就有坠落一次的危险；他也会想到减少敲钟人报酬的方法，或通过赦罪来补偿他们，抑或从教会的金库中提取一点不会影响大局的小钱来支付他们薪水。

但是于连没有时间去做这种精打细算的琢磨，他的灵魂陷入这种雄壮、饱满的声音激荡中，徜徉在纯粹幻想的空间里。因此，于连永远都不会成为一个称职的神父或者一个伟大的行政官员。他那善感而敏锐的心灵至多让他成为一名艺术家。正是在这样的心灵之中，于连的自负之情喷薄而发。在他的那些神学院的同学里，或许有五十来个人在听到教堂巨钟的响声时只会想到要给敲钟人多少工钱。他们只懂关注现实的生活，提防埋伏在每道树篱后面的那些雅各宾党人和公众对他们的仇恨。他们会用像巴雷姆[1]那样的头脑，衡量钟声所激发的民众激情是否值得付给敲钟人工钱。如果于连想为大教堂的物质利益着想，他的想象力就不止于此，还会琢磨着怎么为教堂节省四十法郎，而不去计较

———

1　巴雷姆（Francois Barreme，1638—1703），法国数学教育家，著名的算术教师，著有《算术》。

二十五生丁的支出。

在这个世界上最晴朗的日子里，圣体巡游的队伍缓缓穿过贝桑松，在当地有钱有势的人们竞相搭建的光芒夺目的临时祭坛前停下脚步，而教堂里则人迹寥寥，处于一片深沉的寂静中。教堂里，光线半明半暗，透着令人愉悦的凉爽，浸透着鲜花和熏香的芬芳。

长长的大厅透着阴凉，幽深的沉默与孤独在这里蔓延，于连独自陷入甜美的遐想之中。他一点都不担心被夏斯神父打搅，因为后者正在教堂的另一处忙于巡查。于连沿着自己负责的教堂北翼缓缓行走，灵魂仿佛游离在躯体之外。看到整座教堂里只有忏悔座上的几个女信徒，他就更加放心了。他的眼睛漫无目的地四处游荡着。

这个时候，于连忽然看到两个衣着考究的女人跪在前方，一个跪在忏悔座上，另一个跪在靠近前者的椅子上。或许是出于对自己职责的模模糊糊的意识，或许是欣赏她们高贵而简单的衣着，他懒散地稍微留神了一下，发现忏悔室里竟然没有神父。"真奇怪，"他心想，"这些美丽的女士倘若是虔诚的，为何不去跪在外面为了圣体巡游而搭建的临时祭台前？倘若她们是上流社会人士，为何不去阳台的第一排坐着，舒服地欣赏仪式？这条裙子裁剪得多美啊！多么有韵味！"于连放慢了巡查的脚步，想仔细地看看她们。

那个跪在忏悔室里的女人，听见巨大的寂静中传来的脚步声，就把头稍微转开查看。忽然，她发出了一声轻哼，一股激动涌上心头，顿时失去了全身的力气，向后倒去。她身旁的朋友连忙冲上来扶住她。与此同时，于连看到了这位晕过去的女士的肩膀。他看到了一条用巨大而精致的珍珠穿成螺旋状的项链，这项链他再熟悉不过。他随即又认出了德·雷纳夫人的头发，激动得不知如何是好。真的是她！

努力抱着她的头，不让她完全倒下的女士正是德尔维夫人。于连几乎无法控制自己，立刻冲上前去。如果不是他上前扶了一把，德尔维夫人也要同她的好友一起摔倒了。于连看到德·雷纳夫人的脑袋在肩膀上摇晃着，她面色苍白，已经昏了过去。他帮着德尔维夫人把德·雷纳夫人迷人的脑袋靠在一把草垫椅的靠背上，在这过程中他一直跪在地上。

德尔维夫人转过身来，认出了他。

"离远点，先生！离远点！"她说道，语气中带着最强烈的愤怒，"她绝对不能再见到您！只要一见到您，她心情就极其糟糕。认识您之前，她是多么幸福！您的所作所为太恶劣了！离远点！快走，如果您还知道廉耻的话！"

这句话讲得极具威严，于连此刻又是如此柔肠百转，无力辩驳，只得远远离开。"她原来一直都在记恨我啊。"想到德尔维夫人，于连自言自语道。

与此同时，一阵阵的带着鼻音的教士吟唱声传来。迎圣体的巡游队伍回来了。夏斯·贝纳德神父喊了于连好几声，他都没有听见，后来神父来到一根柱子后面，找到了半死不活地躲在那里的于连，抓住了他的胳膊。神父想把于连介绍给主教认识。

"您看上去很糟糕，我的孩子。"神父看到他面色苍白，走不动路，就对他说，"您今天太辛苦了。"神父把胳膊伸给他挽着，对他说："来吧，在洒圣水的人的小板凳上坐下，在我身后，我会把您遮住的。"此时两人站在教堂的大门旁边。"您先静一静，在主教阁下到来之前，我们还有二十分钟的时间。您尽快恢复元气，主教来了，我会把您扶起来，虽然我年事已高，但身体还算壮实。"

但是，当主教经过的时候，于连还在浑身发抖，不能自已，夏斯神父只得放弃了将于连介绍给主教认识的念头。

"别太难过，"他对于连说，"我以后会再找机会推荐您的。"

晚上，夏斯神父让人把十磅蜡烛送到了神学院的小教堂。他说，都是因为于连心细如发，及时迅速地吹灭了蜡烛，它们才能被节省下来。但是真相完全不是这样。于连这个可怜的男孩就像蜡烛一样熄灭了，自从与德·雷纳夫人不期而遇之后，他的内心便一片荒芜了。

第二十九章
首次晋升

> 他了解他的时代，了解他生活的地区，于是他便
> 成了富人。
>
> ——《先驱报》[1]

于连还没能从大教堂的那一幕中回过神来，终日失魂落魄。一天清早，严苛的皮拉尔神父派人找他。

"夏斯·贝纳德神父给我写信称赞您。我对您总体的表现还算满意。您为人极其轻率，甚至冒失，虽然这一切不易察觉。然而，到目前为止，您的心是好的，甚至可以算得上慷慨。您还有着卓越的头脑。总而言之，我在您身上看到了不该被忽视的火花。

"我已经在神学院中效忠了十五年，即将离开这里。我的罪过是任凭学生们按照自己的意志任性而为。您之前在忏悔室里向我透露的那个秘密组织，我既没有保护它，也没有对其进行阻

----

1 《先驱报》，1830—1834 年法国里昂发行的报纸。

挠。在离开之前，我想为您做点什么——倘若没人在您屋里发现阿曼达·比内的地址并告发您的话，两个月前我就想这么做了，这是您应得的。现在，我想让您担任《新约》和《旧约》的辅导教师。"

于连的感激之情溢满心头，他想立刻就跪下来感谢上帝，却做了一个更加真实的动作。他走近皮拉尔神父，将他的手放在自己唇下深深一吻。

"这是干什么！"院长先生恼怒地叫道。于连望向他，眼神中蕴含了这一切的答案。

多年以来，皮拉尔神父已经不再习惯这种微妙的情感，他惊讶地看着于连，一时间，竟无法掩饰感动，讲话的声音都变了。

"嗯，是的，我的孩子，我对你很有感情。上天能原谅我，这并不出自我本意。我必须公正，不憎恨任何人，也不对任何人怀有偏爱。你接下来的职业生涯会很不容易。我在你身上看到了一种卓然不群，它会令那些乌合之众感到被冒犯。嫉妒和诽谤将与你如影相随，无论上天把你安置在哪里，你的同伴看到你都会萌生出憎恨之情。倘若他们假装爱你，那只是为了更加方便地陷害你。对此，你只有一个解决的灵药，那就是向上帝求助。上帝安排你必须遭受他人的妒恨，是想惩罚你的傲慢。你的操守必须纯净无瑕，这是我所知道的唯一对策。唯有以不可战胜的姿态坚持真理，才能迟早让敌人无计可施。"

于连已经许久没有听过这样充满友爱的声音了，我们必须原谅他在这方面的软弱。他泪水滂沱、泣不成声，皮拉尔神父向他张开了双臂，这是两人的温情时刻。

于连由此获得了第一次晋升，他欣喜若狂，因为这里面蕴含的好处是巨大的。倘若你在连续几个月的时间内过着没有片刻安宁的生活，应付那些纠缠不休的同学，这些人中的大多数都令人难以忍受，那你就能体会这次晋升对于连的好处有多大了。仅是这些乡下人的大喊大叫就足以使体质虚弱的人心烦意乱了，他们在这里吃得饱、穿得暖，只有鼓足了肺部拼命喊叫，才会觉得把他们聒噪的快乐与满足全部释放出来。

现在于连终于可以独自吃晚饭了，用餐时间比其他神学院的学生晚一个小时左右。他还拥有花园的钥匙，可以在无人的时候进去闲逛。

不过，令于连吃惊不已的是，他竟然发现大家不再对他恨之入骨了——他本以为他们会更加恨他的。他讨厌跟别人说话，这个本来应该隐藏起来的想法被他过于明显地流露在外，以至于招致了很多憎恨。而如今，这种少言寡语的性格在别人眼中不再是一种可笑的高傲，在他周围的那些俗人看来，这是与他身份相匹配的尊严感，外界对他的仇恨明显减少了，尤其是那些最年轻的同学，于连对他们彬彬有礼。慢慢地，于连竟然也有了追随者，倘若有人再用"马丁·路德"来称呼他，那就是对他的大不敬。

但是，奉承和敌视对他而言又有什么区别呢？这一切是如此丑恶，越深究背后的意图，就越觉得人性的鄙陋。而这些人却即将成为人们唯一的道德导师，难道报纸还能代替神职人员的教化功能吗？

自从于连担任教职以后，神学院的院长就做出了姿态，倘若没有第三人在场，绝不与于连讲话。这个做法对师徒二人来说是谨慎之举，但更像是一种试炼。皮拉尔神父是一个严于律己的冉森派教徒，他有个颠扑不破的原则：判断某个人是否值得刮目相看，就给他想要的一切、想做的一切设置重重障碍。倘若他果真出类拔萃，就一定能想方设法披荆斩棘，克服障碍。

此时正是狩猎的季节。福盖想出一个主意，以于连父母之名，向神学院送去一头雄鹿和一头野猪。这两头动物的躯体被摆放在厨房与餐厅之间的过道上，所有进餐的学生都会看到它们。人人对此好奇万分。野猪虽然已死，却还是吓到了年龄最小的学生，他们伸手摸到了野猪的獠牙。整整一周，大家聊天的主题都是这件事情。

这份给神学院的大礼，让大家认为于连来自人人尊敬的上流阶层，这令那些善妒之人感到了致命打击。因为人们认为他拥有财富，于连获得了神圣无比的特权。沙泽尔和其他神学院中的杰出学员纷纷主动靠近他，用嗔怪的语气埋怨于连没有将出身豪门的事情告诉他们，害他们做出对金钱冒失不敬的事。

有一次征兵，于连作为神学院的学生而免于入伍。这件事情让他唏嘘不已。"倘若是二十年前，这就是我英雄生涯的开始，而如今，一切都永远错过了！"

他独自在神学院的花园里散步，听到修理围墙的泥瓦匠们在互相交谈。

"哎！该走了，又有新的征兵来了。"

"倘若是'那个人'的时代，该有多好！泥瓦匠也能当军官，甚至当将军，这事儿真的发生过。"

"但看看现在！只有穷到一无所有的人才会去当兵。只要有口饭吃的，都会留在家里。"

"生来贫穷，一辈子都贫穷，就是这么回事。"

"对了，传闻说'那个人'已经死了，这是真的吗？"第三个泥瓦匠插话道。

"有钱大佬们都这么说，你瞧瞧，'那个人'让他们怕成什么样。"

"'那个人'的时代是多么不一样啊，干起活儿来都更畅快！据说'那个人'是被他的元帅们给背叛了！肯定是叛徒干的啊！"

这席对话让于连稍显安慰。他一边走远，一边叹着气重复道："唯有此君王，诸人爱戴之！[1]"

考试的日子来临了。于连在考试中对答如流，他看到沙泽尔也倾尽全力地显示自己的才学。

第一天，声名卓著的代理主教弗里莱尔派来的那些考官气恼万分，因为他们不得不总是把于连·索雷尔这个被认为是皮拉尔神父得意弟子的人列在成绩第一名的位置，最差也是第二名。神学院里有人打赌说，于连将在综合考试的名单中位列第一，这会给他带来与主教共同用餐的光荣机会。但在一次关于教会和教父的考试将近尾声时，一位富有心计的考官首先向于连问起关于哲罗姆[2]和西塞罗[3]的爱好，随后又向他提出了有关贺拉斯、维吉尔[4]和其他世俗作家的问题。其他同学都一无所知，而于连则对这些作家的许多作品如数家珍。他被胜利搞得忘乎所以，没有意识到自己已经踏进陷阱，在主考官的反复要求下，他背诵并解释了好几首贺拉斯写的颂歌。主考官眼见于连上钩，在他滔滔不绝二十分

1　出自布雷纳莱里的《伏尔泰颂》，曾刻在巴黎新桥边的亨利四世像的底座上。

2　哲罗姆（St. Jerome，约342—420），古罗马基督教圣经学家，拉丁教父，一生致力神学和《圣经》研究。

3　西塞罗（Marcus Tullius Cicero，前106—前43），古罗马哲学家、政治家、雄辩家，其著作资料丰富，文体通俗、流畅，被誉为拉丁语的典范。

4　维吉尔（Publius Vergilius Maro，前70—前19），古罗马诗人，其作品对欧洲文艺复兴和古典主义时期的文学影响较大，代表作有史诗《埃涅阿斯纪》。

钟后，忽然脸色一变，痛斥他浪费大量时间去研究这些亵渎神明的作品，把那些无用或有罪的思想灌入脑海。

"我就是个傻瓜，先生，您说得对。"于连意识到自己中了别人巧妙设置的陷阱，赶忙露出了谦卑的神色。

考官的这个诡计，即使在神学院这种环境下，也会被看作肮脏不堪的下作手段，然而这并不妨碍代理主教弗里莱尔用权威的手腕把"第一百九十八名"写在于连的名字旁。这个代理主教精明地在贝桑松的教会中打造出一个秘密网络，并迅速而及时地向巴黎发送密报，让这里的法官、省长甚至是驻军将领都胆战心惊。通过贬低于连的成绩，他开心地羞辱了自己的敌人——冉森派的皮拉尔神父。

十年以来，他的头等大事就是让皮拉尔神父失去神学院院长的职务。然而皮拉尔神父一贯心虔志诚，堂堂正正，忠于职守，没有任何把柄。但老天一时任性，给予了他冲动的性格，对别人的侮辱和仇视格外敏感。这个性如烈火的人，任何侮辱之举都会对他产生影响。他曾想过上百次辞职不干，但又觉得既然上帝将他摆到这个位置，一定希望他做出贡献。"我要阻挠虚伪的耶稣会教义的发展和偶像崇拜的愈演愈烈。"他对自己说。

在考试期间，皮拉尔神父有差不多两个月的时间没跟于连讲过一句话。然而，在收到官方公布的考试成绩单后，他却病了足足一个星期——他看到了这个被他视为家族荣誉的学生名字旁边写着"第一百九十八名"。对一个生性如此严厉的人来说，安慰这个痛苦的唯一办法，就是更加严密地监视于连的一举一动。他发现，于连面对这个不公的结果，既没有愤懑，也没有泄气，这让他感到十分欣慰。

几个星期后，于连收到一封信，信封上盖着巴黎的邮戳。于连打开信，不由得浑身一颤，心想："终于，德·雷纳夫人想起给我写信来了。"信的署名是保罗·索雷尔。这位先生声称是于连的亲戚，给于连寄来一张五百法郎的汇票。那人又说，倘若于连继续对优秀的拉丁语作家进行研究并获得成功，每年都会给他汇来一笔同样金额的钱。

　　"是她！是善良的她！"于连感动万分，"她想安慰我，但是为什么信中一句情意绵绵的话都没有？"

　　对于这封信，于连弄错了。德·雷纳夫人在好友德尔维夫人的劝说下，整个人陷入深深的悔恨之中。尽管她常常会不由自主地想到于连这个令她生活发生翻天覆地变化的特殊之人，但绝对不会给他写信。

　　用神学院中常用的说话方法来讲，我们可以承认，这五百法郎的汇款就是个天赐的奇迹，而且是老天借了代理主教弗里莱尔之手完成的这个馈赠。

　　事情是这样的。十二年前，弗里莱尔来到了贝桑松，带着一个寒酸得无以复加的旅行箱。据传闻，这箱子就是他的全部家当。而现在，他却变成了整个地区最富有的人。在发迹的过程中，他曾经购买了一块土地的一半，而另一半则作为遗产，归德·拉莫尔先生所有。由此，这两位人物之间发生了一场大官司。

　　尽管德·拉莫尔侯爵在巴黎地位显赫，且在宫廷之中担任要职，但是他心知肚明，在贝桑松地区与一个据说能驾驭和罢免省长的主教产生矛盾，可算是一步险棋。不过，在这件事上，他却做出了令人意外的举动。他本可以假借某人的名义，在国库中申请支取一笔五万法郎的费用，然后放弃这场小官司，将这五万法郎让给代理主教弗里莱尔。然而，他最终选择了跟这个人针锋相对。他觉得自己是有理的，有理就什么也不怕！

然而，恕我斗胆说一句：哪个地方法官没有某个子侄想塞进上流社会呢？他们都想巴结当地的代理主教。

为了让最为眼瞎目盲的人也看得清清楚楚，弗里莱尔神父在获得一审判决胜利之后，坐着主教大人的马车，亲自把一枚十字荣誉勋章赠予他的律师。德·拉莫尔先生被诉讼对手的动作搞得有些傻眼，觉得自己的律师团队丧失了斗志，于是去询问谢兰神父的意见，后者向他推荐了皮拉尔神父。

在于连的故事发生之前，几方势力的紧张关系已经僵持了好几年。皮拉尔神父将心力倾注到这桩官司之中。他不停地与侯爵的律师们见面，研究案情，最终认为侯爵是占理的一方，于是公开表示自己是德·拉莫尔侯爵诉讼的代理人，公开与权势熏天的代理主教作对。代理主教弗里莱尔对皮拉尔神父这种大不敬的行为大为光火，一个小小的冉森派信徒竟敢如此无礼！

"瞧瞧这个自己觉得有权有势的宫中贵族的嘴脸！"弗里莱尔对亲信们说道，"德·拉莫尔侯爵竟然连一枚可怜的勋章都没能赏赐给他在贝桑松的代理人，而他将眼看着这个代理人被卑微地撤职。然而，有人写信给我说，这位贵族大人没有一个星期不去掌玺大臣的客厅，向在场的所有人炫耀地展示他的蓝色绶带。"

尽管皮拉尔神父尽力奔走，尽管德·拉莫尔侯爵跟司法大臣，尤其是大臣的手下们，都疏通了关系，经过整整六年的努力，他们能做到的也仅仅是没有全盘皆输而已。

德·拉莫尔侯爵不断地与皮拉尔神父通信，共同商讨这件他们都热烈关注的事。最终，侯爵对神父的才智人品敬佩起来，尽管两者的社会身份有着巨大差异。慢慢地，他们的通信中充满了惺惺相惜的口吻。皮拉尔神父跟侯爵说，有人通过对他几次三番的侮辱，想要逼他辞职。他对于连遭受的下三烂的阴谋诡计而倍感愤怒，因此将事情经过写信告知了侯爵。

这位大贵族虽然富甲一方，却毫不啬贪财。平素里皮拉尔神父坚持拒绝接受侯爵的金钱馈赠，哪怕是因为官司而产生的邮费，他也坚持自己支付，不让侯爵偿还。德·拉莫尔侯爵突生一个想法，给皮拉尔神父最钟爱的门生寄去五百法郎。

于是，侯爵不厌其烦地亲自写了这封汇款信。在写信过程中，他忽然想到要给皮拉尔神父一个妥善的安置。

接下来的一天，皮拉尔神父忽然收到一封便条信，说有件急事，请他立刻去贝桑松郊区的一家客店。到了那里，他看到了德·拉莫尔侯爵的管家。

"侯爵先生让我坐马车来接您。"管家对他说，"侯爵希望您看到这封信，能够同意在四五天之后动身前往巴黎。到时您定个日期，在这之前我先去侯爵在弗朗什–孔泰的领地巡逻一番，随后在您定的日子里，我们一同出发前往巴黎。"

侯爵的信很短：

"我亲爱的先生，希望您摆脱外省的所有麻烦，到巴黎来呼吸一下安宁的空气。我派车去接您，在四天之内等您做出决定。我将亲自在巴黎恭候您，直到星期二。只需要您这边说句同意，先生，以您的名义，我就让您接管巴黎附近最好的一个教区。在您未来的管辖教区中最富有的那个人，虽然从未亲眼见过您本人，但他对您的倾慕程度超出了您的想象。这个人就是我，德·拉莫尔侯爵。"

性格严酷的皮拉尔神父自己都没有想到，他在这座满是敌人的神学院中工作了十五年，倾注了全部的心力，也慢慢爱上了这里。而德·拉莫尔侯爵的信对他来说，就像是一场残酷但必要的外科手术。倘若不走，他肯定会被代理主教撤职。长痛不如短痛，他将离开的日期定在了三天后。

在此后的四十八小时内，他举棋不定，心烦意乱。最终，他给德·拉莫尔侯爵写了回信。同时，他又给贝桑松的主教阁下写了一封信。这封信可以说是教会标准文风的杰作，只是有些冗长，要想找到比这封信更无懈可击的句子估计很难了，信里还表达了最为诚挚的敬意。然而，这封信的目的，是让代理主教弗里莱尔在他的主教上司面前难堪好一阵子。信上列举了所有值得控诉的事实，连那些肮脏手段的细枝末节都讲得清清楚楚——有人偷走皮拉尔神父用于取暖的木柴，有人偷偷毒死他的爱犬，诸多事实，数之不尽。

正是这些卑劣的手段，让他忍耐了足足六年，最终被迫辞职离开。

写完信，皮拉尔神父叫醒了于连——他跟所有神学院的学生一样，在晚上八点就上床睡觉了。

"您知道主教府邸怎么走吗？"他用最优美的拉丁语向于连说道，"请将这封信交给主教阁下。不瞒您说，您这趟差事是要到狼群中去。记得眼观六路，耳听八方。回话时不要说谎，但请您记住，向您问话的人或许会把伤害您当作真正的乐趣。我的孩子，我很高兴，在我离开之前能差您完成这件大事，因为我不想对您有任何隐瞒，这封您即将送去的信，实际上是我的辞呈。"

于连呆立当地，一动不动。他爱着皮拉尔神父。他内心谨慎的一面对自己说："在这个堂堂正正的人离开后，圣心会的人会降我的职，甚至可能把我赶走。"

但一瞬间，他就忘记了一切，心里只是想着皮拉尔神父。他绞尽脑汁地想说出一句像样的言语，却完全办不到，这已经超出了他才智的范围，让他很是为难。

"怎么，我的朋友，您不想去吗？"

"因为有人跟我说，先生，"于连羞怯怯地说道，"您长时间执掌神学院，却没有存下什么钱，而我这里有六百法郎……"

于连泪水滂沱，怎么也说不下去了。

"这笔钱也要登记在案。"前神学院院长冷冷地说道，"快去主教府吧，天色不早了。"

事也凑巧，这天晚上，代理主教弗里莱尔正好在主教的客厅中当值，主教去了省府赴宴。因此，于连便将信交给了代理主教弗里莱尔，他从没见过弗里莱尔本人。

于连震惊万分地看着眼前这个神父竟然放肆地直接拆开了写给主教大人的信。读着信里的内容，代理主教英俊的面孔很快就显现出惊讶与强烈的喜悦，紧接着又加倍地严肃起来。于连被这张好看的面孔所打动，便在他读信的时候端详起他来。如果不是某些线条表现出极端的精明，他的脸还可以说得上是严肃庄重，倘若这张俊俏脸庞的主人在某个瞬间忘记对自己的表情进行控制，甚至会流露出虚伪狡黠的神色。他的鼻梁高挺，呈现笔直的线条，这本来是好的，然而跟他与众不同的侧脸相配，却不幸地形成了一种酷似狐狸的奸诈之相。此外，这位对皮拉尔神父的辞职似乎极其上心的神父，其穿戴之优雅，也让于连颇感艳羡，他从没见过任何一个教士打扮得如此考究。

直到后来，于连才知道这位弗里莱尔神父的特殊才能究竟在哪里。他格外懂得取悦他的主教上司。主教是个慈祥的老人，为巴黎而生，并将自己待在贝桑松看作一种流放。他的视力很糟糕，却异常喜欢吃鱼。每当主教吃鱼时，侍奉在侧的弗里莱尔神父就会将盘中的鱼刺一根根地挑出来。

于连静静地看着眼前的神父把信读了一遍又一遍。这个时候，门口突然发出了很大的响声，大门开了，一个衣着光鲜的仆人迅速走了进来。于连还没来得及将身子转向门口，就看到一位胸前挂着主教十字架的小个子老人。他连忙拜倒，主教朝他露出一个善意的微笑，就走了过去。那位漂亮的代理主教紧跟其后，这时客厅只剩于连一人，他得以尽情欣赏这里装潢的圣洁与华美。

贝桑松主教是个聪明风趣之人，没有被长时间流放外省的痛苦所压垮。他已有七十五岁高龄，对未来十年会发生的事情不甚关心。

"刚才我走进来的时候，似乎看到了一个眼神机灵的神学院学生。他是谁？根据我的规定，他们这个时候难道不应该上床睡觉了吗？"

"我向您发誓，这个人可是清醒得很。主教大人，他带过来一个重大消息：您管辖的教区内唯一的冉森派教徒要辞职了，那个惹人厌憎的皮拉尔神父终于明白乱说话的后果了。"

"唉！"主教笑着说，"我敢确定，您找不到另一个像他这般杰出的人取而代之。为了让您看看这个人究竟有多好，我邀请他明天来这里吃饭。"

代理主教想趁这个机会，插进几句关于继任者人选的话，而主教此刻对这事意兴阑珊，向他说道："在安排新的院长上任之前，我们先看看旧的为什么要走。叫人把那个神学院的学生带进来，真相藏在孩子的嘴巴里。"

于连被叫进了屋，心想："这下我要面对两个审讯者了。"他忽然感到从未有过的大义凛然、勇气十足。

当他走进房间时，两个高大的男仆正服侍主教宽衣，男仆们的打扮比瓦莱诺先生都要光鲜。主教认为，在询问关于皮拉尔神父的事情之前，先要考考于连的学业。他略问了几条教义，于连的对答如流让他感到异常惊讶。随后，两人谈及了人文知识的领域，聊了维吉尔、贺拉斯和西塞罗。于连心想："正是这些名字导致我名列第一百九十八名。事已至此，我没什么可失去的了，就索性大显身手吧。"这次于连赢了，主教本人对人文知识极感兴趣，听到于连的回答开心极了。

在主教刚刚出席的省府晚宴上，一个名声在外的年轻姑娘背诵了歌颂抹大拉的马利亚的诗歌[1]。主教此刻还意犹未尽，又跟于连畅聊起了关于文学的话题，很快就把皮拉尔神父和所有正事抛诸脑后。他同这位神学院的学生一起探讨贺拉斯究竟是个有钱人还是个穷鬼。主教吟诵了几首颂歌，但他的记忆力有些不好使，于连立即带着谦卑的姿态，将颂歌的其余部分背诵出来。尤其令主教惊讶的是，于连聊起这些知识的时候，语气完全没有改变。他随口就背出了二三十首拉丁语诗歌，就像谈论神学院的日常生活那般信手拈来。他们二人谈论了很久的维吉尔和西塞罗。最后，主教不停地对这位年轻的神学院学生表达赞赏。

———

1　这个姑娘指的是法国女诗人德尔菲娜·盖（Delphine Gay，1804—1855），主要作品就是《抹大拉的马利亚》。抹大拉的马利亚，《圣经》中悔过的女罪人。

"想要找到比你学得更好的人，基本上不可能啦。"

"主教大人，"于连说，"您的神学院能给您提供足足一百九十七个学生，他们比我更配得上您的夸赞。"

"这是怎么回事？"主教对这个数字感到疑惑。

"大人，我可以向您提供一份官方文件，来证明我的说法。在神学院的年度考试中，我准确地回答了此刻得到您认可的这些问题，最终，我获得了第一百九十八名。"

"啊！原来这就是皮拉尔神父的那位爱徒啊！"主教叫了起来，笑着看向代理主教弗里莱尔，"我们早该想到的，您的这番话真算得上光明磊落。"主教又补充道，"我的朋友，是不是旁人把您叫醒，让您到我这里来的？"

"是的，大人。除了这次之外，我此生仅有一次走出神学院，就是在圣体瞻礼那天，帮贝纳德神父装饰主教教堂。"

"Optime！"主教说，"天啊，那个勇敢地把羽毛装饰放到华盖之顶的人就是您吗？每年我都为了那些羽毛装饰担心不已，害怕有人因为它们而送了命呢。我的朋友，您今后会前程似锦，而我不想让您此刻就饿死，毁掉您那辉煌的职业生涯。"

主教下令，给于连端上饼干和马拉加葡萄酒。于连津津有味地吃了起来，而代理主教弗里莱尔也不甘人后，跟着吃了起来，因为他知晓主教最喜欢看到别人大快朵颐。

在晚间聚会即将结束之际，主教越来越感到开心满足，他又聊了一会儿教会史，却发现于连对此一无所知。随后他又将话题转移到君士坦丁时代诸皇的统治下罗马帝国的精神风貌上。那个时候，异教面临末日，随之而来的是人们普遍的焦虑和疑惑，在十九世纪的此刻，这种情绪刚好配得上人们悲伤和无聊的精神状态。主教大人发现，于连对这些内容茫然无知，甚至连塔西佗[1]这个名字也不甚了解。

面对主教的惊讶，于连坦率地回答说，神学院的图书馆里并没有这位作家的著作。

"我确实很开心，"主教快活地说，"您说不认识塔西佗，这确实给我解决了一个麻烦。十分钟前，我还在想方设法感谢您给我带来的这个意想不到的愉快夜晚。我从没料到在我的神学院的学生中竟然有这样一个博学的人。因此，我想送给您一套塔西佗作品全集，尽管这个礼物并不十分符合教规。"

主教差人拿来了一套八卷本的书，装帧得精美绝伦。他亲自在第一本的扉页上用拉丁语写了一句赠给于连·索雷尔的赞词。主教以能写一手漂亮的拉丁花体字而骄傲。最终，他一改晚上聊天时的轻松语气，严肃地对于连说了一番话："年轻人，如果您够审慎明智的话，有一天您会拥有我管辖区域里最好的教区，距离我的主教宫殿不到一百法里，但是您必须审慎明智。"

于连捧着八卷书走出了主教府邸，整个人还处于震惊的恍惚中，忽然听到了午夜的钟声响起。

在刚才的聊天中，主教大人一句也没提到皮拉尔神父。尤其令于连感到惊讶的是，主教大人极其和蔼与礼貌。他从未见过谦卑文雅的待人态度与天生自然而然的高贵气质如此紧密地结合在一起。当他回到神学院里，看到焦虑不安地等待他的皮拉尔神父阴郁的样子时，觉得两者的对比实在太过强烈。

---

1 塔西佗（Publius Cornelius Tacitus，约55—约120），古罗马历史学家，历任保民官、执政官、行省总督等职，主要著作有《编年史》和《历史》，以共和政体为理想，文体独具风格。

"Quid tibi dixerunt?[1]" 皮拉尔神父远远地看到于连，就大声喊道。

于连把主教的话翻译成拉丁语，翻得磕磕巴巴的。

"请讲法语，把主教大人的原话分毫不差地复述出来，不要遗漏，也不要添油加醋。"神学院院长用生硬的语气说着，他的举止与文雅相去甚远。

"一个主教竟然送给年轻的神学院学生这么奇怪的礼物！"他一边说，一边翻阅那套华丽的塔西佗作品集，其烫金的书籍切口似乎让他感到十分厌恶。

听完于连的详细报告后，皮拉尔神父让这个他最钟爱的学生回屋就寝，此时已经敲响了凌晨两点的钟声。

"让我替您保管您的《塔西佗全集》的第一卷，上面有主教大人亲笔写给您的赞词，"他说，"在我离开之后，这行拉丁文字就是你在这座神学院里的避雷针。Erit tibi, fili mi, successor meus tanquam leo quoerens quem devoret.[2]"

第二天早上，于连发现，同学们跟他说话的样子都有些奇怪。他于是变得更加小心翼翼。心想："看吧，这就是皮拉尔神父辞职的结果。所有人都知道了他要离开，而我是他在这里最钟爱的学生。他们这样做，就是想在不惹人注意的情况下对我进行侮辱。"然而，与于连的想法截然相反的是，他从寝室出来，沿途遇到的人们眼中都找不到一丝仇恨之意。于连心想："这代表着什么？毫无疑问，这是个陷阱，我要更加警惕。"终于，那位从韦里叶城来的年轻学生微笑着，用一句拉丁语就点破了玄机：——

1 拉丁语：他们都对您讲了些什么？
2 拉丁语：因为对你而言，我的孩子，接替我的人会像发了狂的狮子一样把你吞掉。

"Cornelii Taciti opera omnia[1]."

这句话让大家都听到了，众人纷纷上前向于连祝贺，不仅祝贺他得到这样珍贵的礼物，还祝贺他能如此荣幸地跟主教聊了两个小时。人们甚至连最微小的细节都知道得清清楚楚。从这一刻起，大家对他不再怀有嫉妒，而是卑微地逢迎讨好。前一天还摆出臭架子的卡斯塔内德神父，现在却上来挽着他的胳膊，邀请他同吃午饭。

于连天生具有不卑不亢的性格，这些人曾经的冒犯和无礼令他吃尽苦头，如今他们的卑躬屈膝也没有给他带来丝毫快意，反而催生了他的厌恶之情。

中午时分，皮拉尔神父离开了他的学生们，临别之际也没忘对他们发表了一番严厉的讲话。神父对他们说："你们是想要俗世的荣耀、上流社会的好处，以及操控别人、嘲弄法律、对旁人肆无忌惮撒泼的乐趣，还是想要神的永恒的救赎呢？即使你们中最不聪明的人，只需睁开眼睛，就能分辨出这两条道路的不同。"

皮拉尔神父刚刚离开，那群耶稣圣心会的信徒就去小教堂唱《感恩赞美诗》去了。神学院里没人把前院长的讲话当回事。大家都在说，他不是辞职，是被撤职了。没有一个神学院的学生能单纯地相信他愿意主动放弃这样的职位，因为在这个职位上，他可以结交多少有钱有势的信徒啊！

皮拉尔神父住进了贝桑松最漂亮的宾馆，以处理公务的借口在那里待了两天，而实际上并没有公务可办。

———

1 指《塔西佗全集》。

主教邀请他吃饭，为了戏弄他的代理主教弗里莱尔，在餐桌之上，主教让皮拉尔神父大大出了一番风头。用餐后甜点的时候，从巴黎传来一个奇特的消息，皮拉尔神父被任命为 N 教区的本堂神父。那个教区的位置极好，离首都只有四法里。仁慈的主教真诚地祝贺皮拉尔神父。他在这整场事件中看了一出好戏，心情实在开心，又对皮拉尔神父的才华大大夸赞了一番。他给皮拉尔神父提供了一份用拉丁语书写得极好的推荐书，代理主教弗里莱尔想提出反对意见，却在主教的命令下闭嘴了。

当晚，主教大人又在吕邦普雷侯爵夫人家中将皮拉尔神父大大夸赞了一番。这在贝桑松上流社会中制造了一个重大新闻。大家都摸不着头脑，好奇皮拉尔神父为何会获得这样非同凡响的优待，甚至有人已经猜想他将晋升为皮拉尔主教。而那些最精明的人觉得，这都是因为德·拉莫尔先生当上了内阁大臣，想借此嘲讽弗里莱尔代理主教在上流社会中的张扬跋扈之态。

第二天清早，皮拉尔神父去见侯爵的律师们时，人们纷纷在街上跟着他走，店铺里做买卖的人也走出来远远地对他观望。这是皮拉尔神父在此地第一次获得礼貌的对待。看到此情此景，这位严酷的冉森派教徒感到心中有气。他与他挑选的律师在对侯爵的诉讼案进行了长时间的商议之后，就动身去了巴黎。他的两三个中学同学把他送到了马车旁，并对车厢上的贵族纹章赞叹不已。临别之际，皮拉尔神父感慨万千，终究还是没有忍住，对他们吐露了真情，说他在管理神学院十五年后，带着仅有的五百二十法郎离开贝桑松。朋友们与他相拥而泣，随后却在私下里说，神父大可不必如此撒谎，十五年只存了五百二十法郎，这未免太可笑了！

然而，那些被金钱蒙蔽双眼的凡夫俗子永远无法理解的是，皮拉尔神父之所以能在六年时间里单枪匹马地与玛丽·阿拉科克[1]、耶稣圣心会、耶稣会教士和主教斗争，是因为有一种必不可少的勇气和力量始终在支撑着他，而赋予他勇气和力量的并不是金钱，而是一颗无比虔诚的赤子之心。

1　玛丽·阿拉科克（Marie Alacoque，1647—1690），法国天主教修女和神秘主义者，提倡对耶稣圣心的奉献，其思想与冉森派相异，被后者反对。

第三十章
一位野心家

如今只剩一种贵族爵位，那就是公爵，而侯爵则
不值一提。一听到公爵的名字，人们都会转头瞩目。

——《爱丁堡评论》

德·拉莫尔侯爵接待皮拉尔神父的时候，省略了所有大人
物常用的那些繁文缛节，它们看上去是一种待客的礼貌，但心知
肚明的人都明白，那体现的其实是一种高高在上的姿态。况且对
德·拉莫尔侯爵来说，这种礼节完全就是在浪费时间，他目前正
被卷进重重事务之中，没有多余的时间来糟蹋。

六个月以来，他颇费心机地想要让一个内阁组织得到国王和
全国人民的接纳，而这个内阁组织的成员将出于感激，提出上奏
把他加封为公爵。

多年以来，德·拉莫尔侯爵一直向他在贝桑松的律师索要一
份清晰而准确的报告来说明他在弗朗什-孔泰大区的诉讼案，却
一直没能如愿。那位著名的律师自己对案情都是一头雾水，又如

何能解释得清来龙去脉？

而皮拉尔神父递给了侯爵一张小方块纸，纸上把一切解释得清清楚楚。

侯爵只用了不到五分钟的时间，就讲完了所有的客套话和对神父个人情况的关心，随后说道："我亲爱的神父，虽然大家都说我的人生蓬勃兴旺，但我却没有时间认真对待两件对我相当重要的事：家庭和生意。我只得大略地关注一下我的家产，让它不致亏损，因为我还得花时间在消遣上，消遣高于一切。"看到神父眼中流露出惊讶的神色，他又补充了一句："至少在我眼中是这样的。"

尽管神父是个通情达理的人，但看到一个老人竟然如此坦率地表达他对娱乐消遣的爱，他还是被震惊到了。

"在巴黎，努力工作的人肯定不少，"这位尊贵人物继续说道，"但是，打个比方，如果他们都住在六楼，当我在他们中找个人来为我工作时，这人会立刻在三楼找套房子住下，他的妻子也会每周抽出一天时间在家待客，他们不再努力工作，一心想要挤进上流社会。他们一旦有了固定饭碗，心心念念的就全都是这个了。

"就说说我的那些官司吧，每件单独的官司都有律师出生入死地卖命，前天就有一个律师死于肺病。但是对于我的总体事务，您相信吗，先生，三年前我就放弃找人帮我打理了。那些人看到事务庞杂，就懒怠懒惰，连替我写文书的时候都丝毫不动脑子。而这一切只不过是冰山一角。

"我敬重您，而且我敢说，虽然我们是第一次见面，但我依然深深喜欢您。您愿意做我的秘书吗？我付您八千法郎的薪水，或者加倍，这样好吗？我发誓，能请到您，再多的钱都值得。倘若有一天我们的合作终止，我还会为您保留下那个属于您的好教区的。"

皮拉尔神父拒绝了侯爵的邀请，但是在谈话快结束时，看到侯爵窘迫的样子，神父忽然有了一个想法。

"我把一个年轻人落在了神学院里，如果没猜错的话，他将会在那里遭受非常粗暴的迫害。如果他是个单纯的教徒的话，那他现在应该已经 in pace[1] 了。到目前为止，这个年轻人只懂拉丁语和《圣经》，但是有一天，他将在传道和引导灵魂方面显示出巨大的才能，这并非不可能。我不知道他最终会做到什么，但他内心有股神圣的火焰，前程不可估量。我之前打算，倘若遇到一个待人处事跟您有些相似的主教，便把这个年轻人介绍给他。"

"您说的这个年轻人是什么出身？"侯爵问道。

"据说是我们山区中一个木匠的儿子，但我更觉得他是某个有钱人的私生子。我曾经看到他收过一封匿名或化名的信，里面有一张五百法郎的汇票。"

"啊！是于连·索雷尔！"侯爵叫道。

"您是怎么知道他的名字的？"神父惊奇地问，随即就因为自己的唐突而涨红了脸。

"这我就无可奉告了。"侯爵回答。

"好吧，"神父说，"您可以试着让他担任您的秘书，他精力充沛，冷静沉着。总之，您试试也无妨。"

"为何不可呢？"侯爵说道，"但他是那种容易被警察或别

---

1 拉丁语：处于安详状态，在这里指被关进地牢。

的有心人收买、在我家中充当奸细的人吗？这是唯一令我迟疑的地方。"

在皮拉尔神父再三的保证和美言下，侯爵终于拿出了一张一千法郎的纸币，说道："把这个寄给于连·索雷尔做盘缠，让他来见我。"

"很明显，"皮拉尔神父说，"您住在巴黎，不知道我们外省人所遭遇的可怕的暴政，尤其对于那些不是耶稣会同党的神职人员，更是被欺压得厉害。他们绝不会心甘情愿地放于连·索雷尔走的，他们会用那些最精明的借口来从中作梗，说他生病了，或是邮局把信丢了，等等。"

"我这些日子会请大臣给主教写一封信。"侯爵说。

"我忘了提醒您注意，这个年轻人虽然出身贫贱，但是心比天高，倘若我们让他的自尊心受挫的话，无论做什么都不管用了，他会干出傻事情来的。"

"这点我倒很中意，"侯爵说道，"我让他来当我儿子的朋友，这够给他面子了吧？"

过了不久，于连收到了一封信，字迹陌生，信封上贴着从沙隆地区寄来的邮票。他在信中发现了一张贝桑松商人寄来的汇票，信上敦促他即刻赶去巴黎。信的署名是个假名，但当于连展开信纸，一片叶子落到了他的脚边时，于连激动得浑身颤抖，这是他与皮拉尔神父事先约定的暗号！

过了不到一个小时，于连就被传唤到了主教的府邸。在那里，他受到了主教慈父般的款待。主教背诵着贺拉斯的诗句，非常巧妙地恭贺于连，说在巴黎有崇高的前途等着他，并期待于连为了表达谢意而将这件事情亲口向他解释一番。然而于连一句话都说不出来，因为他本人对此一无所知。随后主教又说了一番对于连器重的言语。主教麾下的一个小教士给市长写了封信，市长忙不迭地亲自送来一本护照，一切手续都办理妥当，只有护照持有者的姓名栏暂且空着。

当天夜里，于连赶到福盖家中。福盖头脑睿智，对于挚友的远大前程，他感到的惊讶似乎大于高兴。

福盖心底是倾向自由派的，他说："你应该能在政府里谋得一个职位，你会被迫做违心的事，并在报纸上被大肆批评。以后我只能通过你遭受的羞辱抨击来获得你的最新消息了。你要记住，即使从金钱的角度来看，通过木材生意赚得的一百个金路易，是我们自己做主赚来的，怎么都比为政府工作而得来的四千法郎要好，哪怕在所罗门王[1]的政府也是一样。"

不管福盖说什么，于连只觉得这是乡下人的鼠目寸光。他终于可以在宏大的舞台上施展才华了。在他的想象中，巴黎人要么是些极度虚伪的玩弄诡计的阴谋家，要么就是像贝桑松的主教和阿格德的主教那样彬彬有礼的大贵人。总之，即将身赴巴黎的极致幸福令其他一切都黯然失色了。他向这位挚友表示，他之所以必须去巴黎，是遵从皮拉尔神父的来信，而不是他自己的本意。

第二天将近中午的时候，于连怀着世界上最幸福的人才有的美好心情来到了韦里叶城，他想和德·雷纳夫人再见一面。他首先去拜访了他人生的第一个庇护者谢兰神父。在神父家中，他遭遇了严厉的对待。

"您觉得您受过我什么恩惠吗？"谢兰神父没有回复他的道

---

1 所罗门王，公元前 10 世纪古代希伯来国王，颇具智慧，创造了犹太的鼎盛时期。

谢，对他说道，"您跟我一起吃午饭，其间我会叫人租一匹马，您立刻离开这里，不要见任何人。"

"听从您的吩咐。"于连回答着，露出了神学院学生听话的神色。随后，除了神学和拉丁语知识，他与谢兰神父再也没有谈论过其他什么。

午饭完毕，他上了马，骑行了一法里，来到一片树林。看到四下无人，他就钻了进去。太阳下山之时，他差人把马送了回去。更晚之后，他到了一户农民家中，农民同意卖给他一把梯子，并跟他一起将梯子扛到了俯瞰韦里叶城的那条忠诚大道之上。

"这可能是个可怜的逃兵役的人，或是个走私犯，但这又有什么关系呢？"农民在跟于连告别时心想，"我的梯子卖了个好价钱。再说了，我这辈子不也倒卖过几次钟表机芯吗？"

夜色一片浓黑。将近凌晨一点，于连扛着梯子，走进了韦里叶城。他抓紧时间下到激流的河床中。这条河穿过德·雷纳先生漂亮的花园，河比花园低了十尺，两岸都砌了墙。于连很容易就爬梯翻墙，进入了花园。"看门的猎犬会如何对待我呢？"于连心想。这是最重要的问题。起初，猎犬汪汪地叫着向他飞奔而来，但看到来人是于连，听到他的口哨声，就纷纷上前与他亲热起来。

他从一层平台爬上另一层平台，虽然所有的栅栏都关闭着，他还是轻而易举地找到了德·雷纳夫人卧室的窗子。窗子在花园一侧，距离地面有八到十尺。

于连很熟悉，百叶窗上有着一个心形的缺口。然而令他失望的是，这个缺口中并没有透出以往的那种彻夜不熄的灯光。

"上帝啊！"于连思忖道，"今晚德·雷纳夫人没有睡在自己的卧房，那她在哪里睡觉呢？一家人肯定都在韦里叶的，因为所有猎犬都在这里。但倘若我闯入这间不亮夜灯的卧室，遇到的是德·雷纳先生本人，或者另外什么不认识的人，那将会闹出怎样的丑闻啊！"

最谨慎的方法是暂时撤退。但这个想法让于连反感不已。"如果屋里是个陌生人，我就扔下梯子飞速逃走，但倘若是她本人，我会被她如何对待呢？有一点是确定无疑的，她目前已经因为极度的悔意成了最虔诚的教徒。但她终归还是给我写了那封信，证明她对我还是念念不忘。"这个想法令他下定了决心。

他胆战心惊，却最终下定决心，要么见她一面，要么就此死掉。他向着百叶窗投掷石子，没有任何反应。他将梯子靠在窗边，自己去敲百叶窗，一开始轻轻地敲，随后就越来越重。"不管天色多黑，只要人们听到动静，就会朝我开枪。"于连心想。这个想法让这件疯狂的大事成了一个考验胆量的试炼。

他想："这间卧室或许今晚没有人住，不然的话，无论里面睡着的人是谁，此刻都应该已经醒了。所以对这个人没有必要提防了，只需要尽量小心，不让睡在其他房间的人听到动静。"

于连从梯子上下来，将梯子移动位置，靠在了百叶窗上，又重新爬了上去，用手伸进那个心形的小洞。走运的是，他很快就摸到了连在百叶窗上挂钩的铁丝。他扯动铁丝，心里涌上了一股难以言表的愉悦之情。窗栓已被打开，用力一推就能推开。"应该慢慢地打开窗子，让她听出是我的声音。"他轻轻打开百叶窗，只容他的脑袋伸进去，压低了声音说道："我是您的朋友。"

他竖起耳朵倾听，屋内还是寂静一片，没有什么能打破这种沉寂。但很明显，屋里并没有夜灯，在壁炉那边连一星半点微弱的光芒都没有，这是个糟糕的预兆。

"当心挨枪子儿！"他思考片刻，便鼓起勇气，用手指大力地敲击窗户，无人回应，他敲的动静就更大了。"就算敲碎了玻璃，那也罢了！"他接着用力地敲着窗户，这时，透过浓浓的黑暗，他隐隐约约看到有个白色幽灵般的身影穿过了卧房。他定睛一瞧，不再有疑问，确实是个人影，正以极慢的速度向前移动着。忽然间，他看到一张脸贴在窗户玻璃前，与他四目相对。

他吓了一跳，向后缩了回去。夜色如此浓重，以至于隔着如此近的距离，他也无法分辨出这人究竟是不是德·雷纳夫人。他害怕此人惊叫示警，他听到狗群在梯脚转来转去，低声地咆哮着。"是我，"他又用足够高的声音重复了一次，"一个朋友。"没有任何回答，那幽灵似的影子忽然消失了。"请打开窗子，我必须跟您说说话，我太痛苦了！"他又用力敲打窗子，仿佛想把玻璃打碎。

一声清脆的响声传来，窗户的插销被拧开了。于连推开窗户，轻轻跳入了房间。

那个白色幽灵正想躲开，却被他一把抓住胳膊。是个女人。顷刻间，他的满腔勇武都化作了柔情。"如果真的是她，她会跟我说些什么呢？"于连听到了一声轻呼。真的是德·雷纳夫人！于连顿时感到心潮澎湃，紧紧将她搂在怀里。她浑身颤抖，没有力气将其推开。

"疯子！看看您都做了些什么？"

她抽搐着，几乎无法讲出一句完整的话。于连清晰无比地感到了她的愤怒。

"我们残忍地分开十四个月了，我来看看您。"

"出去，马上离开我！啊！谢兰先生，为何阻止我给他写信啊？这样这种恐怖的事情就可以预防了。"她用一股异常强大的力气将于连推开。"我对自己的罪孽已经深深忏悔，上天垂怜我，为我指点迷津，"她断断续续地反复说道，"出去！快走！"

"受了这十四个月的煎熬，不跟您说上几句话，我是不会离开的。我想知道您在这段时间做的一切。啊！我是那么爱您，我值得您对我信任，我想知道一切……"

德·雷纳夫人的心不由自主地被于连这种带有威严的语气给俘获了。

于连一直神魂颠倒地紧紧抱着德·雷纳夫人，努力不让她挣脱，这时双臂忽然一松，这个动作让德·雷纳夫人放下心来。

"我把梯子拿进来，"于连说，"如果有仆人被噪声吵醒，就不会发现我们的事。"

"啊！别把梯子拿进来，你自己出去！"德·雷纳夫人真的生气了，"被人看到有什么关系，重要的是上帝啊！他会看到这场丑陋的闹剧，他会惩罚我的。您可耻地利用了我对您的情感，但是这种情感现在已经不复存在。听到了吗，于连先生？"

于连缓缓地把梯子拉了上来，尽量不发出一点声响。

"你的丈夫在城里吗？"他这样说不是故意刺激她，而是出于旧时的习惯所致。

"请您不要对我这样说话，行行好吧，否则我要叫我丈夫了。我没有不顾一切地把您赶走，已经是罪孽深重了。这是因为我可怜您。"她继续对他说，试图刺激于连的自尊心，她明白这是他的弱点。

此时此刻，德·雷纳夫人始终用敬语来称呼于连，这种冷冰冰的敬语骤然间打破了于连一直依恋的温情关系，反而让他更加陷入痴情激荡中无法自拔。

"什么?! 难道你不再爱我了吗？"他发自肺腑地追问道，这种炽烈的语气任谁听了都无法心如止水。

德·雷纳夫人不发一语，而于连却辛酸地哭泣着。

事实上他连讲话的力气都没有了。

"所以说，我被这个世界上唯一爱过我的人抛弃了！我在这个世界上活着还有什么意思呢？"他不再担心被别人撞见的危险，满腔勇气一下子全部泄尽了。他的心此刻荒芜一片，只剩下对德·雷纳夫人的痴恋。

于连无声无息地哭了很久。他握住她的手，她本想抽回的，然而在一番近乎痉挛的拉扯后，她把手留在了于连掌中。屋中漆黑一片，两个人默默地坐在床上。

"跟十四个月之前相比，简直是物是人非！"于连想着，哭得更厉害了，"看来真是这样，人不在，这段感情也毁了！"

"请告诉我，您这段时间都发生了什么？"德·雷纳夫人的沉默让于连感到尴尬，于是他抽抽噎噎地问道。

"这还用说？"德·雷纳夫人用生硬的语气回答，中间夹杂着冷漠和责怪，"在您离开之后，我的糊涂行为闹得城里尽人皆知。您的举动是那么不谨慎！那段时间，我陷入了最为黑暗的绝望中。多亏了可敬的谢兰神父前来探望我。在很长一段时间里，他都试图让我对他坦白，但我什么都不说。有一天，他带我参观第戎的教堂，那是我第一次领圣体的地方。在教堂里，他先开了口……"泪水几乎让德·雷纳夫人说不下去了，"多么令人羞愧的时刻啊！我向他坦承了一切。这个如此善良的人并没有向我大发雷霆，而是垂顾于我，同我一起悲伤。那段时间，我每天都给您写信，但都不敢寄出，把它们小心翼翼地藏了起来，当我痛苦得受不了的时候，就藏在卧室里，偷偷阅读那些信件。最后，谢兰神父说服我将信交给他，其中几封措辞谨慎的信件，都寄给了您，您却从没写过回信。"

"我向你发誓，我在神学院从没收过你的任何信件。"

"上帝啊！谁将这些信给拦截了？"

"想想我有多么痛苦吧，那天在大教堂遇见你之前，我甚至都不知道你是否还活着。"

"上帝怜悯我，让我明白我对他、对孩子们和我的丈夫犯了那么多的罪孽。"德·雷纳夫人又说道，"虽然我清楚得很，我丈夫从未像您那样爱过我……"

听到这句话，于连实在是情难自抑，一下子失去了理智，扑倒在德·雷纳夫人的怀中。而德·雷纳夫人还是将他推开，并继续坚决地说道："令人尊敬的朋友谢兰神父让我明白，一旦我嫁给了德·雷纳先生，我就必须将自己全部的情感交托于他，甚至在这场私情之前从未感受过的那些情感，也只能对他发生……自从我忍痛割爱，将这些对我无比珍贵的信件交给他后，我的生活虽说算不上幸福，但也风平浪静。请您千万不要再打扰我的生活，就当您是我的一位好友……一位最好的朋友。"于连用吻覆盖她的双手，她感觉到于连在边吻边哭。"请不要哭了，您让我难受极了，那么，现在轮到您讲讲这段时间您都经历了什么。"于连已经说不出话来了。"我就想知道您在神学院里都过着怎样的生活，"她重复道，"讲完您就可以走了。"

于连也不知道自己都讲了些什么，他说了最开始遇到的不计其数的阴谋诡计，人们对他的妒忌之情，也说了自从晋升到辅导教师之后较为平静的生活。

"然后，"他补充道，"长时间没有您的消息，无疑让我明白了今晚已经看得太多的事实，就是您不再爱我了，我是死是活，您都不再惦记……"听到这里，德·雷纳夫人握紧了于连的手。"就在这个时候，我收到了您寄给我的五百法郎的汇款。"

"我从没寄过。"德·雷纳夫人说。

"这是一封盖了巴黎邮戳的信，署名是保罗·索雷尔，这一切都是为了不引人怀疑。"

他们就这封信究竟由谁而写进行了一番谈论。两人间的气氛发生了微妙的改变。不知不觉间，德·雷纳夫人和于连都收敛了严肃的语气，又重新用温存甜蜜的口吻来说话。屋里漆黑一片，他们看不到对方，但是讲话的声音说明了一切。于连伸手揽着德·雷纳夫人的腰肢，这个举动充满了危险的意味。德·雷纳夫人每每想要挣脱于连手臂的时候，于连就会机智地讲个什么有趣的事情，转移她的注意力，让她仿佛忘记了于连手臂的位置，就这样被他搂在怀里。

在对那封带有五百法郎的信的来历做了许多猜想之后，于连又继续叙述起自己前段时间的生活。他平息激动，镇定了下来，因为跟此时此刻的情景相比，之前的经历简直不值一提。于连满心想着这次的夜访将会以何种形式结束。"您快走吧。"德·雷纳夫人时不时地急促催着于连。

"如果我就这样被打发走了，那该多么丢人啊！这将是令我后悔一生的憾事，"他思忖道，"她之后绝对不会给我写信的。天知道我下次再来这里是什么时候！"此时此刻，之前令于连魂牵梦萦的那些飞黄腾达的念头顿时在他的心中消失无踪。坐在心爱的女人旁边，就在他们曾经度过无数幸福时光的内室之中，将她半搂半抱地揽在怀中，在最深沉的黑暗里，他听到她已经哭泣了一阵子。在她胸膛的不停起伏中，于连深刻地感受到了她的呜咽。而此时此刻，于连却仿佛不幸地变成了个冷酷的政客，就像他在神学院中看到自己被更强壮的同学欺负时那样，心里都是冷静的算计。他故意延长了自己的讲述，并聊起了自离开韦里叶以后的悲惨生活。于是，德·雷纳夫人想："他离开一年了，中间没有任何能激起他回忆的事物，然而他却对韦尔吉乡下的那段时光念念不忘，而我竟然一心想将他忘掉。"她的呜咽声更加重了。于连发现自己的话成功打动了她。他明白应该使用最后的撒手锏了，那就是此前刚刚收到的来自巴黎的信。

"我已经向主教大人告辞了。"

"什么，您不再回贝桑松了？！您要永远离开我们吗？"

"是的。"于连用斩钉截铁的语气答道，"我要离开这个地方，因为在这里，连我的一生挚爱都将我遗忘了。我要离开，永不再回来。我要去巴黎……"

"你去巴黎！"德·雷纳夫人高声地叫了出来。

眼泪噎住了她的喉咙，她五内俱焚，心乱如麻。于连正是需要这样的鼓励，他正在尝试去做一件不易做到的事情，在德·雷纳夫人发出惊叫之前，他看不到成功的可能性，也不清楚他的话会造成怎样的后果。眼下他不再迟疑了，他不想让此行留有遗憾，这让他冷静下来，于是他站起来，冷冷地加了一句："是的，夫人，我要永远地离开您了，祝您幸福，永别了。"

他往开着的窗户走了几步，德·雷纳夫人奔向他，扑进了他的怀里。

就这样，经过三个小时的谈话后，于连终于获得了前两个小时中他梦寐以求的一切。不过，倘若这一切早点发生，德·雷纳夫人卸下心防，两人重燃旧爱，将是多么神圣的幸福啊。然而，如今的这一切却是于连通过攻心术实现的，最终只不过是一阵欢愉而已。于连不顾情人的一再反对，坚持要将夜灯点亮。

"你想让这次相见留下美好的记忆吗？"他对德·雷纳夫人说，"你这双迷人眼眸中的爱恋，我将永远失去了吗？这双白嫩的玉手，我也会永远看不到了吗？想想吧，我将会离开你那么久！"

德·雷纳夫人无法抗拒两人即将分别的念头，这让她哭成了泪人。然而此时，曙光已经将韦里叶城东边山上枞树的鲜明轮廓清晰地勾勒了出来。于连没有就此离开，陶醉在情爱欢愉中的他，请求藏在德·雷纳夫人的卧房中，第二天晚上再走。

"我怎么能拒绝呢？"她回答道，"我无可救药地再次沦陷了，罪孽带走我全部的自尊，它重压在我心口上，让我永远受苦。我的丈夫不像之前那么好骗了，他起了疑心，他觉得是我设局哄骗了他，常常对我发脾气。如果他听到一丝一毫的声音，我就完了。他会把我看作坏女人赶出家门，而我本就是个坏女人啊。"

"啊！这是谢兰神父会讲的话。"于连说，"在我迫不得已离开你去神学院之前，你从不会用这样的口吻跟我说话，那个时候你是爱我的！"

于连说话的时候显得从容镇定，这样的态度产生了效果，他的情人很快就一心只想着不让于连怀疑她的爱，忘记了丈夫的出现会带来的危险。天色很快就亮了起来，整间屋子都被日光照得亮堂堂的，这个充满魅力的女人倒在了于连的怀中，甚至是倒在了他的脚边，让他收获了一切的骄傲和欢愉。她是于连唯一爱过的人，不久之前她还沉浸在对可怕的上帝的恐惧和对教徒忠诚职责的热爱里。整整一年的时间，她日复一日持续地恪守坚贞，保持虔诚的决心，却在于连的血气之勇面前，瞬间就丢盔卸甲，一败涂地。

不一会儿，屋外传来了一阵响动，德·雷纳夫人慌了，她之前没想到这茬儿。

"那个恶毒的伊莉莎要进来打扫了，这个巨大的梯子要怎么办？把它藏到哪里呢？"她对情人说道。

"对了，可以藏到阁楼上去。"她欢快地喊道。

"但是这要经过仆人的房间啊。"于连惊讶地说。

"我先把梯子放在过道里，然后把仆人叫来，给他一个差事。"

"倘若仆人路过过道看到梯子怎么办？准备好一些应付他的说辞。"

"是的，我的天使，"德·雷纳夫人吻了于连一下，"倘若我不在的时候，伊莉莎进房间来，你要尽快躲到床底下。"

德·雷纳夫人忽然显得乐趣十足，让于连大感惊讶。"原来是这样，"于连心想，"现实中迫在眉睫的危险并没令她手足无措，反而让她欢欣雀跃，这是因为她已经忘记了内心的懊悔，多么与众不同的女人啊！啊！我能征服她的心，是多么光荣的事情啊！"于连简直欣喜若狂。

德·雷纳夫人搬起梯子，这对她来说似乎过于沉重。于连起身帮她的忙，他又看到她曼妙的身材，那种弱不禁风的雅致让他倾慕不已。然而，她却蓦地独自把梯子扛了起来，就好像搬动一把椅子那样轻松。她以迅雷不及掩耳之势把梯子搬到四楼，沿墙靠着，然后呼唤仆人。在仆人穿衣的当口，她爬上了阁楼。五分钟后，她回到走廊，发现梯子不见了。"梯子去了哪里？"倘若于连没有藏匿在屋里，这种危险她根本不会放在眼中。但是，此时此刻，如果丈夫看到这架梯子，那事态就难以控制了。德·雷纳夫人到处都找遍了，最终在屋顶之下找到了梯子，是那个仆人放的，甚至是特意藏在那里的。此事有些不寻常，若是以往，她早就慌了神。

"管他呢。"她心想，"今天过后，只要于连走了，天塌下来又有什么关系？到时候，反正无论面对什么，我都会无比悲伤和懊悔就是了。"

她甚至隐隐约约想到了结束生命，但又有什么关系呢！在一场本以为是永恒的离别之后，于连竟又回到了她的身旁，让她得以重见心上人。而且，于连为了见她一面而履险蹈危，这体现出了多么浓烈的爱啊！

她把梯子的事情跟于连说了。

"如果仆人将看到梯子的事情告诉我丈夫，我要怎么向他解释呢？"她沉思片刻，继续说道，"要找到卖梯子给你的那个农民，这得花上他们二十四个小时。"这时，她一下子就扑进了于连的怀里，浑身颤动而抽搐地抱紧了他。"啊！死吧，就这样死了吧！"她一边喊，一边不停地吻着于连。忽然她大笑起来，说道："哎呀，首先要给你找些吃的，不能让你这样饿死啊。来吧，我先得把你藏在德尔维夫人的房间里，那里成日上着锁。"她去过道的另一头望风，于连小跑着进了房间。"如果有人敲门，千万别应声。"德·雷纳夫人一边把于连锁在屋里，一边说道，"只有孩子在恶作剧时才会敲这扇门。"

"把孩子们带到花园里的窗子下面，"于连说，"我很想见见他们，听听他们说话。"

"好啊，好啊！"德·雷纳夫人一边向他喊道，一边迅速走远了。

没过一会儿，她就带回了一些橘子、饼干，以及一瓶马拉加葡萄酒，但她偷不到面包。

"你丈夫在做什么？"于连问。

"他要跟农民做生意，正在起草计划。"

此时，八点的钟声已经敲过了，大宅中各种声音此起彼伏。如果人们见不到德·雷纳夫人，就会到处去寻找她，她必须得暂时离开于连。不一会儿，她又回来了，冒险端来一杯咖啡。她恐慌不安，生怕于连忍饥挨饿。午饭之后，德·雷纳夫人成功地将孩子们引到了德尔维夫人房间的窗户底下。于连发现他们长高了很多，但是举止普普通通，没了那种高贵样子——也可能是于连看人的标准改变了。

德·雷纳夫人在孩子面前提到了于连。最大的孩子对之前的这位家庭教师流露出了喜爱和怀念的遗憾之情，但两个年纪小的几乎忘记了他。

德·雷纳先生早上没有出门，不断在宅子里走上走下，忙着和农民做交易，向他们出售自己地里收获的土豆。直到晚饭之前，德·雷纳夫人都没空闲去照顾躲在房间里的于连。晚饭铃响，饭菜上桌，她想为于连偷一碗热汤。当她小心翼翼地端着汤盘，无声无息地走到于连所在的房间门口时，迎面发现了早晨那个将梯子藏起来的仆人。此时此刻，他也在蹑手蹑脚地走向过道深处，好像在竖起耳朵听着什么。大概是于连在屋里走动，冒失地弄出了什么声响。看到德·雷纳夫人，仆人满腹疑惑地走开了。德·雷纳夫人大着胆子，进入了房间。她突然开门，吓得于连打了个激灵。

"你害怕吗？"她对于连说，"但我哪怕遇到刀山火海，眼睛都不会眨一下。我只害怕一件事，就是你走以后把我单独留在这里。"话音刚落，她就跑着离开了于连。

"啊！"于连忍不住激动，自言自语道，"这个了不起的女人，只有内疚是她心中唯一的恐惧。"

夜晚终于来临。德·雷纳先生去了赌场玩乐。他的妻子声称自己患了严重的头疼，只能在房间里待着。她急匆匆地打发走伊莉莎，迅速起身给于连打开了门。

此时的于连，当真饿得要死了。德·雷纳夫人跑去厨房的储藏室给他拿面包。这时，于连听到一声大喊远远传来。德·雷纳夫人很快回来了，告诉于连，她刚刚走进一片漆黑的厨房，在摆放面包的餐柜前伸手取东西的时候，碰到了一个女人的胳膊，正是伊莉莎。于连听到的那声大叫就是她发出的。

"她在那里做什么？"

"她要么是在偷甜点，要么就是在窥伺我们。"德·雷纳夫人满不在乎地说道，"但幸运的是，我拿到了一块馅饼和一个大面包。"

"那里面装的是什么？"于连指着德·雷纳夫人鼓鼓囊囊的口袋问。

德·雷纳夫人竟已完全忘了，从晚餐以来，她帮于连偷了很多面包，都装进了口袋。

于连以最大的热情将她拥入怀中，在他眼中，德·雷纳夫人从来没有如此美丽动人。他含含糊糊地想："就算在巴黎，我都无法遇见比她更有大智慧的女人了。她并不习惯伺候人，因此显得笨手笨脚。但与此同时，她又如此果断勇敢，只为真正值得恐惧的事情担忧，其他困难都不放在眼里。"

于连狼吞虎咽，大快朵颐，他的情人不想聊太过严肃的话题，正对他吃的这些残羹冷炙开着玩笑。此时，忽然有人用力地晃动着房门。是德·雷纳先生来了。

"你为什么锁门？"他在门口叫喊着。

于连闻风而动，迅速钻进沙发底下。

这时，门被德·雷纳先生打开了，他看到妻子，大叫道："究竟是怎么回事?！你为什么穿戴得这么整齐，关着门在屋里吃东西?！"

若是在平时，丈夫用如此生硬的语气发问，德·雷纳夫人会感到手足无措。但是此刻，她发现丈夫只要稍微欠身就能发现躲着的于连，因为德·雷纳先生一进来就坐在了于连之前坐的椅子上，而那把椅子正对着于连藏身的沙发。

德·雷纳夫人用头疼当借口，把一切搪塞了过去。随后，她丈夫滔滔不绝地详细讲述了刚刚在赌场打台球赢钱的壮举。"一局就赢了十九法郎，我的老天！"他补充道。这时，德·雷纳夫人瞥见于连的帽子就放在离他们三步远的椅子上。她突然间变得无比从容，缓缓脱下外衣，找了个机会，快速地走到丈夫身后，用衣服盖住了放帽子的椅子。

德·雷纳先生终于离开了。德·雷纳夫人请求于连再跟她讲述一遍在神学院中的生活："昨天我没有认真听你讲，你说话的时候，我一直在考虑如何鼓起勇气将你赶走。"

跟于连在一起，她进入完全放松的状态，变得冒失起来。他们的声音太大，直到凌晨两点，一阵猛烈的敲门声打断了他们的谈话。德·雷纳先生又来了。

"快给我开门！屋里招了贼！"他说道，"圣约翰今天早上发现了一把梯子。"

"一切都结束了！"德·雷纳夫人哭道，扑进了于连怀中，"他不会相信招贼这回事的，他会把我们俩都杀了。我要死在你的怀里，这样的死比活着更幸福。"她没有回应在门口怒发冲冠的丈夫，只是深情地拥抱着于连。

"你还是小格萨维耶的母亲，要活下去！"于连用命令的目光望向她，"我会从小房间的窗子跳到院子里，然后跑进花园，那些猎犬都认得我。把我的衣服包成一捆，尽快扔到花园里。在这之前，先让他拼命敲门。千万不要承认，我不许你承认，宁可他心生怀疑，也不要将一切坐实。"

"你跳下去会摔死的！"这是她唯一的回答，也是她此刻唯一的担心。

她陪他走到小房间的窗口，接着不慌不忙地藏起他的衣服。最后，她才去给满腔怒火的丈夫开门。德·雷纳先生走进门，一言不发，在屋子里四处看了看，又去小房间看了看，随即便走了。于连的衣服被扔在楼下，他捡起来，迅速跑向花园下方的杜河。疾奔中，他听到一颗子弹在耳边呼啸而过，紧接着又听到一声枪响。

"开枪的肯定不是德·雷纳先生，"于连想，"他的枪法太糟糕。"猎犬们无声无息地跟着于连奔跑，第二颗子弹显然打中了一只狗的腿，它发出了一声哀嚎。于连跳过一个平台的围墙，在墙壁的掩护下疾走了五十来步，然后换了个方向狂奔。他听见远处几个声音在相互应答，并清楚地看到他之前的死敌，那个仆人，正持枪朝这边射击，而一个佃农也在花园的另一边射击，但是于连已经赶到了杜河岸边，在那里穿好了衣服。

一个小时后，于连已经身在距韦里叶城一法里之外了，走在通往日内瓦的大路上。"倘若他们怀疑是我，一定会去通往巴黎的路上寻找的。"于连心想。

下卷

她不漂亮，也没有涂脂抹粉。

——圣伯夫 [1]

1 查尔斯·奥古斯汀·圣伯夫（Charles A. Sainte-Beuve，1804—1869），法国文学评论家，早期拥护文学中的浪漫主义倾向，后为实证主义批评的主要代表，强调研究作家生平经历和心理状态，重要的文学批评著作有《文学家画像》等。

第一章

乡村之乐

啊！乡村，何时能再见到你！

——维吉尔

"先生，您应该是在等来自巴黎的邮车吧？"于连在一家客栈歇脚吃午餐的时候，店主问道。

"今天或明天的邮车都可以，没有关系。"于连回答。

正当他摆出一副无所谓的态度之时，一辆邮车驶来了。车上有两个空位子。

于连跟一个旅客一起上了车。在车上，一位从日内瓦来的旅客朝着那个旅客说道："是你啊！我可怜的法尔科兹。"

"我还以为你在里昂附近、罗讷河畔的漂亮山谷中定居了呢。"法尔科兹说。

"哪是什么定居啊，我如今在流亡中呢。"

"什么？你在流亡？你可是圣吉罗！你看上去可是个老实人，怎么会犯罪？"法尔科兹大笑着说道。

"哎哟，我现在跟犯罪也差不了什么了。我想要逃离外省那种令人厌憎的生活，我喜欢清新的森林和宁静的乡村，你知道的，你之前就常常说我是个浪漫人士。我这辈子都不爱听人非议政治，然而政治还是把我赶了出来。"

"是吗，你加入了哪个党派？"

"什么党都没加，这正是我失策的地方。我热爱音乐和绘画，这就是我全部的政治。一本好书对我来说就是一件大事，我马上就要四十四岁了，还能剩下多少时间呢？十五年？二十年？三十年算是最多了！好吧！三十年后，那些部长或许会稍微机灵一些，可依然会像如今的部长一样实诚。英国的历史就像一面镜子，照见了我们的未来。总有一个想扩充自己君权的国王，总有人怀揣成为议员的野心。像米拉波[1]那样获得荣耀、赚取几十万法郎，这种欲望会让外省富人夜不能寐，他们会将这些说成是自由派的思想，是爱人民的表现。至于那些极端保皇党人士，他们上下奔走，总是渴望成为贵族院议员。在国家这艘大船上，人人都想掌舵，因为这能带来巨额利益。难道这艘船上就不能为一个单纯的游客留出个可怜的位置吗？"

"当然，当然，连性格如此平和的你都在抱怨这可笑的一切了，是最近举行的选举将你赶出了外省吗？"

"我的不幸要从更早的时候开始说起。四年前，我刚好四十岁，有五十五万法郎的家财，如今我老了四岁，却少了五万法郎，因为我变卖罗讷河附近的蒙弗勒里城堡亏了钱，这座城堡的位置好极了。

---

1 奥诺雷·加百列·里克蒂（Honoré-Gabriel Riqueti, 1749—1791），一般人称米拉波伯爵，法国革命家、作家、政治记者暨外交官。

"在巴黎，我对那些你们称之为十九世纪文明的东西——一出出不停上演的喜剧，感到厌倦，我渴望的是天真和简单。我在罗讷河附近的山里买了一块地，天底下没有什么地方比那里更美的了。

"村里的副本堂神父和附近的乡亲们巴结了我六个月。我邀请他们吃饭，对他们说，我之所以离开巴黎，是因为不想再谈论政治，也不想听到任何人跟我聊政治。正如你们看见的那样，我一份报纸都没有订。邮差给我寄来的信件越少，我就越高兴。

"但像我这样的人却不合那位副本堂神父的心意。不久，我就遭遇了他无数次冒昧的要求和纠缠。我想每年捐两百到三百法郎用以接济穷人，他却想让我把这些钱捐给宗教团体——圣约瑟会、圣母会等。我拒绝了，他就百般地羞辱我。我真傻，竟被他激怒了。我再也无法清晨出门享受屋外的山林之美，总会有恶心的事情搅扰我的闲暇，让我厌恶地想起那群乌合之众和他们的狠毒之举。比如，在祈求丰收的祈祷游行中，他们唱了一首我很喜欢的曲子（可能是首希腊歌曲）。然而他们却不愿为我的土地歌唱祈福，因为代理神父说'这些土地的主人是个亵渎宗教的人'。一个虔诚的乡下老妇的奶牛死了，她说是因为旁边的池塘归我这个从巴黎来的哲学家、不信教的人所有而受到了诅咒。一周以后，我发现池塘里的所有鱼都肚皮朝天，被人用石灰毒死了。各种形式的麻烦事将我包围。治安法官倒是个实诚人，但他怕丢了乌纱帽，总是判我败诉。田野中的宁静对我而言已经成了地狱。看到我被代理神父、村里的宗教组织领袖厌弃，也没有得到自由党的首脑、退休的上尉支持，所有人都想踩在我的头上，其中包括我周济了一年的泥瓦匠，还有为我修车时想敲诈我一笔的修理工。

"为了有个靠山，至少能打赢几场官司，我加入了自由党。但就像你说的，那些选举者粉墨登场了，有人要我投他的票。"

"是要你投票给不认识的人吗？"

"完全相反，正是因为我对候选者太过了解，才拒绝为他投票。这是多么可怕的冒失之举，从那一刻起，自由党人也盯上了我，我的处境越发艰难了。我相信，倘若那个副本堂神父忽然突发奇想，指控我谋杀了我的女佣，那无论是教会还是自由党，两方至少都会有二十个人站出来指证我有罪。"

"你想住在乡下，却不想向那些偏执的乡下人屈服，甚至拒绝听他们的信口雌黄……这是多么大的疏忽啊！"

"我最终弥补了这个疏忽 —— 卖掉蒙弗勒里城堡，必要的话，我可能会亏掉五万法郎。但是我很高兴，终于能离开那个充满虚伪和烦扰的地狱了。我要去法国唯一拥有乡间的清净与安宁的地方，那就是朝向巴黎香榭丽舍大街[1]的五层楼上。然而我又在反复思量，我会不会因为给教区提供圣餐面包，在鲁尔区[2]又被卷入政治。"

"倘若在拿破仑的统治下，这一切就都不会发生了。"法尔科兹说道，眼中闪烁着愤怒和遗憾。

"那敢情好，但是你的拿破仑，他为什么没法保住自己的位子呢？我今天所受的苦，都是他造成的。"

于连在旁边听着二人说话，听到这里，更是倍加留心。其

—

1 法国首都巴黎的一条大道，连通协和广场和凯旋门，被誉为巴黎最美丽的街道。作者借由人物之口，说出了当时法国外省的乡下政治环境的恶劣，只有回到巴黎才能享受田园的宁静。
2 巴黎的一个前行政区，位于塞纳河右岸。

实，他从两人说的第一句话中就听出了，这个法尔科兹，拿破仑的忠实拥趸，正是一八一六年被德·雷纳先生背弃的那个儿时伙伴，而这个满口哲学之言的圣吉罗，应该是某个省办公厅主任的兄弟，后者正是之前通过投标，廉价租到了市镇房产的人。

"所有的这一切，都是你的拿破仑干的。"圣吉罗继续说道，"一个实诚的人，毫无害人之心，到了不惑之年，还有五十万法郎，竟然无法在乡村中安身立命、获得平静，那里的教士和贵族都想把他赶走。"

"啊！不要说拿破仑的坏话！"法尔科兹喊道，"在他统治的十三年间，其他民族对法国的评价从没那么高过！那个时候，人们做的一切都是伟大的。"

"得了！你的拿破仑皇帝，让他见鬼去吧！"四十四岁的圣吉罗先生补充道，"他只有在战场上以及一八〇二年重振财政制度的时候才是伟大的。从那之后，他的所作所为还有什么可称道的呢？他搞的那些贵族侍从、大排场的饮宴盛会和杜乐丽宫的招待仪式，无非是为那套愚蠢的君主政体增加了一个新的版本。这个版本经过他的修订，也许在一两个世纪内还能奏效。贵族和教士们想要回到老的版本，但缺少令公众信服的铁腕人物。"

"你说的这些，真是一个旧时印刷厂厂主的刻板腔调！"

"那么，究竟是谁把我从属于自己的土地上赶走的？"这个印刷厂厂主[1]恼怒异常地叫道，"是那些教士！拿破仑与教皇签署

1　根据上卷第二十一章，印刷厂厂长应该是法尔科兹而不是圣吉罗，这里可能是作者弄混了。

协议[1]，他们沆瀣一气，将教士跟医生、律师和天文学家区别对待，不仅仅把教士当作高级公民，还令其不愁吃穿、生计无忧。另外，如果你的拿破仑皇帝没有晋封那些个男爵和伯爵，傲慢无礼的贵族如今会横行于世吗？不可能，贵族早就过时了！除了教士，最令我厌恶的就是那些乡村小贵族，是他们强迫我加入的自由党派。"

关于这个话题的谈话是永无止境的，在法国，人们可以为此讨论上足足半个世纪。听到圣吉罗总是说无法在外省过上安稳的日子，于连就在一旁小心翼翼地列举了德·雷纳先生的例子。

"当然啰，年轻人，你说得没错！"法尔科兹叫嚷着，"正是因为他不想做砧板，才变成了一把锤子，而且还是把可怕的锤子。不过，我看目前瓦莱诺的风头似乎已经压过了他。你知道那个流氓吗？他是个纯种的流氓。如果有一天，你的德·雷纳先生的职位被瓦莱诺取代，他会怎么说呢？"

"他将继续面对自己的罪孽。"圣吉罗说，"年轻人，你对韦里叶城很熟悉？好吧！拿破仑，让他和他的君主制的鬼把戏完蛋吧，正是这一切让德·雷纳和谢兰这类人得以掌权，而这又导致了瓦莱诺和马斯隆有了势力。"

这次关于黑暗政治的唇枪舌剑使于连讶异不已，让他从一天前充满欢愉温存的美梦中惊醒。

远远地，于连望见了巴黎，此时他竟心如止水。他在脑海中编织的空中楼阁般的远大前景与他刚刚在韦里叶城度过的二十四

---

1 这里指的是《一八〇一年教务专约》，拿破仑执政后与教宗庇护七世所签订的政教协定，目的是恢复法国大革命之前教廷的地位。拿破仑在协定中还加入了许多有利于天主教会在法国发展的法律，实际上确定了天主教在法国的国教地位。拿破仑通过重建与天主教会的关系，为日后称帝和巩固统治创造了条件。

个小时的鲜活记忆互相龃龉着。他暗下决心，永不抛弃自己的情人和那几个孩子，倘若那些蛮横无理的神职人员组建共和国并且迫害贵族的话，他会不惜一切代价地保护他们。

想想，倘若他夜访韦里叶城的时候，将梯子架在德·雷纳夫人卧室窗口的那刻，房间里住的是个陌生人或者是德·雷纳先生本人，会导致怎样的后果？

但是再想想，在那晚的前两个小时里，他的情人是多么心焦如焚地想要把他赶走，而他则在黑暗的房间里，坐在她的身边，努力地恳求辩解着。这一切回忆起来，真是一种无上的快乐！像于连这样的性情，会在一生中反复温习这样刻骨铭心的回忆。至于这次幽会接下来的部分，则跟十四个月之前如胶似漆的情爱记忆融为一体了。

于连猛然从深沉的陶醉中醒来，因为邮车到站了。车子刚刚驶进让·雅克·卢梭街驿站的院里。"我想去马尔梅松[1]。"他对一辆行驶过来的双轮马车上的司机说道。

"先生，这个时间，您去那里做什么？"

"这与您无关，走吧！"

任何真正的激情都只考虑到自身。这可以解释为什么"激情"在巴黎显得如此可笑。因为在巴黎，人人都希望你多多考虑他们，而不是自身。于连在马尔梅松的激动之情，在这里就暂且略过不表。我只想说，他哭了。什么？看到那年修建起的、把花园隔成小块的丑陋白墙，他还是激动得哭了吗？是的，先生，对于连和后世的人们来说，阿尔科勒、圣赫勒拿和马尔梅松都是一——

---

1 巴黎附近的小镇，镇上的马尔梅松城堡是拿破仑的妻子约瑟芬的产业，1815 年在滑铁卢战役中失败的拿破仑曾在此处短暂居住。

样的。[1]

当天晚上，于连犹豫了很久才踏进了剧院，他对这个堕落的地方有着许多奇怪的想法。

他内心有一种深深的不信任感，这让他无法欣赏眼前鲜活的巴黎，唯一令他激动的，是他心中的英雄留下的那些遗迹。

"我终于到达了巴黎，这个充斥着诡计和伪善的大本营！在这里掌权的人，都是代理主教弗里莱尔的靠山。"

第三天晚上，因好奇心的驱使，他决定先不游览巴黎，而是直接去找皮拉尔神父问个究竟。这位神父用冷冷的语气告诉他，在德·拉莫尔先生的宅邸，他将会过着怎样的生活。

"倘若几个月后，您在这里一无是处，还是可以体面地回到神学院。否则，您将住在侯爵府中，侯爵是法国最显赫的权贵之一。您在他家中也会穿黑衣服，看上去像是服丧的人，而非作为神职人员。我有个要求，您要每周三次去这里的一所神学院继续学习神学，由我推荐您去。每天中午，您在侯爵的书房中工作，负责为他的诉讼案和各种事务撰写信件。侯爵会在每封信的空白处写上两三个字作为批示。我之前向他声称，三个月后，您就有能耐独立回复信件了，这样的话，您写完的信件，十有八九他就可以直接签字了。晚上八点，您把他的办公室收拾好，十点之后您就自由了。"

"或许，"皮拉尔神父继续说，"某个年迈的夫人或者一些说着甜言蜜语的人会向您暗中行贿，也有可能直接粗暴地将金子塞给您，为了想看看侯爵的信件……"

---

1 这些地名都与拿破仑息息相关。

"啊！先生，那怎么成！"于连喊起来，脸都涨红了。

"真是奇怪，"皮拉尔神父脸上浮现出苦涩的笑容，"您如此贫穷，在神学院经历了这些日子，竟然仍会为了道德感而感到愤怒。我想说您一定是眼睛瞎了吧！这难道是与生俱来的吗？"神父轻轻地说道，仿佛在自言自语一般。

"奇怪的是，"他看着于连补充说，"侯爵居然认识您……我不知道是怎么回事。刚开始他就会给您一百个金路易作为薪水。他是个率性而为的人，这是他的弱点，他会像孩子一样跟您作对。接下来，如果他高兴的话，您的薪水会提升到八千法郎。"

"但是您能感觉得到，"神父用一种严苛的语气说道，"他肯给您这些钱，一定不是因为您的眼睛长得漂亮。您要对他有益处。倘若换作是我，就会谨言慎行，尤其对不了解的事情，一定要三缄其口。"

"啊！"神父说，"差点忘记了，我给您说说侯爵的家人。他有两个孩子，儿子十九岁，优雅出众，但是个桀骜不驯的公子哥，中午的时候还不知道下午两点要干些什么。他人倒是很机灵，也有胆识，参加过西班牙战争。我也不知道为何，侯爵想要您成为这位年轻的诺贝尔伯爵的朋友。我曾提及您是一个厉害的拉丁语专家，或许他打算让您教他儿子几句西塞罗和维吉尔的漂亮句子。

"倘若我是您，绝不会任凭这个英俊的年轻人开我的玩笑。他可能会彬彬有礼地接近您，但是其中并非不带嘲讽的意味，在接纳他之前，我会要他反复确认他是对我尊重的。

"我一点都不想瞒您，这位年轻的诺贝尔伯爵起先肯定会看不起您，因为您只是一个小市民，而他的祖父则是宫中贵族——一五七四年四月二十六日在格莱沃广场因卷入政治阴谋而被光荣地砍掉了脑袋。而您呢？您只是韦里叶城一个木匠的儿子，况且还是他父亲雇来的。仔细权衡这些差异，并且在莫雷里[1]的著作里研究一下这个家族的历史。所有在侯爵家中赴宴的人，都会时不时地奉承地提到这些，人们称之为微妙的暗示。

"回答诺贝尔·德·拉莫尔伯爵的玩笑时，您要注意方式，他是轻骑兵的中队长，法国未来的贵族院议员。不要等到碰了钉子再来找我诉苦。"

"在我看来，"于连满脸通红地回答，"既然人家鄙视我，我就不屑跟他说话。"

"您不了解这种鄙视，人家会通过对您过分的夸奖来表达他们的鄙视。如果您是个傻瓜，就会上当受骗，但倘若您想要飞黄腾达，您也得假装上当受骗。"

"倘若有一天，这里的一切都不合我意，"于连说，"如果我回到神学院的一〇三号房间去，我会被侯爵府的人看成忘恩负义之徒吗？"

"毫无疑问，"神父回答，"所有想要向这个家庭攀高枝的人都会对您闲言碎语，但是我，我会出面保护您的。Adsum qui feci.[2]"

听着神父说这句话时严肃甚至近乎凶狠的语气，于连心里感到很难过，这种语气将神父言语中的好意都破坏了。

事实上，因为对于连的喜爱，神父颇觉顾虑重重，况且他觉得这样直接干预别人的命运与宗教法则相悖，内心深怀忐忑。

——

1 莫雷里（Louis Moreri, 1643—1680），法国历史学家，编纂了《历史大辞典》。
2 拉丁语：我会说，这是我的决定。

神父此时此刻把指导于连视作一件困难的任务，他没好气地补充道："您还会看到德·拉莫尔侯爵夫人。她是一个高大、金发、虔诚而高傲的女人，彬彬有礼，却无甚可取之处。她是老肖纳公爵的女儿，其父因为满脑都是贵族的偏见而声名在外。这位高贵的女士是她那个阶层女性的轮廓鲜明的缩影。她的祖上参加过十字军东征，这是她唯一重视的优点，从不隐瞒。跟名誉相比，她根本不在乎金钱，这让您惊讶吗？我们已经不在外省了，我的朋友。"

"在侯爵夫人的客厅里，您会看到几位大老爷以一种奇特的语气轻慢地谈论我们的亲王们。而侯爵夫人，当她每次提及某位亲王，尤其是某位王妃的时候，都要压低嗓门，以表尊敬。我不建议您在她面前批评菲利普二世或亨利八世是魔鬼。因为他们曾是一国之君，永远都必须受到所有人——特别是像你我这样出身卑微的人的尊敬。然而，"皮拉尔神父补充道，"我们是教士，在这样的身份下，她会把我们当成令她的灵魂获得救赎的男仆人。"

"先生，"于连说道，"这样看来，我肯定在巴黎待不长久。"

"这样也好，但需要注意的是，我们这种穿僧袍的教士，想要飞黄腾达，就只能依靠这些王公贵胄。您的性格里，有一种说不清道不明，我也不知如何解释的性格，倘若您不出人头地的话，就会饱受迫害，没有第三条路可走。不要抱有幻想。您不喜欢跟人说话，这点大家都看得出来，在一个如此注重交际的国家，倘若您做不到令众人尊敬，就一定会倒霉。

"如果没有德·拉莫尔侯爵一时的心血来潮，您在贝桑松会有怎样的出路呢？总有一天，您会体会到他为您做的这一切是多么不同寻常，倘若您还有心肠，就一定会对他和他们全家抱有永远的感激之情。有多少可怜的神父，比您更博学，却在巴黎靠做弥撒赚的十五个苏和在索邦神学院论辩的十个苏过活！……还记得去年冬天我给您讲过的红衣主教杜布瓦[1]那个坏家伙早年的事情吗？难道您骄傲到会觉得自己比他更有才华吗？

"再打个比方，我自己，如此安静平庸，打算死在我的神学院里，幼稚地对它依恋不已。结果呢，我被逼到撤职的边缘，只好递了辞呈。您知道我存下的积蓄有多少吗？不多不少，总共只有二百五十法郎。我没结交一个朋友，只有两到三个熟人。之前我跟德·拉莫尔先生未曾谋面，他却把我从困境中拉了一把。他只说了一句话，就给了我一个教区，教民都是富裕之人，没有粗俗的恶习，这份收入让我感到羞愧，因为这与我的付出并不相称。我之所以给您讲了这一大堆，是想要让您提高警惕。"

"还是那句话，非常不幸，我脾气不好，很有可能有一天，您和我闹翻，再不讲话。"

"如果侯爵夫人的倨傲或者他儿子的恶意捉弄让您无法忍受，我建议您可以在距离巴黎三十法里找个神学院完成学业，宁可向北走，不要往南行。越往北走越文明，不公之事越少。"他又压低嗓子补充道，"我必须承认，只要离那些报纸近一些，就会令巴黎的卑劣独裁者心生畏惧。"

"倘若我们还愿意见面，而侯爵府又不适合您待，我愿意让您当我的副本堂神父，跟您分享教区的一半酬劳。这是我欠您的情，这样做甚至还不够报答，"他打断了于连的千恩万谢，继

---

1 杜布瓦（Guillaume Dubois，1656—1723），出身低微，颇有头脑，后来当上了红衣主教和内阁总理，其奸诈和贪腐在法国历史上多有记载。

续说道，"因为在贝桑松，您对我说过一句话，倘若我没有这二百五十法郎，您说愿意救助我。"

说到这里，神父已经放弃了那种一贯残酷的语调。于连感到非常羞愧，眼里噙着泪水，很想投入这位挚友的怀抱，却只能摆出最有男子气概的样子说道："我还在襁褓中的时候就被父亲憎恨，这是一个最令我感到痛苦的不幸，然而如今我不再抱怨命运了，因为我拥有了一位像您一样的父亲，先生。"

"这很好，这很好，"神父有些手足无措，并及时找到了一句跟神学院院长身份相称的话，"无论什么时候，都不要说'命运'，而要说'天主'。"

马车停了下来，马车夫拉起一扇巨门的铜环，德·拉莫尔侯爵府到了。为了让路人不致怀疑，侯爵的名讳被写在巨门上方的黑色大理石上。

这种装模作样让于连颇感不快，就把自己的想法告诉了皮拉尔神父："他们明明如此害怕雅各宾派的人，在每道藩篱的后面，他们仿佛都能找到一个新的罗伯斯比尔和他的处死贵族的囚车。这些贵族胆战心惊的样子会把人活活笑死，即便这样，他们还是要张扬炫耀自己的宅邸，在发生暴乱的时候让那些暴徒认清方向，尽情抢夺。"

"啊！可怜的孩子，这想法太可怕了！您还是早点来当我的副手吧。"

"我觉得这想法再正常不过了。"于连回答。

进入侯爵府，看门人严肃的样子，尤其是庭院的整洁有序，让于连发出了赞叹。这是一个阳光明媚的日子。

"多么宏伟的建筑啊！"他对他的挚友说。

这是位于圣日耳曼区[1]的一座府邸，正面平凡单调，大约是在伏尔泰去世的时候建造的。流行与美感，从没有达到过这种程度的差距。

———

1　巴黎的一个贵族居住区。

第二章

初入上流社会

> 滑稽却动人的回忆:我十八岁那年,初次进入沙龙,只身一人,无依无靠,女人看我一眼,便让我羞愧不已。越想讨人喜欢,就越出丑。对一切事物的看法都荒谬绝伦。要么无缘无故就轻信别人,要么只因这人目光严肃就与他为敌。不过,在羞怯造成的可怕的不幸之中,那些美好的日子终归如此美好!
>
> ——康德[1]

于连站在院子中,一脸迷惑不安。

"要表现出理智的样子。"皮拉尔神父说,"您虽然有那些可怕的想法,但仅仅是个孩子,贺拉斯说的那句'nil mirari'[2]要时刻牢记在心。想想那些用人看见您的样子会怎么取笑您,他们心底里认为您跟他们同等卑贱,却凌驾于他们之上。他们会把对您

---

1 康德(Immanuel Kant, 1724—1804),德国著名哲学家。
2 拉丁文:绝不意气用事。

的友好当成幌子，假意为您指点迷津，背地里却设计让您丢人现眼。"

"我藐视他们。"于连咬着嘴唇狠狠地说，他对人的戒心又上来了。

这二人穿过一间又一间的客厅，走向侯爵位于二楼的办公室。啊，我的读者们，你们会觉得这些房间既豪奢又沉闷。倘若听完我原封不动的描述，你们绝对会拒绝入住，人们在这里只会打哈欠和进行蹩脚的交谈。不过，就算是这样，也足够让于连心醉神迷了。他心想："倘若让一个人住在这等豪华之所，他怎么还能悲伤得起来呢！"

终于，他们到达了这套豪华套房中最丑陋的一间，里面几乎没有亮光，坐着一位矮小瘦削的男人，他目光敏锐，头上戴着金色假发。神父转身向于连做了介绍。这个男人就是侯爵本人。于连几乎不敢认他，因为他看上去彬彬有礼，跟之前在布雷勒欧修道院见过的那个傲慢的大人物仿佛不是同一个人。于连发现侯爵的假发太过浓密，一旦有了这个想法，他的害怕竟消去了大半。于连起初觉得侯爵其貌不扬，与他曾是亨利三世挚友的先祖并不匹配。侯爵身材过于瘦削，且活泼爱动。但不一会儿，他就发现侯爵待人极好，跟他交谈甚至比贝桑松的主教更令人感到愉快。这次见面不到三分钟就结束了。两人出门后，皮拉尔神父对于连说："刚刚你盯着侯爵看，好像在观赏一幅画。我向来对这些所谓的礼节知之甚少，你很快就会超越我，但你刚才的眼神太放肆了，不太礼貌。"

他们再次坐上马车。车夫把车子停在林荫大道旁，神父领着于连进入几间店铺。于连发现里面没有家具，他看到一架华丽的镀金座钟，觉得座钟的造型表现的主题有些不雅。此时此刻，有位举止文雅的先生面带微笑地走向他们，于连欠身施礼。

这位先生淡淡地笑了笑，把手放在他的肩膀之上。于连一个激灵，连忙向后退去，气得脸都红了。一向神色严肃的皮拉尔神父也忍不住笑了。原来这位先生是名裁缝。

"我给您两天时间自由活动，"两人走出裁缝店，神父对于连说，"两天之后才可以为您引见德·拉莫尔夫人。若是别人，在您刚刚到这个新巴比伦城[1]的时候，就会把您像小姑娘那样严加看管。倘若想要堕落的话，就任由您去，也省得我为您百般操心。后天早上，裁缝会给您送来两套衣服，您要向负责试衣服的伙计支付五个法郎。还有，注意不要向那些巴黎人显露外省人的口音。只要您一开口，他们就能找到把柄对您百般嘲弄。这可是他们厉害的地方。后天中午，您再来找我……去吧，堕落去吧……对了，我忘了告诉您定做靴子、衬衣和帽子的地方了。"

于连认真看了写着店铺地址字样的字条。

"这是侯爵本人的字迹，"神父对他说，"他是个积极的人，凡事都亲力亲为，而不是使唤旁人。他之所以留您在身边，就是为了省去此类麻烦。您有足够的聪明能耐把这个急性子仅用三言两语跟您交代的事情办好吗？这个我们走着瞧。总之，凡事要小心！"

于连一言不发，按图索骥地找到了那些铺子。他注意到，人们看了字条，都毕恭毕敬地接待他。此外，鞋匠在登记簿上写顾客姓名的时候，将他的名字写为"于连·德·索雷尔先生"[2]。

1　古代两河流域最大的城市，曾为巴比伦王国的首都，此处指的是繁华的巴黎。
2　鞋匠误以为于连是贵族，将"德"加在了他的名字中间。

在拉雪兹神父公墓中，于连遇到一位异常殷勤的先生，说话像是个自由党人。他主动把内伊元帅[1]的墓指给于连，出于政治原因，他的墓没有墓碑。离开的时候，这个自由党人几乎热泪盈眶地将于连搂在怀里，但于连随后发现自己的怀表不见了，这给他上了一课。第三天的中午，他去见皮拉尔神父，神父久久地望着他。

"也许您会变成一个花花公子。"皮拉尔神父神色郑重地对他说。于连身穿一袭黑衣，看上去像个服丧的小伙子，确实一表人才。但好心眼的神父自己太土气，没有发现于连耸肩的姿势都十分讲究，这种样子在外省是优雅帅气的象征。侯爵见到于连时，产生了与神父截然不同的看法。他问神父："倘若我让索雷尔先生学习跳舞，您不会反对吧？"

神父一下子惊呆了。

想了半晌，他终于回答："不会反对，于连在这里不是教士。"

侯爵一步两级地爬上一个狭窄的暗梯，把我们的主人公安置在一间漂亮的小阁楼中，阁楼朝向侯爵府的巨大花园。侯爵询问于连在裁缝店里购买了多少件衬衣。

"买了两件。"于连回答。这位大人物纡尊降贵地关心这种细节，令他感到紧张。

"很好，"侯爵神情严肃地说，带着让于连迷惑不解的命令般的强硬口气，"很好！再去买二十二件。这是您第一季度的酬劳。"

下了阁楼，侯爵叫来一位老仆，对他说："阿瑟纳，以后由

1　内伊元帅（Michel Ney，1769—1815），拿破仑帝国的著名元帅。

你来服侍索雷尔先生。"几分钟后，于连一个人待在豪华的书房中，简直心花怒放。他激动万分，躲在一个阴暗的角落里避人耳目，在那里欣喜若狂地欣赏着金光灿灿的书脊，心里想道："这些书，统统供我随意翻阅，我还有什么不满足的呢？德·拉莫尔侯爵为我所做的一切，市长德·雷纳先生百分之一都做不到，他知道了肯定会惭愧不已的。"

"不过，还是要先查阅一下要抄写的内容。"直到把工作完成，于连才壮起胆子，走近那些书。他在这里发现了一套《伏尔泰全集》，简直乐开了花，跑去打开书房的门，免得有人来了措手不及。随后，他开始兴味盎然地逐一翻阅那八十卷的书籍。装帧华丽无比，出自全伦敦最出色的装订匠人之手。其实哪怕没有如此精美，也已经能让于连赞叹不已了。

一小时以后，侯爵来了，翻阅了于连抄写的文件，惊讶地发现他将 cela[1] 写成了 cella，多写了一个"l"。"皮拉尔神父说这个小伙子是个饱学之士，难道是撒谎不成？"侯爵颇为失望，却依然语带温和地对他说："您对拼写不是很在行吧？"

"的确如此。"于连回答道，压根没有意识到形势不妙。侯爵的温和令他十分感动，不禁想到了德·雷纳先生倨傲的样子。

"试用这个弗朗什－孔泰来的小神父，是不是在浪费时间？"侯爵心想，"但我目前多么需要可靠的帮手啊！"

"cela 只有一个 l，"侯爵对他说，"每次抄完之后，倘若对拼写拿不准，可以查查词典。"

六点钟的时候，侯爵打发人来叫于连，看见他还穿着靴子，

———

1 法语词，"这""这个东西""这件事"的意思。

面露不悦之色："这是我的错，忘了告诉您，每天五点半，记得穿上整齐的礼服。"

于连望着侯爵，满脸困惑。

"我的意思是说，记得把长袜穿上。阿瑟纳以后会提醒您的，今天我来替您向大家致歉吧。"

说罢，德·拉莫尔侯爵把于连领入一间金碧辉煌的客厅。倘若以前在类似的场合，韦里叶市长德·雷纳先生总是会加快速度，抢在于连前头亮相。前任东家的这种虚荣之举让于连习惯性地后退，不小心踩到了侯爵的脚。侯爵患有痛风，顿时疼痛不已，心想："啊！真没料到，这是个笨手笨脚的家伙！"随后，他把于连介绍给一个身形高大、神色严峻的女人，她就是侯爵夫人。于连觉得她态度颇为傲慢，跟圣查理节晚宴上的韦里叶专区区长莫吉隆夫人有些相像。客厅的奢华程度让于连感到慌乱，没听清德·拉莫尔侯爵说了什么。侯爵夫人屈尊勉强望了他一眼。客厅里还有几个男人，于连发现阿格德的那位年轻主教也在这里，顿时感到无法言喻的高兴。就在几个月前的布雷勒欧教堂的宗教仪式上，阿格德的主教跟于连有过一面之缘，说过几句话。此时此刻，于连望着这位年轻的主教，目光温顺而腼腆，这让主教颇为尴尬，他根本不想与这个外省人相认。

于连感觉客厅中的这些人有点儿沉闷和压抑。巴黎人说话声音小，从来不会大惊小怪和虚张声势。

约莫六点半，进来了一位英俊的小伙子，他留着小胡子，脸色白皙，身形颀长，长了颗小脑袋。

"总是让大家等您。"侯爵夫人对他说，他吻了夫人的手。

于连明白，这个小伙子就是侯爵之子诺贝尔伯爵，于连觉得他颇讨人喜欢。

他思忖着："皮拉尔神父说，他会用戏弄人的把戏把我从这个家里赶走，这怎么可能？"

于连仔细望着这位诺贝尔伯爵，发现他穿着靴子和马刺，心想："但是我却只配穿普通的鞋子，看起来就像个仆人。"

人们纷纷坐定，餐宴开始。这个时候，于连听到侯爵夫人提高声调说了句严厉的话。与此同时，他看见一个浅金黄头发、身材婀娜的姑娘走过来坐在他的对面。初见之下，于连对她并没有多少好感，然而，仔细打量后才发现，这姑娘生了一双他从没见过的美丽大眼睛，不过高傲的目光透露出她内心的冷漠。随后，于连发现她随时随地都在用双眼观察旁人，同时又用厌倦的表情维持着威严的身份。"德·雷纳夫人的眼睛也很美，大家都赞美有加，"他心想，"但跟她的眼睛完全不同。"于连识人有限，分辨不出这位人们称作玛蒂尔德的姑娘眼睛中闪烁出的是冷静的睿智，而德·雷纳夫人眼中闪耀的是如火的热情或者是由不公之事激发的愤懑。在晚宴即将结束的时候，于连才找到了一个能够恰当形容玛蒂尔德小姐眼睛之美的词汇——"真是亮如晨星"，他内心思忖。玛蒂尔德小姐是德·拉莫尔侯爵的女儿、诺贝尔伯爵的妹妹，她长得很像母亲，但于连却对她的母亲反感颇深，不愿再看她。相反，他却觉得年轻的诺贝尔伯爵无论从哪个方面都可称得上令人赞叹。于连被伯爵迷住了，甚至忘了他比自己更富有、高贵，忘了嫉妒和憎恨他。

这个时候，于连发现德·拉莫尔侯爵显得郁闷无聊。

第二道菜就要上桌的时候，侯爵对儿子说道："诺贝尔，请你关照一下于连·索雷尔先生，我把他聘请来为我做事，想把他培养成个人物，假如'cela'（这）有可能的话。"

"他是做我的秘书的，"侯爵对旁边的宾客解释说，"他把
cela（这）写成了 cella，多加了一个 l。"

宾客们都望向于连，他向诺贝尔点头致意，动作有些大，不
过眼神令大家感到满意。

侯爵也许之前向众人提过于连是个有学问的人，有位客人
就用关于贺拉斯的问题来考他。"正是因为聊到了贺拉斯，我之
前在贝桑松主教面前才大放异彩。"于连思忖，"很显然，他们只
了解这位作家。"从这一刻起，他便游刃有余起来。他暗下决心，
不将德·拉莫尔小姐视作女人。而自从进了神学院，他就看透了
男人的坏，不会轻易被他们吓倒。如果这个厅室没有那么金碧辉
煌的话，他会表现得更加从容。不过这里有两面八尺高的大镜子
令他感到有些不自在，因为在谈到贺拉斯时，他会从镜中看到与
他对答之人的样子。对外省人来说，于连讲的话并不算冗长，他
的眼睛格外漂亮，每次做完一个完美的回答时，这双眼睛流露出
的腼腆羞涩或者愉悦自信，都让他越发神采奕奕。无疑，众人都
对他萌生了好感。这场测试让气氛压抑的晚餐有了一些乐趣。侯
爵示意，让考查于连的那个人提些更难的问题，心里想着："难
道他真的懂点什么吗？"

于连口中应答，心中思索，胆怯之情烟消云散，现在他可以
炫耀一下，当然不是抖机灵，对于一个还没能掌握巴黎人说话方
式的人，想要用语言在巴黎人面前抖个机灵是不可能的。但于连
的确有些想法颇有创意，尽管表达得不够优雅简洁，但人们都看
得出他对拉丁文的了然于胸。

考查于连的人是一位铭文研究学院的院士，刚好也精通拉丁

文，发现于连有着超群的人文素养知识，也就不怕让他难堪，索性真的提了许多难题。激辩中的于连终于忘却了屋内的豪华陈设，对诸多拉丁诗人发表了颇有见地的评论，甚至讲出了对手闻所未闻的观点。对方是个实诚的人，对这位年轻秘书夸赞有加。

说也凑巧，这时有人发起了一场涉及贺拉斯究竟是贫穷还是富有的争论，他究竟是像莫里哀和拉封丹的朋友夏佩尔[1]那样，是个和蔼可亲、纵情声色、无忧无虑的诗人，写诗只是为了图个消遣，还是如诽谤拜伦勋爵的骚塞[2]一般，是个可怜巴巴地在宫廷里为国王创作祝寿颂歌的桂冠诗人？他们还分别聊到了奥古斯都[3]和乔治四世[4]治下的社会情况。贵族在这两个时代中拥有极大的权力。但在罗马，一个普通的骑士梅塞纳斯[5]就能夺走贵族的权力，而在英国，贵族让国王乔治四世的权力几乎降到威尼斯大公的地位。侯爵从晚饭开始之后就一直闷闷不乐，而此刻的这场争论则让他听得兴致盎然。

于连对现代的名人，如骚塞、拜伦和国王乔治四世等都一无所知，首次听闻他们的大名。然而但凡涉及贺拉斯、马夏尔[6]、塔西佗等人的作品中描写的罗马发生的事件，于连便无所不通了，这一点得到了众人的赞许。于连把之前与贝桑松主教讨论中的所得尽数搬了出来，这些观点颇受欢迎。

———

1　夏佩尔（Chapelle，1626—1686），法国诗人，曾与人合写《普罗旺斯和朗格多克游记》。
2　骚塞（Robert Southey，1774—1843），英国诗人、宫廷诗人、御用文人。
3　奥古斯都（Gaius Octavius Augustus，公元前63—公元14），罗马帝国的开国君主、独裁统治者。
4　乔治四世（George IV，1762—1830），英国国王。
5　梅塞纳斯（Gaius Cilnius Maecenas，约公元前70—公元前8），罗马帝国皇帝奥古斯都的谋臣，著名的外交家，同时是诗人、艺术家的保护人。
6　马夏尔（Marcus Valerius Martialis，公元40—104），古罗马诗人。

等到所有人都聊累了，侯爵夫人才纡尊降贵地看了于连一眼，她的宗旨是只要令丈夫愉悦的事情，都会表示欣赏。"虽然这个年轻神父看上去笨手笨脚，但或许是个有识之士。"侯爵夫人身旁的院士对她说道，于连隐隐约约也听见了。这种奉承的套话正合侯爵夫人的心意，她暗自庆幸邀请了这位院士，并对他给于连下的评价相当认同："他让德·拉莫尔先生开心了。"

第三章

跨出第一步

这个巨大的山谷，充满耀眼的阳光和成千上万的人，令我眼花缭乱。没一个人认识我，所有人的地位都比我高。我晕头转向。

——雷纳[1]的信

第二天清晨，于连在书房中抄写信件，这个时候玛蒂尔德小姐突然从一扇小门进来了，这扇门被众多书籍遮挡得很严实。于连对这道暗门的设计大加赞叹。玛蒂尔德小姐没想到在这儿遇上于连，大吃一惊，内心有些不快。于连发现她头上戴着的卷发纸卷还没拆下。她面无表情，神态傲慢，几乎像个冷酷的男人。玛蒂尔德小姐有个秘密，就是趁她父亲不在时，悄悄到书房中偷偷看书。但今早于连在场，令她的计划泡汤，更让她恼怒的是，她本想来偷拿伏尔泰的《巴比伦公主》第二卷，却只能无功而返。

——

1　雷纳（Reina，1772—1826），意大利诗人、律师、政治家，支持法国的革命思想。

这本书是杰出的帝制和宗教教育的补充读物，是耶稣圣心会的杰作。这位可怜的十九岁姑娘，为了寻求一点精神刺激才爱上了阅读小说。

将近下午三点，年轻的诺贝尔伯爵出现在藏书房中。他来研读一份报纸，以备晚上可以跟人聊聊政治。见到于连在这儿，他感到很开心，之前他已经忘记了此人的存在。他对于连极好，约他一起外出骑马。

"父亲给咱们放了假，晚饭前回来就行。"

于连心中咀摸着"咱们"这个称呼，觉得它无比可爱。

"我的上帝，伯爵先生，"于连说，"倘若砍倒一棵八十尺高的树，把它劈成小块，做成木板，我的能力绰绰有余。但说到骑马，我从小到大只骑过六次……"

"没事，今天您要骑第七次了。"诺贝尔说道。

事实上，于连想起当初国王驾临韦里叶城的情景，对自己的骑术颇为自得。然而，两个少年从布洛涅森林骑马归来的时候，在巴克街的正中央，为了避让一辆轻便马车，于连摔落下马，弄得满身泥污。幸好他有两套礼服。晚饭时，侯爵想跟他聊聊，就问起了下午骑马出行的情况，诺贝尔怕于连尴尬，连忙说了几句含糊带过。

于连却回答："伯爵先生对我关怀备至，我满心感激，这是无上的荣幸。他肯将一匹最温驯美丽的马托付给我，但终归不能将我和马匹绑在一起，因为这个疏忽，我在靠近桥边的那条长街的正当中摔了下来。"

玛蒂尔德小姐拼命忍住，却还是大笑出声。随后，她旁若无人地细问起于连跌落马背的具体细节。于连风轻云淡地讲述了一番，他颇有种随意潇洒的气派，自己却没察觉到。

"我预言这个小教士将来一定非同凡响，"侯爵对同桌的一个院士说，"一个没见过世面的外省人，遇到这种事竟会有如此的反应！这真是前所未见，以后估计也不会有。而且他还敢于在女士面前讲述自己的糗事！"

大家听着于连自嘲地谈论发生的倒霉事，都颇感有趣，晚餐结束时，席间的谈论主题早已变了，而玛蒂尔德小姐却还是缠着哥哥，向他询问这件倒霉事的种种细节。她问个不休，于连几次与她的目光相会，虽然提问的对象并不是他，他也壮着胆直接回答，最后三人一起大笑，快乐得就像住在树林深处的三个年轻村民。

第二天，于连听了两节神学课，又回来誊抄了二十来封信。他走进书房时，发现里面有个年轻人坐在不远处，衣冠楚楚，但外表透出一股小家子气，满脸都是嫉妒的表情。

这时，侯爵进来了。

"你在这儿干吗，堂博先生？"他用严厉的口吻对这位新来的人说道。

"我是觉得……"这个年轻人脸上堆满了贱兮兮的笑容。

"不，先生，不要觉得，我只是对你试用了一次，但你没通过，很不幸。"

年轻的堂博站起来，气鼓鼓地消失了。他是拉莫尔夫人的一个院士朋友的侄子，一心想当个文人。侯爵之前碍于院士的面子，暂时答应让他做做秘书的工作。堂博本来在一个偏僻的房间里办公，得知于连获得了青睐，也想分一杯羹，一大早就把他的文具包摆到书房来了。

到了下午四点，于连略略迟疑之后，壮着胆子来到了诺贝尔伯爵的房间。伯爵此时正要出去骑马，看到于连前来相约，颇感为难，不好拒绝，因为他想要保持全然的礼貌。

"我觉得，"他对于连说，"您去骑马场好好练习，几周之后，我就会很乐意跟您一起骑马了。"

"我很荣幸，感谢您对我的善意。先生，相信我，"于连表情严肃地补充道，"您对我的好我全都心知肚明。如果您的马没有被我昨天的笨手笨脚而弄伤，并且目前无人骑它，我今天还想骑一下。"

"天啊，我亲爱的索雷尔，出了什么事，您要自己承担哦。您要知道，我已经跟您讲过各种反对理由，谨慎的话都说过了。现在已经四点，我们没时间浪费了，出发吧。"

于连刚刚翻身上马，就向年轻的伯爵问道："要怎么做才能防止从马上摔下来呢？"

"要做的事情很多，"诺贝尔洪亮地笑着回答，"打个比方，要让身体向后仰。"

于连策马向前疾走，两个人骑马来到路易十六广场。

"啊！冒失鬼，"诺贝尔说，"这里车太多了，而且那些车夫都是莽撞之徒！一旦摔下地来，他们的马车就会从你身上轧过。他们害怕伤到马嘴，不会陡然间勒住缰绳的。"

大概有二十次，诺贝尔看到于连即将要从马上摔下来，不过第二次的骑马出游，还是有惊无险地平安而归。一进家门，年轻的伯爵就对他妹妹说："我这儿有一位不怕死的大丈夫，给你介绍介绍。"

晚餐时，诺贝尔坐在桌子的一头，跟坐在桌了那头的父亲讲话，对于连的大胆勇敢做出了公正的评价，这是他的骑术中值得称赞的全部了。次日早晨，年轻的伯爵偶然听见洗涮马匹的用人们谈论于连坠马的事，他们侮辱性地大声嘲笑于连。

尽管得到了伯爵的关照，于连还是很快便感到在这个家中被孤立了。所有的礼节在他眼中都很奇怪，令他频繁出错。他的差错成了屋里用人们的笑柄。

皮拉尔神父已经在他的教区走马上任。他心想："倘若于连是一根柔弱的芦苇，那就任他枯萎。倘若他是个英勇之人，就让他独自大展宏图吧。"

第四章

侯爵府邸

他在这里干什么？他喜欢这里吗？他想讨别人喜欢吗？

——龙沙 [1]

如果说德·拉莫尔府邸华丽客厅里的一切都让于连觉得怪异，那么那些愿意纡尊降贵地关注于连的大人物同样觉得这个脸色苍白、一身黑衣的年轻人很怪异。德·拉莫尔夫人甚至向丈夫建议，倘若有贵客前来赴宴，就打发于连外出办事。

"我想验证一句话的真实性，并把这实验贯彻到底。"侯爵答道，"皮拉尔神父对我说过，伤害我们雇员的自尊是错误的事，我们依靠的正是这些铮铮铁骨之人。于连这个人，除了大家都不认识他之外，没什么不合适的，在重要场合，他几乎不发一言，跟聋哑人似的。"

1　彼埃尔·德·龙沙（Pierre de Ronsard，1524—1585），法国第一个近代抒情诗人。

"为了掌握这里的局势，"于连思忖道，"我应该把在客厅里见到的人的名字写下来，并用三言两语把他们的性格写下来。"

他在第一页记录下的，是常来侯爵宅邸的五六位宾客。他们将于连看作侯爵一时心血来潮的宠儿，为了碰碰运气，就百般讨好他。他们是些穷人，卑躬屈膝、谈吐无趣。不过应该为他们说句好话：这些在贵族阶级的客厅中出现的宾客，并非对所有人都阿谀奉承，有的人对侯爵的羞辱可以忍气吞声，但倘若侯爵夫人说句生硬的言语，他们就会愤愤不平。

侯爵一家的性格，归根到底有着极端的骄傲和无尽的烦闷。他们常常为了解闷而去羞辱别人，因此根本不可能交到真正的朋友。不过，除去那些令人烦闷的阴雨天气和穷极无聊的时刻，他们表现在众人面前的，都是无可挑剔的彬彬有礼。

上文提到的那五六个常客，对于连表现出了父亲般的情谊。倘若他们某天没来侯爵府，侯爵夫人就会陷入长时间的孤独。对她这种地位的女人而言，孤独是件可怕的事情，这代表着她丧失威信、无人问津。

侯爵对妻子的态度是完美的，他会时刻注意让妻子的客厅中维持足够多的宾客。这些人并不包括贵族院议员，侯爵不喜欢这些新同僚，他们的身份不足以做朋友，作为部下的话也不够讨喜。

很久以后，于连才参透了一个内情：只有市民阶层才会议论当权者的政治，而像侯爵这样显贵的家庭，除非身处困境，否则完全不会谈论此类主题。

即使在这个沮丧无聊的时代，对娱乐消遣的需要依然大过一切。因此，哪怕在有宴会的日子里，只要侯爵离开客厅，大家也就全部作鸟兽散了。人们可以对一切畅所欲言、评头论足，只要不嘲笑天主、教士、国王、坐拥高位的人、受宫廷保护的艺术家，不对一切现有秩序开玩笑，不赞美贝朗瑞[1]、伏尔泰、卢梭、反对派报纸和所有敢于发声的人，尤其是不要议论政治，那就万事大吉。

只要流露出活络的想法，就会被认为粗俗不堪。因此，尽管人人态度良好，文质彬彬，想讨人喜欢，但每个人的脸上还是透出了无聊的神情。那些前来表示尊敬的年轻人，生怕讲出什么值得怀疑的观点或透露自己读过什么禁书，只能聊上几句关于罗西尼[2]的漂亮话，或者客套地说说天气，随后便闭嘴不言了。

于连发现，客厅中的交谈气氛，通常都是靠德·拉莫尔侯爵所封的两个子爵和五个男爵来维持的，侯爵流亡国外时认识的他们。这些人每年享有七八千法郎的收入，其中有四个是《每日新闻》[3]的支持者，另外三个则是《法兰西公报》[4]的拥趸。还有个人，每天要讲个宫廷中的逸闻，满口都是"真是妙极了"之类的奉承话。于连发现他有五枚十字勋章，而其他人一般只有三枚。

此外，候见厅中有十名身着制服的仆役，他们整晚为宾客服务，每十五分钟就送上冷饮或热茶，深夜还提供配香槟的消夜。

因此，于连时不时会留到晚会最后。此外，他始终搞不明白，这些人为何能在如此金碧辉煌的客厅里专心地听着这种平庸至极的对谈呢？有时候，他望着正在讲话之人，看他们会不会也觉得自己所说的一切都滑稽可笑。"我聊烂熟于心的那些迈斯特

1　贝朗瑞（Pierre-Jean de Béranger，1780—1857），法国革命民主主义诗人。

2　罗西尼（Gioacchino Rossini，1792—1868），意大利歌剧作曲家。

3　法国拥护波旁王朝统治的报纸，思想保守。

4　法国出版的第一份周刊，也是法国历史最悠久的报纸，法国保皇派的喉舌。

的著作，说得比他们要好上百倍，"他心想，"但我还是觉得索然无味。"

并不是只有于连一个人察觉到这里的氛围令人精神窒息。为了释放烦闷情绪，有人不停地喝着冷饮，还有人则在晚宴后的剩余时间里兴致勃勃地说着"我刚从侯爵府邸出来，在那儿我获悉了俄国的最新情况"之类的话。

于连从一位献殷勤的人那里得知，有个可怜的布吉尼翁男爵，从王朝复辟以来一直是副省长，五六个月前，拉莫尔夫人终于让他当上了省长，作为他二十多年来一直陪伴在侧的回报。

这件大事又一次点燃了那些阿谀奉承之人的热情，之前他们动不动就发脾气，如今则低眉顺目，更加殷勤。侯爵夫妇对这些宾客并没有多少尊重，但这一点很少直接表现出来。不过，于连在饭桌上有两三次不经意地听见侯爵夫妇简短的交谈，这些话不是说给坐在旁边的人听的，但却让他们感到难受极了。像伯爵这样的大人物，从来不会掩饰对那些连国王的马车都没坐过的人的后代的发自内心的不屑。于连注意到，只有"十字军东征"这样的字眼，才会令他们俨乎其然、毕恭毕敬。他们的这种敬意流露出一丝贵族的扬扬自得。

在这种既华丽又单调的生活中，于连把心思都放在德·拉莫尔侯爵身上，此外对一切都不感兴趣。一天，于连听侯爵申辩有关布吉尼翁晋升省长的事，他本人根本没有出力，都是侯爵夫人的功劳，这是他向妻子献的一个殷勤。这引起了于连的注意，他从皮拉尔神父那里得知了事情的经过。

有天早上，神父和于连在侯爵的书房中谈论那桩没完没了的弗里莱尔诉讼案。

"先生，"于连突然说道，"每天陪侯爵夫人一起吃饭，是我必须做的事情，还是他们对我的施舍？"

　　"这是你难得的荣幸！"神父气愤地回答，"那位院士夜以继日地讨好侯爵夫人整整十五年，也没能替他的侄子堂博先生争取到这份荣幸。"

　　"对我来说，先生，这却是我工作中最痛苦的部分。哪怕在神学院都没有如此无聊。德·拉莫尔小姐按说早该对宴席上的那些阿谀逢迎的人习惯了，不过有几次我发现连她都在打哈欠。我生怕自己会睡着。求您替我说说情，我宁可去某个阴暗破旧的小餐馆吃四十个苏一顿的粗茶淡饭。"

　　皮拉尔神父从底层一路跃升至高位，他对与大人物共进晚餐的事情十分在意，认为这是一种荣幸。正当他竭力让于连也明白这种荣幸的时候，不远处发出了轻微的声响。两人转过头去，发现德·拉莫尔小姐正在一旁听着他们讲话，于连顿时满脸通红。玛蒂尔德是来找书看的，碰巧听到了两人完整的对话，反而对于连生出了几分敬重。"这个人天生一股傲气，"她心想，"跟那个老神父截然不同。天啊！这神父的相貌真可怕。"

　　在晚餐的桌上，于连尴尬地不敢望向拉莫尔小姐，她却亲切地主动向于连搭话。这天府里要应酬的宾客很多，她让于连饭后留下来。巴黎的年轻女孩不怎么待见那些有点年纪的男人，倘若他们衣着不讲究的话，就更看不上眼。于连并不需要多么高的洞察力，就能发现那些留在客厅里的布吉尼翁的同僚，十分荣幸地成为德·拉莫尔小姐嘲讽取乐的对象。这一天，她对这群令她厌烦的人格外刻薄，这或许是刻意为之的。

　　德·拉莫尔小姐是个小团体的核心成员，他们几乎每天晚上都会在侯爵夫人的那把硕大的安乐椅后面聚集聊天。这群人是德·克鲁瓦瑟努瓦侯爵、德·凯吕斯伯爵、德·吕兹子爵，还有两三位年轻军官，他们不是诺贝尔的朋友就是他妹妹的朋友。这群人坐在一张巨大的蓝色沙发上，在沙发的一头，有一张用麦秸做成的矮小椅子，于连默不作声地坐在上面，跟他相对的另一头，则坐着耀眼的德·拉莫尔小姐。于连所坐的位置看上去微不足道，却受到了所有恭维者的羡慕。诺贝尔让于连这位父亲的年轻秘书留在这里是合乎情理的，他们时不时跟他说上几句话，或者在晚上的闲聊间提上两次他的名字。这晚，德·拉莫尔小姐询问于连，贝桑松城堡所在的那座山有多高。于连实在说不出它跟巴黎的蒙马特高地相比谁高谁矮。这群人所说的话，常常令于连乐开了怀，但他感觉自己编不出类似的话来。这仿佛是门外语，于连虽听得懂，但讲不出来。

这个晚上，玛蒂尔德的这群朋友始终跟这间宽敞的客厅里溜须拍马的人较着劲儿。常来家里的熟客是他们的首选，因为他们更熟悉这些人。可以想象得出于连听得有多专注，无论是这些人说的讽刺之言，还是他们嘲笑人的方式，这一切都令他兴味盎然。

"哎呀！这不是德斯库力先生吗？"玛蒂尔德说，"他怎么没戴假发？难道他真想靠自己的才华当上省长吗？他是不是想炫耀一下那颗装满了高见的秃脑袋？"

"这是个天上地下无所不知的人，"德·克鲁瓦瑟努瓦侯爵说道，"他也去我的红衣主教叔叔家里做客。他有两三百个朋友，他有本事在每个朋友那里编造谎言，并把谎言维持数年之久。他知道怎么跟人称兄道弟，这是他的本事。就像你们看到的那样，冬天早上七点，他就满身是泥地在朋友家门口恭候着了。

"他时不时会与人闹不和，写七八封信跟人吵架。随后他又会去同别人讲和，又写七八封信表达自己的友谊。但他最擅长的本领，是装作与你赤诚相待，掏心掏肺地跟你倾诉隐私。当他求别人办事的时候，就会把这种伎俩使出来。我叔叔的代理主教中有一位可以精彩地讲述德斯库力先生自王朝复辟以来的所作所为。下次我把他叫来。"

"呵！我才不相信他的鬼话，这是卑鄙小人之间的相互妒忌。"德·凯吕斯伯爵说。

"德斯库力先生会名留青史的，"侯爵又说，"他跟德·普拉德神父、德·塔列兰先生、波佐·迪·博尔戈先生一起参与了复辟王朝的大业。"

"这个人曾经掌管数百万的法郎，"诺贝尔说，"我搞不懂他为何还要来这里承受我父亲尖酸的嘲讽言语。记得有一天晚餐时，我父亲向坐在桌子另一头的他喊道：'我亲爱的德斯库力先生，您究竟干过多少件出卖朋友的事情？'"

"他果真出卖朋友？"拉莫尔小姐问道，"不过话说回来，那些人里，谁没有出卖过呢？"

"天啊！"凯吕斯伯爵对诺贝尔说，"今天您府上竟然来了森克莱这个著名的自由党，真是见鬼，他怎么来了？我得去跟他聊聊天，亲近亲近，据说他机灵得很。"

"但是你母亲怎么会把他招来呢？"克鲁瓦瑟努瓦侯爵说道，"他的那些自由党的观点是那么荒诞、过分、充满独立思想……"

"快看看吧，"拉莫尔小姐说，"这个你们口中有独立思想的人，正在向德斯库力先生鞠躬，头都快伏到地上去了，还抓住人家的手不放,我甚至觉得他要把嘴凑上去吻了。”

“德斯库力跟当权者的关系比我们想象的还要亲密。”德·克鲁瓦瑟努瓦侯爵说。

“那个森克莱,他到这里来是想要找法子进入法兰西学院,”诺贝尔说,“看他向 L 男爵鞠躬的那个样子……”

“即使下跪也没有这样卑微吧。”吕兹先生说。

“亲爱的于连,”诺贝尔说,“您是有头脑的人,即使您来自山村,也千万别像这个大文学家那样给人鞠躬,哪怕面对上帝都不要这么自轻自贱。”

“啊!这一位,就是才华绝伦的巴东男爵。”德·拉莫尔小姐模仿用人通报的腔调说道。

“我想就是家里的仆人也会嘲笑他吧。棍子男爵[1]?什么怪名字啊!”凯吕斯先生说。

“话说这个棍子男爵,”玛蒂尔德继续说道,“他有天给我们说:‘我的名字又算什么?你们想想,人们叫着布庸公爵[2]的名字会是怎样的情形。名字嘛,只是个习不习惯的问题……’”

于连起身离开了围坐在沙发上的这群人。他对这种充满冷嘲热讽的对话的有趣之处还不甚了解,认为笑话想要使人发笑,必须合情合理才行。而且,他觉得这些年轻人对别人的评价充满了轻慢,仿佛无差别地对所有人进行腹诽,这让他感到被冒犯。他性格中有着外省人或者英国人的一本正经,他甚至觉得这些年轻人这样做是出自对别人的嫉妒,当然事实并非如此。

“诺贝尔伯爵,”他心里想,“他给他的上校写的那封信,短

---

1 法语中的“巴东”与“棍子”同音。
2 法语中的“布庸”与“肉汤”同音。

短二十行竟打了三遍草稿！他这辈子如果能写出一页森克莱那样的文字，他就乐坏了。"

于连的地位无足轻重，因此他可以随意行动，他先后向好几群人凑过去，然后远远地跟着巴东男爵，听他说了什么。这个才华横溢的人看上去焦虑不安，在于连看来，他在说出三四句抖机灵的言语后才恢复了常态。于连认为他的聪明才智需要空间才能发挥得出。

男爵无法做到言简意赅。他至少要说四句话，每句有六行，才能展现他的机灵。

"这人哪里是在说话，简直是在宣读论文。"有个声音在于连背后说道。他转身看后面的人，听见有人喊他沙尔维伯爵，于连顿时兴奋无比，脸都涨红了。这个人是当时最为聪明的人物。于连经常在自己的那本《圣赫勒拿岛回忆录》和拿破仑口述的史料片段中读到他的名讳。沙尔维伯爵说话简短生动，像闪电一样恰当有力，并且意义深刻。倘若他参与一件事情的讨论，就会让谈论在主题上更进一步。他有理有据，让人愿意听他讲话。此外，在政治上，他是一个堂而皇之的玩世不恭之徒。

"我可是人格独立的，"他对一位胸前戴了三枚勋章的先生说，显然是在对他进行嘲弄，"为什么大家规定我们今天的看法要和六周前的一致呢？若是这样，我不是就被自己的思想奴役了吗？"

四个神情严肃的年轻人围着他，脸上露出不快的表情，他们不喜欢这样的戏谑之言。沙尔维伯爵看出来自己把话说过了头。幸运的是，此时他发现了实诚的巴朗先生，这位先生的实诚其实都是装的。伯爵和他聊了起来，大家纷纷靠拢，知道可怜的巴朗先生即将成为聊天的牺牲品。巴朗先生虽然长得丑陋可怕，但凭借实诚的品格，在上流社会经历了最初的一番难以描述的拼搏，终于娶到了个相当有钱的老婆，后来老婆去世，又娶了第二个有钱的女人，不过人们从未在社交场合见过她。他小心谨慎地享受着六万法郎的年金，身边也有不少拍马屁的人。沙尔维伯爵毫不留情地揭他的老底，很快就围过来了三十多个人。大家都面带笑容，甚至那几个被看作时代希望的神情严肃的年轻人也加入了嘲笑者的行列。

"既然他在侯爵家中显而易见地成了大家的笑柄，为什么还要到这里来？"于连心想。他走近皮拉尔神父，想问问他这个问题。

而巴朗先生则已经灰溜溜地走了。

"太好了！"诺贝尔说，"监视我父亲的密探走了一个，只剩下那个小瘸子纳皮埃了。"

"这会不会就是答案呢？"于连想，"但是，倘若真是如此，那侯爵为何还要在家接待巴朗先生呢？"

皮拉尔神父始终不苟言笑，坐在客厅的一个角落，听着用人通报来客姓名。

"这简直是个藏污纳垢的巢穴，"他像巴齐勒[1]那样说道，"来的都不是什么好人。"

严厉的神父会这样想，是因为他并不了解上流社会意味着什么。但是，通过冉森派的教徒朋友，他对客厅里的这群人有了一个确切无疑的认知：这些人之所以能进入贵族的客厅，或是因为他们极有手段地为各个政党办事，或者靠的是他们的不义之财。这天晚上，他用了几分钟的时间，愤慨地回答了于连提出的一连

1　法国剧作家博马舍的喜剧《费加罗的婚礼》里的人物，喜爱诽谤别人。

串问题，又突然闭嘴，为讲了别人的坏话而深感后悔，将这个行为视作自己的罪孽。他是个胆汁质性格的冉森派教徒，坚信应该为了基督教的仁慈奉献到底，他的一生就像是场战斗。

"这个皮拉尔神父长得真是吓人！"于连走近沙发时，正听到德·拉莫尔小姐这样说道。

于连深深地感到被冒犯，但也无法反驳。皮拉尔神父无疑是整间客厅里最为堂堂正正的君子，但他那张挂着酒糟鼻子的脸，因内心良知的痛苦而显得异常丑陋。"此情此景之后，谁还能以貌取人？"于连心想，"皮拉尔神父高尚而敏感，为了自己的一点小小过失而深深自责，因此才露出可怕的相貌。而那个众所周知的卑鄙间谍纳皮埃，脸上却溢满了单纯、幸福和平和。"不过，皮拉尔神父已经向他目前所在的阵营做出了重大的让步，他有个用人，并且穿得很整洁。

这个时候，于连发现客厅里发生了一件奇怪的事：众人的眼神都飘向了大门，整间房子瞬间静了下来。用人上前通报，著名的托利男爵到了，最近选举的丑闻让他成为人们关注的焦点。于连走上前想看个究竟。此男爵是一个选区的主管，他突发奇想，把投给某个党派的选票偷了些出来，然后把同样数量的选票写上他所中意的人选，再投进票箱。几个选民识破了这个高明的花招，急忙高调地向男爵表示庆贺。经过这次事件，男爵的脸色至今都惨白如纸。有些好事之人，甚至说要罚他服苦役。德·拉莫尔先生冷冷地接待了男爵。可怜的男爵很快就灰溜溜地走了。

"他走得这么急，肯定是去魔术师孔德先生家变戏法了。"沙尔维伯爵说，大家都笑了。

这天晚上，在据说马上要升任大臣的德·拉莫尔先生的客厅中，接连来了几位寡言少语的大人物和阴谋家。他们大多数声名狼藉，但都十分精明。上文提到的那位名叫堂博的年轻人，在这群人中初次崭露头角，虽然他的观点无甚可取之处，但是人们看到，他用言辞激烈的气势弥补了这个缺憾。

"为什么不判这个男人坐十年监牢呢？"于连走近堂博所在的那群人，听见他正在对某人发出诋毁之言，"这条毒蛇，应该将其关入地牢，让他在黑暗中死去，否则的话，他的毒液喷了出来，那就更危险了。区区一千个埃居的罚款又有何用？他穷的话就更好办了，他支持的党派会替他支付罚款。最好罚他足足五百个法郎，再把他关在地牢里十年。"

"老天啊！他所说的这个怪物究竟是谁？"于连欣赏这位同僚激奋的口气和夸张的动作，不由得心下好奇。此时，这位院士的宝贝侄儿的瘦削凹陷的脸庞变得异常丑陋。于连很快得知，他正在诋毁的，正是当今最伟大的诗人 [1]。

"啊，魔鬼！"于连压低声音喊道，眼中热泪盈眶。"啊，这个卑鄙的无赖！"他心想，"我要让你为自己的言行付出代价。"

"不过，"于连接着想道，"这些人只是以侯爵为首的党派的帮凶！被他们诋毁的这位卓越人士，倘若肯出卖自己的灵魂——无须卖给卑鄙的德·奈瓦尔先生的内阁，只要投靠那些一个接一个上任的还算正派的大臣，什么样的勋章、什么样的地位他得不到？"

皮拉尔神父远远地向于连打手势，德·拉莫尔先生刚刚跟他说了几句话。于连此时正低眉顺目地听一位主教滔滔不绝地抱怨，终于摆脱这位主教后，于连想要到他的挚友那里去，却发现

———

1　影射法国诗人贝朗瑞。

皮拉尔神父被堂博这个惹人厌的小子缠上了。这个小坏蛋凑过来奉承神父，实则内心对他恨之入骨，认为都是因为他，才让于连倍受恩宠。

"死神什么时候才能让我们摆脱这个败类呢？"堂博这个小文人，使用《圣经》风格的话语向可敬的霍兰德勋爵[1]泼脏水。堂博有个本事，就是将名人的生平传记熟记于心。他刚刚在皮拉尔神父面前，简要地对英国新国王治下的那些有望产生政治影响的人物匆匆做了一些点评。

皮拉尔神父看到于连到来，就进入旁边的一间厅房，于连跟着他也走了进去。

"侯爵不喜欢那些拙劣的文人，我提醒您，他对这类人士厌烦透顶。如果您精通拉丁文，可能的话，再懂点希腊文，了解埃及和波斯的历史，他会对您更加礼敬有加，将您视作有识之士加以保护。但千万不要用法语写作，一页也不行，尤其不要对那些超出您地位的棘手问题妄加议论，否则他会把您看作拙劣的文人，让您一辈子走霉运。您住在一个显贵的府邸之中，难道还不知卡斯特里公爵[2]针对达朗贝尔[3]和卢梭所发的评论吗？他说：'像他们这样的文人，对什么都要妄加议论，却连一千埃居的年金都赚不到！'"

于连思忖道："这里跟神学院难道不是一样的吗？什么都隐

---

1 霍兰德勋爵（Lord Holland, 1749—1809），英国政治家。信奉自由主义，曾抗议对拿破仑的虐待。

2 卡斯特里公爵（The Duke of Castries, 1756—1842），法国大贵族，法国大革命时曾流亡海外，王朝复辟之后归国，进入贵族院。

3 达朗贝尔（Jean le Rond d'Alembert, 1717—1883），法国 18 世纪著名的科学家，为力学、数学和天文学的发展做出了重要的贡献。

藏不了！"他忽然想起自己写过一篇八九页言语夸张的颂词，对那位随军外科医生进行了史诗般的赞美，把他视作自己的再生父母。"这个小本子，"于连心想，"一直都被我锁得牢牢的！"他上楼回到卧室，将写颂词的本子烧掉，随后返回客厅。那些声名显赫的无耻之徒已经离开，只剩下佩戴荣誉勋章的人士。

用人们搬来的餐桌上又摆满了食物，四周坐着七八个三十到三十五岁的贵妇，她们出身显赫、笃信宗教、矫揉造作。此时，光彩夺目的费瓦克元帅夫人从门外进来，她为自己的迟到表示抱歉。午夜已过，她坐在了侯爵夫人身边。于连发现，她的眼神与德·雷纳夫人几乎一模一样，他的内心激动不已。

德·拉莫尔小姐的那群朋友依然没有离开。他们正在对可怜的泰莱伯爵进行嘲讽。泰莱伯爵是个富有的犹太人的独子，他的父亲凭着借钱给各国国王以镇压人民来捞取钱财，这位父亲刚刚去世，留给了儿子每月十万埃居的收入和一个显赫的身份。泰莱伯爵的地位特殊，像他这样的人，要么必须天性纯朴，要么必须性格刚强。

倒霉的是，泰莱伯爵只是个好好先生，在身边溜须拍马的人不断的鼓动下，他才有了各种不切实际的幻想。

凯吕斯先生推断有人在泰莱伯爵耳边吹风，让他鼓起勇气向德·拉莫尔小姐求婚（此时此刻，克鲁瓦瑟努瓦侯爵也在追求她，他即将升为公爵，领十万法郎的年金）。

"啊，不要责怪他胆大包天。"诺贝尔怜悯地说。

不过，这个可怜的泰莱伯爵最缺乏的就是胆识。他性格上的优柔寡断让他可以去当国王了。他不断地询问众人的意见，但没有胆魄将任何建议贯彻到底。

德·拉莫尔小姐认为，单凭这人的长相就能让她乐上一辈子。他的样子奇妙地将焦虑和颓丧混为一体，但时不时地还能清楚显现一种自我膨胀和法国最富有的人具有的那种霸道专横，特别是当他不到三十六岁、相貌还不差的时候。"他既畏畏缩缩又蛮横无理。"德·克鲁瓦瑟努瓦侯爵说道。凯吕斯伯爵、诺贝尔伯爵，还有两三个留小胡子的年轻人，都在暗地里揶揄他，却不让他有所察觉。刚过一点钟，他们终于把他打发走了。

"您的那匹阿拉伯名马，会在这种天气下在门口等您吗？"诺贝尔问他。

"不，那是一对新买的马，没那么贵，"泰莱伯爵答道，"左边的那匹花了我五千法郎，右边的那匹只花了一百个金路易。但是请您相信，我只有走夜路的时候才牵出这匹马，它跑起来跟另一匹一模一样。"

诺贝尔的提醒让伯爵明白，像他这样的人应该对马怀有热情，不该让马在雨里淋湿。于是他离开了，过了一会儿，这群人也一边取笑着他，一边走出了大门。

于连听见他们在楼梯上发出的笑声，心想："这下我终于看到了我的另一个极端！我每年才赚不到二十个金路易的薪水，却跟每小时就有二十个金路易收入的人坐在一起，而且大家都在嘲笑他……这样的场景足以治愈我的嫉妒了。"

第五章
敏感的性格与虔诚的贵妇

> 人们习惯了平庸的话语，听到稍微活络的观点，
> 就会觉得粗俗不堪。那些讲话饶有新意的人真倒霉。
>
> ——福布拉斯 [1]

几个月的试用期过去，当管家给于连送来第三季度的报酬时，他已经颇受主人信赖了。德·拉莫尔侯爵将他在布列塔尼和诺曼底的两块土地交给于连全权打理，因此于连经常有出差的机会。他还主要负责了侯爵与弗里莱尔神父之间的那桩著名官司的全部信件往来。在这方面，皮拉尔神父已经指点过他了。

侯爵在各种要事的文件空白处潦草地做出批示，于连根据批示写好信件，他写的几乎每封信侯爵都会直接签字。

在神学院，老师们对于连学习不够勤勉颇有抱怨，却依然觉得他是最杰出的学生。于连被炽烈的野心煎熬着，努力把这些艰

1　法国小说家卢韦·德·库伏雷的小说《福布拉斯的奇遇》中的主人公。

难的事务做得有条不紊。很快，他的脸色就变得苍白，退去了从外省带来的鲜活的容光。在那些年轻的神学院学生的眼中，他苍白的脸色反而成为一个优点。他们以为他得了肺病。而于连则认为这些在巴黎的同学不像贝桑松的那群人那么恶劣，也不像他们那样为一个法郎就愿意下跪。侯爵赠予他一匹马。

于连担心在外面骑马的行为被神学院的人们抓住把柄，就对他们说，这样做是为了治病而遵守医嘱。皮拉尔神父把于连带去拜访了几个冉森派的教会。在那里，于连震惊无比。他原本以为宗教的理念与虚伪和财迷心窍有着不可分割的联系呢。他欣赏在那里遇到的赤诚而严肃的人，他们从不计较钱财得失。好几位冉森派的教徒把他当作朋友，为他出谋划策。一个新的世界在他面前打开了。在这些冉森派的信徒中，他认识了阿尔塔米拉伯爵[1]，他身高六尺，心怀虔诚，是流亡者，曾在自己的国家里因自由精神而被判死刑。笃信宗教和热爱自由，这两种如此迥异的思想原来可以结合在一起，于连感触至深。

此外，于连与年轻的伯爵诺贝尔之间变得冷淡了。诺贝尔觉得，于连对他的朋友们开的玩笑有些反应过激。于连做出了一两次失礼的反击，从此决定再也不跟玛蒂尔德小姐主动讲话。在侯爵府，大家对他依然是无可挑剔地礼敬有加，但他觉得自己已经不再是众人的焦点了。他用一句充满外省人智慧的谚语来解释这种变化："有新鲜劲儿的时候，什么都是好的。"

或许是他比刚来的那阵子明白了更多事情，抑或是优雅的巴黎对他产生的最初的魅惑已经消失了。

---

1 阿尔塔米拉伯爵（José María Moscoso de Altamira Quiroga，1788—1854），西班牙贵族，自由派政治家，西班牙独立战争的指挥官，1823 年西班牙君主制恢复后被国王流放。

他只要停止工作，就陷入穷极无聊。这是上流社会那些令人赞叹的繁文缛节带来的一种匮乏感，它根据身份和地位，极为有序、一丝不苟地将每个人分出了等级。不过，稍微心思细腻的人，都会看出这些礼节是些骗人的把戏。

当然，我们可以批评外省人是土包子，不懂礼数，但是他们在待人接物时，还是会显得热情一些。在侯爵府中，于连的自尊心从未受过伤害，但在一天结束的时候，他总会有莫名想痛哭一场的冲动。在外省，当你遇到伤心事后，走进咖啡馆，里面的侍应生会对你表示关切。倘若这件事令你自尊受损，他还会唠唠叨叨地安慰你，把你已经厌烦透顶的话重复个上百遍。而在巴黎，人们只会远远地望着你笑，永远当你是个外地人。

有很多令于连出糗的小事，我们在这里就忽略不谈了，因为于连不是一个愿意让自己看起来可笑的人。生性的极度敏感，让他做了许多愚笨之事。他在这里的一切消遣都用来练习如何进行自我防御。他每天都练习射击，并且是好几位剑术大师的高徒。只要一有空闲，他不像之前那样把时间用来读书，而是跑去骑马，骑最烈的马。他跟马术师傅一起骑马兜风，几乎每次都要从马上跌落。

侯爵看到他工作勤勉、寡言少语、精明能干，对他颇为满意，逐渐将所有最棘手的工作都交给他处理。侯爵得以拥有闲暇的时间，就专心致志地经营生意。他门路众多，消息灵通，买卖股票赚得盆满钵满。他购置房产和林地，但脾气很是急躁。他愿意白送给别人几百个金币，也会为了区区几百法郎跟人对簿公堂。像他这样的阔气大佬，心高气傲，做买卖不是为了赚钱，而是为了心里爽快。侯爵需要一个参谋，能帮他把账目厘清，让他一目了然。

　　侯爵夫人尽管做事极有分寸，却也会时不时地拿于连打趣。像她这样的贵妇人，最害怕因为有人生性敏感而导致意外情况，因为这不合礼节。有两三次，侯爵在妻子面前为于连说好话："他在你的沙龙聚会中或许丑态百出，但他在办公室里却胜任十足。"而在于连这里，他自认为对侯爵夫人的秘密了如指掌。只要用人通报拉茹马特男爵来了，她就突然纡尊降贵地来了精神。这位男爵是一个冷漠、没有表情的人。他矮小瘦削，其貌不扬，但穿戴整齐。他在宫中生活，对所有事情漠不关心、不置一词，这就是他的思考方式。倘若能将他招为女婿，侯爵夫人应该会有生以来第一次幸福得欢欣雀跃吧。

第六章

说话的方式

> 他们的崇高使命，是对人们日常生活中鸡毛蒜皮
> 的小事做出冷静的裁决。他们的智慧，在于不为小事而
> 发怒，不为被流言蜚语误导的事情而大发雷霆。
>
> ——格拉提乌斯[1]

于连来巴黎不久，因为生性傲气，从不理睬别人，也就没有陷入什么麻烦的蠢事之中。有一天，因为一场忽然而至的阵雨，他走进了圣奥诺雷街一家咖啡馆。这个时候，一个穿海狸皮礼服的高个子男人，对于连阴沉的表情颇为不满，一直盯着他看。这跟之前在贝桑松的咖啡馆中阿曼达小姐的情人对于连的挑衅之举是一样的。

因为上次的忍辱退让，令于连常常陷入自责，所以他特别不能容忍这样的眼神。他走向前，让这个男人给他个说法。这个穿

1　格拉提乌斯（Gratius，公元前63—公元14），奥古斯都时期的诗人之一，他曾被奥维德所提及，著有关于狩猎的诗作《畋猎》。

礼服的人马上用污言秽语辱骂了他。咖啡馆中的人围拢过来，外面的行人也在门口驻足观望。由于外省人的自我防备之心，于连总是随身携带一把小型手枪。此刻，他把手伸进口袋，握住枪柄，手抖个不停，但还是保持理智，只是一再向这个人重复地说："先生，告诉我你的地址。我看不起你。"

他不断重复这句话，让围观群众激动不已："当然啰！那个闷声不吭的家伙，赶紧把地址给人家！"这个穿礼服的男人听见周围的人七嘴八舌，就朝于连的脸上扔了五六张名片。幸运的是没有一张碰到于连的脸颊，他曾发誓，只要别人不碰到他，他就不会动枪。那人离开了，时不时回头攥拳威胁他，嘴里满是不干不净的言语。

于连发现自己浑身汗湿了。"这个贩夫皂隶竟然把我激怒到如此程度！"他气愤地想道，"要如何才能消除这种屈辱感呢？我要决斗！但是到哪儿去找证人呢？"于连在巴黎一个朋友也没有。他曾与一些人结交，但这些人在两个月不到的时间里都跟他疏远了。"我不适合社交，这下可让我吃亏了。"他心想。最终，他灵机一动，找了一个九十六团的前中尉。这个穷小子名叫利凡，两人常常在一起练习击剑。于连把事情经过原原本本地告诉了他。

"我愿意做您的决斗证人，"利凡说，"但是有个条件，倘若您没有打伤跟您决斗的那个人，您就要马上跟我再打一场。"

"一言为定！"于连喜形于色。两人决定按照名片上写的地址和姓名，到圣日耳曼大街去找德·博瓦西先生讨个说法。

第二天早晨七点钟他们就到达了地点。在德·博瓦西先生家里，于连打算向仆人报上姓名时，忽然想到此人有可能是德·雷纳夫人的一位年轻的亲戚，之前在罗马或那不勒斯的大使馆工作过，曾给那位意大利歌手杰罗尼莫写过介绍信。

于连把那天扔来的名片，连同他自己的名片，一起交给一个身材高大的仆人。

他和证人足足等了四十五分钟后，终于被人请进一套令人赞赏的典雅华丽的房间。在房间中，他们看到一个高大的年轻人，穿得像个洋娃娃。他俊美的轮廓让人联想到一般认知中的希腊美男子。他的脸小得出奇，一头绝美的金发仿佛金字塔般高耸着，头发被精心地烫卷梳平，没有一根杂毛。那位九十六团的前中尉心中暗想："这个受诅咒的家伙，为了把发型弄好，让我们苦等这么久。"这人身上花里胡哨的家居服、早上起床穿的长裤，甚至脚上的绣花拖鞋，都合适极了，精致极了。他的容貌傲气而落寞，显出高贵而与众不同的思想。这是那种可爱的正人君子的理想样子，庄严得体，讨厌任何的唐突之举和戏谑调笑。

这个时候，于连听到九十六团的前中尉在耳边说，昨天那人朝他脸上扔名片，如今又让他等了这么久，是为了让他再一次地受辱。于连听罢，立即迅疾地奔入德·博瓦西先生的房间，他想表现得咄咄逼人，同时又不失风度和教养。

于连惊讶地发现，这位德·博瓦西先生态度和顺，神情谨慎、倨傲而自得，他的房间装潢典雅。于连只看了一眼，满腔的蛮横气愤就烟消云散了。他发现自己认错了人。眼前的这位先生并不是昨天在咖啡馆挑衅他的那个人，而是一位举止不凡的绅士，这让于连惊讶得说不出一句话。于是，他把昨天那人给他的名片递了上去。

"这确实是我的名字。"这个时髦的男人道。于连早晨七点钟就穿着一身黑，让他有点看不上眼："说实话，我没太搞懂……"

最后一句话的说话方式重新惹得于连发起怒来。

"我是来和您决斗的，先生。"他一口气把事情的原原本本讲了出来。

夏尔·德·博瓦西先生仔细打量了于连，对他衣服的优雅剪裁颇感满意。"一看就是著名裁缝斯托布的手艺。"他一边听于连讲，一边心里琢磨，"背心的品位也不赖，靴子也很好。但是，另一方面，大清早就穿着黑衣服，可能是为了方便在决斗中躲子弹吧？"

等他想通了之后，马上对于连恢复了彬彬有礼的态度，几乎要对于连平等相待了。两人掰扯了很久，这件事情很棘手，但是于连最终不得不承认，眼前这位出身高贵的少年，跟昨天那个对他口出侮辱之言的粗俗之徒完全不是同一个人。

然而于连又不甘心就这样走掉，就在那里解释个不停。他注意到德·博瓦西骄傲地自称骑士，并且连用"先生"来称呼于连，这让他颇为不满。

于连欣赏他时刻都不松懈的严肃自持以及其中掺杂的谦恭的自负。他发音时会奇怪地转动舌头，这让于连颇感惊奇……不过，归根结底，他找不出任何寻衅此人的理由。

这位年轻的外交官颇为优雅地提出同意决斗。但那位九十六团的前中尉，两腿叉开，双手搁在腿上，手肘向外，枯坐了整整一个小时，他肯定朋友索雷尔先生不会因为这个人被偷走的名片就跟对方死磕到底。

于连只好郁闷地打道回府。这个时候，德·博瓦西骑士的马车在院子的台阶前停下，于连不经意地抬眼一看，忽然认出了昨天挑衅他的那个人，他就是德·博瓦西家的车夫。

一见之下，于连立刻跳起来，抓住他的短上装，将他从马车座位上拉扯了下来，拿马鞭当头就抽，这一切在瞬间就发生了。另外两个仆役奔过来协助同伴，于连被揍了几拳，与此同时，他迅速掏出手枪射击，这些人逃之夭夭。这一切都在一分钟之内发生。

德·博瓦西骑士走下台阶，满脸都是那种看笑话的严肃表情，他用大贵族的腔调不停地问道："发生什么了？发生什么了？"他其实内心好奇极了，但外交官的庄重身份不能让他流露出太多的关注之情。当了解事情的经过后，贵族高傲的表情和外交官一成不变的戏谑、冷漠在他的脸上交错出现，争夺着地盘。

九十六团的前中尉发现德·博瓦西先生也想来场决斗，但同时他也想保持优雅的外交家的风度，为他的朋友于连保留提出决斗该享有的优先权。"这下终于有决斗的理由了！"于连大喊。"我也有相同的看法。"外交家回答。

"先赶走这个坏蛋，"他对仆役们说，"给我换个车夫。"仆役打开车门，骑士坚持要于连和他的证人先行上车。他们出发后，先找到德·博瓦西先生的一个朋友，后者说有个安静的地方适合决斗。一路上他们说说笑笑，相谈甚欢。唯一让人感到奇怪的是这位外交官身上竟然还穿着家居服。

"这些先生尽管出身显赫，"于连想道，"但并不像在侯爵府的宾客那般乏味。"片刻之后，于连又想道，"我现在终于明白了，那些宾客是做出失礼举动也觉得无所谓的人。"他们聊起了昨晚演出中引起公众关注的女芭蕾舞者，模糊地影射了一些花边绯闻，于连和他的决斗证人——九十六团的前中尉，对此一无所知。不过，于连还没有笨到不懂装懂的地步，他颇有风度地承认了自己的无知。这种坦率颇讨骑士的朋友的喜欢，于是，他把这些故事的细枝末节向于连娓娓道来。

这时，发生了一件事情，让于连震惊不已：一座正在搭建的迎圣体的临时祭坛横在马路中间，车子在此停了片刻。这两位先生于是就开起玩笑来，他们打趣地说，本堂神父是大主教的私生子。而在德·拉莫尔侯爵府上，因为侯爵想晋升公爵，人们无论如何都不会谈论这样的话题的。

决斗只持续了一小会儿就结束了。于连胳膊上中了一枪。他们用手帕浸了烈酒，为他消毒包扎。德·博瓦西骑士对于连礼敬有加，请他乘坐来的那辆车回家。当于连说出自己的地址是侯爵府的时候，年轻的外交官和他的朋友互相递了个眼神。于连的出租马车还在原地，但他觉得跟两位先生交谈比跟那位前来仗义相挺的九十六团前中尉说话要有趣太多了。

"我的上帝！一场决斗，难道就是这样的吗？"于连心想，"我是多么幸运，找到了那个车夫！倘若寻他不着，我会继续忍受在咖啡馆受到的侮辱，那太不幸了！"他们几个继续不停地聊着天，一个个兴味盎然。现在于连终于明白了，外交官的那种架势在某些事情上还是颇有用处的。

"看来，跟出身显赫的人聊天，并不一定都是无聊透顶的啊！"他心里想着，"他们俩竟然拿迎圣体的事情打趣，胆敢谈论一些如此具有画面感的猥琐的传闻逸事。他们只是对政治事情不够了解而已，但是这种不足完全可以被他们的优雅语气和完美的口头表达弥补。"于连对他们真是喜欢到了极点，心想："倘若能常常与他们见面，该是多么开心啊！"

众人一分手，德·博瓦西骑士就跑去打听关于于连的信息。

他迫切地想知道于连的真实身份，想知道他是否值得自己体面地交往。但东奔西走后，仅获得一点可怜的信息让他倍感失望。

"真可恶！"骑士对朋友说，"我不可能承认我跟德·拉莫尔先生的一个普普通通的秘书进行过决斗，而且还是出于我的车夫偷走名片的缘故。这件事肯定会遭到旁人的嘲笑。"

于是，当天晚上，德·博瓦西骑士和他的决斗见证人朋友就东奔西走，四处传扬于连·索雷尔先生是个极好的年轻人，他的真正身份是德·拉莫尔侯爵的密友的私生子。这件事轻而易举就被大家相信了。流言一传开来，年轻的外交官和他的朋友就亲自去侯爵府探望于连，于连在卧房养伤的半个月里，他们也去探视了几回。于连向他们承认，他有生以来只进过一回歌剧院。

"这太糟了，"骑士对他说，"现在我们只爱在那个地方待着，等你伤好再次出门的时候，应该立刻去看一出《奥利伯爵》[1]。"

在歌剧院，德·博瓦西骑士把于连介绍给著名的歌手杰罗尼莫认识，当年还在德·雷纳家求前程的杰罗尼莫，如今已经获得了巨大的成功。

于连几乎要向这位外交官骑士献殷勤了。骑士自视甚高，有种神秘的优越感和年轻人的自命不凡，这几种特色融合在一起，让于连为之倾倒。比方说，骑士有时会显得口吃，因为他常常见到一位大人物也有这个缺点，这是一种荣幸。于连从未见过风趣幽默和举止完美如此和谐地集中在同一个人身上，这是他这个外

———

1 罗西尼的歌剧，19世纪在巴黎红极一时。

省小子应该努力效仿的。

人们经常看见于连和德·博瓦西骑士一同在歌剧院进进出出，这让于连这个名字得到了人们的关注。

"很好！"有一天，德·拉莫尔侯爵对于连说道，"您真的是一位弗朗什－孔泰的富豪的私生子吗，而且他还是我的密友？"

于连忙不迭地想要表明这个流言并非他的意愿，他说道："德·博瓦西先生不想让他的决斗对手只是个木匠的儿子。"

侯爵打断了他的话，对他说："我明白，我明白，现在我准备让这个传言坐实，因为它正合我意。不过，我想请求您一件事，只占用您半个小时而已。每到歌剧院的演出日，十一点半的时候，你要到剧院的前厅去好好观摩一下上流社会人士的言行举止。我在您身上还会时不时地看到外省人的样子，您要尽快改正。此外，在我看来，认识一些大人物也挺好的，以防某天我差您去找他们办事。您可以常去剧院的订座厅看看，结识一些人，我把入场券给您拿来。"

第七章

痛风发作

我得以晋升，不是因为我做出的成就，而是因为我的主子痛风病发作。

——贝托洛蒂[1]

各位读者，你们或许会因为侯爵对于连的不受礼节约束、近乎友好的口气而大感惊讶。我忘了告诉你们，此时此刻，侯爵的痛风病已经复发了六周，他一直待在家里。

德·拉莫尔小姐和侯爵夫人去了耶尔[2]，与夫人的母亲住在一起。诺贝尔伯爵时不时前来探望父亲，这对父子感情很好，但互相没有什么话题可聊。因此，侯爵先生只有于连相陪了。在交流中，他对于连的一些观点颇感惊喜。侯爵平时让于连为他读报，这位年轻的秘书很快就懂得如何选择侯爵感兴趣的内容来为他读。有一份最近问世的报纸，侯爵对其十分痛恨，发誓再也不会

——

1　贝托洛蒂（Davide Bertolotti，1784—1860），意大利传记作家。
2　法国南部城市，濒临地中海，是冬季疗养胜地。

阅读它了，却每天都会提到它，于连对此暗自发笑。厌憎时局的侯爵常常让于连为他阅读李维[1]的作品。于连在朗读时将拉丁文即兴翻译了出来，侯爵听了颇为开心。

有一天，侯爵操着一种过分彬彬有礼的腔调对于连讲话，这种腔调常常让于连觉得不耐烦。侯爵说："我亲爱的索雷尔，请允许我送给您一件蓝色的礼服作为礼物。当您觉得合适的时候，就穿来见我。在我眼里，您就是肖纳伯爵的弟弟，也就是老公爵的儿子，他是我的朋友。[2]"

于连弄不清楚他的这番话是什么意思，当晚，他就穿着这身蓝色的礼服去见侯爵，他发现侯爵对他平等相待，好像在侯爵身上感受到了真正的礼敬，但这前后微妙的差别究竟是什么，他一无所知。在侯爵这个心血来潮的奇特举动之前，于连曾发誓，侯爵已经对他好到让他不敢期望更为敬重的对待了。"这是多么不可思议啊！"于连心里对自己说。他起身告辞的时候，侯爵向他表示歉意，自己因痛风病发作，无法把他送到门口。

于连忽然被一种奇怪的想法困扰："他对我这么好，难道是在嘲弄我？"他把这个困惑说给皮拉尔神父听。神父对于连不像侯爵那样有礼貌，朝他吹了一声口哨，就聊起了别的。次日清晨，于连去见侯爵，这次他身穿黑衣，带着文件夹和让侯爵签字的信件。侯爵待他的态度跟从前一样，无甚特别之处。然而，到了晚上，他换上蓝色礼服，侯爵对待他的口气就彻底不同了，异常亲切礼敬，就像昨晚一模一样。

1　李维（Titus Livius，公元前 59—公元 17），古罗马著名的历史学家，他写过多部哲学和诗歌著作，但最出名的是他的巨著《罗马史》。
2　前文说过，老肖纳公爵是德·拉莫尔夫人的父亲，德·拉莫尔侯爵喜欢于连，有意赐予他贵族头衔，将其视作自己的妻弟。

"既然您不厌其烦、充满好意地看望一个可怜的病中老人，"侯爵对他说，"您就应该对这个老人知无不言，与他分享生活中的细枝末节，将它们讲得清晰有趣，不要顾忌其他事情。因为人总得找找乐子，"侯爵继续说道，"人生以快乐为本。一个人不可能每天在战争中救我的命，或者每天送我一百万钱财，但却可以每天给我带来欢乐。倘若里瓦罗尔[1]在这里，他就会坐在我的长椅边上，每天给我带来一小时的消遣，让我远离病痛和憋闷。在我流亡汉堡的那段日子里，我跟他很熟。"

侯爵随后给于连讲了里瓦罗尔在汉堡的趣闻逸事，要四个汉堡人凑在一起，才能理解他的一句幽默话。

德·拉莫尔先生出于疾病的原因，无法出门和见客，社交生活仅限于与这位小神父说话打趣。他想用荣誉感刺激一下于连，唤起他的骄傲之心。既然侯爵要他知无不言，于连就决定敞开心扉。他只对两件事缄口不言：一是对某人的狂热崇拜，这人的名字会让侯爵怒发冲冠；二是他内心其实毫无信仰，这对一个未来要做本堂神父的人来说很不合适。他和德·博瓦西骑士决斗的那场小小的纠纷，刚好可以拿出来讲。侯爵听到于连讲述在圣奥诺雷街的咖啡馆里那个车夫满口污言秽语的场景，眼泪都笑了出来。这正是上司和下属之间坦诚相待的完美时刻。

德·拉莫尔先生对于连的特立独行产生了格外的兴趣。在最开始的时候，为了开心解闷，他觉得于连的那些举动实在有趣。不久，他开始温柔地纠正这个年轻人的错误观点，并对此颇有兴致。"其他的外省人到巴黎来，看见什么都喜欢，"侯爵心想，

———

1　里瓦罗尔（Antoine Rivarol, 1753—1801），法国保皇派作家和翻译家。

"而这个外省小伙子却对什么都看不上眼。别的外省人装模作样，而他却过于实诚，所以那些外省傻瓜把他看成一个笨蛋。"

冬天的寒冷天气加重了侯爵的痛风病，病痛持续数月都未好。

"有人喜欢漂亮的西班牙猎犬，"侯爵对自己说，"我喜欢这个小神父又有什么可羞耻的呢？他是如此地与众不同。我把他当作亲生儿子对待又怎么了？我看不出有什么问题。倘若我维持这个念头不变，在遗嘱中留给他一颗价值五百个金路易的钻石就行了。"

侯爵了解这位下属坚强好胜的心性，每天就变着花样地派他去做各种新的工作。

于连惊恐地发现，这位贵人有时会对同一件事有前后矛盾的决定。

按照侯爵的一时之意来办事，可能会犯下重大的错误。因此，于连在工作的时候，总是随身带一个本子，把侯爵的命令写下来，并请他亲笔签字。于连还请了一个记录员，把侯爵对每件公事的处理意见抄在一个专门的本子上，与此同时，记录员还抄写了所有的信件以做备份。

刚开始，这个办法似乎既可笑又累赘。然而，不到两个月侯爵就感受到了它的益处。于连向他提出建议，找来一个在银行工作过的人，把于连经手的一切地产收入和一切支出情况记成复式账。

这些举措让侯爵对自己的财务一目了然，他乘兴做了两三笔投机买卖，这次无须外人帮手，避免了被人占便宜。

"您去给自己支取三千法郎吧。"有一天，侯爵对于连这个年轻的副手说道。

"先生，倘若我这样做，会遭人腹诽的。"

"那您说怎么办才好？"侯爵有些不快地问道。

"赠予我三千法郎，这是您的决定，请您亲手将它写在记事本上。确切地说，这样的记录方法，都是皮拉尔神父教给我的。"侯爵脸上露出德·蒙卡德侯爵[1]听管家普瓦松先生报账时的那种不耐烦的表情，但还是亲笔写下了他的这个决定。

晚上，于连身穿那身蓝色的衣服来找侯爵，此时他们绝不会谈论任何工作上的事情。侯爵对于连的殷切相待，抚慰了我们的主人公常常浸没在痛苦中的自尊心，用不了多久，他就对这位可爱的老人产生了深刻的依恋之情。但这并不意味着于连像那些巴黎人所说的，是个容易动感情的人。但他终归不是禽兽，自那位外科医生去世之后，还没有任何长辈像这样对他温柔相待。而且他还惊讶地发现，侯爵彬彬有礼地照顾着他的自尊，而他在外科医生那里从没感受到这样的优待。最终，于连搞清楚了，那位外科医生对于自己的十字勋章骄傲无比，而侯爵则不会因为自己的蓝色绶带而骄傲过头。侯爵的父亲是位显赫的贵族。

有一天早上，于连穿着黑衣来见侯爵，工作结束时，他让侯爵格外开心，被留下来多聊了两个小时。侯爵坚持要把代理人刚从交易所拿来的钞票送他几张。

"侯爵先生，请您允许我说句话，希望这些话无损于我对您的深深敬意。"

"说吧，我的朋友。"

1　法国剧作家阿兰瓦尔的《资产者学堂》中的角色。

"望侯爵先生准许我拒绝这份馈赠。对于穿黑衣的下属，它并不合适，而对于穿蓝衣的同伴，您又用不着为了这两小时的陪伴而送此大礼。"于连恭敬施礼，掉头便走。

他的这个举动让侯爵大为开心，当晚他就讲给了皮拉尔神父听。

"我亲爱的神父，有件事我必须向您承认。对于连的秘密身世，我已经心中有数，您不必再为此三缄其口了。"

"他今天早上表现得像个贵族，"侯爵心想，"我要抬举他，让他成为真正的贵族。"

过了一段时间，侯爵终于身体痊愈，可以外出了。

"去伦敦待上两个月吧，"他对于连吩咐道，"我的专属送信员和其他的邮差，会把我收到的信件连同我的批示一同给您寄去。您在那边写好回信，跟原信一起寄回来。我算了一下，至多耽搁五天而已。"

在通往加来[1]的路上，于连满心疑惑，侯爵这次差他办的都是些鸡毛蒜皮的小事，不明白为何要跑这一趟。

当于连踏上英国的土地时，他内心的恨意和厌憎自不待言。因为我们都知道，他对拿破仑可是崇拜到了极点。[2]他把在这里看到的每个军官都看作哈德逊·洛爵士[3]，把每个贵族都看成巴瑟斯特勋爵[4]。正是他们在圣赫勒拿岛上做出了无耻的勾当，并以此

---

1 法国城市，与英国隔海相望。
2 英国的反法同盟军队是拿破仑的主要敌人，正是英国人将其流放到了圣赫勒拿岛上。
3 哈德逊·洛爵士（Hudson Lowe, 1769—1844），英国将军，拿破仑监禁在圣赫勒拿岛时负责看守工作，传闻曾给拿破仑下毒。
4 巴瑟斯特勋爵（Lord Bathurst, 1762—约1834），英国政治家，英国陆军大臣兼殖民事务大臣，曾参与迫害拿破仑。

当上了大臣，享受了十年的荣华富贵。

在伦敦，他终于知道了自命不凡到极点是什么样子。他与几位年轻的俄国贵族颇为要好，他们给了于连一些指点。

"我亲爱的索雷尔，您天生就不是凡夫俗子，"他们对他说，"您与生俱来的冷峻眼神，心中波涛汹涌，脸上却平静如水，这一点无论我们怎么努力也学习不来。"

"您与您生活的时代格格不入，"科拉索夫亲王对他说，"您总会忤逆众人的期待而行事。我敢用荣誉担保，这是如今想要成功的不二法门。千万不要意气用事，也不要矫揉造作，因为旁人都盼着您这样做，倘若您这样做的话，就违背了自己的初心。"

有一天，于连有幸被菲茨－福尔克公爵邀请，和科拉索夫亲王共赴晚宴。在公爵的客厅中，他的表现赢得了众人的赞誉。

宴会之前有一小时的等待。于连在这段时间的举止和言行在二十位客人中脱颖而出，至今还让伦敦大使馆的年轻秘书们津津乐道。他那种飞扬的神采，是多少钱的身家都换不来的。

尽管那帮纨绔子弟强烈反对，于连还是去看望了著名的菲利普·范恩[1]，他是自洛克[2]之后英国唯一的哲学家。

于连见到范恩，发现他已经在监狱中被关了七年。"在这个国家，贵族阶级是不开玩笑的，"于连心想，"范恩已经被他们害得声名扫地、受尽毁谤了。"

不过于连发现他的情绪依然是饱满的。贵族阶层的愠怒和敌对，让他随时振奋精神，免于郁悒无聊。于连走出监狱时思忖道："他是我在英国遇到的唯一令人感到快活的人。"

1　作者杜撰的人物。
2　洛克（John Locke, 1632—1704），著名英国哲学家，最具影响力的启蒙哲学家之一。

两人会面时，范恩对他说："对专制者而言，上帝是最有用的……"

　　在这场对话中，两人还发表了许多对时事冷嘲热讽的言论，我们就略过不讲了。

　　于连回到法国后，拉莫尔先生问他："您有没有从英国带回来什么有趣的观点？"于连沉默不语。"您究竟带回来些什么观点？有趣的和无趣的，都说来听听。"侯爵急切地问道。

　　"第一点，"于连说，"在英国，即使最明智的人，每天也要发疯一个小时，总想着要自杀。自杀的魔鬼是这个国家的神祇。

　　"第二点，一个人到了英国，其智慧与才华会损失四分之一。

　　"第三点，英国的风景之美令人惊艳不已，胜过世上一切其他地方。"

　　"现在该我说了，您好好听着。"侯爵对于连说道，"首先，您为什么在俄国大使家中的舞会上，说法国有三十万个二十五岁的年轻人热切盼望着打仗？您觉得这话对于那些国王来说很中听吗？"

　　"在那些外交官老爷面前，我真不知该说什么好，"于连回答，"他们总对那些严肃的话题有着病态的热爱。如果聊些报纸上的陈词滥调，就会被他们当成傻瓜。倘若说些新鲜的实话，他们就会震惊不已，不知道该如何回答。第二天早上七点，他们会派使馆里的一等秘书前来谴责你的言行不当。"

　　"一点都不错，"侯爵大笑着回答，"总而言之，我敢打赌，思想深奥的先生，您是猜不到我派您去英国的真正原因的。"

　　"请原谅我的大胆猜测，"于连说，"您派我去那里，是让我每周去国王的大使家中参加一次晚宴。话说那位大使可算得上是世间少有的礼貌之人。"

"您这趟英国之行，是为了获得这枚勋章，"侯爵说，"它就在这里，请您拿好。我不想让您脱掉这身黑衣服，但我已经习惯和穿蓝衣服的人聊天打趣。好好记住，在没有新的状况之前，当我见到这枚勋章时，您就是我的朋友肖纳公爵的小儿子，您已经在外交界工作了半年，虽然这一点您本人现在才刚知道。请您明白，"侯爵神色严肃地阻止了于连的千恩万谢，对他说，"我并不想改变您的身份，倘若这样做，无论对雇主还是对雇员来说，都是个错误和不幸。什么时候您对我这里的事情不再感兴趣，或您不再胜任这份工作，我会赐给您一个好的教区，就像我们共同的朋友皮拉尔神父那样，不过就只有这些，没有别的了。"

这枚勋章满足了于连骄傲的心，让他变得爱说话起来。若是在以前，可能旁人在交谈中不假思索、脱口而出的一些话会让他感到深深的冒犯，他会毫不客气地要求别人给个解释。而如今，这样的情况越来越少了。

这枚勋章为他招来了一个颇为意外的访客：德·瓦莱诺男爵[1]。他这趟到巴黎来，是为了感谢政府授予他男爵的名号，并借机跟内阁搞好关系。不久之后，他将取代德·雷纳先生，被任命为韦里叶的市长。

德·瓦莱诺先生告诉他，人们刚刚发现，德·雷纳先生居然是一个雅各宾成员。听了这话，于连暗自觉得可笑极了。选举正在筹备阶段，德·瓦莱诺这位新任男爵是内阁提名的候选人，而那些自由党派的人却向实际由极端保王派控制的选举团举荐了——

---

1 韦里叶城的乞丐收容所所长瓦莱诺得到了贵族头衔，名字由"瓦莱诺"变成了"德·瓦莱诺"。

德·雷纳先生。

于连试图打听德·雷纳夫人的情况，却未尝所愿。男爵似乎对他这位老情敌仍心存芥蒂，不肯透露一点消息。最后，他向于连求情，希望于连的木匠父亲在选举中把票投给他，于连答应给父亲写一封信。

"骑士先生，您应该把我介绍给德·拉莫尔侯爵才对。"德·瓦莱诺对于连说道。

于连嘴上说着"真的，我应该这样做"，心里却在想："这个无耻的东西！"

"说实话，"于连回答说，"我在侯爵府只是个微不足道的小厮，还没有资格引见旁人。"

于连对侯爵言无不尽，当天晚上，他就把德·瓦莱诺的想法和他1814年以来的所作所为都说给了侯爵听。

侯爵摆出严肃的样子对于连说："您明天把这位新男爵介绍给我，而且后天我还要请他吃饭。我要任命他为新任省长。"

"这样的话，"于连不动声色地说，"我要为我的木匠父亲争取乞丐收容所所长的位子。"

"那敢情好！"侯爵说道，表情开心极了，"我跟您说这样的话，本以为您会气愤地跟我讲出一番大道理呢！您总算有长进了。"

德·瓦莱诺先生告诉于连，韦里叶城的彩票事务所所长刚刚去世，于连觉得倘若把这个位子指定给德·肖兰先生，一定很有趣。他想起了在韦里叶城的时候，自己曾在德·拉莫尔先生的房间里拾到过这个老蠢货的申请信。于连随口背诵了求职信上的几句话，逗得侯爵不停地开怀大笑，他立刻就在给财政部的任命信上签了字。

德·肖兰先上任不久，于连就得知一个内情，省议会也曾为著名的几何学家格罗先生申请过这个职位。这个慷慨的好人仅有一千四百法郎的年薪，每年却将六百法郎拿出来帮刚刚去世的所长养活家人。

于连对自己的所作所为深感震惊。"这不算什么，"他自言自语，"倘若我想出人头地，还要被迫做出很多不公正的事，并学会用漂亮动人的言语将其掩饰起来，比如我会说，唉！可怜的格罗先生！他才真正配得上这枚勋章，但是我却得到了。对于彩票事务所所长选择的事情，实属无奈，我只能遵循给我颁发勋章的政府的宗旨，公事公办。"

第八章

哪种勋章可令人出类拔萃？

"你的水不能止渴。"干渴的精灵说，"然而，这却是整个迪亚－尼克[1]最清凉的井了。"

——佩利科[2]

有一天，于连从塞纳河畔风景宜人的维勒基耶庄园回来了。德·拉莫尔先生对维勒基耶庄园很是上心，因为在他所有的田产中，只有这里曾属于他的祖先博尼法斯·德·拉莫尔家族。于连回到侯爵府，看到了从耶尔归来的侯爵夫人和她的女儿。

如今的于连看起来像个纨绔子弟，他已经对巴黎的生活艺术了如指掌。他对德·拉莫尔小姐的态度十分冷淡，似乎已经将她对自己坠马细节问个不休的那段时间的记忆全都抛诸脑后。

德·拉莫尔小姐发现，于连的个子长高了不少，脸色也苍白了许多。他无论是样貌还是身段都已经与外省人大相径庭。然

---

1 土耳其地名。
2 佩利科（Silvio Pellico，1789—1854），意大利爱国志士、作家。

而，跟他聊天时，还是能察觉出与巴黎人的不同，他过于严肃，且十分现实。他头脑理智，骄傲让他时刻保持着高贵的举止，没有一点下人的样子。大家只是觉得他把许多事情看得过重。不过，人人都知道，他是个言而有信的人。

"他缺少的不是智慧，而是轻巧，"德·拉莫尔小姐对父亲说，同时拿他赐予于连的勋章打趣道，"我哥哥向您要这个勋章花了足足一年半的时间，他可是姓德·拉莫尔的人。"

"是的，但于连有令人意想不到的地方，这是您口中的姓德·拉莫尔的人所没有的。"

这时，用人前来禀报，德·雷斯公爵到了。

玛蒂尔德立刻觉得自己想要打哈欠了，她仿佛又看见父亲客厅里陈旧的镀金古玩和常来的宾客。她眼前浮现出一幅穷极无聊的巴黎生活场景，她马上就要回到这样烦闷的生活中来了。然而，她还在耶尔的时候，心里却总想着巴黎。

"不过我十九岁了。"她心想，"这是幸福的年华；所有镀金的精装书上都是这样写的。"她望着摆放在客厅桌子上的八九本在普罗旺斯旅行途中购买的新诗的诗集。她比她的那群朋友——克鲁瓦瑟努瓦、凯吕斯、吕兹等人都更加机灵敏感，这反倒成为一种不幸。她想象得出，这些人肯定会跟她提到普罗旺斯美丽的天空、诗歌和南方等，她对他们要讲些什么了如指掌。

玛蒂尔德那迷人的双眸中流露出深沉的空虚与厌倦，以及遍寻不到快乐的绝望。最终，她将目光落到了于连身上——至少他跟那些人不完全相同。

"索雷尔先生，"她用缺乏女人味的快速而简短的语气对于连说道，这是一种上流社会年轻姑娘使用的腔调，"您今晚参加雷斯先生家中举办的舞会吗？"

"小姐，我还没那个资格被引荐给公爵认识呢。"（可以说，对一个骄傲的外省人来说，这句话和这个头衔本是令他难以启齿的。）

"他让我哥哥带您去他家里，如果您愿意去的话，还可以跟我聊聊维勒基耶庄园那边的情况，我们考虑去那里度过春天。我想知道那里的城堡是否宜居，四周的景色是不是像人们说的那般漂亮。如今言过其实的东西太多了。"

于连没有说话。

"和我哥哥一起去参加舞会吧。"她硬生生地又添了一句。

于连只得恭敬地施礼答应。"就算在参加舞会的时候，我也必须给这个家的每个成员汇报点什么。我被花钱雇来不就是做这些事的吗？"他心情很糟，又思忖道，"老天啊，谁知道我跟这个姑娘说的话，会不会影响到他父亲、哥哥和母亲的安排呢？这还真是一个君主的朝廷。在这里，凡事要装得百无一用，又不能给任何人抱怨的机会。"

这个时候，侯爵夫人把玛蒂尔德叫走，让女儿见见自己的朋友。"这个高傲的小姐真不讨人喜欢。"于连看她走远了，心里接着想道，"她时尚得过了头，连衣裙拉得比肩膀还低……她的脸色比旅行之前更苍白了……金黄的头发都快没有颜色了，仿佛阳光都能穿透一样。她跟人打招呼的方式、看人的目光，透着一股倨傲的劲儿，真把自己当成女王了！"

玛蒂尔德在哥哥准备离开客厅时，把他叫住，对他嘱咐了几句。

随后，诺贝尔伯爵朝于连走来，对他说道："我亲爱的索雷尔，今夜十二点，我去哪里接您？我们一起去参加雷斯先生的舞会。他特意跟我说，让我将您也带去。"

"我很清楚应该感谢谁的一片好心。"于连回答道，同时深深地鞠了一躬。

他心情本来不好，可诺贝尔的讲话方式礼貌而热情，简直无可挑剔，于连只能客气相待，但在回答中隐隐地发泄自己的坏情绪。他在其中感到自己有一丝的卑微。

晚上，当于连来到舞会的时候，雷斯先生豪宅里的奢华让他倍感震惊。大门后的院子里竖立着一个巨大的帐篷，帐篷由缀满金色星星的深红色的斜纹布制成，显得无比精致高雅。帐篷底下的庭院成了一片鲜花盛开的橘树和夹竹桃的树林。花盆精心地埋在地下，没有一点痕迹。因此，这些开花的树木仿佛是从土地中长出的。车子经过的路都铺着沙子。

所有这一切的景致在外省人的眼中都无与伦比。于连从未想到世间竟有如此仙境，刹那间，他内心被奇思妙想填满，把坏情绪都抛到了千里之外 —— 刚才在车上他还烦闷不堪呢。而诺贝尔伯爵则刚好相反，他在来舞会的路上满心欢喜，而一进院子，却顿时没有了好心情。

在如此美轮美奂的场景中，诺贝尔却对一些细节上的不足抓着不放。他评估每件东西值多少钱。于连发现，当他估算出一个可观的总数时，露出了嫉妒的表情，脾气也变坏了。

至于于连，他眼花缭乱，心醉不已。当他进入宅邸中的第一间客厅，看到人们都在跳舞时，他激动得几乎要害羞起来。此时此刻，他发现第二间客厅门口挤满了人，让他无法前进。第二间客厅的布置让人想到了格拉纳达的阿尔汗布拉宫[1]。

"毋庸置疑，她就是舞会王后。"一个留着小胡子的年轻男子说，他的肩膀正好挨着于连的胸口。

"她真美啊！这个冬天，本来富尔蒙小姐是最美的，"他旁边的人回答，"如今竟然发现自己被她比下去了。"

"真是如此，瞧瞧她吧，为了惊艳众人，真是用上了浑身解数。看吧，看吧，你看她在行列舞中只露出一个优雅的笑容，就能引起全场注意。我敢说，这真是无价之宝。"

"德·拉莫尔小姐心里清楚得很，今晚她已艳压全场，她在矜持地克制着胜利的喜悦，仿佛谁跟她讲话，谁就会拜倒在她的石榴裙下。"

"很好！这才是诱惑的艺术。"

于连努力挤进人群，想看看这个让众人倾倒的女人，却徒劳无功，七八个高大男人挡住了他的视线。

"她的高贵矜持之中确有一股风流之态。"那个留小胡子的年轻人又说道。

"这双蓝色的大眼睛，在马上就要真情流露的时候，却又垂了下去，"旁边的人又说，"我的天，没有什么比这更迷人的了。"

"快看，美丽的富尔蒙小姐在她身边简直变成了庸脂俗粉。"第三个人说。

"这种矜持克制的姿态，似乎在说，'您如果是配得上我的男人，我会对您展示全部的温柔'。"

"究竟谁能配得上绝美的玛蒂尔德呢？"头先那个人说，"也

1　摩尔王朝时期修建的古代清真寺与宫殿，位于西班牙南部城市格拉纳达，又被称为"红色城堡"或"红宫"。

许是一位地位尊贵、才貌双全、身材匀称的王公贵族，或者是一个立下赫赫战功的少年英雄，年龄不能超过二十岁。

"倘若是个俄国皇帝的私生子，为了促成这门婚事，可能会为他建立一个君主国；或者干脆就是那个妄图向她求婚的泰莱伯爵，明明一副乡下人的模样，还精心装扮……"

门口的人群散开了，于连终于能够进入房间。

"既然玛蒂尔德在这些呆瓜的眼中是那么了不起，那就值得我好好研究一番，"他心想，"这样的话，我就可以弄清楚这些人所说的'完美'到底是什么意思。"

于连正用眼睛搜寻玛蒂尔德的时候，玛蒂尔德也刚好看到了于连。"我有义务这样做。"于连自言自语，此时此刻，他心中已经没有了怒火，唯有脸上还维持着冷酷的表情。好奇心促使于连走上前去，玛蒂尔德礼服的领口很低，露出一截香肩，这让于连忽然感到内心的一阵悸动愉悦，说实话，这与他强烈的自尊心并不相称。"她的美很有青春的气息。"于连心想。忽然冒出了五六个年轻人站在他俩之间，于连认出了那个刚刚在门口说话的人。

"先生，您整个冬天都留在巴黎，今晚的舞会难道不是这个季度里最精彩的一场吗？"玛蒂尔德隔着这五六个人向于连问道。

于连没有说话。

"库隆[1]编的这套行列舞我真喜欢，夫人们也跳得无懈可击，您觉得呢？"她继续说着。那几个年轻人纷纷转头，想要看看究

----

1 库隆（Jean-François Coulon，1763—1836），法国 19 世纪著名舞蹈家。

竟是哪个幸运的男人让玛蒂尔德问个不停，非要等到他的回答才肯罢休不可。但是于连的答话却很令人败兴。

"小姐，我可不是个好的评论家，我靠抄写东西为生，头一次到如此奢华的舞会来。"

那个留着小胡子的年轻人，听了于连的回答，不免心中有气。

"您才智过人，索雷尔先生，"玛蒂尔德带着更大的兴趣继续说着，"您看待这些舞会和欢宴的时候，活脱脱就是位哲学家，就像让·雅克·卢梭。这些癫狂的场景让您惊讶，却不能迷惑您。"

"卢梭"这个名字，一下子把于连心中的幻想全部浇灭，让他刚刚的想入非非烟消云散。他的嘴角流露出轻蔑，也许是故意为之的。[1]

"让·雅克·卢梭，"他回答道，"在我眼中只不过是个傻瓜，尤其他对上流社会妄加评论。他根本不了解上流社会，只会用暴发户的心态胡言乱语。"

"但他写出了《社会契约论》啊！"玛蒂尔德回答道，言语中带着崇敬之情。

"他虽然宣扬共和，支持推翻君主权威，但有一次有位公爵饭后散步时为了陪他的平民朋友而改变了散步的路线，就让他这个暴发户兴高采烈、欣喜若狂。"[2]

"啊！对的！那是在蒙特朗西，卢森堡公爵曾经陪着一位叫库安德的先生朝着巴黎的方向散步……"德·拉莫尔小姐高兴地重复道，这是她有生以来第一次品尝到了卖弄知识的愉悦。她

---

1 卢梭曾当过仆人，于连此时是被这个身份刺伤了自尊。
2 卢梭在《忏悔录》中记录的事情。

为自己的见多识广而得意扬扬，就像那位发现这个世界上有费雷特里乌斯国王存在的院士一样[1]。而于连的眼神仍然锐利、严峻。于是，玛蒂尔德的兴奋只持续了一小阵子，这位伙伴的漠然令她窘迫不已。她忽然震惊地想到，这种窘迫是她平时习惯在别人身上施加的效果，这次却刚好相反。

此时此刻，克鲁瓦瑟努瓦侯爵正急匆匆地向玛蒂尔德走来。但走到离她三步远的地方就走不过来了，因为人实在太多。侯爵隔着碍事的人群，望着玛蒂尔德，朝她微笑。年轻的鲁弗莱侯爵夫人在他身边，她是玛蒂尔德的表妹。侯爵夫人挽着丈夫的手臂，两人刚刚新婚两周。她的丈夫鲁弗莱侯爵也非常年轻，是个幼稚的情痴，哪怕这是一桩由媒人一手操办的完全出自利益关系的婚事，他还是觉得自己娶到了个完美无缺的大美人。只等年迈的伯父与世长辞，他就可以接替位子，晋升公爵。

在这当下，克鲁瓦瑟努瓦侯爵无法穿过人群，只好微笑着望向玛蒂尔德。与此同时，玛蒂尔德那双美艳绝伦的蓝色大眼睛也正望着克鲁瓦瑟努瓦侯爵和他身边的那对新人。玛蒂尔德心想："真是一群俗人！克鲁瓦瑟努瓦竟还妄想娶我。是的，他是像鲁弗莱先生那样温柔知礼，举止完美。除了平庸和无聊之外，人还是挺可爱的，将来的他，也会带着这种庸碌而满足的神态陪我参加舞会。结婚一年之后，我的车和马，我的裙子，我在距巴黎二十里的近郊别墅，所有的一切，都会完美得挑不出一点瑕疵，足以让像鲁瓦维尔伯爵夫人那样的暴发户嫉妒得要死，但这之后，又能怎么样呢？……"

---

[1] 司汤达在《罗马漫步》里讲到，有位学者把罗马神话主神朱庇特的全名"朱庇特·费雷特里乌斯"（Jupiter Feretrius）译成了"朱庇特和费雷特里乌斯国王"。

玛蒂尔德就连对未来的憧憬也感到厌倦了。克鲁瓦瑟努瓦侯爵终于挤到她的身边跟她讲话，她却犹在梦中，听而不闻。对玛蒂尔德而言，年轻侯爵的话语已经跟嘈杂的舞会融为一体。她的目光毫无意识地寻找着已经走远了的于连。于连对她的态度虽说毕恭毕敬，却也带着不满和骄傲。玛蒂尔德在一个人迹稀少的角落看到了阿尔塔米拉伯爵，他因为在自己的国家被判死刑而流亡至此，这一点前文中已经提过了。路易十四时期，他的一位亲属曾嫁给了孔蒂亲王，这段历史多少给了他一些保护，使他免受圣公会密探的迫害。

　　"我觉得，只有死刑才能让一个人出类拔萃、与众不同。"玛蒂尔德心想，"因为死刑是唯一无价的事情。啊！我刚才说了句多么富有智慧的话啊！很遗憾，我在跟人聊天的时候，没能想到这句妙语！"玛蒂尔德极有个性，绝不会在谈话中使用之前已经准备好的句子，但她又很虚荣，想出这等有趣的观点，就忍不住自我陶醉起来。于是，一种快乐的表情在她脸上浮现，取代了厌烦的神色。克鲁瓦瑟努瓦侯爵一直对她殷勤地讲话，他觉得自己快要成功了，就更加滔滔不绝了。

　　"哪个坏家伙能够质疑我这个很棒的想法呢？"玛蒂尔德思忖道，"我可以这样回答质疑我的人：男爵或子爵的头衔可以用钱买到；荣誉勋章也容易获得，我的哥哥就刚刚得到一枚，可他又有什么功绩？军衔也可以获取：驻扎十年，或者有个当军事大臣的亲戚，就能当上骑兵上尉，诺贝尔不就是这样的吗？一笔巨大的财产！……这当然是最难的，因此价值最大。滑稽的是，这跟书上说的刚好相反……好吧，如果想要谋求钱财，娶到罗斯柴尔德[1]家的女儿就能得偿所愿。而我刚刚的想法确实很有深度。死刑是世上唯一没有人有胆量主动要求的事情。"

"您认识阿尔塔米拉伯爵吗？"她向克鲁瓦瑟努瓦先生问道。

玛蒂尔德仿佛从神游之境回到人间，这个问题跟可怜的侯爵对他讲了五分钟的内容毫不相关，侯爵对她尽管一贯温柔包容，但此时也难免倍感尴尬。然而他是个机灵的人，并且以机灵闻名于世，他心里思忖着："玛蒂尔德的确性格古怪，这是一个缺点，但倘若娶了她，就能拥有很高的社会地位。真不知道德·拉莫尔侯爵是如何跟每个党派都互通有无的，他可真是一个屹立不倒的人。此外，玛蒂尔德的古怪性情可被视为一种天才。出身高贵、家财万贯，这种古怪就成了一种天才的象征，这种与众不同，绝对不会被人耻笑。况且只要她愿意，就能把才华、个性和智慧结合在一起，让她变得无比可爱……"侯爵心里思绪万千，一心不可二用，口中就只能心不在焉地回答玛蒂尔德的问题，就像儿童背诵功课一样。

"这位可怜的阿尔塔米拉谁人不识啊！"接着，侯爵向她讲述了阿尔塔米拉曾经计划的那场荒唐可笑的失败政变。

"真是荒谬。"玛蒂尔德似乎在自言自语，"但他敢于行动。我想认识一下这个男人，请把他引荐给我。"她对惊讶万分的侯爵说道。

阿尔塔米拉伯爵是玛蒂尔德的倾慕者之一，他公开赞美她的高傲和目中无人。在他看来，玛蒂尔德是全巴黎最美丽的女人。

"假如她坐在王位之上，那该是多么美丽！"他对克鲁瓦瑟

---

1 罗斯柴尔德是欧洲久负盛名的犹太人金融家族。

努瓦先生说，后者没费什么口舌就将他带过来了。

在上流社会，总是有人想要证明一个事实：密谋政变是最为人不齿的行径，让人联想到雅各宾派。还有什么比一败涂地的雅各宾党更拙劣丑陋的呢？

玛蒂尔德听着阿尔塔米拉谈论自由主义思想，脸上虽然露出了与克鲁瓦瑟努瓦先生一样的嘲讽神色，但内心却兴致盎然。

"在贵族舞会上，反而有个曾密谋政变的人，这真是有意思的对比。"她心里想着，打量着这个蓄着小胡子的男人，觉得他好像一头沉睡的雄狮，然而她很快发现，这个人的头脑中只有一个态度，那就是贯彻和崇尚实用主义。

年轻的伯爵认为，除了在他的国家建立两院制政府之外，其他的事情一概都不值得关心。看到一位秘鲁将军走了进来，他欣然地离开了玛蒂尔德这位舞会上最有魅力的姑娘。

这位可怜的阿尔塔米拉伯爵对欧洲已经感到失望，只能寄希望于那些南美洲的国家，期待等它们强大之后，可以把米拉波带去的自由再还给欧洲。

一群留小胡子的年轻人仿佛一阵风般涌到了玛蒂尔德身旁。而玛蒂尔德则清楚地发现，阿尔塔米拉伯爵并没有对她着迷，她对伯爵的贸然离开心生不满，又看见伯爵跟那位秘鲁将军说话时，漆黑的眼珠精光四射。玛蒂尔德望着身边的这群法国小伙子，眼神中透出了严肃和深邃，这是众多跟她争奇斗艳的女人绝对效仿不来的。她想道："这些年轻的小伙子，哪怕有再好不过的益处，谁会愿意主动被判死刑呢？"

玛蒂尔德投向他们的奇怪目光，让几个头脑不灵光的人自鸣得意，却让其他人惶恐不安，害怕她会忽然吐出一些尖刻的言语，不知如何应对。

"高贵的出身给人带来很多优点，缺乏它们会让我觉得不快，于连就是个例子，"玛蒂尔德心想，"但是这样的高贵出身，也会让灵魂渐渐失去不惧死亡的魄力。"

这时，有人在她耳边说道："这位阿尔塔米拉伯爵是圣纳扎罗－皮芒泰尔亲王的二儿子，他的族人在一二六八年的时候曾试图营救被斩首的康拉丁[1]。这是整个那不勒斯最高贵的家族之一。

"看看吧，"玛蒂尔德心想，"这刚好证实了我说的这则格言：高贵的出身会让一个人的性格失去魄力，没有这种魄力，他就没有胆量身赴死刑。今晚我注定要胡思乱想了。既然我跟其他女人没什么不同，那就去跳舞吧。"她接受了克鲁瓦瑟努瓦侯爵的邀舞，后者不断邀请她跳加洛普舞已经一个钟头了。为了抛开哲学思考带来的烦恼，玛蒂尔德尽情歌舞，露出了风情万种的样子，克鲁瓦瑟努瓦先生简直乐翻了天。

但不管是跳舞还是迷倒了宫廷中最美的男人，玛蒂尔德心中的烦恼却总是挥散不去。"除了这些之外，我不可能做出更了不起的事情了！"她是当之无愧的舞会皇后，她内心很清楚这点，但她依然觉得了无生趣。

一个小时以后，舞跳完了，克鲁瓦瑟努瓦先生把她送回座位，她心里想着："倘若我跟这样的人共度一生，生活将会多么乏味啊！我离开了巴黎半年。倘若在这场巴黎所有女人都趋之若鹜的舞会上，我还无法感到开心，那该去哪里寻找快乐呢？而且，在舞会上，这群人都围在我的身旁向我示好，我想象不出身——

1　康拉丁（Conradin，1252—1268），德国施瓦本公爵，企图夺回那不勒斯王国，战败，1268 年被判死刑。

份地位比他们更为优越的人了。这里除了几个当上贵族院议员的资产阶级和一两个像于连这样的，其他人全都是显赫的贵族。但是，"她越想越难过，"究竟还有什么优点是命运没有赐予我的呢？声望、财富、青春，唉！我什么都有了，却独独缺了幸福。"

"在我所有的优点中，最不可信的那些，正是那些人整个晚上都在向我奉承的。智慧，我相信我有，因为很显然，我的头脑让他们紧张害怕。如果他们胆敢提出一个严肃的话题，聊过五分钟，我就会让他们紧张得喘不过气来，只会重复我给他们讲了一个小时的观点，将其视作重大发现。我长得很美，这也是我的优点，为了这个优点，斯塔尔夫人[1]甚至愿意牺牲一切。但有个事实是，无论长得多美，我都无聊到想死。我凭什么觉得当我嫁给克鲁瓦瑟努瓦侯爵、更改了姓氏之后，那种无聊烦闷就会减轻呢？"

"可是，我的老天。"她几乎快要哭出来了，"克鲁瓦瑟努瓦侯爵，他难道不是一个理想的丈夫吗？他是这个世纪良好教养的典型代表。你只要看他一眼，他就会对你讲出温柔而风趣的话，他还很勇敢……但是，那个于连·索雷尔，他可真是奇特，"她内心思忖着，眼神里黯淡的光芒忽然变成了怒火，"我给他说过有话要跟他讲，而他竟然直接消失不见了！"

1　斯塔尔夫人（Madame de Staël，1766—1817），法国女作家、评论家，浪漫主义的前驱。

第九章

舞会

奢华的穿戴、耀眼的明烛、馥郁的香气，那么多的洁白玉臂、数不清的迷人香肩，还有各种花束，令人心旷神怡的罗西尼的乐曲，西赛里[1]的绘画！我徜徉其中，心神俱醉。

——《于泽里游记》

"您怎么看上去心事重重？"德·拉莫尔侯爵夫人向女儿问道，"我警告您，在舞会场合垂头丧气可是很失礼的。"

"我只是觉得头很疼，"玛蒂尔德不耐烦地答道，"这里实在太热了。"

此时此刻，仿佛是为了证实玛蒂尔德的话，上了年纪的德·托利男爵忽然身体不适，晕了过去。人们七手八脚地把他抬出门去。都说他这是中风所致，这个插曲有点败兴。

———

1 西塞里（Eugène Ciceri，1813—1890），法国画家。

但是玛蒂尔德却毫不在意。她心中早就有了一个原则：对上了年纪的老头子视而不见，永不理睬那些以说丧气话而闻名的人。

为了躲避大家对中风的谈论，她又跳起了舞。男爵不是首次中风，三天后他又回到了社交场中。

"索雷尔先生为什么还没有来？"她舞完一曲，心中不住地在想。她快要瞪大双眼到处找他了，终于，玛蒂尔德在另一间客厅中发现了于连。真是怪事！此时此刻，于连脸上那种与生俱来的漠然和冰冷已经无影无踪，他不再像个僵硬的英国人了。

"他正在跟阿尔塔米拉伯爵闲聊，这不是那个死刑犯吗？！"玛蒂尔德激动地想，"他的双眼满是阴郁的火焰，真像个乔装打扮的王子，眼神中的高傲足足多了一倍！"

于连一边朝玛蒂尔德所在的地方走去，一边继续和阿尔塔米拉伯爵交谈。玛蒂尔德死死地盯着于连看，想从他的容貌上找出一种被判处死刑也毫不畏惧的崇高品质。

于连从她身边经过时，正在对阿尔塔米拉伯爵说着："没错，丹东是个男子汉！"

"哦，天哪！"玛蒂尔德自言自语，"他会成为丹东那样的人吗？可他的面孔是那么高贵，而那个丹东却是个丑八怪，我猜还是个可怕的屠夫。"于连离她近了，玛蒂尔德毫不犹豫地叫住他，带着骄傲的心情，故意问了他一个年轻姑娘从不会说出口的问题——"丹东难道不是个屠夫吗？"她说。

"是的，在某些人的眼里当然是这样，"于连答道，脸上显出无法掩饰的鄙视之情，而眼神中与阿尔塔米拉谈话时闪耀的火花还未熄灭，"但不幸的是，对于那些身世显赫的贵人来说，他只是个塞纳河畔梅里地区的小律师。就是说，小姐，"他咬牙切齿地补充道，"他的发迹史，跟我在这里遇见的好几个贵族院议员一样。在美女们看来，丹东的的确确有一个巨大的缺点，他丑陋无比。"

最后几个字说得很快，语气显得非同寻常，当然也很不礼貌。

于连上身微向前倾，谦恭里自带一种傲慢之情。他仿佛想说："我拿了工资，必须回答你的问话，因为我靠这些薪水过活。"他甚至不屑于抬头看一眼玛蒂尔德。而玛蒂尔德则把美丽的眼睛睁得大大的，盯着他不放，就像是他的奴隶一样。沉默就这样蔓延着，最终，他看了看玛蒂尔德，就像一个等候主人下达命令的仆从。他发现玛蒂尔德一直用奇怪的眼神望着他，两人目光交会在一处，于连装作有事忙的样子，急匆匆地走开了。

"他长得真俊啊！"玛蒂尔德如梦方醒，自言自语道，"一个如此美貌的人，却对丑陋发出了那么高的赞美！并且对自己的美一无所知！他跟凯吕斯或者克鲁瓦瑟努瓦不一样。这个索雷尔的表情和神气跟我父亲在舞会上惟妙惟肖地模仿的拿破仑颇有些相像。"她琢磨着于连，已经将丹东抛到了脑后，"很显然，今天晚上我真是烦透了。"她挽起哥哥的胳膊，不管他是否愿意，逼着他陪自己在舞场上转了一圈。她心血来潮，很想伺机再听听那个曾经的死刑犯跟于连会聊些什么。

舞会上人头攒动。不过，她终于还是挤到了他们身边。此时，离她不远，阿尔塔米拉正靠近一个托盘拿冷饮喝。他半侧着身子跟于连聊天。这时，他望见一个穿着绣花礼服的胳膊，拿走了旁边的一杯饮料。衣服上的绣花引起了他的关注。于是，他将整个身子都转了过来，想要看清这究竟是谁的胳膊。顷刻间，他那双高贵而天真的眼睛，流露出一丝轻蔑的神色。

"您看，这个人，"他压低声音对于连说，"他就是德·阿拉塞利亲王，是我们国家的大使。今早他还向你们法国的外交部部长德·奈瓦尔先生提出申请，想要引渡我回国呢。瞧吧，他现在正在打牌呢。德·奈瓦尔先生也打算把我交出去，因为一八一六年我的国家曾经将两三个阴谋分子引渡给你们。倘若我落入我们国王之手，一天之内就会被他送上绞刑架。逮捕我的人将是这些留小胡子的漂亮先生中的一个。"

"可耻的家伙！"于连小声喊道。

玛蒂尔德始终在一旁偷听着他们的谈话，一个字也没漏掉。此时，她的那些无聊厌烦全部消失了。

"这还不算最可耻的呢！"阿尔塔米拉伯爵继续说着，"我拿自己举例，只是为了让您印象深刻。您瞧瞧那个德·阿拉塞利亲王，每隔五分钟，他都要瞅瞅他的金羊毛勋章[1]。只要看到胸前还挂着这个庸俗的小物件，他就喜不自胜。归根结底，这个可怜人生错了时代。一百年前的话，金羊毛勋章还算是个卓越的荣誉，但那个时候哪轮得到他？今天，在那些王公贵族之中，只有阿拉塞利这类人才会对它痴迷。为了得到它，把整座城的人全部绞死也在所不惜。"

"他真的是这样做才获得勋章的吗？"于连急切地问道。

"不完全是这样。"阿尔塔米拉冷冷地回答，"他也许曾经吩咐下人，把这个国家的三十来个有钱人扔进河里淹死，只因为怀疑他们是自由党。"

———

1　15世纪的法国荣誉勋章，后成为奥地利王室和西班牙王室的荣誉勋章。

"真是个禽兽！"于连又说道。

玛蒂尔德探着头认真倾听，内心充满了最强烈的兴趣，她离得太近，以至于秀发几乎碰到了于连的肩膀。

"您还年轻得很哪！"阿尔塔米拉说道，"跟您说，我有个结了婚的妹妹，住在普罗旺斯。她容貌美丽，温柔善良，是个完美的贤妻良母，尽职尽责，对宗教虔诚，从不伪装。"

"他到底要说些什么？"玛蒂尔德心想。

"我的妹妹生活美满，"阿尔塔米拉伯爵继续说，"一八一五年那阵子，她也很幸福。那时我在她昂蒂布附近的家中躲难。您猜怎么着？当她听到内伊元帅被杀死的那一刻，竟兴高采烈地跳起舞来！"

"这怎么可能?！"于连吃惊极了。

"这就是人们党同伐异的心理，"阿尔塔米拉说，"真正的激情在十九世纪已经不复存在了，正因如此，法国人才会感到如此郁闷无聊。人们内心没有残忍的意图，却做出了最残忍的事情。"

"这更糟糕！"于连说，"当人们在做坏事的时候，至少还会有做坏事的乐趣，邪恶只有这么一点好处了，人们想尝试着替它稍作辩护，也仅仅能举出这一个理由。"

玛蒂尔德完全把自己应该维持的身份地位抛之脑后，几乎整个身子都插到了阿尔塔米拉和于连的中间。她的哥哥已经习惯了对她百依百顺，胳膊让她挽着，眼睛却朝客厅里别的地方看，他端着架子，装作被人群挡住而无法靠近。

"您说得很有理，"阿尔塔米拉说，"人们做什么都不会感到快乐，做过就忘了，哪怕是做坏事也是如此。我可以给您指指，这个舞会里或许有十来个人是杀人犯。他们自己都忘记了杀过人，别人也都忘掉了。

"这些人中，有的人看到爱犬受伤断腿会难过落泪。在拉雪兹神父公墓，当鲜花撒在他们的坟墓上时，大家会用巴黎人的那种讨人喜欢的语气告诉你，他们身上汇集了英勇骑士的一切美德，有人还会提起这些人的祖先——他们在亨利四世[1]时代曾立下丰功伟绩。如果德·阿拉塞利亲王在各种斡旋之下仍无法将我送上绞刑架，如果我还能享用在巴黎拥有的财富，我就愿意请上您，再叫上八到十个毫不愧疚且德高望重的杀人犯一起用餐。

"在这顿晚餐上，只有我和您二人手上没沾过血迹。尽管如此，我还是会被看作嗜血成性的雅各宾派禽兽，受到众人的鄙视甚至憎恨。至于您，仅仅因为是上流社会中一个孤零零的局外人，就会受到他们的歧视。"

"说得太对了。"德·拉莫尔小姐脱口而出。

阿尔塔米拉伯爵诧异地看着她，而于连却连向她望上一眼都不屑。

"看看我带头策划的那场密谋造反吧，"阿尔塔米拉伯爵继续说，"之所以功亏一篑，仅仅是因为我不愿意砍掉三个人的脑袋，不愿意把金库里的七八百万钱财分给我们的拥护者，那时我有金库的钥匙。我的国王如今恨不得把我吊死，在反叛起义之前，我们讲话都无须用敬语。倘若我当初把那三颗脑袋砍了下来，把金库里的钱分了，他就会把最高勋章颁发给我，因为我至少成功了一半，我的祖国就会有一部像模像样的宪法……世事就是如此，好像一盘棋局。"

---

1 亨利四世（Henri IV, 1553—1610），法国国王。

"这么说，"于连眼中闪动着火焰，"那个时候您还不懂如何下好这盘棋，而事到如今……"

"您的意思是，如今我会砍掉一些人的脑袋，变成像您之前跟我聊起的吉伦特党[1]那样是吗？……我回答您，"阿尔塔米拉面露悲伤地说道，"即使您在决斗中杀掉一个人，也远远没有借刽子手之刀杀死他那么丑恶。"

"这倒是真的！"于连说，"不过，有时想要达到目的，就得不择手段。如果我不是个小人物，而是有几分权力的话，我愿意绞死三个人去挽救更多的人。"

于连双眼明亮，流露出信念之火和对世人庸见的藐视。德·拉莫尔小姐离他很近，两人目光相遇，他眼中的蔑视之情非但没有转化成优雅和礼敬，反而成倍地扩大了。

玛蒂尔德被这种目光深深地冒犯，但却已经怎么都忘不掉于连了。她拉着哥哥，恼恨地走远了。

"我要喝潘趣酒，尽情跳舞，"她心里想，"我要挑个最出众的人当舞伴，不惜一切代价地出风头。"刚好，德·费瓦克伯爵来了，他是出了名的登徒子。玛蒂尔德接受了他的邀请，跟他一起跳舞。"我要看看他和于连究竟哪个更加放肆无礼，"她心想，"但为了尽情地开他的玩笑，应该让他开口说话。"很快，大厅里其他的跳舞的人仅仅是在装装样子了。他们都在侧耳倾听玛蒂尔德的那些尖酸刻薄的言语，一句都不想漏掉。德·费瓦克伯爵局促不安，说不出任何有价值的观点，只能用一些附庸风雅的套话应付，满脸都是窘迫之相。玛蒂尔德本来心里就憋着气，更是不

——

1　18世纪法国资产阶级革命时期代表大工商业资产阶级利益的政治集团。

留情面，把他当仇敌对待。她一直跳到天亮，似乎要把全部力气都耗尽才肯离去。但是，在回家的马车中，她把仅存的一点精力都用来悲伤自怜了。她明白于连看不起她，而她自己却无法看不起于连。

在于连这边，他却幸福到了极点。他不自知地沉湎于音乐、鲜花、美女，徜徉在无所不在的优雅气氛里。他幻想着自己的出类拔萃，幻想着世界大同的愿景，并在这种想象中心醉神迷。

"这舞会多么华美啊！"他对伯爵说，"简直什么都有了。"

"就是没有思想啊！"阿尔塔米拉回答道。

伯爵的脸上流露出鄙夷，因为礼貌的需要，他将这种鄙夷略微掩饰了一下，这下反而令它更加明显了。

"这不是有您吗，伯爵先生？您依然怀有策划谋反的伟大思想，难道不是吗？"

"我能在这里出现，只是因为我的贵族姓氏。在你们的客厅里，人人都仇恨我的思想。他们绝不允许这种思想比滑稽剧中的段子更加激烈，只有这样才能得到他们的犒赏。倘若一个真正有思想的人讲出什么铿锵有力、充满新意的话语，你们就会觉得他愤世嫉俗、厚颜无耻。你们有个法官不就是这样形容库里埃[1]的吗？你们把他关进监狱，就像对贝朗瑞做的那样。在你们这里，圣会组织把具有思想和智慧的人送上轻罪法庭，而上流社会在一边鼓掌欢迎。

"这是因为你们这个已经老朽不堪的社会，最看重的是规矩和礼节……你们的境界将永远不会超越战场上勇士的视死如归。

———

1　库里埃（Paul-Louis Courier, 1772—1825），司汤达同代的法国作家，喜欢针砭时事。

你们中间会出现一些像缪拉[1]这样的人，但是绝不会有华盛顿。我在法国见到的全都是些虚荣自大之辈。一个有创见的客人，很容易就会脱口而出不谨慎的言语，而主人则会因此感觉失去了体面。"

聊到这里，顺道送于连回家的伯爵的马车停在了德·拉莫尔府邸门口。于连打心里喜欢上了这个曾策划谋反的人。阿尔塔米拉对他说过一句漂亮又显然是发自内心的赞美之语："您不像法国人那样轻佻，懂得实用主义的原则。"刚好，于连在前天才看过卡西米尔·德拉维涅[2]先生的悲剧《玛里诺·法利埃罗》。

"平民伊斯拉埃尔·贝尔蒂西奥[3]难道不比所有的威尼斯贵族更有性格吗？"我们这位愤懑不平的平民心里想着，"这些贵族的血统可以追溯到比查理曼大帝还早一个世纪的公元七〇〇年，而德·雷斯先生家今晚的舞会上，最为显赫之人的身份却只能勉强追溯到十三世纪。好吧！在这部剧中，尽管有众多出身高贵的威尼斯贵族，人们却唯独记住了一个人，那就是伊斯拉埃尔·贝尔蒂西奥。

"只需要一次密谋造反，就能废除社会上任意制定的那些头衔。在造反中，人们只需要视死如归，就能一下子获得超然的地位。而如今，空有才智也不管用了……

"这是属于瓦莱诺和德·雷纳的时代，如今，丹东可能连国王的代理检察官都做不成，他又能有什么功绩呢？！"

"我在说什么呢？他一定会投靠圣会，当上大臣，毕竟这位

---

1 缪拉（Joachim Murat，1767—1815），法国元帅，拿破仑的妹夫。

2 卡西米尔·德拉维涅（Casimir Delavigne，1793—1843），法国诗人、戏剧作家。

3 悲剧《玛里诺·法利埃罗》中的人物，底层木匠出身，参加了反对贵族的阴谋，最终失败，被判死刑。

伟大的丹东也干过掠夺钱财的事情。米拉波也向权势卖身投降了。话说回来，拿破仑要不是曾在意大利掠夺过几百万，他也会像皮舍格吕[1]那样穷困潦倒。只有拉法耶特[2]从没做过掠夺之事。究竟是该掠夺钱财，还是该卖身投靠呢？"于连心想。这个问题一下子让他的思维卡壳了。于是，他把夜晚剩下的时间都投入到阅读法国大革命史中去。

次日，在侯爵的藏书室中誊写信件时，于连满脑子都是昨晚与阿尔塔米拉伯爵的对话。

"事实上，"于连陷入了长时间的幻想，"如果西班牙的自由党让民众也参与到反抗行动中去，他们就不会轻易被一网打尽了。他们只是一群幼稚鬼，骄傲无比、眼高手低……我难道不也是一样吗？！"连瞬间如梦初醒，大叫了起来。

"我有什么资格去评论那些可怜的人呢？他们在有生之年毕竟干了件大事，而且他们有这个胆量，而我呢，我又做过什么大事？就好像是一个人吃饱了饭，在离开餐桌时大喊'明天我不会进食，我会像现在一样强壮和精力充沛的'。这不是在说大话吗？谁知道人们在从事伟大行动的半途会有什么想法呢！……"于连这些高深的思考，被突然进入藏书室的德·拉莫尔小姐给打断了。于连完全沉浸在对丹东、米拉波、卡尔诺[3]等人的欣赏之中，他们拥有伟大的过人之处，始终立于不败之地。于连心潮澎湃，以至于明明望向了德·拉莫尔小姐，却没有对她行礼，也没有跟她说话，甚至几乎对她视而不见。终于，圆睁着双眼的于连——

1　皮舍格吕（Jean-Charles Pichegru，1861—1804），法国资产阶级革命时期的将军。
2　拉法耶特（Marquis de Lafayette，1757—1834），法国贵族，大革命时期初期的改革派。
3　卡尔诺（Lazare Nicolas Marguerite Carnot，1753—1823），法国资产阶级革命时期的政治家、数学家。

看见了德·拉莫尔小姐，他眼中的光芒随即就熄灭了。德·拉莫尔小姐发现了这一点，心里颇不是滋味。

她想引起于连的注意，就问他要一卷韦利[1]的《法国史》。这本书放在书架的顶端，于连不得不去搬来了一把较高的梯子。他爬上梯子，拿到书交给了她，但仍神不守舍，对她毫不在意。把梯子搬走的时候，他不小心用胳膊肘撞到了一块书橱玻璃；玻璃破碎落在地上发出的声音，总算把他唤醒了。他急忙向德·拉莫尔小姐表示歉意，努力表现得彬彬有礼，他能做到的也仅限于此了。玛蒂尔德清楚地发现自己打扰了于连，他更喜欢继续想着自己的心事，而不是跟她讲话。她盯着他看了许久，然后慢慢地走了。于连望着她离去的背影。她今天素面朝天，与昨天晚上的华丽高雅形成了强烈的对比，于连觉得这样的对比颇为有趣。这种大相径庭是那么令人印象深刻。这个年轻女孩在昨晚的舞会上是那般地高傲，而此时此刻，她的眼神中却透露出哀求的样子。"这是真的，"于连心想，"这条黑裙子让她的身形更显曼妙。她明明气派得像个女皇，为什么要穿着丧服？[2]"

"倘若我去问别人她为何在服丧，很可能又会犯傻了。"于连从刚刚的极度狂热中恢复了神志，"我要赶紧把早上写的信复查一遍。天知道我会从中找到多少错字漏行的低级失误！"他强迫自己集中精力重读信件，第一封信还没读完，就在极近处听到丝质衣服发出的窸窣之声。他飞快地转头看去，德·拉莫尔小姐正在离着书桌两步远的地方大笑。一而再地打扰着实让于连有了脾气。

对玛蒂尔德来说，她刚才清楚地意识到，在这个小伙子眼

1　韦利（Paul François Vélly，1709—1759），法国历史学家。
2　在19世纪及以前的法国，只有神职人员和服丧的人才会穿黑色的衣服。

中，她根本无足轻重。她用笑容成功地遮掩了自己的尴尬。

"很显然，索雷尔先生，您在思考一些特别有趣的事儿。难道是跟那桩阿尔塔米拉伯爵在他的国家策划的阴谋有关的什么逸闻奇事不成？请您给我讲讲这些事吧，我太想知道了，我会谨慎地注意自己的言行的，我发誓！"她震惊地发现，自己竟纤尊降贵地说出了这样的话。她竟向一个下人发出乞求！她感到自己越来越尴尬了，就用轻松的语气补充道："您平时那么冷静，是什么让您忽然获得灵感，变成像米开朗琪罗[1]描绘的先知那样的人了呢？"

这个直截了当、冒昧失礼的提问，又深深地刺激了于连，令他重新陷入狂态之中。

"丹东掠夺财物，难道是好事吗？"他突然说出了口，模样变得越来越凶，"皮埃蒙特[2]的革命党和西班牙的革命党让人民也参与谋反，难道是好事吗？把军中的职位以及十字勋章统统送给一些没有功劳的平庸之辈，难道是好事吗？拿到勋章的人难道不怕国王卷土重来吗？都灵古城的珍贵宝库，就这样任人抢劫吗？一言以蔽之，小姐，"他一边靠近她，满脸都是可怖的神色，一边说道，"那些想要将愚昧和罪恶全部赶走的人，就该像暴风雨般肆意破坏、杀戮和掠夺吗？"[3]

玛蒂尔德心下害怕，不敢跟他目光相触，后退了两步。她盯着他看了片刻，为自己的恐惧感到羞愧，就故作轻松地离开了藏书室。

---

1 米开朗琪罗（Michelangelo Buonarroti, 1475—1564），意大利文艺复兴盛期的雕塑家、画家、建筑师和诗人。
2 意大利北部的一个地区。
3 这里表达了于连思想的复杂性，他一方面认同自由派的观点，另一方面对大革命中的暴力、血腥有所反思。

第十章

玛格丽特王后

爱情啊！为了让我们追寻快乐，你多么疯狂！

——《葡萄牙修女书信集》

于连又把他抄录的信件复查了一遍。这时，晚餐的钟声传来了，他心想："我在那个巴黎洋娃娃的眼中是多么可笑！我为什么要把心里的想法说给她听？我真傻！但是，这件傻事或许没那么严重。在那种情况下，我讲出实情是理所应当的。

"她为什么总是来问我的隐私呢？以她的身份，这太冒失了，她真是不知礼数。我对丹东有怎样的看法，并不属于我领薪工作的一部分。"

到达饭厅，满肚子不高兴的于连看到德·拉莫尔小姐还是穿着丧服，瞬间就不再生气，他的注意力被转移了。为何家中只有她一个人穿着丧服？这更令于连好奇。

晚饭吃罢，他从整天都挥之不去的那种极度亢奋的心情中摆脱了出来。幸运的是，今天晚上那位懂拉丁文的院士也在晚饭桌上。

于连心想："倘若如我所料，主动打听德·拉莫尔小姐服丧的事会让我出丑，那么，这位院士也会是所有人中对我嘲笑得最轻的人。"

玛蒂尔德神情怪异地看着他。"这就是这个地方的女人卖弄风情的方式吧，德·雷纳夫人曾给我描述过的。"于连心想，"今天早上，我没有对她献媚，她想跟我聊天，我却没有理她。于是，在她眼中，我反而更加重要了。不用说，魔鬼肯定是永不吃亏的。不过像她这样高傲而轻蔑的人，以后肯定会对我施加报复的。好吧，我等着看她会出什么阴招。啊！我已经失去的那个女人，跟她是多么不同啊！那个女人与生俱来的个性如此迷人！如此天真！我能提前猜到她会有什么想法，然后看着这些想法成形。唯一阻挠我们关系的因素，是她对孩子死亡的恐惧，这是一种合情合理、自然而然的情感，虽然这种情感对我不利，但我也很是喜欢。那时的我真是个傻瓜，满心只想着巴黎，却不懂得欣赏曾在身边的那个崇高的女人。

"我的天啊！到了巴黎以后我都遇到了些什么呢？真是天差地别啊！这里的人们，只有冷漠和高傲的虚荣、千奇百怪的自负，除此之外，一无所有。"

人们离开了饭桌。"我的那位院士不要被人给叫走了。"于连心想。大家纷纷走向花园。于连趁机靠近院士，摆出温柔顺从的样子，发现院士对戏剧《欧那尼》[1]的成功愤慨不已，就连忙表示赞同："如果我们活在国王下道圣旨就能把人处死的时代，那该有多好！……"

"那样的话，他就不敢如此胆大妄为了。"院士叫道，同时做——

1 法国作家雨果的剧本，1830年2月25日在巴黎上演，上演期间在古典派和浪漫派之间引起了一场激烈的斗争。

了一个塔尔玛[1]的手势。

两人看到一朵美丽的花，于连援引了维吉尔的《农事诗》里的几行诗句，并且认为德利尔神父[2]的诗歌举世无双。一言以蔽之，他在想尽各种方法讨这位院士的欢心。做完这一切，他摆出一副无所谓的神情，向院士说道："我猜，德·拉莫尔小姐应该继承了某个伯父的遗产吧，所以才为他穿了丧服。"

"什么?!"院士突然站住，说道，"您是侯爵府的人，竟然不知道她的这个疯脾气? 不过，她母亲让她这么疯也是奇怪。但是，这话仅在咱们之间说说，侯爵一家身上的优点，绝不是性格刚强。玛蒂尔德小姐的脾气、性子比全家人都强，在家里她说一不二。今天可是四月三十日!"院士忽然住口不说，用狡猾的神态看着于连。于连也尽量用相同的狡猾神情报以微笑，心里却在思量："在家说一不二，穿着丧服一样的黑色裙子，这一切和四月三十日之间有何关系呢? 我真是蠢啊，完全猜不透。"

"我坦承……"他对院士说，随即闭口不语，满脸都是询问的神色。

"来吧，咱们去花园里走走。"院士说道。他心头美滋滋的，又能给人讲讲这个漫长而风雅的故事了，"天啊! 难道您不了解一五七四年四月三十日发生的事情吗?"

"在哪儿?"于连满脸惊讶。

"在格雷沃广场[3]上。"

于连很是讶异，对这个词一下子没能反应过来。他的眼睛被

——

1 塔尔玛（Francois-Joseph Talma，1763—1826），法国著名悲剧演员。

2 德利尔神父（Jacques Delille，1738—1813），法国诗人，翻译过维吉尔的诗。

3 巴黎塞纳河边的一个广场，曾是给罪犯执行死刑的场所。

好奇心点燃，闪烁出兴奋的光芒，满怀期待地等着听到一个让他激动的充满戏剧冲突的故事。这种神情是讲故事的人最喜欢看到的。院士终于碰上了一个对这段历史一无所知的人，很是开心，于是用了很长时间把这个故事讲了出来。

"一五七四年四月三十日，当时最英俊的男人博尼法斯·德·拉莫尔和他的朋友皮埃蒙特的绅士阿尼巴尔·德·柯柯纳索，在格雷沃广场被当众处以死刑。拉莫尔在当时是玛格丽特·德·纳瓦尔王后一心爱慕的情人，"院士补充说，"请注意，我们府上的德·拉莫尔小姐，全名就叫作玛蒂尔德–玛格丽特。拉莫尔与此同时还是德·阿朗松公爵[1]最宠信的人，也是纳瓦尔国王的亲密好友。纳瓦尔国王就是后来的亨利四世，迎娶了他的情妇。一五七四年封斋前的狂欢节，当时的国王查理九世[2]住在圣日耳曼[3]，他正处于弥留之际。查理九世的母亲、当时的王太后凯瑟琳·德·美第奇[4]大权在握，把两位王子如犯人般关在宫里。这两位王子是拉莫尔的好友，于是拉莫尔打算营救他们。他率领两百铁骑行进至城墙之下。德·阿朗松公爵则临阵害怕，将拉莫尔绑到了死刑台上，令其壮烈牺牲。"

"约莫在七八年前，玛蒂尔德小姐那时只有十二岁，但已经长成一个极有头脑的人物了……"院士抬头眼望星空，"那个时候，她亲口向我承认，在这场悲剧中，最令她感到触动的，是纳瓦尔的玛格丽特王后，她一身是胆，藏身在格雷沃广场的一间房

——

1　阿朗松公爵（Duke of Alençon, 1554—1584），玛格丽特王后的弟弟。
2　查理九世（Charles IX, 1550—1574），法国国王，亨利二世之子，玛格丽特王后的哥哥。
3　法国中北部城市，巴黎西部的一个卫星城。
4　凯瑟琳·德·美第奇（Catherine de' Medici, 1519—1589），法国王后，亨利二世的妻子和随后三个国王的母亲。

中，派人向刽子手要回了情人的头颅。行刑后的那个午夜，她抱着这颗头颅上了马车，在蒙马特高地下面的教堂中，亲手将头颅埋葬。"

"真了不起！"于连感慨激昂，不禁叫了起来。

"玛蒂尔德小姐看不起她哥哥，如您所见，他对这段古老的家族历史毫不在意，四月三十日这天也不穿丧服。自从这场著名的悲剧过后，为了纪念拉莫尔同那个跟他一起赴死的意大利人阿尼巴尔·柯柯纳索的友情，德·拉莫尔家族的所有男人都叫阿尼巴尔。而且，"院士压低声音补充道，"这个柯柯纳索，按照查理九世本人的说法，是一五七二年八月二十四日[1]的最残忍的杀人犯之一……不过，我亲爱的索雷尔，您怎会对这么重要的事情茫然不知呢？您啊，您可是跟这个家族同桌共餐的人！"

"原来这就是为什么德·拉莫尔小姐曾在餐桌上两次叫她哥哥阿尼巴尔。我当时还以为听错了。"

"她这么称呼，是在责备她哥哥呢。而且奇怪的是，侯爵夫人竟对这种疯事儿睁一只眼闭一只眼……这个傲气姑娘未来的丈夫可有的好看了！"

院士眼中闪烁着快乐而私密的笑意，又接连说了五六句尖酸刻薄的风凉话。于连内心颇有不快，"我们是两个仆人，却在这里诽谤主人，"他心想，"不过，这种行为出自一个学院派，我一点都不会感到惊讶。"

有一天，于连曾经看见这位院士向侯爵夫人下跪，为他的一个外省子侄乞求一个烟草收税官的位子。有个服侍玛蒂尔德的年——

1　1572 年 8 月 24 日，巴黎发生了圣巴托洛缪大屠杀，巴黎数万名天主教民对城内的胡格诺教徒进行了血腥的杀戮。

轻女仆，像当年伊莉莎那样追求于连。当天晚上，于连从她口中得知，她的女主人穿丧服的真正原因绝不是哗众取宠。在她的性格深处，有着一种顽劣与怪异的脾性。她真的爱他的祖先，那个伟大的拉莫尔，在那个时代，他是那位最具才情的皇后的挚爱情人，为了让朋友获得自由而英勇就义。这是怎么样的朋友啊！一个是大王子殿下，一个是国王亨利四世。

于连已经习惯了德·雷纳夫人一颦一笑中闪耀着的自然脱俗，觉得所有的巴黎女人都是那么矫揉造作。因此，只要他心情不好，就完全不想理睬她们。不过德·拉莫尔小姐却跟她们不同。

于连渐渐觉得，优雅美丽的举止并非内心枯燥的标志。他曾在晚饭后跟德·拉莫尔小姐畅聊过几回，两人在花园中沿着敞开的客厅窗户散步。有一天，她对于连说，她正在阅读多比涅[1]的历史著作和布兰多姆[2]的书。于连心想："她的阅读品位真是与众不同，而侯爵夫人连瓦尔特·司各特[3]的小说都禁止她读！"

有一天，她双眼闪烁着愉悦的光芒给于连讲述了亨利三世[4]时代的一个让她打心眼里佩服的年轻女人的故事，她刚刚在莱图瓦尔[5]的《回忆录》中读到了这个故事：这个女人发现丈夫对她不忠，就用匕首将他刺死了。

于连的骄傲感油然而生。这个被倾慕者包围着的女人，照那

1　多比涅（Agrippa d' Aubigné，1552—1630），法国诗人、士兵。他的史诗《悲剧》被广泛认为是其代表作。
2　布兰多姆（Brantôme，1540—1614），法国军人、传记作家、历史学者。
3　瓦尔特·司各特（Walter Scott，1771—1832），英国著名的历史小说家和诗人。
4　亨利三世（Henri III，1551—1589），金雀花王朝时期的英格兰国王。
5　莱图瓦尔（Pierre de L' Estoile，1546—1611），法国作家，日记体《回忆录》作者。

位院士的说法，在家里说一不二的女人，居然会用一种与对朋友相差无几的态度跟他聊天。

"我或许弄错了，"于连随后又想，"不是她待我亲厚，而是她需要找人倾诉。我仅仅是一个戏剧里的那种心腹的角色而已。她肯找我聊，是因为我被看作这个家里博学多闻的人。我这就去读读布兰多姆、多比涅和莱图瓦尔的书。德·拉莫尔小姐以后跟我聊到其中的什么趣闻，我就可以提出一些反对意见。我不想当被动的心腹。"

渐渐地，他越来越喜欢跟这个既强势又随意的年轻姑娘聊天了。他忘掉了自己曾经饰演的那个一心想要反抗的平民角色。他发现她博学多闻，甚至很讲道理。她在花园里跟于连聊的话题跟在客厅里说的内容大相径庭。有的时候，只要跟他在一起，她就会表现出热情直爽的样子，跟平时的尖酸冷傲形成了鲜明的对比。

有一天，她眼睛绽放着机智与热情，对于连说道："法国的英雄时代，要数神圣联盟战争[1]时期了。在那个时候，每个人为了获得心爱之物而战，为了自己党派的荣耀而战，而不是像您那个皇帝的时代那样，参加战斗只是为了卑微地获得一枚荣誉勋章。那个时候，人们不像现在这样自私和狭隘，这点您一定同意。我真爱那个时代啊！"

"是的，博尼法斯·德·拉莫尔就是那个时代的英雄。"他对她说。

"至少有人爱着他，拥有这样的爱，或许是件非常甜蜜的事

———

1 指的是1576年成立的"天主教神圣同盟"，天主教为反对新教而建立的同盟。

情呢。如今这个世界上的女人，有谁能有这个胆量，敢于抱起情人被砍下的头颅呢？"

这个时候，德·拉莫尔夫人在远处呼唤女儿。倘若想让虚伪起作用，就应该隐藏起真情实感。而于连呢，正如我们所见，他已经将自己对拿破仑的崇拜隐隐约约地给德·拉莫尔小姐讲了。

玛蒂尔德走后，于连独自留在花园里，心想："那些贵族与我们相比，有个很大的优势，他们祖上有着卓绝的历史，让他们摆脱了庸俗的感觉，他们无须为了生计颇费心力！"他内心忽然一阵凄苦，"这是多么不幸啊！我配不上谈论这些宏大的主题。我的一生就是一连串的虚伪，只因没有一千法郎的年金让我丰衣足食。"

"先生，您在这儿恍恍惚惚想什么呢？"急匆匆跑回来的玛蒂尔德问道。

于连已经厌倦了对自己的鄙夷。为了维持内心的骄傲，他将自己的想法和盘托出。他满脸涨得通红，将自己的贫穷讲给一个大富大贵的人听，确实很不容易。他力图用最为骄傲的口吻，表明他说这些并不是想要什么赏赐。玛蒂尔德此刻在于连身上发现了一种敏感而真诚的气质，这是之前没有过的。在玛蒂尔德眼中，于连从未这么魅力四射。

过了不到一个月，有一次，于连正在侯爵府花园中散步，心中思考着什么，他的脸上不再有冷酷和哲学家般的傲慢——这种表情是内心持续的自卑所导致的。他刚刚把德·拉莫尔小姐送到客厅门口，她说她刚刚跟哥哥一起跑步时扭伤了脚。

"她就那样靠在我的胳膊上，姿势很不寻常！"于连思忖道，"究竟是我自作多情，还是她钟情于我？她听我说话时，甚至当我向她承认自己因为个性骄傲而备受煎熬时，她的神情总是那么温柔甜蜜！可她对所有人都骄矜无比啊！如果在客厅里，人们看到她这种温柔的神态，肯定会瞠目结舌的。很明显，她未曾对任何人流露出这种温和善良的神情。"

于连试图不夸大两人的友情关系。他将这种关系比喻成佩带着武器做生意。每天见面，在延续前一天的彼此亲密相待之前，他们都要扪心自问："我们今天究竟是友还是敌？"于连清楚得很，只要遭到这个眼高于顶的女孩侮辱一次却没有还手的话，两人的关系就算完了，"如果最终无论如何都会与她闹翻，我一开始就应该捍卫我的正当权利、彰显我的傲气，而不是逐渐一点点地放弃尊严，引起她的鄙视之后，再去跟她对抗。"

有几次，在情绪不好的日子里，玛蒂尔德尝试着用贵族小姐的高傲口吻对他讲话。她非常巧妙地进行着这种尝试，却每次都被于连强硬地顶了回来。

还有一次，于连猛地打断了正在讲话的她，对她说道："德·拉莫尔小姐是否要对她父亲的秘书有指令下达呢？这位秘书应该唯她是从、恭敬从命，但是，除此之外，他对她没什么话好说了。他不是领着工资来跟她聊天交心的。"

两人的你来我往，还有于连的奇怪疑虑，驱散了他常常在这间豪华房屋中感到的烦闷无聊。在这间屋子里，人人如坐针毡，生怕不小心开了什么玩笑而失去体面。

"她要是爱上我的话，那就真的有趣了！不管她爱不爱我，"于连继续想着，"至少我拥有了一个如此才华横溢的女孩做自己的密友。全家人都在她面前噤若寒蝉，尤其是克鲁瓦瑟努瓦侯爵。这个小伙子礼貌、温柔、勇敢，出身显赫，家财万贯。我只要有其中一个优点，就会心满意足了！他为她痴狂，一心想要娶她为妻。德·拉莫尔先生曾经让我写了多少封信给双方的证婚人商议结婚事项啊！而两个小时之后，我这个地位低下的握笔人，竟然在花园中战胜了那个如此可爱的年轻贵族，因为她更偏爱我，这太明显和直接了。也许她将他看作未来的丈夫才对他心生恨意的吧。她这么高傲，这样做是很正常的。那么，她对我的那些亲切，是不是因为我只是个地位卑下的心腹呢？

"哦不！要么是我疯了，要么是她真的倾心于我。我感觉，我对她越恭敬和冷淡，她越是要来找我。这样做或许是她故意的，但每当我突然出现在她面前的时候，我能看到她眼睛忽然亮了起来。巴黎女人难道如此善于伪装吗？不过那又有什么关系！她如果表面上对我好，就让我先享受表面上的快乐吧。我的上帝，她是多么美丽！她那双蓝色的大眼睛常常盯着我看，从近处看，它们是多么惹人爱啊！这个春天和去年春天的差别是多么大啊！那个时候，我与三百多名伪善、肮脏、邪恶的人一起生活，多么悲惨，全靠性格力量才勉强支持下去。我几乎要变得跟他们一样邪恶了。"

有的时候，于连又会陷入怀疑，不禁想："这个年轻的姑娘或许在戏弄我。她串通他的哥哥一起来看我的好戏。但是，她是多么看不起她那个缺乏活力的哥哥啊！'他还算胆大，仅此而已，'她对我说，'他什么都想随大溜，不敢特立独行。我经常不得不替他辩护。'她只是一个十九岁的姑娘呢！年纪轻轻的她，能时时刻刻保持这种虚伪而不露马脚吗？

"此外，每当德·拉莫尔小姐用蓝色的大眼睛盯住我看，满脸奇异时，诺贝尔伯爵总是知趣地走开。这真可疑。他的亲生妹妹对府上的一个仆人如此青眼有加，他不是应该倍感愤怒吗？是啊，一个仆人，我听到德·肖纳公爵就曾这样提到我。"想起这件事情，于连一股愤怒油然而生，取代了其他的感情，"这个古怪的老公爵，总是喜欢使用过时的叫法。"

"好吧，至少她那么美丽！"于连继续想着，眼神好似一只猛虎，"我要先得到她，然后离她远去，到时候谁要想拦我，就活该他倒霉！"

这个想法在于连脑中挥之不去，以致他没法考虑别的事情。他的日子过得飞快，一天像一小时。

每时每刻，他都想找点正事来做，然而思想总是无法集中，要等一刻钟才能恢复理智。他的心怦怦乱跳，大脑一片混乱，时时刻刻都在想着："她究竟爱不爱我？"

第十一章
一个年轻女孩的支配权

我崇拜她的美，却害怕她的头脑。

——梅里美[1]

如果于连把时间都用在侯爵府客厅中察言观色，而不是惊叹于德·拉莫尔小姐的美貌或对这家人的傲慢愤愤不平（德·拉莫尔小姐则在于连面前忘了自己的傲慢），他就会弄清楚，德·拉莫尔小姐为何会对周围的人拥有那么大的支配权。倘若有人惹得德·拉莫尔小姐不快，她就会立刻回敬一句玩笑话作为惩罚。她的玩笑话分寸适度，选择恰当，表面上也不失体面，却能一击正中目标，造成伤害。你越是仔细琢磨，越会觉得受伤。它针对受伤的自尊心渐渐成了一种酷刑。那些家族中其他人如此看重和热切渴望的东西，她全都不屑一顾，因此，在他们眼中，她简直是个冷血动物。倘若你参加过权贵阶级家中的沙龙，之后偶尔在谈

1 梅里美（Prosper Merimee, 1803—1870），法国现实主义作家、剧作家、历史学家。

话间提到这点，确实是件挺愉快的事，但也仅限于此了。那些所谓的贵族礼貌，实则空虚得很，仅仅在头几天里还像那么回事。经历了最开始的心醉神秘和大惊小怪，于连慢慢也体会到了真相，他心想："所谓的礼貌，不过是不会被举止粗暴激怒罢了。"玛蒂尔德经常会心烦意乱，无论在哪里都会这样。因此，尖酸刻薄地挖苦别人，对她而言是一个消遣，一种真正的乐趣。

她之所以对德·克鲁瓦瑟努瓦侯爵、德·凯吕斯伯爵和其他几个年轻贵族青眼相加，或许是因为这些人是她尖酸刻薄的语言的牺牲品。与地位尊贵的父母、院士和五六个奴颜婢膝的下属相比，他们是更为有趣的讽刺打趣的对象。

我们这些读者很喜欢玛蒂尔德，因此也要不无遗憾地坦承一个事实，她曾经接到过这些贵族小伙子写的情书，还会时不时地给他们回信。还得赶紧补充一句，她之所以会这样做，是因为她的个性不受时代条条框框的限制。对那些高贵的圣心修道院里的女学生，我们一般不能简单粗暴地用"不够矜持"给她们贴上标签。

有一天，德·克鲁瓦瑟努瓦侯爵把玛蒂尔德前一天写给他的信还给她，因为他觉得信上的内容倘若流传出去会有损她的名声。他相信自己的这个成熟谨慎的壮举，一定会大大地讨她的欢心。但是玛蒂尔德就偏偏喜欢在信件中写一些大胆而冒犯的话，她拿自己的名誉赌博，并以此为乐。所以她连续六周都对他不理不睬。

这些年轻人的情书可以供她解闷，但她总觉得它们千篇一律，全都是什么爱得有多深、爱得有多悲伤之类的陈词滥调。

"他们把自己塑造成一模一样的完美无缺的人，好像马上就要去巴勒斯坦朝圣似的。"她对表妹说道，"您知道还有什么更加令人丧气的吗？我这一辈子收到的信只能是这样的了！人们写信的方式，根据当时的流行趋势，大概每二十年才会改头换面。在帝国时代，人们写的信一定不会如此单调乏味。在那个时代，每个上流社会的年轻人都见证过或参加过真正崇高的大事。我的叔叔德·N公爵参加过瓦格拉姆[1]战役。"

"动刀动枪还需要什么智慧呢？他们一旦有了这种经历，就会反复说个不停！"玛蒂尔德的表妹德·圣埃雷迪特小姐说道。

"嗯！不过我喜欢听这种故事。一个人只有参加一次真正的战斗，一次拿破仑的战斗，一次上千人浴血牺牲的战斗，才能证明他的勇敢。将自己置于危险之中可以让灵魂高尚，将心灵从无聊烦闷中拯救出来。而我的那些追求者却终日都沉浸在无聊烦闷中，这种无聊是有传染性的。他们之中，究竟有谁胆敢去做出点什么超凡绝伦的事情来呢？他们都渴望把我娶到手，这是一笔多漂亮的生意！我家财万贯，我的父亲也乐于提拔他的贤婿。啊！他要是能找到个稍微有趣点的女婿，那该多好！"

玛蒂尔德对万事万物都满怀激情、爱憎分明、标新立异，这很明显地影响到了她的言谈。在她循规蹈矩的朋友们看来，她常常只说一句话，就给自己的性格带来了污点。他们甚至承认，倘若她不是那么摩登前卫，她所讲的话语就显得太过辛辣，并不符合女性的温良。

对玛蒂尔德而言，她实在是对那些聚集在布洛涅森林的英俊骑士有失公正。她对未来并不恐惧，恐惧对她来说是一种激烈

---

[1] 瓦格拉姆是奥地利的一个村庄，拿破仑曾在这里战胜奥地利军队。

的感受，而她却带着一种厌恶感来看待未来，这是她这个年龄罕见的。

她到底想要些什么呢？家财万贯、出身显赫、智慧才干、容貌姿色，这一切的一切，命运之神全都拱手送给她一个人了——人们都这么认为，她自己也这么认为。

这位整个圣日耳曼区最令人艳羡的侯爵府女继承人，在开始觉得跟于连在一起散步很愉快时，就是这样的一种心理状态。她震惊于他的个性骄傲，欣赏这个小市民的随机应变。"他今后会像莫里神父[1]那样，坐上主教的位子。"她心里想。

不久以后，我们主人公用真诚而不做作的态度对她的许多想法表示抗拒，这一点令她折服不已。她认真思考，把两人谈话的细节原原本本地讲给一个闺密听，却发现怎么都无法还原他们相处的真实面目。

忽然之间，一个想法令她醍醐灌顶："我陷入爱情了，"有一天，她欣喜若狂，感受到了难以想象的内心激荡，"我陷入爱情了，我陷入爱情了，这再明显不过了！在我的年龄，一个年轻美貌、聪明伶俐的女孩，倘若不是坠入爱河，又怎能感受到这样的美妙体验呢？我努力过，但我绝不会爱上克鲁瓦瑟努瓦、凯吕斯这类人。他们是很完美，也许完美过了头，最终让我厌烦不已！"

她把曾在《曼侬·莱斯科》《新爱洛绮丝》《葡萄牙修女书信集》等书里读过的爱情描写又统统回想了一遍。当然了，这些都是伟大的爱情，那种轻佻的爱情是与她的年纪和出身不相配的。

——

1　莫里神父（Jean-Siffrein Maury，1746—1817），法国红衣主教，出身鞋匠之家。

在这之前，她仅仅使用"爱情"这个词来称呼亨利三世和巴松皮埃尔[1]时代的感情，这是一种法式的英雄主义情感。这种情感不会因为艰难险阻就停滞不前，完全相反，它会让人干出一番了不起的大事。"我没有身处像凯瑟琳·德·美第奇或路易十三的那种真正的宫廷，这真是我的不幸！我感觉自己能做出胆大包天、壮怀激烈的事情。倘若有个像路易十三那样勇敢的国王拜倒在我的石榴裙下，我还有什么事情做不出来呢？我会把他带到旺代[2]，他会从那里夺回属于他的王国，就像托利男爵常说的那样，到那时宪章就不复存在了……而且于连会协助我的。于连，他缺少什么呢？无非是贵族的身份和丰厚的财富。不过他会为自己争取到身份和财富的。

"克鲁瓦瑟努瓦这些倒是一项不缺，因此，他这辈子都只能是个公爵，是半个保皇党、半个自由党，是个踌躇不前、庸碌平凡的人，无论怎样都会屈居人下。

"有哪个伟大壮举是以庸碌平凡开头的呢？直到它最终实现，那些庸人才会愿意承认它的合情合理。是的，爱情和它产生的一切奇迹将会是我心目中的首要大事，它熊熊燃烧，将我点燃，这点我感受得真真切切。上天应当赐给我这个恩典，它给我这么多好处并不是平白无故的。我应当获得与此相称的幸福。此后我的每一天将会不同，不再是前一天简单的重复。敢于爱一个社会地位与我天壤之别的男人，这已经是一件惊世骇俗的壮举。我要看看，他究竟配不配得上我。只要他表现出一点不足，我就毫不犹豫地把他甩掉。一个如我这般出身显赫的女孩，别人都说我具备

1　巴松皮埃尔（François de Bassompierre，1579—1646），法国元帅、外交家。
2　法国省份，大革命期间曾发生旨在恢复波旁王朝的叛乱。

骑士的个性（这是父亲的原话），就不应该做事像个傻瓜。

"倘若我爱上德·克鲁瓦瑟努瓦侯爵，不就成了这个傻瓜了吗?！我是多么看不起表姐妹们得到的廉价幸福，我怎么可能做她们的复制品。她们的丈夫，那些可怜的侯爵，不用开口我就知道他们会说些什么。倘若爱情无聊到让人打哈欠，那还不如直接去当修女。我也会有个订婚仪式，就像我的小表姐那样，我上了年纪的祖父祖母会感动得一塌糊涂 ——除非对方的婚姻公证人刚刚添加了一条最新条款，让他们窝了一肚子的火。"

第十二章
他会成为丹东吗?

美丽的玛格丽特·德·纳瓦尔,我的姑母,她总喜欢自找烦恼。过了不久,她嫁给了如今以亨利四世的名号统治法兰西的纳瓦尔国王。这位惹人喜爱的公主自小就喜欢赌运气,从十六岁起,她与兄弟们发生的争吵与和解全都因为生性爱赌。然而,一个年轻的女孩子能用什么下赌注呢?那就是她最珍贵之物:她的名节,她一生中最看重的东西。

——查理九世私生子昂古莱姆公爵的《回忆录》

"于连和我没有婚约要签,没有证婚人,一切都听命于偶然,充满了英雄气概。"玛蒂尔德对于连的感情,与玛格丽特·德·纳瓦尔王后对那个时代最与众不同的青年德·拉莫尔的爱情如出一辙,唯一的区别仅仅是于连没有贵族身份。"宫里的那些年轻人都是繁文缛节的忠实拥趸,一想到越轨失礼之举,就会吓得面色苍白,这难道是我的错吗?到希腊或非洲的一趟短暂的旅行,对他们来说已经是勇武到了极点，而且他们只敢拉帮结伙地走，只要发现自己落单，就会害怕得不行，倒不是因为贝都因人[1]有长矛，而是害怕自己一个人会出丑，这种恐惧让他们发疯。

"我那可爱的于连却完全不同，他只会独来独往。这个与众不同的人，从没想过寻求别人的帮助和支援！他谁都看不起，正因为这点，我才看得起他。

"如果于连是个穷贵族的话，我对他的爱只是俗气的蠢事，是平庸的纡尊降贵，根本不包含那些可以定义为伟大激情的东西，也没有要克服的巨大困难和扑朔迷离的前途，这样的爱情，我不屑一顾。"

玛蒂尔德陷入这些美好的思考中，以至于第二天在德·克鲁瓦瑟努瓦侯爵和哥哥面前，她不住口地夸赞起连来，这连她自己都没有发现。她喋喋不休地夸了许久，终于激怒了他们。

她的哥哥叫道："要好生提防这个精力十足的小伙子。倘若革命再度袭来，他会把我们全都送上断头台，统统杀掉。"

她并不正面回答，抓紧嘲笑哥哥和德·克鲁瓦瑟努瓦侯爵对精力十足的于连的恐惧。归根结底，就是害怕意外降临，令他们手足无措……

"先生们，你们总是害怕出丑，然而'出丑'这个怪物，已经在一八一六年不幸身亡了。"

德·拉莫尔侯爵说过："在有两个党派执政的国家里，不可能会有更出丑的事情存在了。"

他的女儿明白他的意思。

1　贝都因人是以氏族部落为基本单位在沙漠旷野过游牧生活的阿拉伯人，"贝都因"在阿拉伯语中指"居住在沙漠的人"。

"因此，先生们，"她对于连的敌人们说，"你们一辈子都会活在恐惧之中，时过境迁，人们会告诉你们：'那根本不是狼，只是狼的影子而已。'"[1]

玛蒂尔德随即就走开了。哥哥关于丹东的话让她颇为憎恶，心中焦灼。然而，第二天她又将其视为最美好的称赞。

"在这个萎靡不振的时代，精力十足的于连让他们感到恐惧。我把哥哥的话讲给于连听，看他会回答些什么。但我要等到他眼睛发光的时候才跟他说。这样他就不会跟我说谎。"

"他可能会变成丹东！"经过长时间迷迷糊糊地遐想，她对自己说，"那好吧！倘若革命真的爆发了。克鲁瓦瑟努瓦和我哥哥，他们在那时会扮演什么角色呢？他们绝对会摆出那副对命运逆来顺受的高贵样子，如同英勇就义的羔羊，一声不吭地任由别人割断脖子。他们唯一害怕的是在临死时露怯，显得自己没有贵族的体面。而我那可爱的于连，只要让他逮到逃跑的机会，一定会一枪把追捕他的雅各宾党人打得脑袋开花。他才不会顾及什么体面不体面呢。"

最后这个念头让她陷入沉思。她回想起一些痛苦的经历，这些大胆的想法顿时全部消散。她想起了德·凯吕斯先生、德·克鲁瓦瑟努瓦先生、德·吕兹先生和她的哥哥的冷嘲热讽。这几位先生众口一词地批评于连总是一副修道士的样子，既谦恭又虚伪。

"不过，"她突然心中想着，眼中闪烁着快乐的光，"他们如此频繁地挖苦和取笑他，反倒表明了一点：于连是我们在整个冬

---

1 引自拉封丹的寓言诗《牧羊人和羊群》。

天所能见到的最与众不同的人。那些缺点和可笑之处又有什么重要的呢？尽管他们还算善良宽容，但于连的伟大之处让他们深受冒犯。他贫穷，为了成为教士勤学苦读，这都是事实。而他们呢？他们本来就是骑兵、上尉，根本不用学习，这多舒服啊！

"于连永远穿着黑衣服，脸上带着修道士的表情，这是他必须承受的缺点，因为他贫穷，不这样做就会饿死。尽管如此，他身上具备的优势还是让他们胆战心惊，这再清楚不过了。只要我们两个单独相处，不出几分钟，他脸上的修道士神情就会消失。当这些先生说出一句巧妙和出乎意料的话的时候，他们总是先偷眼观瞧于连，期待他的反应，难道不是这样吗？我早就看出这一点了。不过这些人心里清楚得很，只有亲口去询问于连他才会开口，否则绝不会跟他们主动讲话。他只会跟我一个人聊天，他认为我的灵魂高尚。面对那些人的意见，他仅仅是出于礼貌而略做回复，马上就又敬而远之。而跟我在一起的时候，他会争论上好几个小时，只要我提出一点相反的意见，他便不会坚持己见。整个冬天，我们之间从未发生过争吵，只用言语来吸引对方的注意。再说了，父亲这个人上人、我们整个家庭财富的顶梁柱，也对于连器重有加。其余人都对他恨之入骨，然而除了我母亲那几个道貌岸然的女教友之外，没有一个人敢看不起他。"

德·凯吕斯伯爵很爱养马，也有可能是装的。他整日在马厩中不出来，连午饭也常常在马厩中吃。这种了不起的爱好，再加上不苟言笑的习惯，让他在这些朋友之中地位颇高，是小圈子里的一只雄鹰。

第二天，这群人在德·拉莫尔夫人的安乐椅后面聚会，于连还未到的时候，在克鲁瓦瑟努瓦和诺贝尔的怂恿下，德·凯吕斯先生开始大肆抨击玛蒂尔德对于连的好感，而且没有恰当的理由，这似乎是存心的，在他一见到玛蒂尔德的时候就开始了。而玛蒂尔德立刻就明白了其中的微妙之处，顿时觉得心花怒放。

"这群人终于合起伙来了，"她心想，"共同对付一个天才，这个人穷到连十个金路易的年金都没有，只有他们主动提问，他才会愿意开口说话。这些人都怕穿着黑衣服的他，那么，倘若他戴上肩章呢？"

玛蒂尔德在辩论场上从未表现得如此出色。刚一开战，她就将幽默的嘲讽之语一个接一个地向德·凯吕斯和他的同盟者抛去。等到这些杰出的军官对于连的取笑被攻打到偃旗息鼓，她还不住口，继续对德·凯吕斯先生说："倘若明天，某个弗朗什－孔泰地区的贵族地主，忽然发现于连是他的私生子，给他一个贵族的名讳和几千法郎的财产，不到六个星期，先生们，他就会像你们一样留起小胡子，而六个月之后，先生们，他就会像你们一样，摇身一变当上骑兵军官。那个时候，他伟大的性格再也不会被你们取笑。未来的公爵先生，那个时候，我看您只剩一个陈旧而糟糕的理由来维持尊严了，那就是像你们这样的宫廷贵族凌驾于他这个外省贵族之上。但倘若我把您逼到绝境，硬是让一位拿破仑时代在贝桑松战役中被俘的西班牙公爵成于连的父亲，他出于良心不安，在临死的床上承认于连的身份，您还有什么话说？"

这些关于私生子身份假设的讽刺，在德·凯吕斯先生和德·克鲁瓦瑟努瓦先生看来是有失体面的，这是他们全部的感受了。

虽说诺贝尔平时总是让着妹妹，但她的话实在太过露骨，因此，诺贝尔脸上浮现出了一副阴沉的表情，应该承认，这种阴沉与他一贯的微笑和睦的表情很不搭配。他夯着胆子说教了妹妹几句。

"您生病了吗，我的朋友？"玛蒂尔德一脸认真地回答，"您肯定是病得厉害，才会用那番说教之词来回应这些玩笑之语。您满口仁义道德的样子，您啊！难道想要去申请当省长吗？"

玛蒂尔德很快就忘掉了满脸愠色的德·凯吕斯伯爵、一肚子脾气的诺贝尔和一声不响、陷入绝望的德·克鲁瓦瑟努瓦先生。她的脑海中忽然浮现一个至关重要的想法，她必须立刻对此做出决定。

"于连待我很真诚，"她想，"他如此年轻，身份低微，被难以估量的雄心壮志折磨，像他这样的人，需要一个女朋友。我或许能够成为他的女朋友，但他对我还没有任何求爱的意图。他生性如此胆大，按理说早就应该向我表明心迹了。"

从这一刻起，疑惑不解和踌躇不定的情绪占据了她生活的每分每秒。每次于连跟她聊天过后，她都能找出新的蛛丝马迹，用来证明他对自己是否有情。这种自我的内心交战，将经常困扰着她的烦闷无聊全部驱散了。

德·拉莫尔小姐的父亲是未来的内阁大臣，是精英人物，他将自己的林地分给了修道院。因此，德·拉莫尔小姐幼时在圣心修道院学习的时候，曾经被所有人众星捧月，大家对她阿谀奉承到了极致。然而这却造成了一个无法弥补的不幸。人们令她对一件事深信不疑：因为显赫的出身和庞大的财富，她理所应当地比任何人都要更加幸福。这种想法，就是那些皇亲国戚无聊烦闷的根源，也是他们做出所有蠢事的根源。

玛蒂尔德也未能幸免地遭受了这个看法的负面影响。她无论多么聪慧，也不可能在十岁的年纪就抵挡得了整个修道院里的人的阿谀奉承，何况这些阿谀奉承的言语，表面上看起来是如此有理有据。

不过，从决定爱上于连的那个瞬间，她内心的烦闷无聊烟消云散了。每一天，她都在为自己投身在伟大爱情中的决心暗自喝彩。"这个给我解闷的事情真是危险，"她想，"这太棒了！越危险越有趣！

"我在十六岁到二十岁的人生最美的岁月中，内心缺乏伟大的激情，终日因无聊厌倦而萎靡不振。我已经失去了那几年最美好的时光，只能通过听母亲的闺密们的胡言乱语聊以取乐，据说，一七九二年在科布伦茨[1]时，她们讲话完全不像现在这样假正经。"

玛蒂尔德终日惶惶不安，因为这种不确定的感觉，内心时常激动不已。与此同时，于连则感到越发奇怪，奇怪玛蒂尔德的目光为何常常盯着自己看上这么久。他清楚地感觉到诺贝尔伯爵对他的态度越来越冷淡，而德·凯吕斯先生、德·吕兹先生和德·克鲁瓦瑟努瓦先生对他的态度也更加傲慢。不过他早就对此司空见惯了。只要他在某个晚宴上表现出与地位不符的才华横溢，之后就会遭到这样的冷漠和傲慢的对待。晚饭后，那些留小胡子的年轻人陪着德·拉莫尔小姐去花园散步。假如没有玛蒂尔德对于连的盛情相约，假如不是这群人引起了他的好奇，他才不会跟着一起去呢。

"是的，不可能装作视而不见，"于连自言自语道，"德·拉

1　德国城市，1792年正值法国大革命期间，逃亡的法国贵族们曾在此避难。

莫尔小姐用一种奇怪的眼神看我。不过，即便在她那双美丽的蓝眼睛仿佛倾诉衷情般望着我的时候，我依然能在眼神的深处看到试探、冷酷甚至恶意。这就是她爱上我的表现吗？她的眼神跟德·雷纳夫人的眼神真的是太不一样了！"

一天晚饭过后，于连先是随德·拉莫尔先生去了办公室，之后很快回到了花园。他悄无声息地靠近围绕着德·拉莫尔小姐的那群人，吃惊地听到几句话，声音很大。那是她正在用言语折磨她的哥哥。于连清晰地听到了自己的名字被提到了两次。这时，众人发现他来了，猛地安静了下来，大家试图找个新的话题来打破这种尴尬，却没有成功。德·拉莫尔小姐和她的哥哥刚刚的讨论太过激烈了，以至于无法立刻转换到另外的谈话中去。德·凯吕斯先生、德·克鲁瓦瑟努瓦先生、德·吕兹先生和他们的一个朋友，看到于连都是一脸寒霜。于连只能知趣地走开了。

第十三章
一个阴谋

> 缺乏逻辑的言语，没有预料的相遇，对敏感多情、胸中有团火的人们而言，都能够转变为他们眼眸中最明显不过的痕迹。
>
> ——席勒[1]

次日，于连无意中又撞见了这对兄妹，发现他们依然在谈论着自己。他一到，这两人又立刻噤声，显出死一般的寂静，就像昨天一样。这奇怪的一幕引起了他无限的猜忌和怀疑。"这些殷勤客气的年轻人难道正在计划着如何戏弄我？应该承认，这要比德·拉莫尔小姐对一个穷鬼秘书产生所谓的爱情可能性更大，也更说得通。首先，像她这样的人，难道能有什么真正的爱情不成？他们所擅长的，明明是欺骗和愚弄别人才对。他们对我那可怜的口才优势深怀嫉妒之情，嫉妒是他们的特点。因此，他们在

1　席勒（Johann Christoph Friedrich von Schiller，1759—1805），德国著名诗人、哲学家、历史学家和剧作家，德国启蒙文学的代表人物之一。

谋划着什么完全可以解释得通。德·拉莫尔小姐让我相信她对我情有所钟，仅仅是想要在她的未婚夫那里寻我的开心。"

这个残酷的怀疑让于连的内心发生了翻天覆地的改变，刚刚才有的爱情萌芽，被这个想法一下子摧毁了。这种爱意仅仅建立在玛蒂尔德少见的美貌之上，或者说，是建立在她那女王般的举止和华丽的打扮之上。在这方面，于连体现出的依旧是一个暴发户的心理。可以这么说，那些聪明的乡下人进入上流社会后，首先会让他们感到惊诧的，是上流社会的美丽女人。让于连在这几天内神思恍惚的，并不是玛蒂尔德的性格。他清楚地意识到自己并不了解这种性格。他在玛蒂尔德身上所看到的仅仅是表面而已。

打个比方，玛蒂尔德无论如何也不会缺席周日的弥撒，她每次都会虔诚地陪着母亲去教堂做礼拜。倘若有人在侯爵府的客厅中忘记自己身处何地，贸然地提及一个笑话，而这个笑话冒犯到了国王或教会的利益 —— 无论是真正的利益还是假设的利益，玛蒂尔德就会立即面如寒霜。此时此刻，她那生动有趣的双眸，就会出现她家族的古老画像上的人物的那种冷冰冰的高傲神色。

然而，于连几乎可以确定，她的卧房里肯定藏着伏尔泰满含哲理的一两卷作品。于连之所以这样认为，是因为他自己也常常偷拿几本这种装帧精美的套装书。他把周围放置的每本书都打开一些，这样就掩饰了他偷拿走的那本书的空位。但是很快地，他发现还有别的人也在偷偷地阅读伏尔泰的作品。于是，他就用了在神学院里学到的伎俩，在他觉得德·拉莫尔小姐可能会感兴趣的几本书上，放几根细细的马鬃毛作为记号。而这几本带记号的书消失了足足几个星期。

德·拉莫尔先生看到书店送来的都是些虚假的回忆录，感到很不耐烦，就让于连负责购买一些稍微能够激发阅读兴趣的书来。但是为了不让这些有害的书在家中传播，他命令于连将这些书都收在他卧室的一个小书架上。不久之后，他发现，这些新书但凡稍微涉及一些反对王权或者宗教的内容，很快就不见了踪影。毫无疑问，诺贝尔是绝对不会读这些书的。

于连将自己的这一发现过分夸大了。他认为德·拉莫尔小姐是一个如同马基雅弗利那样的权谋家。在他眼里，这种狡猾诡谲别具魅力，几乎可以算得上玛蒂尔德唯一具有的性格魅力了。他之所以会有这样极端的想法，是因为对口是心非的伪道学言论感到厌倦。

对于连而言，与其说这是爱情，还不如说是被他自己的想象力所驱使的一种奇异的情愫。

德·拉莫尔小姐婀娜的身姿、完美无瑕的妆容、白净的双手、美丽的胳膊，每个动作都 disinvoltura[1]，于连陷入了对这一切的幻梦之中，才发觉自己爱上了她。于是，为了令其魅力具象完满，他将她看作蛇蝎美人凯瑟琳·德·美第奇。在他眼中，德·拉莫尔小姐的性格无比深沉而毒辣。这是他小的时候所佩服的像马斯隆、弗里莱尔和卡斯塔内德这些人的典型形象。一言以蔽之，在他看来，这就是标准的巴黎人性格。

不过，觉得巴黎人的性格深沉和邪恶，还有什么比这个想法更为可笑的呢？

———

1　意大利语：从容不迫。

"很有可能，这个trio[1]想要嘲弄我。"于连心想。只有看见于连的双眼在面对德·拉莫尔小姐的目光时流露出来的阴沉和冰冷，才会对他的性格有深入的了解。德·拉莫尔小姐两三次大胆地表达自己的友情，却被他用刻薄的讽刺顶了回去，这让她感到惊异。

于连如此突然的怪异态度，让这个年轻姑娘原本冷漠不耐烦、对机智无比渴望的心受到了莫大的刺激，她展现出本性中最为澎湃的热情。然而，她的个性中也不乏傲气，一想到自己的幸福全要取决于另一个人对自己的态度，她就会变得黯然悲伤。

于连自从来了巴黎，已经颇有长进，能够看出玛蒂尔德这种黯然悲伤的情绪绝不是因为无聊烦闷所致。她已经不像从前那样热衷参加晚会、观看表演和各种娱乐了，甚至对此避之不及。

于连在每次歌剧结束时务必都会在场。他发现，之前还觉得法国人演唱的歌曲无聊至极的玛蒂尔德，现在则尽可能频繁地跟人一起来到歌剧院。于连之前觉得玛蒂尔德的一颦一笑拥有完美无瑕的仪态，而现在则时常出现瑕疵。此外，她时不时地用尖酸刻薄的侮辱之言来回应朋友，似乎对德·克鲁瓦瑟努瓦侯爵格外厌憎。"这个年轻人肯定是太爱钱了，才会至今还没有甩掉这个有钱而任性的姑娘！"于连心想。而他自己则因为男性尊严的受辱而感到气愤，因此对她加倍地冷淡。他甚至常常用毫不客气的语言来直接回应她。

于连决心不被玛蒂尔德的示好所蒙骗，但有些日子，这种示好的表达是如此明显，于连也有眼睛，无法对她绝伦的美貌视而

———

1 意大利语：三重唱、三人行。

不见，因此常常感到手足无措，尴尬不已。

"我缺乏经验，怎会敌得过这些上流社会的年轻人的机灵和耐心？"他对自己说，"我要趁早抽身，把一切了结才罢。"就在不久之前，侯爵刚刚将自己位于朗格多克[1]的多处零散的地产和房屋交给他打理。应该出去走走了。德·拉莫尔先生勉强同意了他的这个要求。除了涉及那些政治野心的部分，于连几乎已经成了侯爵的代理人。

"归根结底，他们还是没有让我上钩。"于连一边准备这次旅行，一边心里想着，"德·拉莫尔小姐向那些人说的讥讽的言语，无论是真心的，还是为了骗取我的信任，反正我都把它们当成笑话取乐。

"倘若不是对我这个木匠儿子设下圈套，德·拉莫尔小姐的所作所为就难以解释了。但是她对德·克鲁瓦瑟努瓦侯爵的行为同样也很难理解。比如昨天，她是真的对他大发雷霆。我在她那里得到的优待，让贫穷而平凡的我赢过了这个高贵而富有的年轻人。这真是一场漂亮的胜利，它可以让我乘着邮车在朗格多克的平原上奔驰的时候满心都是欢喜。"

他对这次出行守口如瓶，玛蒂尔德却知道得比他自己都清楚：他第二天将离开巴黎，并且要离开很长时间。玛蒂尔德推说头痛，客厅里的憋闷气息更令他头疼欲裂。她在花园里长时间地散步，不住地用尖酸刻薄的玩笑话招惹诺贝尔、德·克鲁瓦瑟努瓦侯爵、德·凯吕斯、德·吕兹和其他几个在侯爵府一同用餐的年轻人，让他们悻悻而去。她盯着于连看，眼神古怪。

1　法国南部—一个旧大区，别称为"法国南部"。该大区南邻加泰罗尼亚与地中海。

"她用这种眼神看我，可能是在演戏，"于连想，"但是她呼吸急促，满脸都是慌乱，这又是怎么回事？算了吧！"于连对自己说："我是谁？怎么有资格想这些事情？她可是所有巴黎女人中最杰出、最狡猾的那个。她急促的呼吸几乎要喷到我的脸上了，这招一定是她从她如此崇拜的莱昂蒂娜·费伊[1]身上学到的。"

此时此刻，就只剩他们两人，交谈显然无法进行下去了。"不！于连对我什么感觉都没有。"玛蒂尔德心想，她难过极了。

于连向她道别之际，她用力地抓住了他的胳膊："您今天晚上会收到一封我写的信。"她的声音颤抖不停，几乎辨认不清。

见到这个情景，于连心下大为震动。

"我的父亲，"她继续说道，"对您做出的贡献有着公道的评断。明天不许走，随便找个什么理由。"说完，她就转身跑远了。

她的身姿是那么窈窕婀娜。她的步伐真是世间少有，奔跑时优雅的姿势让连的心神为之激荡。不过，究竟谁能猜到，于连眼睁睁看着这个美人消失后内心想着什么呢？他认为她临走时说的那句"明天不许走"的命令语气是对他的冒犯。路易十五也做过同样的事情，在他临终的时候，也曾因为他的主治医生笨拙地说了个"不许"而大动肝火。然而路易十五可并不是个暴发户。

过了一个钟头，有位用人交给于连一封信，这封信简单来讲，就是一封告白的情书。

"文笔倒不是特别做作。"于连自言自语。他试图用对写作风格的看法来克制内心的快乐，这种快乐让他脸部收缩，不受控制

---

1 莱昂蒂娜·费伊（Léontine Fay，1810—1876），19世纪法国著名女演员。

地大笑出声。

他在一瞬间忽然激动得无法自持，大声说道："我啊！我这个贫贱的农民，终于赢得了一位贵族小姐的心！"

"而我嘛，表现得很不错。"他尽可能压抑着内心美滋滋的感觉，继续说，"我懂得如何保持性格上的尊严，从没承认过我爱她。"他开始细看起信上的字迹风格来，德·拉莫尔小姐写了一手漂亮的英式花体字。他迫切需要活动活动，消耗一下体力，才能令他从欣喜若狂的幸福中稍微分一下心。

您要离开，这让我不能再隐瞒……无法再见到您，一想到这儿我就全身无力……

有个念头仿佛一个新的发现，让于连激动不已，他停止了对这封信的研究，内心的愉悦瞬间倍增。"我赢过了德·克鲁瓦瑟努瓦侯爵，"他喊道，"我是个只讲死板的正经事的人，而他却如此英俊！他有漂亮的小胡子、迷人的军装，总能适时地讲出一两句机智又漂亮的话。"

于连尽情享受着这无比甜蜜的一刻，他肆意在花园中游荡着，幸福得发狂。

不久之后，他上楼来到办公室求见德·拉莫尔侯爵。幸好侯爵在家没有外出。他给侯爵出示了几份来自诺曼底的文件，轻易地表明了诺曼底的诉讼需要他处理，因此必须推迟出发去朗格多克的时间。

"您不走了，我很开心，"两人谈完正事之后，侯爵对他说，"我很喜欢您在我身边。"于连离开了办公室，侯爵的这句话让他感到为难。

"他对我这样好，而我却一心想去勾引他的女儿！可能还会破坏她跟德·克鲁瓦瑟努瓦侯爵的婚事。这件婚事对他的晋升大有帮助，即使他无法升为公爵，至少也能让他的女儿有凳子可坐。[1]"那一瞬间，于连有个想法，不管玛蒂尔德的情书，也不管刚刚给侯爵的解释，直接动身去朗格多克。不过，这良心的谴责如闪电一般，很快就消失了。

"我心地可真好，"他对自己说，"我这个平民老百姓，居然对这样一个贵族人家心生怜悯之情！德·肖纳公爵叫我仆人！而侯爵又是如何积累家中的巨额财富的呢？倘若他在宫中获得第二天政变的消息，就会马上把手头的公债卖掉大赚一笔。可我呢？老天待我如同继母一般，让我拥有一颗高贵的心，却没有上千法郎的年金，也就是说，我连面包都没有吃，而我竟打算拒绝唾手可得的快乐！在我正艰难地穿过灼热而平庸的沙漠时，有一汪清泉令我解渴。我怎会如此地傻！在人们称之为'生活'的这个自私自利的沙漠之中，人不为己，天诛地灭。"

此时此刻，他的脑中浮现德·拉莫尔夫人和她那些贵妇朋友向他投来的充满轻蔑的眼神。

而在德·克鲁瓦瑟努瓦侯爵那里获胜的愉悦，彻底地盖过内心的道德感。

"我多么希望能看见他大发雷霆啊！"于连想，"我满心确定，现在就能给他一剑。"他摆出了击剑的反击姿势，"在这以前，我不过是个穷读书的，卑微地自以为有点勇气。而在看到这——

1　在法国宫廷，公爵以及公爵夫人以上地位的贵族，在拜见国王和王后的时候，有坐在凳子上的特权。

封信之后，我与他平起平坐了。"

"是的，"他感到一阵无休止的欢愉，慢悠悠地想着，"我和侯爵两个人的价值，已经分出了孰轻孰重，汝拉山出来的穷木匠最终大获全胜。"

"太好了！"他叫着，"在回信上我就这样署名。德·拉莫尔小姐，您不要觉得我忘记了自己的身份。我要让您清楚地明白和感觉到这一点，您为了一个木匠的儿子，而背叛了鼎鼎大名的居伊·德·克鲁瓦瑟努瓦的后代，他的祖先曾经随同圣路易[1]的十字军东征。"

于连的快乐简直无法抑制。他一直把自己锁在卧室中，那里太小了，无法畅快地呼吸，于是他下楼到花园中来。

"像我这样的汝拉山穷木匠出身，"他不断地对自己重复道，"注定一辈子无法脱下这阴森森的黑道袍！唉！倘若二十年之前，我会像他们那样，身穿戎装！那个时候，像我这样的人，不是战死沙场，就是成为三十六岁的将军。"这封信被他紧紧地攥在手中，让他觉得自己的身形陡然高大起来，自己拥有了英雄的气魄，"不过，如今的年代，穿着黑道袍，到了四十岁就能获得一万法郎的薪金和蓝色绶带，就像博韦[2]的主教先生那样。"

"好吧！"他像靡菲斯特[3]那样笑着，心里想道，"我比他们更加聪明，知道如何选择这个年代的戎装。"他觉得内心的雄心壮志在蓬勃生长，对教士服的依恋也就更深了，"那些红衣主教，生在比我还要贫困的家庭，却执掌了大权！比如我的同乡格

---

1 法国国王路易九世，中世纪功绩最卓著的法国君主之一。
2 法国瓦兹省省会，主教府所在地。
3 在浮士德传说中出现的邪灵，此后在其他作品中成为代表恶魔的定型角色。

兰维尔[1]。"

渐渐地,于连不怎么激动了,他安静了下来,回到了谨慎小心的防备中。他自言自语地说着,仿佛变成了他的导师达尔杜弗[2],讲出了那些烂熟于心的台词:

我将这些语言看作诚实的诡计,

……

丝毫不会相信这些甜言蜜语。

除非她能给我一点我所追求的恩惠,

才能让我确定承诺的一切。

——《达尔杜弗》第四幕第五场

"达尔杜弗都在女人手上栽了跟头,换作其他人也一样……我写的回信可能会被示众……咱们要好生找个办法解决,"他缓慢地自言自语,不由得露出了残忍的口吻,"咱们要在回信的开头,将高贵的玛蒂尔德的情书中那些最生动的句子再复述一遍。

"对的,不过德·克鲁瓦瑟努瓦先生的仆从会向我扑来,抢走她的情书原件。

"不,我会装备上枪,正如人人都知道的那样,我曾向仆人开过枪。"

"好,他们之中要是有人胆敢向我冲来——是因为有人许诺

---

1 格兰维尔(Antoine Perrenot de Granvelle,1517—1586),红衣主教,生于贝桑松,神圣罗马帝国皇帝查理五世的大臣。
2 莫里哀的代表喜剧作品《达尔杜弗或者骗子》(又译为《伪君子》)中的主人公,法国伪君子的代表形象。

拿一百个拿破仑币[1]奖赏他——我就会把他打死或打伤，这就好极了，他们正希望如此。他们可以天经地义地将我关进监狱，把我送上轻罪法庭接受审判，法官公平、公正地判决之后，将我投入到普瓦西监狱[2]，去跟方丹先生和马加隆先生[3]做伴，让我每晚跟四百个乞丐睡在一起……而如今我居然怜悯起这些意欲加害我的人了！"他猛地站起身子叫道，"当这些家伙抓住第三等级的人的把柄时，难道会怜悯他们吗？"这句话让于连对德·拉莫尔先生的感激烟消云散了，此前这种情感一直令他不由自主地备受折磨。

"不要着急，贵族老爷们，我懂得这种不着痕迹的狡诈手段，韦里叶城的马斯隆神父或者贝桑松神学院的卡斯塔内德先生也同样擅长此道。倘若你们把这份挑逗的情书夺走，我失去了凭证，就会成为第二个科尔马的卡隆上校[4]。

"等一等，先生们，我要把这封生死攸关的信件装在火漆封口的小盒中，寄给皮拉尔神父，让他替我保管。他是个正人君子，是冉森派的教徒，这样的人是不为金钱所动的。对的，不过他会把信拆开来读……我还是把信寄到福盖那里去吧。"

必须承认，此时此刻，于连眼露凶光，面部表情也是可憎的，露出了显而易见的罪恶。这是个跟整个社会做斗争的可怜虫。

"拿起武器来！"于连叫喊。他一步就跳下了侯爵府邸门前的台阶，随后走进了街角的一家代人写文书的铺子。他的那副样——

---

1 有拿破仑头像的法国旧金币，值20法郎。
2 塞纳河边的大型监狱。
3 两位作家，因为讽刺复辟王朝而被判刑。
4 卡隆上校（Augustin Joseph Caron, 1774—1822），忠于拿破仑的军官，策划军事行动被告发，最终被判死刑。

子把里面的人给吓坏了，"把这个抄写下来。"于连把德·拉莫尔小姐的信交给抄写员，对他说。

抄写员埋头工作的时候，他动笔给福盖写了一封亲笔信，请求他为自己保管一件珍贵之物。突然间，他停下了笔，心里想："邮局的小黑屋[1]会拆开我的信进行检查，把你们寻找的信交给你们……这可不行，先生们。"他走进一家新教徒开的书店，购买了一本硕大的《圣经》，把玛蒂尔德的情书精心地藏在封套之中，打好包，由邮车寄出，收件人写的是一个福盖手下的工人，在巴黎没人认识他。

一切搞定，他愉快而灵活地走回了侯爵府。"现在，就看咱们的啦！"他锁上房门，把衣服扔在地上，大声地喊道。

他开始给玛蒂尔德写回信："怎么！德·拉莫尔小姐通过她父亲的仆人阿瑟纳之手，转交给汝拉山的一个贫穷木匠一封诱惑力十足的信，毫无疑问，这是在对他的单纯进行戏弄和打趣……"他随后把那封情书中的明确无误的句子又抄写了一遍。

于连的这封回信措辞之精彩利落，与他的好友、外交家德·博瓦西骑士的外交辞令相比也毫不逊色。写完信后，才十点钟，于连沉浸并陶醉在幸福感和对自己力量的确信中，这种感觉对一个穷小子来说真的是前所未有。他走进意大利歌剧院，听他的朋友杰罗尼莫纵声歌唱。这歌声让他感到从未有过的兴奋难抑。他简直成了一个神。

---

1 "小黑屋"是当时复辟王朝在各地邮局建立的截获信件的政府机构，以保护收信者为由，翻查涉及外交和政治的信件，是王朝建立邮政垄断制度的主要原因之一。

第十四章

年轻姑娘的内心

> 有多少的不知所措！多少的不眠之夜！伟大的神！我要如此地轻视自己吗？连他也会轻视我。然而他却离开了，远去了。
>
> ——阿尔弗雷德·德·缪塞[1]

为了写这封信，玛蒂尔德经历了强烈的内心挣扎。从她具有自我意识开始，高傲不羁就在她的心中占据着统治地位。然而，不管她是如何对于连产生好感的，这种好感很快就赢过了她的高傲之心。有生以来第一次，她那骄傲冷漠的心灵被炽热的激情牢牢地控制。不过，即使骄傲被情感战胜，她依然保留着骄傲的习惯。可以说，这两个月来，这两种情感在她内心激烈斗争，令她产生了前所未有的感受，让她的心灵有了天翻地覆的改变。

玛蒂尔德觉得幸福就在眼前。这种憧憬对于勇敢的心灵来

1　阿尔弗雷德·德·缪塞（Alfred de Musset，1810—1857），19世纪知名的法国贵族、剧作家、诗人、小说作家。

说，具有无穷的力量。只有聪明灵慧的头脑才配得上这种向往，需要和个人尊严以及一切庸俗的责任感做漫长的争斗。有一天才刚刚早上七点钟，她就走进母亲的卧室，央求母亲允许自己去维勒基耶散散心。侯爵夫人根本不想搭理她，让她快回屋睡觉。这是玛蒂尔德向传统观念和保守的思想做出的最后一次妥协。

她并不担心做错事，也对被凯吕斯、吕兹、克鲁瓦瑟努瓦等人奉若神明的繁文缛节不屑一顾。在她看来，这些人根本无法了解她，只有购买马车或者地产的时候，她才会询问他们的意见。她真正的恐惧，是于连不喜欢她。

"也许他仅仅是看上去像一个杰出人物？"

她对软弱没有个性的人很是瞧不起，正是这唯一的理由，她才会鄙视那些围在她身边的英俊小伙子。他们越是流露出优雅的表情、嘲笑那些不够时髦或者装时髦失败的人，她就越看不上他们。

"他们倒是很勇敢，但没有别的了。不过，这又是怎样的勇敢呢？"她自忖道，"在决斗中表现得勇敢而已。但是如今，决斗仅仅变成了一项仪式。所有一切都事先说明好了，甚至连倒下去该说些什么话，他们都心知肚明。受伤者躺在草地上，手放在心口，要大度地宽恕对手，还应该给一位美女留下一句话，这位美女常常是虚构出来的，她怕引起怀疑，在他决斗而死的那天去参加舞会了。

"他们敢于为钢铁盔甲闪闪发光的骑兵长而冒险，但是面对那种需要单独应付的、特殊而意外的、真正凶恶的危险，他们还会这么勇敢吗？"

"唉！"玛蒂尔德自言自语，"只有在亨利三世的朝堂之上，才能出现那种性格与出身同样伟大的人啊！如果于连在雅尔纳克[1]或者蒙孔图尔[2]效过劳，我就不会对他再有什么疑心了。在那个血与火的时代，法国人可不是贪生怕死之辈。乱世纷争的岁月，可不能有半点犹豫。"

"那个时代的人们，不像埃及木乃伊那样，永远被困在千人一面的束缚中。是的，"她补充道，"那个时候，深夜十一点钟从阴险的凯瑟琳·德·美第奇王后居住的苏瓦松府走出来，单独一个人回家，比今天独自跑到阿尔及尔去更加危险，需要更多真正的孤勇。那个时代，人的一辈子就是由一连串惊心动魄的险境构成的。而现在，社会文明已经把所有的惊心动魄驱赶走了，不会再有突如其来的危险。如果有人在头脑中向往那些危险，就会出现无穷无尽的冷言冷语对其嘲讽。如果有人做出勇武之事，人们就会感到恐惧，并且用卑鄙手段对付他。不管恐惧让我们做出怎样的过分之举，都可以获得原谅。啊，这个堕落又令人郁悒的时代啊！倘若一七九三年，博尼法斯·德·拉莫尔把被砍下的脑袋伸出坟墓之外，看见他的十七个子孙仿佛小羊羔一样任人捆绑，准备两天后斩首示众，他会说什么呢？死亡是必然到来的，但倘若死前为了自保，杀死了一两个雅各宾党人，却会被批评失去了贵族的体面。啊！倘若在博尼法斯·德·拉莫尔的那个英雄时代的法国，当上骑兵上尉的人会是于连，而我的哥哥呢，则会成为温良恭俭的年轻教士，眼中充满机灵，嘴里都是道德仁义。"

就在几个月前，玛蒂尔德还心灰意冷，不再对遇上一个与众

---

1 法国西南部夏朗德省小城，亨利三世曾在此击败胡格诺派军队。
2 法国维埃纳省村庄，亨利三世曾在此击败胡格诺派军队。

不同之人怀有期待。她肆无忌惮地给上流社会的男青年写信，并从中取乐。这个年轻女孩不合时宜的轻浮和放肆，在德·克鲁瓦瑟努瓦先生的眼里，在她的外祖父德·肖纳公爵和整个肖纳府的眼里，不啻一种不自爱的表现。他们看到这桩正在筹备的婚事被终止，一定想知道个究竟。那些心无定所的日子里，玛蒂尔德写信的时候，甚至都不会睡觉。但那些信统统都是给别人的情书的回复。

而如今，她竟然鼓起勇气表达自己的爱意。她主动地（多么可怕的字眼）给一个位于社会最底层的人写信。

倘若被人发现，这对她来说将是永恒的耻辱。母亲请来家中做客的那些贵妇人，谁敢站在她那边替她说话呢？爱嚼舌根的她们，有什么理由不会出去将风言风语传上一个遍？

有些话，连说都不应该说，更何况将它们写了下来！拿破仑在得知拜伦战役失败的时候曾大声疾呼："有些事情是不能写下来的。"而且这句话偏巧是于连之前讲给她听的，就好像事先给她的一个警告。

玛蒂尔德深深地明白，写信给一个与克鲁瓦瑟努瓦、吕兹、凯吕斯之流迥然不同的人，会给她所在的上流社会造成可怕的影响，侮辱了她高贵的社会等级，令她身上沾染无法消除、永远被人诟病的污点。不过这一切还都不算什么，玛蒂尔德可以对此完全不管不顾，她的焦虑另有原因。

于连这个人，心思深沉，高深莫测，即使与他保持朋友关系，也会令人惴惴不安。而她居然想让于连当她的情人，或者当她的主人！

"有朝一日，倘若他完全拥有了我，还会有什么打算呢？好吧！我要像美狄亚[1]那样对自己说：'就算被重重危险包围，我也要保持本色。'"

玛蒂尔德觉得，于连对尊贵的血统没有丝毫的崇敬之情。更甚之，他可能根本都不爱她。

玛蒂尔德苦思冥想、疑虑重重，最终，一种女性的骄傲在心中复现。"像我这样的女孩，理应具有不寻常的命运！"她心烦意乱地叫了起来。从小就养成的自尊、自傲与道德感展开了交战。正是在这个时候，于连将要动身离开的消息传到她的耳中，加速了两人的关系进展。

（世上像他们这般性格之人着实不多，也算是万幸了。）

夜已经很深了，于连使了个手段，叫人把一个沉甸甸的旅行箱送到楼下的门房里，他叫来的那个搬运工正在追求德·拉莫尔小姐的贴身女仆。"这个花招或许不会收到任何效果，"他对自己说，"但如果成功了，就会让她觉得我真的要走了。"这个恶作剧之后，他乐滋滋地睡着了。而玛蒂尔德则整夜都没有闭眼。

次日一大早，于连趁无人发现，偷偷溜出了侯爵府，然而在八点之前他就回来了。

他刚进入藏书室，就发现德·拉莫尔小姐在门口出现了。于连把回信递给了她。他想，为了不把气氛弄僵，至少要跟她说上两句话，但是德·拉莫尔小姐不等他开口就走远了。于连反而松了一口气，他也不知道该与她聊些什么。

"倘若这不是和诺贝尔伯爵串通好戏要我的恶作剧，那么很明显，我充满冷酷的眼神，点燃了这个身家显赫的姑娘对我的古

---

1 希腊神话中的人物，岛国科尔喀斯的公主，伊阿宋（以及埃勾斯）的妻子，也是神通广大的女巫，以勇武果断著称。

怪华丽的爱慕。如果我对这个金发高贵的洋娃娃产生什么兴趣的话，那我就会觉得自己傻透了。"想到了这一层，他表现出了从未有过的冷静和善于盘算。

"在这场蓄势待发的战斗中，"他接着想，"高贵身份带来的骄傲，仿佛是一座高地，一座横亘在我和她之间的堡垒。我一定要耐心筹划，将其攻陷。这次选择留在巴黎真是大错特错，听她的话推迟出行，让我处于被动的地位。如果这是针对我的恶作剧的话，则更加危险了。倘若我一走了之，就不会有什么危险。如果这是圈套想引我上钩，我不管不顾地离开，正好借此嘲笑他们。如果她对我的爱意是真的，我走以后，她的爱意也会百倍地增加。"

德·拉莫尔小姐的信让于连的虚荣心得到了极大满足，以致一时间目中无人起来，竟然忘了琢磨暂时离开的好处。

对自己所犯的错误极端地敏感，这是他性格里的致命弱点。这次的小小失算让他内心十分不快，足以令他忽略了之前那难以置信的胜利。约莫九点，德·拉莫尔小姐出现在了藏书室门口，扔给他一封信后就跑远了。

"得了，看来这事儿变成一部书信体小说了。"他心里想着，捡起了信，"敌人这是在做假动作呢，我要用冷漠和道德感来应战。"

在信上，玛蒂尔德要求于连立刻给个确切的答复，字里行间十分倨傲，却让于连内心更加愉悦了。在回信中，于连用了足足两页纸，快乐地嘲讽了那些想要看他笑话的人，在末尾又开了一个玩笑，宣布说他决定第二天早上就动身出发。

信写好后，他心想："就在花园里把信给她吧。"于是他去了花园。在花园中，他看着德·拉莫尔小姐闺房的窗子。

闺房位于二楼，就在她母亲卧室的旁边，一楼和二楼中间还有一层很高的中二楼。

因此，二楼就已经很高了。于连拿着信，在菩提树下的小路上踱步。从德·拉莫尔小姐的窗口看不到他的身影，因为修剪整齐的菩提树形成的拱顶遮挡住了视线。"我是怎么了？"于连生气地想，"怎么又在犯傻了！如果他们一心想嘲弄于我，看到我手里拿着一封信在这里徘徊，一定会得意坏了。"

诺贝尔的房间就在妹妹的闺房上面，于连倘若走出修剪整齐的菩提树的树冠，他的一举一动都会被伯爵和他的朋友们看在眼里。

这个时候，德·拉莫尔小姐的身影出现在玻璃窗后。于连把信半掩着向她示意，她点了点头，于连马上奔向自己楼上的房间，在主楼梯遇见了德·拉莫尔小姐。她用一种无可挑剔的从容态度取走了信，眼睛中满是笑意。

"可怜的德·雷纳夫人，直到我们建立爱情关系的六个月后，她才敢于从我手里接过第一封信，"于连心想，"那个时候，她的眼睛里蕴含了多少热烈的情感啊！我敢相信，这一辈子她都没有这样眼带笑意地看过我。"

至于德·拉莫尔小姐，除了眼中含笑之外就没有什么清晰的表示了，是因为她觉得这件事太过肤浅而感到羞耻吗？"但是，"于连继续想着，"她早上穿的裙子是那么优雅，她的身姿仪态是如此婀娜绰约，她真是与众不同的人物啊！一个有品位的人士，在二十步之外就能通过德·拉莫尔小姐的外貌猜到她在上流社会中的地位。这就是人们所说的超群绝伦吧。"

于连内心说着笑话打趣，却没有承认自己的真正想法：德·雷纳夫人没有像德·克鲁瓦瑟努瓦侯爵这样的人为之赴汤蹈火。于连当时的情敌，只有那个卑鄙的专区区长夏尔科先生，他擅自占用了德·莫吉隆这个姓，因为姓德·莫吉隆的人已经绝迹了。

到了五点钟，于连收到了第三封信。玛蒂尔德从藏书室门口把信扔给他，随后又快速地跑走了。"真是得了写信成瘾症了！"于连笑着心想，"明明面对面的聊天是那么方便！很显然，这是因为敌人想要保留我亲手写的信，而且不止一封！"他慢腾腾地打开这封信，"该不会又是些华丽辞藻吧。"他一边心里想着，一边阅读上面的文字，忽然间，他的脸苍白如纸。信上只有几行字：

我想跟您聊聊，就在今晚，我必须跟您说说话，在深夜一点钟的钟声敲响时，请到花园中来。把花匠靠在井口的长梯子搬来，靠在我卧室的窗口上，然后顺着梯子爬到我屋里。今晚月色很亮，不会有事。

第十五章

莫非这是个陷阱？

啊！一个了不起的计划，从策划到实现，中间的
等待是多么残酷！多少无谓的恐惧！多少无助的踌躇！
这简直生死攸关。不仅仅是生死，还关乎荣耀！

——席勒

"事态更加严重了，"于连心想，"而且太过明显，怎么！这
位美丽的小姐本可以在藏书室里跟我说的，多谢上帝，她有完全
的自由做这件事，侯爵怕我找他核对账户，从来不到藏书室里
来。怎么！德·拉莫尔先生和诺贝尔伯爵，唯有他们才会到这里
来，然而这二人却整天都不知所终。他们何时回到府邸，人人都
可清晰地得知。而高高在上的玛蒂尔德，即使是皇亲国戚向她求
婚也不过分，她却让我做如此胆大妄为的事情！

"很清楚，是有人想给我设下圈套，或者至少是想看我的笑
话。他们起先是想利用我的信来毁掉我，可我在信中措辞谨慎。
那好！他们现在需要当场抓我的现行。这些漂亮的年轻先生觉得

我不是太傻就是太自命不凡。见鬼！今晚的月光简直是全世界最亮的，爬梯子上两丈五尺高的二楼，哪怕是临近楼上的人，都能把我看得一清二楚。我在梯子上的那副模样，一定好看得很！"于连上楼回房，一边吹着口哨，一边收拾行李。他决定不写回信，就此动身离开。

但是这个看似明智的决定并没让他内心平静下来。一个想法忽然袭上心头，他随即合上了箱子："万一玛蒂尔德是真的在约我呢？那样的话，我在她的眼中就变成了一个真正的孬种了。我出身贫寒，因此必须拥有伟大的品质，真金白银的品质，这种品质不是善意的假设，而是需要鲜活的行动来证实……"

他思考了一刻钟。"根本无须否认，"他最后想，"我在她眼中就会是个孬种。我不仅会失去在德·雷斯公爵的舞会上人人夸赞的、上流社会中最为闪耀的美人，而且还会失去战胜德·克鲁瓦瑟努瓦侯爵的快乐，他可是公爵之子，将来也会成为公爵。他这个迷人的年轻人，有着我不具备的一切优点：随机应变的机智、显赫的出身、富有的财产……

"这个悔恨将一生与我如影随形，不是因为她，情人并不难找，不过，就像老唐·狄哀格[1]说的那样，'唯有荣誉独一无二！'

"如今，毋庸置疑，我遇到人生第一个危险就想临阵脱逃了。之所以说第一个危险，是因为之前跟德·博瓦西先生的决斗仅仅是场玩笑而已，而这次则迥然不同。我也许会被某个仆人一枪命中，但这不足畏惧，最可怕的是，我可能会名誉扫地。"

---

1 法国剧作家高乃依的悲剧《熙德》中的人物。

"这下事态严重了，我的孩子，"他学着加斯科涅人[1]的口音，内心不无欢快地说，"这是关乎名誉的大事。像我这样被命运贬低到如此程度的可怜虫，绝不会再有如此的机会了，以后的我或许还会得到美人的眷顾，但怎么也不会胜过这次了……"

他思虑万千，焦灼地踱来踱去，又不时停下脚步。他的房间里放着一座红衣主教黎塞留的十分精美的大理石胸像，不知不觉地吸引了他的视线。这座半身雕像仿佛正在用责备的目光望着他，批评他缺乏法国人性格中天生具有的大胆果敢。"伟大的人物啊，倘若在你的时代，我还会这样踌躇吗？"

"往最坏处考虑，"于连最后对自己说，"假设这一切都是圈套，那对于一个姑娘来说，未免也太心狠手辣了，会影响她的声誉的。他们知道我不是个守口如瓶的人，所以一定会杀人灭口。倘若在一五四七年、博尼法斯·德·拉莫尔的那个时代，他们会这样做，但是如今他们决计不敢如此胆大妄为。现在的这些人跟之前不同了。德·拉莫尔小姐是如此招人妒恨，不出一天，她的丑事就会在四百个沙龙里扩散开来，成为大家的笑谈！

"仆人们也在私下里议论我所获得的偏爱，我清楚得很，我听见过……

"不过，她写给我的那些信，他们以为我随身携带着它们。我将会在她的闺房中被他们擒住，然后信全部被抢走。天知道我要对付几个人，两个、三个或是四个？不过他们能去哪里雇来这些人呢？在巴黎，究竟哪里才能找到谨慎保密的仆人呢？他们都害怕法律的严惩……当然啰！也可能是凯吕斯、克鲁瓦瑟努瓦、——

1　加斯科涅是法国西南部的一个地区，也是历史上的一个行省，这里的方言是独特的加斯科涅语，与法语颇为不同。

吕兹这些人亲自出马。他们一定非常期待看到我在他们面前丑态百出。秘书先生，小心不要重蹈阿贝拉尔[1]的覆辙！

"那敢情好！先生们，你们身上会留下我的伤痕，我会朝着你们的脸痛击，像恺撒的士兵在法萨罗[2]那样……而那些信件，我会妥善安置的。"

于连将最后两封信各抄了一份，同样都藏在藏书室中伏尔泰精装全集的其中一本里，而信件原件则亲自送到邮局寄走。

当他返回的时候，内心惊惧不已，心想："我要去做一件怎样的疯事啊！"他不愿面对今夜将要去做的大事，犹豫了一刻钟的时间。

"不过，倘若我拒绝了，我一定会看不起自己的！此后一生，这件事会成为我最大的疑问，对我来讲，这种疑问是所有痛苦中最折磨人的一项。当时面对阿曼达的情人我没敢上前，此后对这件事的疑问就深深困扰着我。对于明明白白的罪行，我倒是可以坦然接受，一旦认了罪，我就不用再去思前想后了。"

"什么！我要跟一个拥有全法国最尊贵的姓氏的人一较高下，而我却心甘情愿地甘拜下风，这怎么行！归根结底，不去就是孬种。有这句话就行了！"于连叫道，站起身来……"更何况，她还长得那么美丽！

"如果这不是她有心戏耍我的话，那她为了我做出的是多么疯狂的事啊！……如果这是个圈套，好吧！先生们，这个玩笑会导致什么严重后果，那将全由我说了算，我会把事情搞大的。——

1　法国著名神学家和经院哲学家，一般认为他开概念论之先河。曾经爱上17岁的巴黎少女爱洛绮丝，后来，其叔父教士菲尔贝尔密谋找人对其施以宫刑。
2　希腊境内的古城，恺撒大帝在此大败庞培。庞培士兵多英俊少年，恺撒命令自己的士兵朝他们脸上攻击，士兵怕被毁容，纷纷逃走。

"但是，倘若我一进屋的时候，他们就把我的胳膊捆起来，又该怎么办呢？他们有可能早已设下了机关埋伏。"

"这就像一场决斗，"他笑着自言自语，"我的剑术教师说过，击剑就是见招拆招，但是善良的神想要快点结束，就会让其中一个人忘记招架。此外，看看我要用什么对付他们。"他从口袋里掏出手枪。尽管火药是满的，他还是重新换了一次。

还要再等几个钟头。为了找点事做，于连就给福盖写信："我的朋友，若非必要，请不要将所附的信件拆开，只有听人说我遭遇不测，再把信拆开。到那时，涂掉这份手稿上的人名，抄写八份，分别寄给马赛、波尔多、里昂、布鲁塞尔等地的报社。等上十天，把这份手稿印制出来，寄给德·拉莫尔侯爵一份，再等半个月，就在夜间将其余的分发在韦里叶城的街头巷口。"

这封只有发生意外福盖才能拆开的信，是于连用故事的形式所写的、篇幅很短的自辩书。于连尽可能不将德·拉莫尔小姐牵涉在内，却把自己的处境淋漓尽致地描绘了出来。

他刚把信件打包好，晚饭的钟声就响起了，这让他的心脏狂跳不止。他还沉浸在刚刚信中所写的故事里，内心充满了悲剧性的预感。他仿佛看到了自己被仆人擒获，五花大绑，口中塞物，扔进地下室。一个仆人看守着他，倘若这个显贵的家族为了保住名誉而不惜让悲剧发生，可以轻而易举地灌他毒药，不留痕迹地就把一切摆平。人们会把他的尸体抬到他的房中，并宣称他因病暴毙。

于连仿佛是个悲剧作者，被自己的故事深深打动。他走进饭厅时，内心着实有些发怵。他逐一观察这些衣装笔挺的仆人，挨个地端详他们的表情。"究竟是哪几个人被挑选出来今晚抓我呢？”他心想，“这个家庭里的人对亨利三世宫廷的往事记忆犹新，常常提及。他们倘若自觉身份受辱，会比别的同样身份之人更加果断狠辣。”他盯着德·拉莫尔小姐的脸，想从她的眼神中搜寻一些蛛丝马迹，以了解这家人有什么打算。不过她脸色苍白，仿佛是个中世纪的美人，喜怒不形于色。于连发现她从没有过这样的气场，从没有这样真真切切地美丽庄重。这一瞬间，他几乎坠入了爱河。“脸色苍白，证明心有所图。”他用意大利文自言自语。

晚饭过后，他佯装在花园里散步了许久，但是白费心机，德·拉莫尔小姐根本没有出现。倘若此刻能跟她说说话，或许可以卸下心头的大石。

他确实害怕了，有什么不敢承认的呢？既然他已经下定决心行动，这种恐惧就没什么值得羞耻的。“只要在行动的时刻表现英勇就够了，”他对自己说，“我现在感觉如何，又有什么重要的呢？”他去实地勘察，掂量了梯子的重量。

“梯子真是我命中注定要使用的工具！”他自嘲地想，“就像在韦里叶城那样。不过，两者多么不同啊！”他长叹一声，补充道：“那个时候，我不用怀疑我为之冒险的对象。而且两次所面临的危险也完全不同。”

“倘若我在德·雷纳先生的花园里被杀，我的尊严没有丝毫的丧失。他们会轻易地宣布说我死因不明。而在这里，在德·肖纳府、德·凯吕斯府、德·吕兹府或别的什么尊贵的府邸的客厅里，会有多少可恶的闲言碎语流传出去啊！在后世人眼中，我会变成一个魔鬼。”

“不消太久，两三年就够。”他内心充满自嘲，笑着对自己说，这个念头让他沮丧不已，"别人想要帮我说话，又能根据什么呢？假设福盖按照我说的，把我留下来的手稿印了出来，也仅仅是为我增加一项罪行而已。什么！我被一个人家好心收留，作为他们对我的殷勤款待和好心关怀的报答，我写了一篇手稿揭露这家的隐私，还让人印出来四处分发，损害女士们的名节！啊，万万不行，还是让我上当受骗吧！"

这个傍晚真是过得糟糕至极。

第十六章
深夜一点钟

> 这座花园面积广阔，品位高雅，虽然是近年才设
> 计出来的，却栽种着百年以上的古树，别有一番田间
> 乡趣。

——马辛吉尔[1]

于连正要写信给福盖，告诉他自己改变了决定，十一点的
钟声就响起了。他故意让房间的门锁发出巨大声响，让人们以为
他回屋上锁了。随后，他悄无声息地在整座侯爵府中逡巡，特别
留意第五层仆人们住的地方，没有发现什么异常。德·拉莫尔夫
人的一个贴身女仆在举办晚会，男仆们狂饮潘趣酒，醉意正酣。
"他们笑作一团，"于连想，"肯定不会参与今晚的行动，否则此
刻他们应该已经严阵以待了。"

最后，他走到花园的一个黑暗的角落，心里想道："如果这

----

1 马辛吉尔（Philip Massinger, 1583—1640），英国诗人、剧作家。

个行动是瞒着家仆进行的，那些抓我的人就会从花园的墙外翻进来。如果德·克鲁瓦瑟努瓦先生理智地思考一下，就该明白，他应当派人在我进入德·拉莫尔小姐的闺房之前就把我逮住，否则会对他年轻未婚妻的名誉有损。"

于连仿佛在进行战斗前的侦察工作，而且做得细致入微。"事关我的名誉，"他想，"倘若稍有差池，事后我无法厚着脸皮对自己说：'我当初没有预料到。'"

这个夜晚，月朗星稀，明亮得令人绝望。约莫十一点钟，月亮开始上升，十二点半，一片皎洁的月光刚好洒进侯爵府的花园。

"她真的疯了！"于连心想。随后，一点的钟声敲响了，诺贝尔伯爵房间里的灯还没有熄。于连自打出生以来还没有这么害怕过。他胆战心惊，丝毫没有从中品味出什么激情之乐。

他跑去扛梯子，休息了五分钟，用这段时间思考了一下临阵逃脱的可能性。一点零五分的时候，他终于将梯子靠到了玛蒂尔德的窗口。他手中紧握着枪，缓缓地向上爬，他感到很惊讶，竟然没有人出来袭击他。等到了窗前，窗子忽然被人悄然地打开了。

"先生，您终于来了。"玛蒂尔德满腔激动地对他说，"我已经注意您的行动一个小时了。"

于连忽然感到尴尬万分，不知道该怎么办。他只顾着紧张了，心里完全没有感受到爱情。为了摆脱尴尬，他想应该主动一些，于是张开双臂试图拥抱玛蒂尔德。

"别！"她边说边将他推开。

遭到拒绝的于连反而感到很高兴，赶忙朝四周张望了一下，月光皎洁明亮，显得玛蒂尔德的闺房中漆黑一片。"里面很可能藏了人，我现在看不到他们。"于连想。

"您上衣的侧兜里装着什么？"玛蒂尔德对他说，并为找到了个话题而高兴。此时此刻，她感到一阵奇怪的难受，具有良好教养的女孩与生俱来的那种矜持和害羞一并涌了上来，这让她备受煎熬。

"我随身带了各种武器，还有手枪。"于连回道，也因为找到了话题而感到高兴。

"赶紧把梯子拉上来。"玛蒂尔德说。

"梯子太大了，会碰碎楼下或夹层的客厅玻璃。"

"不会碰碎玻璃的。"玛蒂尔德试着用平时聊天的口气说话，可惜失败了，"我看您可以将绳子拴在梯子的顶上，然后慢慢将其放倒。我屋里常备着绳子。"

"这个女人坠入情网了！"于连心想，"她敢于讲出这些话，证明她爱我！她如此冷静而谨慎的行事态度足以向我表明，我并不仅仅赢过了德·克鲁瓦瑟努瓦先生——我之前还愚蠢地这么以为，而事到如今，我完全取代了他。但是，这又能怎么样呢？难道我爱她吗？侯爵知道他有了一个新的继承人，一定会火冒三丈，更何况这个继承人还是我，这会让他更加恼火的。在这个意义上，我战胜了他。昨天晚上我在托尔多尼咖啡馆巧遇了他，瞧他那股高傲劲儿，装作不认得我，后来他避之不及，终于跟我打招呼了，表情却是极为凶狠！"

于连把绳子拴在梯子顶端，慢慢地让它倒下去，努力向阳台外面前倾，不让梯子碰到玻璃。此时此刻，他心里想："倘若有什么人藏在玛蒂尔德的闺房中，一定会趁此机会把我杀死。"但四周依旧一片寂静。

梯子终于碰到了地面，于连让它横倒在墙边种满异域花卉的花坛之中。

"我母亲要是看到她的漂亮植物被这样压坏了，"玛蒂尔德说，"她会说些什么?!……快把绳子扔下去，"她沉着冷静地说道，"如果有人瞧见阳台上有绳子，那就说不清楚了。"

"我要怎么离开这儿?"于连学着克里奥尔语[1]的腔调，打趣地说道。(侯爵家中有个女仆是圣多明各人。)

"您直接从门口走。"玛蒂尔德说着，为自己的大胆想法兴奋不已。

"啊! 这个男人值得我倾心相待!"她心里想。

于连刚把绳子丢到下面的花园中，玛蒂尔德就抓住了他的胳膊。于连以为是敌人来了，猛地转过身子，亮出了匕首。而玛蒂尔德立刻告诉他，似乎听见有扇窗户打开了。两人就这样一动也不动，大气都不敢喘。月光明亮地洒在他们的身上。那个声音没有再次出现，他们不再担心。

随后，那种尴尬的气氛又一次袭来，两个人都明显地感到了这一点。于连在屋里四下查看一番，门上所有的插销都已经插好，他很想往床底看看，却又不敢，那里可能藏着一两个要对付他的仆人。他不想事后再责备自己的不够谨慎，于是低头去床下看了看。

此时此刻，玛蒂尔德陷入了一种极其焦虑、极其羞怯的感受之中。她开始后悔自己搞出的这个乱子。

——

1 安的列斯群岛等地的白种人后裔使用的语言，混合了法语、西班牙语、葡萄牙语和本地语。

"您把我的信放在哪里了？"她终于开口问道。

于连想："倘若那些人在暗中偷听，我可以把握这个机会，让他们知难而退，从而避免一场恶斗！"于是他说道："第一封藏在一本大大的新教《圣经》中，昨晚邮车已经把它带去了远方。"

他口齿清晰地讲述着所有的细节，同时留意着那两座没有检查过的桃花心木大衣橱，如果里面藏着敌人，可以让他们听个清楚。

"另外两封，现在也在邮局，跟之前的那封寄去了同一个地方。"

"我的天啊！为什么要这么小心谨慎？"玛蒂尔德异常惊讶。

"我又何必说谎呢？"于连心想，把这几天心中的疑虑和盘托出。

"原来这就是你回信的语气如此冷淡的原因啊！"玛蒂尔德叫了起来，语气中的疯狂大于温情。

而于连却没注意到这个细微的不同。令他晕头转向的，是玛蒂尔德对他的亲昵称谓，她不再以"您"相称，而是用上了"你"，这让于连满心的疑虑顿时烟消云散。他鼓起勇气，将这个美丽而令人尊敬的女孩抱在怀里。玛蒂尔德半推半就地靠在他的胸口上。

他搜肠刮肚，像之前在贝桑松遇到阿曼达·比内时那样，挑了几句《新爱洛绮丝》中的漂亮句子背诵出来。

"你具有男儿的胆识，"她并没有对这些漂亮的句子多加留心，只是回答道，"我承认，之所以这么做，就是想试探你有多么勇敢。你最初的疑虑和最终的决心，表明你比我想象的更加英勇无畏。"

为了表达自己的亲切，玛蒂尔德用"你"而不是"您"来称呼于连，她竭力地用这种奇怪的方式跟于连说话，言语的形式大过了内容。这种毫无温柔可言、只有形式上亲切的话语，丝毫不能让于连高兴。"为何我一点都不觉得幸福呢？"他惊讶不已。最后，为了感受到幸福，他求助于自己的理性，自我安慰着："这个姑娘如此高傲不羁，从来不会毫无保留地夸赞别人，而我却得到了她的认可。"这样想着，他的自尊心获得了满足，感到了一些快乐。

不过，说真的，这种感觉跟他在德·雷纳夫人身边的那种灵魂深处的心醉神迷相比，简直不能相提并论。哪怕是最初的瞬间，他的内心也没有任何甜蜜爱意。他这个野心勃勃的人，在此刻感到的是那种野心得到满足后的强烈快意。他再一次谈论他所怀疑的那些人，以及他之前发明的所有防范妙计。他一边谈，一边想着如何利用这次胜利。

玛蒂尔德还是十分尴尬，仿佛被自己搞出的麻烦给吓坏了，所以有这个话题可聊，她显得很高兴。两人谈及今后约会的方式。于连对自己在这场交谈中表现出的智慧和勇气扬扬自得。他们要格外注意一些精明强干的敌人，那个卑鄙的堂博肯定是个告密者，但他和玛蒂尔德也不是无能之辈。

两人约定之后在藏书室中见面，还有比那里更合适的地方吗？

"我可以在侯爵府的任何地方出现且不会引起怀疑，"于连补充道，"就连德·拉莫尔夫人的卧房也不在话下。"因为想要进入玛蒂尔德的闺房，必须穿过她母亲的房间。若是玛蒂尔德觉得他还是通过梯子上来的好，他也会怀着一颗沉醉若狂的心，将自己置于这个小小险境之中。

玛蒂尔德默默地听着，被他自命不凡的神态冒犯了。"难道我这就属于他的人了？"她心里想着。悔恨已经在狠狠地折磨她的心了。她重新变得理智起来，对自己做出的这件荒谬绝伦的事情感到害怕。要是可能的话，她此刻真想和于连同归于尽。她努力用意志力将悔恨之心压抑下去，羞愧之情和廉耻之感又袭上心头，折磨着她。她完全没有料到自己会落入这般可怕的境遇。

"然而，我必须跟他讲话，"她最终自言自语道，"跟我情人讲话才合情合理。"于是，为了尽到自己应尽的责任，她努力表现出温情款款的样子，告诉于连这几天她为他做的各种决定。不过这温情只存在讲话的内容中，而她的语气则是既尴尬又僵硬。

她曾暗下决心，倘若于连能像约定的那样，用花匠的梯子来她房中赴约，她就愿意将自己的一切都交付与他。但这样甜蜜的情话，却被她用一种无比冰冷和客气的口吻说了出来。直到此时此刻，这场约会从头至尾都是死气沉沉的。气氛之差，甚至让人对爱情都厌憎起来。这真是给那些轻率的女孩子上了警示的一课。为了这样的尴尬时刻，有必要赌上自己的未来吗？

究竟要不要做他的情人？玛蒂尔德内心开始了长时间的犹豫不决，一个眼光肤浅的旁观者可能会觉得，她之所以会这样犹豫，是因为对于连有着确定无疑的怨恨，不过，要知道，在此情此景之下，一个再有意志力的女人，也难以收回自己对这份情感的责任。于是，她终于向于连献身，做了他美丽的情人。

实话实说，他们的这种激情，带着几分刻意为之的味道。他们之间的欢爱，与其说是现实情况，不如说是对某种范式的模仿。

德·拉莫尔小姐认为自己之所以这样做，是对她自己和对她的情人应尽的责任。"这个可怜的男孩，"她心想，"他表现得如此英勇无畏，理应让他收获幸福，否则就是我太缺乏个性了。"

但倘若让她摆脱此刻纠缠在其中的令人厌憎的义务，她倒是情愿忍受永恒不变的痛苦。

尽管内心在苦涩地翻腾，她仍然能够在谈吐上不动声色。

没有悔恨，没有责备，这个夜晚过得异常顺利。而在于连看来，这一夜与其说是幸福的，不如说是奇怪的。天哪！这跟他最后在韦里叶城停留的那一天的回忆比起来，是多么大相径庭啊！"巴黎人的风雅举止真是败兴，甚至连甜蜜的爱情也破坏了。"于连做出了极不公正的评价。

于连刚刚听见隔壁德·拉莫尔夫人的房中发出一阵声响，于是玛蒂尔德让他躲进那个桃花心木的大衣柜里。正是在衣柜中，他陷入沉思，得出了以上的观点。玛蒂尔德随母亲一道去教堂做弥撒，女佣们过了一会儿也离开了房间，于连趁她们还没回来打扫的工夫，轻而易举地脱了身。

他骑着马，奔驰到巴黎附近的一片森林，找了个最僻静的地方独自待着。此时此刻，与其说是幸福，不如说是满心的惊讶。一种幸福感溢满他的内心，这种幸福感，是做出惊人之举的少尉一下子被将军提升成了上校的那种幸福。他感觉自己的地位被大大提高了。之前还凌驾于他之上的一切，仿佛现在已经与他平起平坐，甚至居于他之下了。随着越行越远，他感到的幸福也越发浓厚起来。

但是他心中却丝毫没有萌生爱意。尽管听上去很奇怪，但这却是事实：玛蒂尔德的所作所为，仿佛只是为了完成一种责任。这个夜里，她没有感受到爱情小说中所记载的任何温柔缠绻，在所有发生的事情中，除了痛苦和羞愧，没有任何不期而至的意外感受。

"难道是我弄错了？难道我根本不爱他？"她对自己说。

第十七章

一柄古剑

时候到了，我要严肃一些，

如今就连笑也被看作是严肃的，

美德对罪恶的嘲笑也被人称作是一种罪过。

——《唐璜》第十三章

整个晚饭时间，玛蒂尔德都没有露面。饭后，她在客厅逗留了一小会儿，却连正眼也不瞧于连一下。于连对她的态度大惑不解，"不过，"他心想，"我可猜不透她的那些弯弯绕绕，她之后应该会解释给我听的。"然而，他终究被极度的好奇心搅扰得坐立不安，去细细研究玛蒂尔德的神情，这简直是一目了然的，她脸上表现出的是一种淡然冷漠，甚至有些凶神恶煞。很明显，眼前的这个女人完全变了。细想之下，昨晚她佯装出来的爱意热烈过了头，反而显得很假。

第二天，第三天，她始终都面如寒霜，完全当于连是透明的，仿佛世界上并不存在这个人。于连惴惴不安、焦灼万分，一开始让他得意忘形的那种胜利感此刻已经消失得无影无踪了。"她莫非回到遵守清规戒律的道路上去了？"不过"清规戒律"这个词，对桀骜不驯的玛蒂尔德来讲，有些太过小家子气了。

"在平常的一举一动中，她根本没把宗教放在眼里，"于连心想，"她信教只是因为宗教对她的家族利益有好处。但她会不会由于内心的敏感细腻，而对自己所犯的错误强烈地自责呢？"于连敢肯定，自己是她的第一个男人。

有时他又想："应该承认，在她这一系列的行事风格中，并不存在任何的天真、纯朴和温柔，我从没见过她露出如此目中无人的样子。难道她是在鄙视我？我出身贫贱，她或许真会因此对委身于我的决定自责不已。"

于连满脑子都是从书本里和从韦里叶城的那段回忆中得出的偏见。他总是幻想一个温柔的女人会为她情人的幸福而奉献全部，不再只是想着自己。不过，玛蒂尔德却完全出乎他意料，她生性自负，狠狠地给他吃了一些苦头。

玛蒂尔德已经两个月没有感到无聊烦闷，所以不再害怕这种情绪。于连猝不及防地失去了他这个最大的优势。

"我竟给自己找了个主子！"玛蒂尔德心里想着，陷入最深沉的悲哀之中，"他满脑子都是名誉，这很不错，不过倘若把他的虚荣心逼到一定程度，他就会为了报复而把我们的关系传扬出去。"遭遇爱情的人，哪怕再铁石心肠，也会变得柔情似水、酷爱做梦，而玛蒂尔德刚好相反，从未谈过恋爱的她，遇到了这种人生际遇，却终日陷入痛苦的思索，无法安宁。

"我有把柄在他手上，如果我把他逼急了，他就会用残酷的办法整治我，这样看来，他对我有着极大的控制权啊！"一想到这里，玛蒂尔德就恨不得将他狠狠地羞辱一番。勇武无畏是她最显著的个性。她的内心深处始终都有无法穷尽的无聊与烦闷，只有把自己的全部生命拿去赌博，才会给她一些振奋，缓解她的烦闷。

到了第三天，玛蒂尔德还是对于连不理不睬。于是，吃罢晚饭，于连不顾她的反感，毅然跟随着她走进了弹子游戏房。

"好的，先生，您不顾我是否愿意，执意来跟我搭讪，看来您觉得有能耐压我一头了？……您知道吗，这世界上还没人敢这样做呢。"

这对情侣的对话再有趣不过了。他们自己都没意识到，他们彼此强烈地憎恨着对方。他们两个都不是能沉得住气的，又都养成了上流社会的习气，很快就旗帜鲜明地表明要一刀两断。

"我发誓永远对这段关系守口如瓶，"于连说，"补充一句，我可以永远都不跟您说一句话，希望您的名誉不会因为这个十分显著的变化而受到影响。"他恭恭敬敬地施了个礼，然后就离开了。

他毫不困难地完成了这个他认为的职责，他一点都不觉得自己爱上了德·拉莫尔小姐。毫无疑问，三天以前，在他藏在桃花心木大衣橱里的时候，他并不爱她。不过，从他发现自己要跟她老死不相往来的那一刻起，他的心灵发生了天翻地覆的变化。

他开始搜肠刮肚地回想那天夜里发生的每一个残酷的小细节，事实上，那夜的回忆是如此冰冷。

在两人彻底决裂的第二个晚上，于连几乎要疯掉了，他意识到，他爱上了德·拉莫尔小姐。

之后，他内心开始了激烈的斗争拉扯，五味杂陈，慌乱至极。

过了两天，他见到德·克鲁瓦瑟努瓦先生的时候，不仅没有在他面前摆出获胜的得意样子，反而忍不住想上去与他相拥大哭。

从不幸中渐渐恢复了一点理智，于连决定出发去朗格多克。他打包好行李，去了邮车驿站。

到了邮车驿站的售票处，听说第二天在去图卢兹[1]的邮车上凑巧有一个空座位，于连感觉到自己几乎要昏厥过去。他订下了这个座位，回到侯爵府，向侯爵告辞。

而德·拉莫尔先生并没在府上。于连此刻如行尸走肉一般，到藏书室去等候侯爵回来。他猛然发现，德·拉莫尔小姐此时也在藏书室，还真是冤家路窄。

看到于连出现，她露出了一副凶狠的表情，这点于连绝对不会看错。

此时的于连已经心中满是苦涩了，这一惊更让他手足无措，忽然变得软弱无比，用发自内心的温柔至极的声音问道："所以说，您不再爱我了吗？"

"我把自己随便交付给了一个人，我很反感这点。"玛蒂尔德说着，她又开始恼恨自己，不由得流出了眼泪。

"随便的一个人！"于连大叫，纵身冲向屋内悬挂的一柄中世纪的古剑，这是藏书室内收藏的古董。

在刚刚跟德·拉莫尔小姐讲话的时候，他觉得内心的剧痛已经到达了极限，不过此时看到她因为气恼和悔恨而流出的眼泪，他内心的痛苦陡增百倍。此刻倘若能将她杀死，他会是这世上最

---

1 法国西南部城市，是法国第四大城，昔日朗格多克的首府。

幸福的人。

于连使劲将剑从古老的剑鞘之中抽了出来，此时此刻，玛蒂尔德的内心忽然涌出一种新奇而快乐的感受，她停止了流泪，高傲地向于连走去。

这个时候，于连的脑海中忽然出现了他的恩人德·拉莫尔侯爵的影子。"我真的要把他的女儿杀了吗？"他心里想，"这太可怕了！"于是他作势想要把手中的剑扔掉。"看到这个夸张的舞台的动作，她肯定会大笑出声的。"于连想着，随即恢复了冷静。他故作好奇地望着古剑的锋刃，仿佛在查看上面的锈斑，随即将其放回剑鞘之中，以最大的冷静态度将它挂回墙上的金色铜钉子上。

这一系列动作非常迟缓，足足延续了一分钟之久。玛蒂尔德惊讶地看着他。"我差一点就要死在自己情人的手里了！"她心想。

这个念头让她瞬间回到了查理九世和亨利三世的最美好的年代。

她直挺挺地站在刚把剑放好的于连面前，望着他，一动不动，眼中的怨恨消失殆尽。应该承认，此时此刻，她确实非常迷人，跟一个巴黎洋娃娃大相径庭——这个称呼体现了于连对这个地方的女人的最大的不以为意。

"我又要重新倾心于他了吗？"玛蒂尔德想，"我刚刚对他发了狠话，倘若现在向他示弱，他一定觉得已经把我控制于股掌之中了。"于是她逃走了。

"我的上帝！她可真美！"于连眼睁睁看着她跑远，心想，"不到一周之前，这个人满怀激情、迫不及待地投入我的怀中……这种时刻永远都不会出现了！都是我的错！她为了我的快乐，甘愿做出如此非同凡响的行动，而我在那时却完全不放在心上！……应该承认，我从出生起就是个如此平庸、如此不幸的人。"

这时侯爵回来了，于连忙将自己计划离开的事情禀告给他。

"要去哪儿？"德·拉莫尔先生说。

"去朗格多克。"

"请您不要去，您要留下来做更重要的事，如果出差的话，只能向北面走……用军队里的话来说，您要随时留在府中待命。如果您必须外出，不要超过三个小时，我随时都会召唤您。"

于连躬身行礼，沉默地退出门外，把吃惊的侯爵独自留在房中。于连此时已经连讲话的力气都没有了，只能把自己关在房间中。在这里，他可以把他命运的残酷夸张百倍，独自演出一番内心戏。

"这样的话，"他心想，"我连离开的自由也不能有！天知道侯爵要把我困在巴黎多久，我的神啊！我要怎么办啊？没有人可以听我倾诉，皮拉尔神父甚至不会让我把第一句话讲完；阿尔塔米拉伯爵会建议我参与某个阴谋活动以转移注意力。

"可是，我疯了，我能感觉到，我是真的疯了！

"谁能告诉我，我该怎么办呢？"

第十八章

痛苦万分的片刻

她向我坦白了一切！连细枝末节都详述出来了。
她那双美丽的大眼睛望着我，其中却闪烁着对另一个人
的爱！

——席勒

玛蒂尔德心醉神迷，满脑子都是她差点儿死在于连手上的幸福感。她甚至想道："既然他差一点就把我杀掉，那么他就配做我的主子。要把多少个上流社会的年轻人融为一体，才能有如此充满激情的胆识啊！

"应该承认，当他站在椅子上，将剑放回那个室内设计师专门设计出的漂亮位置的时候，是那样地潇洒帅气！原来，我选择爱他，并不是一件蠢事。"

此时此刻，如果有什么跟于连重归于好的机会，她一定会兴高采烈地去做。而于连则把自己关在卧室中，上了双重锁，内心被最为猛烈的绝望吞噬。他脑海中充满了疯狂的念头，甚至想要

匍匐在玛蒂尔德的脚边。倘若此时他不是与世隔绝地藏了起来，而是在花园和屋子中逛一下，找个什么机会，也许可以在一瞬间把最苦涩的痛苦变为至乐。

不过，也不能指责他不够机灵，他不是做出了无与伦比的拔剑行为吗？那一瞬间，他在德·拉莫尔小姐眼中真的是潇洒极了。玛蒂尔德对于连重燃爱火，这种心血来潮持续了整整一天，她把之前爱上他的那些迷人片刻回顾一番，内心大感惋惜。

"其实啊，"她自言自语，"在这个可怜小伙子的眼中，我对他的激情始于深夜一点钟看见他侧袋中的枪、用梯子爬上来那一刻，到早上八点钟就结束了。不过，是在一刻钟以后，当我在圣瓦莱尔教堂听到弥撒钟声响起，猛地想到这个人会变成我的主子、试图用恐怖统治我、让我唯命是从的时候，我才感到后悔不迭。"

吃罢晚饭，玛蒂尔德没有对于连敬而远之，反而主动跟他搭话，甚至几乎是逼他同自己一起进入花园。于连乖乖听命。他自己内心也正渴望着这种考验。不知不觉间，玛蒂尔德已经在重新燃起的爱火中屈服了。在于连身边散步，她心里乐翻了天，并且满怀好奇地望着那双今天早上还曾试图用剑杀死她的手。

然而，经历了这场风波，以及之前的种种，再让他们聊从前那样的话题，已经完全不可能了。

玛蒂尔德开始对于连敞开心扉，坦诚地说出内心的秘密。在这样的谈话中，她获得了一种奇特的欢愉之情。她推心置腹地向他讲述自己从前对德·克鲁瓦瑟努瓦先生、德·凯吕斯先生有过的短暂情意……

"什么？连德·凯吕斯先生也有！"于连大叫着，这句话包含了一个被甩的男人内心的全部妒火。玛蒂尔德发现了这一点，却没有丝毫的不适感。

她持续对于连进行折磨，将自己从前的感情讲得生动形象，充满了画面感，仿佛是对一个亲密的朋友倾吐衷肠一般。于连就这样听她讲述那些历历在目的往事。他痛苦地发现，她讲上了瘾，一边描述着，一边又有了新的发现。

于连妒火中烧，难受得无以复加。

怀疑心爱的女人爱上了情敌，已经是非常残酷的事情了，但是亲耳听到心爱的女人详细讲述她对情敌的爱慕，这简直是世上最痛苦的事情。

唉！于连曾经自视甚高，完全不把凯吕斯、克鲁瓦瑟努瓦等人放在眼里，此时他却遭受了多么痛苦的折磨啊！他内心万分难过地把他们最小的优点都夸大到不行，同时又多么痛苦而真诚地厌弃自己！

在他眼中，玛蒂尔德是如此可爱，任何语言都无法表达他内心的崇拜与倾慕。走在她的身边，他偷眼观瞧她的玉手、胳膊以及女王般的举止。他被爱恋与痛苦吞噬了，几乎要匍匐在她脚边，大喊着："请您可怜我吧！"

"这个美貌绝伦、眼高于顶的女人，曾经深爱过我，不过毫无疑问，她马上就会跟德·凯吕斯先生坠入爱河！"

于连无法怀疑玛蒂尔德话语的真实性，显而易见，她说的每一句话的语气都是如此地真切。于连的内心简直悲痛到了极点，尤其他发现玛蒂尔德沉浸在曾经对德·凯吕斯先生的感情中，提到种种相关细节，仿佛现在还在爱他似的。她讲话的口气中明明充满了爱意，他感受得清清楚楚。

此刻于连的内心，比将烧熔的铅水灌进他的胸口还要痛苦百倍。这个处在极度不幸中的可怜的年轻人又怎么能够猜到，玛蒂尔德正因为是在跟他谈话，才津津乐道地回想起曾对凯吕斯或者吕兹有过的朦胧的爱慕。

没有任何言语能表达于连此刻的痛苦。他默默听着那些她讲的与别人爱情的细枝末节，就在几天前，在同一条栽满菩提树的小径上，他还在等着一点钟的钟声敲响，好去她的闺房幽会呢。一个人所能忍受的最大限度的不幸莫过于此了。

这种亲近却残酷的关系延续了整整一周的时间。玛蒂尔德有时找着跟他说话，有时不放过任何跟他聊天的机会，讲述她曾经对别人的爱慕之情。他们在聊这个话题的时候，彼此都怀着一种残酷的欢愉之情。她将自己回复的那些情书的内容都回想起来，说给他听，甚至给他背诵自己写的情书中的句子。最后的几天，她仿佛带着一种恶意的取乐态度来观察于连的反应。于连的痛苦给她带来一种鲜活生动的快乐。

我们知道于连没什么人生经验，甚至连爱情小说都没怎么读过。如果他没有如此笨拙，稍微聪明冷静一点，面对这个他如此爱慕，又向他倾诉了如此多的奇怪的知心话的姑娘，对她说："您必须承认，跟这些先生相比，我或有不及之处，然而您爱的人偏偏是我……"那么，玛蒂尔德或许会因为心事全被猜透而感到幸福。这个手段是否具有成效，完全在于他的话是否得体，选择的时机是否恰当。总之，他能够很好地将形势转变为对自己有利的局面，并且不会让玛蒂尔德觉得无聊透顶。

然而，有一天，饱尝爱情和痛苦的于连几欲疯狂，对她说道："我那么爱您，您却不再爱我了吗？"

这几乎是他所做的最大的蠢事了。

一瞬之间，这句话就把玛蒂尔德对他祖露内心时感到的快乐毁于一旦了。她开始觉得奇怪，她说了这么多过分的话，他竟丝毫没有感到生气，在他脱口而出这句蠢话之前，她甚至觉得于连已经不再爱她了。"他的骄傲让他的爱情熄灭了。"之前她还这样想着，"他绝不是那种人，看到我不喜欢他，却更喜欢凯吕斯、吕兹、克鲁瓦瑟努瓦的时候，还能做到心平气和。他明明认为自己比那些人强上百倍。不，我不愿再让他在我面前做小伏低了！"

前段时间，真切地陷入痛苦的于连，常常会向她真诚地赞美这些先生的优点，甚至还会将优点放大。玛蒂尔德把这个细节看得一清二楚，感到异常震惊，却不明就里。她不知道，于连满怀热情地赞扬他那些被偏爱的情敌的同时，也与这些人的幸福达到了共情。

他这句如此率直却愚蠢透顶的话，一瞬间就让一切改变了。玛蒂尔德确定了自己被他深爱着，立即就对他产生了极大的鄙视之情。

于连说出这句愚蠢之言的时候，两人正在一起散步。玛蒂尔德立刻离他而去，最后留下了一个极为可怕的鄙视的眼神。回到客厅，她整个晚上都对他视而不见。第二天，她心里全都是对于连的鄙夷。玛蒂尔德整整一周都将于连视作密友，此刻跟他相处的那种愉悦烟消云散了。只消看他一眼，都会觉得全身不舒服。玛蒂尔德的这种感受甚至演变成为一种厌恶。每次与他相遇，她眼神中的那种超越了极限的蔑视，任何言语也无法形容。

而于连则完全不清楚玛蒂尔德这周的心路历程，但他能明显地看出她的不屑。于连很知趣，尽可能地避免与她见面，即使相遇，也不去向她望一眼。

于连勉强自己不去见她，内心却痛苦得几欲死去。他感到内心的苦闷与日俱增。他心想："作为一个男人，就算再有勇气，也无法继续下去了。"于是，他把时间都消磨在侯爵府顶楼的一扇小窗前，将百叶窗关得严丝合缝，倘若玛蒂尔德到花园里来，他至少可以透过窗缝窥见她的身影。

晚饭过后，于连从窗缝窥到玛蒂尔德和德·凯吕斯先生、德·吕兹先生或者某个她承认有过爱意的人共同散步，这时于连的心情又会是怎样的五味杂陈呢？

他完全想象不到自己会遭遇如此强度的痛苦，几乎要大喊出声。这个性格如此坚强的人如今内心天翻地覆，完全乱了阵脚。

他满心都装着玛蒂尔德，除此之外的一切他都讨厌，哪怕是写信这种最简单的事情也没办法完成。

"您疯了吗？"侯爵问他。

于连害怕心事被识破，借口说生病了，让侯爵打消了疑虑。幸运的是，在吃饭的时候，侯爵打趣地提到了于连近期将会有一次旅行，玛蒂尔德立刻明白了这是一次长期旅行。这几天里，于连对她都是避而不见，而围绕在她身边的那些优秀的年轻人，尽管拥有她那个苍白忧郁的前度情人所没有的一切，却没有办法将她从自顾自的遐思中唤醒。

她自言自语："一个平凡女子，会在客厅里这些吸引眼球的年轻小伙中寻找属意的人。但是有个性的天才，则不会重蹈这些庸俗之辈的覆辙。

"倘若我找到像于连这样的伴侣，我拥有他所没有的财富，我会持续地吸引大众的注意力，我的一生将不会落入无人赏识的平庸。我的那些表姐妹，她们害怕革命再度爆发，对底层人民恐惧不已，连驾车技术拙劣的车夫都不敢训斥一句，我非但完全不会像她们那样，反而肯定会扮演一个角色，一个伟大的角色，因为我挑选的这个人，性格坚毅、野心勃勃。他缺什么？人脉？财富？这些我都可以为他提供。"不过，在玛蒂尔德的观念里，她或多或少地将于连看作一个下人，她认为，当她什么时候需要爱，他就得满足于她。

第十九章

滑稽歌剧

哦！这恋爱的春天，

仿佛四月不确定的阴晴。

刚刚还是阳光明媚，

一朵乌云就能毁掉全部。

——莎士比亚

玛蒂尔德满脑子都是她和于连的未来，以及她将要扮演的角色，很快就因为跟于连闹翻而感到遗憾，就连两人关于形而上学的一些枯燥的谈论，她都念念不忘。对这些高深莫测的思想感到疲倦时，玛蒂尔德也会对曾跟于连共度的时光唏嘘不已。不过，想到委身于他那晚的记忆，她并不是毫无悔恨之心的，相反，有时她还会被这种懊悔折磨得痛苦不堪。

她自我安慰："人人都有弱点，一个像我这样的女孩子，仅仅因为遇到了一个值得爱的男子，忘掉了应守的责任，是情有可原的。旁人绝对不会议论说是他唇上漂亮的小胡子和马背上的优雅诱惑了我，而会说是他对法国前景发表的深度评论让我倾心相许，他认为即将要发生在我们身边的事情可能会与英国一六八八年的革命相似。"面对悔恨，她自我安慰："我确实被他吸引，我是经受不住诱惑的女人，但我至少不像一个没有脑子的洋娃娃，只看得上肤浅的外表。

"如果革命再度发生，为什么于连·索雷尔不能成为另一个罗兰[1]呢？而我为什么不能成为另一个罗兰夫人？我更想成为罗兰夫人，胜过德·斯塔尔夫人，行为的失德在我们这个年代可是个障碍。我绝对不会再有第二次的失足，否则人们会责备我，我会蒙羞致死。"

不过应该承认，玛蒂尔德并不是每次的遐想都如同我们刚刚记录下的这样一本正经。

她望着于连，觉得他动作的每个细枝末节都充满了优雅迷人的魅力。

"毋庸置疑，"她心里想，"我成功地摧毁了他内心拥有权力的幻想。

"这个可怜的小伙子目前因为我而陷入了深沉的痛苦与激情，一周前他那句表白的话足以证明一切。我这个人还真是与众不同，听到他充满敬意和感情的话语，竟然还大发雷霆。我不已经是他的女人了吗？他的那句表白应该是发自内心的，其实也挺让人感到愉快的。我跟于连聊过那么多的话，缠着他，非常残忍地告诉他我对那些上流社会年轻人有过的情愫，这都是我无聊郁闷的生活所致，却让他陷入痛苦的妒忌。在这一切之后，他竟然依——

1 罗兰（Jean-Marie Roland de La Platière，1734—1793），法国政治家，吉伦特派的领导人之一。其妻因罗伯斯比尔对吉伦特派的大清洗而被送上断头台。

然爱着我。啊！如果于连知道他们对他完全没有任何威胁，那该多好！跟他相比，他们是那么软弱苍白，仿佛同一个模子刻出来的。"

内心思虑万千之时，玛蒂尔德拿着一支铅笔，翻开画册随手涂画。忽然，她整个人都震惊了：刚刚无意中画出的男子侧脸像，活脱脱就是于连的样子。"这是上天的安排！是爱情的魔法，"她充满激情地喊了出来，"我竟然在自己都没有意识到的情况下，画出了他的肖像画。"

她奔回自己的闺房，锁上门，集中精神认真地为于连画像，却未能成功。那张随手草就的画像始终是最神似的一张。玛蒂尔德欣喜若狂，认为这是伟大激情的确切证明。

她久久凝视着这幅画，直到侯爵夫人差人喊她去意大利剧院看戏，才依依不舍地离开。在剧院中，她一心想着于连，用眼睛到处寻他的踪影，想要一见着他，就让母亲把他叫来相陪。

而于连却不见踪影。这两位贵族女士的周围只有一些凡夫俗子。歌剧第一幕演出期间，玛蒂尔德满脑子都想着她魂牵梦萦的情人。但是到了第二幕，歌曲中唱出的一句爱情箴言让她的心脏为之一颤，应该承认，这音乐不愧是奇马罗萨[1]的大作。台上的女主人公唱道："思君之甚，慕君之至，难辞其咎，难辞其咎！"

玛蒂尔德耳畔响起这句精妙无伦的唱词的瞬间，世上一切的存在之物在她眼中都消失了。有人跟她说话，她听而不闻，母亲出言责备，她只是勉强地朝她看上一眼。她进入了迷狂的状态，陷入了最为激烈热情的亢奋之中，这种情感跟于连这段时间对她

---

1 奇马罗萨（Domenico Cimarosa, 1749—1801），意大利著名作曲家。

的感觉十分类似。这句唱出来的爱情箴言充满了神圣的雅致，并且可以直接与玛蒂尔德此刻的心境相对应，相似程度令人震惊。即使没有直接想到于连，听到这样的歌声，也令她悠然神往，陶醉不已。借由这首令她钟爱不已的歌曲，这天晚上，她如德·雷纳夫人那样思慕着于连。其实，像玛蒂尔德这种从头脑中生出的爱情，跟真正的爱情相比，更加明智，但持续的时间不长，只有激情迸发的一些片刻。这样的爱情特别懂得自省，会不断地进行自我评判。它不会将思想带入歧途，反而是由思想构建而成的。

散场回家，玛蒂尔德不理睬母亲的言语，只是推说自己发烧难受，坐在钢琴前，反复弹奏那段歌曲唱段，以度过漫漫长夜。她口中反复吟唱着这段让她心旷神怡的唱词：

> 思君之甚，慕君之至，
> 难辞其咎，难辞其咎！
> ……

这个疯狂之夜过去，玛蒂尔德认为，她已经战胜了自己的爱情。

（这一页的文字，将会给本书的作者招致各种批评。那些冷漠之人，一定会谴责作者太过下流。但是，假设那些在巴黎上流社会的客厅中大放异彩的女人中，有一个人拥有类似玛蒂尔德这样的性格、做出像她这样疯狂的举动，并不是对她们这个群体的侮辱。玛蒂尔德完全是想象虚构出来的人物，她处于十九世纪的社会风俗之外，而这样的社会风俗，在历史长河中占据了一个如此显著的地位。

那些在冬季舞会上惊艳全场的姑娘，她们绝对是谨言慎行的。

我也不会觉得她们会过分地鄙视她们拥有的金钱、骏马、优渥的地产，以及其他一切令她们在上流社会中高人一等的东西。对于这些上流社会的财富，她们绝不会只感到郁闷无聊。实话说，这些财富反倒是她们一以贯之的渴望，倘若她们内心拥有激情的话，也是对这些财富的激情。

另一方面，像于连这样颇有才华能力的年轻人，确保他们飞黄腾达的，也绝对不是爱情。他们以密不可分的姿态紧紧地依附于一个小圈子。当这个小圈子飞黄腾达的时候，社会上所有的利益都会降临到他们头上。而那些不依附于任何圈子的学者，其实是最不幸的。他们哪怕一点微不足道的成就，都要遭到旁人的指责。那些德高望重的人则会盗取他们的成果，获得世俗的成就。啊！先生，一部小说，就是在广阔的世间路上来来回回的明镜。它在读者的眼中映照出不同的风景，有时是蔚蓝的天空，有时是脚下的烂泥。背包中装有这样一面镜子的人，则会被你们指责道德败坏。他的镜中倒映出了烂泥，而你们却指责起镜子来！为何不去指责充满泥泞的道路呢？你们更应指责的人，是那些令污水淤积、形成泥塘的道路检查员吧！

既然我们达成一致，在我们这个品德高尚、谨言慎行的年代，不可能存在像玛蒂尔德这样性格张狂的姑娘，那么，我就不用担心继续讲述她的疯狂事迹会惹得旁人不快了。）

第二天的一整天里，玛蒂尔德都在伺机验证她已经战胜了自己的疯狂激情。她想方设法惹于连不快，并且密切注意他的每个行为。

倒霉透顶的于连，内心忐忑不已，根本无法猜透玛蒂尔德复杂的情感手段，更不会知道他在这一切中所拥有的优势。他成了这场爱情游戏的受害者，从来没有感到过如此深切的不幸。他的理智已经无法掌控自己的行动，这个时候，倘若某个愁眉不展的哲学家劝他说"赶紧行动起来吧，趁着此刻的形势对您有利。在巴黎，这种从头脑中出现的爱情最为善变，她同样的态度不可能持续超过两天"，于连也完全听不懂这句话的道理。尽管于连为爱昏了头，但他还是拥有荣誉感的。他心里明白，自己最重要的职责是谨言慎行。倘若随便向人征求意见，倾诉苦恼，这虽然会令人幸福，仿佛穿越炽热沙漠的赶路者，忽然天降一滴冰凉的甘霖，不过这是危险的，他很清楚。他还害怕一个冒失之人无意中问起相关的事，一定会让他泪眼滂沱。于是，他只能将自己关在房间中。

于连在窗口望着在花园里长时间散步的玛蒂尔德，等到她终于离开，就下楼进入花园，走到一丛玫瑰之前，玛蒂尔德刚刚从这上面摘了一朵花。

在阴沉黑夜的掩护下，他可以全身心地沉湎于自己的悲伤，不用担心被人撞见。他猜想玛蒂尔德一定是爱上了刚刚在散步中与她愉快交谈的年轻军官。他认为，玛蒂尔德确实爱过他，但她如今已经看透了他其实不过如此而已。

"事实上，我的确不过如此！"于连确定地自言自语，"我就是个平庸之辈，粗俗不堪，既惹别人讨厌，又受不了自己。"顷刻之间，他就对自己身上所有的优秀品格、对他之前热爱的东西都怀有了极度的厌恶之情。他陷入了一种失真的幻想之中，并且用这种幻想对自己的人生进行评断。话说越是出类拔萃之人，越是容易犯这样的错误。

甚至有好几次，他想到了自杀，这不失为一种甜美的休憩，就像是递给沙漠中即将干涸致死的可怜人一杯冰凉的清水，这个画面充满了魅力。

"不过，倘若我自杀，她会更加看不起我啊！"他喊叫出声，"我会给旁人留下多么坏的印象啊！"

一个人如果在悲伤痛苦的深渊之中不断坠落，他唯一能依靠的只能是自己的勇气了。于连还没有聪明到那个程度，能够主动想到"我要勇往直前"的道理。但是，当他痴痴望着玛蒂尔德的卧房窗子时，看到百叶窗后的灯光熄灭了，他脑海中又浮现出那间闺房的陈设，唉！有生之年只有缘得见一次的房间。他脑海中的胡思乱想到此为止了。

一点钟的钟声响了，那一刻，电光石火间，他忽然对自己说："我要顺着梯子爬上去。"

这个念头仿佛一道神奇的闪电，随后，这样做的诸多理由在他脑海中纷至沓来。"我再怎么做，都不会比现在更不幸了！"他自言自语。于是他狂奔去找梯子，梯子被园丁锁在了花园里。他砸开了一把手枪，取出了其中的扳机，在那一刻，他以超人的力量，用扳机撬开了锁着梯子链条的一环，在几分钟内就取到了梯子，将其撑在了玛蒂尔德闺房的窗口。

"她会大发雷霆，会用蔑视将我击垮，但这又有什么要紧？我要给她一个吻，一个临终之吻，然后上楼到自己房间中自杀……至少在我死前，我的嘴唇要吻上她的脸颊！"

他飞一般地登上梯子，爬到窗边，敲着百叶窗。不一会儿，屋内的玛蒂尔德听见了敲击声，想要打开窗子，但是窗子被梯子给抵住了。于连紧紧抓住撑着百叶窗的铁钩，冒着随时可能摔死的危险，给梯子来了个猛烈的摇晃，将它移开了一点。玛蒂尔德打开了百叶窗。

他纵身跳进房间，此时已经半死不活了。

"你终于来了！"玛蒂尔德叫着，飞身投入他的怀抱……

于连此刻的幸福，无法用言语来表述。玛蒂尔德的感受也与他几乎相同。

她在于连面前深深自责，向他揭露自己玩的那些手段。

"惩罚我如此无礼的骄傲吧。"她用力地抱着他，几乎令他窒息，"你是我的主人，我是你的奴隶，我必须跪下来求你原谅我曾经拥有想要反叛的念头。"她挣脱他的怀抱，匍匐在他的脚边，继续说道，"是的，你是我的主人，"她沉醉在幸福和爱中无法自拔，"请你永远统治我。当你的奴隶想反叛时，一定要严厉惩罚她。"

又过了一会儿，她又从他的怀中挣脱，点燃了蜡烛，想要剪下自己的头发送给于连。于连费尽周折才阻止她把整边头发都剪掉。

"我要牢牢提醒自己，"她对于连说，"如果有一天，一些可恶的骄傲念头又浮现而出，将我引入歧途，请把这些头发拿给我看，对我说：'这不是爱情的问题，这也与你内心此刻的情感无关，因为你已经发誓要完全服从，以你的名誉发誓终生服从。'"

两人体验到了极致的幸福，颠鸾倒凤、神志失常，此中细节，我们还是不要详述为妙。

虽然体会到了无上的欢愉，于连的道德感仍未失去，当他看到曙光照到花园东边远方的烟囱上时，就对玛蒂尔德说："这个时候，我应该爬下梯子离开了。我迫使自己做出的牺牲是值得的，我要提前离开，因此，我让自己少了几个小时人类心灵所能品尝到的极致的幸福，这都是为了保全您的名誉。倘若您明白我的心，就知道我付出了多么残酷的努力来克制自己。您会永远如此时此刻一般地待我吗？不过既然您拿名誉担保，这就足够了。您要知道，我们上次的幽会已经引发了怀疑，德·拉莫尔先生在花园里布置人巡逻，这不仅仅是为了防范盗贼。如今德·克鲁瓦瑟努瓦先生身边都是监视他的探子，严密监视他每晚的一举一动。"

说到这里，玛蒂尔德大笑了出来。她的母亲和一个女仆被吵醒了，隔着房门朝她问话。于连看着她，她脸色变得苍白，叱骂了女仆几句，却没有对母亲的问话搭茬。

"倘若她们现在忽然打开窗户，就能看见外面的梯子！"于连对她说道。

他再次跟她紧拥了一阵，就纵身跳到了梯子上，不是一级一级地下来，而是顺着梯子滑了下来，不一会儿就落到了地上。

用了不到三秒钟，梯子就被于连重新放在栽满菩提树的林荫道上，玛蒂尔德的名声安然无恙了。此时，于连从极度欢乐中醒来，发现自己几乎一丝不挂，浑身是血，刚刚他在没有任何防备之下从梯子上滑了下来，划破了皮。

这种越过了极点的幸福，令他瞬间恢复了所有的力量。此时此刻，倘若有二十个人出现攻击他，让他单独应战，也只是为他增添了一种乐趣。幸好他心中的军事才能经受住了考验：他把梯子放在原来的地方，将锁梯子的链条换好，离开时还没有忘记把梯子在玛蒂尔德窗下的异域花草中留下的痕迹抹除。

当他在黑暗中用手在软土上摸索，以确保痕迹被完全抹去时，突然觉察有什么东西落在了他的手上。原来玛蒂尔德剪掉了她一侧的秀发，扔下来送给他。

她站在窗口大声对他说："这是你的仆人送你的礼物，它代表了永恒的屈服。我放弃使用我的理性，请做我的主子。"

于连又因爱情而倾倒，几乎差点跑去把梯子又拿来，再次爬上楼去。不过，最终还是理智获胜了。

从花园回到侯爵府的大屋并不是容易的事。他设法撬开了地下室的门，从那里进入府邸，到了自己的门口，还需尽量小声地推开房间的门。他刚刚离开得太过匆忙，慌乱中将衣服兜里的房门钥匙忘在了玛蒂尔德的闺房之中。"但愿她能把这些致命的遗留物都妥善地藏好！"于连心想。

终于，疲倦战胜了快乐，当太阳升起时，他陷入了深深的梦乡。

他几乎没有听见午饭的铃声，匆忙来到餐厅。过了一会儿，玛蒂尔德也进来了。看到这个被各种甜言蜜语围绕的美若天仙的女人眼中闪烁出的爱情的光芒，于连骄傲的内心得到了莫大的满足，然而不一会儿，谨慎的他就感到了一阵恐慌。

玛蒂尔德借口自己没有时间整理头发，将发型弄得无比奇特，让于连对她昨晚剪去头发而做出的牺牲一目了然：她那头迷人的灰金色头发的整个一侧几乎被剪完了，只有约莫半寸贴在脑袋上，倘若玛蒂尔德绝美的容颜会被什么东西破坏的话，她的做法就实现了这个效果。

午餐时，玛蒂尔德的所作所为，仿佛都为了呼应她剪掉头发的疯狂行径。简直可以说，她似乎一心想让所有人都知道，她疯狂地爱上了于连。幸运的是，那天德·拉莫尔先生和侯爵夫人正忙于即将举行的蓝色绶带颁发典礼，无暇他顾，而德·肖纳先生则未获邀请。午餐快结束时，玛蒂尔德和于连聊天时，忽然叫他"我的主子"。这让于连的脸一直红到了耳根。

无论是出于偶然，还是德·拉莫尔夫人刻意的安排，玛蒂尔德那天没有一刻是闲下来的，身边总是有人相陪。晚上，在从饭厅走去客厅的当口，她总算逮到个机会对于连说："我母亲刚刚决定，让她的一个贴身女佣晚上在我房间里睡觉。您会相信这是我让您今晚不要来的借口吗？"

这一天快如闪电，转瞬即逝。于连仿佛到达了幸福的巅峰。第二天早上七点，他在藏书室中当差，满心期待玛蒂尔德能出现在这里，因为他写了一封长信给她。

等了很久，她都没有来，几个小时后，在吃午饭时，他才看见她。这一天，她巧妙地梳好了自己的头发，用一种特别的技巧小心翼翼地掩盖了剪掉的头发。她只朝于连那边看了一两眼，表情严肃平静，并且根本不会喊他主人。

于连大为吃惊，他几乎无法呼吸……如今的玛蒂尔德，又开始为自己对于连所做的一切自责不已了。

经过冷静的思考，她觉得于连也就是个普通人而已，即使有些与众不同，但也不至于离谱到值得为他做这些疯狂大胆的举动。总之，她没有把爱情放在心上。这一天，她厌倦了爱情。

至于于连，他的心理活动变得好像一个十六岁的孩子。在这顿仿佛永远没有尽头的午餐中，怀疑、震惊、绝望，种种可怕的情绪轮流占领了他的心灵。

好不容易熬到了可以体面地离开饭桌的时间，他不是用跑，而是狂奔疾冲到了马厩，亲自给马装上马鞍，跨上马，飞驰而去。他害怕因为不小心露出的软弱，让自己丢尽颜面。"我必须通过身体上的疲倦让我的内心彻底死亡。"他一边驰骋在默东[1]的树林里，一边对自己说，"我究竟做了什么，说了什么，让我得到如此的羞辱？"

"今天必须什么都不做，什么都不说，"他回到府邸时想着，"我在精神上已经死去了，因此，我的肉体也要死掉。"于连仿佛已经不在人世，只剩他的身体，如行尸走肉一般。

1　法国法兰西岛大区上塞纳省的一个市镇，靠近巴黎。

第二十章
日本古花瓶

起初，他不明白内心遭遇了怎样的不幸，疑惑多于悲伤。但随着理智的回归，他感受到了这不幸的深度。一切活着的乐趣对他来说全部湮灭，他只能感受到绝望的锋芒将他撕碎。但谈论身体的痛苦有什么用呢？仅仅是身体受苦，怎么能与精神的痛苦相提并论呢？

——让·保罗[1]

晚餐时间到了，于连连忙穿戴整齐下楼。他发现玛蒂尔德在客厅里，央求哥哥和德·克鲁瓦瑟努瓦先生不要去叙雷纳[2]参加费瓦克元帅夫人的晚会。

在他们眼中，很难有人比玛蒂尔德更迷人、更可爱。晚饭后，德·吕兹、德·凯吕斯先生和他们的几个朋友出现了。似乎玛蒂尔德跟哥哥恢复了友好的关系，变得循规蹈矩、重视礼节起

---

1 让·保罗（Jean Paul, 1763—1825），德国小说家，作品对后世诸多浪漫主义作家产生影响。
2 巴黎附近的塞纳河畔的小镇。

来。虽然晚上天色很好，但玛蒂尔德坚持不到花园去，她希望大家不要离开德·拉莫尔夫人所坐的安乐椅。于是，大家又重新恢复了冬天的状态，玛蒂尔德的蓝色沙发成了小团体的中心。

她对花园有一种厌憎之情，或者至少在她看来，花园里极其无聊，因为那里让她联想到了于连。

痛苦会削弱一个人的聪慧。我们的主人公竟然愚笨地又来到了那把曾经见证他辉煌胜利的草垫椅之旁。今天没有人理睬他，大家对他视而不见，甚至更糟的是，德·拉莫尔小姐的那些坐在附近的沙发末端的朋友，纷纷朝他背过身去不理他，至少他是这么认为的。

"这就是宫廷中所谓的失宠吧。"他对自己说。这个时候，于连忽然想细细端详一下那些试图用不屑一顾的态度对他进行打击的人。

德·吕兹先生的叔叔在宫中身居要职，因此，这位英俊的军官与每一位宾客谈话，都会在开始就提出一个有趣的细节：他的叔叔七点钟就出发去圣克卢宫了，并且晚上还要在那里过夜。这个细节貌似是他无意中说起的，却总是一而再地被提出来。

于连用痛苦而严厉的目光审视着德·克鲁瓦瑟努瓦先生，他注意到，这个和蔼可亲的好青年认为万事万物都受某种神秘因素的巨大影响。这种思想对他影响至深，倘若他看到任何重要的事件被简单地看作自然而然就发生的，他就会显得不快和恼怒。于连心想："这种观念可真有点疯狂。这个性格与科拉索夫亲王向我描述的亚历山大皇帝有着惊人的相似之处。"记得于连在巴黎逗留的第一年，这个刚刚离开贝桑松神学院的可怜小伙子，被这些上流社会中和蔼可亲的年轻人的魅力迷得眼花缭乱，简直对他们钦佩至极。直到现在，这些人的真实性格才完完全全地展现在他面前。

"我在这里完全格格不入。"他突然想到了这一点。此时此刻，他必须想办法从草垫椅上离开，又不能太出洋相。他从纷乱的幻想中努力集中精神，搜肠刮肚地想要找到一个离开的办法。他想要求助于记忆，必须承认，他自己在这方面的能力的确有限，这个可怜的孩子在这方面也没有经验，所以当他起身离开客厅时，所有人都注意到了他那副笨拙的样子。他的一举一动明确地显露出他的痛苦与不幸。在这四分之三个小时内，他都在扮演不受欢迎的下等人角色，人们甚至懒得掩饰自己对他的不屑一顾。

不过，他内心对这些敌人的批评，让他不至于把自身的不幸看得太悲惨，况且他还有前一天的回忆来支撑他仅剩的傲气。当他独自进入花园时，对自己说："不管他们多么优秀不凡，玛蒂尔德曾经两次纡尊降贵地待我，而她从未这样对待过他们。"

他的智慧就到此为止了，并没有更进一步。机缘巧合下，玛蒂尔德成为于连全部幸福的绝对掌控者，他却一点都不了解这个奇女子的独特个性。

第二天，他拼命骑马，试图用疲倦折磨他的坐骑和他自己。他没有试图在晚上聚会时靠近那张蓝色沙发，只因为玛蒂尔德常在那里坐着。他注意到，诺伯特伯爵进屋时，甚至不屑于看他一眼。他心想："这个年轻人天性彬彬有礼，他一定是逼自己做出这样无礼的样子。"

对于连来说，睡觉本是件幸福之事。尽管身体疲劳，但那些甜美诱人的记忆总是侵袭他的整个想象力，让他无法安眠。在这一方面他确实缺乏才能。然而他不知道的是，他在巴黎附近的森林中骑马发泄，只是在无用地折磨自己，没有对玛蒂尔德的内心产生丝毫的影响。他将自己的处境拱手交给了命运。

在他看来，唯一令痛苦得到无限缓解的解药，就是与玛蒂尔德面对面地谈谈。但他敢对她说些什么呢？

一天早上，七点多钟，他在藏书室中，正满脑子想着这件事，突然看到玛蒂尔德进来了。

"我知道，先生，您想跟我聊聊。"

"我的天啊！是谁告诉你的？"

"我就是知道，这有什么关系？如果您不顾脸面，大可将我们的事传扬出去，让我名誉扫地，至少您可以试一下，但我不认为这样的危险会真正发生，就算有，也绝对不会阻挡我讲出真心话。我不再爱您了，先生，之前我被疯狂的幻想给欺骗了。"

在这一可怕的打击下，于连被内心的爱情和痛苦彻底搞得晕头转向，还试图开口为自己辩解。没有什么比这更荒唐的了。一个人难道可以因为别人不喜欢自己，就开口为自己辩护吗？但理性再也无法控制他的行为。一种盲目的本能令他不想这么快地看到自己的爱情命运就此终结。在他看来，只要他开口辩解，一切都还没有结束。然而玛蒂尔德却完全不想听他讲话，他的声音让她感到不快，并且她无法想象，他竟有胆量敢打断她的说话。

那天早上，玛蒂尔德同样因为内心的懊悔而痛苦不已。在于连那边，她既失去了贞操，也一度失去了骄傲。她一想到曾委身于这样一个小修道士、一个木匠的儿子，就觉得恐惧不已，整个人都颓丧至极。她在内心夸大了这种不幸，常常想道："我这样做，跟爱上一个仆人有什么两样？"

像她这样放肆大胆的人，恼恨自己与迁怒他人只有一步之遥，在这种情况下，她将怒气都发泄在于连身上，这对她而言倒是一件乐事。

在一瞬间，玛蒂尔德对于连的鄙夷之情到达了无以复加的地步。她聪明过人、机智超群，这种机智让她在折磨别人自尊、残忍伤害对方的技巧上简直登峰造极。

于连平生第一次有此遭遇：一个高傲的灵魂，对其展现出最激烈的仇恨。他不由得缴械投降了。此时的他，再也没有自我辩解的念头，甚至开始鄙视起自己来。玛蒂尔德想要残酷地利用嫌弃的话语把他击垮，并巧妙地摧毁他的全部自尊。此时此刻，于连竟然觉得玛蒂尔德说得很有道理，她的那些话还不够激烈。

玛蒂尔德感到了一阵骄傲的快感，她这样做不仅在惩罚他，也在惩罚自己前些日子对他的爱与崇拜。

她得意扬扬地向于连吐出一连串残酷的话语，这些话她根本无须思考就能脱口而出，她只重复过去七天之内、自己的内心抗拒这份爱情时酝酿已久的那些言辞就已经足够了。

她的每句言语都将于连心中可怕的痛苦增加了百倍。他想就此逃走，但玛蒂尔德强势地拉住了他的胳膊。

"请您注意，"于连说，"您讲话的声音很大，声音都传到隔壁去了。"

"这有什么关系！"玛蒂尔德骄傲地说，"谁敢偷听我讲的话？我得把您那小小的自尊心摧毁掉，因为它可能会对我有所图谋。"

当于连从藏书室离开时，他忽然觉得没有那么难过了，这令他惊讶不已。"好吧！她不再爱我了。"他对自己大声重复道，似乎想让自己认清目前的立场，"她爱过我八天或十天，而我将一生爱她。这真荒唐！就在几天之前，她还什么都不是，在我的心里毫无地位可言！"

而此时此刻，骄傲的喜悦充斥着玛蒂尔德的内心，她终于可以永远跟于连断绝关系了！跟之前如此浓烈的感情干净漂亮地一刀两断，这让她开心不已。"这位小先生会明白，而且是一劳永逸地明白，无论现在和将来，他都不会对我产生任何影响。"她陷入了愉悦之中，此刻她的内心真的不再为爱所困了。

在这样一个如此残忍、如此具有羞辱性的场面发生之后，倘若换了另一个不像于连那般富于激情的人，心中绝无可能再有爱情残留了。玛蒂尔德一刻也没有偏离她事先为自己定下的任务，努力将一些羞辱性的语言抛向于连，这些话都是经过深思熟虑的，即使冷静下来回想，也会觉得句句有理。

于连在令他无比震惊的这一幕中得出一个结论，玛蒂尔德实在骄傲得太过分了。他坚信，自己与她的一切已经永远结束了。然而第二天，在午餐时，于连在玛蒂尔德面前还是显出了笨拙和害羞的样子。他还从未有过如此愚蠢的表现。在此之前，无论大事还是小事，他一贯清楚知道自己该做什么，想做什么，并会将其付诸实施。

那天午饭过后，德·拉莫尔夫人向于连要一本煽动性的，但罕见的小册子，这本小册子是她的牧师今早偷偷摸摸带来的，于连从一个小桌子上拿起那本册子的时候，无意中碰碎了一只古旧而难看至极的蓝瓷花瓶。

德·拉莫尔夫人发出一声痛苦的呼叫，霍地站起身来，凑近仔细看着满地的花瓶残骸。"它来自古老的日本，"她说，"这是我的姑妈、谢勒修道院院长送给我的，它原本是荷兰人送给摄政王奥尔良公爵的礼物，他把它赠给了自己的女儿……"

玛蒂尔德目不转睛地看着母亲这一系列的动作，心里倒很高兴，这个丑陋得可怕的蓝色花瓶终于被打破了。于连沉默不语，却很镇定，他望着离他不远的德·拉莫尔夫人说道："这只花瓶，永远毁了，就好像曾经主宰我心灵的一份感情也全都毁了。请您接受我的道歉，原谅我的疯狂做出的一切蠢事。"说罢，他就走了出去。

德·拉莫尔夫人在他离开时说："看来，这位索雷尔先生对刚才的所作所为还挺骄傲和高兴的呢！"

这句话直接说到了玛蒂尔德的心坎里。"这倒是真的，"她心里想，"我母亲猜得真不错，他内心怀有的感情就是这样的。"就在这个时刻，她前一天羞辱于连所带来的所有快意也随之消失了。"好吧，一切都结束了，"她表面上看起来风轻云淡地想着，"这是个很大的教训，差点犯下可怕的错误，真是太丢人了！它会让我以后更聪明些的。"

"我说的难道不是真的吗？"于连心想，"为什么对这个疯癫的女人的爱仍然在折磨我？"

这种爱并没有像他所希望的那样消失殆尽，反而越发强烈了。"她是个疯子，这是事实，"他自言自语道，"但她就因此变得不可爱了吗？她已经美到极致了吧！最优雅的文明所能呈现的所有鲜活的欢乐，难道不都令人羡慕地在玛蒂尔德身上汇集吗？"这些对过去幸福的回忆，在于连的心中挥之不去，并迅速摧毁了他理性的所有运作。

已经拥有如此甜蜜的回忆，再严肃的理性也无法将其打败，只会令其增添魅力。

在日本古花瓶打碎的二十四小时后，于连真真切切地成了一个最不快乐的人。

第二十一章

秘密记录

我把所见所闻据实以告。或许我会看错，但绝对不会对你撒谎。

——《给作者的信》

德·拉莫尔侯爵派人去找于连，侯爵先生似乎恢复了活力，眼睛闪烁着精光。

"让我们来谈谈您的记忆力，"他对于连说，"别人都说，您记忆力超群！倘若给您四页纸的文字，您能将它们熟记于心，然后去伦敦背诵吗？一个字都不许改动！"

说这话的时候，侯爵正在用手揉搓着当天的《每日新闻》，显得心情有些不快。他想要掩饰脸上严峻的神色，却还是被于连看了出来，即使在跟弗里莱尔神父打官司的时候，侯爵也没有露出过这样的表情。

于连跟侯爵相处已经颇有经验，看到他故意露出轻描淡写的神色，就假装自己也丝毫没看出异样。

"这一期的《每日新闻》也许不是很有趣。但是，如果侯爵先生允许的话，明天早上我可以给您完整地将它背诵出来，这是我的荣幸。"

"什么！连广告也包括在内？"

"没错，而且一字不漏。"

"您向我保证吗？"侯爵突然严肃地问。

"是的，先生，我毫不担心，担心会让我分神，影响我的记忆力。"

"我昨天就想问您来着。我不会要您发誓永远不把将要听到的内容说给别人听。我太了解您了，这样对您是不公平的。我已经替您打点好了，到时候，我要带您到一个房间去，那里有十二个人在开会，您要把每个人所说的话记录下来。"

"别担心，这不会是一场混乱的谈话，每个人都会轮流发言，我指的不是按顺序发言。"侯爵补充道，同时恢复了随意诙谐、轻松自然的语气，"我们的所有谈话，估计您会记录二十页，之后，我们一起回到书房，将这二十页纸浓缩成四页。您明天早上不用给我背什么《每日新闻》了，但要把这四页纸的内容背诵出来。之后您要装成个旅行享乐的年轻人的样子，立刻动身去驿站，坐车离开。您必须不被任何人注意，因为您要去见一个大人物。这就需要您的智慧与机警了。您必须骗过他周围所有的人，因为他的某些秘书和仆人已经被我们的敌人收买，他们会窥伺我们派去的人，并截击他们。为了掩饰身份，我将给您提供一份无关紧要的介绍信。

"当那个大人物看向您的时候，您就无意间把我的手表给他看，就是这只手表，我把它借给您。带上它，同样地，也把您的手表给我。

"您把那四页纸的内容背诵给公爵听，他会亲自记录下来。

"如果大人物问您什么，您可以给他讲讲我马上就带您去的那个会议，但不要言之过早。

"相信您在旅途中不会感到无聊的，从巴黎到您要去的公爵官邸之间，可能有不少人等着朝这位于连·索雷尔神父开上一枪呢。倘若他们成功，我的这件重要的事情就会被大大地耽误。因为，我的孩子，我们根本不可能知道您被杀死了。哪怕您再忠肝义胆，也无法跑来向我汇报这件事。"

"现在立马去买套衣服，"侯爵语气郑重地说，"要两年前就过时的样式，您今晚的出现必须不修边幅。而当您离开上路的时候，就穿得跟往常一样。这样做会让您感到警惕、震惊并疑惑不解吗？是的，我的朋友，今晚的聚会里有很多发表意见的可敬人物，他们中有人也许会递消息出去，当您晚上投宿在某个旅店的时候，派人把鸦片下在您的饭里，将您毒死。"

于连说："最好走迂回路线，哪怕多走三十里。我想，您是要把我派去罗马吧……"

侯爵露出一副高傲而不快的表情，于连上次看到他露出这样的神色，还是在布雷勒欧修道院瞻仰圣体的那会儿。

"您会知道的，先生，当我觉得合适的时候，会告诉您的。我可不喜欢别人乱问问题。"

"我向您发誓，先生，"于连忍不住回答道，"我不是在提问，我是在思考，想要寻找一条最安全的路线。"

"是的，看来您想得倒是挺远啊。不过，永远不要忘记，作为一个使者，尤其是像您这样年轻的使者，一定不要强迫别人去相信您。"

于连感到十分羞愧，他自觉失言。但为了维护自尊，他想寻找一个借口，却没有找到。

"那么，请您理解，"德·拉莫尔先生补充说，"当一个人做了傻事的时候，总说自己是出于好心。"

一小时后，于连出现在侯爵的见客室里，一副微不足道的样子。他穿着过时的衣服，打着一条别扭的白领带，整个人看起来像个老学究。

看到他的样子，侯爵开怀大笑起来，这个时候，于连总算获得了信任。

"倘若这个年轻人背叛了我，"德·拉莫尔先生自言自语，"那我能相信谁？不过，要做成大事，必须信任什么人。我的儿子和他那些才华横溢的朋友都颇具胆识，忠心万丈，倘若发生战斗，他们会战死在王座台阶之上，他们无所不知……但是此刻，他们却完全派不上用场。如果我发现他们中竟然有人能背诵四页纸的内容，并且可以在不引人注意的情况下独行一百法里路，那才真是见鬼了。诺贝尔倒是会像他的祖先一样，知道如何慷慨赴死，这是一个士兵的优点。"

侯爵陷入了沉思："倘若说到敢于慷慨赴死，"他叹了口气，"也许这个于连·索雷尔也不比他差……"

"我们上车吧。"侯爵对于连说，同时努力不去想这个令他心烦的想法。

"先生，"于连说，"刚刚在服装店修改衣服的时候，我已经把《每日新闻》的第一页背熟了。"

侯爵接过报纸。于连只字不差地全都背了出来。这天晚上，侯爵表现得像个外交家，心想："很好，这个年轻人只顾背书，并没有注意到我们走过的路线。"

他们来到一个颇为宽敞，但是看上去昏暗阴沉的客厅之中，一部分墙壁装上了护壁板，另一部分则挂着绿色的天鹅绒。在房间中央，一个阴沉着脸的仆人刚刚将餐桌收拾妥当，又在上面铺了一块巨大的绿色台毯，将餐桌变成了书桌，台毯上面到处都是墨迹，应该是某个内阁办公室淘汰掉的。

房子的主人是一个身形高大的男人，没人提到他的名字。于连从他的相貌和口才上判断，这是个见识不凡的人。

在侯爵的示意下，于连始终坐在桌子的下方边缘。为了不显得拘谨，他开始削手上的羽毛笔。他用眼角的余光看到，讲话的共有七个人，但于连只能看到他们的背部。其中两个人以平辈的语气称呼德·拉莫尔先生，其他的人或多或少都对他表现出崇敬的样子。

这时，一个新来的人没有经过仆人的通报就自己进来了。"这很奇怪，"于连想，"他们进入客厅时没有仆人禀报他们的名讳，难道是在防备我吗？"每个人都站起来迎接这位新来者。他佩戴着极其尊贵的勋章，客厅里原有的三人也佩戴着同样的勋章。他们讲话的声音很小，于连只能从特征和举止来判断这位新来的人。他身材矮胖，面色通红，眼睛精光四射，除了野猪般的凶狠狡黠之外，没有别的表情。

另一个完全不同的人紧接着就来了，于连的注意力立刻被这个人分散了。他是一个高大瘦弱的人，身上穿着三到四件背心。他的眼神温柔和蔼，仪态彬彬有礼。

"他像极了那个贝桑松的老主教。"于连心想。这个人显然来自教会，年龄不超过五十或五十五岁，没人看起来比他更像个慈父了。

这时，阿格德的年轻主教出现了。他环顾在场的人，目光落在于连身上，显得非常惊讶。自从那次在布雷勒欧修道院瞻仰圣体的仪式后，他就再没跟于连说过话。他惊讶的表情让连感到尴尬和生气。"怎么回事？！"他想，"认识什么人为什么总会变成我的不幸？所有这些我从未见过的大老爷，他们根本吓不倒我，而这位年轻主教的神情却让我心里发凉！必须承认，我是个奇特而不幸的人。"

很快，一个穿着一身黑衣的矮个子男人走了进来，一边走一边喋喋不休，他从门口就开始口若悬河地说话了。他的肤色发黄，看起来疯疯癫癫的。这个可怕的话痨一到，人们就三五成群地散开了，显然是避开他，不想听他讲话。

这个时候，人们开始从壁炉那边走开，走近桌子下方，于连就坐在这里。他的样子越来越窘迫，因为无论如何努力掩饰，他都不可能不去聆听他们的交谈。就算他毫无经验，都明白这些人此刻毫无掩饰地谈论的话题事关重大。而他眼前的这些大老爷，显然是多么不想让这些秘密传扬出去啊！

于连已经尽可能放慢速度地削了二十来支羽毛笔，这个掩饰的手法马上就不能用了。他徒劳地望着德·拉莫尔先生的眼睛，想要获得他的指示，而侯爵此刻似乎已经把他抛在了脑后。

"我现在的样子一定很可笑，"于连一边削着羽毛笔，一边自言自语，"这些其貌不扬的人，要负责完成那么多利益攸关的大事，有些是他们自己的事，有些是别人托付的事，他们一定疑心重重。我那该死的眼神中肯定会透出一些审视和不尊重的意味，这无疑会让他们不快。然而，倘若我故意垂下双眼，就会显出正在故意窃听的样子。"

他尴尬到了极点，但确实听到了一些不寻常的事情。

第二十二章
一场讨论

共和国——今天，倘若有一个愿意为公共利益牺牲一切的人，那么就有成千上万的人只想安逸享乐和荣华富贵。在巴黎，一个人之所以被重视，不是因为他品德高尚，而是因为他的车马华丽。

——拿破仑的《回忆录》

有个奴仆急匆匆地进门禀报："公爵先生×××驾临。"

"闭嘴，您真是个傻瓜。"公爵进门时骂道。他的这句话说得如此熟练，颇具威严。于连不由自主地想，对一个奴才发火，可能就是这位大老爷的全部才学了。他抬起眼睛，又马上垂了下去。他猜到了这位新客人的地位非同凡响，生怕自己贸然的一瞥被看作轻率的行为。

这位公爵五十来岁，穿得像个纨绔子弟一般，走路一蹦一跳，好像脚下安了弹簧。他的头很窄，有一个大鹰钩鼻子，整个脸向前突出。很难找到什么人比他的样子更高贵而虚浮了。他的到来决定了讨论正式开始。

于连还在观察此人的长相，忽然被德·拉莫尔先生的声音给打断了。"我向你们介绍于连·索雷尔修士，"侯爵说，"他有惊人的记忆力，我一小时前才告诉他今晚被赋予的使命，为了证明他的记忆力，他已经把《每日新闻》的第一页一字不差地背了下来。"

"啊，这里面有关于可怜的N先生在国外的消息。"房间的主人说。他急切地接过报纸，微笑着望向于连，努力表现出自己很重要的样子。他说："背吧，先生。"

顿时所有人都噤声了，每双眼睛盯着于连。于连背得很熟练，以至于只背到二十行左右，公爵就说："足够了。"那个貌似野猪的矮个男人坐了下来，他是会议的主席。他一就位，就向于连指了指附近的一张牌桌，招手让他把牌桌搬到自己身边。于连在牌桌后坐下，准备好了必要的书写工具。他数了数，围着绿色台毯坐定的一共有十二人。

"索雷尔先生，"公爵说，"先退到隔壁房间去，会有人叫你的。"

房主看起来有些担心，压低了声音对身边的人说："百叶窗还没关呢。"然后冒着傻气地朝于连喊道："透过窗子偷看是没用的！"于连心想："往轻里说，我至少是被卷入了一个阴谋。幸运的是，这并不是通往绞刑架的那种阴谋。如果有任何危险，甚至更大的危险，我也要为侯爵而赴汤蹈火。如果能弥补我之前的疯狂行为在某天可能会给他带来的诸多悲伤，那我就很开心了！"

他一边思考着自己有多疯狂和不幸，一边仔细地打量这个地方，以便将它牢牢地印在脑中。直到这时，他才想起来，他没有听到侯爵告诉仆人们这条街道的名字，侯爵是坐着出租马车来的，这种事从未发生过。

于连长久地陷入沉思。他目前所在的客厅，挂着装饰着宽阔金边的红天鹅绒帷幔，一座硕大的象牙制十字架摆在窗边的桌子上，壁炉的台子上有本德·迈斯特的著作《论教皇》，镀金的书本切口，装帧美极了。于连将书翻开佯装阅读，不想被人认为是在偷听。隔壁房间时而传来提高声调的讲话声。等了好久，门终于开了，他们唤他出来。

"先生们，请大家牢记，"讨论的主席说，"从这一刻起，我们所说的话，可都是德·×××公爵将要听到的。至于这位先生，"他用手指着于连，"这位年轻的神职人员，对我们神圣的事业忠心耿耿。他凭借令人惊讶的记忆力，能够把我们在讨论中的每个细节都如实记录下来。"

"首先请这位先生开始发言。"他对那位相貌和蔼，穿着三四件背心的大人物说。于连自然而然地将他称作"背心先生"。他摊开纸张，不停地记录着。

（在这个部分，身为作者的我，本来只想写满一页省略号。不过编辑对我说："这样就太不雅观了。这部作品如此肤浅，倘若再不雅观，那就全完了。"

而我回答道："政治啊，是绑在文学脖子上的一块大石，不到半个月，就会让它沉底，遭受灭顶之灾。本来是乐趣十足的想象，一旦加入了政治这个元素，无疑就像音乐会上响起一声枪响。这响声毫无力量，却刺耳、令人难受。它与所有乐器都不搭调。倘若我将政治元素加入小说，无疑会令一半的读者深深感到被冒犯，而让另一半读者味同嚼蜡，倘若他们想要读到专业而鲜活的政治新闻，去读《每日晨报》不就行了？"

编辑反驳道："既然书中的人物是一八三〇年的法国人，那么他们怎么可能不谈论政治呢？没有政治内容，您的小说怎么能像您所说的，成为一面镜子呢？"）

于连的会议笔录足足有二十六页，以下是一篇缩水的摘要，因为按照惯例，我们得把那些荒诞可笑的部分删掉，荒诞的地方倘若太多，会惹人反感，或者显得不够真实。（读一读《法庭公报》你们就知道了。）

那个面孔和蔼的背心先生（他有可能是个主教），脸上总是挂着微笑，被浮肿下垂的眼皮包裹的双眼，每当微笑的时候，就会闪现奇特的光芒，表情也不像平常那样看起来优柔寡断了。他被邀请第一个向公爵阐述自己的看法。（"究竟是哪位公爵呢？"于连想。）很明显，他是要对各方意见做一个综述，就好像一位代理检察长所做的那样。不过，在于连眼中，他犹犹豫豫，总不发表确定的言论，就像那些被人指责的司法官员。在他发言的过程中，公爵甚至对他的这一缺点当面进行责备。

背心先生先啰唆地讲了好几句道德教义和慈悲为怀的富有哲理的话，然后说道："高贵无比的英国，曾经在不朽的伟大人物皮特[1]的领导下，不惜花费四百亿法郎，以阻止法国大革命的蔓延。请大家准许我贸然且直率地提出一个悲观的看法：英国还不——

---

[1] 皮特（William Pitt the Younger，1759—1806），英国政治家，曾任英国首相，在法国大革命时期曾领导英国军队镇压法国革命军。

够内行，其实想要对付像拿破仑·波拿巴这样的人，尤其是人们仅仅抱有与他对抗的美好意愿，而无力行动的时候，唯有采取个人行动才是决定性的方法……"

"啊！竟然夸赞起暗杀行刺来了！"房间主人神色不安地说道。

"饶了我们吧，收起您那套感性的说教！"讨论会主席生气地叫着，他那双像极了野猪的眼睛里射出了凶狠的光。"请您继续吧。"他对背心先生说。主席气得满脸通红。

"高贵无比的英国啊，"背心先生继续说道，"如今已经差不多垮掉了，因为每个英国人在支付面包的费用之前，还要支付用来跟雅各宾党人打仗的四百亿法郎的利息。英国不会再出现像皮特这样的人了……"

"英国还有德·威灵顿公爵[1]呢！"一位军人说道，并摆出了一副很了不得的样子。

"天主保佑，请肃静，先生们，"主席大声叫道，"倘若我们继续争执下去，那么索雷尔先生的记录还有什么意义呢？"

"哟，这位先生啊，我们都知道，就他肚子里的主意多。"公爵一边生气地说着，一边望着这个刚刚打断他发言的军人，这个军人曾是拿破仑的部下。公爵的这句话在含沙射影地讽刺他，带着极大的侮辱性，这点于连也觉察出来了。在场的所有人都笑了，这位拿破仑手下的叛将简直要恼羞成怒了。

"像皮特这样的人不会再有了，先生们，"背心先生发现自己无法以理服众，他显得有些沮丧，不过他还是打起精神，继

—

1　德·威灵顿公爵（1st Duke of Wellington，1769—1852），英国政治家，曾在滑铁卢战役中打败拿破仑军队。

续说道，"就算是皮特再生，也没办法用同样的方式欺骗英国两次了……"

"这样说来，那在今后的法国，像拿破仑·波拿巴这样的常胜将军也不可能再度出现了。"刚刚打断发言的那个军人又说话了。

然而这一回，无论是主席还是公爵都不敢发言驳斥了，尽管于连从他们的眼中看到了怒火，但他们只是垂下双眼，公爵长长叹了口气，这声音传到了每个人的耳中。

然而，一直在发言的背心先生却大发雷霆了。

"看来有人等不及想要我快点结束啊！"他怒不可遏，之前的满脸堆笑、优雅客气，以及节制有度的语言，刹那间全都不见了。于连还以为那些是他真实性格的体现呢。"既然某人等不及想要我快点结束，既然某人对我为了不刺痛任何人的耳朵而付出的努力视而不见——不管这些人的耳朵可能有多长，好吧，先生们，我会言简意赅的。"

"我简单粗暴地对你们说，对于保护我们的神圣事业，英国一分钱也拿不出来了。就算皮特投胎转世，他哪怕殚精竭虑也无法再次哄骗那些英国小地主。那些人清楚得很，仅仅一场短暂的滑铁卢战役，就花掉了他们足足十个亿的法郎。"背心先生越说越激动，继续讲道，"既然某人想要我说明白话，我就跟你们明说，现在我们只能自己救自己了，英国不会拿出一个子儿来帮我们的忙了。英国不愿出钱的话，奥地利、俄国和普鲁士空有勇气，没有金钱，能跟法国革命军打上一两场仗就很不错了。

"我们或许可以期待法国的那些年轻雅各宾党战士在前两场战斗中被歼灭。但是在第三场战斗中，先生们，咱们面对的敌人，不再是一七九二年的草包农民，而是一七九四年的战士了——就算我被带有偏见的你们视为革命党，我也要坚持这个观点。"

此时此刻，忽然有三四个人异口同声地打断了他的话。

"先生，"主席对于连说，"您先去隔壁房间，把我们刚刚说的开始部分整理好。"于连听命退下，心里却遗憾不已，这些人讨论的话题，他时常也会习惯性地在心里琢磨着它们发生的可能性。

"这些人之所以回避我，是害怕我嘲笑他们。"他心想。等到人们再喊他进入讨论室的时候，德·拉莫尔先生正在说话，于连平素对他熟悉之至，看到他此时如此严肃的样子，心下不免觉得好笑。侯爵说道："……对，先生们，尤其是关于我们这个不幸的民族，我们可以说：'这块大理石，它将被雕成神像，还是桌子和脸盆？'[1]'它将成为神！'我们的寓言作家[2]这样疾呼。这句箴言如此崇高而深奥，先生们，它是对你们而说的！亲自行动起来吧！在我们的努力下，我们的祖先一手建造的尊贵的法兰西，路易十六被处死前我们见证过的那个法兰西，一定会浴火重生！

"至于英国，至少那里的尊贵勋爵与我们同样憎恨卑鄙无耻的雅各宾主义。倘若革命再度发生，没有英国的财政支援，奥地利、俄国和普鲁士最多能跟法国的革命军打上个两三仗，但这够得上让法国有效地被他们占领吗？我不觉得。就像德·黎塞留[3]先生那样，他在一八一七年愚蠢至极地白白放弃了那次军事

1 这一典故出自拉封丹的寓言诗《雕刻家与神像》。
2 即拉封丹。
3 德·黎塞留（5e duc de Richelieu, 1766—1822），路易十八的大臣，曾于1817年在神圣同盟会议上签署协议，终止外国军队对法国的占领。

占领。"

此时还有人想要插话，但是被所有其他人的嘘声制止了。插嘴的人又是那个前拿破仑帝国的将军，他一心想要在这份秘密记录的发言人中拥有一个特殊的位置，并获得蓝色绶带的荣耀。

"我觉得这不可能。"这阵混乱平息后，德·拉莫尔先生接着说了下去，他尤其强调了这个"我"的字眼，于连觉得他的高傲十分迷人。"表现得太妙了，"他心中想着，手上也不歇着，奋笔疾书，几乎与侯爵的语速持平，"侯爵只用了一句漂亮的话，就把这个变节将军的二十次进攻打压下去了。"

"关于军事占领整个法国，我们不能仅仅指望外国势力。"侯爵逐字逐句谨慎地说道，"此外，那些在《环球报》[1]上发表煽动文章的年轻人中，可能会出现三四千名年轻的革命军官，其中可能有像克莱贝尔、奥什、儒尔丹和皮舍格吕这样的人[2]，不过更加充满恶意。"

"那是因为我们没能给他们加官晋爵，"主席说，"这是永恒不变的好办法。"

"最终，法国应该存在两个政党，"德·拉莫尔先生接着说，"不是名义上的政党，而是两个旗帜鲜明、立场对立的政党。这样我们就知道该将谁击垮——记者和选民，总而言之，是能够掌控舆论的那一方，也就是那些愣头青和他们的一切赞颂者。他们被假大空的舆论噪声弄得晕头转向，而我们则可以借机花费一下政府给我们的预算。"

此刻侯爵的话头又被打断了。

——

1　当时抨击君主制度的报纸。
2　他们都是法国大革命中出身平民的革命军将领。

"您啊，先生，"德·拉莫尔先生对那个打断他的讲话的人说道，并显露出令人赞赏的高傲和从容不迫，"您听到'花费'这个词觉得刺耳吗？但是在您这里，可不是'花费'，而是'吞噬'，您'吞噬'了国家预算的四万法郎和公费名录里的八万法郎。

"好吧，先生，既然您打断我的发言，那我就冒昧地把您当作例子。既然您家中尊贵的先人们曾在圣路易的麾下参加十字军东征，您有这十二万法郎，至少要效仿他们，给我们看到一个团、一个连，甚至半个连，哪怕五十个人也好，只要他们时刻准备战斗，对神圣事业永远效忠。不过，我看您有的只是一些穿戴华丽的仆人，倘若起义和暴乱降临，他们会让您吓得屁滚尿流。

"先生们，倘若我们没能在每个省都建立起一支由五百个忠心耿耿的人组成的队伍，我们的王位、祭坛、贵族的头衔，这一切随时可能难以保全。不过，我所说的忠心耿耿的人，不仅仅是勇武的法国人，还要有忠诚的西班牙人。

"我们的子侄后代，总之那些真正的贵族子弟，应该占这群人的半数之多。他们身旁的辅佐之士，不是只会花言巧语的小资产阶级，那些人一旦遇到一八一五年那样的事[1]，就会立刻戴上三色帽徽倒戈投降。我们真正的帮手应该是淳朴直率的农民，就像卡特利诺那样。我们的贵族子弟可以给他们灌输正确的思想，最好把他们变成从小到大的好兄弟一般。让我们每个人贡献收入的五分之一，在每个省份组建五百人的忠诚小分队。到那个时候，

———

1 拿破仑于 1815 年发动的"百日事变"。

我们就能指望外国人来镇压起义军了。倘若我们的外国帮手们没有看到我们这些五百人的忠诚勇士部队，他们甚至连第戎也不会靠近。

"只有我们向外国的国王保证，有两万名贵族先生已经全副武装，随时准备为他们打开法国的大门，他们才会听我们的差遣。先生们，你们可能会说，这样做要付出的实在太多，但是，我们的身家性命值得这个付出。在言论自由和我们的贵族身份之间，面临一场殊死搏斗。如果我们不想开工厂和当农民，就得拿起火枪。你们可以犹豫不前，但不能愚不可及，快睁开眼睛吧！

"雅各宾党人有句歌词：'快建立作战队伍吧！'[1] 我把它送给你们。那个时候，就会出现某个像古斯塔夫·阿道夫[2]那样的英雄，看到君主制度的危险迫在眉睫，就会奔赴离他祖国三百法里以外的地方，前来相助，为新教的君王拼死一搏。你们愿意继续纸上谈兵而不付诸行动吗？那样的话，不消五十年，欧洲就不会再有国王了，取而代之的是共和国的总统。'国王'这两个字一旦消失，贵族和教士也会随之灭亡。到时候，这个世上全都是向那些烂泥般的乌合之众大献殷勤的政治候选人。

"你们会反驳说，此时的法国没有被民众信赖、熟悉和爱戴的将军，军队的组建仅仅是为了国王和教会的利益，忠诚的老兵都不复存在，而普鲁士和奥地利的每支军团内都有至少五十个曾经冲锋陷阵的士官。但这样说又有什么用？

"要知道，那些可怕的小资产阶级中，可足足有二十万的年

1　这首歌指的是《马赛曲》，法国国歌。
2　瑞典瓦萨王朝国王，生于斯德哥尔摩，即位后旋即与神圣罗马帝国相争，御驾亲征，节节获胜，却于吕岑会战中不幸阵亡。

轻人渴望打仗呢……"

"不要说这些令人不舒服的事了。"一个威严的人物用自负的语气说道。很明显，他一定是在教会中身居要职，因为德·拉莫尔侯爵听他这样说，非但没有气恼，反而讨好地朝他微笑，于连看得清清楚楚。

"不要说这些令人不舒服的事了，我们总结一下，先生们，倘若一个病人有一条患上坏疽、务须锯断的腿，他就不应该对外科医生说：'我这条患病的腿还很强健呢。'我这样说你们不要见怪，先生们，此时此刻，尊贵的德·×××公爵就是可以医治我们的外科医生……"

"说到重点了，"于连心想，"我终于知道之后要赶去哪里了。"

第二十三章

教士，林地，自由

> 万事万物的首要原则就是保护好自己，好好地活
> 着。不过您自己播种了毒芹，又如何指望收获麦穗！
>
> ——马基雅弗利

那个很是威严的大人物继续发言，他明显很了解实情。他陈述这些重大事实时用的那种温柔稳重的口吻，让于连无比赞赏。他说道："第一，英国没什么钱来协助我们，目前那边正在流行经济学和休谟[1]的理论，甚至连那些慈善家也不会出钱，布鲁汉姆先生会嘲笑我们的。第二，只要英国不出钱，那些欧洲的国王就不会为我们发动超过两次的战役，这样就远远无法对付那些支持共和的小资产阶级。第三，在法国组建拥有武器的政党实属必要，不然的话，那些欧洲的君主制国家在法国连那可怜的两场战斗都不敢发动。

---

1 休谟（David Hume，1711—1776），法国哲学家、经济学家，支持自由经济。

"此外，我现在冒昧地向你们提出第四点再明显不过的事实：倘若没有教士的话，我们在法国绝不可能建成装备武器的政党。我之所以会不害臊地对你们说这些，是因为接下来我就要向你们阐明将一切都托付给教士的具体原因。

"第一，他们由一些只手遮天的大人物所领导，日日夜夜都在辛勤地忙于事务。那些大人物远离这里危险的风暴，在国境线三百里之外……"

"对了！罗马，是罗马！"房间主人大叫起来。

"没错，先生，就是罗马！"红衣主教表情骄傲地说，"虽然你们年轻的时候盛行那么多诋毁教士的笑话段子，不过我要高声宣布，在如今一八三〇年，社会底层人民只会听由罗马教廷领导的宗教人士的话。

"倘若五万名神职人员在国王指定的日子重复着相同的话语，那牧师的声音就比那些上流社会的诗词歌赋更能打动底层人民的心，众多士兵毕竟都是从底层人民而来。（这个对上流社会的贬低引起了众人的低声耳语。）"

"神职人员的才华可是比你们高出不少。"这位红衣主教提高了声音接着说道，"想想吧，你们想要在法国建立武装政党，这个至关重要的事情，其实我们都已经做过了。"他随即列举出一些事实，比如"是谁把八万把枪送到了旺代"，等等。

"只要神职人员没了林地[1]，他们就一无所有。倘若战争爆发，财政部部长就会写信通知专员，只给本堂神父发钱。归根结底，法国人不信神，只爱打仗。民众总会拥护带来战争的人，因为战

———

1　法国大革命期间，没收了所有修道院所拥有的林地田产。

争爆发，用那些庸俗的话来说，就能让那些耶稣会士挨饿。战争只要爆发，就能使法国民众——那些骄傲的怪物——摆脱外国反法势力的威胁。"

大家都对红衣主教的话点头称是……他继续说："我们应该让德·奈瓦尔先生离开首相职位，只要提到他的名字，人们就会不满，而这是没有必要的。"

话音刚落，大家都起立，七嘴八舌地又讨论开了。"我又得回避了。"于连心想，但是这回竟然连精明的讨论会主席也投入了激烈竞争，完全忘记了于连这个人的存在。

这个时候，大家都盯着同一个人看，这个人于连认识，就是内阁首相德·奈瓦尔先生，于连在德·雷斯公爵家中的舞会上见过此人。

此时的场上混乱至极，就像报纸上形容的议会场景。所有人喧闹了一刻钟，才渐渐恢复了宁静。

此时，德·奈瓦尔先生霍地站起身，用一种圣徒般的腔调说道："我不会断言我一定离开首相职务。"

"很明显，先生们，因为我令很多温和派也同我们作对，因此我的存在间接地令雅各宾党壮大起来。在这点上，我倒是愿意退出首相位置。但是，只有少数人才能走向天主的拯救之路，"他动也不动地盯着红衣主教，继续说道，"我天生拥有一个使命，上天对我说：'你要么把脑袋提上断头台，要么在法国重振君主政治，让参议院和众议院缩减到如同路易十五的国会那样的程度。'先生们，这一切，有待我去实现！"

他止住了话头，重新坐了下来，此时场上一片静默。

"这真是个演技派。"于连心想。不过于连搞错了，他总是喜欢在猜想中过分夸大别人的聪慧。这样一场热烈又真诚的晚间辩论让德·奈瓦尔先生着实兴奋不已，此时他一心只想着自己的使命。这人其实是个有勇无谋之辈。

在德·奈瓦尔那几句精彩之言带来的寂静中，午夜十二点的钟声敲响了。于连觉得钟声既威严又阴森。他的心情格外激动。

讨论在愈演愈烈的情境下继续进行着，这些贵族和宗教人士袒露出来的天真令人难以置信。于连时不时地想："这些人竟然在像我这样的平民面前谈论这些，他们一定会毒死我灭口的。"

两点的钟声敲响，大家还在七嘴八舌。房屋的主人却熟睡已久。德·拉莫尔先生只能敲铃召唤仆人更换蜡烛。内阁首相德·奈瓦尔先生于一点三刻告辞离开，此前他一直偷偷从镜子中打量着于连的样子。他一走，在场的所有人仿佛都更加自在了。

趁着仆人换蜡烛之际，那个背心先生对旁边的人轻声说道："老天啊，谁知道这个人会去向国王打什么小报告！他可能会嘲笑我们，让我们的前途毁于一旦。"

"毋庸置疑，他竟然敢到这里来，真是少有地自负和厚颜无耻。他升任首相之前常在这里出现，不过身居高位会让一个人彻底改变，把他身上的好处全部遮盖，他应该体会到这点了。"

首相刚刚离开，那位拿破仑曾经的将军就似乎困得睁不开眼睛了。他推说身体有恙，伤还未愈，看了看手表说天色已晚，然后匆忙离开了。

"我敢打赌，"背心先生说，"这位将军追去找首相了，他要为今晚到这里来而道歉，还会说是想要引导我们。"

当睡眼惺忪的仆人们把蜡烛换完后，讨论会主席说道："我们做个最终的商议吧，先生们，不要再试图说服彼此了。我们今晚讨论的内容将会在四十八小时以后呈现在我们境外的朋友眼前。既然德·奈瓦尔先生人都走了，我们可以畅所欲言，内阁里的那些部长又有什么了不起？我们迟早让他们言听计从。"

红衣主教用精致的笑容表示赞同。

这时，年轻的阿格德的主教发话了："我认为，想要清楚我们所处的立场，那再容易不过了。"他此前一直都沉默不语，强行压抑着因迅猛的宗教激情而诞生的狂热。于连发现，经过了上一个小时的激烈争辩，他那双原本温柔而和顺的眼睛已经几乎燃烧了。现在他的整个灵魂仿佛都要跳出身体，就像维苏威火山爆发一样。

他说："英国人从一八〇六年到一八一四年间只有一步棋走错了，那就是没有直接对拿破仑这个人进行制裁。从他封赏公爵、挑选内侍的那一刻，上帝交付给他的任务已经完成了，剩下的就是把他当作祭品杀掉。《圣经》中有很多地方告诉我们如何除掉那些暴君。（随后他又念了好几段拉丁文的格言警句。）

"然而，今时今日，先生们，我们要除掉的，并不是某个人，而是整个巴黎城。它目前是整个法国模仿的楷模。在各个省份建立武装军队又有何用？不仅冒险，还永无止境。巴黎的事情放在巴黎解决，不要将巴黎跟整个法国混为一谈。整个法国只有巴黎在通过报纸和沙龙来干坏事，让这座罪恶的新巴比伦城早日毁灭吧。

"巴黎和教会之间的斗争应该做个了结了。这场灾难甚至将君主的世俗利益都卷入其中。在拿破仑的统治下，巴黎为什么就不敢造次了？去问问圣罗克[1]的大炮就知道了……"

———

1 圣罗克教堂，拿破仑曾经率领炮兵在此大胜保王党人。

....

于连和德·拉莫尔侯爵一直忙到凌晨三点钟才离开。

侯爵既筋疲力尽又羞愧难当。他第一次跟于连讲话用上了恳求的语气。他请求于连向他发誓，永远不要将刚刚偶然见证的过分躁狂的场面说出去（这是侯爵的原话）。"在我们的国外朋友面前，您一定要守口如瓶，除非他反复强调想了解我们这些年轻疯子的情况。政府被推翻了对他们有什么影响？他们只要当上红衣主教就会立刻躲去罗马。而我们呢？却要在自家的城堡里遭受农民们的屠戮。"

于连今晚一共写了二十六页谈话记录，侯爵忙到凌晨四点四十五分，才将这些文字缩减成一份密信。

"我累得要死了，"侯爵说，"因此结尾写得不够清晰。这是我此生做过的最不满意的事了。给您，我的朋友，"他补充道，"去休息几个小时，我会把您反锁进房间，以免有人将您掳走。"

次日，侯爵带着于连到了一座偏僻的城堡中，这里离巴黎很远，住着一些怪异的人，于连觉得他们应该都是教士。有人给了他一张写有假名的护照，上面注明了他要去的地点——在昨晚的谈话中于连已经猜出自己要去哪里，只不过一直佯装不知。他只身登上了一辆敞篷马车。

侯爵对于连的记忆力没有半点怀疑，于连已经在他面前把这封密信背得滚瓜烂熟，但他很害怕于连半路遭人截击。

"您要扮成一个为了虚度时间而出门游山玩水的浪荡子，"侯爵在于连离开客厅时，态度亲和地对他说，"我们昨晚的聚会中，居心叵测的人可不止一个。"

于连上路了，路途飞快且悲伤，他一离开侯爵的视野，立马将密信和任务都抛诸脑后，心中只纠结着玛蒂尔德对他的种种蔑视。

他来到距离梅斯城外几法里的一个村庄打尖，在更换马匹的时候，驿站站长对他说暂时无马可用。此时已是晚上十点，心情不佳的于连准备留下吃消夜。他悄悄在门口逡巡，趁人不备缓慢地溜进马厩查看，果然一匹马都没有。

"不过，那个店主的神色怎么如此奇怪？"于连对自己说，"他那双粗俗的眼睛一直无礼地朝我滴溜溜地转。"

于连已经对别人的话颇有些戒备了。于是，他考虑吃完消夜就悄悄溜走。为了对此地有所了解，他离开房间到厨房烤火取暖。谁承想，竟在这里遇见了那个意大利歌唱家杰罗尼莫先生，看到故友，于连真是喜不自胜！

这位来自那不勒斯的歌唱家让人在炉火前放了一把扶手椅，他坐在上面长吁短叹，在那里滔滔不绝地说起来，一个人比周围的二十个德国农民的话都要多，把他们都给震惊了。

"这些人可把我害惨了，"他朝于连大喊，并意味深长地说道，"我原本准备明天在美因兹[1]唱歌。七个皇亲国戚要来欣赏我的歌声。哎呀，咱们出去转转吧，去透透气。"

他在大路上走了一百多步，确定不可能被人偷听后，才对于连说道："您知道吗，那个驿站的站长是个坏家伙。我刚刚在散步的时候，给了一个小孩二十个苏，他告诉了我实情：有十多匹马被藏在村庄另一头的马厩里，有人故意想要一个送信的使者迟到。"

———

1 德国城市。

"这是真的吗？"于连装作置身事外。

发现自己受骗还不够，他们得尽早出发，这件事却难倒了杰罗尼莫和于连。"姑且先等到天亮再说，"歌唱家说道，"他们对我们疑心很大，我们都可能成为他们的目标。明天一大早，我就点一桌丰盛的早餐，趁他们备餐的时候，我们佯装出门遛弯，趁机租几匹马，溜之大吉，早点赶到下个驿站。"

"您的随身行李怎么处理？"于连问。其实他也满肚疑窦，怀疑这个杰罗尼莫很有可能是被派来截杀他的敌人。不过总得吃饭睡觉，于连刚刚进入浅眠，忽然被说话声音惊醒，有两个人正在他的房间里有恃无恐地大声说话。

他立刻就认出了其中一人，正是那个驿站站长，他提着一盏昏黄的油灯，照着行李箱，于连此前差人将马车中的行李箱搬到了他的房间。驿站站长身边的那个人正在箱子里翻找搜寻。于连所在的角度看不清楚他的脸，仅能窥到他的衣袖，是黑颜色的，袖口很紧。

"很明显，这是一件教士长袍。"他思忖着，同时轻轻握住藏在枕边的小型手枪。

"本堂神父先生，不用害怕他会突然醒来，"驿站站长说，"他喝了您亲手调制的葡萄酒。"

"箱子里没有任何文件的痕迹，"这位本堂神父回答，"只有一些衣物、香水、发蜡，还有各种小玩意儿，这是个只懂享乐的当代小青年，密使或许是另外那个人，他假装用意大利语的口音说话。"

他们走到于连身畔，在他的旅行服的口袋中乱翻。于连恨不得把他们像杀窃贼那样地杀掉，还不必承担杀人后果。他非常想这么做……"不过，倘若这样做的话，我岂不是犯傻了？"他心想，"我就无法完成任务了。"这位教士搜完口袋，说了句"这不是那个信使"就离开了，幸亏他走得早。

"倘若他胆敢碰到躺在床上的我，那他就大祸临头了！"于连自言自语，"他有可能将我刺死，我怎么会这样白白等死？"

这位本堂神父转过身，于连眯缝着眼睛去看他的脸，瞬间被惊得瞠目结舌，这个人竟然是以前贝桑松神学院的副院长卡斯塔内德神父！实际上，虽然这两个人讲话声音很低，但他们中一个人的声音从最初就让于连感觉耳熟。这个瞬间，于连被一种无法抑制的欲望控制了，迫不及待想把这个最卑鄙的流氓、无赖打死……

"但是，我还有任务要完成！"他对自己说。

本堂神父和与他沆瀣一气的家伙离开了房间。约莫一刻钟后，于连假装醒来了。他大声喊叫，吵醒了整座旅馆的人。

"我被下毒了，"他大喊，"我实在太痛苦了！"他之所以这样喊，是想找个借口拯救杰罗尼莫，这个歌唱家喝了加入鸦片的葡萄酒，已经是半昏迷状态了。

于连担心路上有人会给他使绊，昨天晚餐时只吃了从巴黎带来的巧克力，没有喝毒酒。于连试着唤醒杰罗尼莫，让他赶紧离开这里，却没能成功。

"即使把整个那不勒斯王国都给我，"歌唱家说，"此时此刻也无法让我放弃睡觉的快乐。"

"那七位等着听你唱歌的皇亲国戚呢？"

"让他们等着吧！"

于连继续孤身上路，在见到那个公爵大人物之前，一路上倒是风平浪静。不过，他用了整整一上午的时间求见公爵，都没能成功。幸运的是，到了下午四点钟，公爵出门透气，于连远远地看到他走出来，毫不迟疑地走向他，求他施舍财物。离这位大人物两步远的地方，于连故意掏出德·拉莫尔侯爵的表，夸张地将它展示出来。"远远地跟着我。"公爵眼睛不看他，却对他吩咐道。

走了约莫四分之一法里，公爵进了一家小咖啡馆。在这个最下等的客栈中的房间里，于连荣幸地把四页的密信背给公爵听。当他背完之后，公爵对他说："再背一遍，放慢速度。"

公爵一边用笔记下来，一边对于连说："把行李和马车扔在这里，步行到旁边的驿站。如果愿意的话，先去斯特拉斯堡停留几天，这个月的二十二号（当天是十号）中午十二点半，我们在同一家咖啡馆见面。半个小时后才能出去。要低调！"

仅这几句短短的话，就让于连坠入对他最强烈的崇拜之中。"这才是大将之风，"他想，"这位伟大的政要人物倘若听闻三天前那些喋喋不休、激动不已的人所说的话，不知会有何反应呢？"

于连足足用了两天才到斯特拉斯堡，他想反正在那里无所事事，还不如绕一个大弯。"如果那个魔鬼般的卡斯塔内德神父认出了我，绝对不会放弃追踪我的行踪。他向来以嘲笑我、阻碍我完成任务为乐。"

卡斯塔内德神父其实是圣会安插在整个北部边境线上的密探首领。真是万幸，他没有认出于连来。此外，斯特拉斯堡的耶稣会士们虽然很热心肠，但根本没想到对于连进行监视。他戴着十字勋章，穿着蓝色的大衣，活脱脱一个爱打扮自己的年轻军士。

第二十四章
斯特拉斯堡

迷恋！你有爱情的全部活力，以及在爱情中感受
不幸的全部力量。只有爱情那让人目眩的快乐和甜蜜的
愉悦不在你的范畴之内。看到她熟睡，我无法说："她
和她那天使般的美貌和温柔的小缺点，全都属于我！"
她如今在我的控制之下，仿佛就像上天在慈悲中造就了
她，让她来迷惑一个男人的心。

——席勒的《颂歌》

于连听从公爵的命令，在斯特拉斯堡停留了一个星期。在这
期间，为了排遣忧烦，他一心只想着建功立业和报效祖国。难道
他真的坠入了情网？他对此毫无觉察，唯一知道的是，在苦恼的
灵魂中，玛蒂尔德成了他幸福和想象的唯一主宰。他需要动用性
格中的一切能量，才能勉强自持，不至于沦陷到绝望之中。他的
脑海中全都是玛蒂尔德，装不下任何其他的事。要是从前在韦里
叶城，倘若野心和虚荣心稍微得到简单的满足，就能够冲淡他对

德·雷纳夫人的爱意。而如今，玛蒂尔德仿佛将他心中的一切都吞噬了，在他对未来的规划中，随处可见玛蒂尔德的身影。

而这样的未来，于连看不到任何成功的可能。我们可以看出，这个当年在韦里叶城如此自负和傲慢的人，如今则自卑到了可笑的程度。

三天之前，于连还会在谈笑间杀死卡斯塔内德，而如今，满腔自卑的他，倘若跟一个小孩子发生争执，都会拱手认错。他回想了前半生所遇到的所有敌人和对手，最后总会得出一个同样的结果：有错的那一方其实是自己。

于连本来拥有强大的想象力，他曾经不停地将这种想象力用于描绘自己光辉灿烂的前程。而如今，想象力则给他带来了最无情的伤害。

作为游子，他在这里过着绝对孤独的生活，这更增加了心中黑暗的想象力对他的控制。"现在对我来说，倘若有个朋友，真如同发现了一座宝藏啊！不过，"于连自言自语，"我真能找到一个对我赤诚相待的朋友吗？哪怕真的有这样的朋友，为了保护我的荣誉，我又怎能将心事坦诚相告？"

于连骑着马，在凯尔[1]的郊外忧伤地逡巡着。这是位于莱茵河边的一个小镇，因为出了德赛[2]和古维翁·圣西尔[3]而闻名遐迩。一个德国农民把以两位勇敢的将军而命名的小溪、道路和莱茵河中的小岛指给他看。于连左手驾驭缰绳，右手捧着圣西尔元

——

1　德国的一个小镇，和斯特拉斯堡隔着一条莱茵河。

2　德赛（Louis Charles Antoine Desaix de Veygoux, 1768—1800），法国将军，1796 年在凯尔进行了两个月的保卫战。

3　古维翁·圣西尔（Gouvion St Cyr, 1764—1830），法国元帅，在《回忆录》中谈到了凯尔保卫战。

帅的《回忆录》，摊开书中附着的那张精美的地图。忽然，他听见一阵快乐的叫喊声传来。他抬头观望。

原来是科拉索夫亲王，他是于连几个月前在伦敦结识的好友，曾经手把手地指点他表现得自命不凡的基本原则。科拉索夫钟爱这项艺术，他前一天才刚刚到斯特拉斯堡，一小时前刚到凯尔，他从来都没有读过任何一行关于一七九六年围城战的文字，却可以绘声绘色地向于连讲述这场战役。这位亲王让旁边的德国农民惊得目瞪口呆。因为这个德国农民懂得法国话，听得出来他的讲述中有多少荒谬的错误。而于连的感受则与这个农民迥然不同。这个年轻帅气的亲王令他惊讶不已，他在马背上的优雅姿态更让于连十分赞赏。

"多么棒的性格呀！"于连自言自语，"他的裤子剪裁是如此合适，发型是那么优雅！倘若我也像他那样，那么玛蒂尔德就不会只爱了我三天就把我抛弃了。"

这位亲王绘声绘色地讲完了他自己编的围城战之后，对于连说道："您满脸愁容，活脱脱像个苦修士。我在伦敦教给您的那些保持严肃的技巧，您用过了头。要我说，悲伤的相貌其实一点都不高级，最重要的是如何表现出厌倦。倘若您显得十分悲伤，这代表了您正缺点什么，您在某些事上没有获得成功。

"这就是一种卑贱的样子。而如果您表现出厌倦的神态，那么，卑贱的就不是您，而是那个努力讨好您却没有成功的人。所以请您明白，亲爱的，您的这个误解可是很严重的。"

旁边的那个德国农民听得目瞪口呆。于连扔给他一块钱作为小费。

"做得好！"亲王说，"真优雅！还带着一种贵族的傲慢！这太棒了！"他骑马飞驰而行。于连跟在他的身后，因为太过仰慕他，竟变得有些痴了。

"啊！倘若我能做到像他一样，玛蒂尔德就不会喜欢克鲁瓦瑟努瓦，而是喜欢我了！"亲王的这些举止确实有些荒唐可笑，然而在于连这里，他内心的理智越是受到这些举止的刺激，他就越是鄙视自己不能欣赏它们。他因为觉得自己不具备这些优雅的举止而妄自菲薄起来，他讨厌自己已经到了无以复加的地步。

而亲王此时也发现了于连的悲伤并不是装出来的。"哇！亲爱的，"在返回斯特拉斯堡的路上，亲王对他说，"您是赌博把钱全输光了，还是爱上了哪个小演员？"

俄国人总想着效仿法国人的风尚，觉得时下流行的还是这一套，实则已落后了五十年。他们才刚刚到达路易十五那个年代。

听到亲王拿爱情来打趣，于连的眼中立刻涌出了泪水。"为什么不找这个如此受欢迎的人来给我支点招呢？"于连忽然想道。

"啊，真的是，亲爱的，"他对亲王说，"现在，在斯特拉斯堡您所看到的我，真的是坠入了情网，正在失恋中。有个住在邻近城市的漂亮小姐曾经迷恋了我三天，之后又狠心地把我给甩了。这场变故真让我伤心欲绝。"

他向亲王讲述了这段故事和玛蒂尔德的种种性格，当然，他把女主角的真名隐去了，用的是假名。

"您先别说，"科拉索夫对他说，"我替您把接下来想说的话讲完，为的是让您信任我，我会医治您的心病。这个年轻姑娘的丈夫家财万贯。或者说，更可能的是，她本人就属于这个国家中最高贵的阶层中的一员。她的丈夫身上一定有某些令她引以为傲的地方。"

于连不敢说话了，只是点了点头。

"非常好，"亲王说，"我给您三剂苦口良药，您要毫不犹豫地服下去：一、您要每天去看望这位夫人，对了，您怎么称呼她？"

"德·杜布瓦夫人。"

"多逗趣的名字啊！"[1]亲王笑出了声，"原谅我的冒昧，这名字对您而言应该是崇高无比的。记得每天都要去看望德·杜布瓦夫人，特别要注意，千万不要在她面前表现出冷漠或者受挫。您要记住这个世纪跟人交往的最伟大的原则，就是让别人猜不透您的真实想法。您要准确地摆出在有幸获得她的爱之前一周的样子。"

"啊！那个时候的我真是心如止水啊！"于连绝望地大叫，"我还觉得是在可怜她呢……"

"这个世界刚诞生时，就有一个比喻的说法，飞蛾焚身以火。"亲王继续说道，"第一点，您要每天去看她。第二点，您去追求跟她同一个社交圈子的其他女人，但是不要表现得过于热情，您懂吗？不瞒您说，这个角色很难。因为您在演一场真正的戏，不能让别人看出来您是在演戏，否则您就输了。"

"她是那么冰雪聪明，而我却愚蠢透顶！我肯定做不到。"于连悲伤地说道。

"不是这样的，您只不过是爱得太深了，陷进去了而已。德·杜布瓦夫人只不过跟这世上所有出身高贵，或者腰缠万贯的女人一样，她们都深深地陷入对自己的关注之中！她的眼中只有

——

1　杜布瓦这个名字在法语中是"木头"的意思。

她自己，并没有您，因此她对您一点都不了解。她曾经有过两三次对您的痴心相许，这只是她的想象力在发挥作用。她在做梦，并把您看作了她的梦中英雄，而不是真实的您。

"不过，这难道不是常识吗？真是活见鬼，亲爱的索雷尔，难道您还是小学生吗？

"当然咯，咱们进这家商店里逛逛，看看这条迷人的黑色领带。像是伯林顿街的约翰·安德生的产品。请您戴上它，然后把您脖子上的这条难看至极的黑色带子远远地扔掉。"

亲王带着于连，从斯特拉斯堡最高级的男士服装店里走了出来，继续说着："德·杜布瓦夫人的交际圈都有哪些人啊？我的天，这么怪的名字！您不要气恼，我亲爱的索雷尔，我实在是忍不住好奇，为了获得杜布瓦夫人的注意，您准备追求哪个姑娘啊？"

"她是一个腰缠万贯的袜子商人的女儿，是个平时装得一本正经的女子。她有一双世上最美的眼睛，让我倾心不已。当然，她是个有头有脸的人物。尽管腰缠万贯、荣华富贵，但是每当别人当面提起有关生意或者商店的话题时，她就会感到窘迫，羞愧得无地自容。不幸的是，她的爸爸却是斯特拉斯堡最有名的商人之一。"

"这么说来，倘若有人谈起做实业，"亲王笑着说，"您的心上人肯定想的是她自己，而不是您。她的这个可笑之处其实很棒，也很有用，它能阻止您因为她望向您的迷人眼眸而沦陷犯傻。您绝对是能成功的。"

于连此时心中想到的其实是常常来侯爵府做客的元帅妻子德·费瓦克夫人。她是一个来自外国的漂亮的寡居女人，在元帅去世的前一年嫁给了他。她的全部人生似乎只有一个目标，就是让人忘记她其实是个开工厂的资本家的女儿。为了融入巴黎的贵族社会，她总是带头遵守贵族的道德。

于连发自内心地对亲王钦佩和欣赏，倘若自己能像他那般怪招迭出，他什么代价都愿意付出。两位朋友之间总是聊个不停。科拉索夫欣喜不已，还从没有一个法国人愿意如此长时间地听他讲话呢。"所以说，"亲王高兴地说，"我从来都当法国人为自己的老师，这是我第一次给老师上课，并且还让他颇为受用。"

"我跟您的想法完全一样，"他对着于连把这句话讲了快有十遍了，"您当着德·杜布瓦夫人的面，对斯特拉斯堡的袜商的女儿、那位年轻的美女说话时，不可以露出任何热情的迹象。而与之相反的，您给她写的情书却要激情四射。对一个循规蹈矩的女子而言，阅读情书是一种无上的快乐，这是身心放松的时刻。这个时候她不用再演戏了，变得敢于倾听自己的内心。所以最好一天给她写两封情书。"

"绝不可能！绝不！"于连沮丧地说，"我宁可被人放在臼中碾碎，也不想给她写出超过三个句子的信。我觉得我就是一具行尸走肉，亲爱的，不要对我抱任何希望了。让我死在路边算了。"

"谁让您自己写情书了？我随身带着六大本手抄的情书。里面有针对各种不同性格的女性的情书，哪怕是最具德行的女性也不在话下。您知道吧？卡利斯基不是曾经在离伦敦三法里的里奇蒙追求过全英国最美的贵格会[1]女教徒吗？"

于连离开亲王的时候已经是凌晨两点了，此时的他内心没有

1　贵格会又称作公谊会或者教友派，是基督教新教的一个派别。

那么愁苦了。

次日，亲王把一个抄写员叫来。两天以后，于连就拥有了五十三封情书。这些情书都被编上了号码，用来寄给那些最高尚、最忧郁的女性。

亲王解释道："之所以没有第五十四封，是因为卡利斯基被女教徒拒绝了。但是，既然您只想获得德·杜布瓦夫人的心，那么，袜子商人的女儿待您好不好又有什么关系呢？"

两人每天都相约一起骑马。亲王对于连简直喜欢得入了迷，与于连顷刻间就变成了莫逆之交。他不知道如何表示自己深厚的友谊，便想撮合他与自己的堂妹——莫斯科富有的女继承人结婚。"倘若你们成亲，"他补充说，"我的影响力再加上您拥有的这枚十字勋章，可以让您当上两年的上校。"

"不过，这枚十字勋章不是拿破仑亲手授予的，要是的话，就完美了。"

"那又怎么样？"亲王说，"这枚勋章不是他亲自创立的吗？它目前仍然是整个欧洲大陆最有价值的荣耀。"

于连心下犹豫不决，当他快要接受的时候，又想起了自己的职责，他要回去找那位大人物复命。在离开科拉索夫亲王时，他答应会给他写信。于连拿着大人物对密信的回复，径直朝巴黎奔驰。不过他才独自过了两天，就深深地觉得，若是离开法国和玛蒂尔德，对他而言是比死还要更难受的酷刑。"我不会为了科拉索夫给我的几百万嫁妆而跟他堂妹结婚的，"他思量着，"但是我会全盘采纳他给我的建议。"

总而言之，他最懂如何俘获女性的芳心。他钻研此道可不止十五年了，因为他今年三十岁。这个人不乏才智，既聪慧又狡猾，因此他的性格中绝不会有什么热忱和诗意。他就像一个冰冷的检察官，充满理智，从不会行差踏错。

"是的，我要去追求德·费瓦克夫人。

"她可能会让我感到些许的烦恼。不过我会望着她美丽的眼睛，因为那双眼睛像极了我在这个世界上最爱的女人的眼睛。

"还要记得，她可是个外国人，她的个性特别，还有待观察。

"我真是疯了，完全手足无措。因此我只能听我朋友的意见，而不是相信我自己。"

第二十五章

道德的职责

> 但是，倘若我享受这种快乐的时候，还要谨慎和小心的话，那么，对我而言，这就不是一种快乐。
>
> ——洛佩·德·维加

我们的主人公刚到巴黎就去见了侯爵。侯爵读了那位大人物的回复，脸上露出困惑不已的神色。于连从侯爵的办公室出来，立刻跑去阿尔塔米拉伯爵家中拜访。这个英俊的外国人不仅有曾被判处死刑的壮举，并且外表非常庄严，还是个虔诚的教徒。他的这些优点以及尊贵无比的伯爵身份很合德·费瓦克夫人的心意，两个人常常私下见面。

于连一脸严肃地向他坦承，自己已经深深地爱上了德·费瓦克夫人。

"她属于那种最纯洁、最高尚的富有德行的女性，"阿尔塔米拉回答，"只不过有点儿虚伪和夸张。有的时候我听她说话，每个字都认得，合在一起却不明白是什么意思。她常常让我感觉，我的法语并不像人们说的那样好。倘若与她相识，人们就能常常提及您的名讳，她会给您一定的上流社会的地位。不过，我们可以去向唐·迪埃戈·比斯托斯求助，"善于安排的阿尔塔米拉伯爵说，"他追求过元帅夫人。"

唐·迪埃戈沉默不语地听他们细述整个事情的经过，就好像一位坐在办公室里的律师。他有一张修道士特有的大脸，蓄着浓黑的小胡子，神色无比严肃。此外，他还是一个善良的烧炭党[1]人。

"我弄懂了，"最后他对于连说，"我知道您关心的问题。元帅夫人之前有没有过情人？您成功的概率有多大？我想说的是，在我这里，我一败涂地了。如今，既然我已不再感到伤心，我会给她理性的评断。我觉得她常常发脾气。此外，我等一会儿还要跟您细说，她还挺爱记仇。

"我不觉得她有胆汁质的性格，胆汁质是天才的气质，给所有行动都染上热情的光彩。与此相反，她拥有荷兰人的冷静与安稳，这让她具有难得的美貌和鲜活的气色。"

于连对这个慢性子的西班牙人和他那种似乎永不改变的冷淡态度颇不耐烦，时不时地在口中发出几个单音节的词来。

"您是否愿意继续听我讲呢？"唐·迪埃戈严肃地对他说。

"请原谅法国人的急性子，我会认真聆听的。"于连说。

"因为性格使然，德·费瓦克元帅夫人很容易憎恨别人，她曾经不留情面地将一些她见都没见过的人告上法庭，他们有的是律师，有的是贫穷的文人，能写出像科莱的歌词那样的文人，您

———

1　法国的秘密革命组织，活动于 19 世纪 20—30 年代，旨在推翻复辟的波旁王朝。

知道吗？

　　我有个癖好，
　　就是爱马洛特。
　　……"

　　于连只能耐着性子听他从头到尾将这首歌唱完。西班牙人对自己能用法语唱歌感到颇为得意。

　　还从没有人像于连这么不耐烦地听完这首如此美妙的歌曲。等到歌唱完了，唐·迪埃戈说："元帅夫人让人解雇了这首歌曲的作者。

　　有天情人在酒馆里……"

　　于连担心他又要唱起来了。不过幸运的是，他对歌词评价了一番就住口了。这首歌确实亵渎了宗教，不够体面。

　　"元帅夫人对这首歌大发雷霆的时候，"唐·迪埃戈说道，"我提醒她注意，一个像她这样尊贵的女人，不应该阅读那些出版发行的愚蠢读物。甭管笃信宗教和严肃的风气如何发展，在法国总会有一种小酒馆文学。那个作者是个领半薪的穷鬼，当德·费瓦克夫人命人撤掉他的职，令他失去年收入一千八百法郎的工作的时候，我对她说：'请您注意，您用您的武器伤害了这位蹩脚的诗人，他也会用他的押韵诗来还击的，他会写一首抨击道德的歌曲。当然那些镀金客厅里的贵人会支持您，但还有一些习惯嘲笑的人，则会一句又一句地重复那些挖苦的歌词。'先生，您知道这位元帅夫人是怎么回答我的吗？她说：'为了天主，我愿意在整个巴黎人的注视下，为此而牺牲。这将是巴黎的一个崭新的奇景。那些百姓，会因此而学着去尊敬贵族。这将是我一生中最美好的日子。'讲这些话时，她的眼睛从来未曾那么美过。"

"她的眼睛真的美极了！"于连大叫。

"我看出来您真的坠入了爱河。"唐·迪埃戈严肃地说，"她实际上并不是睚眦必报的胆汁型人格。如果说她常常喜欢伤害别人，那是因为她自己也非常不幸。我觉得她的内心十分痛苦。她那一本正经的样子，难道不可能是装的吗？她难道对自己的道德事业不厌倦吗？"

西班牙人望着他，整整一分钟都不发一言。

"这就是您关心的全部问题，"西班牙人严肃地补充道，"从最后这点来看，您还是有一线希望的。在我卑微地臣服在她石榴裙下的那两年中，我曾反复地思考这一点。坠入情网的先生，您未来成功与否，也是取决于这个重要的问题：她是不是一个对自己的道德事业已经厌倦的假正经的女人？她伤害别人是不是因为自己的内心感到不幸？"

"或者，"阿尔塔米拉总算开口打破了沉默，"或者是因为，就像我曾经跟你说过二十遍的那样，是出于法式的虚荣心，她的父亲是个出名的呢绒商人，正是这一点让这个生性忧愁而冷酷的女人感到不幸。她的人生只有一件幸福的事情，那就是住在托勒多[1]，向一位牧师忏悔。这个牧师每天都在折磨她，告诉她地狱之门正在朝她洞开。"

---

1 西班牙城市。

于连正要离开的时候，神色总是愁眉不展的唐·迪埃戈对他说："阿尔塔米拉跟我说，您是我们自己人。未来的某天，您会帮助我们重获自由，所以我也愿意帮您完成这个小小的消遣。我给您四封她的亲笔信，熟悉一下她的文字风格，对您有好处。"

　　"我回去抄好了给您送回来。"于连叫道。

　　"您绝不会向别人透露我们之间讲的一个字吧？"

　　"我用人格担保，绝对不会！"于连叫道。

　　"那样就好。愿天主祝您成功！"西班牙人补充说，随后不发一语地将两人送到了楼梯口。

　　这个场景让我们的主人公感到一阵愉快，几乎要笑出声来。"看看吧，"于连自言自语，"这个虔诚信主的阿尔塔米拉，他在帮我通奸！"

　　在和唐·迪埃戈神情肃穆地交谈时，于连一直在留神倾听阿利格尔府中大时钟的钟声。

　　马上就要吃晚饭了，这意味着他将再次见到玛蒂尔德！他赶忙回去，细心地穿戴打扮。

　　正要下楼时，他忽然想到一件事，便对自己说："我还真是蠢，连亲王的嘱托都忘了。"

　　于是他重新上楼，换上了一套再简朴不过的旅行装束。

　　于连心想："现在要开始留心我的眼神了。"此时只有五点半，而晚餐六点钟才开始。他决定先下楼去客厅待一会儿，发现客厅里空无一人。于连看到玛蒂尔德常坐的蓝色沙发，激动得热泪盈眶，不一会儿，脸颊就像火烧一般。"不能这么敏感，这太蠢了！"他愤怒地对自己说，"这个样子会暴露我的内心。"他为了显得态度自然，随后拿起一张报纸，从客厅到花园来回走了三四趟。

他浑身发抖地藏在一棵高大的橡树之后，鼓起勇气，偷眼观瞧玛蒂尔德闺房的窗户。窗户紧紧地关闭着，他紧张得差点跌倒，靠在树上缓了半天。随后，他跨着虚弱的步伐，想要再去看看花园中的那把梯子。

之前被他撬坏的梯子的锁环还没有被人修好。哎呀！之前的场景，跟现在是多么不同！于连内心忽然升起一股疯狂的激情，将嘴唇压在梯子上吻个没完。

在客厅和花园之间游荡了很久，于连感到一阵极度的疲倦。"我做得很好！"他激动地想着，"因为疲倦，我的眼神将会灰暗一片，这就不会暴露我内心的激情！"参加晚餐的宾客三三两两地到达客厅，每一次开门的响声，都会在于连的内心激起一阵剧烈的波动。

人们开始入席。玛蒂尔德最后一个露面。她还是习惯于让所有人都等她。猛然间，她看到了于连，脸立刻红了。没有人告诉她于连回来的消息。按照科拉索夫亲王的嘱托，于连只是望着她的手。他发现那双手在颤抖。这个发现让于连的内心混乱到无法用语言形容的地步。好在他因为疲倦，始终面如死灰。

德·拉莫尔先生大大地表扬了于连。不一会儿侯爵夫人也凑过来，向他说了几句恭维话，关心了一下他的疲倦神色。于连每时每刻都在对自己说："我不应该总朝玛蒂尔德那边看，我的眼神也不能有丝毫的闪躲。我应该表现得像是我被甩之前的那个星期一样。"他觉得自己做到了，于是继续待在客厅里。他第一次对家中的女主人——侯爵夫人如此殷勤，尽力维持好她在社交圈中的形象，努力让侯爵夫人身边的男人们展开良好的沟通，使谈话的气氛继续保持活跃。

于连的礼貌周到马上获得了回报。大约八点钟的时候，仆人前来禀报，德·费瓦克元帅夫人来了。于连抓紧时间溜了出去，精心地打扮了一番，换了一身行头，又回到客厅中。德·拉莫尔夫人对于连很感激，认为这样做合乎礼节。为了对他的行为表示赞赏，侯爵夫人向德·费瓦克夫人聊起了于连的旅行。于连在元帅夫人身边坐下，他所在的位置，刚好让玛蒂尔德看不到他的眼睛。就这样，按照事先规定好的恋爱准则，元帅夫人成了于连倾慕崇拜的对象。科拉索夫亲王送给于连的那五十三封情书里，第一封就是一篇抒发这样倾慕之情的独白。

元帅夫人宣布她要去歌剧院，于连也跑到那里去。他找到了德·博瓦西骑士，后者把他领入议会权贵们的包厢，正好在德·费瓦克夫人的包厢旁边。于连整晚都目不转睛地望着她。回到侯爵府后，于连心想："我要开始写这场爱情攻城战的日记，否则我害怕我会忘记进攻。"他强迫着自己，针对这个无聊的题目写了两三页纸。没想到，令他感到惊喜的是，在这期间，他几乎把玛蒂尔德全都抛在了脑后。

至于玛蒂尔德，在于连外出办事期间，她几乎已经将他遗忘殆尽。"他只不过是个平庸之辈而已，"她想，"他的名字将会提醒我人生中犯过的最大错误。现在的我，应该遵守道德，循规蹈矩，保护荣誉，这些庸俗的想法还是有用的，一个女人倘若忘掉了这些，就会失去一切。"她终于答应嫁给德·克鲁瓦瑟努瓦侯爵，两人之间的婚事已经筹备了许久。侯爵欣喜若狂，玛蒂尔德的允婚让他觉得分外骄傲。倘若有人告诉他，玛蒂尔德的内心深处其实是无可奈何的，不知道侯爵会怎样惊诧。

然而，当玛蒂尔德再次看到于连的时候，她的想法又全都变了。"说真的，他才是我的丈夫，"她心想，"倘若我遵循审慎明智的观念，既然我失身于他，就应该嫁给他才对。"

她确信无疑地觉得，于连晚饭后肯定会找她谈话。她期待着于连会满脸愁容地向她纠缠乞求。她甚至连怎么回答都想好了。然而事实却完全相反，晚饭过后，于连坚定不移地留在客厅里，甚至目光都不向花园那边瞟上一眼，天知道他克服了多少困难才做到这一点！"他最好立刻跟我解释清楚。"玛蒂尔德心想，她一个人走进花园，而于连却没有出现。玛蒂尔德来到客厅的落地窗旁边转悠，看见于连正忙着向德·费瓦克夫人描绘那些位于莱茵河畔的山丘顶端的古城堡废墟，是它们让山丘变得更加生动。于连已经学会将那些充满情感和别致的语句用得挥洒自如，在很多沙龙里，拥有这样的口才，已经称得上是相当睿智的了。

倘若此时此刻，科拉索夫亲王在巴黎旁观这副景象，一定会感到万分得意，事情发展得跟他预言的一模一样。于连接下来几天的优异表现，也会得到他的认同。

那些暗中对政府行为进行操控的人，正在预谋着想要颁发几条蓝色勋带。德·费瓦克夫人盼望着他的叔祖父能够获得这一殊荣。德·拉莫尔侯爵也想为自己的岳父争取这个荣誉。他们需要通力合作。因此，元帅夫人每天都要到侯爵府上做客。正是在元帅夫人那儿，于连才获知侯爵即将当上部长。侯爵向王党提出了一个精妙的计划，准备在三年之内不动声色地废除国家宪章。

倘若德·拉莫尔先生进入内阁班子，那么于连就有指望当上一名主教。然而在他的眼中，所有这些极大的好处，都被一层薄纱所笼罩。他试图对其进行想象，然而总是隐隐约约看不清楚，仿佛远在天边，又似近在眼前。感情的失利快把他折磨疯了。他觉得与玛蒂尔德的关系跟他的前途和命运连在了一起。他计划通过五六年的努力，让玛蒂尔德重新爱上他。

于连的头脑本来冷静而理智，但如今就像我们所见的那样，陷入了一种完全的错乱与癫狂状态。从前令他卓尔不群的那些优点，如今就只剩一点坚毅了。他忠实地按照科拉索夫亲王拟订的计划行事，每天晚上坐在德·费瓦克夫人的扶手椅之旁，却跟她找不到什么话可聊。

他竭尽全力，想让自己在玛蒂尔德的眼中已经完全痊愈。然而这种努力让他筋疲力尽。坐在元帅夫人旁边，他如一具行尸走肉一般，就像那些遭遇了极端的肉体痛苦的人，眼中的光芒全部消失。

德·拉莫尔夫人的看法与她的丈夫完全一致。更何况她的侯爵丈夫即将晋升公爵，她也会光荣地当上公爵夫人。所以几天以来，她将于连的才干简直夸上了天。

第二十六章

精神的爱情

在阿德琳娜的谈吐中，

当然也有贵妇的娴雅，

它从不会越过防线

表现出天性所要表现的，

像位清代官吏，对什么都不满。

至少，她的作态让人猜不到

有什么东西让她大为愉悦。

——《唐璜》第十三章第三十四节

"这家人看待事物的方式有点疯狂，"元帅夫人想，"他们全被这个年轻的教士迷住了。说真的，他只会睁着那双漂亮的大眼睛听人讲话。"

而于连呢，他在元帅夫人的言谈举止中发现了属于贵族的那种完美无缺的冷静的典范。除了遵守严格的礼节，她几乎喜怒不形于色。元帅夫人最讨厌举止轻浮、缺乏自律，这在她看来，与在仆人面前失去威严是同等严重。哪怕是最轻微的情感表示，在她看来都是一种精神上的耍酒疯，会让一个身份高贵的人颜面尽失。她生活中的最大乐趣，就是谈论国王最近的一次狩猎活动。她最爱的书是《德·圣西蒙公爵回忆录》，尤其是对描写家谱的那一部分格外感兴趣。

于连知道通过灯光照射的效果，屋里的哪个位置能令德·费瓦克夫人的美貌最为明显。他会提前占据那个地方，但是小心翼翼地转动自己的椅子，让自己处于看不到玛蒂尔德的位置。玛蒂尔德对于连坚持回避她的行为感到震惊无比。有一天，她离开了常坐的那个蓝色沙发，走到了元帅夫人扶手椅旁边的一张小桌子旁，做起了针线活。从德·费瓦克夫人的帽檐下方，于连可以近距离地看到她。玛蒂尔德那双仿佛可以决定他命运的眼睛，起初令他感到一阵害怕，紧接着猛地将他从那种习惯性的冷漠态度中扯了出来。他开始说话，滔滔不绝。

于连表面上是对着元帅夫人说话，但真正的目标是让玛蒂尔德的心灵产生躁动。他看上去兴奋不已，以至于到了最后，德·费瓦克夫人根本听不懂他说的那些高深的话题。

谈经论道是于连最拿手的事情。倘若他再补充一些关于德国神秘主义、宗教狂热以及耶稣会教义的内容，元帅夫人一定会立马认为他是被召唤而来改造这个时代的超人。

"他的品位还真差劲，"玛蒂尔德自言自语，"竟然能跟德·费瓦克夫人说那么久的话，而且还显得那么殷勤，我可再也不想听他说话了。"此后整个晚上玛蒂尔德都遵守了这个诺言——尽管忍得很辛苦。

午夜时分，玛蒂尔德端着母亲的烛台，陪同母亲回到卧室。

德·拉莫尔夫人在楼梯上停下来，又把于连上上下下地赞美了一番。听着母亲的话，玛蒂尔德内心的怒火不打一处来。回到房中，她发现自己根本无法入睡，忽然一个念头涌上来："我鄙视的东西，在元帅夫人的眼中却是价值非凡的。"想到这里，她的内心略感安慰。

而于连就没这么不幸了，至少他采取了行动。他时不时地看看那个俄罗斯的皮质文件袋，里面有科拉索夫亲王赠送的五十三封情书。于连翻开第一封信，看到信纸下方有一个批注："将这封信在首次见面的一周之后寄出。"

"现在已经迟了！"于连喊出了声，"我跟德·费瓦克夫人见面已经很久了。"他立刻摊开信纸，着手抄写第一封情书。这封情书中全都是关于道德说教的句子，读起来无聊至极。于连抄完第二页，内心充满了自我谴责所获得的幸福，不觉间睡着了。

几个小时过去了，一束强烈的阳光将趴在桌上的于连唤醒。在他的一生中，有个最为痛苦的时刻，就是每天早上醒来，意识到自己不幸的刹那。而今天，他几乎是大笑着把这封信抄完了。"难道真的有某个年轻人能够写出这样的情书吗？"他对自己说。长达九行的句子在这封信中比比皆是。于连又发现，在原信的下方还有一个批注，用铅笔写着：

要亲自把这封信送去，骑马，系黑色的领带，穿蓝色的礼服。要带着忏悔的神情将信交给看门人，眼神中要露出深切的忧郁。倘若遇到了贴身女仆，记得让她看到你在暗中抹眼泪，然后再跟她说说话。

于连将这一切都原原本本地照做了出来。

"我真的做了一件胆大包天的事，"于连离开元帅府时心想，"但是科拉索夫真够行的！竟然要我给一个以恪守妇德出名的女人写情书！我会被她鄙视的。这样的话，真有我好看的。不过，这也是此时此刻的我能感到的唯一喜悦了。是的，这个卑鄙无耻的、被我称作'我'的人，倘若他受到嘲笑，我就会觉得开心。在我看来，惩罚自己能让我感到快乐，就算是去犯罪我也在所不惜。"

整整一个月以来，于连每天最开心的时刻，就是将马牵回马厩的时候。科拉索夫亲王明令禁止于连跟抛弃他的情人对视，无论是什么理由都不行。但是，玛蒂尔德非常熟悉于连坐骑的嘶叫声，以及于连用马鞭敲门叫人的声音。有时，当于连牵马回来的时候，她就会躲在窗帘后面偷偷地观瞧。窗帘是用纱做的，非常轻薄，因此，于连可以隐隐约约地看到玛蒂尔德的身影，却看不到她的眼睛。"因此，"于连心想，"不看她的眼睛，她也看不见我的眼睛，也就代表着我没有跟她对视。"

当天晚上，德·费瓦克夫人看到于连的时候，神色毫无异常，就好像根本没有收到于连早上满脸愁容地交给门房的那封好像哲学、神秘学和宗教学的学术论文一样的情书。头天晚上，一个巧合的机会，于连发现了让自己口才变好的办法，就是坐在能看到玛蒂尔德眼睛的位置。至于玛蒂尔德，当元帅夫人到来后不久，她就离开了自己常坐的那个蓝沙发，抛弃了自己日常的那个社交团体。德·克鲁瓦瑟努瓦先生对玛蒂尔德的这个前所未有的心血来潮的行为感到沮丧。他露出明显的痛苦表情。这让于连觉得自己的不幸也没有那么可怕了。

生活中的意外之喜振奋了他的精神，让他说起话来充满亮点，像个天使，连最恪守道德的心也能被感染。因此元帅夫人在登上马车时自言自语："德·拉莫尔夫人赞赏于连，自有她的道理，这个年轻的教士颇为不凡。最初的几天一定是他在我面前很害羞。事实上，这栋房子里的人都很轻浮。他们之所以恪守道德，全是因为上了年纪。他们很需要岁月给他们的恩惠。而这个年轻人的见识则不同。他的信写得很好。但是我担心他在信中说需要我的帮助，只是因为他对自己的感情还不够明确。

"不过有太多人的转变都是这样开始的。我觉得他很有希望的是，他写信的文体和我有机会读过的其他年轻人写的信的文体大相径庭。不能否认的是，这个年轻的教士的信中有一种宗教的热忱，一种深刻的严肃和无比的信心。他一定拥有玛西永[1]那种温柔的美德。"

---

1 玛西永（Jean-Baptiste Massillon，1663—1742），法国主教，其宣讲词深入人心。

第二十七章

教会里的最好职位

> 无论多么勤奋、有才、成就不凡，都不如依附上
> 一个小圈子。
>
> ——《忒勒马科斯历险记》[1]

"于连"和"主教的职位"这两个名词第一次同时出现在元帅夫人的脑海中，而这个女人迟早拥有能够分配教堂中的优差的权力。然而，于连不会被这个成功的机会打动。此时此刻，他满脑子都停留在自己的不幸之中。越想越不幸，越想越痛苦。打个比方，他一看到自己的卧室，内心就痛苦得受不了。每个晚上，他端着烛台回来，卧室里的每件家具、每个装饰，仿佛都在无情地宣布他不幸的崭新细节。

"今天，我还有一件苦差事没做，"他回到房中想着，因为又能享受到惩罚自己的快乐，他获得了缺失已久的热情，"希望第

---

1 法国 17 世纪散文家费纳龙的作品，由《荷马史诗》改写而成。

二封信跟上一封信同样无聊。"

没想到这封信比上一封信还要无聊。他觉得自己正在抄写的东西荒谬至极。因此，他只是机械地抄写，写的什么意思根本没有放在心上。

他心想："这些玩意儿比我在伦敦的时候外交学老师让我抄写的《明斯特条约》[1]还更夸张。"

这个时候他忽然想到，手头还有几封德·费瓦克夫人的亲笔信，他忘记把信的原件归还那个满脸严肃的西班牙人唐·迪埃戈了。他把那几封信翻出来阅读，发现它们跟年轻的俄罗斯亲王送给他的那几封信同样晦涩、不知所云。信中的意思真的是模糊到了极致，好像什么都说了，又好像什么都没说。"这些文字，好像随风摇动的风铃。"于连想，"反复絮叨着虚无、死亡和无限等高深莫测的思想。在我看来这只不过是写信人的虚张声势，极端害怕被人当作笑话而已。"

这便是连续半个月于连心中反复出现的独白，我将它删减后呈现在这里。他每天都抄着类似《启示录》注释的无聊情书进入梦乡，第二天满脸忧郁地将信送去，回来的时候期待着在马厩中一窥玛蒂尔德的倩影。到了晚上，倘若德·费瓦克夫人在侯爵府缺席，就上歌剧院去找她。这就是于连日复一日、单调至极的生活。当元帅夫人到侯爵府来做客的时候，于连的生活就会变得多姿多彩，因为他可以透过元帅夫人的帽檐下方，看见玛蒂尔德的眼睛，并在谈论中显得更有口才。他那充满画面感、富有感情的句子，也会呈现得更加优雅、更能打动人心。

1　签订于 1648 年，西班牙国王费利佩四世正式承认荷兰为主权国家。

于连清楚地感觉到玛蒂尔德觉得他的言语很荒谬，但他就想用优雅的辞藻来打动她的心。"我说的话越虚假，就越能讨她的欢心。"于连想。因此，他显露出了一种夸张的厚颜大胆，不遗余力地夸大起人性的某些方面来。很快他发现，倘若不想让元帅夫人觉得平庸，就要出奇制胜，避免讲那些简单的、理所应当的思想。

必须同时讨好两位贵族女性。因此，他究竟是继续滔滔不绝下去还是就此打住，完全取决于他在她们眼中看到的是感兴趣还是无动于衷。

总而言之，反正他有事情做了。他的生活不再无聊透顶。

一天晚上，于连心想："现在正在抄写的是第十五封信，这些无聊透顶的、像论文一般的信，我已经抄写了十四封，并将其原原本本全都交给了元帅夫人的看门人。想必我的信已经堆满了她的书桌抽屉吧，这真荣幸。不过她为何装作什么事都没有发生，像我从未写过信似的？这一切会以怎样的方式结束呢？再这样继续下去，不仅我厌烦，她也应该烦了吧。科拉索夫亲王的朋友，就是追求贵格会女教徒的俄国人，在那个时候一定是个叫人受不了的讨厌鬼，没有什么比他更烦人的了。

于连根本不了解这位俄国小伙子对美丽的英国姑娘所展开的追求，正如那些平庸之辈偶然间看到伟大将领在战场上挥斥方遒时的疑惑不解。前面十四封信的作用，其实就是降低对方的戒心，让对方原谅自己的大胆行为。这个温柔如水的女性可能正陷入无尽的烦闷。因此，应当让她养成每天收信的习惯。这些信比她乏味的生活要稍微有趣一些。

一天早上于连收到了一封信。他认出信封上的德·费瓦克夫人的纹章，他赶忙将信拆开。这样急切的心情，几天之前是不可能拥有的。然而，这只是一张宴会的请帖而已。

他连忙去查阅科拉索夫亲王的指导，看看有什么能够帮到忙。然而，遗憾的是，在应该简洁易懂的地方，这个年轻的俄国人偏偏像多拉[1]那样，写得模模糊糊的。

于连不知道应该以怎样的精神状态参加元帅夫人的宴会。

客厅华丽至极，像杜伊勒里宫的狄安娜画廊一样金碧辉煌，护墙板上挂着一些油画。不过这些画上存在明显的涂抹痕迹。后来于连才知道，元帅夫人觉得有些画的主题不够雅观，于是叫人在油画上修改了过来。"真是个道德为上的年代啊！"于连心想。

在元帅夫人的客厅中，他发现了三位曾经参与起草那封密信的大人物。其中有位主教大人是元帅夫人的叔叔，拥有分配教士职位的权力，人人都说，他对侄女的话言听计从。"我这是向前迈了怎样的一大步啊！"于连忧苦地笑着对自己说，"我此刻正跟大名鼎鼎的主教一起吃饭呢，而我的心里竟然一点激动都没有！"

晚宴的菜肴马马虎虎，人们的交谈也很无聊。"这顿饭就像在读一本糟糕的书，"于连心想，"似乎想把人类思想中所有重大的主题都一一提及，但是听上三分钟之后，你就会扪心自问，到底哪个更突出，是讲话者的装腔作势，还是他们可怕的无知？"

读者们大概已经忘记了我们前文提到的一个叫作堂博的小文人，院士的侄子，未来的教授。他仿佛具有一项职责，就是用各种无耻的诽谤言论毒化侯爵府的空气。

---

1 多拉（Dorat，1734—1780），法国诗人，文章轻浮而做作。

看到这个卑鄙小人，于连忽然想到，德·费瓦克夫人虽然没有给他写回信，但或许宽纵了他的那份写信的情感。堂博的内心因为于连的成功而感到剧痛。但是从另一方面说，有才能的人跟傻瓜在一点上没有区别，就是他们都不会分身术。"如果索雷尔成了高贵的元帅夫人的情人，"未来的教授心想，"她将来会把教会的一个优差安排给他，我就能在侯爵府摆脱掉这个人了。"

　　皮拉尔神父因为于连在德·费瓦克夫人那里受到优待，对他做了冗长的训诫。因为皮拉尔神父是艰苦修道的冉森派教徒，而道德高尚的元帅夫人的客厅中都是改革派和支持王权的耶稣会修士，他们之间存在着一种教派之间的嫉妒。

第二十八章

曼侬·莱斯戈

一旦他对修道院院长的愚蠢和无知了然于胸，就能够自然而然地通过颠倒黑白来获得成功。

——利希滕贝格 [1]

俄国亲王的爱情指南中不容置疑地规定，无论发生什么，都绝不能反驳写信的对象。你扮演的角色就是一个对她心醉沉迷的人，所有的情书都应以此为基础，不能以任何借口来偏离你的角色。

有个晚上，在歌剧院中，德·费瓦克夫人的包厢里，于连简直把芭蕾舞剧《曼侬·莱斯戈》[2] 捧上了天。他这样说的唯一原因，是他觉得这部歌剧不值一提。他需要反向表现。

而元帅夫人却认为，普雷沃神父的小说比这部舞剧强多了。

———

1　利希滕贝格（Lichtenberg，1742—1799），德国物理学家、政论家、作家，其作品极具讽刺意味。
2　18世纪法国作家普雷沃神父的作品，曾被改编为歌剧、芭蕾舞剧等。

"天啊！"于连既惊讶又兴奋，"一位如此看重德行的贵妇人，竟会赞美一部小说！"德·费瓦克夫人每个星期都要重复好几遍对一些文学家的极致鄙视，她认为那些作家写出平庸的作品，想要带坏年轻人。唉！年青一代在肉欲方面太容易犯错误了。

"在那些既不道德又十分危险的文学书中，"元帅夫人继续说，"《曼侬·莱斯戈》据说是一流的作品。据说，这部小说将罪恶深重的灵魂以及内心的痛苦描写得淋漓尽致。然而就算这样，您的波拿巴在圣赫勒拿岛上还是宣称这只是写给仆人看的小说。"

这句话又重新让于连的心思活络了起来。"一定是有人想在元帅夫人那里毁掉我，将我对拿破仑的热爱告诉了她。她知道后一定被激怒了，才忍不住在我面前表现出来。"他的这一发现让整个晚上充满了愉悦，他的谈吐也变得有趣起来。于连在歌剧院的前厅向元帅夫人告辞时，夫人对他说："记住先生，一个爱我的人，就不应该爱波拿巴，顶多把他当成是上天强加给我们的一种考验。再说了，他的头脑实在不够灵活，欣赏不了那些艺术杰作。"

"一个爱我的人！"于连内心重复着这句话，"它好像说了什么，又好像什么都没说。这种语言的奥妙之处，像我们这种可怜的外省人是学不来的。"他一边抄写着一封寄给元帅夫人的冗长无比的信件，一边竟然无比思念着德·雷纳夫人。

第二天，元帅夫人对于连说："您在昨天晚上离开歌剧院后给我写的信中，怎么聊起了伦敦和里奇蒙呢？"她努力装出漫不经心的样子问道，但于连看出这种伪装并不高明。

于连感到颇为尴尬。他只是逐字逐行地抄了俄国亲王给他的信件，却对写了些什么内容全然不在意。很显然，他忘了把伦敦和里奇蒙替换成巴黎和圣克卢了。他辩解了两句，但是话还没说完，他就快要疯狂地大笑起来了。最后，他终于想到了这样的一个解释："在讨论人类思想最崇高、最有意义的大问题之后，我心情太过兴奋了，很可能没有把注意力放在信上。"

"我今天成功地给她留下了印象，"他自言自语，"因此，今晚剩下的时间里，我就不会那么无聊了。"他蹦蹦跳跳地跑出了德·费瓦克府。晚上，他查看了自己忘记替换地名的那封信的原件，很快就找到了俄国亲王谈论伦敦和里奇蒙的段落。于连发现这封信深情款款，这让他很惊讶。

他口中的谈话虽然轻浮，写的信却崇高无比，仿佛《启示录》一般深刻，正是这种强烈的对比凸显出他的与众不同。元帅夫人格外中意那些长句。"这不是那种时下流行的支离破碎的文风，是伏尔泰这个不道德的家伙助长了这种文风的盛行！"无论我们的主人公多么努力地从谈话中摒弃所有理智的部分，他言论中反对君主体制和蔑视宗教的思想还是难逃德·费瓦克夫人的法眼。这位夫人身边常常围绕着一些道德极为高尚，却整晚都谈不出什么有趣思想的人。因此她非常容易被一切新奇的事物所打动。但与此同时，她觉得自己应该被这些东西冒犯。她将自己的这个缺点视为一种轻浮时代烙下的印记。

但是，元帅夫人的沙龙真的无聊透顶，只有那些心有所求的人才会趋之若鹜。因此，读者们一定感受到了于连的那种无聊透顶、毫无趣味的生活。这是我们这段旅程路过的荒原。

这段时间，于连的生活被元帅夫人的这段插曲占据着。而玛蒂尔德则一直在控制着自己，努力不去想于连。她内心时时刻刻都在经历激烈的天人交战。有的时候，她为自己能鄙视这个小伙子而自鸣得意，而有的时候，于连跟元帅夫人的聊天又将她深深吸引。她最为震惊的是于连那种完美无缺的虚伪态度。他跟元帅夫人的每句话都是在说谎，至少是他对自己真正想法的卑鄙掩饰。因为玛蒂尔德对于连太熟悉了，她了解于连对所有话题的真正想法。他的这种马基雅弗利式的虚伪，令她惊讶万分。她心想："这是多么值得玩味的事啊！像堂博先生这样的人，跟他表达了一样的观点，却显得那么平庸、愚蠢和夸张，而他却截然不同！"

对于连来说，有些日子是相当难熬的。他每天都要去元帅夫人的沙龙，履行这项义务真是又累又烦。他为了演好这个角色所付出的努力，将他心智的力量消耗殆尽。当他在夜里穿过元帅夫人府里宽阔的庭院时，他性格中的坚毅和理智支撑着他，让他不至于陷入绝望。

他常常想："我明明在神学院中战胜过这样的绝望情景啊！那个时候，无论我成功或者失败，都会跟一群世界上最令我鄙视和恶心的人共度余生。仅仅过了短短的十一个月，到了第二年的春天，我就摇身一变，成为我这个年龄中最幸福的年轻人。"

尽管心里想得多么好，遇到可怕的现实还是会无能为力。每天在吃中饭和吃晚饭的时间，于连都会见到玛蒂尔德。从德·拉莫尔先生向他口述、让他抄录的许多信件中，他知道了她即将与德·克鲁瓦瑟努瓦先生结婚。这个可爱的年轻人每天都要到侯爵府来两次。于连这个被抛弃的情人，睁大了双眼，关注着这一切。

于连觉得，玛蒂尔德对他的未婚夫非常温柔。每当这个时候，他都要回到房间，深情款款地望着自己的手枪。

他心里想："啊！我为何不把内衣上的名字去掉，在离巴黎二十法里的地方，找一座无人的森林，直接结束我这悲惨可憎的生命？在那个地方没有人认识我，我死后的两周都不会被人知道。两周之后，谁又会想起我呢？！"

他的这个想法看似很有道理。不过，到了第二天，当他看到了玛蒂尔德衣袖和手套之间那段美丽的手臂时，我们这位年轻的哲学家又一次陷入残酷的回忆中。而这些回忆让他对这个世界留恋不已。"那好！"于是他心想，"我就要看看，将俄国人的方法贯彻到底，究竟会以什么样的方式收场。

"我将这五十三封信抄给元帅夫人之后，就不会再继续写信了。

"在玛蒂尔德这里，经过我六个月如此痛苦的演戏之后，她或许对我的怨恨丝毫不改，或许我们能够有片刻的和解。伟大的神啊，如果那样的话，我死也乐意了！"他没办法继续想下去了。

他久久地陷入遐想之中，反复琢磨和推理，终于对自己说："这样的话，我或许可以获得一天的幸福时光，然后，她又会重新对我残酷起来。哎呀！我就是没有办法永远令她开心，我真的一点办法都没有了，我毁了，彻底完了……

"她那种性格的人，能给我什么样的保证呢？唉！我的能力太低，这足以说明一切。我的举止缺乏优雅，我的谈吐愚笨而单调。天啊！我为什么是我呢？"

第二十九章

烦闷至极

为热情而牺牲是很好，但是为了不存在的热情而
牺牲，真是荒谬。啊，悲伤的十九世纪啊！

——吉罗岱[1]

德·费瓦克夫人一开始读于连那些冗长的情书的时候，一点
都不快乐，直到后来才渐渐地感到了兴趣。然而有一件事令她觉
得很是遗憾："索雷尔先生并不是个确定无误的教士，这多可惜
呀！不然的话，就可以跟他走得更近一些。但是他身上的那枚十
字勋章，再加上像有钱人那样的世俗穿着，倘若有人对我们的关
系提出残酷的质疑，我该怎么回答？"她内心的顾虑没完没了，
"我的居心叵测的女友可能会猜想，甚至到处传播，说他是我娘
家的平民亲戚、我的表弟，是个做买卖的人，只是在国民自卫队
得到过勋章而已。"

1　吉罗岱（Anne-Louis Girodet de Roucy-Triosson，1767—1824），法国新古典派画家。

在认识于连之前，德·费瓦克夫人在世上的最大快乐，就是她的名字旁边有"元帅夫人"这四个大字。而如今，她的那种暴发户的敏感至病态的虚荣心，与刚刚出现的对于连的兴趣产生了激烈的斗争。

"随便让他当上巴黎附近某个教区的主教，对我来说是轻而易举的事。"元帅夫人想着，"可这位索雷尔先生的头衔实在太短，他只是德·拉莫尔先生的一个小秘书而已！真令人扫兴。"

她思前想后，心事重重，这是她有生以来第一次被除了社会地位之外的兴趣所打动。她那年迈的看门人注意到一个事实：元帅夫人在面对下人的时候，从来不忘摆出一副心不在焉、内心不快的神情。而每当那个满脸悲伤、相貌英俊的年轻人送信来时，夫人脸上的这种惯性表情就会短暂地消失。

元帅夫人的内心其实是很虚伪的，她野心勃勃，想要在公众面前拥有影响和威望，然而获得这样的成功并不能带给她真正的快乐，反倒让她陷入一种深深的烦闷。自从于连走进了她的心，这种烦闷更加难以忍受了。倘若前一天，她跟这个与众不同的小伙子待上一个小时，第二天，她的贴身女仆都不会受到苛待。于连在元帅夫人那里已经获得了足够的信任，足以让许多诋毁他的匿名信失去作用。小文人堂博向德·吕兹先生、德·克鲁瓦瑟努瓦先生、德·凯吕斯先生提供了两三份精心炮制的诋毁材料，这些人也不考虑真假，就高兴地到处传扬。不过这一切均是无用功。然而元帅夫人没有足够聪明的头脑来抵御这些卑劣的手段。她把自己的疑惑向玛蒂尔德倾诉，每次都能获得对方的安慰。

有一天，德·费瓦克夫人接连三次地询问是否有信到来，最终，她内心的烦闷战胜了理智，鼓起勇气，决定给于连回信。在写第二封信时，元帅夫人发现自己要亲手写"德·拉莫尔侯爵府索雷尔先生收"，这几个字对她来讲实在太掉价了，让她几乎写不下去。

当天晚上，她冷冷地对于连说："您给我带几个信封来，上面要有您的地址。"

"那好，我现在既是情人又是仆人了。"于连心想。他随即学着侯爵的老仆人阿瑟纳的样子，讨好地向元帅夫人鞠了一躬。

当晚于连就送去了几个信封。第二天一大早他就收到了第三封回信。他只读了开头的五六行和结尾的两三行。元帅夫人的小字密密麻麻地写满了足足四页纸。

元帅夫人渐渐养成了一个温柔的习惯，就是每天都写信给于连。于连依旧照抄俄国亲王送他的情书作为回信。这就是这种文笔夸张的情书的好处：哪怕它与元帅夫人的回信内容毫无关联，也不会令她有什么怀疑。

那个叫堂博的小文人自愿地担任起监视于连一举一动的密探。倘若他告诉元帅夫人，于连将她的回信原封不动地扔进抽屉，拆也懒得拆，她那颗骄傲的心将会受到多大的刺激啊。

有天上午，看门人将元帅夫人给于连的回信送到藏书室来。玛蒂尔德正巧也在这里，她熟悉于连的笔迹，认出了信封上的地址是于连所写。她趁着看门人出去，溜进了藏书室，看到那封信依然放在桌子边缘。于连正忙着工作，没来得及把那封信放进抽屉。

忽然，玛蒂尔德抓起信，朝着于连大嚷："我简直无法容忍，您竟然把我忘了个干净，而我已经是您的人了啊！您的所作所为真可怕，先生！"

这席话脱口而出之后，她才发现自己的举止已经十分失当了，她的自尊心受到了莫大的伤害，她一瞬间说不出话来，只是不停地流泪。于连觉得她快要停止呼吸了。

于连陷入惊讶和狼狈，一时未能看清这个场面对他而言是多么美好和幸福。他扶玛蒂尔德坐下，后者几乎把自己整个身子都靠在他的怀中。

于连一旦发现了她的这个动作，内心就快活得好似神仙一般。不过，他的眼前随即就出现了科拉索夫的教诲，他心想："我可能因为一句话就前功尽弃了。"

他揽着玛蒂尔德的胳膊忽然变得僵直起来，他要痛苦地遵循爱情指南的策略："我不能把这个温香软玉一般的身体抱在怀中，因为这样做，她接下来就会鄙视我、冷淡我。这是多么可怕的性格！"

他一边对玛蒂尔德的个性大加诅咒，一边却又更爱她百倍。他觉得此刻在他怀中的，简直是一位女王。

玛蒂尔德骄傲的自尊所受到的伤害撕裂了她的内心。于连无动于衷的冷淡让这种痛苦加剧了。此时此刻，玛蒂尔德根本无法冷静下来仔细观察于连眼中对她的真实感觉。

她甚至不敢看于连的脸，她害怕看见他鄙视的表情。

她一动不动地坐在藏书室的长沙发上，将头别过去，不看于连。此时她内心饱受煎熬，自尊心和爱情都遭受着这世上最激烈的痛苦。她刚刚做出的行为是多么荒唐可怕呀！

"我丢弃了全部的尊严去接近他，却被他狠狠地拒绝，我是多么不幸啊！"她的骄傲被打击得痛苦欲狂，"是谁拒绝了我呢？是我父亲的一个仆人！"

她高声叫道:"我真的受不了了!"

她怒发冲冠地站起来,打开于连书桌上的抽屉。于连此时在距她两步远的地方。她忽然愣住了,全身冰凉,说不出话来。他看到抽屉里有七八封信,每封都与刚刚看门人送来的那封相似,而这些信都没有被拆开。尽管信封上的姓名和地址的笔迹有所变化,但是她还是一眼就认出来,都是于连写的。

"这么说,您不仅是在追求她,同时还在鄙视她。"玛蒂尔德愤怒地叫了起来,"您这个无名之辈竟敢鄙视德·费瓦克元帅夫人!"

"啊!原谅我吧,我的朋友。"玛蒂尔德跪了下来,继续说道,"您可以鄙视我,如果您愿意的话,但您一定要爱我,没有您的爱,我根本活不下去。"话音刚落,她就昏了过去。

"这个骄傲的女人终于匍匐在我脚边了!"于连心里想。

第三十章
歌剧院包厢

最漆黑的天空，

预示着最猛烈的暴雨。

——《唐璜》第一章第七十三节

在这场剧烈的情感曲折中，于连所感到的震惊大于他的幸福。玛蒂尔德的辱骂，印证了俄国亲王传授的计策是多么高明。"少言寡行，这是我获得拯救的唯一方法。"于连心想。

他扶起玛蒂尔德，一言不发地把她搀扶到长沙发上。慢慢地，她的眼泪停不下来，直到决堤。

为了掩饰尴尬，她将德·费瓦克夫人的信拿起来，缓缓地拆开。当她认出元帅夫人字迹的时候，身体不由自主地打了一个激灵。她只是随意翻着那些信没有去读，这些信大部分都有六页。

"您至少回应一下我，"玛蒂尔德用苦苦哀求的口吻说，眼睛却不敢朝于连看，"我太骄傲了，这点您知道，我也承认，这是我的地位，甚至是我的性格所要承受的不幸。所以说，德·费瓦克夫人已经从我这里抢走了您的心……她也像我一样，因为这命中注定的爱情，向您奉献了她的一切吗？"

于连不发一语，空气中弥漫着死气沉沉的寂静。他想："她有什么权利逼我做出卑鄙的行径，暴露人家的隐私呢？"

玛蒂尔德尝试着去阅读那些信，但是她眼中满是泪水，根本无法读下去。

足足一个月，她一直处于失恋的痛苦中，但高傲的内心令她绝不会承认这种情感，只是在偶然之下，才造成了她的这场情感爆发。嫉妒之情与灼热的爱情在顷刻之间就战胜了骄傲自负。她依然坐在长沙发上，跟于连挨得很近。于连望着她的一头秀发和大理石般洁白的脖颈，一时间竟然忘记了应遵守的法则，伸手搂住她的腰，将她紧紧地抱在胸口。

玛蒂尔德缓缓地向于连转过头来，眼中闪烁出极度的痛苦，让于连惊讶不已。她的表情已经完全没有平时的样子。

于连觉得自己的身上再也没有一丝力气，他内心一直在压抑自己的感情，这是多么困难的一件事啊！

"不过，倘若我沉湎于她的爱情，她的双眼马上就会射出冰冷和蔑视。"于连心里想。此时此刻，玛蒂尔德反复向于连保证，都因自己自尊心太盛，她才犯下那么多错误，她追悔莫及。她用微小的声音，鼓起全部的力量，勉强才把这些话说完。

"我也是有傲气的。"于连用勉强才能听到的轻声话语对她说。他的脸上已经显露出了因巨大的克制而体力不支的表情。

玛蒂尔德猛地朝于连转过身子。能够再次听到他开口对自己说话，对她而言，简直是个已经不敢再期待的幸福。此时此刻，她是多么想诅咒自己曾经有过的高傲。她恨不得做出一些奇异而令人难以置信的行动，以证明她对于连是多么崇拜，对自己是多么厌弃。

"大概是因为这份傲气，"于连继续说，"您才在一时间看中了我，大概是因为我表现出来男人的勇敢和坚定，才让您此刻对我如此看重。我想告诉您，我或许已经倾心于元帅夫人了……"

玛蒂尔德浑身颤抖，眼睛中流露出了异样的神色。她这是在等待聆听于连对自己的判决。这个举动于连都看在了眼里，他感觉自己几乎没有勇气继续演下去了。

于连盲目地听着自己口中讲出的一番空洞的言语，好像是在聆听某种不熟悉的声音，心里却在想："啊！此刻我若能吻遍你那苍白的脸颊，又不让你知道，那该多好！"

然而他无从选择，只得继续说下去："我或许真的倾心于元帅夫人了，"他的嗓音越来越低，"但是有一点可以肯定，我找不出任何证据来证明她对我也有意思。"

玛蒂尔德望着他，他正面地承受了她的目光，至少他希望此时的表情没有出卖他的内心。他感到一股爱意已经渗透进他心脏最深处的褶皱中。他从来没有这么爱过玛蒂尔德，他的疯狂程度一点都不输于此时的她。倘若她冷静下来，鼓起勇气，耍点手段，于连一定会立刻臣服在她的脚旁，彻底放弃上演这场无聊的戏剧。于连提起精神，努力地继续说下去。"啊！科拉索夫，"他内心喊着，"我多需要您此时在我身边，教我该如何应付啊！"尽管内心思潮翻涌，他的嘴上还是在说："即便没有男女之爱，单是感激之情就足以让我对元帅夫人依恋不已。她对我很宽容，在我被人看不起的时候，她带给了我无限安慰……不过，对某些浮于表面的激情，显然非常诱人，但我不敢过分相信，因为它们太不持久。"

"啊！我的天主啊！"玛蒂尔德叫着。

"那好，您能给我什么保证呢？"于连在顷刻间放弃了那些谨慎友善的人际交往礼节，用激烈而坚定的语气对她说，"什么保证，哪个神明，能够让您把此刻对我的态度维持两天以上呢？"

"我用我极致的爱情向您保证，如果您不爱我的话，我还会向您献出我的所有不幸。"她对他说着，握住他的手，朝他转过身子。

这个动作做得太猛，让玛蒂尔德的披肩移动了一下。于连看到了她迷人的肩膀，她那略显凌乱的头发，唤起了他心中的甜蜜回忆。

于连简直就要缴械投降了。"倘若我说了一个不谨慎的字，"于连心想，"我之前的那一系列绝望痛苦的日子又将重新回来。"德·雷纳夫人常常为心中涌起的情感寻找理由，而这个上流社会的年轻姑娘，只有在充分的理由下，才会付出情感。

于连在一瞬间发现了这样的事实，于是，他也瞬间恢复了所有的勇气。

于连抽出被玛蒂尔德紧握住的双手，神情恭敬地挪动身子，离她远了一些。此刻这个世上不会存在比他更有勇气的男人了。随后，他将散落在沙发上的元帅夫人的信都一一捡拾起来。于连的态度表面上彬彬有礼，实际上却残酷无情。他补充道："请德·拉莫尔小姐容许我稍做考虑再答复您。"于连离开藏书室，迅速地走远了。玛蒂尔德听见他前前后后把所有的门都关上的声音。

"这个恶魔，竟然丝毫不为所动。"她心想，"但是我还有什么好说的呢？他那么聪明、谨慎和善良，明明是我犯了无法想象的错误啊！"

玛蒂尔德将这种看法维持了下去。这一天，因为身心都沉浸于爱情中，她几乎感到了幸福。别人看了她这个样子，还以为她的内心从来没受过骄傲的折磨呢。这是一种怎样的骄傲啊？！

傍晚时分的客厅里，当仆人禀报德·费瓦克夫人来了时，玛蒂尔德打了一个激灵，这个仆人的声音听起来真是晦气。她不想看到元帅夫人，立刻快速地走开了。于连对这份来之不易的胜利并没有骄傲过头，他还是害怕无法控制自己的眼神，因此借故没有在侯爵府吃晚餐。

远离了爱情的战场，他内心的幸福和爱意反而在迅速地增长，这令他自责不已。"我根本无法跟她抗衡！"于连心里想，"她的心太善变，万一她瞬间又不爱我了怎么办？而且我还这么残忍地对待了她。"

当天晚上，他理智地认为，自己必须出现在歌剧院德·费瓦克夫人的包厢里。因为元帅夫人特意邀请了他。无论他去参加，还是失礼地缺席，都会传到玛蒂尔德的耳中。尽管道理十分明确，但他还是不想早早地就去，他目前还没有劲儿投入社交。此时此刻，倘若让他开口跟人应酬，心中的幸福感就会损失大半。

十点钟的钟声敲响，于连必须出现了。

他幸运地发现，元帅夫人的包厢中坐满了女士。他被安排在门边就座，被众多的女性宽檐帽子给淹没了。卡罗利娜在《秘婚记》中凄绝美绝的歌声传来，让于连潸然泪下。多亏他坐在这个隐秘的位置，才不至于被人笑话。德·费瓦克夫人看到于连在流眼泪，这与他平常男子汉的坚毅样子形成了强烈的对比。尽管这位贵妇人的心长时间地浸淫在暴发户的傲慢中，已经被腐蚀得麻木不仁了，她还是被于连的眼泪打动。她仅存的一点女性柔情促使她开口对于连说话。此时此刻，她享受地聆听自己温柔的嗓音。

"您看见侯爵家的姑娘了吗？"她说道，"她们在第三层的包厢里。"此时此刻，于连干脆忘了礼貌，挤到了包厢的前沿，探出身子张望。于是，他看到了玛蒂尔德，她的双眼中也正闪烁着泪光。

"今天不是她们计划中看歌剧的日子。"于连想，"她是多么热切地想见到我啊！"

玛蒂尔德说服了母亲，一定要到歌剧院来看戏——尽管府上的一个女客临时殷勤地为她们提供的包厢位置不是很好，跟她们的身份不符。玛蒂尔德这样做，只是想要看看于连会不会跟元帅夫人一起度过这个夜晚。

第三十一章
令她害怕

看吧，这就是你们的文明创造的漂亮奇观！你们将爱情变成了一件普通寻常的事。

——巴纳夫

于连奔入德·拉莫尔夫人的包厢。他的双眼首先就遇到了玛蒂尔德涕泪涟涟的大眼睛。她无所顾忌地哭着，因为包厢里全都是一些地位低下的人：为她提供包厢的那位女宾客和她的几个男性朋友。玛蒂尔德直接将双手放在了于连的手上，似乎忘记了被母亲看到的恐惧。泪水噎住了她的喉咙，她勉强地向于连吐出了三个字："我保证！"

于连也激动不已，推说吊灯将第三层包厢照得太过刺眼，用手捂住了双眼来掩饰心情。他心想："绝对不能跟她讲话。倘若我开口，她就会听出我声音中颤抖的情感，那这一切就会暴露，我也会前功尽弃。"

他内心开始经历比早上更加痛苦的挣扎，他的种种情感早就激烈地搅在了一起。但是他最怕的，是玛蒂尔德的虚荣心再度发作。尽管已经在爱情和欢愉中心醉神迷，他依然克制着自己，绝不跟她讲话。

在我看来，这是他的性格中最好的特点之一。倘若一个人能够将自我克制贯彻到这种程度，那他一定会前程远大 —— 倘若命运之神准许的话。

玛蒂尔德坚持要把连带回侯爵府。幸好今晚雨下得很大。但侯爵夫人安排于连坐在自己对面，不停地跟他讲话，因此玛蒂尔德没有机会跟于连说话。这样看来，好像是侯爵夫人故意为于连的幸福着想似的。于连不用担心跟玛蒂尔德交谈中露馅，于是就放任自己沉溺于欣喜若狂的情绪中。

读者们，你们敢信吗？于连回到房间后，跪在地上，倾情地吻遍了科拉索夫亲王送给他的情书大全。

"多么伟大的人啊！这一切都应该归功于您！"他狂热地大叫大嚷。

过了一段时间，于连渐渐恢复了理智，他将自己看作一名刚打完前半场胜仗的将军。"我确信无疑地拥有巨大的优势。"他对自己说，"但是明天会发生什么呢？可能只需一个瞬间，我就会满盘皆输。"

于连用激动的双手翻开了那本拿破仑口述的《圣赫勒拿岛回忆录》。整整两个小时，他强迫自己阅读这本书。虽然只是眼睛在看，心里却激动得读不下去。但那又怎样，他强迫自己不停地读。在这种异常特殊的阅读体验中，他的头脑和心灵已经进入一个至高的境界，以一种不可思议的方式运作着。"玛蒂尔德的性格真和德·雷纳夫人大不相同啊！"于连心想，但他已经不能想到更多了。

"令她害怕！"于连忽然把书扔得很远，大声喊道，"敌人只有对我感到恐惧时才会臣服于我，这样他们就不能鄙视我了。"

于连沉醉在欢乐中，在小房间里不停地走来走去。说实话，他的这种幸福主要来自骄傲，而不是真正的爱情。

"令她害怕！"他一遍又一遍，骄傲地重复道。而且此时，他也完全有理由感到骄傲。

"哪怕是在最甜蜜的时刻，德·雷纳夫人都在担心我爱她不如她爱我那么多。而我现在则将要征服的人则完全不同，她是个魔鬼，要用非常手段。"

他很明白，次日早上八点，玛蒂尔德就会到藏书室来，所以于连一直拖到九点才来。尽管胸中的爱意如烈火般燃烧，但他的头脑控制住了内心。于连每分每秒都对自己重复着一句话："一定要让她时刻在心里怀疑'他究竟爱不爱我？'她的地位实在太过显赫，身边围绕着的阿谀奉承的话语又实在太多，她很容易就会重新骄傲起来。"

于连此时发现，满脸苍白的玛蒂尔德正坐在长沙发上。但很显然，她已经连动一下的力气都没有了。她努力朝于连伸出了手："我的朋友，我确实冒犯了你，这是真的。你会生我的气吗？"

于连丝毫没有料到她的语气会这样简单直接，他差一点就泄露了自己的真情实感。

玛蒂尔德沉默了一阵，本想期待于连能说点什么打破沉默，却看到他不发一语，只好继续说道："你想要我对你的保证，这是有道理的。把我带走吧，我们出发去伦敦。我愿意身败名裂、名誉扫地。"她鼓起勇气，把于连的手抽了过来，捂住自己的双眼。那一瞬间，女性所有对贞操的情感和道德的约束一起回到了她的心里……"好吧，我愿意身败名裂。"她最终长长地叹了一口气，"这就是我向你做出的保证。"

"昨天我还是幸福的，因为那时我还能对自己狠得下心。"于连心想。沉默了一阵之后，于连重新让理智控制住了自己的情感，努力用冷冰冰的话语说道："我们一旦出发去了伦敦，用您自己的话来讲，我们是身败名裂了，但谁能保证您会一直爱我呢？又有谁能保证，在驿车的座椅上，您不会觉得我面目可憎呢？我不是魔鬼，让您的名声被毁，对我而言，只是又多了一桩不幸之事。很不幸，我们爱情的障碍并不是您显赫的社会地位，而是您的个性。您能保证自己爱我超过一个星期吗？"

"啊！如果她能爱我一个星期，那该多好！"于连低声自言自语，"我幸福得死了也值。未来有什么重要？生命有什么重要？这种极致的幸福从此刻就可以开始，只要我愿意的话，它完全取决于我。"

玛蒂尔德望着陷入思索的于连，握住他的手，对他说："我是不是完全配不上您呢？"

于连抱住了她，但从那一刻起，他的内心又被职责的铁钳紧紧夹住："如果她看出了我是多么钟情于她，那我就遭殃了。"在放开玛蒂尔德的怀抱之前，于连已经让自己恢复了一个男人应有的尊严。

接下来的日子里，他很好地掩饰了自己那种无上的幸福，甚至有时他为此放弃了拥抱玛蒂尔德的快乐。

而其他时候，爱情的幸福和疯狂又占据了上风，让他将一切谨慎的建议都抛诸脑后。

花园里有一丛忍冬，是用来隐藏梯子的。从前，于连习惯站在这丛忍冬旁边，遥遥看着玛蒂尔德闺房的百叶窗，因为她性格的阴晴不定，于连曾经哭个不停。不远处有一棵巨大的橡树，树干很粗，可以将它遮住，不被那些好事者看到。

他与玛蒂尔德一起走过这个地方的时候，熟悉的场景勾起了他极度悲伤的回忆。那时的不幸与如今的快乐形成了巨大的反差，以至于超出了他性格所能承受的极限。他双眼溢满泪水，将情人的手举到自己的唇边，忘情地吻着。"我曾经伫立在这里想着你，看着那扇百叶窗，连续好几个小时都等在下面，希望能盼到有双手将窗子推开的那个幸福时刻。"

此时，于连实在是软弱至极，终于肯用真实的色彩描绘当时的绝望，而不是说一些虚构出来的谎言。他用了一些简单的感叹之语，证明以往的那些残忍的痛苦业已结束，也印证了此刻他内心的幸福。

有一天，于连忽然清醒过来，大声说道："我的天哪！我都做了些什么？我的成功要毁于一旦了。"

他内心的警报已经拉响，他觉得玛蒂尔德眼中的爱意已经减少了。虽然这只是一个幻觉，但是于连的脸瞬间变了颜色，蒙上了一层死人般的苍白，眼中的光芒顿时熄灭了，脸上出现了一种高傲又不失残忍的表情，取代了他刚刚那真挚的、充满爱意的神情。

"你怎么啦，我的朋友？"玛蒂尔德温柔又不安地问道。

"我撒了谎，"于连不快地说，"我对您撒了谎。我刚刚在自责对您撒的谎。上帝知道我多么在乎您，因此禁止我撒谎。您爱我，对我忠心耿耿，我没有必要用一些谎言来讨您的欢心。"

"我的天啊！这两分钟以来，您说的所有令我心醉神迷的情话，难道都是骗我的不成？"

"我不应该这样。我真自责，亲爱的朋友。这些话是我以前对一个爱我却令我厌烦的女人编出来的谎话……这是我的性格弱点，我向您坦白，请原谅我。"

大颗大颗悲伤的泪珠浸湿了玛蒂尔德的脸庞。

"只要我遇到什么令我不快的事情，让我陷入恍惚，我那该受诅咒的记忆力就令这些话浮现出来，让我滥加使用。"

"我是不是刚刚在无意中做了让你不快的事情呢？"玛蒂尔德问道，脸上满是迷人的无辜。

"我记得有一天，您从这边经过，随手采了一朵花。德·吕兹先生从您手里要过了那朵花，您就这样将花送给了他。那时我就离你们两步之遥。"

"德·吕兹先生吗？"玛蒂尔德操着她已经习以为常的骄傲口吻说道，"怎么可能？我绝不会做这种事。"

"我很确定，确实发生了。"于连迅速反驳道。

"好吧！这是真的，我的朋友，"玛蒂尔德悲伤地垂下了眼睛。她心里十分肯定，她绝对不会允许德·吕兹先生做出这样的事来。

于连望着她，眼中的温柔之情无法用语言来形容。他心想："她没有变卦，还是一样地爱着我。"

当天晚上，玛蒂尔德带着玩笑的意味打趣于连对元帅夫人的感情。"一个小市民爱上一个暴发户！全天下也许只有这种暴发户的心才不会被我的于连俘虏。不过她却让您变成了一个真正的花花公子呢。"她一边玩着他的头发，一边说道。

于连在被玛蒂尔德鄙视的那段时间里，摇身一变，成了整个巴黎穿戴最考究的男性之一。但于连跟其他重视打扮的男性相比，有一个很大的优点：他一旦打扮好了，就不再去想着自己的打扮。

有一件事让玛蒂尔德如鲠在喉，那就是于连继续抄写俄国亲王的情书，寄给元帅夫人。

第三十二章

与虎谋皮

唉！为什么偏偏发生了这事，而不是别的事？

——博马舍

一个英国旅客讲述他与一只老虎亲密接触的故事。他养大这只老虎，每天都爱抚它。但与此同时，他的桌上始终放着一把上了膛的手枪。

当玛蒂尔德在于连的眼中看不到任何幸福的表情时，恰恰是于连沉湎在幸福里的时刻。于连严格地按照自己的职责办事，时不时地在谈话中对玛蒂尔德说上一两句硬话。

于连惊讶地发现玛蒂尔德对他是如此地温柔，当她的温柔和虔诚即将突破某个极限，令于连快要失去自控力的时候，于连就鼓起勇气，突然地冷落她几天。

玛蒂尔德有生以来第一次坠入爱河。

以前，她的生活缓慢无聊，仿佛乌龟在爬，而如今则感到时光飞速前进。

她毕竟是个骄傲的人，她的骄傲总要以某种形式展现出来，因此她愿意莽撞地将爱情暴露在任何危险中。而于连则谨慎小心得多。只有涉及冒险的事情，玛蒂尔德才敢稍微忤逆一下于连。她对于连发自内心地顺从，甚至到了谦卑的地步。然而，她对家里的其他人，无论是亲友还是仆人，则表现得更加高傲了。

在晚上的客厅里，哪怕有六十个客人在场，她也敢公然把于连叫到一旁，并亲切地与他交谈很久。

有一天，那个小文人堂博坐在他们旁边，玛蒂尔德要他到藏书室替她拿斯摩莱特[1]谈到一六八八年革命的那本书，看到他迟疑的样子，就对他说："您还真的是个磨蹭鬼呢！"玛蒂尔德故意提高了嗓门讲的这句带有侮辱的话语，给于连的内心带来了极大的安慰。

"您注意到这个小魔鬼的眼神没有？"于连对她说。

"他的伯父在这个客厅里侍奉了十多年。若非如此，我立刻就把他赶出去了。"玛蒂尔德回答。

此外，她对德·克鲁瓦瑟努瓦先生、德·吕兹先生等人的态度，虽说表面上还是有着无懈可击的礼貌，但实际上更加高傲、更加咄咄逼人。玛蒂尔德之前对于连讲过一些隐秘的知心话，诉说自己对他们有过的情愫。而如今，玛蒂尔德对此懊悔不已。她尤其不敢向于连坦承的是，之前为了刺激他，她大大夸张了对他们本来很简单的情感。

尽管玛蒂尔德下了很大的决心，但是她作为女性的自尊每天都阻止自己向于连坦白以下的话语："我之所以告诉您，当

1　斯摩莱特（Tobias Smollett，1721—1771），英国小说家，曾出版《英国通史》。

德·克鲁瓦瑟努瓦先生的手在大理石桌上凑巧碰到我的手的时候，我没有把手抽回来，是因为只有我对您描述这一切的时候，我的内心才会感到快乐。"

如今，倘若那些先生跟她说了一会儿话，她就觉得自己有问题想跟于连探讨。这也是一个让于连与她寸步不离的借口。

有一天她发现自己怀孕了，于是快乐地告诉了于连。

"现在您还会怀疑我不爱您吗？这不就是我的爱情最好的保证吗？我永远是您的妻子。"

于连听到这个消息，被一阵强烈的震撼打动了，他差点忘记那些指导他行动的准则："这个可怜的姑娘为我付出了这么多，我又怎么能够存心对她冷淡和冒犯呢？"从此以后，于连每当看到玛蒂尔德露出不舒服的样子，哪怕当下的他十分理智，也没有勇气再对她说上一句狠话。虽然根据他的经验，这些狠话对于维持他们的爱情来说是必不可少的。

有一天，玛蒂尔德对于连说："我要给父亲写信，向他坦承一切。对我而言，他不仅是父亲，还是一位挚友。不论是您还是我，都不应该再向他隐瞒，哪怕一分一秒都不行。"

"伟大的天主！你想要干什么？"于连惊恐地说。

"我想要尽我应尽的职责。"她回答，双眼闪烁出愉悦的光辉。她发现自己比她的情人还要更加高尚。

"但是您父亲会令我受尽耻辱，然后把我赶走。"

"他有他的权利，应该尊重。如果他将您赶走，我就会挽着您的手臂，在光天化日、众目睽睽之下，跟您一道从大门离开。"

目瞪口呆的于连要求她推迟一个星期再坦白。

"我没有办法，"她回答，"这是我应尽的职责，我必须现在完成，看在名誉的面子上。"

"那好！我命令您推迟一周，"于连说道，"我是您的丈夫，我一定会保障您的名誉。此事事关重大，将会彻底改变我们两个人的一切，应当从长计议。我也有我的权利。今天是星期二，一周后就是德·雷斯公爵招待客人的日子。今晚，德·拉莫尔先生赴宴归来，看门人将把这封命中注定的信交给他，我很肯定，他一心只想让您当上公爵夫人，想想吧，他会多么难过！"

"您是不是想说，'想想吧，他会怎么报复'？"

"绝对不是。侯爵是我的恩人，我怜悯他，同情他的痛苦，但我不会害怕他，我不会害怕任何人。"

玛蒂尔德屈服了。自从她将自己怀孕的消息告诉于连后，这还是于连第一次语带威严地对她讲话。他从未像现在这样爱过她。他内心温柔的那一面，刚好幸运地以此为借口，可以不再对玛蒂尔德说出任何一句残忍的言语。不过，一想到要向侯爵坦白一切，他的内心便焦虑到了极点。他会被迫与玛蒂尔德劳燕分飞吗？倘若玛蒂尔德看到他被迫离开，不管当时的她多么痛苦，一个月之后，她还会再想起他吗？

此外，他也为侯爵可能对他提出的义正词严的指责而恐惧不已。

当天晚上，于连向玛蒂尔德坦白了自己苦恼的第二个原因。接下来，因为爱情让他失去了理智，索性将第一个原因也说了出来。

她的脸瞬间变了颜色。

"倘若您要离开我半年，"她对他说，"这对您来讲真的很痛苦吗？"

"无边无际的痛苦，是我在这个世上唯一害怕的痛苦。"

玛蒂尔德沉浸在幸福之中。于连之前行使的那些爱情手段太过奏效，成功地让玛蒂尔德认为，在这段爱情里，她才是爱得更深的那个。

决定命运的星期二来临了。午夜十二点，侯爵回家的时候，发现了一封信。信封上写地址的地方注明，他只能在没有旁人的情况下，独自拆开这封信。

我的父亲：

在这封信里，我们不谈任何世俗的关系，只谈您和我的父女之情。除了我的丈夫之外，您是我此生最爱的人，这点永远都不会变。想到这封信会给您带来的痛苦，我的眼中就充满泪水。但是为了使我的耻辱不被其他人知道，我应该先跟您商量，让您有时间采取行动。这份对您的坦白，我不能再长时间地拖下去了。我知道，您对我的爱是极其深厚的。您是否愿意向我提供一笔小小的年金，让我同我的丈夫搬到一个您希望的地方居住，譬如瑞士？他的姓氏是如此地卑微，不为人所识。因此，在那里，没有人会知道，索雷尔太太，这个韦里叶城的木匠的儿媳妇，其实就是您这位尊贵侯爵的女儿。在写这个姓氏的时候，我的心里是那么难过。我很担心于连，我怕您迁怒于他。而您的发怒绝对是理所应当的。亲爱的父亲，我不会成为一个公爵夫人了。不过当我爱上我丈夫的那一刻起，我就明白了这一点。是我先爱上他的，是我引诱了他。在您那里，我继承了一个如此高傲的灵魂，无法把我的注意力集中到那些庸人或看似平庸的人身上。为了讨您的欢心，我曾经考虑嫁给德·克鲁瓦瑟努瓦先生，但却没有办法。

为什么您要把这个真正值得我爱的男人摆在我身边呢？您自己也曾亲口跟我讲过："这个姓索雷尔的小伙子，是唯一能让我开心的人。"这个可怜的男人此刻也跟我一样，对这封信可能会给您带来的痛苦而难过不已。作为一个父亲，您生气是理所应当的。但请您像一个朋友那样地爱我吧。

于连尊重我。在最开始，如果说他愿意时不时地跟我聊天，完全是出自对您深刻的感激之情。因为像他这样生性高傲的人，绝对不会在公开的场合主动向比他身份高贵的人讲话。他对社会地位的差别有着非常强烈、与生俱来的敏感。我在这里羞愧地向我最好的朋友坦承，并且不会再把同样的话说给另一个人听：是我，是我在花园里首先挽起了他的胳膊。

明明是我犯了不可弥补的错误。二十四小时之后，您不要对他生气了。倘若您仍然非常气恼，那就由我来替他赔罪，并且向您表达最深刻的敬意，因为惹您不快，我们倍感难过。您将永远不会再见到他。不过，我会去他想去的地方与他相会。这既是我的权利，也是我的责任。因为他是我孩子的父亲。希望慈悲如您，能够为我们提供六千法郎用以为生。否则的话，于连打算搬去贝桑松居住，他将在那里教授拉丁文和文学。即使一切要从零开始，我也有信心，他依然能够重新振作。既然我选择了跟他在一起，就不害怕变得默默无闻。倘若有天革命再度发生，我敢肯定，他会一马当先，建功立业。而那些向我求婚的人，谁能如他这样呢？他们拥有广阔的良田，不过在其中我看不到什么值得赞赏的地方。如果他拥有百万身家和我父亲的保护，即使在当今的政权之下，他也能够功成名就……

玛蒂尔德知道，侯爵是个仅凭一时的心情就决定一切的人。

在侯爵读信的当下，于连心想："我该怎么办？第一，我没有尽好自己的职责；第二，我要怎么做才能保障自己的利益？他带给我的好处太多了。没有他，我仅仅是个卑劣的下人。然而在下人之中，我又不够卑劣，会遭到其他人的憎恨。是他让我摇身一变成为一个上流社会的人。因此，我不用被逼着去做那些卑劣之事了。这比他给我一百万钱财更加珍贵。多亏了他给我颁发这个十字勋章，并且让我在外交事业中崭露头角，大展宏图。

"倘若他拿起羽毛笔，规定我按照他写的去做，那他会写些什么呢？"

于连陷入沉默的思考。忽然，侯爵的贴身老仆人来了，打断了这片寂静。

"侯爵即刻就要见您，不管您是否已经睡下。"老仆人走到于连的身边，压低了声音提醒他说，"请您当心，侯爵正在大发雷霆。"

第三十三章

偏爱的痛苦

在打磨这颗钻石时，一个笨拙的工匠会磨掉钻石最明亮的光辉。在中世纪，即使是黎塞留的时代，法国人依然有做梦的能力。

——米拉波[1]

侯爵对于连大发雷霆。也许他是有生以来第一次如此失态，他把嘴边的所有脏话通通往于连身上丢。我们的主人公感到了惊讶和不耐烦，可他对侯爵的感激之情丝毫没有动摇。"这个可怜的人，长久以来，在内心深处为女儿珍藏了多少美好的计划呀！而此刻他眼看着它们都坍塌了。我必须开口回答他的话，沉默只会让他的怒火更盛。"于连忽然想到了莫里哀笔下的伪君子，是这个角色告诉他如何回答的。他说："我不是天使……我尽心尽力地为您效劳，您也对我慷慨回报……我一直十分感激。然而，

1　米拉波（Honoré-Gabriel Riqueti, comte de Mirabeau, 1749—1791），法国政治家。

我已经二十二岁了，在这栋房子里，我的所有心事，只有您和那位可爱的人了解……"

"魔鬼！"侯爵感叹道，"可爱！可爱！当你发现她可爱的时候，你就应该离她远点！"

"我就是这样做的。这就是为什么我求您让我去朗格多克。"

侯爵满腔愤怒地走来走去，后来实在累了，也被痛苦征服了，就倒在了扶手椅上。于连听见他用低低的声音自言自语："这个人倒不是个坏人。"

"是的，对您，我绝对不会干坏事！"于连喊叫出声，不由自主地跪了下去。但他觉得这个动作极其羞耻，又立刻站了起来。

侯爵真的气得失去了理智，看到于连跪下，又对他开始了新一轮的残暴辱骂，就像在骂一个马车夫一样。似乎是为了排解自己的恼恨，侯爵用了许多新的骂人字眼。

"什么？！我的女儿将被称为索雷尔夫人！什么？！我的女儿不会成为公爵夫人！"每当这两个想法如此清晰地呈现出来时，德·拉莫尔先生就会备受折磨，无法控制自己的情绪。于连害怕被他胖揍一顿。

慢慢地，侯爵似乎习惯了这个事实，开始变得理智起来。他对于连发出了一些足够理性的指责："先生，您必须走。"他对于连说道，"您的职责就是立刻离开，您简直是个最卑劣的人。"

于连走近桌子，拿起笔来写道："很长时间以来，生活对我来说就已经难以忍受了。现在我迫切需要一个了结。我恳请侯爵先生接受我无尽的感激，并对我在他家中的死亡可能造成的麻烦深表歉意。"

"杀了我吧,"于连说,"或者让您的贴身男仆用一发子弹来结束我的性命。"现在是凌晨一点钟,他要去花园里散步,往深处的后墙去。

"见鬼去吧!"侯爵一边喊着,一边走开了。

"我清楚,"于连想,"他不会让男仆杀我,他没有愤怒到这种地步……唉,他还是把我杀了的好,这样一了百了,还能让他心里舒服些……不过,天啊,我还不想死……我已经有孩子了。"

他在花园中散步的头几分钟里,时时刻刻都注意着被杀的危险。随后他想起了自己的孩子。这个想法第一次如此清晰地出现在他的脑海中,让他不能再想其他任何事情。

这种关切之情首次涌上心头,让他变成了一个谨慎理智的人:"我需要有人帮我支招,如何搞定脾气火暴的侯爵 —— 他没有什么理性,任何事都做得出来。我的好友福盖离得太远了,而且他也理解不了像侯爵这类人的想法。

"阿尔塔米拉伯爵可以吗?我能让他永远为我保密吗?我不想这个私下的请求变成一件尽人皆知的事,令我的处境更加复杂。唉!我只剩下阴森的皮拉尔神父了……冉森教的教义让他的思想过于古板。反而一个精明的耶稣会士更懂得洞察人心,可能会对我更有帮助。皮拉尔神父一听到我犯下的大错,可能就会立刻揍我一顿。"

这时,莫里哀笔下的伪君子形象又于连提供了帮助。"好吧,我可以通过向他忏悔的方式获得他的建议。"他在花园中踱步了整整两个小时,这是他做出的最后一个决定。此时的他已经困倦不已,不再警惕着随时可能朝他射击的暗枪了。

第二天大清早，于连就跑到离巴黎几法里的地方，敲开了严厉的冉森派神父皮拉尔先生的门。于连非常震惊地发现，他向皮拉尔神父坦承自己犯下的罪过后，神父竟丝毫不惊讶。

神父对于连的关切大于愤怒，他心想："或许我应该为此自责。"他对于连说："我早就看出了你们之间的爱情。我可怜的孩子，因为对您的感情，我没有对她的父亲说什么。"

"他会如何处置我呢？"于连急切地问。

（此时此刻，他真的深爱着这位神父，因此内心产生了许多痛苦。）

"我看到了三个可能性，"于连继续道，"第一，侯爵会直接杀了我。"于连说出了自己给侯爵写遗书的事情，"第二，让诺贝尔伯爵与我决斗，并向我开枪。"

"您会接受他的决斗？"神父愤怒地站起身来。

"请您让我把话说完。我当然不会接受。我怎么会向我恩人的儿子开枪。

"第三点，他可以把我打发走。如果他让我去爱丁堡，或者去纽约，我同意照办。这样的话，德·拉莫尔小姐的名誉就可以得到挽救。但倘若他们想处理掉我的孩子，我可决计不肯。"

"毫无疑问，这会是堕落的人们想出的第一个主意……"

在巴黎，玛蒂尔德陷入了绝望。她在七点左右见到了父亲。侯爵给她看了于连的信，她满心担忧，生怕于连觉得这样结束生命是一件光荣的行为。"而且这件事还没有经过我的允许呢！"她带着一种愤怒的痛苦对自己说。

"如果于连死了，我也去死。"玛蒂尔德对父亲说，"倘若他因您而死……或许您会感到高兴……但我向他的阴魂发誓，我会为他服丧，向社会公开我是于连·索雷尔的遗孀，我会广发讣告……在这件事上，我绝不会表现出软弱和懦弱。"

她的爱已经到了疯狂的地步。这反倒让德·拉莫尔先生手足无措了。

他开始冷静地看待这件事情。午餐时，玛蒂尔德没有出现。当侯爵意识到玛蒂尔德对她母亲守口如瓶时，简直如释重负，同时也感到了女儿对他的特殊情感，甚至觉得颇为得意。

于连刚刚下了马。玛蒂尔德派人到处找他，几乎当着女仆的面就投入了他的怀抱。于连对她的这一狂热之举并没有十分感动。他刚跟皮拉尔神父进行了长时间的交谈，决心拿出自己的外交手段，掌握大局，运筹帷幄。他内心将一切可能性都计算了一遍，反而就不会胡思乱想了。玛蒂尔德眼中含着泪水，说自己看到了他写的遗书。

"就算是为了我，请您立刻动身出发去维勒基耶避一避，我的父亲随时可能改变主意。趁着大家还在吃饭的时候，快点骑上马，马上离开。"

看到于连一脸震惊和冷漠的时候，她的眼泪一下子就流了下来。

"让我来解决我们的事情。"她抱着于连，激动地喊道，"您知道我不愿意与您分开。给我写信，寄给我的贴身女仆，让别人填写地址。不要在信封上留下您的笔迹，我会给您写许许多多的信。再见吧！快逃。"

最后一句话伤害了于连的自尊心，但他只能选择服从。他想："这就是命啊，哪怕在他们真情流露的时刻，她也能找到什么方法来刺激我一下。"

玛蒂尔德坚决抵制她父亲提出的所有稳妥的解决方案。她一心只想成为索雷尔夫人，与她的丈夫在瑞士过清苦的日子，或跟她的父亲一起住在巴黎。除此之外，任何其他的可能性都不在她的考虑范围之内。她果断拒绝了让她秘密诞下孩子的建议。

"那样的话，人们就会寻找各种蛛丝马迹对我腹诽，让我名誉扫地。而我与于连结婚，婚礼后两个月，我和丈夫一起做个长期的旅行，就可以在外面诞下孩子，并给孩子的生日做出合理的改动。"

玛蒂尔德如此坚决的态度，起初让侯爵十分生气，然而后来他也开始动摇了。

有一天，在一个温柔的时刻，侯爵找到女儿，"拿着！"他说，"这里是一万英镑的年金证书，在我后悔之前，赶紧将它送给你的于连。"

话说于连这边，他满足了爱发号施令的玛蒂尔德的要求，多走了四十法里的远路去了维勒基耶，在那里替侯爵给农民们结清了钱款。侯爵的大发慈悲让他可以重返巴黎。他回巴黎后，向皮拉尔神父请求庇护。在他离开的日子里，皮拉尔神父已经成为玛蒂尔德最亲密的盟友。每当侯爵询问神父的意见时，神父都试图向他证明，除了让两人公开成婚，任何其他的解决方法在上帝眼中都是犯罪。

"幸运的是，"神父补充说，"在这一点上，世俗的情理和宗教的教义是保持一致的。"以德·拉莫尔小姐的火暴性格，能指望她为这个她自己都不想保守的秘密而三缄其口吗？倘若不光明正大地举行一场婚礼，社会上的人们可能会花上更多的时间，对这场门不当户不对的奇特婚姻议论纷纷。作为对公众的交代，必须一次性说清楚，不要神神秘秘地遮掩起来，这样反而欲盖弥彰。"

"这倒是真的。"侯爵若有所思地说道，"这样一系列的动作做下来，把一切都公之于众，三天过后，人们就不再对这件事情好奇。如今政府正在大张旗鼓地实行反对雅各宾党的各种措施，刚好利用这个机会，不知不觉地低调处理。"

德·拉莫尔先生的几个知己好友的想法也跟皮拉尔神父是一致的。在他们眼里，最大的障碍是玛蒂尔德执拗的性格。听了这么多明智的道理，侯爵的内心依然留有一个很大的缺憾，他一直想要女儿嫁给一位公爵，这样在国王御前就能拥有一个尊贵的座位。

在侯爵的脑海和想象中，依然充斥着他年轻时习以为常的各种诡计和欺骗手段。在他看来，向现实和法律低头，对他这种级别的人来说，是一件荒谬和不光彩的事情。十年以来，他对女儿的前途怀抱着各种美好的幻想，而如今，他为自己的这些想法付出了代价。

他对自己说："这谁能预料到呢？一个性格如此傲慢的女孩，具有如此高超的才智，比我还为她的姓氏感到骄傲！法国所有最杰出的青年都争先恐后地向她求婚。是时候放弃所有的谨慎了。这个时代将一切都混淆了，我们正在迈向一片混沌。"

第三十四章
一位智者

> 省长骑在马上想：为什么我不能成为部长、议会
> 主席、公爵？这就是我的战争方式……通过这种方式，
> 我将把革新者扔进铁笼……
>
> ——《环球时报》

哪怕再理智的建议，都无法摧毁持续了十年之久的美梦。侯爵认为，发脾气是不理智的，但他却没有办法原谅这一切。侯爵有时会想："如果于连能死于一场意外就好了。"他内心感到悲伤，于是就通过荒谬的想象来获得一点安慰。这些想象胜过了皮拉尔神父的那些理智的建议。就这样，一个月过去了，事情没有取得任何进展。

对于这次家务事，就像对其他政治问题一样，可以通过暗杀来解决。侯爵有了这个卓越的想法，并为此激动了三天。他对事情的解决方法，并不是建立在冷静的理性分析之上，他更喜欢符合自己目的的解决方法。他用了三天时间，以一个诗人的热情

和活力来布置这个计划。然而三天过后，他反悔了，将其抛在了脑后。

起初，于连对侯爵迟迟不给出解决方法而感到不安。但几个星期后，他开始猜测，德·拉莫尔先生在这件事上根本没有打定主意。

德·拉莫尔夫人和整个侯爵府的人都以为于连在外省出差公干，负责处理土地事务。实际上，他藏在皮拉尔神父的家中，几乎每天都跟玛蒂尔德相见。玛蒂尔德每天早上都会陪父亲说一个小时的话，但他们会连续几个星期都避免谈论这件占据他们全部头脑的大事。

"我不想知道那个人此刻身在何处，"有一天侯爵对她说，"你去把这封信送给他。"玛蒂尔德展开信，看到上面写着：

朗格多克两万零六百法郎的土地收益，我把一万零六百法郎给我的女儿，另外一万法郎给于连·索雷尔先生。当然，我把这些土地同时赠予他们。通知公证员，让他起草两份独立的赠予契约，明天带给我。之后我们之间不再有任何关系。啊，先生，这难道就是我所期待的吗？

德·拉莫尔侯爵

"我非常感谢您。"玛蒂尔德读完信后欢快地说道，"我们将在阿让和马尔芒德之间的艾吉永城堡定居，据说那是一个与意大利一样美丽的地方。"

这笔财富对于连来说是一个巨大的惊喜，要知道，他不再是我们之前熟悉的那个对自己严苛骄傲、不肯接受馈赠的冷血动物了。他一心只为还没出世的儿子着想。对于一个如此贫穷的人来说，这笔意外的可观财富使他雄心勃勃。他的妻子，或者说他自己，将会拥有两万零六百法郎的收入。对玛蒂尔德来说，她所有的感情都沉浸在对丈夫的崇拜中。她总是骄傲地将于连称作自己的丈夫。她最大的，也是唯一的野心，就是让自己的婚姻得到众人的承认。她终其一生都在幻想自己的命运与一个超凡绝伦的男人相结合，她为自己挑选丈夫的慎重和大胆骄傲不已。她认为这都是她自己的本事，而且这很前卫时髦。

于连经常不在家，事务繁多，没有时间谈情说爱，这跟于连之前使用过的明智的爱情手段不谋而合，并发挥了功效。

玛蒂尔德成日见不到自己的爱人，终于觉得不耐烦了。

一时心血来潮，她给父亲写了一封信，有着如《奥赛罗》一般的开头：

我选择了于连，而不是上流社会为德·拉莫尔侯爵的女儿提供的种种便利，我的选择足以证明这一点。那些被重视、被奉承的虚荣对我而言已经毫无意义。我已经与我的丈夫分开了六个星期。这足以表明我对您的敬重。在下周四之前，我将离开父亲的宅邸。您的恩赐足够让我们过上体面的生活。除了可敬的皮拉尔神父，没有人知道我们的秘密。我会去找他，他将为我们主持婚礼，仪式结束后一小时，我们就出发去朗格多克，除非获得您的准许，否则我们将永远不回巴黎。但我知道，即将发生的这一切，将会被别人编成各种讽刺性的风流逸闻，想到这里，我便心如刀割。那些乌合之众的冷嘲热讽，难道不会促使我们杰出的诺贝尔去跟于连决斗吗？在这种情况下，我了解于连，我没有办法逼迫他拒绝这场决斗。他拥有一副具有反抗精神的平民的傲骨。我的父亲啊，我跪下来恳求您，来参加我的婚礼吧，下周四，在皮拉尔先生的教堂里。这样的话，就能堵住大众的嘴，也能挽救您那独生爱子和我丈夫的性命。

　　这封信使侯爵的内心陷入一种奇异的尴尬。看来不得不尽快做出一个决定。对于这件事，以往解决问题的手段和那些平庸的朋友，统统都帮不上什么忙。

　　在这种特殊的情况下，在侯爵的性格中，那些由青年时期的经历所留下的伟大特征，又一次地恢复了影响的力量。曾经在流亡生活中经历的苦难锻炼了他的头脑。那是在一七九〇年，大革命发生的第二年，在享受了荣华富贵和宫廷中的所有荣誉之后，他被迫流亡国外，历经艰辛。流亡的生活仿佛是座残酷的学校，彻底改变了他这个二十二岁少年的灵魂。正因这样，如今他可以安然地享受财富，却丝毫不会被财富支配。不过，他虽然不为金钱所动，却会陷入另外一种疯狂的热情，他期盼女儿获得无限尊贵的头衔。

　　在刚刚过去的六个星期里，侯爵有时会突发奇想，计划把于连变成一个有钱人。贫穷在侯爵看来是不光彩的，他女儿的丈夫绝对不能是个穷鬼。于是他大方地将金钱赠予他们。第二天，他又有了新的想法，觉得于连倘若明白了他慷慨解囊的真实用意，就会带着大笔金钱逃去美国，在那里改名换姓，并写信给玛蒂尔德，告诉她丈夫已死的消息。德·拉莫尔先生甚至已经幻想着女儿收到了这封信，并继续想象它会给女儿带来什么样的影响。

这时，侯爵收到了玛蒂尔德的那封真实的信件，立刻从幼稚的幻想中惊醒。他又在思考，是否要暗杀于连，或者令其失踪，最终，经过长时间的思考过后，他决定给于连安排一个光辉的前程。他想将自己的一块封地的名称赐给于连作为姓氏。"为什么不能将自己的贵族头衔传给他呢？"他的岳父肖纳公爵，自从独子在西班牙被杀后，曾多次向他表示，希望将头衔传给诺贝尔……

侯爵心想："不能否认，于连有奇特的才能，办事有胆有识，甚至可以说是才华横溢……但在这个人的骨子里，我感觉到一些令人恐惧的东西。大家对他都有这样的印象。因此肯定具备一定的真实性。（这个真实性越是难以把握，越是让老侯爵多疑的内心感到害怕。）

"我的女儿有一天在信中非常巧妙地告诉我：'于连不隶属于任何贵族的客厅，不隶属于任何小圈子。'除我之外，他没有任何后台，如果我抛弃了他，他将会一无所有……难道这是他对社会现状的无知吗？……我曾对他说过两三次，想要获得支持和选举的胜利，只有依靠在贵族客厅中积累的人脉。

"不，他没有像有些检察官那样紧紧抓住一切时间和机会的娴熟和狡猾的才能……他也不是像路易十一那样的狡诈之辈。另一方面，我发现他非常喜欢引用那些教人飞黄腾达的格言。我被弄糊涂了，难道他不断对自己重复的那些格言，只是想要将其视作阻挡内心汹涌激情的堤坝？

"从其他方面看，至少有一点很突出：他非常受不了别人的蔑视。对付他，我可以从这点下手。

"的确，他对显赫的出身一点都不迷信，他并不是出自天性地对我们这些贵族崇拜得五体投地。这是一个缺点。他也不爱钱，那些神学院的学生都一心想着物质享受，不能忍受兜里没钱。而他则迥然不同，他无论如何也不能忍受别人的轻视。"

在女儿来信的催促下，德·拉莫尔先生认为有必要尽快做出决定："最后还有一个至关重要的问题：于连之所以胆大包天地追求我的女儿，是不是因为他知道我爱女心切，并且拥有五六十万法郎的年收入呢？

"玛蒂尔德一定会对这个想法提出抗议的……不，于连先生，在这一点上，我绝对不能心存幻想。

"于连是否真切而意外地爱上了我的女儿，还是只是出自他想要飞黄腾达的庸俗欲望？玛蒂尔德心里清楚得很，她首先想到了我会有这样的怀疑，因此才会对我坦白，是她先爱上于连的。

"一个性格如此高傲的女孩竟然会忘记自己的身份，做出实质性的主动求爱，在某个晚上，在花园中主动挽起他的手臂，这太可怕了！难道她没有另外一百种更加体面的方式向他表达爱意吗？

"她通过谴责自己，欲盖弥彰地掩护了于连……"那一天，侯爵的思考比平时更有理有据。然而，他还是决定按照习惯，抓紧时间给女儿写信。侯爵府里的人有相互写信的习惯。德·拉莫尔先生不敢当面与玛蒂尔德争论，害怕发生冲突。一旦发生冲突，会令他忍不住让步，那就完了。

信

别再干傻事儿了。我这里有一个轻骑兵中尉的军衔要授予于连·索雷尔·德·拉韦尔内先生。您看看，为了他我都做了些什么。不要惹我生气，不要质疑我。让他在二十四小时内动身去斯特拉斯堡，他的军队在那里。信里还有一张我的银行提款单，让他服从我的命令。

玛蒂尔德读完了信，感受到了无止境的爱与喜悦。她想要乘胜追击，于是立刻给父亲写回信。

德·拉韦尔内先生如果知道您屈尊为他做的一切，一定会感激涕零地跪在您的脚边。但是，在这种慷慨中，我的父亲已经忘记了我——您女儿的声誉，它正处于危险之中。倘若稍有不慎，就会造成永恒的污点，而这个污点是两万法郎的年收入所不能弥补。如果您向我保证，下个月，我的婚礼将在维勒基耶公开举行，我就会将委任状交给德·拉韦尔内先生。请您不要逾越这个时间段，您的女儿将只能以德·拉韦尔内夫人的名义出现在公众面前。亲爱的爸爸，请允许我感谢您，因为您把我从"索雷尔"这个姓氏中拯救出来了。

侯爵的回信却大出玛蒂尔德所料。

听话，否则我收回一切。要小心，轻率的年轻姑娘。我还不完全了解您的于连是个怎样的人，您自己更是一无所知。先让他出发去斯特拉斯堡，要走大路。两周之内，我会把我的决定告诉您。

这封信的语气之坚决，让玛蒂尔德备感震惊。"难道我不了解于连吗？"这句话让她陷入了沉思，衍生出许多迷人的遐想，但她相信这些遐想都是真的。"我的于连，并没有沾染上贵族客厅中那种千篇一律的偏狭平庸。父亲不信任他的优秀，难道不正印证了他是个优秀的人吗？

"然而，倘若我没有顺从父亲这种一厢情愿的想法，很有可能会跟他闹翻。倘若传扬出去，就会降低我在社会上的地位，并且可能让我在于连的眼中显得没那么可爱了。倘若跟父亲闹翻，至少要过十年贫穷的生活。我仅凭才华而不是门第去挑选丈夫，这个壮举只有通过富足的生活才能避免被外界嘲笑。倘若我离开父亲生活，以他的年龄，很有可能把我忘了……诺贝尔会娶到一个善良贤惠的女人，老路易十四晚年不是被自己的孙媳妇给诱惑了吗？"

于是，她决定服从父亲的决定。但她小心翼翼地没有把父亲信上的内容告诉于连。要是让生性急躁的他知道了，还不定会做出什么傻事来呢。

那天晚上，玛蒂尔德告诉于连，他将担任一名轻骑兵的中尉。于连心中的快乐简直没了边界。我们了解他这一生的雄心壮志，也知道他对自己孩子的热爱，所以能够体会他此刻内心的快乐。姓氏的改变让他惊讶无比。

他想："我的小说，总算有了一个完美的结局，所有的荣誉都将属于我。我终于让自己被这个骄傲的魔鬼深爱了，"他看着玛蒂尔德，又思忖着，"她的父亲不能没有她，而她也不能没有我。"

第三十五章
风暴袭来

我的上帝，请赐我平庸！

——米拉波

于连沉浸在思考中，沉默不语，神情忧郁，没有对玛蒂尔德展现出的柔情做过多的反应。而在玛蒂尔德的眼中，他从未显得如此伟大、如此可爱。她担心于连过分的骄傲与敏感会影响整个情况的进展。

几乎每天早上，她都能看到皮拉尔神父来到侯爵府。通过神父，于连难道不能洞悉侯爵的内心意图吗？难道侯爵本人不能忽然心血来潮地给于连写信吗？获得如此巨大的幸福，于连那严峻的表情又该怎么解释呢？她不敢向他质询。

她不敢！她可是玛蒂尔德，她竟然不敢！从那一刻起，在她内心深处，出现了一种对于连的模糊、不可捉摸甚至近似恐惧的感情。玛蒂尔德这个曾经一度干涸的内心，如今已经感受到了在巴黎超乎极致的文明中成长的人所能够具有的所有激情。

第二天一大清早，于连来到了皮拉尔神父的家中。他乘坐了一辆从附近驿站租来的破烂不堪的马车进入了院子。

"这种马车时下可不怎么流行啊！"皮拉尔神父满脸愠怒，语带讥讽地说，"这里有两万法郎，是德·拉莫尔先生送给您的礼物，他让您在一年内花掉这些钱，但要尽量少闹笑话。"（神父认为，将这样一大笔钱扔给一个年轻人，真是一种罪孽。）

"侯爵还说：'这笔钱是于连·德·拉韦尔内先生的父亲赠送给他的，没必要多加质疑。德·拉韦尔内先生觉得，给韦里叶城的木匠老索雷尔先生赠送一份礼物是合适的，因为是他替德·拉韦尔内先生养大了儿子……我将完成他的这个委托。'"皮拉尔神父补充说，"我最终说服了德·拉莫尔先生与德·弗里莱尔神父和解了。这个神父太狡诈虚伪，然而我们需要利用他的声望。他是贝桑松的实际领导者，让他承认您在那里的高贵身份，是侯爵提出与他和解的一个心照不宣的条件。"

于连心中一阵难以抑制的激动，忍不住拥抱了皮拉尔神父。他终于获得了承认。

"走开！"皮拉尔神父把他一把推开，"人世间的虚荣又有什么意义？至于老索雷尔和他的几个儿子，我将以我的名义向他们提供每年五百法郎的年金，只要我对他们满意，就会把钱付给他们每个人。"

于连听到自己的父亲和哥哥，表现出了冷漠而傲慢。他感谢了皮拉尔神父，但用了非常模糊的措辞，也没有对此做出什么承诺。他心想："有没有可能，铁腕的拿破仑将某个贵族流放到我们的山区，而我刚好就是他的亲生儿子呢？"这个想法在他心中越来越真实，"我对我父亲的仇恨就是一个证据。我终于不再是跟他们一样的怪胎了！"

这段独白几天之后，法国最杰出的第十五轻骑兵团在斯特拉斯堡的阅兵场上进行了演练。于连·德·拉韦尔内骑士骑着阿尔萨斯最好的骏马参与其中，这匹马花了他六千法郎。于连被直接任命为中尉，他从未当过少尉，他的名讳据说在一个从来没人知道的花名册中出现过。

于连沉着镇定的气质、严厉凶狠的眼神、苍白的脸色、一成不变的冰冷审慎，从第一天起，就为他赢得了良好的声誉。不久之后，他完美而有分寸的礼貌态度，他在不经意间显露出对手枪射击和击剑术的熟练技术，打消了众人想要他在公开场合出洋相的念头。五到六天的观察期过后，军团的舆论全都是对他的赞赏。老军官们开玩笑地说："这个年轻人具备所有的优点，唯一的缺点就是太不像个年轻人了。"

于连从斯特拉斯堡写信给韦里叶城的前本堂神父谢兰先生，他如今已经非常年迈老弱了。

"我因为组建了家庭而出人头地，相信您知道这个消息后一定会为我高兴的。这里有五百法郎，我求您不声不响地把它分给曾经像我一样不幸的穷人们，毫无疑问，您会像曾经帮助过我一样地帮助他们。"

令于连心醉神迷的不是虚荣心，而是他的雄心壮志。但他对外表依然颇为关注。他的马匹、制服、仆人的打扮，都保持着一丝不苟的正确，跟那些丝毫不出差错的英国贵族相比，也不遑多让。他承蒙恩惠当上中尉仅仅两天，就已经在筹划三十岁时要统领一支军队。倘若想成为一名伟大的将军，在二十三岁时绝对不能仅仅满足于中尉的头衔。他此时满心想的都是荣耀和他的孩子。

正当他肆无忌惮地沉浸在雄心勃勃的激情中的时候，德·拉莫尔侯爵府的一个仆人给他送来了一封信。玛蒂尔德在信上写着：

一切都完了，请速回，请放弃和牺牲一切，如果情势所迫，就直接从军营中逃出来。您到了就在马车上等我，把马车停在×街×号的花园大门附近，我去找您细说，或许我能把您带进花园。一切都完了，我担心事态已经无法挽回。请相信我，您会发现，无论发生怎样的变故，我对您都是一样的忠诚和坚定。我爱您。

几分钟后，于连得到了上校的许可，匆匆忙忙从斯特拉斯堡出发，他骑马飞奔，到了梅斯，可怕的焦虑在折磨着他的内心，让他无法再骑马了。于是，他飞奔上一辆驿车，以几乎不可思议的速度到达了指定地点——侯爵府附近花园的后门。这扇门打开了，玛蒂尔德看到于连，立刻忘记了所有的体面和尊严，飞身冲进他的怀抱。幸运的是，当时只是早上五点，街道上没有一个人影。

"一切都完了。我的父亲怕我哭着向他求情，在星期四晚上就动身离开了。"

"他去了哪里？"

"没有人知道。这是他的信，读读吧。"她和于连一起上了一辆出租马车。

我亲爱的女儿，什么事我都可以宽宏大量，只有一件事无法原谅，就是有人居心叵测，为了金钱而引诱您上钩。不幸的姑娘，这就是可怕的事实。我向您保证，我绝不会同意您与这个人结婚。我向他保证，给他一万英镑的年金，让他离您远点，如果他想离境出走，最好去美国。我写信去韦里叶城打听他的情况，下面是我收到的回信，读读它吧。要不是这个厚颜无耻的人，我是不会亲自给德·雷纳夫人写信的。您写给我的回信倘若有一个字提到那个人，我一眼都不会看。我现在厌憎巴黎，也厌憎您。我承诺，会对必将发生的事情严格保密。倘若您果断地放弃那个卑鄙的人，才能重新获得我这个父亲。

"德·雷纳夫人写的信在哪儿？"于连冷冷地说道。

"在这里。我本想在您准备好之后再拿给您看。"

信

先生，我对宗教和道德的神圣事业所负的责任，使我不得不痛苦地给您写这一封信。一个永恒正确的法则提醒我，让我此时此刻避免伤害我曾经的同类，但为了避免更大的丑闻，我必须用责任感来克服此刻的痛苦。先生，您向我询问的那个人，其行为看上去无懈可击，甚至显得非常实诚。倘若我向您隐瞒或掩饰部分事实，可能被认为是明智之举。我们需要谨慎，就跟需要宗教一样。但您想要了解的那个人的行为，实际上是极其应受谴责的，甚至应受谴责的程度高于我的描述。这个人贫穷和贪婪，通过最完美的虚伪手段，对一个软弱和不幸的女人进行诱惑，试图为自己开拓一方天地，并成为一个人物。我痛苦地不得不承认，

于 × 先生没有任何宗教信仰，讲出这一点是我应尽的部分职责。凭良心说，我不得不认为，他在一幢宅邸中获得成功的手段之一，就是设法引诱宅邸之中具有莫大威望的女人。在无私的外表和浪漫小说般华丽语言的掩盖下，他宏大的、唯一的目标，就是支配房屋的主人和他的财富。在他的身后，充满了不幸和永恒的懊悔。

这封长信有一半被泪水打湿，它的确是德·雷纳夫人的笔迹，甚至比她平常习惯的笔迹更为精细。

"我不能责怪德·拉莫尔先生，"于连读完信后说，"他是审慎而正确的。哪个父亲会愿意把他心爱的女儿交给这样的人呢？永别了！"

于连从出租马车中跳了下来，跑向那辆停在街尾的驿车。他似乎已经忘记了玛蒂尔德的存在，玛蒂尔德疾走了几步，跟在他的身后。但那些街旁的商铺已经纷纷开门营业，其中有很多商人是认识玛蒂尔德的，这些人投来的奇怪目光，让玛蒂尔德不得不退回到花园中。

于连已经出发去了韦里叶城。坐在快车道上的驿车里，他无法按照计划给玛蒂尔德写信，他的手颤抖个不停，只能在纸上留下难以辨认的线条。

于连在一个星期天的清晨抵达了韦里叶城。他走进了当地的枪械商店，老板见了他，对他最近的飞黄腾达好生地恭维了一番。这已经成了当地的新闻。

癫狂的于连已经无法清晰地说话，他颇费了一番功夫，才让老板明白他想要两把手枪。老板应他的要求，给手枪装了子弹。

在早晨的各种钟声之后，三声钟声响起，这是法国外省乡村众所周知的信号，宣布弥撒立即开始。

于连走进韦里叶的新教堂。教堂的所有高窗都蒙上了深红色的帷幔。于连走到德·雷纳夫人座位之后几步远的地方。在他看来，她似乎在极其虔诚地祈祷。看到这个曾深爱他的女人，于连的手臂不由自主地颤抖起来，以至于他无法举枪完成自己制订的计划。"我做不到，"他心想，"我的身体做不到。"

这时，为弥撒服务的年轻教士敲响了举圣体的钟。德·雷纳夫人低下了头，有那么一会儿，她的头几乎完全被披肩的褶皱遮住了。于连终于无法清楚地辨认出她了，于是向她开了一枪，没有打中，他开了第二枪，她中枪倒地。

第三十六章
悲伤的细节

不要指望我有什么弱点。我已经报了仇。我应得的是死亡，而我就在这里。为我的灵魂祈祷吧。

——席勒

　　于连呆立在当地，什么都看不见。当他稍微清醒时，发现所有教徒都从教堂中跑了出来，牧师也离开了祭坛。有几个女人一边惊叫一边逃跑，于连脚步缓慢地跟在她们后面。一个吓慌了的女人想要加速逃离，就粗暴地推了于连一下。于连应声倒地，他的脚卡在被人群掀翻的椅子中，当他站起身来的时候，感到自己的脖子被人紧紧捏住，是一个穿着整齐制服的宪兵在试图制服他。于连本能地想抬手拔枪，第二个宪兵迅速向前，扭住了他的胳膊。

　　于连被带到了监狱。他们把他关进一间牢房，给他戴上镣铐，让他一个人待在房间中，并上了两道锁。这一切在转瞬间完成，而于连则一点感觉都没有。

"我的天，一切都晚了。"当他清醒过来时，大声说道，"是的，两星期后上断头台……或者之前就自杀。"

他没来得及思虑更多，忽然觉得自己的头好像在被人用力挤压。他甚至回头看了看，是否真的有人在压住他的头。过了一会儿，他就陷入了深深的睡眠。

德·雷纳夫人没有受到致命的伤害。第一颗子弹打穿了她的帽子，当她转过身来时，第二颗子弹已经射出了膛，子弹击中了她的肩膀，令人惊奇的是，它击碎肩骨后又被弹了出来，撞上了一根哥特式的柱子，打掉了一块巨大的石片。

经过漫长而痛苦的手术包扎，外科医生神情严肃地对德·雷纳夫人说："我以性命担保，您已经没有生命危险了。"而德·雷纳夫人却陷入了深深的痛苦。

长期以来，她一直真诚地渴望死亡。她写给德·拉莫尔侯爵的那封信，其实是她如今的忏悔牧师逼她写的。正是这封信，带给这位因持续的痛苦而变得脆弱不堪的女人最后一击。她之所以痛苦，是因为于连不在她的身边。她将这种伤痛称作悔恨。整个事件的导演是一位年轻、有德行、热心的神父，他刚从第戎调到这里来，德·雷纳夫人的秘密根本瞒不过他。

"就这样死去，并不是自己寻死，算不上是罪过。"德·雷纳夫人心想，"上帝也许会原谅我因为即将死亡而欢欣鼓舞。"甚至，有一个她想都不敢想的事实：倘若能死在于连手里，就是幸福的最高境界了。

一旦她摆脱了外科医生和所有成群结队前来探视的朋友，她就派人去找她的女仆伊莉莎。

"那个狱卒是个生性残忍之人。"她满脸涨得通红，对女仆说，"毫无疑问，狱卒会为了讨我欢心而去虐待他……我不能忍受这件事情的发生。您能不能把这个装有几枚金路易的小包裹交给狱卒呢？就说是您自己的意思。您要告诉狱卒，您笃信的宗教不允许他受到虐待……最重要的是，不能让狱卒告诉他我送钱的事。"

正是由于我们刚才提到的情况，于连在韦里叶城的监狱里，幸运地逃脱了非人的虐待。狱卒还是诺瓦鲁先生，那个当局的走狗，我们在本书开篇提过，从巴黎前来视察的阿佩尔先生曾让他胆战心惊。

一位法官出现在监狱里。

"我是有预谋地杀人，"于连告诉他，"我在武器店老板那里买了手枪，并装了子弹。《刑法》第一千三百四十二条写得很清楚，我罪该万死，我在等待死刑。"

法官对他的这种回答方式感到惊讶，想多问几个问题，让被告在回答时前后矛盾，露出马脚。

"您难道没看出来吗？"于连笑着说，"我已经全招了，就像您希望的那样。您可以走了，先生，您不会错过您所盯上的猎物的，您也会享受到判决我的乐趣。现在请让我单独待一会儿吧。"

法官一走，于连又想："我还有一个令人生厌的任务要完成，我必须给德·拉莫尔小姐写一封信。"

他写道：

我已经报了仇。不幸的是，我的名字会出现在报纸上，我无法隐姓埋名地逃离这个世界了。两个月后，我将死去。这次复仇让我感到难以忍受的痛苦，就像跟您分离一样。从这一刻起，我禁止自己书写或者讲出您的名字。永远不要谈论我，甚至对我的孩子也是一样，沉默是尊重我的唯一方式。对于一般人来说，我是个粗俗的杀人犯……在这个至高无上的时刻，请允许我说句实话：请您一定要忘记我。这场巨大的灾祸，我建议您永远不要对任何活着的人开口提起，在这几年内，它将与您性格中的浪漫情怀和过分的冒险精神共存，直到将它们一一耗尽。您生来就是为了与中世纪的英雄们生活在一起的，您要展示出他们坚毅的性格。如果事情必须发生，那就让它们秘密地进行吧，不要损害自己的名誉。您要给自己取一个假名，不要相信任何人。如果您绝对需要一个朋友的帮助，我把皮拉尔神父遗赠给您。

不要告诉任何人，尤其是和您属于同一个阶层的人，像德·吕兹、德·凯吕斯那样的人。

在我死后一年，您就嫁给德·克鲁瓦瑟努瓦先生。我恳求您，我以您丈夫的身份命令您。不要给我写信，我也不会回信。在我看来，我远没有伊阿古[1]那般邪恶，不过如今，我要像他那样说：

从此时此刻起，

我不会再说任何一个字。

人们将不会看到我再说一个字、再写一句话。我将人生中最后的话语献给您，就像是我对您的爱一样。

J. S[2]

---

1 《奥赛罗》中的人物，"我不会再说任何一个字"是他的经典台词。
2 于连的法文名字是 Julien Sorel，J.S 是他全名的字母缩写。

寄出这封信后，于连从激动中缓过劲儿来，内心忽然感到一股巨大的悲痛。"我要死了。"他全部的壮志雄心、满腔希望，都被这句话——撕得粉碎。死亡本身对他而言并不可怕。他的整个人生就是为了迎接各种不幸所做的漫长准备。他从未忘记、时刻准备着迎接那个最大的不幸。

他思忖道："倘若六十天后，我就必须与一个非常善于使剑的人决斗，难道我会软弱到一直思考这个问题，心中堆满了恐惧吗？"

于连花了一个多小时试图在这个方面充分地了解自己的想法。

当他将自己的内心一览无遗后，事实真相就仿佛监狱里的一根柱子，清晰无误地矗立在他的眼前。此时，他感到了深深的悔恨。

"我为什么要有悔恨呢？我遭到了残酷的冒犯，我杀了人，我应该被处死，这就是事实的全部。我死的时候，已经与人类结清了总账。我没有留下任何未完成的责任，我不亏欠任何人的债务。我的死亡没有任何值得羞愧的地方——除了处死我所用的工具和行刑的方式。不过仅凭这一点，我就会被韦里叶城的那些小市民耻笑的，但从智性层面而言，这真没有什么可被鄙视的！我还有一个获得关注的方法。那就是在行刑的半路上，向围观的人们抛撒金币。这样的话，我在他们心中的记忆就会变得辉煌灿烂，跟黄金密不可分了。"

经过一分钟的思考，他想清楚了一件事情："我在这个世上已经无牵无挂了。"随后，他就陷入了深深的睡眠。

晚上九点左右，狱卒给他送来了晚餐，把他从梦中唤醒。

"韦里叶城的人都怎么议论我呢？"

"于连先生，在我当差的第一天，就在皇家法院的十字架前立过重誓，我将谨言慎行，保持沉默。"

狱卒不说话了，却待着没走。看到他的这种卑鄙的虚伪，于连感到很高兴："他想出卖良心，我得让他等上一阵子，再用五法郎买他的良心。"

狱卒眼睁睁地看着于连吃完整餐饭，却没有显露任何想要贿赂自己的意图，就假惺惺地对他说："尽管他们说这有违法庭的规则，但是鉴于我们之间的友谊，我还是想告诉您一件事，因为这可能有助于安排对您有利的辩护……您是个好青年，倘若我告诉您德·雷纳夫人安然无恙的话，您一定会非常高兴的。"

"什么！她没有死！"于连惊呼出声，激动得无法自持。

"怎么？您什么都不知道吗？"狱卒的一脸蠢相很快就变成了一种快乐的贪婪，"按理说，先生应该赠送给那位外科医生一些东西，这才公平，因为根据法律和正义，他不该多嘴多舌的。但为了让先生您满意，我特意去了他家，他把什么都讲给我听了。"

"别说废话了，伤口没有致命吗？"于连几欲发狂，他迫不及待地问道，"你会用你的生命来保证吗？"

狱卒这个身高六尺的巨汉，被于连的样子吓坏了，连连退到了门口。于连发现自己的失态，这对了解真相无济于事。他坐在床上，冷静下来，向诺瓦鲁扔了一枚拿破仑金币。

狱卒于是向于连叙述了详情，证明了德·雷纳夫人的伤口并不致命。于连听着听着，不觉间眼泪滂沱。

"出去吧！"他突然说道。

狱卒顺从地退了出去。门刚关上，于连就纵情大喊："感谢上帝啊，她没有死！"他双膝跪地，号啕大哭，热泪满腮。

在这个至高无上的时刻，他忽然变成了一个虔诚的信徒。那些牧师、神父虚伪无比，又能怎样呢？他们能对伟大的上帝和崇高的真理有一丝一毫的影响吗？

此时此地，于连才开始对所犯的罪行进行真正的忏悔。自从巴黎出发，到韦里叶城，他的身体始终无法遏制地处于一种极端激动、近乎疯狂的状态，而此时此刻，几乎是一种巧合，这种状态奇迹般地消失了，也让他停止了绝望。

于连的泪水无声无止地流着，对等待他的审判没有丝毫的疑问。

"她还活着！"于连心想，"那她一定会原谅我，并且会继续爱我的。"

第二天一大早，狱卒把他叫醒的时候，对他说："于连先生，您睡得真熟，您一定有一颗大心脏。我来了两次都不敢吵醒您。这里有两瓶我们的本堂神父马斯隆先生送来的优质葡萄酒。"

"怎么？那个无赖还在这里吗？"

"是的，先生。"狱卒压低声音回答说，"这话可不要说得那么大声，这可能会伤害到您。"

于连真心地笑了。

"此时此刻，我的朋友，如果您没有这么温柔和有人情味的话，只有您能伤害得了我……我会给您很好的回报的。"于连停住不说了，恢复了他那倨傲的气质。他摆出这个神情是合情合理的，因为他又赏了狱卒一枚金币。

狱卒诺瓦鲁先生再次非常详细地讲述了他所打听到的关于

德·雷纳夫人的一切，但他没有提到女仆伊莉莎的到访。

这个人尽可能地对于连做出卑微顺从的样子。于连心中突然闪过一个念头："这个畸形的巨人每年只能赚到两三百法郎，因为监狱里的囚犯不多。倘若他助我逃到瑞士去，我可以给他一万法郎……不过想要说服他相信我的诚意，这倒很难。"一想到要和这样一个卑鄙的人进行长时间的商谈，于连就感到厌恶，他干脆想别的事情去了。

夜幕降临，他越狱的机会就这样失去了，因为午夜时分，一辆驿车来把于连接走了。路上有几个宪兵警察做伴，于连颇为开心。早上，于连到了贝桑松的监狱，他们友好地将他安置在一座哥特式塔楼的顶层。于连判断这是座十四世纪初的建筑，他被这座独特的塔楼的优雅和轻盈之美吸引。外面有两堵墙，形成一个狭窄的缝隙，通往一座幽深的院落，于连抬眼望去，感觉景色颇为别致。

第二天进行了审讯，之后于连安安静静地独自待了几天。他的内心一片平静。他觉得自己所犯的案件简单明了："我蓄意杀人，因此我就要被判死刑。"

除此之外，他根本没有多想。审判、公开露面的麻烦、辩护，他认为所有这些都是不足一提的小事，是无聊烦闷的仪式，倘若当天有时间的话，再行考虑也不迟。何时死亡也不再是他考虑的问题。"这件事等到审判之后再想吧。"这段生活其实对他来讲一点都不枯燥，他不再拥有野心，可以从全新的角度来看待一切事物。他很少想到玛蒂尔德。他满心都是悔恨，德·雷纳夫人的样子常常出现在他的眼前，尤其在寂静的深夜，在这座高塔之巅，只有白尾海雕的啼叫能够打扰到他。

于连感谢上苍，自己没有把德·雷纳夫人杀死。他想："事情真是奇怪！她写给德·拉莫尔先生的信，明明将我的前程和幸福毁于一旦。但是，事情发生两周以后，我对当时困扰我的一切都全然释怀了。想想最开始时的我，有两三千法郎的收入，在韦尔吉这样的山间美景中安静地生活……我曾经那么幸福……而当时的我却浑然不知！"

　　有个瞬间，他忽然想到了什么，突然一脸兴奋地从椅子上跳了起来："如果我把德·雷纳夫人打伤致死，我一定会自杀……这一点必须是千真万确的，否则我真的会对自己厌憎至极。"

　　"我要自杀！这很重要！"他自言自语，"审判我的那些法官，都是些拘泥于形式主义的冷血动物，他们对那些可怜而无辜的被告穷追猛打，为了获得一枚十字勋章，可以眼睁睁地把最善良的市民绞死。我想逃离他们的控制，还想逃离行刑时他们用糟糕的法语对我进行的侮辱，况且省报会记录下这些话语，并称赞他们富有辩才……"

　　"我最多还能再活六个星期，不如自杀算了！"然而，几天之后，他又想道，"我不能自杀，拿破仑在被囚禁的时候，还不是坚持活了下去。再说了，现在的生活对我来讲真是愉快，我安静地一个人待着，没有人来打扰我，没有任何的烦恼。"

　　他想着想着，不觉笑了出来，并开了一个书单，让人从巴黎把书寄来。

第三十七章

高塔深囚

一个朋友的坟墓。

——斯泰恩 [1]

于连从走廊那边听到一阵明显的响动。而通常来讲，这个时间是不会有人拜访的。窗外的白尾海雕受到了惊吓，鸣叫着飞远了。于连打开门，外面站着那位令人尊敬的本堂神父谢兰。他拄着拐杖，浑身发抖，一下就把于连抱在了怀里。

"我的上帝啊！怎么会这样？我的孩子！或者应该说，你这个小恶魔！"

慈祥的老人无法再说出一句话。于连害怕他会摔跤，不得不把他扶到一张椅子上坐下。时间之手重压在这个曾经如此富有活力的人身上。在于连看来，此时的他，只不过是过去的残影而已。

----

1 斯泰恩（Laurence Sterne，1713—1768），英国小说家，感伤主义文学的代表。

当他喘过气来之后，对于连说："就在前天，我收到了你从斯特拉斯堡寄来的信，里面有你给韦里叶的穷人施舍的五百法郎，我退休后住到山里的利韦尔村了，那是我侄子的家，这封信是他们辗转交给我的。昨天我得知了这场灾难……天啊！这怎么可能？"此时，老人已经停止了哭泣。他好像没有了思维能力，一直在口中机械地念叨着："你现在需要这五百法郎，我把它们带来了。"

"我不需要钱，我只需要见您，我的父亲！"于连激动万分，大声喊着。

但是谢兰神父已经无法神志清楚地回答他的话了。神父不时地流下几滴眼泪，眼泪无声地顺着他的脸颊流淌，他的脸上表情麻木，他呆呆地看着于连拉着自己的手送到嘴唇上吻着。那张曾经如此鲜活、绽放着最丰富的神采和最崇高的情感的脸庞，却因为苍老之至，不再出现任何表情。很快，一位农民前来接老人回家。于连知道，来人是神父的侄子。他对于连说："他不能再经受劳累了。"这一幕让于连陷入了一种极端残酷的痛苦，甚至眼泪都流不出来了。一切都充满了悲伤的色彩，没有丝毫的宽慰。他感到自己的心在胸膛中已经冻成了冰。

这是他在被关押之后所经历的最残酷的时刻。他刚刚看到了死亡，看到了死亡的丑陋。于连内心所有雄伟而壮观的幻想，在一刹那间，仿佛暴风雨时的云朵，被残忍地吹打折磨，最终消散殆尽。

这种可怕的状况持续了几个小时。他心中那极端的剧痛，需要灵丹妙药和香槟酒来治疗。但于连觉得，借助外界物质来缓解内心伤痛是懦夫的行为。他在狭窄的塔楼中来回踱步，度过了这可怕的一天。临近傍晚的时候，他忍不住喊道："我真是疯了。倘若我会像其他人那样自然地老死，看到像神父这样的老人，我才会心生恐惧和悲伤。但我在青壮年的时候就能有幸赴死。这恰恰可以保护我，让我不至于陷入人到老年的悲哀颓势。"

尽管于连为了开导自己而找到了不错的理由，不过，他觉察到了内心深处的软弱，仿佛一个惧怕死亡的胆小鬼。因此，神父的这次到访，让他非常难过。

他不再体会到严峻和宏大的感受，不再拥有罗马人的英勇美德。死亡在他看来，已经高高地凌驾于他之上，想轻松地做到实属不易。

"这将是测量我勇气的温度计。"他对自己说，"今晚我拥有的勇气，比上断头台时需要的勇气要低十度。而今早我本来还有足够的勇气的！不过这有什么重要？在需要的时刻它能够重新回到我的体内就好了。"这个关于勇气温度计的想法让他很开心，并最终分散了他的注意力。

第二天醒来时，他为前一天的事情感到羞愧："我的幸福、我内心的平静都处于危险之中啊！"他差一点就决定写信给司法部部长，要求禁止任何人来探望他。不过他转念又想："福盖呢？倘若他自作主张地来贝桑松看我，最终却见不到我的话，该是多么伤心啊！"

于连已经有足足两个月的时间没有想到福盖了。"我在斯特拉斯堡的时候，真是个大傻瓜。我思考的范围从来没有超过我的衣服领口。"此刻他内心里都是曾经与福盖相处的记忆，这让他感慨神伤，他不安地走来走去，"我现在的勇气值又比我临死前需要的低了二十度……倘若再这样下去，我干脆自杀算了。如果我像个穷书生那样卑微地死去，对马斯隆神父和瓦莱诺来说，该是多么大的喜讯啊！"

福盖终于来了。这个简单而善良的人见到于连，简直难受到了极点。他心里全乱了套，如今唯一的念头，就是变卖掉自己所有的财产用来贿赂狱卒，从而解救于连。福盖向于连详细介绍了当年德·拉瓦莱特先生[1]越狱逃跑的细节。

"你让我感到难过。"于连对他说，"拉瓦莱特先生是无辜的，而我则犯了故意杀人罪。你在无意间让我看到了自己跟他的差别。"

"不过，这是真的吗？你会为了救我而变卖你全部的家当吗？"于连问道，突然又恢复了多疑的本色，观察着福盖的反应。

福盖很高兴，觉得他的朋友终于同意了他的拯救计划，于是详细地说明了变卖每项财产后会获得多少金钱，计算精确到了一百法郎。

"像他这样一个乡下小商贩，竟然愿意为我做出如此崇高的牺牲！"于连心想，"他为了救我，愿意拿出自己的全部积蓄！从前我见他那样节省，舍不得花一分钱的时候，还替他感到脸红呢！我在德·拉莫尔府里见到的那些年轻人，他们倒是喜欢阅读《勒内》[2]，但没有一个人愿意做这种傻事。巴黎的所有青年才俊，除了那些非常年轻、因遗产而致富、还不了解金钱价值的人，有哪个能心甘情愿做出这样的牺牲呢？"

一时间，在于连的眼中，福盖所有的语言上的错误和粗俗的
——

1　德·拉瓦莱特先生（Antoine Marie Chamans, Comte de Lavalette, 1769—1830），拿破仑亲信，因支持拿破仑，波旁王朝复辟后被判死刑，有一次他的妻子在探监期间，帮助他成功越狱逃脱。
2　夏多布里昂的小说作品，消极浪漫主义的代表著作。

动作全都不值一提了。于连紧紧地拥抱着自己的挚友。与巴黎相比，外省从未得到过比这更加美好的赞誉了。福盖看到他朋友的眼中闪烁出激情的光芒，自己也很高兴，还以为于连同意了他提出的越狱计划。

友情的崇高力量让于连恢复了所有的元气，他在见到垂死的谢兰神父后感到的悲伤绝望，也在慢慢地痊愈。福盖看着他，心里想："他正年轻，在我看来，是一株漂亮的好苗。他不会像大多数人那样，从温柔单纯变得狡狯油滑。年龄的增加反而让他更加柔软、更加感性。他也会治好自己愚蠢的多疑……但事到如此，这些虚妄的预言又有什么用呢？"

审讯仍在继续，尽管于连做出相当大的努力来缩短案件的审讯时间，他的每个回答几乎都在认罪，但是审讯次数越来越多，过程也越来越复杂。"我杀人了，或者至少我是预谋杀人，是蓄意的。"这是他每天都在重复的话。但审判他的法官是一个极其注重形式主义的官僚。于连的认罪声明对缩短审讯时间毫无作用，同时，也让法官的自尊心受到了刺痛。于连不知道的是，他们本想将于连转移到一个可怕的黑牢中，正是因为福盖的上下打点，他才被允许留在离地面一百八十个台阶的漂亮房间里。

弗里莱尔神父是向福盖采购取暖木柴的多位有头有脸的人物之一。福盖这位善良的商人，终于想尽办法找到了这位权势熏天的代理主教。令福盖欣喜若狂的是，弗里莱尔先生说，他被于连的优秀品质和他曾经为神学院提供的服务打动，打算在法官面前为他求情。福盖看到了拯救朋友的希望。在离开时，他跪在地上，请代理主教替他将十个金路易分发给信徒们，为于连成功脱罪而祈福。

然而，福盖这样做简直错得离谱了。德·弗里莱尔代理主教跟瓦莱诺不是同一类人。他拒绝了这笔钱，甚至试图让这位善良的农民明白，他最好把他的钱留好。弗里莱尔害怕自己表达不清造成歧义，就建议他把这笔钱捐给可怜的囚犯们，真正一无所有的其实是他们。

　　"这个于连是个奇怪的人，他的行为令人费解。"德·弗里莱尔神父心想，"不过，对我来说，没有什么是解释不了的，或许有可能让他成为一个殉道者……无论如何，我都要搞清楚这件案子的实质。也许还能找到机会吓唬那个德·雷纳夫人，她不尊重我们，而且还很厌憎我……也许我还能在其中找到一种方法与德·拉莫尔先生达成一个漂亮的和解，听说他对这个小教士颇为中意。"

　　德·弗里莱尔代理主教和侯爵的那场官司，在几周之前已经签署了和解书。皮拉尔神父离开贝桑松的时候，有意无意地提到了于连的神秘身世，然而恰恰就在这一天，这个不幸的人在韦里叶教堂中向德·雷纳夫人开了两枪。

　　在赴死之前，有一件事情让于连感到不快，那就是他的父亲可能来探监。他对福盖说，想要写信给总检察长，要求免除所有的探访。于连对亲生父亲的厌憎，在这个时候深深地震惊了这位木头商人实诚而柔软的心肠。

　　福盖觉得自己终于明白了，为什么有那么多人如此激烈地憎恨这位挚友。出于对身陷囹圄的于连的尊重，他隐藏了自己不快的感情。

　　"无论如何，"他冷冷地回答，"这个不准探监的命令不适用于你的亲生父亲。"

第三十八章

强势之人

> 她的脚步那么神秘，她的身形那么婀娜，她到底
> 是谁呢？
>
> ——席勒

第二天，关押于连牢房的塔楼的门很早就打开了。于连从睡梦中被忽然惊醒。

"啊，好家伙，"他想，"准是我父亲来看我了。多么令人不舒服啊！"

就在这时，一个农妇打扮的女人扑进他的怀里，他几乎没认出她来。来人是玛蒂尔德。

"狠心人，我看了你的信才知道你在哪里。我想告诉你，你自以为犯下的罪行，只是一种崇高的复仇，这让我看到你胸膛中跳动着的心脏是多么高尚。我来到韦里叶城才得知了此事。"

尽管于连目前对玛蒂尔德有一种说不清道不明，连他自己也不肯承认的戒备之心，但他还是对她的美丽赞叹不已，又怎会

忽视她的行为和语言中流露出来的高尚的、无私的爱呢？这种爱是一颗渺小而庸俗的心灵所难以企及的。于连认为自己依然爱着这位"女王"，过了一会儿，他以一种罕见高尚的语言和思想对她说道："我非常清楚，我们已经没有未来。在我死后，您要嫁给德·克鲁瓦瑟努瓦先生，他娶到的是一个丧夫的寡妇。这位迷人的寡妇高贵而又有些浪漫的灵魂，曾经被一件对她来说悲惨而伟大的奇特事件彻底震慑了，因此她愿意转而欣赏平凡人的谨慎。她会接纳年轻的侯爵身上的真真切切的优点。亲爱的玛蒂尔德啊，您本可以满足于平凡的幸福：温柔体贴、家财万贯、高官贵胄……但是，您还是来到了贝桑松，如果您被人认出来，这对德·拉莫尔先生会是一个怎样致命的打击！这是我永远不会原谅自己的地方。我已经给他带来了这么多痛苦！学术院的院士会说，他想用自己的怀抱焐暖一条毒蛇。"

"我承认，我没有想到您会有这么多冷冰冰的理由，这么多对于未来的担忧。"玛蒂尔德有些不快，"我的女仆几乎和您一样谨慎，她为自己办了一本护照，我以她的名字，也就是以米什莱夫人的名义，坐着驿车来到了这里。"

"一个身份普通的米什莱夫人，又如何能够轻易地来探我的监？"

"啊！你永远这么出类拔萃，真不愧是我选中的人。起初我见到了一位秘书，他说进入这栋塔楼是不可能的，于是我就贿赂了他一百法郎。一旦收了钱，那个看上去很实诚的人就让我等在那里，一直在找我的麻烦。我觉得他应该是想继续敲诈我。"随后她停下不说话了。

"然后呢？"于连说。

"您千万别生气，我的小于连，"她一边说一边亲吻他，"我不得不把我真实的姓氏告诉了这位秘书。他原本把我当成一个来自巴黎的年轻女工，爱上了英俊的于连……事实上，这些都是他说的原话。我向他发誓，说我是你的妻子，我会获得批准，每天都来与你见面。"

　　于连心想："她实在太疯狂了，我真的阻止不了她。毕竟德·拉莫尔先生是一位了不起的贵族，大众舆论懂得为迎娶这位迷人寡妇的年轻上校找到各种借口和理由。而我也是人之将死，死后就一了百了了。"于是，他高兴地沉浸在与玛蒂尔德的爱与欢愉当中。两人爱得疯狂放肆，锥心刺骨，他们仿佛是天地间最特殊的一对爱侣。玛蒂尔德甚至认真地提出，要和于连一起自杀殉情。

　　在最初的激情过后，玛蒂尔德满足于每天见到于连的幸福，忽然一股强烈的好奇心袭上心头。她打量着自己的爱人，发现他远远超出了自己的想象。在她看来，自己的偶像博尼法斯·德·拉莫尔似乎已经在于连身上复活了，但于连比他还更有英雄气概。

　　玛蒂尔德与这个地区的一流律师见面，直截了当地表示要给他们金钱。他们感觉受到了冒犯，但最后还是接收了。

　　她很快就意识到：在贝桑松，倘若有什么疑难问题或者重大事件，有一个人能起到决定性的作用，那就是神学院院长、代理主教德·弗里莱尔神父。

　　玛蒂尔德一开始就发现，以米什莱夫人这个名不见经传的头衔，想要接触到无所不能的圣会中的首脑人物德·弗里莱尔神父，是件非常困难的事情。不过，与此同时，韦里叶城的大街小巷都传遍了一个逸事：一个疯狂爱着于连的年轻女时装商人，从巴黎来到贝桑松，为的是向年轻的于连·索雷尔神父提供慰藉。

玛蒂尔德独自步行穿过贝桑松的大街小巷，生怕别人认不出她来。无论如何，她都认为，自己倘若给人们留下了深刻的印象，这或许会有所用处。她甚至疯狂到想煽动民众造反，以拯救即将走向死亡的于连。玛蒂尔德努力精简自己的服装和打扮，让自己更像一个痛苦中的女人，不过她的穿着还是吸引了所有人的目光。

在贝桑松，她名噪一时，经过八天的上下打点，她终于获得了求见德·弗里莱尔神父的机会。

尽管玛蒂尔德勇敢过人，但在她的脑海中，还是把具有莫大影响力的圣会和阴险狡诈的卑鄙行为紧密地结合在一起，因此，当她按下主教府的门铃时，双手不由自主地开始颤抖。当她不得不爬楼梯到代理主教的套房时，她几乎走不动了。主教府邸孤寂的氛围让她感到一阵寒意。"我或许会落入机关圈套：坐在一把带有机关的扶手椅上，扶手椅会困住我的手臂，我就在人间消失了。我的贴身女仆要去哪里才能找到我呢？宪兵警察队长也会噤若寒蝉，不敢采取行动……我将在这座大城市里孤立无援！"

然而，玛蒂尔德在进入公寓的第一时间，整个人就放心了下来。一个穿戴非常优雅的仆人为她开门。她被安排在客厅等候，客厅展示了精致而细腻的奢华，与粗暴的暴发户气质截然不同。在巴黎，人们只在最显赫的房子里才能见识到这种奢华。当她看到德·弗里莱尔先生满脸仁慈地向她走来时，之前所有关于阴谋诡计的想法都消失了。她甚至在代理主教英俊的面孔上没有发现那种精力过剩、狂野粗鄙的外省人的特征，而这种特征在巴黎是很不受待见的。这位在贝桑松只手遮天的牧师，一露出微笑的表情，就会让人觉得他是一个好伙伴，一个博学的教士，一个有经验的管理者。就在此刻，玛蒂尔德竟有种身处巴黎的感觉。

德·弗里莱尔先生只用了一小会儿，就使玛蒂尔德承认，她就是自己强大的对手德·拉莫尔侯爵的爱女。

"我确实不是米什莱夫人，"玛蒂尔德对他说，同时恢复了高傲的气质，"而且坦白身份对我来说并无什么代价，因为我是来咨询您的，先生，我想知道关于拯救德·拉韦尔内先生出狱的可能性。首先，他只不过是一时的轻率，被她射伤的女人现在的健康已经没有大碍了。其次，为了吸引下面的人为我办事，我可以立即支付五万法郎，并承诺事成之后再加一倍。最后，我和我的家人会对救出德·拉韦尔内先生的好人感激万分，会满足他的一切要求。"

"德·拉韦尔内先生是谁？"德·弗里莱尔先生似乎对这个陌生的名字十分好奇。玛蒂尔德给他看了几封国防部长的亲笔信，是写给于连·索雷尔·德·拉韦尔内先生的。

"您看，先生，我的父亲为他的飞黄腾达颇费心力。我秘密地嫁给了他，但是我跟他的结合在家族中有些异乎寻常，因此，我父亲希望他能先成为一名高级军官，然后再把我们的婚事昭告天下。"

玛蒂尔德注意到，德·弗里莱尔先生在慢慢了解这些重大信息的过程中，慈祥和温和开朗的表情迅速在他的脸上消失了，取而代之的是混合着深刻的虚伪和狡黠的神情。

神父满肚子的疑虑，认真仔细地重读了这几份官方信件。

"我知晓了这些奇特的隐情，究竟能从中获得怎样的好处呢？"他忽然想道，"我认识了德·拉莫尔小姐，也就是平白无故地与著名的德·费瓦克元帅夫人的闺中密友有了亲切的接触，元帅夫人可是×××主教大人那个手握权力的侄女。在法国，只要她一句话，就能让我当上主教。我曾认为那是遥远的未来，却在今天不期而至，近在眼前。这可以让我实现期待已久的愿望。"

起初，玛蒂尔德发现自己和这个权势熏天的人物同处在一套偏僻的套房中，并被他阴晴不定的相貌吓坏了。但是，她很快就对自己说："倘若我无法对这个冷酷自私、贪图享受、利己主义的代理主教产生什么影响的话，那岂不是要倒大霉了？"

而对于弗里莱尔神父来说，他忽然寻到了一条通往主教职位的捷径，一时间，他感到眼花缭乱，对德·拉莫尔小姐的才智感到惊讶，竟忘了保持警惕。玛蒂尔德看到他膝头一软，几乎就要跪下了，野心勃勃的他几乎全身颤抖起来。

玛蒂尔德想："一切都变得更清楚了，我是德·费瓦克夫人的闺中密友，因此，对我来说，这里没有什么是不可能的。"尽管嫉妒令她非常痛苦，但她还是鼓起勇气向弗里莱尔神父解释，于连是元帅夫人的亲密朋友，几乎每天都和×××主教阁下在她家中见面。

"陪审团一共有三十六名，本省最高贵的居民们充当候选人，要连续抽签四五次陪审团的名单才能诞生。"代理主教眼中射出野心勃勃的精光，一字一句地说道，"如果在每份名单中，我没有看见自己的七八个朋友，并且他们都是名单上最聪明的人，我会认为自己不太走运。几乎每次，我都能得到多数票，足以左右判决结果的票数，看吧，小姐，我可以很容易地让犯人们免罪……"

神父猛地停止了说话，像是因为听到了自己的声音而感到惊讶。他竟然无意中坦承了那些绝不该对外人说出口的隐私。

但是，他立马掉转话头，告诉玛蒂尔德，在于连的这桩离奇案件中，最让贝桑松的公众惊讶和感兴趣的是，于连以前真的与德·雷纳夫人有段激情之爱，并且维持了很长的时间。弗里莱尔先生很容易就意识到，他的这番话引起了对方极端的不安。

"我成功地回击了。"他心想，"我终于找到了能够驾驭这个性格如此果断的姑娘的方法，我之前还担心不会成功呢。"拥有尊贵、难以驾驭的气质的玛蒂尔德在弗里莱尔神父眼中，简直拥有世间罕有的美貌，而此刻，她在他面前几乎要出声哀求了。他恢复了所有的冷静，并毫不犹豫地将已经插入她心脏的匕首来回转动。

神父淡淡地说："当我们得知索雷尔先生是出于嫉妒而向这个曾经被爱过的女人开了两枪时，我不会感到什么意外。应该承认，德·雷纳夫人确实风韵犹存，最近她经常和第戎来的一个叫马尔基诺的神父见面，他是个冉森派的教徒，那些冉森派的人都是道德败坏之辈。"

德·弗里莱尔先生尽情地折磨这个漂亮女孩的心，他抓住了玛蒂尔德的弱点。

他把火热的目光投向玛蒂尔德，对他说："索雷尔先生之所以选择在教堂行凶，是因为那个时候，他的情敌正在教堂做弥撒。所有人都认为，您想要保护的那个幸福的男人，极端聪明，而且非常谨慎。还有什么比躲在他熟悉的德·雷纳先生的花园里行凶更简单的呢？在那里，几乎可以肯定的是，他既不会被看到，也不会被抓住，更不会被怀疑，他可以轻而易举地让那个令他妒火燃烧的女人死亡。"

这种推理，从表面上看是如此正确，却让玛蒂尔德顿时失去了理智。玛蒂尔德生性高傲，却时刻被干巴巴的谨慎控制着，这种谨慎被上流社会认为是人性的真实表现。因此，她无法明白嘲笑谨慎的那种乐趣，这种乐趣对一个热情的灵魂来说是如此生动。在玛蒂尔德曾经生活过的巴黎社会上层，爱情只有在罕见的情况下才能脱离谨慎而存在，只有底层人民才会在激情中做出不谨慎的行为。

最后，弗里莱尔神父对他的操控能力充满信心。他让玛蒂尔德明白（毫无疑问他在撒谎），他可以随心所欲地支配负责于连案件的检察院。

在抽签确定了开庭的三十六名陪审员后，他将亲自与至少三十名陪审员进行直接的接触。

如果玛蒂尔德在弗里莱尔先生眼里不是那么美丽，想让他这样开诚布公地说话，非得见个五六次面才能办到。

第三十九章
一场荒唐

加斯特尔，一六七六年。一个男人刚刚在我隔壁的房子里谋杀了他的妹妹。这位先生之前已经犯过一次谋杀罪，那次他的父亲通过向议员们秘密分发五百金币，救了儿子的命。

——洛克《法兰西游记》

离开主教府时，玛蒂尔德毫不犹豫地给费瓦克夫人写了一封信，丝毫没有顾及这样做会使自己的名誉受损。她恳求她的情敌，请×××主教给弗里莱尔先生写一封亲笔信。玛蒂尔德甚至恳求元帅夫人亲自到贝桑松来。如此高傲而嫉妒的她，这样做无疑是一种英雄的举措。

根据福盖的建议，她很谨慎地不把自己的那些行动告诉于连。她的存在已经让于连心绪不宁了。在死亡来临之际，于连忽然拥有了他这一生从未有过的真诚与正直。他不仅因为给德·拉莫尔先生带来痛苦而自责，而且也对玛蒂尔德深感内疚。

"什么！"他对自己说，"我发现和她在一起的时候，竟然常常会分心，甚至时不时会感觉无聊。她在我面前失去了自我，难道这就是我对她的回报吗？难道我是个坏男人吗？"当他野心勃勃之时，从来不会在乎这个问题，那个时候，在他的眼中，倘若不成功，才是唯一的耻辱。

此时此刻，玛蒂尔德以最不可思议和最为疯狂的激情深爱着于连，因此，于连在她身上的道德愧疚感就越发深刻。现在的玛蒂尔德只会谈论一个话题，就是为了拯救于连而做出的各种奇特的牺牲。

她被一种令她引以为豪的感觉征服，这种感觉战胜了她性格中根深蒂固的高傲。她每时每刻都想做出一些非同寻常的举动，生怕浪费了时间。她与于连长时间的对话中，充斥着那些最离奇、最不寻常的冒险计划。她给狱卒们丰厚的贿赂，在监狱中几乎可以为所欲为。对玛蒂尔德来说，牺牲名誉只是小事情。哪怕自己的事情在社会上尽人皆知，她也完全不在乎。跪在国王的马车前，冒着被碾压一千次的危险，吸引国王的注意，从而替于连求情，这只是她亢奋而勇敢的想象力所设想出的最微不足道的事情。通过她那些在国王手下当差的朋友，她确信可以进入圣克卢宫殿花园的禁区。

于连实在问心有愧，认为自己不值得她做出这样的牺牲。实话说，他已经彻底厌倦了英雄主义那一套。他终于发现，自己在内心深处真正喜爱的，是一种简单的、天真的、几乎是胆怯的温柔。而恰恰相反，玛蒂尔德的高傲灵魂总是想着如何去吸引公众的注意和别人的眼光。

玛蒂尔德担心情人的生命安危。倘若于连死了，她也无法独活。然而在她内心所有的恐惧和焦虑之中，还暗藏着一种秘密的需要，那就是用她极致的爱情和崇高的冒险精神，令公众瞠目结舌，惊讶不已。

而于连此刻的心情，完全无法被这种英雄主义所感动，他对自己的这一点还颇为自责。福盖善良、忠诚、头脑十分理智，只是有一点迟钝。玛蒂尔德用她热烈而疯狂的激情给福盖施加了非常大的影响。倘若于连知道这一点，不知该作何感想。

在玛蒂尔德极致的奉献精神中，福盖觉得没有什么可受到责备的。因为福盖自己也会为了拯救于连，付出自己的全部财产，并将生命暴露在极大的危险之中。不过，他看到玛蒂尔德大把大把地花钱，惊得差点掉了下巴。最初的几天，玛蒂尔德为了救于连而付出的大量花销，让他很是敬佩，因为外省人一向把钱看得很重要。

然而到了后来，他发现玛蒂尔德的计划常常发生变化，这种性格让他备感疲倦厌恶。为了自我宽慰，他找了一句话来形容她这样的性格："真是生性多变。"从"生性多变"到外省对一个人最严厉的批评"脑子糟糕"只有短短的一步。

"真奇怪，"有一天玛蒂尔德离开牢房后，于连对自己说，"她对我有着如此强烈的激情，为何我却无动于衷？明明两个月前我还那样地爱慕着她啊！我曾在书中读到过，死亡的临近会使人对一切都失去兴趣。但我感到自己忘恩负义，却没有办法改变，这可真可怕。我究竟是不是一个自私自利的人？"在这方面，他对自己进行了最具侮辱性的指责。

野心在他心中已死，另一种激情从它的灰烬中升起。他称其为悔恨，是对企图杀死德·雷纳夫人的悔恨。

事实上，于连在内心深处恋着德·雷纳夫人。他发现了一种奇特的快乐，当他完全独自一人，不用担心被打扰时，他可以完全让自己沉浸于曾在韦里叶城或者韦尔吉的乡下度过的那些美好而幸福的记忆。那些记忆中的细枝末节，虽然已经离他远去，但在他的脑海中，却是那样地鲜活，那样地具有不可抗拒的魅力。而他后来在巴黎取得的成功，却丝毫未令他感到任何的怀念，甚至一想起就觉得心烦。

于连内心这种与日俱增的感情，很快就被敏感嫉妒的玛蒂尔德猜中了一小部分。她非常清楚，自己必须与于连对孤独的爱好做斗争。有时她会惊恐地提到德·雷纳夫人的名字，她看到于连在颤抖。从此之后，她对于连的激情，反而更加炽烈、更加没有边界了。

"如果他死了，我也会跟着死。"她用能想象到的最大的真诚对自己说，"当巴黎贵族客厅里的人们，看到像我这样级别的女孩如此崇拜一个注定要死亡的情人时，他们会有怎样的反应？"要找到这样的感情，必须追溯到英雄的时代，在查理九世和亨利三世的世纪，正是这样的爱情，让人们的内心悸动不已。

在激情澎湃的时刻，当她把于连的头捧在怀中的时候，她惊恐而激动地想着："什么！这颗迷人的头颅，竟然注定要被砍落在地！好吧！"她内心被一种充满幸福感的英雄主义深深感动，"那么，我那紧贴着这漂亮头发的嘴唇，二十四小时后，也一起被冻僵好了。"

那些关于英雄主义情怀和激荡情欲的回忆，用一种不可挣脱的力量紧紧地纠缠着她。自杀的念头本身就很诱人，以前距离还如此遥远，现在却乘虚进入她骄傲的心灵，很快就占据了绝对的优势。"不，祖辈的血传到我这一代还没有变凉。"玛蒂尔德骄傲地自言自语。

"我想请您帮个忙，"她的情人有一天对她说，"把您的孩子寄养在韦里叶城吧，德·雷纳夫人会帮忙照看的。"

"您所说的这些话，真的太无情了……"玛蒂尔德的脸色忽然变得十分苍白。

"的确是这样，请您原谅！"于连喊道，从沉思中回过神来，把她搂在了怀中。

于连安慰了玛蒂尔德，又重新回到自己的思考中，不过做得巧妙些了。他让两人的谈话混入了忧郁的哲学色彩，提及了对他来说就要结束的未来。

"必须承认，亲爱的朋友，爱情是生命中的一种偶然，但这种偶然只存在于高级的心灵之中……我儿子倘若死了，其实对你骄傲的家族是一件乐事，这是每个下人会猜到的。被人轻视，将是这个不幸和耻辱的孩子的命运……我希望在一个我不想确定，但我会预见到的时间，您会听从我最后的建议，嫁给德·克鲁瓦瑟努瓦侯爵。"

"什么，像我这样丧失名誉的人能再嫁吗？"

"丧失名誉这件事，是落不到您这样的姓氏上去的。您将成为一个寡妇，您的疯子丈夫去世了，如此而已。我将更进一步地说，我的罪行不是因为金钱，所以也不会败坏我的名誉。也许在不久的将来，一些富有哲理的立法者会赢过他们同时代人的偏见，使法院废除死刑。这样的话，会有一些友好的声音举例说：'看，玛蒂尔德的第一任丈夫是个疯子，但他不是一个残忍的人，也不是恶棍。判决他死刑，真是一件荒唐的事。'那个时候，人们关于我的印象就不再是卑鄙下流的。至少过段时间，您在上流社会的地位、您的财富，以及——如果我可以这样说的话——您的天才，将令您的丈夫德·克鲁瓦瑟努瓦担任一个他独力不能担任的角色。他只有高贵的身世和勇敢，如果在一七二九年，单凭这两个条件，一个人便无可挑剔，而在一个世纪之后，这些品质已经不合时宜，只会让人变得自命不凡。为了成为法国青年的首脑，还需要其他东西。

"一定要劝您的丈夫加入一个政党，并且用您坚定和进取的性格助他一臂之力。您将能够成为投石党的谢弗勒兹和隆格维尔的继承人……但是，亲爱的朋友，此刻激励着您的这股圣洁的火到那时可能就会降低温度了。"

"请允许我对您说，"说了许多作为准备的话以后，他补充道，"十五年之后，您会把您今天对我的爱看作是干了一件荒唐事，虽然值得宽恕，但到底是一件荒唐的事……"

他突然停下了，沉思起来。因为他脑海中又重新浮现那个令玛蒂尔德感到恼怒异常的想法："十五年后，德·雷纳夫人会热爱我的孩子，而您早已把他忘掉。"

第四十章

内心的平静

正是因为我当时的疯狂，才拥有了今天的智慧。
那些只关注当下发生之事的哲学家，目光是多么短浅！
他们的眼睛看不到深藏在激情之下的神秘运作。

——歌德夫人

这次谈话因审讯而中断。随后，辩护律师到访，跟于连进行了会谈。这是在于连最近的充满闲暇散漫和温柔幻想的生活中唯一令他厌烦至极的时刻。

"我是谋杀，而且是蓄意谋杀，"于连对法官和律师反复说明，"我对此很遗憾，先生们，"他笑着补充说，"但这会让你们的工作轻松多了。"

于连终于摆脱了这二人的纠缠，心里想："无论如何，我必须勇敢，而且显然要比这两个人更勇敢。这场注定会以不幸收尾的对决，他们将其视为恶的顶点、最大的恐怖，而我只在对决的那天，才会认真地考虑。"

于连此刻仿佛变成了一个哲学家，他继续自言自语："比这还要更大的不幸，我都经历过。在我第一次去斯特拉斯堡的时候，我以为自己被玛蒂尔德抛弃了，心里可真是难受……可以说，那个时候，我是如此热切地渴望这种完美的亲密关系，而今天，当我拥有了这一切时，内心却觉得冷淡无味！

"……事实上，比起有这个美丽的姑娘相陪，此时我更愿意独自一人。"

律师是一个讲究规则和手续的人，他认为于连简直疯了，他跟民众一样，觉得是嫉妒促使于连开枪射击。有一天，他大胆地暗示于连，倘若归因于妒火引发的激情犯罪，无论真假，都将是一种极好的辩护理据。但是，这位被告听到这番话后，瞬间目眦欲裂。

"用您的生命发誓，"于连激动无比地叫道，"不要再散播这种可恶的谣言。"这位谨慎的律师有那么一瞬间真的害怕于连跳过来把自己杀了。

律师正在起草辩护词，因为决定性的时刻已经迫在眉睫。这件诉讼案，在贝桑松，以及整个地区变得无人不知、无人不晓，于连却不知道这个细节。他恳求任何人不要对他提起这类事。

那天，福盖和玛蒂尔德想给他讲一些大众的传言，据他们说，这些传言会给他的脱罪带来希望，但话还没说完一句，就被于连制止了。

"让我过过理想的日子吧。那些微不足道的忧烦、现实生活的细节，或多或少会让我感到不快，把我从天上拉回凡间。人死如灯灭，我只想以我自己的方式迎接死亡，其他人怎么想又有什么关系！我死以后，我跟这个世界的联结就会骤然终止。所以请求你们，不要再和我谈那些不相干的人了，光是跟法官和律师见面，我就已经受够了。"

于连心里想："实际上，在这样做梦般的遐想中死去，可能就是我的命运了。像我这样默默无闻的人，在两星期内肯定会被人遗忘。倘若此时还去矫情做戏，那真是愚蠢至极。

"奇怪的是，我一直不知道如何享受生活，直到生活即将到达尽头，我才参透了享受它的艺术。"

他享受着生命中最后的一段时光，在塔楼顶部的狭窄平台上散步，抽着玛蒂尔德通过信使从荷兰寄来的上等雪茄。他完全不知道，现在城里有数不清的人，拿着望远镜朝这里眺望，期待看到他的身影。他的思索回到了韦尔吉的乡下。他从未向福盖提起过德·雷纳夫人，但这位朋友两三次告诉他，德·雷纳夫人康复得很顺利，这句话久久地回荡在他的心中。

于连的整个灵魂终日在幻想的国度尽情驰骋，与此同时，玛蒂尔德却像一个上流社会的人那样忙于现实的事情。在她的牵线之下，德·费瓦克夫人和德·弗里莱尔神父之间进行了异常亲密的通信，两个人都已经提到"主教"这个伟大的字眼了。

那位一手掌握着主教任命大权的高级神职官员，在写给他侄女元帅夫人的信件中加入了一个旁注："这个可怜的索雷尔只是个冒失鬼，我希望有人尽早把他还给我们。"

看到这句话，德·弗里莱尔先生内心涌起一阵无法抑制的狂喜，他毫不迟疑地要把于连救出来。

他在抽签决定开庭的三十六名陪审员的前一天对玛蒂尔德说："都是雅各宾党的法律在作怪，它规定由多人组成的陪审团来集体决定判决结果，他们的目的只是想消除那些出身好的人的影响力而已，否则的话，我就能直接决定审判结果了。从前我还不是直接让神父 N 先生被无罪释放了？"

令人高兴的是，第二天，抽签形成的陪审团名单中，德·弗里莱尔先生看到了五个贝桑松圣会的成员，外地人里则有瓦莱诺先生、德·莫瓦罗先生和德·肖林先生。他对玛蒂尔德说："首先，我能搞定这八个陪审团成员。前五个人就是我的工具。瓦莱诺是我手下的官，莫瓦罗欠我很大的人情，德·肖林是个胆小鬼，怕我怕到要死。"

报纸向全省公布了此案的陪审员名单。德·雷纳夫人要亲自去贝桑松，她的丈夫感到了一阵难以言喻的恐惧。在德·雷纳先生软硬兼施的劝说下，夫人终于答应在贝桑松的时候，不离开自己的卧房，以免被传唤为证人出庭，弄得颜面尽失。"您不了解我的处境，"这位韦里叶的前市长说，"我现在被迫成了自由党人，也就是他们口中的叛变者。毫无疑问，瓦莱诺那个无赖和德·弗里莱尔先生，会轻而易举地让检察官和法官想方设法地针对我，做出让我不舒服的事情。"

德·雷纳夫人没有坚持己见，遵守了丈夫的命令。她心里想："倘若我出现在法庭上，别人会觉得我是在向于连寻仇。"

尽管她向自己的良知和丈夫做出了慎之又慎的承诺，但是，在刚刚到达贝桑松的时候，她还是给三十六位陪审团成员写了一封亲笔信：

我不会在审判日出现，先生，因为我的出现会给索雷尔先生带来不好的影响。在这个世界上，我只期待一件事，而且是满怀激情地期待，就是他能够得救。出于我的原因而导致一个无辜的人被判死刑，请不要怀疑，这个恐怖的念头会在下半辈子一直纠缠毒害我，也肯定会缩短我的生命。我还安然无恙地活着，那您又怎能判他死刑呢？不，毫无疑问，社会没有权利随意剥夺一个人的生命，尤其是像于连·索雷尔这样的人的生命。韦里叶城的每个人都知道，他偶尔会精神失常。虽然这个可怜的年轻人不乏有势力的敌人，但是，即使在为数众多的敌人之中，有谁会怀疑他令人钦佩的才能和他渊博的知识呢？先生，您即将提出判决意见的这个人，绝不是一个平庸之辈。近一年半的时间，我们都知道他是个虔诚、谨慎和勤奋的人。但他每年会有两三次忧郁症发作，甚至到了精神错乱的地步。他内心虔诚，堪称模范，对整部《圣经》烂熟于心。整个韦里叶城的人、韦尔吉的邻居、我家中所有的人、副省长本人，都会为此做证。一个不信神的人会花几年时间学习神圣典籍吗？我的儿子们将会荣幸地将这封信给您送去。他们都是孩子，请直接询问他们，先生，他们会给您描述有关这个可怜的年轻人的所有细节，这些细节或许会令您相信：判他死刑是一个野蛮的决定。这样做非但不能为我报仇，还会导致我的死亡。

我身上的伤是他精神失常时所致。他曾是我孩子的家庭教师，孩子们曾发现，他有时会有这个症状。我的伤势毫无危险，只不过才休息了两个月，我就能坐着驿车从韦里叶城到贝桑松来了。那些一心希望他死的人，能否认这个事实吗？先生，如果我知道您还有一丝的犹豫，不知道是否要从野蛮的法律中将这个曾犯小错误的人拯救下来，那我一定不顾我丈夫的命令，离开病床，跪倒在您的面前，继续替他求情。

先生，请您告诉大家，蓄意谋杀这种说法是不符合事实的。这样的话，您就不必因为令一个无辜者流血而感到自责了。

第四十一章

审判

这个地区的人将长久地记住这桩著名的审判。人们关注那个被告，甚至群情鼎沸。他所犯的罪令人震惊，但是一点都不残暴。即便算得上残暴，但他年纪尚轻，又是如此英俊，他的大好前程即将毁于一旦，这一切让人们对他倍加怜悯。"他们会判他死刑吗？"女人们向熟识的男人问道，并且脸色煞白地在等待着回答。

——圣伯夫

终于，令德·雷纳夫人和玛蒂尔德惶惶不安的这一天到来了。

整座城市因为此案而异常骚动，这令她们更加感到恐惧。甚至，心智坚强如福盖，也不由得骤然失色。几乎全省的人都赶到了贝桑松，争相目睹这个富于浪漫传奇色彩的案子的最终审判。

几天来，城里的所有客栈都没有多余的位置。审判的旁听席更是一票难求，城里的所有女士都想亲临审判现场。在街上叫卖于连肖像画的小贩喊得震天响。此等情景，不一而足，也就不多加叙述了。

为了这个至高无上的时刻，玛蒂尔德小心留存着一封×××主教大人的亲笔信。这位主教领导着全法国的教会，可以决定教内职务的任用。他在信中亲自为于连求情，希望他被无罪释放。在审判前夕，玛蒂尔德带着这封信去拜见具有莫大权势的代理主教。

会面结束，玛蒂尔德在告辞之际，简直哭成了个泪人。德·弗里莱尔先生似乎也被感动了，停止了他那套官腔说辞，坦白道："对陪审团的决定，我完全可以打包票。有十二个人将会决定你想保护的那位先生的罪行是否成立，他们尤其要判断蓄意谋杀是否属实。这些人中，我数了一下，有六个朋友对我的命令言听计从，我让他们明白，我能否坐上主教之位，全都取决于他们的投票了。当初，全都是我的功劳，德·瓦莱诺男爵才当上了韦里叶的市长。并且，他可以绝对支配他的两个下属，即德·莫瓦罗和德·肖林先生。说实话，有两个对我存着异心的人也被抽签选进了陪审团。不过，虽然他们是极端的自由主义者，但在重大场合，他们还是要听我的命令，我要求他们跟瓦莱诺先生投一致的票。我了解到，第六位陪审员是个搞实业的，富可敌国，喜欢谈些自由主义的言论。他暗地里渴望成为国防部的供应商，毫无疑问，他绝对不敢忤逆我的心意。我已经让人跟他说，德·瓦莱诺先生全权替我说话。"

"这个瓦莱诺先生又是何许人也？"玛蒂尔德还是有些不放心。

"倘若您认识他，就丝毫不会怀疑，像他这样的人会在仕途上大展宏图。他是一个狂妄大胆、厚颜无耻、粗鲁卑鄙的人，极其擅长发表蛊惑人心的演说，非常懂得愚弄那些傻瓜。一八一四年王朝复辟，他从乱世中脱离了贫困阶层。如今我准备提拔他当省长。如果其他陪审员不愿意根据瓦莱诺的意愿投票，他甚至会出手胖揍他们。"

听到这些，玛蒂尔德才稍微放宽了心。

今天晚上，玛蒂尔德还要说服于连，又要费上一番口舌。因为于连决定在法庭上沉默，不发一言，尽早让那个令人厌恶的场景结束，因为在他看来，结局已经注定了。

"我的律师会替我说话，这就够了，"他对玛蒂尔德说，"我可不想让我的那些敌人看我这么久的笑话。那些外省人看到您在如此短的时间内给我带来显赫的财富与名望，肯定要气死了。相信我，他们中没有一个不希望我被判死刑的。尽管在我赴死之际，他们或许会像戏剧丑角一样，假惺惺地抹几滴眼泪。"

"他们希望看到您被羞辱，这是事实，"玛蒂尔德回答说，"但我不认为他们会心狠到让您去死。我在贝桑松露面，表现得异常痛苦，吸引了所有女人的关注，您帅气的样子会让她们更加心软。如果您在法官面前说上一句话，所有人都会站在您这一边……"

第二天九点，于连从牢房中走出来，准备去法院的审判大殿，警察们好不容易才将争先恐后挤在院子里观看的人流拦住。于连昨晚睡得好，心下一片平静。看到这群对他既羡且妒的人，只感到一种哲理性的怜悯，他们并不心狠手辣，但是倘若看到他赴死，也会鼓掌欢呼。因为人群实在拥挤，他无法前进，被迫耽搁了一刻钟的时间。他不得不承认，民众们对他表现出了一种温柔的怜悯，这让他惊讶不已。他没有听到任何人对他语带侮辱。"这些外省人没有我想象的那么邪恶。"他思忖着。

当于连被带入法庭时，他被这里优雅的建筑风格所震撼。纯粹的哥特式建筑，还有许多根精致的圆柱，用石头精心雕刻而成，让他仿佛置身英国。

很快地，于连的注意力就被十多位美丽的夫人所吸引，她们在被告席的对面、法官和陪审员位置上方的三个楼座包厢中落座。于连回过头来扫视观众，看到圆形剧场上方的长廊里全是女性，她们中的大多数人都很年轻，在他眼中也非常有魅力。她们的眼睛亮闪闪的，充满了关怀。在大厅的其他地方依然人头攒动，人们在门前挤成一团，维持秩序的卫兵们无法令他们安静下来。

当所有关切的眼睛发现于连出现，看到他坐上了突出的被告席时，观众们发出了一阵温柔而讶异的低语声，仿佛在欢迎他的到来。

这一天的于连看起来还不到二十岁，衣着简单至极，却有种完美的优雅。他的头发和面孔充满了魅力，是玛蒂尔德亲自为他打扮的。于连的脸色透出一种极致的苍白。刚刚在被告席坐下，他就听到了从四面八方传来的说话声："天啊！他是多么年轻！看起来就是个男孩啊……他比画像中的样子还要漂亮。"

"被告先生，"坐在他右边的宪兵警察说，"您看到楼座包厢中的那六位女士了吗？"

警察指了指在陪审团的圆形剧场座席区上方的一个突出的观礼台。"那是省长夫人，"警察继续说，"在她旁边的是某侯爵夫人。省长夫人非常喜欢您，我听到她和预审法官说话了。她们旁边就是德尔维夫人……"

"德尔维夫人！"于连叫道，"德·雷纳夫人的闺密！"于连的脸上忽然露出兴奋的红晕。他心想："当她离开法庭后，一定会给德·雷纳夫人写信的。"他还不知道德·雷纳夫人已经来到了贝桑松。

证人的发言很快结束。轮到检察官宣读对于连的起诉书，他刚说出第一句指控，于连正对面的楼台包厢中的两位女士就哭了起来。于连想："德尔维夫人决计不会这么激动的。"不过，他注意到德尔维夫人的脸涨红了。

检察官用糟糕的法语夸张而做作地讲述着于连所犯的罪行是多么野蛮。于连注意到德尔维夫人身旁的女士全都露出强烈的不以为然的神色。有几位陪审团成员显然与她们相熟，正在跟她们交谈，似乎在安抚她们。"这不失为一个好的征兆。"于连心想。

在那之前，于连对所有参与审判的男人都感到一股强烈的蔑视。检察官贫乏平庸的口才增加了他的这种厌恶感。但是，此时此刻，他发现了人们对他的关怀，冰冷的心渐渐融化了。

于连对他的辩护律师脸上的坚定表情感到满意。律师正要说话时，于连对他悄悄地嘱咐道："不要说那些华丽辞藻。"

律师回答他："检察官从演说专家博须埃那里学来的哗众取宠、引人厌烦的漂亮话，对您的处境很有利。"的确是这样，律师刚说了五分钟的辩词，几乎所有女人都掏出手帕拭泪了。律师受到了鼓舞，向陪审团成员们讲了几句极具感染力的话。于连颤抖着，感觉泪水就要决堤了："伟大的天主啊！我的敌人会怎么说我呢？"

他的心被这一片温情脉脉所融化，马上就要屈服了。幸运的是，此时此刻，他看到了德·瓦莱诺男爵向他投来傲慢无礼的一瞥。

于连想："这个恶棍的眼中冒着火焰，他那低贱的灵魂获得了多大的胜利啊！倘若我的罪行只带来这样的下场，那我真要诅咒他。天知道他会对德·雷纳夫人说什么关于我的坏话！"

顷刻间，他的脑海中什么都不想，只剩这一个念头了。片刻之后，于连被观众席上发出的一阵赞同的呼声惊醒。律师刚刚结束了他的辩护发言，于连想："这个时候应该跟他握握手。"时间过得很快。

法庭人员为律师和被告送来了解渴的饮料。直到这时，于连才发觉一个令他惊讶无比的情况：没有任何女性离开观众席去用餐。

"我真的饿了，"律师向于连说，"那您呢？"

"我也是。"于连回答说。

"律师指着对面的楼台包厢说："看，省长夫人也没走，还留在这里吃饭。加油，一切都进展顺利。"审判再次开始了。

就在审判长做总结发言的时候，午夜的钟声响起了，审判长的发言不得不暂时中断。此时此刻，钟声回荡在大厅之中，焦虑的沉默也在蔓延。

"我生命的最后一刻终于开始倒计时了。"于连心想。很快，他忽然意识到还有责任未尽，不由得满怀激动。迄今为止，他一直保持着温柔的姿态，决心一句话都不说。但当审判长问他最后是否有什么话要补充的时候，他站了起来，抬眼就看到了德尔维夫人的双眼，在灯光下盈着星星点点的光芒。"难道她正在为我而哭？"于连心想。

"陪审团的先生们，我从小到大都受人蔑视，我以为，在临死前，我能够勇敢地面对这种蔑视，但是此时此刻，因为对蔑视的憎恶，我忍不住说上几句。先生们，很不幸，我并不属于你们这个高贵的阶层，你们在我身上看到的，是一个试图反抗自己卑贱命运的农民。"

"我并不祈求你们恩赐我什么，"于连的声音更加坚定了，他继续说道，"我不抱任何幻想，死神在等待着我，它是公正的。我竟然试图杀死这个世界上最值得拥有一切尊重与敬意的那位女性。德·雷纳夫人对我就像母亲一样。我的罪行是残暴的，而且是有预谋的。因此，陪审团的先生们，我理应被处死。但是，就算我没有犯下这样的罪行，有些人也丝毫不会因为我年纪尚轻而对我怜悯。他们就是想要惩罚我，让我付出代价，并妄图以此来吓唬那些像我这样的年轻人——他们出生在低等阶层，深受贫穷的压迫，通过自己的努力，幸运地获得了良好的教育，大胆地想要闯入那些富人引以为傲的所谓上流社会。

"先生们，这就是我真正犯下的罪行，它之所以会受到异常严厉的惩罚，是因为审判我的人，根本不是与我同一阶层的人。我在陪审团席上没有看到任何富有的农民，全都是对底层人民心怀愤怒的有钱人。"

于连用这种语气说了二十分钟，他将内心全部的想法倾吐而出，几乎冒犯了在场的所有权贵。渴望讨贵族们欢心的检察长几次气得从座位上弹跳起来。尽管于连的发言内容有些抽象，但是在场的女性几乎都被感动得潸然泪下，德尔维夫人哭到用手帕掩住了脸。在结束之前，于连谈及了自己一开始的谋杀意图，谈及了他对德·雷纳夫人的悔恨和尊重，谈及了他在那些幸福岁月中对德·雷纳夫人如儿子对母亲般无止境的崇拜……听到这里，德尔维夫人忽然大哭一声，晕倒在地。

当陪审团成员退席商议结果的时候，一点的钟声敲响了。没有一个女人离开她的座位，有几个男人眼里也噙满了泪水。起初，大厅中叽叽喳喳，人们都在踊跃地交谈，但陪审团成员商议裁决的时间实在太长，听众们开始感到疲倦，大厅中也渐渐安静下来。此时此刻，灯火也暗了一些，法庭上弥漫着庄严肃穆的气氛。于连非常疲惫，身旁的观众席中，人们在窃窃私语：迟迟不出审判结果，到底是不是一个好的兆头？这些话都传进了他的耳中。他发现几乎所有的观众都站在他这一边，这让他感到快意。陪审团迟迟未能返回法庭，然而一个女性观众也没有离席退场。

两点的钟声刚刚响过，一阵骚动传来。陪审团讨论室的小门打开了。德·瓦莱诺男爵迈着严肃得有些夸张做作的步伐走了出来，陪审团成员一个个跟在他的后面。他咳嗽了一声，然后宣布，所有的陪审团成员，以他们的灵魂和良心判断，一致同意，于连·索雷尔犯有蓄意谋杀罪。这一声明意味着于连被判死刑——这个消息不一会儿也紧接着宣布了。于连看了看表，忽然想起了德·拉瓦莱特先生。此时已经两点一刻了。"今天是个不幸的星期五。"他想，"的确如此。但对于瓦莱诺而言，今天是幸运的，他成功地判我死刑了……我被盯得太紧，玛蒂尔德不可能像德·拉瓦莱特夫人那样救我……这么说，三天后的这个时候，我将真的品尝到伟大的死亡究竟是什么滋味了。"

正在这个时候，他忽然听到远处传来了一声嘶喊之声，令他浮想联翩的灵魂重回人间。他看到，周围的女人都在啜泣，所有的人都转头望向一间位于哥特式壁柱顶饰上的小包厢。他后来才知道，玛蒂尔德藏在那里，那声嘶喊正是她所发出的。嘶喊停止，又归于静寂，大家继续望向于连，宪兵警察正努力护送他穿越人群。

于连心想："我要做到尽量不让瓦莱诺那个无耻小人笑话。他宣布死刑的时候，装出的那副不情愿和难过的姿态是多么可笑！而这个可怜的庭长，虽然当了这么多年法官，在宣布判决的那刻，眼中还是噙满了泪。瓦莱诺之前追求德·雷纳夫人未果，此时，他可以向我这个情敌报仇了，他一定开心极了！啊，德·雷纳夫人，我再也见不到她了！我清楚，我们之间不可能有最后的告别了……倘若能够亲口告诉她，我是多么憎恨自己曾经对她的伤害，那会是多么幸福！

"而现在，我只能对自己说，我确实受到了公正的惩罚，我罪有应得。"

第四十二章 [1]

于连再次回到监狱，他被带到了一个为死刑犯准备的房间。通常情况下，哪怕最细微的情况都会被他注意到。然而这一次，他却完全没有发现自己更换了栖身之地。他内心一直在思索，倘若在赴死之前能够幸运地再次见到德·雷纳夫人，会对她讲些什么话？于连有千言万语要说，又怕被德·雷纳夫人打断，决意第一句话就向她描绘自己的抱歉与悔恨。"既然发生了这样的事情，我又如何能够令她相信我依然只爱她一人呢？毕竟我之前想要杀掉她，这或是因为我的野心作祟，或是因为我对玛蒂尔德的爱啊！"

于连上床睡觉时，猛然发现被子是粗麻布做的。他睁大双眼，这才发现更换了牢房。"啊！我在关押死刑犯的黑牢里啊！"他对自己说，"这就对了……

"阿尔塔米拉伯爵曾告诉我，在丹东被斩首的前一个晚上，他用他的大嗓门说：'真是奇怪，"被斩首"这个动词在法语中——

---

1 从第四十二章起的最后四章，也就是于连被判决死刑之后的内容，作者没有再写章节标题，也没有了章节前的文字引用。

没有过去时的形式。人们可以说"我将被斩首""你将被斩首"，但人们不会说'我已经被斩首了'。'"

"倘若人有来世的话，为什么不能这样说？"于连思忖道，"我的天啊！我死之后，倘若审判我的是虚伪的耶稣会士口中的上帝，我就倒霉了。这个神无疑是个专制者，满脑子总想着怎么报复，他的《圣经》里只写了那些可怕的惩罚。我从来没有爱过他，我甚至从来没有想过要信仰他，被他真诚地眷顾，他是多么冷酷无情啊！（于连心中浮现了《圣经》里的那些文字。）他一定会用残忍无比的方法来惩罚我的……

"但是，如果我遇到的是费讷隆[1]口中的上帝呢？他或许会对我说：'你会获得许多宽恕的，因为你付出了那么多真挚的爱……'

"我真的真挚地爱过吗？啊！我真挚地爱德·雷纳夫人，但我却做出了这么残暴的事。我在她身上的所作所为，就像是我在其他地方做的那样：为了寻求飞黄腾达，我将淳朴和谦逊全部抛在了脑后……

"我这样做，究竟能获得怎样的飞黄腾达呢？如果战争爆发，我会成为一名轻骑兵上校；如果是和平年代，就当个公使馆的秘书，最后成为大使，因为很快我就会摸清其中的弯弯绕绕。一旦成了德·拉莫尔侯爵的女婿，哪怕我只是一个傻瓜，还有什么敌人值得我去害怕？人们会原谅我做的一切蠢事，甚至还会把它们看作是了不起的功绩。我会成为一个功勋卓著的人，在维也纳或伦敦享受着最豪奢安逸的生活。"

"这可不对哦！我的先生，你三天后可就要上断头台咯。"

---

1 费讷隆（Francois Fenelon, 1651—1715），法国散文作家，生于佩里戈尔的贵族家庭。在巴黎的神学院学习，毕业后供圣职，品行极好，宽容大量，为底层民众说话。

于连听见他无意中对自己说的这句俏皮话，哈哈大笑起来。他心想："事实上，每个人的身体里都有两个自我在不停地对话。见鬼，是谁想出来这诡异的说法的？"

"嗯，是的！我的朋友，三天后就上断头台啦！"他对打断自己说话的另一个自己说道，"德·肖林先生和马斯隆神父将会在观刑台上合租一个窗口，欣赏我被砍头，两人对半支付租金。这两个了不起的家伙，在租金上究竟哪个会赖账呢？"

罗特鲁[1]的《温塞拉斯》中的一段话突然浮现在他的脑海中：

拉迪斯拉斯：

……我的灵魂已经准备赴死了。

国王（拉迪斯拉斯之父）：

斩首台就在这里，把您的头颅伸过去吧。

"回答得好！"他想，然后迷迷糊糊地进入梦乡。第二天的清晨，有人把他叫醒，紧紧地抱着他。

"什么，时辰到了吗？"于连惊恐地睁开眼睛，他以为自己落在了刽子手的手上。

来人是玛蒂尔德。"幸好她没听懂这句话的意思。"于连想到这里，又恢复了平静。他发现玛蒂尔德变了模样，憔悴得好像病了半年之久，于连几乎已经认不出她来了。

"那个臭名昭著的弗里莱尔背叛了我！"她一边说一边拧着双手，愤怒已经令她哭不出来了。

1　罗特鲁（Jean Rotrou，1609—1650），法国剧作家，《温塞拉斯》为其代表作。

"昨天我发言的时候难道不潇洒吗？"于连对她说，"这可是我人生中第一次即兴发言！当然，说真的，恐怕这也是最后一次了。"

　　此时此刻，于连正以一个娴熟的钢琴家抚摸钢琴时的沉着冷静，弹奏着玛蒂尔德的心弦……"我确实缺乏显赫的出身优势，"他补充说，"但玛蒂尔德的伟大灵魂，使她的爱人的境界得到了提升。您认为博尼法斯·德·拉莫尔在审判他的法官面前，还能表现得更好吗？"

　　这一天，玛蒂尔德收起了她那拿腔拿调的做作，表现得温柔似水，就像贫穷家庭出身的女孩一样。但她却无法从于连那里获得任何一句简单直接的话语。于连在不知不觉中报复了玛蒂尔德之前经常对他造成的折磨。

　　于连心想："尼罗河的源头并不为人所知，凡夫俗子只看到涓涓细流，根本看不到它终会汇成雄伟的江河。"同时，人们也看不到于连的软弱，因为他实际上毫不软弱，"但我有一颗容易被触动的心，哪怕是最普通的话，如果用真切的语言说出来，也会让我的声音变得柔和，双眼泛起热泪。那些冷漠的人，多少次因为这个特点而瞧不起我啊！他们认为我这个样子是在请求怜悯，这一点是我绝不能接受的。

　　"据说，丹东在上斩首台的时候，因为想起妻子，内心大为悲恸。但这能说丹东是个软弱之辈吗？他把无穷的力量带给法国这个虚弱的民族，拼死抵抗敌人对巴黎的侵略……而对我来说，只有我知道自己是多么勇武无畏，而其他人充其量只能看到我身上的可能性而已。"

　　"如果在死牢中陪伴我的是德·雷纳夫人，而不是玛蒂尔德，我能忍住在她面前不崩溃痛哭吗？不，我一定会不住地向她倾诉我极度的绝望和忏悔。这被瓦莱诺和全国所有贵族看在眼里，他们会认为我对死亡怀有无耻而卑微的恐惧。哼，那些贵族，真正软弱的是他们，但是他们却那么高傲，只不过因为他们腰缠万贯，不需要面临这样的窘迫境地而已！看看吧，刚刚参与判决死刑的德·莫瓦罗和德·肖林，他们会说，'这充其量只是一个木匠的儿子，他可以变得博学多闻，灵巧聪慧，但是他的心永远不会改变，总是那颗下等人的心'。即使是可怜的玛蒂尔德，她现在正在哭，或者已经欲哭无泪了。"他想着，看着她通红的双眼……把她紧紧抱在怀里。看着玛蒂尔德真切的痛苦，于连一时间暂停了思索，"她也许已经哭了一晚上，"他心想，"但有一天，她回想起这件事，一定会感到莫大的耻辱！她会认为，自己在年少无知的时候，曾被一个卑微的平民百姓的龌龊思想引入歧途……克鲁瓦瑟努瓦是个软弱之人，肯定会娶她为妻，真的。他这样做就对了。玛蒂尔德定会助他成为一个人物的。

"倘若一个人有坚定的毅力和远大的抱负，就能引导粗俗的人类不断前进。[1]

"啊，这真令人愉快，自从我被判死刑之后，我一生中背过的所有诗句都回到了记忆之中。这可能是我生命即将走到尽头的一个征兆吧。"

这时，玛蒂尔德用一种有气无力的声音反复对于连说："他就在隔壁的房间。"于连终于从思索中回过神来，听到了她说的话。"她的声音很弱，"他想，"但口气中仍有那种不可一世的感

1　这句诗引自伏尔泰的悲剧《穆罕默德》。

觉。她压低声音，只是为了克制着不发怒罢了。"

"隔壁房间是谁？"于连温柔地问道。

"律师，要让您在上诉书上签字。"

"我不会签的。"

"您不会签字！"玛蒂尔德站起身来，眼睛喷出愤怒的火焰，"为什么？请问！"

"因为我现在觉得自己有足够的勇气体面赴死，这样不会让人们嘲笑我。谁能说两个月后，在这个潮湿的黑牢里待久了，我还会不会有这么好的心态？一想起还要与那些牧师见面，我的父亲还会来探监……世界上没有什么事情能让我如此郁闷的了。不如让我去死吧。"

这场意外的矛盾，将玛蒂尔德性格中高傲的一面全部释放了出来。她在进入贝桑松监狱之前，没能找到弗里莱尔神父，于是把怒火全都发泄到了于连身上。她爱慕于连，但现在却对于连的性格放声大骂，说自己后悔爱上了他。玛蒂尔德足足骂了十五分钟，于连眼前又出现了当年在侯爵府的藏书室中那个对他尖锐无情地咒骂的蛮横骄傲的姑娘。

于连说："上天为了你家族的荣耀，应该让你成为一个男人。"

"但至于我，"他想，"我要是在这个恶心的地方再住上两个月，被那些贵族宗派想方设法地鄙视羞辱，并且把这个疯女人的咒骂当作我唯一的安慰，那我真是个傻瓜……好吧，后天早上我就当我与一个以冷静和非凡技巧闻名的刽子手决斗了……""非常了不起，"他心中的另一面对他说，"他手起刀落，可从不会失误。"

"好吧，那就这样吧。"（玛蒂尔德继续滔滔不绝。）"神啊，"

他对自己说，"我绝不会上诉。"

下定了这个决心，于连又陷入了幻想，在他眼前出现一幅画面：德·雷纳夫人的宅邸，信使像往常一样在早晨六点送来报纸。八点钟，德·雷纳先生读完报纸，伊莉莎踮起脚，轻轻地把报纸放在德·雷纳夫人的床上。不一会儿，她醒过来，在报纸上读到一行字："十点零五分，于连已死。"她一边读，一边陷入深深的不安之中，美丽的双手一直抖个不停。

"她会哭得涕泗滂沱，我了解她。我曾经试图谋杀她，但她一定不会记仇。我想杀死的那个人，将是唯一一个为我的死亡而真诚哭泣的人。"

"啊！这一切多么讽刺！"在玛蒂尔德大发雷霆的那漫长的十五分钟里，于连心中只想到了德·雷纳夫人。尽管他时不时回答玛蒂尔德的问话，但此时此刻，他脑海中全都是对韦里叶城中德·雷纳夫人的那间卧室的回忆，灵魂深陷其中，无法自拔。他看到了德·雷纳夫人橙色的塔夫绸被子上的《贝桑松公报》，他看到夫人白皙的手抽搐颤抖地紧握着报纸，他看到夫人哭泣的脸，他用想象力在那张迷人的脸上追寻着每一滴泪水的轨迹。

玛蒂尔德发了半天脾气，无法让于连有丝毫的改变，只能让律师进来。幸运的是，这位律师曾是一七九六年拿破仑远征意大利的军队的一名上尉，在那里，他曾是马努埃尔[1]的战友。

为了遵循形式，他批评了这位死刑犯不予上诉的决定。于连希望以尊重的态度对待他，就给他讲了所有不上诉的理由。

"实话说，您这样想是可以的，"费利克斯·瓦诺先生（律师

1　马努埃尔（Jacques-Antoine Manuel, 1775—1827），法国政治家，自由党人，曾参加拿破仑的意大利远征。

的名字）最后望着于连说道，"但是您还有整整三天的时间考虑最终是否上诉，我每天都会到这里来见您，这是我的职责。您选择上诉，就多了两个月的时间，这两个月内倘若监狱下面有火山爆发，您就能脱狱得救了。或者您也可以选择病死。"

于连与他握手："我感谢您，您是个好人。我会继续考虑的。"

玛蒂尔德与律师一起走了出去。于连觉得，他对这位律师比对玛蒂尔德更有好感。

第四十三章

一小时后，于连正沉沉地睡着，忽然，他感觉有泪水不断地滴落在手上。啊，又是玛蒂尔德，他在半梦半醒中想道："她又来了，还是坚持她那一套理论，想用温柔的感情来让我妥协。"于连以为玛蒂尔德又在搞什么戏剧性的悲惨场面，他心中一阵厌恶，没有睁开眼睛。贝尔芬格[1]逃离妻子的那几句台词又出现在于连的脑海中。

随后，于连听到一声奇异的叹息，这不是玛蒂尔德！他睁开眼睛，看到德·雷纳夫人站在眼前。

"啊，我在临死之前终于又见到了您，这是幻觉吗？"于连哭叫着，扑过去匍匐在她的脚边。

过了一会儿，他稍微稳定了精神，对德·雷纳夫人说："请原谅我，夫人，在您眼里，我只是个杀人犯。"

"先生……我是来求您同意上诉的，我知道您本不愿上——

---

1 贝尔芬格是撒旦手下身为七宗罪之一的"怠惰"的大恶魔，拉封丹写过一首以《贝尔芬格》为题的寓言诗，诗中写撒旦派贝尔芬格去人间结婚生子，体验凡人的婚姻生活，而贝尔芬格最后逃回了地狱，认为婚姻比地狱还要折磨人。

诉……"她哽咽得几乎窒息，已经完全讲不出话来。

"希望您能原谅我。"于连说。

"如果您想让我原谅您，"她一边说，一边起身投入他的怀抱，"现在就为您的死刑判决提出上诉。"

于连只顾吻她。

"在这两个月里，你会每天来见我吗？"

"我向你发誓，每一天！除非我丈夫禁止我来。"

"我愿意签字上诉！"于连叫道，"还有，你真的原谅我了？！这有可能吗？！"

于连紧紧地把德·雷纳夫人拥在怀里，他简直疯了。德·雷纳夫人发出了一声轻微的呻吟。

"哎，"她说，"你把我弄疼了。"

"对！你肩膀上还有伤。"于连喊着，泪如雨下。他稍稍松开了双臂，用火焰一般的吻覆盖了她的手："我们最后一次在韦里叶的房间里相见时，谁能料到会是这样？"

"谁又能料到我会给德·拉莫尔先生写那封臭名昭著的信？"

"你要知道，我一直爱你，我只爱你一个人。"

"这是真的吗？"德·雷纳夫人叫道，这次轮到她欣喜若狂了。她伏下身子，依靠着跪倒在地的于连，跟他在一起，默默地哭了很久。

在于连这一生中，他从未经历过像这样的时刻。

过了很久很久，他们才能重新开口说话。

"那位年轻的米什莱夫人，"德·雷纳夫人说，"或者说，那位德·拉莫尔小姐，她是谁？我开始相信那些小说一样的传闻了。"

"那只是表面上的事实，"于连回答说，"她是我的妻子，但她不是我爱的人……"

通过无数次的相互打断询问，他们费了很大的劲儿，才成功地告诉彼此都不知道的隐情。写给德·拉莫尔先生的告发信不是德·雷纳夫人的本意，是由负责听她忏悔的神父起草，然后逼她抄写的。

"宗教让我犯下了多么可怕的罪行啊！"德·雷纳夫人说，"尽管我已经把信中那种卑鄙的语气改柔和了很多……"

于连此时激动万分、欣喜若狂，他的精神状态充分向她表明已经彻底原谅了她。他从来没有如此疯狂地深爱过一个人。

"我相信我是虔诚的，"德·雷纳夫人对他说，"我真诚地相信上帝，我也相信——甚至这已经向我证明，我的罪孽是可怕的。但是，直到我看到你，甚至在你向我开了两枪之后……"于连不顾她话还没说完，激动地又拥吻了她。

"让我说完，"她对于连说，"我想跟你说清楚，以免我之后忘了说……我一看到你，就把所有的职责都忘掉了，我只想爱你，甚至说，'爱'这个字，跟我对你的情感相比，程度还太轻了。我对你的感觉就像是对上帝的感觉，混合了尊敬、爱恋、顺服……事实上，我不知道你在我体内召唤出的是一种怎样的感情。倘若你现在要我刺死狱卒，在我还没反应过来的时候，我可能已经这么做了。在我离开你之前，向你解释清楚，这是一种什么样的感情，我想看清楚我的心，因为两个月后我们将天各一方……对了，我们或许不会分别……"她微笑着对于连说。

"我收回我的话，"于连好像意识到了什么，站起身来，厉声叫道，"如果你想要用毒药、刀子、手枪、煤气，或以任何其他方式试图结束或伤害你的生命，那我就不会对自己的死刑判决上诉！"

德·雷纳夫人的脸色突然变了，本来温柔似水的脸庞瞬间陷入了深深的遐思。

"如果我们马上就死了呢？我们现在就一起死了吧！"她终于开口说道。

"谁知道我们在另一个世界会获得什么？"于连回答，"也许是痛苦，也许一无所有。我们不能愉快地共同度过两个月吗？两个月已经足够久了。我这一生从来没有这样幸福过。"

"你这一生从来没有这样幸福过？！"

"从来没有！"于连高兴地重复道，"我对你说话就像我对自己说话一样。上帝能证明，我没有夸大其词。"

德·雷纳夫人脸上带着害羞又忧郁的微笑对他说："这是在命令我也要承认这一点吗？我这一生也从来没有这样幸福过。"

"好吧，请以你对我的爱起誓，不要以任何直接或间接的手段尝试了结你的生命，记住，"他补充说，"你还要养大我的孩子，玛蒂尔德一旦成为克鲁瓦瑟努瓦侯爵夫人，就会把孩子丢给用人们养。"

"我发誓，"她冷静地说，"但现在请填好你的上诉书，签好字，由我带走。我亲自把它交给检察长。"

"请小心一点，这会让你受到连累的。"

"我来监狱看你之后，在贝桑松和整个弗朗什－孔泰地区，我将永久性地成为大家茶余饭后议论纷纷的花边新闻的女主角。"她脸上露出了深深的痛苦表情，"我已经跨越了尊严和名声受损的底线……我已经成为一个名誉扫地的女人了，这是真的，这都是为了你。"

德·雷纳夫人的语气难掩悲伤，于连紧紧地拥抱了她，内心涌现了一种从未有过的悲怆幸福。这不再是爱的陶醉，而是发自内心的一种极度热烈的感激之情。终于，于连第一次意识到了，德·雷纳夫人为他做出了多么大的牺牲。

无疑是某个好心人告诉了德·雷纳先生，他的妻子在于连的监狱里进行了长时间的探访。三天后，德·雷纳先生给妻子派了马车，明令她立即返回韦里叶城。

在这种残酷的分离中，于连怏怏不乐地开始了他新的一天。两三个小时后，狱卒告诉他，有个颇爱耍小心眼，却在贝桑松的耶稣会中混得很差的牧师，一大早就等在监狱门外的街道上，想要见于连一面。外面正下着倾盆大雨，而这个人号称不见于连绝不离开，在雨中扮演起了殉道者。于连本来就心绪不宁，对这种愚蠢的行为不堪其扰。

早上，他已经断然拒绝了这位牧师的来访，但这个人却打定主意要接受于连的忏悔告解，以便从于连身上探听点什么隐私，从而在贝桑松的年轻女子之中混出点名声。

他大声宣布，要在监狱门口守上一日一夜，"是上帝派我来感化这个叛教者的心灵……"而那些平民老百姓又怎会放过这个热闹不看，开始纷纷围拢过来。

"是的，兄弟姊妹们，"这个牧师对围观的人们说，"我将在这里度过一日一夜，以及接下来的所有日日夜夜。圣灵对我说，我有一个来自上天的使命，就是必须拯救年轻的索雷尔的灵魂。你们加入我，跟我一起祈祷吧。"

如今的于连极其厌恶别人对他的议论，厌恶任何哗众取宠的事情。他想抓住这个机会隐姓埋名地逃离这个世界。但他仍对与德·雷纳夫人再次相见抱有一丝希望，而且痴狂地陷入对她的爱慕。

监狱的大门位于城市最熙攘喧闹的大街上。想到那个浑身都是泥泞的牧师装模作样地跪在那里，引起人群围观和议论纷纷，于连就感到一阵难受别扭。"而且，毫无疑问，每时每刻都在重复地呼唤我的名字！"这样的时刻真的比死还痛苦。

每隔一小时，于连都要吩咐一位忠诚的监狱看守出去看个两三回，看看那个牧师是否还赖在门口不走。

"他两个膝盖跪在泥巴地里，"看守每次都告诉他，"他在大声祈祷，为您的灵魂念祝祷文……""这个放肆之徒！"于连心想。事实上，此时此刻，他耳边传来了一阵低沉的嗡嗡声，原来是围观的人们也在随着念起了祝祷文。更甚之，他看到了那个看守的嘴巴也在一张一翕，跟着重复拉丁语的祝祷文，这简直让他不耐烦到了极限。看守对他说："人们开始纷纷议论，您一定是个铁石心肠的人，才会拒绝这位圣人的帮助。"

于连气不打一处来，大声叫道："我的国家啊！你还是那么野蛮！"他继续大声地议论着，完全不顾看守还在现场，"这个人想在报纸上出风头，他肯定会如愿以偿。啊，该死的外省人！在巴黎，我哪里会生这种气！那里招摇撞骗的方法要高明得多。"

他气得满头大汗，最后只能对看守说道："让这位神圣的牧师进来吧。"监狱看守用手在胸前比画了个十字架的动作，欢天喜地地出去传话了。

这位神圣的牧师相貌丑得可怕，满身的泥浆更招人厌恶。冷冷的大雨让这间死刑犯囚室更加阴湿和黑暗。牧师一进门就想拥抱于连，刚开口说话，自己就先感动了起来。这种最为卑劣的虚伪未免也太明显了吧，于连一生中从未如此愤怒。

　　牧师进门一刻钟后，于连发现自己竟完全变成了一个懦夫。牧师满口的经文把于连带回了现实。他第一次感到对死亡的恐惧。他想着自己的身体在行刑两天后会如何腐烂，种种可怖的画面，不一而足。

　　他觉得有点支持不住了，想要显示软弱的一面，或者扑向牧师，用锁链将他勒死。最后，他有了一个想法，就是恳求这位圣人在行刑的当天为他做一场价值四十法郎的像样的弥撒。

　　时间快到中午了，牧师拿着钱溜了出去。

第四十四章

牧师刚刚离开，于连就号啕大哭，觉得自己要死了。渐渐地，于连想："倘若德·雷纳夫人此刻在贝桑松，我就会在她面前展现自己全部的脆弱。"

就在于连对心上人不在身边而倍感遗憾的时候，他听到了玛蒂尔德的脚步声。

他心想："被关押在监狱里，最糟糕的事情是不能关门。"玛蒂尔德告诉他的每句话都让他感到愤怒。

她说，在审判当天，德·瓦莱诺先生已经获得了省长任命书，因此敢于公开嘲弄德·弗里莱尔神父，并开心地宣判于连死刑。

德·弗里莱尔神父对玛蒂尔德说："您的朋友是不是昏了头？竟然去刺激和挑衅那些资产阶级贵族的卑鄙的虚荣心！为什么要向他们谈论阶级的事情？他竟然直接告诉他们，为了他们的政治利益，应该判他死刑。那些蠢货完全没料到他会这么做，还准备虚伪地哭一场呢。在那些陪审团成员的眼中，阶级利益大于一切。这让他们不顾后果，必须投票置他于死地。我得承认，索雷尔先生在这件事情上还是个新手。如今我们连请求特赦的手段都救不了他，他这次被判死刑，无疑是自寻死路。"

弗里莱尔神父看到于连已经失利，就想取而代之，让自己成为玛蒂尔德的情夫，这样对他的野心和前途大有好处。玛蒂尔德还对弗里莱尔的盘算懵懂不知，更不可能说给于连听了。

而此刻的于连感到愤怒和气恼，却又无能为力，简直无法控制自己。"为我去参加一场弥撒吧，"他对玛蒂尔德说，"让我有片刻的宁静。"玛蒂尔德本来就因为德·雷纳夫人的来访而妒火中烧。后来又得悉她已经离开，她明白于连此时心情不好全是为此，不由得痛哭出声。

她的痛哭是真实的，于连看得清清楚楚，反而更加心烦意乱。他此刻急切地渴望一个人待着，又如何才能做到呢？

最后，玛蒂尔德尝试了各种理由来打动他，均告失败，于是悻悻然离开了。但几乎在同一时刻，福盖又出现了。

于连对这位忠实的朋友说道："我现在需要独处……"他看到福盖兀自担心不已，犹犹豫豫地不想走，便哄他说道，"我正在为申请特赦而写一份陈情书……此外……请帮我一个忙，永远别跟我谈论死亡。如果真的到了那一天，我需要什么特殊的帮助，会第一个向你提出。"

福盖也离开了。于连终于获得了想要的孤独。然而此时的他却更加胆怯和不知所措了。为了向玛蒂尔德和福盖掩饰真实的情绪，这个虚弱的灵魂所剩无几的力量几乎耗尽了。

临近傍晚，于连忽然有了一个想法，令他获得了安慰："倘若今天早上，在死亡显得如此丑陋的时刻，我得到了要被处决的通告，公众的目光会激起我的自尊和荣耀。也许我走向刑场的步伐会显得生硬、不自然，仿佛是个害羞的胆小鬼踏入贵族的客厅一样。这些外省人中，倘若有几个心明眼亮的聪明人，或许会猜到我的脆弱。但我绝对不会把它表现出来给人看到。"

于连顿时感到自己已经不再那么不幸了。"我是个小懦夫，但没人看得出……"他像哼歌一样反复地吟唱着。

第二天，一个更令人不快的事情在等待着他。很久之前，他的父亲就宣布要来探监了。于连还在熟睡，这位头发花白的老木匠就出现在他的牢房中。

于连感到很脆弱，他等待着父亲对他进行猛烈而难听的责骂。那天早上，就好像故意要让自己的痛苦达到顶点一样，他因为从未爱过父亲而感到强烈的懊悔。

当看守在对牢房稍做整理的时候，于连心想："是命运将我和父亲在这个世界上凑作一对，我们都给对方造成了尽可能大的伤害。他在我临死之时前来看我，是要给我最后的痛击。"

当牢房里没有外人的时候，这个老头子就开始对于连严厉责骂。

于连一下没有忍住，哭了起来。"我怎么向他示弱了！"于连愤怒地对自己说，"他会到处夸张地说我哭泣的事情，说我没有骨气，这对瓦莱诺和统治着韦里叶城的那些伪善的家伙来说，是多么大的胜利啊！他们在法国地位很高，拥有所有的社会优势。之前我至少可以对自己说：'他们虽然有钱，荣誉都堆在他们身上，但我拥有的是一颗高贵的心。'

"不过，事到如今，出现了一个大家都会相信的证人——我的父亲，他会向所有韦里叶城的人夸夸其谈，说我死前哭哭啼啼，不成体统。在这场众所周知的事件中，我将变成一个懦夫！"

于连已经接近绝望了，他不知道如何快点把父亲打发走，他如今已经没有一丝力气去演戏来欺骗这个精明狡诈的老家伙了。

于连的脑海中迅速寻找所有可用的方法。

"我存了不少积蓄！"他突然叫道。

这句充满智慧的话语说罢，老家伙脸上的神情立刻变了，两人之间的地位也随之发生了改变。

"我应该如何处置这笔钱呢？"于连慢悠悠地继续说着，这句话产生的效果已经消除了他内心所有的卑微感。

老木匠心急如焚，不想白白让这笔钱溜走，他发现于连似乎想给他的兄弟们留下一部分。为了得到这笔钱，他激情四射地口若悬河。而于连则可以随意地摆布他了。

"好吧，上天已经启发了我，让我立下了遗嘱。我拿出一部分钱来，给我的每个哥哥一千法郎，其余的都给您。"

"很好，"老家伙说，"这剩余的部分是我应得的。但既然上帝已经给了您启示的恩典，倘若您希望以一名称职的基督徒的身份死去，您必须在我这里把您欠下的债务偿还干净。我从小到大对您的赡养费、教育费，这些您都没有想到呢……"

"原来这就是父爱啊！"打发走父亲，于连内心发苦，不停地重复道。这时他终于可以独处了。很快，狱卒出现了。

"先生，在犯人的父母来访后，我总会给他带来一瓶好的香槟酒。它有点贵，六法郎一瓶，但它能让人开心。"

"拿三个杯子，"于连带着孩子般的急切心情说，"我刚刚听到两个囚犯在走廊上散步，把他们请进来。"

狱卒带来了两个苦役犯，他们因为是惯犯，即将被投入苦役监狱。他们是两个快活的恶棍，而且在狡黠、蛮勇和冷静方面确实非同一般。

"如果您给我二十法郎,"其中一个人对于连说,"我会详细地给您讲讲我的生活。那可好玩啦。"

"但您会对我撒谎吗?"

"不,"他回答道,"我的这个朋友嫉妒我获得的这二十法郎,如果我撒了谎,他立刻就会揭穿我的。"

于是,他讲了他的犯罪经过,真的是可恶透顶。他倒是勇敢异常,毕生只有一种激情,那就是获得金钱。

他们离开后,于连仿佛脱胎换骨一般。自从德·雷纳夫人离开后,他一直觉得自己异常胆怯,因而感到极度痛苦,甚至已经演变成了忧郁。而如今,他对自己的所有愤怒和忧郁都烟消云散了。

"如果不被外表所骗,"他心想,"我就会明白,巴黎的那些贵族客厅里的大老爷,既有像我父亲那样实诚的守财奴,也有像那些苦役犯一样的善于犯罪的坏蛋。那些贵族沙龙里的有钱人,早上起床的时候,心里从来没有'今天怎么才能填饱肚子'的凄凉想法。他们竟然还为自己的正直高尚而得意扬扬呢!当他们被选入陪审团之后,还会高傲地判决那个因为饥饿而偷了人家一副银餐具的人死刑。

"但是,在宫廷之中,在那些权力斗争、职位晋升的阴谋里,那些一本正经的贵族大老爷也会跟这些没钱吃饭的苦役犯一样,毫无廉耻地作奸犯科。

"所以说,这个世界上根本没有什么'与生俱来的权力',这个词不过是一个古旧的无稽之谈,它对那天不停纠缠我的检察长才有意义 ——他的祖父是通过侵吞了路易十四的一笔财产才致富的。只有法律规定的对权益的维护和对犯罪的惩罚，才会存在公平的法权。法律诞生之前，唯一自然的'权力'是狮子的力量，或者更确切地说，是'需要'，是动物们果腹的需要，抵御寒冷的需要……那些自称天生拥有权力、值得我们尊敬的贵族人士，只是幸运地没有被抓到现行的骗子而已。社会上派来审判我的那些人，都是靠做了卑鄙之事才发家致富的。我确实是犯罪了，我蓄意谋杀，受到了公正的判决。但是，那些判决我的人，他们所做的坏事何止于此，就像那个瓦莱诺，他对这个社会的危害比我严重何止百倍。"

"好吧！"于连悲伤却不愤怒地想，"我的父亲虽然是个吝啬鬼，但他比这些人好多了。他从未爱过我。而我用自己臭名昭著的死亡来玷污他的名声，也算是跟他扯平了。他害怕钱财被耗尽，人们常常夸大这种罪恶，将其称为'贪婪'。正是这种贪婪，让他在得到我留下的三四百个金币之后，能获得极大的宽慰和安全感。某个周日的晚餐后，他将向韦里叶城里所有心怀羡慕的朋友展示他获得的金币。他的目光会告诉他们：'你们哪个不会羡慕这样的好事？就算儿子被送上断头台也是值了。'"

这种想法太真实了，会让人觉得还不如死了的好。就这样，于连又度过了漫长的五天。他看到玛蒂尔德被最强烈的嫉妒激怒，却对他始终礼貌而温柔。一天晚上，于连又认真地考虑起自杀来。他的内心因德·雷纳夫人的离开而陷入深深的郁悒。无论是在现实生活中还是在想象中，没有什么能让他觉得欣慰。因为缺乏锻炼，他的健康受到了影响，性格也像一个年轻的德国大学生那样，时而激奋，时而脆弱。他失去了男人的高傲，之前，凭借这样的男子气概，只需要高声叫骂一阵，就能驱赶搅扰内心的种种疑虑。

"我热爱真理……但是真理又在哪里？到处都是虚伪或者欺骗，甚至在最有德行的人和最伟大的人身上也是如此。"他显露出厌恶的表情，"不，人是不能相信的。

"某个贵族夫人为可怜的孤儿们募捐，告诉我有个亲王刚捐献了十个金路易，这都是在撒谎。但我又能说什么呢？拿破仑在圣赫勒拿岛上，宣布让位给罗马王[1]……这难道不是个纯粹的谎言吗？

"伟大的上帝！他当时处于危难之中，正处于需要恪尽职守之际，却还是自降身份，做出欺骗之事。拿破仑尚且如此，又能对其他人有什么指望呢？"

"真相究竟在哪里？在宗教中吗？是的，"他带着极度蔑视的苦笑补充道，"在像马斯隆、弗里莱尔和卡斯塔内德之辈满是假道学的口中吗？在真正的基督教教义之中吗？如今基督教的教士赚的并不比以前耶稣的使徒多。但使徒圣·保罗的兴趣不是赚钱，而是传道演说，名垂青史。

"啊，真正的宗教信仰是否存在……我真傻！当我看到一座哥特式大教堂，古老的彩色玻璃窗时，我软弱的心想象着窗户上所绘的牧师……我的灵魂理解他，需要他……然而，在现实中，那些牧师都是些头发肮脏的自以为是之徒，除了外表之外，跟虚伪的外交官德·博瓦西骑士没有什么区别。

"但这世界上曾有真正的牧师，他们一个是马西荣，一个是费讷隆……马西荣曾为红衣主教杜布瓦主持过祝圣仪式。《圣

1　罗马王（Napoleon II，1811—1832），拿破仑的儿子，拿破仑二世、名义上的法国国王，却未能登基，后英年早逝。

西门回忆录》破坏了我心中的费讷隆的形象，但他毕竟是一个真正的牧师。这世上有像他这样的人，温柔的灵魂就会在这个世界上拥有一个交会点……我们就不会感觉孤立无援……这位好牧师会向我们讲述上帝的故事。但上帝，又是个怎样的上帝呢？一定不是《圣经》中的上帝，那个残忍而小气的专制者，充满了报复的欲望……他应该是伏尔泰笔下的上帝，公正、仁慈、无限……"

他想起了倒背如流的《圣经》，内心非常激动。"不过，当'三位一体'的教义被我们的牧师拿来进行可怕的滥用之后，我们又怎么能相信'上帝'这个伟大的名字呢？"

孤独的生活！……多么折磨人啊！……

于连敲了敲自己的额头，自言自语地说："我快疯了，胡思乱想起来。我在这地牢里是孤独的，但我之前的生活绝不孤独，我有强大的责任感——我为自己规定的责任，不管是对是错，它就像暴风雨中坚固的大树，让我在风吹雨打中有所依靠。我犹豫过，内心焦躁不安过。毕竟我只是个凡夫俗子……但我牢牢抓住我的责任感，使其没有被风雨刮走，因此我一点都不孤独。

"而此刻囚牢中的潮湿空气却让我感到异常孤独。

"哎呀！我为什么在诅咒虚伪的同时，就变成了个虚伪的人呢？让我感到孤独的，并不是死亡，也不是地牢，更不是潮湿的空气，而是德·雷纳夫人不在我的身边。如果在韦里叶城，为了见她一面，孤身一人在地窖里藏上几个星期又有什么，我不会有一句抱怨。"

"到底是生活在这个虚伪的时代啊，让我自己都变虚伪了。"他大声说着，发出了苦笑，"哪怕我离死亡只有两步之遥，哪怕我正在独处并且自言自语,我却依然表现出了虚伪。啊！这是怎样的十九世纪?

"一个猎人在森林里用枪射击,猎物倒下,他急忙去抓。他的鞋子压垮了一个两尺高的蚁穴,将蚂蚁和它们的卵踢得很远……在这个蚁窝之中,哪怕最具哲理思想的蚂蚁,也永远无法理解这个漆黑、巨大、可怕的东西:猎人的靴子,它以难以置信的速度穿透了它们的住所,之前还有一声巨响,并伴随着喷出的红色火焰……

"因此,死亡、生命、永恒,对于那些感官宽阔得超乎寻常的人而言,是非常容易理解的事情……

"一只蚊蝇在炎热夏日的早上九点出生,在傍晚五点死去,它怎么能理解'夜晚'这个词呢?

"倘若再给它五小时的生存时间,它就能看到并理解何为夜晚了。

"而我呢,我将在二十三岁时死去。请再给我五年的时间吧,让我和德·雷纳夫人生活在一起吧。"

他开始像魔鬼梅菲斯特一样大笑起来:"讨论这些宏大不着边界的问题是多么疯狂啊!

"首先,我很虚伪,说了这么多,就好像有人在听我说话似的。

"其次,我的生命没剩几天,却总是胡思乱想,忘记了爱情和生活。德·雷纳夫人没在。也许她的丈夫不会让她到贝桑松来继续损坏自己的名声。

"这才是我感到孤独的真正原因,而不是缺少一个公正、善良、全能,而且不邪恶、不贪图报复的上帝。

"啊！如果这样的上帝真的存在……唉！我一定会匍匐在他的脚边。我会告诉他，我罪该万死。但是，伟大的上帝，善良的上帝，宽恕的上帝，请把我所爱的人还给我吧！"

　　不知不觉，已到深夜。他安安静静地睡了一两个小时后，福盖来了。

　　此时的于连，感觉内心又重新变得强大而坚定，经历了这场冥思苦想，他仿佛把自己的灵魂都看透了。

第四十五章

"我不想故意找碴儿，硬要找那位贝纳德神父来，"于连对福盖说，"否则他会紧张到三天都吃不下饭。但是，请试着帮我找到一个冉森派的神父，一个皮拉尔神父的朋友，远离圣会和阴谋。"

福盖热切地等待着这个机会：于连终于决定请神父进行临终前的忏悔告解，体面地履行了他在外省对舆论的全部责任。多亏了德·弗里莱尔神父的帮助——尽管于连所选择的忏悔神父并不如他心意，但他在黑牢中还是受到了圣会的照拂。在弗里莱尔神父看来，倘若于连想动点脑筋、做些什么，本可以越狱逃跑的。但或许是地牢里的恶劣空气产生了不好影响，让他的理性也随之减弱了。这个时候，德·雷纳夫人竟然回来了。没有什么比这更让于连感到幸福的了。

"你是我的首要责任，"她拥抱着于连说道，"我已经从韦里叶城逃出来了……"

于连在他面前卸下了全部的自尊，把自己内心的脆弱全都倾吐给她听。她对他则温柔亲切，展现出全部的魅力。

晚上，德·雷纳夫人刚离开监狱，就派人去把那个将于连当作猎物的牧师找到。他只想在贝桑松上流社会的年轻女性中获得信任，德·雷纳夫人很容易就说服他去布雷勒欧修道院为于连做了九日的临终祈祷。

没有任何语言可以表达于连此刻对德·雷纳夫人极致的热情与痴恋。

德·雷纳夫人的姑母是一个极其富有、极其虔诚的信徒，她利用，甚至滥用了姑妈的声望，获得了每天两次探监的机会。

听到这个消息，玛蒂尔德的嫉妒心已经抵达疯狂的程度。德·弗里莱尔神父向她承认，自己的权力和影响还没有达到藐视所有礼节的程度，无法让玛蒂尔德每天探视于连超过一次。玛蒂尔德让人跟踪德·雷纳夫人，以便了解她的一举一动。弗里莱尔先生用他聪明的脑瓜，费尽心机地向玛蒂尔德证明，于连其实根本配不上她。

然而，在这一切的残酷折磨中，玛蒂尔德对于连的爱更加深了，几乎每天都要跟他大闹一场。

于连决心善良正直地对待这个被他深深伤害的女孩，在死之前为她负责到底。然而，他对德·雷纳夫人无法遏制的爱每时每刻都占据着上风。于连无法用糟糕的理由说服玛蒂尔德相信她的情敌前来探望的目的是单纯无害的，于是就对自己说："现在这场戏马上就要结束了，我的生命也即将走到尽头，倘若我不知道如何更好地掩饰感情，或许可以将这点作为借口。"

此时，玛蒂尔德得知了德·克鲁瓦瑟努瓦的死讯。事情是这样的：在巴黎，一个富可敌国的贵族德·泰勒先生，针对长期缺席的玛蒂尔德发表了一些令人不快的言论。德·克鲁瓦瑟努瓦先生十分生气，去找他辟谣。德·泰勒先生向他出示了自己收到的几封匿名信，信中被极其巧妙地拼合在一起的细节实在太过逼真，可怜的侯爵没法忽视其中的真相。

于是，德·泰勒肆无忌惮地当面开起了他的玩笑。德·克鲁瓦瑟努瓦先生被愤怒和不幸气得无法自抑，向他提出了巨额的赔偿要求，而这位百万富翁最终选择了决斗。最终，德·克鲁瓦瑟努瓦先生因一时的愚蠢，枉自送了性命。巴黎最值得爱戴的年轻贵族之一，不到二十四岁就死于一场决斗。

这场死亡给于连虚弱的灵魂留下了奇怪而病态的印象。

"可怜的克鲁瓦瑟努瓦，"他对玛蒂尔德说，"对我们来说，他真的是个非常理智实诚的人，在您母亲的客厅里，您如此不管不顾地跟我要好。他看在眼中，本该来找我争吵的，他应该恨我入骨，因为蔑视之后的憎恨通常是愤怒……"

德·克鲁瓦瑟努瓦先生的死改变了于连对玛蒂尔德未来的安排设想。他花了几天时间说服她应该接受德·吕兹先生的求婚。他告诉她："这是个胆小的人，但不太虚伪，肯定会加入追求者的行列。与可怜的德·克鲁瓦瑟努瓦相比，他的野心更不外露，但更持久，而且家里没有世袭的公爵爵位，因此，肯定迫切想要娶到于连·索雷尔的遗孀。"

"而且是个心如死灰的遗孀，"玛蒂尔德冷冷地回答，"因为她活够了，眼睁睁地看到自己的爱人在六个月后投入另一个女人的怀抱，而这个女人正是他们所有不幸的根源。"

"您这样说是不对的。德·雷纳夫人的来访，将给负责为我求情赦免的巴黎律师提供特殊的证据——他会在求情信中描述受害者对谋杀者的关怀照顾，这可能会产生特殊的效果。也许有一天，您会在某个戏剧舞台上看到这个故事。"

玛蒂尔德心中的情感五味杂陈：无法疏解的妒忌引发的愤怒，毫无希望、永不停止的痛苦（因为假设于连得救，她又如何赢得他的心？），比以往任何时候都更爱不忠情人所带来的羞耻和痛苦，这一切令她陷入了一种沮丧的沉默。无论是德·弗里莱尔神父的殷勤讨好，还是福盖的坦率爽直，都无法令她走出这种沉默状态。

对于连来说，除了被玛蒂尔德占据的时刻，他一心活在爱情之中，很少考虑到未来。于连的这种极致的爱情状态形成了一个奇异的效果，当那股爱意越极端、越不加掩饰时，就越使得德·雷纳夫人与他心心相印，跟他一样无忧无虑、温存快乐。

"从前，"于连对她说，"当我们在韦尔吉的树林里散步的时候，我本可以陷入幸福，但一种炙热的野心把我的灵魂引入了虚妄的幻想世界。我当时没有把触手可及的迷人手臂紧紧搂在胸前，一心只顾前程，远离了您。为了飞黄腾达，我绞尽脑汁，经历了无数场钩心斗角、猜忌争斗……不，如果不是您来这间牢房与我相会，我至死都不会体味到幸福为何物。"

在此期间，发生了两件事扰乱了于连平静的生活。

于连的忏悔神父，虽然是个冉森派教徒，但也在不知情的情况下，受到了耶稣会的蛊惑，成了他们的工具。

有一天，这位神父告诉他，上帝不允许自杀，倘若他这样赴死，跟自杀无异。应该竭尽一切力量，去请求赦免赎罪。而耶稣会的神职人员，在巴黎的司法部门有着很大的影响。倘若想被赦免，有个简单的方法，就是光明正大地皈依圣会。

"光明正大！"于连重复道，"您可被我逮住了，我的神父，您在这里像个传教士一样跟我演戏呢……"

这位冉森派教徒严肃地说："您的年龄、上天赐给您的英俊面容、您那无法解释得通的犯罪动机、德·拉莫尔小姐为您采取的英勇措施，甚至是受害者对您表现出的惊人友谊，这一切都令您成为贝桑松所有年轻妇女心中的偶像。她们已经为您忘情，什么都不放在眼中，甚至是政治……

"倘若您皈依圣会，就会在她们心中产生重大的影响、留下深刻的印象。您可能对宗教有很大的用处，难道我能仅仅因为耶稣会可能会从中得利的这个事实而犹豫不决吗？就算在这种特殊的情况下暴露他们的贪得无厌，但这终归是他们的本性。不过，倘若您能皈依圣会，这一壮举激起的眼泪，将会抵消伏尔泰重印十版亵渎宗教的著作对于人心的腐蚀。"

于连冷冷地回答："倘若我做出让我蔑视自己的事情，那我还剩下什么呢？以往的我确实野心勃勃，但是我不会责怪自己，因为我是按照这个时代的规矩行事的。但是现在的我，过一天算一天，完全自由，随心所欲。如果我现在还做这些忤逆内心的卑鄙之事，那就完全是自寻烦恼了。"

另一件事对于连来说更为敏感，是关于德·雷纳夫人的。不知道是哪个阴险的女性友人成功地说服了天真而又胆小的德·雷纳夫人，让她觉得自己必须去圣克卢宫，跪倒在国王查理十世面前求情。

在大庭广众之下抛头露面、公然求情，倘若在平日，对她而言，简直比死还更令人难受。但如今她已经做出了跟于连分开的牺牲——任何牺牲跟它相比，都是完全不值一提的。

"我要去见国王，我要大声承认你是我的情人。一个人的生命，尤其是像你这样的人的生命，必须优先于一切考虑。我要告诉国王，你是出于嫉妒才试图杀死我。在这种情况下，有很多可怜的年轻人都因为陪审团或者国王的大发慈悲而得救了……"

"倘若你做了此事，我将不再见你，我将把牢门向你关闭。"于连喊道，"请你向我发誓，你不会做任何让自己在公众面前出丑的事，否则我第二天就在绝望中自杀。这个去巴黎的想法不是你想出来的，告诉我向你提出这个建议的女阴谋家的名字……

"让我们快快乐乐地度过我生命中的最后几天吧。让我们将存在隐匿起来吧。我的罪行在世人眼中已经太过昭彰了。德·拉莫尔小姐在巴黎拥有极高的权势，相信我，人力所能做到的一切她都已经做了。在外省，所有受人敬重的有钱人都对我敌意深重。你的做法会进一步激怒这些人，特别是那些温和派，对他们来说，生活是如此容易……我们不要让像马斯隆、瓦莱诺和无数比他们稍好一些的人嘲笑我们了吧。"

地牢里的恶劣空气让于连无法忍受。幸运的是，在他被告知执行死刑的那一天，阳光格外明媚，大自然的一切都染上了生机勃勃的光辉，于连也随之勇气倍增。呼吸着新鲜空气，在户外漫步行走，对于连来说是种愉悦舒畅的体验，就像在海上漂荡了许久的水手，双脚终于踏回了陆地。

"来吧，一切皆好，我并不缺乏勇气。"他对自己说。

那颗头颅落下的刹那，世间最富有诗意的瞬间莫过于此。曾经在韦尔吉的广阔密林中度过的那些甜蜜而温馨的时刻，犹如极致的闪电一般，争先恐后地涌上他的心头。

整个过程简单而恰当，他表现得落落大方，毫不做作。

赴死的前一天，他曾对福盖说："我无法保证那一刻会有怎样的情感。单单这个地牢，如此丑陋、潮湿，有时也会让我激动发狂，不认识自己。但是说到恐惧，不，朋友，我绝不会恐惧，绝不会让人看到我脸色发白。"

他事先安排好，在行刑那天的早晨，让福盖将玛蒂尔德和德·雷纳夫人带走。

于连嘱咐说："把她们带进同一辆马车，确保驿站的马匹不停地奔跑。她们或许会紧紧相拥，或许会仇如死敌，无论是哪种情况，都可以让这两位可怜的女人从痛苦绝望中分一分神。"

于连要求德·雷纳夫人发誓好好活下去，她还要照顾玛蒂尔德的孩子。

"谁知道呢？或许我们死后仍会有感觉。"有一天他对福盖说，"当我死后，很想在俯瞰韦里叶城的高山之巅的那个小山洞中休息，休息，一个多么好的词啊！我曾告诉过你，有几天晚上，我栖居在这个山洞里，视线眺望着远方法国最富饶的省份，野心在胸中熊熊燃烧。那个时候，这是我毕生的激情。总之，这个山洞对我来说很亲切，人们不能否认它的位置会让富有哲思的灵魂钦羡不已……好吧，贝桑松的那些善良的教徒会从一切事物中赚钱，如果你知道如何做，他们会把我的遗体卖给你……"

福盖谈下了这场悲伤的交易。夜已深，他独自在房间里，朋友的尸体就摆放在他的身旁。这时，他非常吃惊，因为看到玛蒂尔德来了。几个小时前，他才将她送到离贝桑松四十里地的地方。她的目光迷离，眼神透出凄怆。

"我想见见他。"她说。

福盖没有勇气说话，也没有勇气站起来。他只是指着地上的一件蓝色大斗篷，里面包裹着于连的遗体。

玛蒂尔德扑通一声跪倒在地。此时此刻，祖先博尼法斯·德·拉莫尔和王后玛格丽特·德·纳瓦尔的形象同时浮现在她的眼前，这无疑给她带来了超乎常人的勇气。她双手颤抖着打开了斗篷。福盖把头别了过去。

　　他听到玛蒂尔德急匆匆地在房间内走动。她点燃了几根蜡烛。当福盖鼓起勇气望向玛蒂尔德的时候，她已经把于连的头颅摆放在面前的大理石桌上，正在亲吻他的额头……

　　玛蒂尔德一直陪同她的情人到达他自己选择的坟墓。众多牧师护送着棺材，无人知道，她独自一人坐在被黑纱遮掩的马车上，双膝之上，摆放着她爱恋至深之人的头颅。

　　就这样，人们来到了汝拉山最高的一处险峰，深夜，在这个被无数蜡烛照亮的小山洞中，二十位牧师为死者举行了安葬祝祷仪式。车队经过一座小山村，所有村民都跟在其后，被这一古怪的仪式所吸引。

　　玛蒂尔德穿着长长的丧服走在村民中间，仪式结束时，派人向他们扔了几千枚五法郎的硬币。

　　人群走尽，只剩下她与福盖在山洞之中，她想要亲手埋葬爱人的头颅。福盖悲痛得几乎发了疯。

　　在玛蒂尔德的细心修整下，这个荒凉的山洞被昂贵的意大利雕花大理石装饰一新。

　　而德·雷纳夫人则忠实地履行了自己的承诺，她没有以任何方式企图自杀。但在于连走后的第三天，她拥抱着她的孩子们，也离开了这个世界。